Virginia Woolf, T. S. Eliot, D. H. Lawrence, E. M. Forster, and the Year That Changed Literature

世界
一分為二

吳爾芙、T·S·艾略特、E·M·福斯特、D·H·勞倫斯，以及他們的一九二二年

THE WORLD BROKE IN TWO

Bill Goldstein 比爾·戈斯坦——著 張綺容——譯

目次

導讀

行到山窮水盡處，坐看風起雲湧時：《世界一分為二》論現代主義四大家

臺灣大學翻譯碩士學程助理教授
陳榮彬

「我想完成一首詩，大約八百到一千行……*Je ne sais pas si ça tient*[*]」

——艾略特《荒原》初稿

「我感到時光飛奔，就像電影院裡的影片，我努力去擋，拿筆去戳，拚了命想按住。」

——吳爾芙日記

前言：為何是一九二二年？

除了距今剛好一百年，還有「胰島素開發成功」（一月十一日）、「奧斯曼土耳其帝國滅亡」

* 法文，意即「不知道寫不寫得好」。

（十一月一日）、「法老王圖坦卡門陵墓於埃及出土」（十一月四日）等重大歷史事件發生以外，一九二二年看似平凡無奇，但實際上在政治上的確發生了兩件後來造成世界分裂的大事。例如，十月底，法西斯黨黨魁墨索里尼成為義大利總理，埋下十七年後二次大戰世界分成「軸心國／同盟國」的遠因；還有，十二月底俄羅斯、烏克蘭、白羅斯等國組成蘇聯，在一九五〇年代後帶領共產國家集團與西方民主國家陣營打起了「冷戰」，世界的東西分裂局勢持續。那麼在文學與文化上呢？為何一九二二年的文學發展能夠撐起「世界一分為二」（"the world broke in two"）這個指涉時間（而非空間）的命題？是什麼樣的文學作品出現了，讓這世界分裂為一九二二年之前的舊世界與之後的新世界？

一九二二年二月二日出版，由愛爾蘭小說家喬伊斯（James Joyce）創作的七百多頁小說《尤利西斯》（*Ulysses*）當然是支撐這個命題的基礎。首先提出此一說法的是美國意象主義派（Imagism）詩人龐德（Ezra Pound）：他在一九二二年初寫信給文評家孟肯（H. L. Mencken），聲稱「去年十月二十九日午夜、三十日凌晨，基督紀元正式告終」，因為《尤利西斯》的完稿創造出「尤後紀元」。後來，美國小說家薇拉・凱瑟（Willa Cather）在文學評論集《未滿四十請勿看》（*Not Under Forty*，一九三六年出版）開篇則是寫下《尤利西斯》與同年十月出版的T・S・艾略特（T. S. Eliot）四百五十行長詩《荒原》（*The Waste Land*）造成了「文壇分水嶺」——她的措辭就是"the world broke in two"。

作者比爾・戈斯坦在這些基礎上擴充，另外把吳爾芙（Virginia Woolf）、E・M・福斯特（E.

M. Forster）、D．H．勞倫斯（D. H. Lawrence）等三位小說家拉了進來。戈斯坦是網絡版《紐約時報》圖書網站的創始主編，這是他寫的第一本書，數十年的書評經驗為這處女座奠立扎實基礎，除了讓他能巧妙地進行各種分析、比較、聯想，信手拈來就是各種文學掌故之外，也金句連發，我個人最喜歡的是他說上述四位作家「在那不凡的一年內，因緣際會與時共感，創造出了明日的語言」（"all similarly and serendipitously moved during that remarkable year to invent the language of the future"）——堪稱為全書定調的絕妙好詞。

一、現代主義：何時？何地？何人？何事？

一九八七年三月十七日，英國思想家雷蒙．威廉斯於英國布里斯托（Bristol）大學演講時曾提出「現代主義出現在何時？」（"When Was Modernism?"）這個問題，他給的答案是「一八九〇到一九四〇年」*。後來，有學者更精確地指出，現代主義做為一個國際性的運動，曾在許多不同國家的不同時間點裡面達到其高峰，有些地方持續較久，有些地方卻如曇花一現：柏林的現代主義是在一八八六到九六年之間興起的，維也納與布拉格是一八九〇到一九二八年，俄國為一八九三到一九一七年，倫敦則是在一八九〇到一九二〇年。我們不能不注意到現代主義的歷史發展：例如，

* Williams, Raymond. *The Politics of Modernism.* London: Verso, 1999, 31-35.

在意識流（stream of consciousness）的技巧方面就是由亨利・詹姆士（Henry James）等小說家在十九世紀末開其先河，然後由喬伊斯與吳爾芙等人在一九二〇年代接棒。

「現代主義」從字面上看來，不管是英文（Modernism）、法文（Modernisme）、德文（Modernismus），乃至於中文，都可以看出其內涵與時間息息相關，而且因為是一種跨國的文學運動，觀察重點常常在於現代主義從一國移動、移植到另一國的「跨國文學影響現象」。例如，十九世紀的早期現代主義運動中，我們看到法國頹廢主義對於英國美學主義的影響；在一九二、三〇年代那一群被稱為「失落的一代」的美國作家（the Lost Generation，龐德與艾略特大致上屬於這個世代），則是遠走巴黎，創作深受當地與外國作家與藝術家影響。十九世紀現代主義萌芽時，充滿叛逆的反傳統精神，用文學對於已經根深蒂固的資本主義社會提出批判，無論是法國詩人波特萊爾（Charles Baudelaire）或愛爾蘭作家王爾德（Oscar Wilde）皆然。

二、現代主義與一戰

一戰的經歷對於現代主義進行了深化或改造，在本書第十一章作者有極其精彩的演繹。他先提及D・H・勞倫斯不願遵從美國經紀人洛博・芒席耶（Robert Mountsier）的建議，把自傳式小說《袋鼠》（*Kangaroo*）的〈噩夢〉一章刪除，因為他強調非把一戰留下來不可，接著話鋒一轉，表示「勞倫斯跟普魯斯特、福斯特一樣，都找到了利用記憶和印象的方法」，而D・H・勞倫斯與吳爾芙在下筆時都體認到「戰爭依然存在於當下」，無論《袋鼠》的主角桑默斯於週六夜晚在雪梨街頭散步時體驗到人潮帶給他多年不見的恐懼，或是吳爾芙筆下達洛維夫人出門買東西，心裡想著「戰爭結束了」，但倫敦街頭「大班鐘的十一響是戰爭的提醒，市聲擾人，就算只是汽車回火，聽著卻令人驚慌失措，不論是哪一種爆炸聲響，都不再只是街頭的噪音。」作者甚至點出T．S．艾略特在《荒原》中的名句也暗藏一戰玄機：「人群湧過了倫敦橋，那麼多，／沒想到死神奪去了那麼多」。這本書的四位作家就這樣被戰爭的主題串了起來。

三、危機或轉機？

《世界一分為二》是文學史，是文學傳記，但在作者特殊的情節安排與充滿張力與節奏感的文字之加持下，我們不妨也可以把這本書當成以四位文學大家為主角的文學小說。他們都在這本書裡面活了起來（雖然一開始遇到死氣沉沉的撞牆期）：吳爾芙神經兮兮（曾因精神崩潰而輕生），因為一九二一、二二年之交的流感而始終病懨懨，甚至與畫家姊姊凡妮莎．貝爾（Vanessa Bell）有嚴重的瑜亮情結；T．S．艾略特因為銀行工作而案牘勞形，文才因為區區五斗米而日益虛耗，與妻子體弱多病到懷疑人生，但真正要交稿時又是個拖稿大王，搞得從旁幫他張羅贊助資金與出版事宜的老大哥龐德裡外不是人；E．M．福斯特曾是公認的英倫文壇才子，但上一部長篇小說《此情可問天》（*Howards End*）問世已經是一九一〇年的戰前往事，而且他因為同性戀人穆罕默德．埃德勒

（Mohammed el Adl）在病榻上垂死掙扎而黯然神傷，已經四十三歲的他身陷於中年危機裡；至於D・H・勞倫斯，在這時則是已經被貼上「淫書作家」的標籤，而且他與德國籍的師母私奔後遭祖國排斥驅逐（德國人在戰時有敵國間諜之嫌），難免喟嘆「天下之大竟無我倆容身之處」，浪跡天涯，先後僑居錫蘭、澳洲與美國新墨西哥州。在歷經上述困境後，四位作家終於否極泰來，最後分別創作出《達洛維夫人》（*Mrs. Dalloway*）、《印度之旅》（*A Passage to India*）、《荒原》與《袋鼠》四本擲地有聲的代表作——只不過，四個人在一九二二年所遇上的精神危機令人看來為他們捏一把冷汗，可說是到了最後山窮水盡之處，才看到他們帶起了文學現代主義的風起雲湧之勢。就像作者在某次受訪時所說的，他認為這本書其實帶有激勵人心的目的：天才尚且如此，我輩何必氣餒？

四、「天才為何成群地來？」

作者在後記裡面說，寫這本書時他取材「主要來自人物（及其友人）的日記和書信，並盡量將這些同代的想法和感想放回時代脈絡裡」，因此除了四位主角的個性、缺陷、想法（有洞見也不乏誤解）躍然紙上，我們還可以清楚看出他們之間相互刺激、激勵、競爭的關係網絡，甚至帶有一點文人相輕的意味。我們特別可以看出吳爾芙、E・M・福斯特、T・S・艾略特尤其如此：例如，作者說「一想到艾略特書桌保險櫃裡的文稿（《荒原》初稿），吳爾芙似乎好勝心大作，一反年初時與世無爭的想法，期許自己持續散步、持續寫作」。寫到T．S．艾略特去吳爾芙家吃飯讀詩，引用她的日記：「他又是吟、又是唱，打著節拍，文辭力與美兼具，句式整齊，張力飽滿」，接著以艾略特自己的詩論當作佐證——「詩是用自己的聲音在寫，朗讀給自己聽就是試驗，詩就是詩人在說話。」他認為吳爾芙很清楚指出，艾略特認為「詩人說出了節奏、說出了吟詠，詩人表達的是聲音」，意義反倒是其次。這本書還讓我們看到吳爾芙與E．M．福斯特都深受法國小說家普魯斯特（Marcel Proust）於一九一三年出版的小說《追憶似水年華》（*À la recherche du temps perdu*）影響：吳爾芙的〈龐德街的達洛維夫人〉明顯有《追憶似水年華》第一卷《在斯萬家那邊》的影子（記憶的片段在時間之流中無縫接軌地流動）；至於福斯特，則是在讀了《追憶似水年華》之後滿腦子回憶，「從而升到新的高度俯瞰事物。普魯斯特令人迷失，而迷失正是解脫的開始」，這有助於福斯特把他多年前寫就的《印度之旅》草稿拿出來整理重寫。借用台灣史學家王汎森先生在某次演講時丟出的問題：「天才為何成群地來」？因為他們密切往來，相濡以沫（建議大家仔細看看龐德如何費盡心思幫助T．S．艾略特）。王汎森舉例，牛津大學與維也納的咖啡館都是天才群聚之處；而在本書作者看來，吳爾芙家的客廳又何嘗不是？

結語：作家亦凡人

一九二二年五月十八日，俄國作曲家斯特拉文斯基（Igor Stravinsky）的獨幕芭蕾舞歌劇《狐狸》（*Le Renard*）在巴黎進行首演。為了慶祝這件文化盛事，與英法文學界都過從甚密的猶太富商席孚夫婦（Sydney and Violet Schiff，本書的配角之二）在巴黎十六區的大華酒店（Hotel Majestic，現已更名為半島酒店）設宴款待各界名流約四十人，座上賓除了吳爾芙的姊夫克萊夫・貝爾（Clive Bell）、藝術家畢卡索（Pablo Picasso）以外，還有喬伊斯與普魯斯特。這天晚宴，遲到大王喬伊斯在大家已經在喝咖啡時抵達，而身體羸弱的普魯斯特更是在凌晨才姍姍來遲——他只是衝著好友席孚夫婦來捧場的。這兩大文豪有沒有趁這次絕無僅有的邂逅談詩論藝？從各方說法看來，答案是沒有。據說，喬伊斯只顧著抱怨自己的眼疾與頭痛的老毛病，普魯斯特則是說自己胃病纏身多年（半年後他就以五十一歲的英年去世）。《世界一分為二》讓我們看清四位現代主義大家除了是天才，也是凡人。他們在戰後的一九二二年同時陷入困境，幾經人事波折與個人努力，終於成就各自的經典之作。就此看來，《達洛維夫人》、《印度之旅》、《荒原》與《袋鼠》都是無法獨立於四位作家人生經歷的曠世鉅作，他們把自己的困頓、洞見、文思用全新的語言表達出來，文字與他們的生命史就此如血肉般融為一體。最後，借用作家凱文・傑克森（Kevin Jackson）的書名（*Constellation of Genius, 1922: Modernism Year One*）為本書做個總結：一九二二年彷彿百年前的星空，如過江之鯽的天才們像閃耀群星一樣匯聚，而這一年也因此堪稱「現代主義元年」。

延伸閱讀

1. Irving Howe 著。"The Idea of the Modern," in *Selected Writings: 1950–1990*. New York: Harcourt Brace, 1990.
2. Malcolm Bradbury 與 James McFarlane 編。*Modernism: 1890–1930*. Harmondsworth: Penguin, 1976.
3. Peter Brooker 與 Andrew Thacker 編。*Geographies of Modernism: Literatures, Cultures, Spaces*. London: Routledge, 2005.
4. Raymond Williams 著。*The Politics of Modernism*. London: Verso, 1999.
5. Richard Daniel Lehan 著。*The City in Literature: An Intellectual and Cultural History*. Berkeley: University of California Press, 1998.
6. Virginia Woolf 著。"Literary Geography." in *The Blackwell City Reader*. London: Blackwell, 2002.

僅將此書獻給

一九二二年生的瓊安・戈斯坦

以及伴我度過寫書歲月的

布萊克・韋斯特

前言

一九二二年前後是文壇的分水嶺

薇拉・凱瑟《未滿四十請勿看》

某些年代公認是歷史轉捩點，例如一四九二年哥倫布發現新大陸、一七七六年美國獨立建國、一八六五年美國南北戰爭結束、一九一四年第一次世界大戰爆發、一九四五年第二次世界大戰結束、一九六八年美軍在越南大敗。至於一九二二年，則是文學史上的分水嶺。《世界一分為二》聚焦於一九二二年四位傳奇作家的故事，包括吳爾芙（Virginia Woolf）、艾略特（T. S. Eliot）、福斯特（E.M.Forster）、勞倫斯（D.H.Lawrence），在那不凡的年代，四位作家因緣際會與時共感，創造出了明日的語言。

一九三六年，薇拉・凱瑟（Willa Cather）出版了文學評論集《未滿四十請勿看》（*Not Under Forty*），開篇便多愁善感地評論文學的變遷：「一九二二年前後是文壇的分水嶺。」薇拉・凱瑟筆下寫著一九二二年，心裡想著當年二月出版的《尤利西斯》（*Ulysses*）和十月出版的《荒原》（*The

Waste Land），這些作品的筆法一鳴驚人，似乎宣告現代主義的到來，而原本她所珍視、擅長的敘事手法，從此不再受人重視。薇拉・凱瑟的戰爭小說《我們之一》（*One of Ours*）也在一九二二年出版，隔年榮獲普立茲文學獎，然而，喬伊斯的《尤利西斯》、艾略特的《荒原》恰巧也在一九二二年出版，這讓一九二二年在現代文學史上舉足輕重，而薇拉・凱瑟在此毫無立足之地。她是舊文學的遺緒，相較於喬伊斯和艾略特所代表的新文學，舊文學的價值完全遭到捨棄。

一九二二年是舊文學的末日，但在吳爾芙、艾略特、勞倫斯、福斯特看來，重點不在於這一年出版了哪些作品，而在於他們的私領域和創作上都遭遇了巨大的挑戰，一九二二年成為了他們人生的分水嶺。一九二二年，吳爾芙、艾略特、福斯特、勞倫斯在創作上陷入絕望，內心掙扎著該不該繼續文學這條路，深感文思枯竭、無話可說。這四位二十世紀的文壇大家，還不曉得自己即將問世的作品將大大改變其寫作生涯。艾略特的《荒原》雖然在一九二二年出版，但對艾略特來說，這一年的高潮迭起不在於詩作問世，而在於詩作幾乎難產，而且險些無法付梓。

突然，靈光一閃，四位作家的筆下暫時有了新的氣象。吳爾芙在初春時想起了一位角色——達洛維夫人，全名克萊麗莎・達洛維（Clarissa Dalloway），是吳爾芙處女作《出航》（*The Voyage Out*，一九一五年）裡的角色，時隔七年，吳爾芙想要繼續寫她。福斯特則重拾了荒廢已久的手稿，自從八年前起了個頭，終於在一九二二年突破瓶頸，寫成了日後的《印度之旅》（*A Passage to India*）。同時間，吳爾芙和福斯特開始閱讀普魯斯特（Marcel Proust）《追憶似水年華》（*À la recherche du temps perdu*）法文版第一章，這部巨作成為兩位作家的靈感泉源，支撐著他們一九二二年的創作生涯，滋養著他們日後的文學歲月。同年春夏之際，勞倫斯旅居澳洲一百天，期間創作了《袋鼠》（*Kangaroo*），這部小說乏人問津且自傳色彩強烈，勞倫斯一揮而就。艾略特則和詩人龐德（Ezra Pond）在巴黎相聚了兩週，期間潤飾了詩作《荒原》，將多年來走走停停、偶爾迷途的創作，凝鍊成四百五十行的詩句。到了一九二二年底，一月時蒼白的稿紙密布著文字，四位文人找回了文思，或者應該說是創造了新的文字、新的體裁、新的風格，將舊的語言塑造成新的形狀。

四位作家筆下的新氣象，一部分來自文人相輕、相妒相嫉（包括喬伊斯和其作《尤利西斯》帶來的心魔），另一部分則來自一九二二年帶來的出書契機和成名機運，《世界一分為二》的宗旨之一，便是重溫這四位作家辛勤筆耕的喜悅。一九二二年二月，吳爾芙留心文友及對手的動向，又是欽佩、又是詫異地在日記中寫道：「這些文人活在自己的作品裡，任由野心吞噬！」[1]真是一針見血。

一九二二年一月，龐德給艾略特的信中寫著：「畢竟今年正值文壇大～豐～收哩。」[2]對於龐德的預感，艾略特、吳爾芙、福斯特、勞倫斯此際大概都感受不到。都說是新年新希望，大多數人此時心底閃爍著願景，期待來年此刻夢想成真、計畫達成，年初時湧現的文思，到了年底已化為詩作或小說；但這四位二十世紀的文壇祭酒，在一九二二年初時搜索枯腸，對於體裁、

風格、主題的疑惑懸而未解，只覺眼前的稿紙不僅白得嚇人，而且空得觸目驚心，心中的恐懼更勝以往。他們對創作的疑惑出自於相同的恐懼——擔心龐德的預言不假，但自己卻趕不上這波文壇盛事。

一九二二年一月二十五日，吳爾芙正好滿四十歲，跨入令人不悅的人生大關。她很害怕四十歲的到來，而就在生日前後，她纏綿病榻數週，病榻「顯然是流感的溫床」[3]，她燒了又退、退了又燒，提筆又放、放了又提，遲遲寫不出能為她贏得文學聲譽的小說——而她是有這份野心的。

吳爾芙的文友福斯特也好幾年沒寫小說了，曾經他按捺著不去動筆，而今卻同樣感到時不我與、光環不再，失敗步步逼近而來。「我手上有三本未完成的小說，我看就連我媽都發現我快過氣了，」這是福斯特一九一三年十二月的日記，日記中提到的三本小說，其中一本是未完成的《印度之旅》，已經寫了七十五頁，隔年擱筆不久，第一次世界大戰隨之爆發。福斯特出生於一八七九年一月一日，一九二二年元旦滿四十三歲，隨著一月的日曆一張一張撕去，福斯特不僅茫茫然像在大海上，而且也真的搭船航行在大海上，正從印度返回英國。他一九二一年大半的時間都待在印度，盼望這段旅居海外的歲月能為他指引明燈，讓他完成最新動筆的小說。一九二二年三月，福斯特從印度回到英國，但旅居印度並未讓他文思泉湧，他仍然不知所措，人生和職涯都陷入困境，一來寫作屢屢遭挫，二來深陷單戀之苦，單戀的對象是已婚的埃及電車車掌，名叫穆罕默德．埃德勒（Mohammed el Adl），一戰期間與福斯特在亞歷山大港邂逅。此外，福斯特年近中年卻仍與母親同住，大家可是都看在眼裡，他自己也心知肚明。

至於吳爾芙口中的「奇怪青年」艾略特，也跟福斯特、吳爾芙一樣不知所措，對人生、對創作都感到不確定。一九二一年初，艾略特在瑞士的洛桑市養病，他在一九二一年十月時嚴重精神崩潰，因而離開駿懋銀行（Lloyds Bank）到瑞士安心靜養三個月。艾略特部分的痛苦源自於失志，他跟吳爾芙、福斯特一樣妄自菲薄。不論是在洛桑市療養期間，還是在倫敦的歲月，艾略特都必須正視自己的無能為力——明明打了多年的腹稿，卻遲遲無法成詩，那些日後將成為《荒原》的斷辭殘句十分駁雜，有些作於一戰期間，有些作於一戰之前，還有些拾掇於哈佛大學的校園。過去許多年來，這首《荒原》只存在於未來式，艾略特卻無法讓這些斷辭殘句一氣呵成，經年累月下來的力不從心，讓艾略特日漸頹唐，終於在一九二一年初崩潰。

一九二一年耶誕節前夕，艾略特從洛桑市寫信給友人：「我想完成一首詩，大約八百到一千行……Je ne sais pas si ça tient（不知道寫不寫得好）」，他以法文低訴心聲，藉以掩飾對失敗的恐懼，彷彿無法以母語表達對自我的懷疑。一九二二年初，勞倫斯從義大利陶爾米納寫信給友人鄂爾·布魯斯特（Earl Brewster），或許說出了四位文豪的心聲：

> 我越來越覺得：我的目標不在於冥想和向內探索，而在於有所行動、有所奮發、有所受苦、有所受挫、有所掙扎，身而為人必須為了脫胎換骨殺出一條血路，無論奮鬥也好、痛苦也好、流血也好，甚至流感也好、頭痛也好，都是奮鬥和圓夢的一部分。我不會讓任何人從我身上偷走流感——此時我身上正好有流感。

勞倫斯跟吳爾芙、艾略特一樣身在病中，艾略特因為流感病倒，吳爾芙也臥病在床。勞倫斯跟艾略特、福斯特一樣，對家庭生活感到格格不入，日常使他們煩躁，周遭人事物令他們感冒，他們內心渴望著改變；此外，這四位文壇大家都巴不得展開新的工作。一九一九年，勞倫斯與妻子芙莉妲（Frieda）自我流放到西西里島，滿懷渴望、持續不懈地找尋勞倫斯所說的「赤裸裸的自由精神」——包括書寫的自由和生活的自由，掙脫英格蘭帶來的道德枷鎖，從此不用生活在偏見之中。勞倫斯夫婦在西西里島上的陶爾米納住了一年半，沉浸在「南歐的無憂無慮之中，就像是潛移默化的祝禱，驅散了嚴肅古板和謹小慎微」——這是他英國文化的根。他們住在大房子裡，房子有個大花園，「很美麗，碧綠而蒼翠，滿開著花朵……蓋在陡峭的山坡上，不遠處就是海——面向著東方。」儘管如此，勞倫斯依舊離不開他所逃離的英格蘭。

一九二一年底，勞倫斯躊躇著該在哪裡落腳，才能「離群索居、跳脫窠臼」。他收到玫苞・道奇・史特恩（Mabel Dodge Sterne）來信，這位富有的藝術家贊助人希望勞倫斯到新墨西哥州的陶斯（Taos）看一看，她為他準備了一間屋子，兩人可以比鄰而居，他可以將這片古老的土地寫進小說裡，描述印第安村陶斯亙古恆新的精神。他在衝動之下答應了。沒問題。一定去。但是，等他回過神，他寫下「我羅盤的指針是善變的惡魔」，美國之行就此擱置。

一九二二年的勞倫斯還要再過好幾年才會出版《查泰萊夫人的情人》（*Lady Chatterley's Lover*），這本惡名昭彰的小說於一九二八年自付出版，小說時間從一九一七年橫跨至一九二四年，女主角康士丹斯・查泰萊（Constance Chatterley）在一九二二年「一個二月的淡淡陽光下降霜的早晨」[4]邂逅了獵場看守人奧立佛・梅樂士（Oliver Mellors），回首過去五年來，由於丈夫參戰負傷癱腿，導致無法人道，查泰萊夫人日日活在第一次世界大戰的餘悸裡，而從邂逅梅樂士的那一刻起，她冰凍的生命核心彷彿開始融化，她想著自己的存在「不是夢一場、就是瘋一場，總之都是給圈著，」這個玻璃泡泡裡裝著家庭的沉悶，只有性愛能帶給她解脫。一九二二年伊始，吳爾芙、福斯特、艾略特、勞倫斯也等不及想掙脫束縛——文學傳統的束縛。

查泰萊夫人邂逅梅樂士的前一刻，正與丈夫出門檢視宅邸四周日漸消失的森林，查泰萊先生坐在輪椅上有感而發：「我們定要保存點老英格蘭的東西！」[5]

「一定要麼？」查泰萊夫人說：「甚至這老英格蘭不能自立存在，甚至這老英格蘭是反對新英格蘭的，我們亦要保存它麼？」

查泰萊夫人差不多是在自問自答，但這正好也是勞倫斯、艾略特、吳爾芙、福斯特心中的疑惑，不論是對著稿紙還是坐在家裡，不論是面對朋友、面對信紙、面對日記，四位文豪在一九二二年初都有著相同的生命困惑，他們跟查泰萊夫人一樣，都站在第一次世界大戰遺緒即將消融的臨界點上，只是他們還不知情罷了。

「不知道寫不寫得好」——艾略特給友人的信中寫道。事實上，對於艾略特、吳爾芙、勞倫斯、福斯特而言，一九二二年正是人生的轉捩點，是四位作家文思泉湧之年。

四位作家的搜索枯腸、意到筆隨、悲歡離合（包括精神崩潰、長期臥病、孤獨難耐、與世隔絕、灰心喪志，更別提情場失意、婚姻失和、官司纏身、經濟困頓），背後其實是同樣的幽靈在作祟，也就是第一次世界大戰帶來的天翻地覆，而在停戰四年後，四位作家終於能提筆寫下這滿目的瘡痍。

一九二二年，艾略特、福斯特、勞倫斯、吳爾芙各自找到一套筆法，得以重拾並跨越在戰爭中逝去的時光，時光的鴻溝橫亙在現在與過去之間，因為戰爭的創傷而難以彌補，遂化作四位作家筆下的主題，艾略特在《荒原》中寫道：「在冬天黎明時那鳶色的霧中，／人群湧過了倫敦橋，那麼多，／沒想到死神奪去了那麼多」。第一次世界大戰造成的死傷史無前例，這讓人們重新體悟到：在經歷回憶時，過去變成了現在。

吳爾芙的〈龐德街的達洛維夫人〉（"Mrs. Dalloway in Bond Street"）開篇寫道：「在大班鐘的聲響裡，她踏出門外上了街。」這部短篇小說作於一九二二年，一九二五年擴展成長篇小說《達洛維夫人》（*Mrs. Dalloway*）出版。「戰爭結束了，」達洛維夫人心想，但吳爾芙筆下的鐘響卻顯示英國還籠罩在戰爭裡，儘管已經停戰了三年半，英國仍然走不出戰爭的陰影，也躲不過蕩漾的餘波。一九一四年，英國《國土防衛法》明文禁止戰時教堂鐘響。一九一八年十一月十一日，協約國與同盟國簽署停戰協定，此後每年停戰紀念日，英國必須舉國默哀兩分鐘，藉以追悼逝者，但這似乎仍不足以表達對為國捐軀者的崇敬，因此，皇家英國軍團於一九二一年十一月宣揚以「罌粟花節」[6]（Poppy Day）紀念停戰、悼念國殤，由陸軍元帥黑格伯爵呼籲全國響應，要求民眾配戴法蘭德斯罌粟花（Flanders poppy）來「追思、禮敬」成千上萬「戰死於法蘭德斯戰場上、安息於罌粟花下的英勇亡魂」，並透過買花來資助退役軍人。「罌粟花節」的靈感出自加拿大軍醫約翰·麥克雷中校（John McCrae）的戰爭詩〈在法蘭德斯戰場〉（"In Flanders Fields"），起頭便是「罌粟花開在法蘭德斯戰場，開在那一排排十字架旁」。一九二一年是英國第三次慶祝停戰紀念日，但黑格伯爵的點子——要民眾將「將十一月十一日當成國殤紀念日」[7]的號召，顯示停戰紀念日一年不如一年隆重，因此必須以顯眼的方式來悼念戰亡的將士，並讓那些未配戴罌粟花的民眾遭受指責。一九二一年的「罌粟花節」獲得廣大的迴響，一天之內就賣出八百萬朵[8]，而且供不應求，總共募到英鎊十萬五千元，隔年的國殤紀念日預計將賣出三千萬朵，當戰亡之痛漸漸不復記憶，英國政府傾全國之力來追憶。

一九二二年九月，距離國殤紀念日還有六週，普魯斯特七大卷《追憶似水年華》的第一卷出了英文版，英譯者司各特·蒙克里夫（C. K. Scott Moncrieff）將卷名直譯為《在斯萬家那邊》（*Swann's Way*），對照法文卷名「Du côté de chez Swann」顯得十分妥貼，至於書名則意譯為《憶起往事》（*Remembrance of Things Past*），典出莎士比亞十四行詩第三十首：「甜蜜默想之時，／我憶起往事，／慨嘆那種種失望」。蒙克里夫是退役軍人，在第一次世界大戰時受了重傷，往事的回憶（包括戰事的回憶）壓在他心頭、縈繞著英格蘭；直到一百年後的今天，英國仍舊在國殤紀念日配戴罌粟花，只是花朵的樣式和製作方式已不同以往，紀念的戰爭也不止第一次世界大戰這一場。

——

一九二一年的秋天，戰爭的回憶又上心頭，就在「罌粟花節」公布前後，英國國會辯論是否要將供酒時間恢復到戰前。[9]一九一四年的《國土防衛法》限縮了戰時的供餐、供酒時段，國會提議延長供酒時段，讓民眾恢復（《泰晤士報》所稱的）戰前「自由」[10]（也算是勞倫斯所說「赤裸裸的自由精神」的一種吧）。然而，並非所有人都樂見供酒限制取消，這項議題不僅在國會裡爭論不休，也引起反對陣營和支持陣營之間的唇槍舌戰，有些人認為這攸關道德（類似美國的禁酒令），有些人則認為這攸關生意，旅館和餐廳都急著恢復戰前的供酒時間，並聲稱客人也希望供酒時間能夠延長。但事情本來就沒有那麼簡單。儘管國會投票通過取消限制，但各地的抵制導致全國供酒時間混亂，倫敦下轄的自治市供酒時段各異，監管不同區域的部會希望的供酒時段不盡相同，有的希望迎合外來遊客，因此將供酒時段提早到午餐前一個鐘頭，有的希望滿足戲迷等夜貓子，因此將晚間供酒時段延長一個鐘頭。在繁華的倫敦西區，即便是同一條街道，供酒的時段也有區別。

艾略特創作《荒原》時，英國正生澀地擁抱著曾經的自由，這讓《荒原》的名句多了一些新的解讀，包括〈對弈〉裡那一段在酒吧中的對話，片片斷斷，語意像解纜的舟，標點像拔錨的船——聽來的對話總是這樣：

要是莉兒的丈夫復員，我說——
我口沒遮攔，直接跟她說，
快一點時間到了
……
妳不給他，別人肯給啊，我說。
有這種事？她說。就有這種事，我說。
那我知道該謝誰了，她瞪了我一眼。
快一點時間到了

這句話在酒吧裡常常聽到，是老闆在最後接單前的催喚，整首詩中重複了五次，艾略特寫作這段〈對弈〉時正值戰時或戰後初期，據說這段對話是他聽女僕轉述的。一九二二年十月，《荒原》發表於英國文學雜誌《標準》（*Criterion*），當時「快一點時間到了」已經成為呼求倫敦改革的口號，《荒原》的敘事者漫步在戰後的倫敦，很訝異死神奪去了那麼多條性命，如果他知道戰後倫敦的供酒時間和飲酒場所，應該也會很訝異吧。

第一次世界大戰造成了史無前例的死傷，死神創造的空白在這世界扎眼地徘徊，因為逝去無法忘懷，過往變成了難以磨滅的現在。一九二二年，四位現代文學巨擘實驗新的文學技巧（嘗試從個人和藝術的角度理解戰前和戰後英格蘭在時間與意識中的錯置，也嘗試理解曾為戰前文人和成為戰後先驅在時間與意識中的錯置。）回顧自己戰前和戰後的作品，再看看喬伊斯和普魯斯特的創作，四位文人不得不面對前所未見的心靈風景，並在稿紙上捕捉這片地貌的紋理和生氣。艾略特、福斯特、勞倫斯、吳爾芙制訂了全新的經驗和記憶方程式，發明了嶄新的文學筆法描繪過往和流連於今日的過往，從而促成現代的發生。戰爭的記憶盤桓在倫敦街頭，在英國和歐洲徬徨躑躅，這份想忘又無處遁逃的痛苦，因為一九二一、二二年冬天的流感大爆發而加劇；這波疫情的情況與一九一八、一九年的西班牙流感不同，在一九二一、二二年之交，沒人曉得疫情會變得多嚴重。

一九二二年一月第一週，吳爾芙染上流感，病情嚴重，加入足不出戶的傷兵行伍，當時她還不曉得：自己寫書的靈感也將離不開家門。

第一章　吳爾芙年屆四十

縱使吳爾芙沒生病，冬天也是勞神傷身的季節。

「噢，但羅德麥爾村實在冷得厲害。我給凍得像隻小麻雀。」[1]吳爾芙在一月某日的日記裡寫道。心情好的時候，無論是在倫敦、還是在薩塞克斯郡羅德麥爾村的私人鄉居寓所「修士邸」（Monk's House），吳爾芙都樂在寫作，絲毫不受天寒地凍阻撓，即便一個早上只寫出「幾句蹣跚的句子」[2]也稱心遂意，天氣越嚴寒、心情越振奮，尤其「修士邸」在耶誕節和新年期間那片雪景，真是再冷都值得。

「噢，那片丘陵上真是太美了……我躺在地上望著。鈴聲叮噹，馬兒犁田，忘記過去，忘記將來，忘記今天，忘記明天——這心情你懂的。」[3]

一九二一年十二月三十一日，星期六，吳爾芙和丈夫雷納德（Leonard）在「修士邸」跨年，兩人期待新年提早開工，星期一下午便搭乘火車返抵倫敦西南邊市郊泰晤士河畔里奇蒙市（Richmond upon Thames），回到他們在天堂路四十號的霍加斯宅邸（Hogarth House）。

星期二是開工的日子，吳爾芙寫了一篇長長的日記，彷彿在預作準備；為了「儉樸」[4]起見，她把「可憐的雅各剩下那幾頁」用來寫日記，跟她第三本小說《雅各的房間》（*Jacob's Room*）共用同一本筆記本。她期待忙碌的生活——寫作、閱讀、出版。

她因為無法按時寫日記而感到愧歉，上一篇日記是十天前的事情了，「老實說，這是霍加斯出版社的緣故」[5]。霍加斯出版社（Hogarth Press）於一九一七年成立，一九二二年即將滿五週年，一九二一年耶誕節有幾本書出乎意料大賣，包括羅傑．弗萊（Roger Fry）的木刻版畫集，短時間之內再版兩次，十二月時吳爾芙還親手裝訂，她和先生十月時用七十英鎊購入第二台二手印刷機，比第一台還大一點，決心將霍加斯宅邸的地下室變成印刷工場[6]。更重要的是，吳爾芙在十一月完成了《雅各的房間》初稿，並著手潤飾，預計一九二二年春天出版——這將是她第一部由霍加斯出版社付梓的著作。

吳爾芙還打算寫一本散文集，主題是閱讀，一月開筆之後，「我敢說我就會開始構思下一本小說。」[7]展望著一九二二年的工作，她不禁納悶：「我的手指寫得了這麼多字嗎？」[8]不過，與丈夫回到霍加斯宅邸後，吳爾芙馬上因為流感病倒。一月五日晚間，「我在爐邊瑟瑟發抖，只得跌跌撞撞爬上床。」[9]而文句（不論蹣跚與否）都不會來了。

這年冬天來得特別早，倫敦十一月便已入冬——「冬日來襲：霧，霜，各種恐懼，」[10]（吳爾芙在給姊姊凡妮莎．貝爾（Vanessa Bell）的信中寫道）——而且一直冷下去，「晚上睡覺穿著毛皮大衣鑽進被子裡，再蓋上紅色毯子，」[11]她擔心會得到流感，從秋天擔心到冬天，總算逃過一時，直到一九二二年一月才病倒。對雷納德來說，一月是令人沮喪的漫漫長月，尤其是「修士邸」的冬天：「東北風颳過整座農場……灰濛濛的陰鬱天空低掛在榆樹梢上方兩英里處，霙雪紛飛拍打著窗扉。」[12]下午三點剛過，天就黑了，難怪「成天在屋裡踅來踅去，一個勁兒地想睡，即便沒病，鼻尖也老是滴著水。」[13]縱使在一月，無論早上寫作時天氣如何，無論人在鄉間還是在城裡，吳爾芙到了下午總是要出門散步——除非流感太嚴重，醫生不允許外出。

對吳爾芙來說，散步就是寫作，她會邊走邊構思文句，讓文句在心中沉澱後，隔天再寫在稿紙上。不管身在倫敦的隆冬，還是薩塞克斯郡的燦夏，四點鐘午茶一過，吳爾芙便出門散步，邁著她「孅弱」[14]的步伐，「一隻腳微微內八，略嫌蹣跚，」走過鄉間、走過城市、走過上午構思的文句，一邊潤飾一邊打腹稿，封存好整天的文思——看一看路人，聽一聽街談市語，期待著隔日的冒險。「我不停地用不同的方法來處理場景，構思種種可能。散步在街頭時，生活就像無邊無際的隱晦題材，等待我用文字來捕捉、傳遞，」[15]她寫下這段文字時，正在撰寫第二部小說《夜與日》（*Night and Day*，一九一九年），並且一直維持相同的創作模式——從未改變。

吳爾芙回到倫敦，決心開筆寫關於閱讀的雜文，她琢磨這個主題已經琢磨了好一陣子，「明天就開始閱讀！」[16]她在日記中寫道。但閱讀並沒有開始。

雷納德的袖珍記事本記錄了吳爾芙的健康急轉直下：「上，工作。下，与妻走。妻不適。葯局。醫生。」[17]意思是說：雷納德早上寫作，下午跟吳爾芙出門散步，晚上吳爾芙病了，雷納德去藥局買藥，帶吳爾芙去看費格森醫生（Dr. D. J. Fergusson），費格森是附近的醫生，診所跟霍加斯宅邸一樣位在天堂路上，走幾步就到了。

雷納德的袖珍記事本充滿了簡寫，提醒自己每天、每週發生了哪些事，一看字跡便知下筆急促，或許是為了省時間，又或許（考量到他勤儉治家）是為了省墨水。這本袖珍筆記本記錄了吳爾芙夫婦每天的例行公事，雷納德鉅細靡遺鐫刻著每日行程（寫作和印刷通常在下午）本身也是例行公事，一整年過完只有每日來訪的客人不同，有的來喝午茶，有的來吃晚飯，有的來過夜。對於吳爾芙夫婦來說，不論在霍加斯宅邸還是在修士邸，週間和週末都沒有區別。「如果不每年工作十一個月、每週工作七天、每天工作一個上午，我們應該會良心不安，而且心生厭煩，」[18]雷納德回憶道。

「真是可惡，」[19]吳爾芙寫下對流感的看法，「把人搞得像不會滴答走的錶。」什麼也寫不出來。吳爾芙整天臥病在床，沒見什麼人來探望。換作是平常，下午的訪客是上午寫作的犒賞。她感到光陰虛度。談閱讀的散文毫無進展，《雅各》的初稿校閱停擺——光是這樣就讓她損失連連。隨著一月的日子一天少去一天，一月二十五日（吳爾芙的四十歲生日）一天逼近一天。

一月十二日星期四，吳爾芙生病滿一週，病情開始好轉，「妻下樓喝茶，」[20]雷納德的筆記寫道。隔了幾天，一月十五日星期日，「姨姊晚飯，」雷納德在袖珍本裡註記。凡妮莎剛從法國回來，結束為期三個月的寫生之旅，不久之後又要離開倫敦，啟程之前兩姊妹匆匆碰了幾次面，但每次都不歡而散。吳爾芙看著姊姊來來去去、有夫有子，擔心自己相形見絀，讓姊姊覺得自己「安於現狀」[21]，甚至連自己都瞧不起自己。吳爾芙沒生孩子，總覺得天生「不比姊姊正常」[22]。而凡妮莎看著妹妹，想著自己在法國追求藝術，總覺得妹妹和妹夫結婚十載的某種「契合」[23]，是她和丈夫克萊夫生了三個孩子都沒有的，和情夫鄧肯．格蘭（Duncan Grant）也沒有。雖然繪畫是凡妮莎和鄧肯在法國的生活重心——就好比寫作和書本是吳爾芙夫婦和文友在倫敦的生活重心——但她和鄧肯的畫作在倫敦無足輕重。

凡妮莎覺得自己在倫敦像隱形人，活在布倫斯貝里（Bloomsbury）文藝圈的陰影裡，光環被更大的藝術界所掩蓋。「我見了所有的聰明人，」[24]她向吳爾芙埋怨道：「沒有半個人問起我在南法的日子，也沒有半個人跟我談論繪畫。」她甚至把自己和鄧肯最新的兩幅畫作掛在經濟學家凱因斯（Maynard Keynes）的公寓裡，但他連看都沒有看一眼，凡妮莎說。吳爾芙努力想擠出一絲同情，但看著姊姊超然獨立——「每年只賺一點錢——情人一個接一個——巴黎啊——生活啊——愛情啊——藝術啊——刺激啊——天啊！我得走了！」[25]讓吳爾芙「相當沮喪」。某次凡妮莎來訪後，吳爾芙寫信給「最親愛的海豚」[26]（這是她給姊姊的暱稱），她在信中說自己的人生看在姊姊的眼裡「單調、中庸又荒謬」，「想著想著眼淚就掉了下來。」

吳爾芙自覺和姊姊天差地別，因此心煩意亂。某次姊姊離開後，吳爾芙在日記裡寫道：「我真驢……十二座運動場外的些微不合都能讓我煩心。」[27]她明白這只是一時的情緒，過一陣子就散了，但這次她在病中，連寫作也不能，她的生活「並未精神抖擻地闖入」，醫生又不許她工作，說是寫作太耗神，害她連這點犒賞都沒了，不能每天早上花兩個鐘頭的時間寫作，這可是她口中「神聖的早晨時光〔……〕拋文擲字只能趁這時」[28]。如果精神好，下午就忙印刷，喝完午茶就花半個鐘頭寫信、寫日記。對吳爾芙來說，寫日記跟散步一樣，她都盡量按表操課，一九一九年這段文字說出了她的看法：「像這樣寫東西給我自己看的習慣很好，可以鬆開紐帶，不必在乎那些瑕疵和不足，只管振筆疾書，瞄準文旨一陣猛攻，雙手按在文字上，選好就發射，除了蘸墨水之外，片刻不停筆。」[29]

——

人的一生——她納悶——「一共有幾個月？隨著四十大關將近，我開始這樣問自己，」[30]這是她一月某日的日記，那是個陰沉無光的日子：生了病，天又冷，逼得她往那「苛求的腦袋」裡鑽，在寂寞裡孤獨著，而非掙脫了社會義務，「見朋友這種機制太過原始，應該在電話上碰面就好——撥個號，大家就同處一室了，」[31]這是她的願望，因為，即便無病一身輕，見太多來客也會落得「支離破碎」，「一顆心顫得難受」，見面的種種不快令她憔悴：「胡言亂語、扭扭捏捏，搞得大家都彆扭，跟人接觸還真難。」

可是，她也不喜歡離群索居太久，孤獨太多像是病態與脆弱的證據，而且同樣也會顫得難受，「綿綿細雨的來客」雖然令她苦惱，但也讓她想起了童年，想起了康沃爾郡的濱海小鎮聖艾維斯（St. Ives），想起了在艾維斯的塔蘭別墅（Talland House）度過的暑假，「一家人的生活簡陋而隨意」，屋內「雜亂無章、人滿為患」[32]——外甥昆汀・貝爾（Quentin Bell）肯定會這樣寫吧。

對吳爾芙來說，四十大關是個痛苦的里程碑。「我感到時光飛奔，就像電影院裡的影片，我努力去擋，拿筆去戳，拚了命想按住。」[33]

——

流感打擾了吳爾芙的雄心壯志，但這還不算完，她病倒的那天早晨，《泰晤士報》刊出報導[34]：流感在一週內奪走一百五十一人的性命，這是前一週死亡人數（五十四人）的三倍左右，而且很快就會被認為是流感爆發的開始。《泰晤士報》早在去年十一月初就報導過「冬季病患」[35]人數劇增，醫學特派員還警告：「心臟及胸腔虛弱者必須（……）避免溫差過大，以免循環系統過於吃力、導致抵抗力下降」，此外也警告要小心用藥。

吳爾芙一直擔心會生病，而且確實很值得擔心，《泰晤士報》警告的高危險群就包括她，而她之所以急著在一九二二年初開工，是因為一九二一年那場大病蝕去了她大把光陰。

七個月前，一九二一年六月十日，雷納德的記事本上出現了不祥的轉折：「妻听音樂会，夜不成眠。」[36]上次雷納德記錄吳爾芙失眠是好幾年前的事了，他已經很久都不需要像這樣鉅細靡遺地監控吳爾芙的健康。緊接著週末到了，新的一週來了，吳爾芙的健康每況愈下：星期一，「妻仍不適」；星期二，「妻不適」，到了星期三、星期四，雷納德的日記精簡到只剩「同上」兩個字，平時慣用的簡寫顯然已不夠簡，上次他用日記追蹤吳爾芙的健康惡化是六年半前的一九一五年二月，這一回的簡寫有上一回的影子，曾經的熟悉重演，不祥的預感回來了。一九一五年大半年，醫生開給吳爾芙大量鎮靜劑，這情景跟一九一三年一模一樣，當年她病了將近一整年，還吞服了大把的「佛羅拿」（Veronal）想自殺。一九二一年，吳爾芙又開始服用「佛羅拿」助眠，時空就此重疊。

一九二一年夏天，她給立頓・史崔奇（Lytton Strachey）的信中寫著：「糟心事」[37]排山倒海而來，她在日記中自述忍受著「日子虛擲，頭痛惱人，脈搏碰碰跳，腰痠背痛，焦躁，不安，躺著睡不著，安眠藥，鎮靜劑，毛地黃，下床走一走，走沒幾步又窩回床上。」[38]直到八月，她才能不靠藥物入眠。

「好大一片空白！」[39]吳爾芙在八月八日的日記裡感嘆，「整整兩個月就這樣沒了——這幾個字，今天早上寫的、談得上是寫作的文字，距離上一次——睽違了六十天。」她消瘦了（儘管被逼著吃她痛恨的牛奶食療），但秋天來時她康復了許多（儘管養生餐令人沒什麼胃口），臉色紅潤了起來。「噢！真是窮極無聊！」[40]她在病中寫信給朋友，刻意輕描淡寫，自娛娛人。她塗塗寫寫了整個秋天[41]，藉以彌補那一大片空白，整個人也跟著神清氣朗，《雅各的房間》準備收尾，九月的羅德麥爾村秋高氣爽，在連綿的夏雨過後，總算盼到了長長的散步。轉眼間，秋去冬來，不過短短四個月，她又病倒在床，《雅各的房間》才校訂不到一半，臥床本身就跟發病一樣令人灰心喪志、神昏氣短，對她的工作影響甚鉅，《雅各的房間》原本打算一九二二年春天問世，這下子不得不拖到秋天，這一拖似乎拖得太久，怕是等不及了。

她這輩子時常力不從心，好一陣、壞一陣，有時是心病，有時是染疫。對吳爾芙來說，生病——就算不是大病——總是揪心。一九二一年那個夏季的空白，在她的日記裡是「黑壓壓一櫃子的病，種種恐懼再次現形，聲東擊西。」根據《泰晤士報》報導，一九二二年這波流感的特徵之一，就是「會『感覺心口在跳』，也就是心悸」，此外，還會上下不接下氣、神經質、肌肉痠痛，這些都會令人「明顯憂鬱」，尤其好發於心臟疾病患者[42]，這讓吳爾芙即使微恙也心慌異常，黑壓壓的櫃子似乎又要打開，未免太快了，追趕進度的時間太過短暫，她還來不及恢復日常秩序。

雷納德留意著吳爾芙的習慣和兩人的家計，非常細心，每天、每週、每月的開支，不論是小錢還是大錢，全都一一記錄，兩人結婚的時間越長，他記帳的習慣越是嚴厲。[43]他們是一九一二年八月結的婚。一九二一年七月二十九日，雷納德買了襪子，八月五日買了刮鬍刀，隔了一年，一九二二年八月二十八日，雷納德補了貨，用三先令買了六把刮鬍刀，吳爾芙則買了一把梳子，日期是一月五日（就在她病倒前夕），他們還買了捕鼠器，花了兩先令六便士，時間是五月九日，一九二三年的帳上還有雷納德買牙刷和指甲刷的支出；但一九二二年卻沒有類似的紀錄，應該是真的沒買而非略過不記。雷納德在霍加斯出版社埋頭記帳的情景讓吳爾芙的姊夫克萊夫・貝爾（Clive Bell）見了，便給他起了個綽號——「冷酷的猶太人」[44]。

雷納德一雙眼睛都盯在妻子身上，吳爾芙未必高興，甚至感覺丈夫有些苛刻，而雷納德也曉得：縱使是為了妻子好，依自己的意思控制妻子的日程未必明智，而他之所以要替妻子多留一顆心，一來是因為吳爾芙大而化之，二來是因為吳爾芙就像薇拉・凱瑟筆下的凱瑟琳・曼殊菲爾（Katherine Mansfield），「從不讓自己喘息片刻，總是要把自己逼到心力透支。」[45]不過，雷納德的留心另有用意，他知道只要將妻子照顧得服服貼貼，吳爾芙就更有餘裕揮灑自如、工作起來心無罣礙。他心裡也明白：「趕羊總免不了要嘮嘮叨叨」[46]，而嘮叨「無濟於事，只會壞事」，因此，他自知要盡量默默留心，同時也知道漫不經心「愚蠢至極」，就算貌似風平浪靜也不能掉以輕心，而一九二一年那讓吳爾芙跛行兩個月的空白，眼看著就要毀了一九二二年，雷納德不得不更加斟酌應對。那年冬天，吳爾芙某次檢查完後，在日記中寫下醫生對她心臟的擔憂，醫生說「我脈搏異常得沒有道理，簡直逼近瘋狂。」[47]這段話說的是心病，用的是隱喻，他們站在懸崖邊上，掙扎著不要掉下去。

「妻復燒，」雷納德在吳爾芙生日前夕寫道，她窩回床上，這波病情「比上一波更惱人」。既惱人，又煩心。疫情爆發之初，《泰晤士報》說病程通常要走十天，但體弱多病者容易復發，而且復發又比初發更嚴重，流感在全英國蔓延，吳爾芙的康復之路遙遙，《泰晤士報》和費格森醫生都認為「最好的建議」[48]就是如常工作、照樣作息，只要自覺身體沒大礙，「就不要杞人憂天，一天到晚擔心自己會不會中標，」但只要出現流感症狀，「就立即臥床靜養，保護自己也保護鄰居。」

距離停戰已經過了三年，戰爭在流光中淡去，但流感和病逝人數攀升的報導讓戰爭的記憶清晰起來，一九一八流感大流行的死亡人數壓過第一次世界大戰，一九二二年一月，流感捲土重來的念頭席捲全英國，吳爾芙第二波感染持續惡化。一月二十二日星期日，教宗死於流感併發肺炎，吳爾芙在日記裡記載教宗蒙主恩召。一月三十日，《泰晤士報》報導探險家歐內斯特・薛克頓爵士（Sir Ernest Shackleton）因流感併發心臟病，一月五日於南美洲病逝，當天是南極洲探險的啟程日，也是吳爾芙病倒的日子。與此同時，流感在歐陸擴散開來，凡妮莎的孩子紛紛染疫，但凡妮莎仍然執意要回巴黎，只在倫敦匆匆停留了兩週。

一月二十五日，吳爾芙生日，令人不快的事實盤據在眼前、糾纏著她的未來，她對自己的成就感到迷茫。照理來講，四十是作家的而立之年。她在《紐約先驅論壇報》（*New York Herald Tribune*）發表文章談勞倫斯・史特恩（Laurence Sterne，一七一三——一七六八年），說史特恩以《項狄傳》（*Tristram Shandy*）初試啼聲之時，「許多作家已經在出第二十本著作，那一年，史特恩四十五歲。」[49]她以誇飾筆法，影射自己起步得晚。一九二二年一月，年近不惑的吳爾芙還不成氣候，跟想像中四十歲的自己頗有差距。

一九二〇年十二月，吳爾芙如數家珍道：「年底將至……我們坐在爐火旁等羅傑——他出書了，大家都出書了——凱瑟琳出書了，穆瑞出書了，艾略特出書了。我都還來不及看。」[50]這裡的凱瑟琳指的是凱瑟琳．曼殊菲爾；穆瑞則是凱瑟琳的丈夫，全名約翰．米德頓．穆瑞（John Middleton Murry），身兼評論家、小說家、《文藝協會》（*Athenaeum*）編輯；艾略特就是詩人T．S．艾略特，其詩集於一九一九年由霍加斯出版社付梓，首部評論集《聖林》（*The Sacred Wood*）則於一九二〇年由梅修音出版社（Methuen）發行。一九二一年初，冬意漸濃，倏忽來到一月二十五日，新年的一月在吳爾芙眼裡並非吉利的開始，從羅德麥爾村回到倫敦時，她還滿懷信心地期待著，沒想到卻令人灰心，過去一整年寫作上的不順令她絕望，而眼前更是不順到了極點。

《雅各的房間》延遲出版令她心灰意冷：「凱瑟琳下星期就要風靡全世界了」[51]，吳爾芙在一月某日的日記裡寫道，曼殊菲爾的短篇小說選輯即將出版。前年十一月，吳爾芙希望「兩天裡」[52]完成《雅各的房間》，「無論如何也要在週末趕完」，她真的趕完了，將那年夏天的空白全都補了回來，接著就是「幫《雅各》修容了」。她和丈夫在「修士邸」過耶誕節時，覺得《雅各的房間》必定能如期出版，但才過了一個月，計畫就趕不上變化，只得將《雅各》延到秋天，她忍不住擔心，屆時「再讀《雅各》，會不會只讀到滿紙枯燥的賣弄」[53]，不僅自己讀著無趣，別人也覺得沒意思。

討厭的生日就近在眼前，吳爾芙更加驚覺自己在小說藝術上的成就日漸遙遠，時間的浪濤一拍，舊作便成為時空錯置的英國戰前遺跡。

吳爾芙的處女作《出航》於一九一五年出版，正值第一次世界大戰開打第一年，第二部小說《夜與日》於一九一九年問世，距離停戰差不多滿一年。在她看來（相信別人也是這麼想），這兩部小說怎麼也不像文學變革的先聲，《出航》其實完成於十年前——一九一二年，她二十歲的年華就在潤飾《出航》中度過，寫出一個又一個版本，堪稱嘔心瀝血之作，然而，精神崩潰加上戰事爆發，《出航》遲至一九一五年才出版，續作《夜與日》則以結構精緻贏得讚譽，但也遭致批評，福斯特批得很輕：他欣賞《出航》風格清新、別出心裁，《夜與日》的表現卻退步了，而凱瑟琳·曼殊菲爾則筆下不留情。

「本來以為這樣的世界早就消逝了，」曼殊菲爾在《文藝協會》的評論中寫道：「本來以為浩瀚文海上的船隻不可能不知不覺，但《夜與日》嶄新出航，神采奕奕，精緻而講究，出自英國小說正統，眾人的欽佩中透著蒼老和涼意，沒想到還會再看到這樣的作品！」[54]

曼殊菲爾私底下更加刻薄，在給米德頓·穆瑞的信中，她寫出無法公開的心聲：《夜與日》「認非為是」、「冗長又乏味」，「虛榮無邊、自負無盡」，實在可鄙。[55]然而，吳爾芙讀出了曼殊菲爾《文藝協會》那篇評論的言外之意，一方面品味友人的讚賞和文壇的稱譽，一方面卻質疑這些佳評：《夜與日》是一部世情小說，創作時顯然架空了社會和政治背景，但那又如何？在倫敦各處，其他（年輕）作家筆耕不輟，作品一本接著一本問世，人氣和名氣與日俱增。

執拗的吳爾芙是某個顯赫文藝圈的女祭酒，說起這個文藝圈，欽羨有之，奚落有之，在同代文人的眼裡，這個文藝圈是個與眾不同的所在，像個「閃閃發亮的村子，沒有村門，」[56]《玉女神駒》（*National Velvet*）的作者伊妮．巴諾（Enid Bagnold）回憶道：「盤旋著，沒有座標，村子裡（在我心中）只有一位居民——一位魅力無窮的女子。」布倫斯貝里儘管位置明確，其存在卻難以捉摸、無法定義：起初是落腳倫敦的劍橋大學幫，成員包括吳爾芙的丈夫雷納德、吳爾芙的兄長托比．史蒂芬（Thoby Stephen）、作家立頓．史崔奇、經濟學家梅納德．凱因斯、畫家羅傑．弗萊、小說家福斯特……等，他們在一九〇〇年至第一次世界大戰初期遷居倫敦，有些則是經常往返倫敦，布倫斯貝里成為他們在倫敦的劍橋校園，成員來來去去、聚散有時，聚會方式類似「劍橋使徒社」（Cambridge Apostles），這群懷疑論者質疑所有定論，包括「布倫斯貝里」是否存在——但這是數年後的事了。

「雍容文雅」[57]是布倫斯貝里的標誌，畫家兼評論家弗萊認為這是怎麼學也學不來的，根據弗萊的說法，敵視布倫斯貝里者有些是打從心底批評，有些則是看不慣其名士做派，但這些敵視者有個共通點，就是「嫉妒並憎恨思想自由」。然而，布倫斯貝里的思想公正，旁人看來近乎驕傲自滿、朦朧成一條死路，這些人或公開譴責、或私下痛罵布倫斯貝里勢利、封閉，吳爾芙再有魅力，也吸引不了這些批評者，某位作家還以「中央暖氣」[58]稱之，艾略特也曾經惋惜阿道斯．赫胥黎（Aldous Huxley）在「布倫斯墳裡」[59]，而且（不只一點點）擔心自己會因為走得太近而遭到玷汙。

「吳美人爾芙」[60]——這是她姊夫克萊夫半是調侃起的封號，吳美人早就穩坐品味鑑賞家的位子，時常出言論斷，能言善道壓倒同代，在信奉談吐的布倫斯貝里無異於女祭司。

立頓．史崔奇去世後，畫家朵拉．卡靈頓（Dora Carrington）從他和劍橋老友的通信中「突然悟出精髓」[61]——正是劍橋情誼催生了布倫斯貝里：「冰雪聰明加上熱愛文學，品評中夾以詼諧，實在妙極」。布倫斯貝里吸引了志同道合之輩：吳爾芙和凡妮莎是姊妹，雷納德是海歸行政官之一（一九一一年從錫蘭返回英國，隔年與吳爾芙結婚），克萊夫是凡妮莎的丈夫、鄧肯．格蘭是凡妮莎的情夫、朵拉．卡靈頓是立頓．史崔奇的戀人，隨著圈子向外擴展，創始成員的情人也紛紛加入，包括克萊夫的情婦瑪麗．賀勤森（Mary Hutchinson）、瑪麗的丈夫聖約翰．賀勤森（St. John Hutchinson），此外也引來奧德霖．莫雷爾夫人（Ottoline Morrell）、艾略特、艾略特的妻子薇薇安[62]（Vivienne）等作家、名流、藝術家。他們在談吐中所看重、所磨煉的，是「像打羽球那樣來回對打」[63]的能力，「只是空中的羽球會在你來我往之間越變越多，」卡靈頓如此寫道。不過，僅僅像連珠炮般還不夠。艾略特曾經遇過一位「口若懸河」的女士，但他發現這位女士的談吐遠遠不及布倫斯貝里，在布倫斯貝里，眾人談吐有致，令他傾倒之餘，談吐也跟著不俗起來。布倫斯貝里的成員都懂得掌握沉默的時機，認為適時在談話中留白能為對話畫龍點睛[64]——「留給對方展現機鋒的機會。」

小說家克里斯多福．伊薛伍德（Christopher Isherwood）在回憶中期的布倫斯貝里時，記起了這段情景：「我們圍坐在茶几旁，吳爾芙神采奕奕，話裡藏針，閒話流言——正是這蜚短流長……讓吳爾芙辦的聚會冠絕倫敦」[65]。身為聚會女主人的吳爾芙魅力十足，使出的脣槍舌劍雖然與評論文章時有別，但同樣才智煥發、嘴尖舌巧；從小（小到還在給保姆帶的時候）「就用言談作為致命武器，」[66]凡妮莎回憶道。後來，吳爾芙出神入化，讀其作品便「如見其人」，「只要跟她共處一室半個鐘頭，便能輕易認出就是她……在羅德麥爾村的避暑宅邸蘸墨疾書，寫出新近刊在《國家》（*Nation*）上那篇清新爽利的文章。」[67]

縱使吳爾芙的興高采烈溢於言詞，也掩蓋不住（而且本來就不打算掩蓋住）她品評作家時那辛辣且傷人的勁道，她品評的作家包括文友和勁敵（以及文友兼勁敵）。「我知道她非常美麗也非常出眾，但她滿口嘲諷、語帶輕蔑，別人在她眼裡總是錯的……她沒血沒淚，哪裡懂得人呢，」[68]奧德霖．莫雷爾夫人寫道。在吳爾芙的日記裡，奧德霖．莫雷爾是文友兼勁敵。這位莫雷爾夫人是名媛貴族，極富教養，懂得待人，慷慨大方，週末常在嘉辛頓莊園（Garsington Manor）舉辦沙龍，有人欽慕她，也有人詆毀她。一九二三年，詩人西格弗里德．薩松（Siegfried Sassoon）深情歌頌莫雷爾：「噢！嘉辛頓的女哲學家」[69]。莫雷爾的自尊跟吳爾芙一樣脆弱，一直擔心著吳爾芙對自己的評價，她在日記中寫下前引那段文字，一旁用更深的墨水補了一句：「她的輕蔑和她的心腸無法相抵。」

吳爾芙除了公開發表評論之外，也時常私下月旦人物，有些寫在日記裡，有些則直白寫在給朋友的信中，包括艾略特、福斯特、凡妮莎、克萊夫等形形色色的人物，吳爾芙給克萊夫起了許多綽號，包括「小葵花鳳頭鸚鵡」[70]、「布倫斯貝里黃鸝」[71]，在布倫斯貝里定期舉辦的晚宴中，眾人你一言、我一語，宛如「管弦音樂會」[72]，克萊夫在此間扮演特殊的角色，「維持場面熱烈、語笑喧闐」，「起鬨撩撥吳爾芙使出著名的妙語連珠。」

一九二〇年，薩松在美國之行中寫信給奧德霖．莫雷爾，信中提及倫敦和布倫斯貝里帶給他的虛耗感，「隔著這段距離，」[73]他在伊利諾州湖森市（Lake Forest）寫道：「我帶著些許失望回首——看著那些聰明人互相調侃——唧唧咕咕、咕咕唧唧……」。福斯特對布倫斯貝里的偶像崇拜敬而遠之，儘管與雷納德交情甚篤，跟史崔奇、凱因斯等布倫斯貝里「創始成員」往來熱絡，但對布倫斯貝里這座孤島所形成的結晶戒慎恐懼：「倫敦知識界佻達而淺薄，像一條永不入海的溪流。」[74]

當然也有悄悄話是講給雷納德聽的，雷納德是吳爾芙的丈夫兼事業夥伴，除了一起經營霍加斯出版社，雷納德也是吳爾芙的第一位讀者（但他不讀尚未完成的手稿——只讀她剛剛潤飾過的完稿）。雷納德和吳爾芙呼應朋友的打趣，常以第三人稱自稱「吳氏夫妻」（the Woolves），英文拼法跟「狼群」（the wolves）有別，兩人的性格也跟狼性無緣。或許是緣分使然，又或許是吳爾芙丈夫挑得好、冠了個好夫姓，加上她的閨名——艾德琳・薇吉妮亞（Adeline Virginia），她性格裡的矛盾就全在這個名字裡了，想逃也逃不掉，既偶然，又貼切，「她的閨名纖細而純潔，冠的夫姓張牙又舞爪，」[75]薇妲・薩克維爾韋斯特（Vita Sackville-West）寫道。

對於同代作家獲得交口稱譽的成就，吳爾芙不假思索出言挑剔，而且往往言之成理，並再三表達對文壇名聲的疑忌，此外，她也在日記和信件中承認自己心懷妒忌：嫉妒曼殊菲爾、嫉妒喬伊斯（James Joyce）、嫉妒艾略特，隔了幾段（或幾句）又出言否認，還曾經「一時」對丈夫眼紅，當時《每日郵報》（*Daily Mail*）刊載了一篇評論文章，內容讚美了雷納德的短篇小說，「說來奇怪——也可以說是很蠢——我看到當下竟然覺得自己很沒用，滿心幻想老公擁有我所缺乏的才能，」[76]吳爾芙在日記中寫道。在吳爾芙初試啼聲之前，雷納德出過兩部廣受好評的小說，後來卻不見新作問世，而霍加斯出版社首部付梓的書籍《兩部短篇》，則分別收錄了雷納德和吳爾芙的一篇短篇。只要吳爾芙寫得順手，她這嫉妒就來得快、去得也快；倘若寫得不順，妒火就隱隱悶燒。

一九二二年冬天，吳爾芙一天一天朝四十歲邁進，對於文壇地位的疑慮就一天一天加深，她在日記中振振有辭，說自己在意的並非名氣，而是掛心其他成就，她對自己的舊作感到失望，眼前寫作速度又快不起來，加上整天足不出戶，時間多的是，但卻不是用來寫作，而是用來思前想後，越想就越覺得寫不出來。

「我已經下定決心，不追求受人追捧，因此，漠視也好、詆毀也罷，我打從心底看作是甘於無名的代價，」[77]她口口聲聲告訴自己，「我要寫我想寫的，他們說他們想說的，身為作家，我唯一感興趣的——我最近才發現——是奇詭的性格，不是筆力萬鈞，不是滿紙熱情，不是出奇制勝，不過，我心想：奇詭的性格不正是我所尊敬的特質嗎？」（暫時）封筆這段期間，她漸漸認清自己追求的目標，等到再次動筆，她將踏上追尋奇詭的道路。

就在生日前夕（一月二十一日），吳爾芙給福斯特寫了一封信，晚餐時她和丈夫從福斯特母親口中得知：福斯特快要回英國了。他在印度待了將近一年，回想起一九二一年三月，她還懷疑兩人會不會重逢，知道他要回來真是驚喜，吳爾芙寫了封長信，寄到他返國時途經的埃及賽德港（Port Said），她把日記裡的焦慮告訴福斯特。時間越來越不夠用，她寫道：

（……）我被這波流感襲擊，都過了十四天了，還沒辦法下床，但醫生開恩，特准我午飯過後在陽光下散步半個鐘頭。

但今天是不會放晴了。

——

寫作仍然像在牆上砌磚，你得用一貫的同情來解讀才行。我真想對你咆哮：臥病在床無所事事真是該死，偶爾起身寫個半頁，就又躺回床上了，我因此浪費了整整五年（這是我自己計算的），所以，你要說我今年三十五歲——而不是四十歲，若是問我，我肯定說不到三十五，這些年又是精神錯亂、又是臥床靜養，我並非什麼都沒學到，老實說，我疑心那些靜養的日子是在代替宗教的洗禮，但眼前這道真是難關。78

她這封信（以及其中皮笑肉不笑的自嘲），由福斯特來讀最是妥貼。吳爾芙與福斯特相識多年，多次想用三言兩語來概括他，例如「如雲煙易逝，如笛般悠揚——難以捉摸」[79]、「羞澀、動人、魅力無窮」[80]、「異想天開、恍惚飄忽」[81]，這隻「飄然的蝴蝶」[82]會用一貫的同情來解讀這封信，因為吳爾芙在選擇筆友時總是很小心。

砌磚沉悶單調又回味無窮，無論是用來比喻寫這封（福斯特必須用同情來解讀的）信，或是用來比喻寫小說，都必定會在福斯特心頭迴盪不已，此外，吳爾芙計算著虛度了多少年華，福斯特必定也深感共鳴。福斯特的名聲在吳爾芙之上，封筆不寫小說的時間比她更長，吳爾芙嘻皮笑臉虛報自己身為作家的年歲，卻掩不住心底的消沉與頹唐，這心情她相信福斯特心知肚明，他近來匿名在《國家》上發表了一篇文章——〈遲暮印度〉（"Too Late in India"），四個大字刊在頭版上，她憑著「領結和語法」認出是福斯特的手筆，不過，她補了一句，「我不跟你談寫作，省得你心煩，」福斯特讀到這裡肯定鬆了一口氣，他在寫作上已經煩了太多心，都煩到索性封筆不寫了。

這般辛酸——一來不得不降低自我要求，二來得要求朋友降低標準，三來被看出自貶身價，四來被發現受外界輕視——早已成為吳爾芙和福斯特輕手輕腳開鑿的話題，當時還不像一九二二年初這般淒冷，該死的臥床安養讓吳爾芙不論回顧還是前瞻，都帶著跟康拉德（Joseph Conrad）一樣的心情——那年冬天，康拉德也因為流感病倒，他在病中向朋友傾訴：「生病時情緒特別敏銳。」[83]

一九二二年二月四日星期六，《泰晤士報》刊出疫情嚴峻的報導：「自從耶誕節過後，英格蘭和威爾斯的流感死亡人數來到一萬三千人。」

噩耗傳來當天，吳爾芙依然臥病在床，自從二次感染以來，她復原得非常慢——甚至可以說是太慢了，都已經臥床安養了一個月，心臟「異常成了常態」[84]，她擔心自己不久人世。「我突然有個念頭，覺得自己活不到七十歲，」[85]她在日記裡寫道，「會不會（我前幾天跟自己說）我這心絞痛像擰抹布那樣把我擰乾，然後就這麼死去？」

費格森醫生堅持她再臥床兩到三個星期，眼看著去年夏天「整整兩個月就這樣沒了」的打擊又要重演，她在給立頓．史崔奇的信中說自己無法專注，無精打采，像動物園裡的鱷魚。[86]到了二月底，她寫了封信給姊姊，說自己「氣急敗壞、語無倫次，無法形容心中的憤慨，整日抽抽噎噎、悽悽慘慘，這樣的日子已經過了六個多星期，一點起色也沒有。」[87]她就像關在牢裡的囚犯，決定下次費格森醫生來看診，一定要「讓他放我出去」[88]，她希望「出門透透氣、看看公車駛過、到河邊晃一晃，有助於——求求上帝——文思泉湧。」[89]但事與願違，要開筆還有得等。

——

吳爾芙這身病，不知是考驗費格森醫生的醫術，還是考驗費格森醫生的耐性，又或是考驗醫術兼耐性。二月底的週末，費格森醫生來了兩趟，雷納德維持著習慣，在記事本裡記錄看診的情形：「上，工作。下，醫來看妻，應看心臟專科。下，印刷。」福斯特來喝茶，「待到晚餐，下棋」。外出看診時間約在一月二十七日星期一，約了溫坡街（Wimpole Street）的海翎敦．桑博立（Harrington Sainsbury）醫生，雷納德上午像往常一樣工作，下午「驅車」赴診（雷納德在袖珍筆記本裡註記），儘管車資不菲，他們還是叫了車。桑博立醫生檢查了一個小時，要求吳爾芙臥床安養，並建議取消春天的義大利之旅，他說吳爾芙可以出門走一走，但只能走十分鐘——「貓讓這隻老鼠又再多跑個幾步」[90]——而且不能上坡，上坡太吃力了。

寫作當然也不行，但這也不能做、那也不能做，遵循醫囑簡直比生病還慘，過去幾個星期就是明證：她一邊臥床，大腦（或許還有事業）一邊萎縮，身體雖然在靜養，頭腦卻靜不下來，體溫維持在37.5度的低燒，腦袋裡上緊的發條鬆鬆垮垮，這一切都讓她感到「沉淪墮落、病病歪歪」——她在二月十四日的日記裡寫道，這真是一九二二年最不浪漫的一天。寫作上毫無進展令她氣惱，她在日記裡列出前陣子讀的書，看著像小說目錄，「偶爾啃一啃」[91]傳記，只盼能「像枯葉」化作春泥滋養心智，這份書單包括《白鯨記》（*Moby-Dick*）、華特．司各特（Walter Scott）的《修墓老人》（*Old Mortality*）、英國印度部長莎士保理（Lord Salisbury）的傳記……等「近在手邊的作品」，可是，一想到自己的未來遲遲不來，吳爾芙越讀就越沒勁，靈感說不上門就不上門，不論是前瞻還是回首，除了洩氣還是洩氣：「對於寫作而言，過去十二個月是怎麼樣的一年啊！——我處在人生巔峰，腦袋裡一堆小傢伙，再不趕快放出來，就都要消失了！」

——

克萊夫寫信給凡妮莎，向妻子描述小姨子的情景，那文筆彷彿像在描述妻子的靜物畫。吳爾芙臥病期間，克萊夫持續來探望，她的床搬到了樓下，一來大家都方便，二來讓她病中不寂寞，克萊夫見她斜倚著，「嬌柔嫵媚，床擺在客廳，上半身用紙板什麼的撐著，想來是為了讓光線好看——我對她的愛無法再更深了，不過，對於四十歲的女人而言，這就是莫大的讚美了，妳說是吧。」[92]

講白一點：吳爾芙滿四十了，開始察覺光線好看很重要，也察覺女人一到某個年紀（也就是她現在的年紀），就會（不知不覺）去找光線好看的位置。某天下午，「火快滅了」[93]，陰影籠罩著她，她這才發現這是「最好的光線，女人一旦過了四十，待在暗處才不會窮擔心，我看那些四十歲的女客……動不動就找藉口背對著窗子。」

春天帶來了她思念的訪客，克萊夫是其中之一，到了三月，又有兩位遠遊的友人回到她身邊：福斯特和湯瑪士．艾略特。

——

吳爾芙和湯瑪士．艾略特相識於一九一八年十一月，當時吳爾芙不叫他湯瑪士，而是稱他為艾略特先生——「那個古怪的青年艾略特，」她在給羅傑．弗萊的信中寫道，當初就是弗萊介紹艾略特給吳爾芙夫婦，說艾略特有些詩作可以出版，雷納德因此致信艾略特，說自己和吳爾芙「都很欣賞您的詩集《普魯佛洛克》（*Prufrock*），不知您願不願意讓我們看看您的詩作，將來有機會幫您印行。」[94]一九一八年十一月十五日星期五，艾略特到吳爾芙府上喝茶，那一週正好是停戰首週。

第一次世界大戰結束了，吳爾芙那年的日記也進入尾聲，一九一八年十一月十二日，她在日記本末頁寫下：「和平消融在平凡的日月流光，」[95]字裡行間透露著和平迅速帶來的心境轉變，「之前不論是白天醒著，還是穿過黑暗的街道回家，總覺得大家（有意無意）都懸在一個點上，現在，這個點炸裂開來，碎成一片又一片，朝著四面八方飛散而去，每一片都勁道十足，英國再次成為個人的天下。」在這心境轉變中，她允許自己感受——或者退一步講：她允許自己表達——那一點寂寞的況味。十一月十三日，她寫信給姊姊：「放眼倫敦，幾乎找不到人陪我談寫作，也找不到人陪我談沙士比亞【原文如此】。」[96]

在這樣的世界裡，在這樣的匱乏裡，傳來了艾略特的跫音。

她正在寫日記——為了省錢，她拿讀書筆記本來寫日記——寫到一半，艾略特來訪，「這一頁寫到某處便被打斷」[97]。艾略特總是期許自己彬彬有禮、懂得拿捏分寸，沒想到拜訪吳爾芙府上竟然打擾到主人，想來也是有些諷刺，主客三人談論著艾略特的詩，也聊到第一次世界大戰的終結，其中關於和平的討論很有意思，吳爾芙在給姊姊的信中寫道，「我們文人向來喜歡互相抒發感受，」[98]吳爾芙在艾略特來訪隔天提筆給姊姊寫信，不過，有艾略特在場，抒發起來無法盡興——她跟羅傑・弗萊打小報告——「他說話要花費大把時間鋪陳醞釀，實在熟稔不太起來。」[99]

她對艾略特的初評為往後二十年的友誼埋下伏筆，她馬上察覺到他表裡不一，外表做出一副樣子，「在那表面之下」[100]又是另一副樣子，全身上下沒半點隨興，言行舉止矯揉而造作，吳爾芙夫婦也心存戒備，彷彿是對這裝腔作勢的回應。某次艾略特來訪後，吳爾芙寫道：「和艾略特往來，就像在做科學觀察，」[101]本著這樣的實驗精神，吳爾芙追根究柢，永遠沒有滿意的一天。起初，她質疑這段差了六歲的忘年之交——「四十歲還有可能開展新友誼嗎？」[102]認識了兩、三年後，她沉醉在這段友情裡，知道這段友情是基於「兩人都自知多愁善感，可惡」[103]，不過，對吳爾芙來說，這意味著永遠會有沒看過的面向顯露出來，這些艾略特的怪癖或特質，有些能驗證她的想法，有些會推翻她的觀點，有些將擴大她的理論，有些則令她苦惱不已。打從兩人相識以來，吳爾芙對艾略特的文學見解將信將疑，但對他裝模作樣發表見解的樣子充滿興趣——那副模樣（吳爾芙心想）既滑稽又疏懶，做作又自負，令人難以忍受。

吳爾芙的生活儀式之一，是在每年一月時記敘幾段友誼，在心底的畫廊掛上友人的肖像，素描自己對這些朋友的看法。一九一九年一月，她寫下與艾略特的友誼，說自己「就憑一面之緣」喜歡上他，還說「未來大概還會常常碰面」，「因為我們今天開始排版他的詩」[104]。這本《詩集》（*Poems*）於一九一九年出版，兩人對彼此的了解與日俱增，但吳爾芙發現這段友誼並未更加緊密，「我比他投入的更多：或許我可以學他做一隻青蛙，」[105]她在日記中寫道。

第二章　艾略特在一月

艾略特的一九二一年在瑞士洛桑市落幕。一九二一年十月，他因為嚴重精神崩潰，向駿懋銀行告假三個月到瑞士養病，相較於即將過去的一九二一年，一九二二年看來會漸入佳境，不太可能再急轉直下。

一九二一年九月二十四日星期六，艾略特在修士邸留宿，跟吳爾芙、雷納德共度了一晚，雷納德只在日誌上寫下三個字：「艾略特」。對於這趟來訪，吳爾芙似乎並不期待，她寫給姊姊的邀請函看不出半點興奮：「二十四日妳不來吧？艾略特要來？」[1]不過，這趟來訪「順利圓滿，」[2]吳爾芙在日記裡寫道：「但我不再害怕他了，真是大失所望——」日記以破折號收尾，並未完整說出對艾略特的看法，這段友誼就此邁入新紀元，至於是怎麼樣的新紀元，那就不好說了。

艾略特全名湯瑪士．斯登．艾略特（Thomas Stearns Eliot），一八八八年生於美國密蘇里州聖路易市，「一張臉又大又白……歪著嘴，嘴唇緊閉，臉上的線條既不放鬆也不自在，緊抓著，勉強著，壓抑著，」吳爾芙寫道，大頭象徵他智識傲睨當世、文才洋溢、野心勃勃，不僅在布倫斯貝里占有一席之地（其中以吳爾芙、雷納德為代表），也在反布倫斯貝里陣營贏得賞識，包括艾茲拉．龐德（Ezra Pound）、溫德．路易斯（Wyndham Lewis）等文人。不過，那張大白臉和緊閉的歪嘴都只是面具的一部分，不過是做做幌子，到了一九二一年夏天，便漸漸掩飾不住面具底下的憂鬱和絕望。

經濟不穩，婚姻不幸，從駿懋銀行下班後缺乏時間寫作，艾略特在焦慮中日漸遲鈍，那張吳爾芙筆下「嚴毅如大理石」的臉上被刻出鼓鼓的山坳，鬆垮的面頰加深了法令紋，加重的黑眼圈陰鬱了眼神，隨著時間過去，私生活的沮喪漸次浮上檯面，不僅個人健康不佳，妻子更是體弱多病。一九一九年，他還能要母親放心，說自己在評論界嶄露頭角，將成為繼亨利·詹姆斯（Henry James）之後影響英國文壇的美國作家。然而，他的文名越盛，銀行的工作越是繁重，他曾經向立頓·史崔奇闡述：詩歌已經被繁瑣的問題擺到一邊，他所思考的是「為什麼從美國進鋼筋比從米都士堡（Middlesbrough）進鋼筋便宜？後續會有什麼影響？例如盧比升值、波蘭匯兌困難」[3]，寫得一派雲淡風輕，但至少在一九一九年的夏天，艾略特給立頓·史崔奇的信還能雲淡風輕，他告訴史崔奇，工作對他的影響就是讓他「鄙視」倫敦，並將人類分為「超人、白蟻、線蟲」，而他自己「學有專精」，「旅居於白蟻之間」，史崔奇喜愛戲謔，文名又在艾略特之上，艾略特樂得迎合趨承，順道一展才思，也就這麼自嘲了幾句。然而，到了一九二一年夏天，艾略特連這麼一點自嘲都不能了，過去兩年的生活讓他認清那句隱喻的淒涼：他已淪為白蟻，一點一點蠶食自己的根基，信中的打趣越來越少，全身上下剩不到半點幽默，憂鬱糾纏著他，日日摧殘，勢若摧枯，只能眼睜睜看著（龐德、吳爾芙等眾多文人看好的）大好前程——從指尖溜走，日益遙遠。

「你是否曾經遭受持續不斷的劇痛？痛到失去理智、分不清妄想與現實？」[4]這是一九二一年三月艾略特寫給朋友的信，「她現在就是這樣，」意指妻子薇薇安正遭受病痛的折磨。薇薇安向來大病小病不斷，前陣子又診斷出神經炎，艾略特日漸陷入痛苦的深淵，一則煩憂妻子的健康，二則苦惱療養的開銷，起初住療養院，後來開銷太大吃不消，只得搬回家住。公寓難免成了病房，艾略特坐困其中，跟妻子輪流扮演病患和看護的角色，五花八門的症狀層出不窮：神經衰弱、結腸炎、種種消化問題，而且越治療似乎越嚴重，從薇薇安的情況來看，治療比疾病本身更耗損、更傷身，那些因為薇薇安的健康而「焦慮異常的時刻」，在日月如流中綿延成異常焦慮的月月年年，並漸漸分不清究竟是在焦慮妻子的健康、還是在焦慮自己的事業和健康，這對艾略特造成莫大的斲喪，日日夜夜將他推向險境，同時妻子的病又一日重似一日，對他來說，正視這傷害太危險，也顯得自己太自私。

一九二一年四月，薇薇安在鬼門關前走一遭，脫險後艾略特寫信給朋友，說自己正在整理詩稿，有些是手寫稿、有些是打字稿，正在收尾中，但還不能見人，自從七年半前來到英國，他就一點一點、斷斷續續寫詩，這才「積攢下這些殘句」[5]，但偏偏不得「心靈自由」[6]，無法讓殘句一氣呵成，也看不出整首詩最終的樣貌。曾幾何時，心靈自由就是抽暇寫作，但近來他心神無法集中，心靈也不再自由，他已「焦慮成習，恐懼成性，因此吃盡苦頭。」[7]

一九一四年，艾略特踏上英國，進入牛津大學，打算完成在哈佛大學攻讀的哲學博士，同時，他也寫詩，在來英國之前，他先去了歐洲，一邊遊歷一邊寫詩，在英國，脫離了家人的責難，他或許可以捨棄學術之路，踏上心之所嚮的文學道途。學年結束時，他娶了薇薇安・海伍德（Vivien Haigh-Wood），岳父查爾斯・海伍德（Charles Haigh-Wood）是位小有成就的畫家，曾經在皇家藝術學院習畫，並從母親那裡繼承了財產，光靠租金收入，便能讓一家人過上舒服的生活，包括妻子蘿思（Rose）、兒子墨利斯（Maurice）、女兒薇薇安，一直到婚後，薇薇安都能從娘家拿到一小筆生活費。艾略特與薇薇安的婚期在一九一五年六月，半年後，他寫信給詩人康拉德・艾肯（Conrad Aiken），說自己「過去六個月的經歷，足以寫出二十首長詩」[8]，而他後來積攢的殘句，有些顯然寫於婚前，有些作於一九一四年的哈佛校園，有些則甚至更早，艾略特信中提到的六個月經歷，在星移斗轉間展延成了歲歲年年，他琢磨腹稿的時間越長，生活中可以入詩的題材就越多。

一九二一年春天，艾略特期待著在十月之前完成這首尚且無題、無旨的詩，晚秋時動身前往巴黎，與龐德一同推敲斟酌詩句。從年頭到年尾，他每每給朋友寫信，都會提到這個寫詩計畫，但是，對於詩作即將完稿的把握，與其說是在說服別人，不如說是在說服自己成功在望。一九二一年冬天，溫德・路易斯寫信給薇歐拉・席孚（Violet Schiff），這位席孚夫人艾略特也認識，是位藝術

贊助人；路易斯在給席孚夫人的信中寫道：艾略特說自己「近來正在從事難以言喻、錯綜複雜的任務，但究竟是什麼任務我就不好說了。」[9]

路易斯和龐德身兼雜誌編輯，對於艾略特過於樂觀的交稿預言司空見慣，「不能指望艾略特會如期交稿」[10]，龐德在給瑪格麗特・安德森（Margaret Anderson）的信中表示。這封信寫於一九一七年，安德森女士是《小評論》（*Little Review*）的創辦人，而艾略特口中的長詩，則從一九二〇年在他腦海裡盤據到一九二一年，他週一到週五在駿懋銀行上班（週六則上半天，每隔四週輪一次全天），再加上通勤時間，每週工時五十個鐘頭，「艾嫂」那身病又耗去他許多心力，就連在心中斟酌詩句都難，遑論真的提筆。

「目前生活模式的主要缺點，」艾略特在給朋友的信中說：「是缺乏連續的時間，無法一個人靜下來幾個鐘頭，因此專注力渙散，不論長詩還是短詩，都無以成詩。」[11]這段直截了當的說明底下，隱藏著無法估量的損失，倘若一一數算，肯定比這段白描更嚇人。根據薇薇安與友人的通信，艾略特從駿懋銀行下班後，必須回家照顧太太、幫太太倒水，「替病懨懨的妻子準備病人餐，自己從中找空檔寫作！」[12]事實上，艾略特不只得從家務事中抽身，還得從眾多庶務中撥冗，這才得閒作詩。從一九一九年至一九二一年底，艾略特在《泰晤士報文學增刊》等報章雜誌發表了四十九篇評論和散文[13]，明明知道應該要把心力放在創作上，但偏偏做不到，對此他深感絕望。根據艾略特自述：每天下班後，他只能抓住「一時半刻的喘息空間」[14]寫詩，「心底的焦慮」[15]占據了他的心思，他擔心薇薇安的健康，而經濟上的需要讓他離不開駿懋銀行，也逼迫他在報章雜誌上賣文為生，因此再無心力寫詩。

艾略特的哥哥亨利（Henry Eliot）在給母親的信中，把薇薇安的病說成是「偏頭痛、小感冒」[16]，語氣傲慢，令人替薇薇安抱屈。亨利認為：薇薇安喜歡「當病人」，只要她「願意好起來，根本用不著吃那麼多苦。」不過，亨利的信念偏偏不管用，艾略特的情況就是明證。

艾略特直到婚後才帶薇薇安見家人，當時是一九二一年的夏天，艾略特已經六年沒見到母親和兄長。六月初，母親夏綠蒂（Charlotte）和姊姊瑪麗安（Marian）來訪，一待就是兩個月，期間哥哥也前來會合，這次團聚可說是「苦樂參半」[17]，不僅讓艾略特備感壓力，也讓薇薇安緊張兮兮，為了安置母親和姊姊，他們租了一間公寓同住，原本艾略特指望「抽暇」賦詩的時間，全都用來款待家人，當然啦，他不能坦承家人來訪是種打擾，全家團聚也帶來了快樂，但在艾略特看來，天倫之樂是先憂後樂，根據他寫給友人信中的描述：「這些人際關係新中有舊，分寸拿捏相當艱鉅，更有數不清的地方需要調整，從中領悟了過去不曾領悟的道理。」[18]

艾略特重新認識了母親、認識了姊姊、認識了哥哥，也重新認識了自己的婚姻，透過家人對妻子的審視，這段婚姻被慘不忍睹地攤在陽光下。就在婆婆來訪前夕，薇薇安被診斷出神經衰弱和消化問題，必須出城休養一段時間，但她違背醫生（或許還包括丈夫）的心願，逕自跑回倫敦，「所以，在她離開之前，我都不得休息，」[19]艾略特在給朋友的信中寫道，但這意思是說：他得等到薇薇安出城休養才能休息？還是夫妻分開才能休息呢？

一九一五年三月，薇薇安・海伍德在牛津校園邂逅了湯瑪士・艾略特，兩人相識於莫德林學院的午宴，艾略特當時二十六歲，該學年領到哈佛大學謝爾頓獎學金（Sheldon Traveling Fellowship），到牛津大學墨頓學院攻讀哲學，春天時，學年接近尾聲，獎學金即將用盡，艾略特讀著古希臘羅馬哲學家的壓軸人物普羅提諾（Plotinus），每週寫一篇小報告，希望日積月累下來能成為博士論文的片段。薇薇安當時也是二十六歲，是個「倜儻不羈的倫敦人」[20]，把艾略特迷得神魂顛倒，這群倫敦小姐都超過二十五歲——艾略特在給友人的信中寫道——「世故而不失嫵媚，看破卻仍然有情」，如果不滿二十五歲，這群小姐肯定完全在母親的掌控之中，他跟這群小姐喝過茶、吃過飯、出席過大大小小的場合，她們都有「耐人尋味的名字」，還有著蔑視傳統的言行——令艾略特心醉神怡。他喜歡看女人抽煙，而且，更驚世駭俗的是，他甚至還跳過舞！

或許正是艾略特的詭祕魅惑吸引了薇薇安。在溫德・路易斯筆下，艾略特是「來自大西洋彼岸的幽靈，時髦，高大，迷人」[21]，路易斯與艾略特相識於一九一五年的倫敦春日，路易斯注意到艾略特有著「蒙娜麗莎的微笑」，令薇薇安心蕩神迷，直往那抹微笑裡傾注心意。薇薇安美麗而輕窕，直白的魅惑中帶著原始的本質，艾略特情竇初開，只覺陌生而新鮮。

那場莫德林學院的午宴由斯科菲・瑟爾（Scofield Thayer）主辦，他與艾略特是美國米爾頓中學（Milton Academy）同窗，也是哈佛大學校友，瑟爾後來當上紐約文學雜誌《日晷》（*Dial*）的編輯，艾略特則從一九二一年起為《日晷》供稿，設有「倫敦來函」（London Letter）專欄。瑟爾愛慕薇薇安，就在艾略特與薇薇安於瑟爾家中相遇前後，瑟爾在筆記本裡寫下：「薇薇安的味道出奇像貓。」[22]艾略特與薇薇安新婚不久，阿道斯・赫胥黎寫信給奧德霖・莫雷爾夫人，描述這對夫妻之間情慾洶湧，「看看他看她的眼神就知道……她是挑逗的化身。」[23]

路易斯初見笑容如蒙娜麗莎的艾略特，彷彿看到「《普魯佛洛克》的作者」從詩中走出來——「真的，就是普魯佛洛克本人：然而，詩中的美人魚不願為普氏引吭，但肯定會願意為現實中的普氏高歌。」[24]《普魯佛洛克的戀歌》（*The Love Song of J. Alfred Prufrock*）是艾略特早期的重要詩作，主角普魯佛洛克天生優柔寡斷、模稜兩可，只有在知識的追求上當機立斷，艾略特或許就是普魯佛洛克的化身，但是，在路易斯的回憶中，艾略特也是「年輕英俊的美國總統」[25]，這一方面是稱讚艾略特儀表俊秀，二方面則突顯路易斯從兩人長年往來學到的慘痛教訓——艾略特頗有政治手腕。看在薇薇安眼裡，艾略特是異域來的外客，在龐德的影響下，把人生都賭在了倫敦，唯有在這裡，文人才能發跡，而一旦在英國建立了詩名，就有機會紅回美國，進而詩名滿天下；至於從異地紅回倫敦，則從來沒有這樣的道理。艾略特的詩人生涯與婚姻生活同時展開，處女作《普魯佛洛克的戀歌》發表於一九一五年六月號《詩刊》，薇薇安與艾略特則於一九一五年六月二十六日完婚——但這兩件事並非同樣令人稱心滿意。

艾略特和薇薇安為什麼倉促成婚？原因至今仍然不明，又或許根本沒有原因，艾略特本人的解釋隨著歲月推移而改變，結婚數十載後，他告訴友人：當時忙著追薇薇安，「並未完全意識到」[26]自己為什麼要結婚，而當年艾略特給J．H．伍茲（J. H. Woods）的信卻寫得很隱晦：「戰事相關種種促成了這樁婚事。」[27]J．H．伍茲是艾略特的論文指導教授，在哈佛大學教授哲學，艾略特不願在指導教授心中留下魯莽衝動的印象，便給了個冠冕堂皇的理由，所謂「戰事相關種種」或許是在影射友人尚．斐德納（Jean Verdenal）於一九一五年五月二日戰死沙場，這暗示艾略特在意外喪友之後急欲鞏固一段感情，在世事無常之時克服普魯佛洛克的優柔寡斷，並將《普魯佛洛克的戀歌》獻給了尚．斐德納。

艾略特成婚也是成年的宣示，他終於擺脫父母的掌控，儘管開銷還是得靠家裡，家人也還是期望他返美進入學術界。婚禮過後一週，艾略特寫信給兄長亨利：「真正令人詫異的是：我竟然有魄力結婚，」[28]這樣的突破為他增添自信，「也不像過往那般壓抑」。這或許暗指性壓抑得到解放，又或許只是指他樂得自行做主、無須聽訓或與家人商量，彷彿結婚是為了表彰他已經成熟、可以對自己負責，但代價是從今以後他也要對薇薇安負責，而責任越大、自我就越大，這是他所樂見的，只要能比過去「更無限充分地」做自己，他就能讓薇薇安幸福快樂。在給兄長的信中，艾略特對依戀、愛憐隻字不提，雖然旁人一眼就能看出他和薇薇安互相吸引，但兩人相識的時間太短，對彼此的了解還停留在第一印象，渾然不知對方身心皆脆弱，最幸福的時光都已在婚前度過。

這場錯誤的代價由兩人平分。多年後，艾略特向婚姻岌岌可危的朋友坦承：自己娶錯了人，把私生活搞得一團糟，當時放棄學術的想法令他意志消沉，深感自不如人，他在薇薇安的仰慕中尋求慰藉，藉此擺脫「逼瘋人的失志感和自卑感」[29]，他只是想找點消遣，跟薇薇安「調調情、搞搞曖昧」[30]，覺得她的名字耐人尋味，可惜他當年「太靦腆，經驗不足，不懂調情也不懂曖昧」[31]，一直到晚年，他才領悟二十六歲的自己「跟同儕相比有多幼稚、多羞怯、多青澀」[32]，在這樣的年紀，他遇到了薇薇安，直到暮年回首，才明白薇薇安不過是塊墊腳石，他為了「破釜沉舟留在英國」[33]，這才說服自己深愛著薇薇安。

就這樣，他定了下來，以婚姻為船錨停泊在英國，以利他的文學事業發展。在薇薇安眼裡，艾略特是位詩人，而且是前途無量的詩人，艾略特後來認為：薇薇安深信他會在詩壇闖出名號，因而說服自己用婚姻來「拯救詩人」，讓艾略特能留在英國、讓詩作發光發熱。艾略特和薇薇安想婚的衝動，把薇薇安的人生搞得天翻地覆，這一點艾略特心裡有數，但面對妻子的抑鬱和自己的角色，他似乎半是攬責、半是卸責，因此，在後悔和無奈之餘，他或許也深懷愧疚，數十年後，他在劇本《雞尾酒會》（*The Cocktail Party*，一九四九年）裡描述了一段慘烈的婚姻，「男的無法愛人／女的無人愛慕」，這段對句先怪罪丈夫、再怪罪妻子，雖然毫不留情點出這做丈夫的天生無法愛人，但對這做妻子的評判更是難聽——說她不得人疼愛。或許，艾略特願意承認：婚姻的情感匱乏雖然他也有責任，但不能完全怪在他身上。

根據女演員艾琳．沃斯（Irene Worth）回憶：一九四九年，艾略特來看《雞尾酒會》排戲，他坐在劇院後排，一邊記筆記一邊抽煙，從頭到尾就只打斷過一次，當時那場戲是妻子（艾琳．沃斯飾）與丈夫（亞歷・堅尼斯飾）爭執，怎麼演都不對勁，艾略特從暗處「衝上舞台」[34]，堅持「妻子必須兇，要很兇很兇很兇，必須讓觀眾知道這妻子有多麼不可理喻。」

悲慘的命運將艾略特和薇薇安拴在了一起，而這一切的一切都在一九二一年寫進了艾略特的詩裡。

「今晚心緒很糟，」[35]在碎句之間，佚名的「她」開口道：「很糟。陪陪我。／說點話。你怎麼都不說話？說。／你在想些什麼？想什麼？嗯？／從來就不懂你在想什麼。」龐德讀了艾略特的手稿，在這段詩句旁邊留下「寫真」兩個字，意思是內容太過寫實，簡直是真實對話的翻版。但這段詩句哪裡是對話？在場雖然有兩個人，但說話的只有一個人，男子的緘默導致女子的焦慮齊發，心底的需求昇華成謾罵，卻只能再次面對沉默：「你／全不知情？你全看不見？你還記得嗎／忘了？……還活著嗎，死了？腦子裡空空如也？」她說。龐德又留下「寫真」兩個字。

在手稿空白處，薇薇安兩度寫下「妙極」，儘管她跟艾略特都對婚姻感到絕望，絕望到寫成了詩，但她依然讚美這首詩，他雖是默默無語的丈夫，但卻是用心聆聽的詩人，回答不了的問題，都帶進了詩裡。

「婚姻並未帶給她幸福，」[36]艾略特在七十多歲時寫道，下文則說：「婚姻帶給我寫出《荒原》的心境。」為了成就他的文學事業，兩人都付出了極大的代價。

艾略特再怎麼拿捏分寸，也遮蓋不住荒原的心境、掩瞞不了荒原的代價，這些都瞞不過他的家人：哥哥看出他的艱辛，母親也看在眼裡，還擔心其他問題導致兒子的作品「式微」[37]，唯恐兒子從此走下坡，哥哥雖然要母親不要擔心，但也同意艾略特近期的詩作「不如早年有靈氣」[38]，他認為問題之一出在艾略特長居倫敦，對此家裡仍然無法接受，失望之情再次湧上心頭，亨利告訴母親：這麼久沒見到艾略特，「乍看之下簡直像個戲子，」[39]在一群外國人之間演戲，這些外國人看他「永遠是美國人，即便是亨利．詹姆斯，也當不了徹底的英國人。」[40]

艾略特曾經向哥哥坦言：自己必須「時時警惕，留心自己的儀表，在人群中戴著面具，」[41]這麼做害了他自己，倫敦的友人（和敵人）都認得他這副假面，在英國待了七年多，他依然裡外不是人，說話時帶著「陰魂不散的波士頓口音」[42]，縱使二十多年過去，他說起英文「既不像英國人」[43]，也不像「一般來到英國的美國人」[44]。此外，彷彿要證實他是外人似的，就在一九二一年這段人生最搖搖欲墜的時刻，竟又平添了幾樁旅居英國的緊張事，他的苦惱已經夠多了，「美國領事館的羞辱令他惱上加惱」[45]——竟然向他徵收所得稅，這讓他陷入更深的財務焦慮，此外，入籍英國的狀況也讓他擔心，申請的文件卡在官僚體制裡，需要「內政部的有力人士說情」[46]，但艾略特沒有這樣的後臺，這更顯得他在這個想稱為家的地方是個徹頭徹尾的外人。

奧德霖．莫雷爾夫人與艾略特初次見面後，在日記中寫下艾略特似乎存心要高深莫測，當時他們正在談天，談著談著就談到了龐德作詩的才情，艾略特告訴莫雷爾夫人：「龐德暢所欲言之時，就是戴上古董作家面具之時——唯有這時他才會感到自在。」[47]莫雷爾夫人把這番話當作艾略特的表白，也許說者無心，但聽者終究聽出了端倪，不論是作為詩人還是作為男人，艾略特都無法說出自己的心聲，儘管莫雷爾夫人崇拜艾略特的才智、陶醉於艾略特對自己的興趣，但是，阿道斯・赫胥黎警告她要小心：「阿道斯說艾略特為自己打造了人格，像穿木製鎧甲那樣穿在身上。」

薇薇安很晚才領悟出赫胥黎這番話的意思。身穿鎧甲、拿捏分寸的艾略特，對她已經無動於衷，隨著年華流逝，艾略特身上的擔子越來越重，對薇薇安也越來越不為所動。一九二一年秋天，亨利離開了英國，隨後薇薇安給這位大伯寫了封長信，並在信末附言透露了寂寞：艾略特雖然盡心盡力照顧她這一身的病，但她擔心（也確實知道）丈夫已經不愛自己。「再見了，亨利，」[48]薇薇安寫道，「要做自己，一定要做自己，不做自己就白活了，不論做什麼都是白搭。」

家人前腳才剛走，艾略特就找到法子加重身上的擔子：羅德米爾夫人（Lady Rothermere）答應資助他編輯文學雜誌。羅德米爾夫人本名瑪麗・莉莉安・漢思沃詩（Mary Lilian Harmsworth），是出版大亨哈洛・漢思沃詩（Harold Harmsworth）的妻子[49]，而她要資助的正是後來的文學評論季刊——《標準》。出任雜誌編輯實現了艾略特的抱負，同時也大大縮減了他賦詩的閒暇，更迫切的是他再也沒有時間賣文賺外快。羅德米爾夫人答應資助他三年，每年六百英鎊，其中一百英鎊是艾略特的年薪（只要他要願意便能收下），但他擔心駿懋銀行反對員工在別處支薪，因此不願冒險。

艾略特對羅德米爾夫人的承諾逐步兌現，這本「假想中的評論」[50]漸漸成形，白天在駿懋銀行的工作也延伸到了夜晚，「我埋首於數字和算計，滿腦子都是商業管理的問題，」[51]他寫信告訴瑪麗・賀勤森，她不僅是克萊夫的情婦，也是立頓・史崔奇的表妹，同時是艾略特的紅粉知己，他為自己的疲憊向她致歉，他累到「無暇享受……應酬的愜意，甚至無暇享受友情的樂趣。」一想到這份文學季刊的前景，薇薇安的心裡就七上八下：艾略特把時間都用在文學評論上，哪裡還有時間品味婚姻的愜意（或者說是婚姻的現實），艾略特從此又多了一樁分心的差事，藉此築起另一道牆，這擺明了是要疏遠她，因為艾略特把撰寫評論的工作帶回家，在夜裡窩在兩人的小公寓寫稿。對於艾略特的雄心壯志，薇薇安既深感驕傲又自我犧牲，她認為編輯這份季刊必須夫妻同心，她可以為丈夫提供建議，不過，她看得比丈夫更清楚：這份季刊對他和他倆而言都是全新的重擔，艾略特或許心裡也有數，只是嘴上不願承認。「事情將會糟到不能再糟，既吃力又不討好，」[52]她在給亨利的信中寫道，下文則小心翼翼添了一句：「我是指雜誌的編務……眼前道途崎嶇。」

——

家人來訪後，艾略特跌到了谷底，頓感前途茫茫，詩作無法完成，未來更加晦暗，思緒無法運轉，就連打字機都壞了[53]。事實上，亨利早就看出艾略特的打字機舊了，因此離開時沒把自己的打字機帶走，並且留下一筆錢，但他沒跟弟弟和弟媳說，只讓他們自己發現。薇薇安催艾略特去看「神經專科」，幫他掛了號，還陪他赴診，這是九月底的事，她甚至跟斯科菲．瑟爾開玩笑：「看看我這處境：我自己的精神崩潰都還沒完呢。」[54]

薇薇安大概以為瑟爾會特別同情艾略特和自己。一九二一年七月，瑟爾離開紐約去了維也納[55]，並於九月開始接受佛洛伊德的心理分析治療，而艾略特的況狀也在九月惡化。十月中旬，瑟爾才接受了一陣子「佛洛伊德教授」[56]的治療，便正式與結縭五年的妻子離了婚[57]。

——

九月二十八日星期三，艾略特向友人報告：自己即將去看「全倫敦最有名的神經專科」[58]。在給哥哥的信中，艾略特說醫生進行了「徹底的」[59]檢查，並且用金融術語解釋病情，以免在駿懋銀行任職的他聽不懂。艾略特將醫生的話轉述給哥哥，說是「我大大透支了精力」，醫生很擔心也很果斷，並建議艾略特下一步該怎麼走——休養兩到三個月，立刻向公司請假。

九月三十日星期五下午，艾略特跟溫德．路易斯碰面，在傾訴心聲後，艾略特說不曉得要不要聽從醫生的建議，還是照原先的計劃到巴黎度個假、找龐德論詩，就算是休養了，說不定「之後感覺就不一樣了，」[60]他對溫德說。對於艾略特的心事，溫德逢人就分享，有些是文友，有些是兩人共同的朋友，而且絲毫不會感到內疚，艾略特深知這一點，因此警告溫德：「除了醫生和內人，就只有你曉得這件事，別人都不曉得，只要你不說，這事就不會傳出去。」

翌日早晨，艾略特心意已決，他向公司開口，並抬出醫生的「大名，這對老闆來說頗具分量」[61]，終於徵得公司同意，請了三個月的假，留職留薪，這可真是意想不到的解脫，他寫信給兄長，說自己「輕而易舉」請到全薪假，預計一週之後動身，「一旦訓練好代理人就走」[62]。醫生的醫囑很嚇人，艾略特很害怕，包括「強迫休息、不得見人」[63]、「二十四小時嚴守醫囑」[64]、不得「費心耗神」[65]，必須徹底抽身，一開始或許最為艱難：過去幾個月承受了那麼多的緊張和壓力，一旦從中解脫，勢必會憂鬱上好一陣子[66]。當初的壓力有多大，事後的低潮就有多深，但艾略特將這一切拋諸腦後，不去「設想未來」[67]，等到過完年之後再說。他告訴哥哥這次精神崩潰有多嚴重，這番直言不諱等於承認哥哥先前的理解沒錯，他確實過得很艱辛，從而導致了精神崩潰，不過，艾略特請哥哥對母親保密，不要透露他的病情，而在給母親的信中，艾略特避重就輕，說這次休假是「休息和修養的良機」[68]。

「我沒告訴媽我的感受，」他在信中告訴兄長：「就算真的想講，大概也難以形容。」[69]這就是詩歌的用處了。

——

根據醫囑，艾略特必須「盡量獨處、避不見人」[70]，包括妻子在內，然而，薇薇安違背醫囑，陪伴艾略特來到英格蘭濱海小城馬蓋特（Margate），兩人下榻在城東克利夫頓維爾區（Cliftonville）埃博瑪飯店（Albemarle Hotel）。標準療法[71]要求隔離病人不受「任何精神刺激」，並且鼓勵病人多吃，努力「長肉和改善氣色，才能恢復日常活動。」

艾略特非常久沒放假了，假期頭幾天，他們吃得很好，以他們拮据的家計而言，可以說是吃得太貴了，不出幾天，艾略特「大大改善，」[72]這是薇薇安的想法，在她看來，艾略特「變年輕、變圓潤、變英俊了」。

不過，艾略特越是靜養，越是明白靜養本身並不能治病。寫作當然不准，這跟吳爾芙一樣，每當情況危急時往往被禁止提筆。不過，寫作對艾略特的身心有益，他一下筆便明白了這道理，過去幾年來，他一直沒有連續的時間，這次從銀行俗務中抽身，是他多年來第一次擁有這份奢侈，他緊緊抓住這份自由，每天到濱海的木作涼亭裡寫作，涼亭本身走華麗的維多利亞風，蓋在離岸數呎處，十月底、十一月初的海邊杳無人煙，比淡季的濱海飯店更加幽僻，涼亭離埃博瑪飯店有一段路，艾略特搭著路面電車，沿著坎特伯里路（Canterbury Road）來到海邊，像在倫敦一樣天天通勤，彷彿這是他的養生之道，也是他所熱愛的習慣。在馬蓋特，艾略特掙脫了枷鎖，遠離了位在駿懋銀行地下二樓的辦公室，遠離了（時常忍無可忍的）倫敦喧囂，遠離了與妻子禁錮在輝煌門苑（Clarence Gate Gardens）公寓裡的壓力，來到狀似火車站候車室的木造涼亭，為詩作添了五十行字——連月來的荒廢總算有了進展，雖然他通常在打字機上寫作，這次卻用鉛筆寫下詩句：

雙腳在沼澤門，心
在雙腳下。事辦完
他哭著說要「重新」。
我不作聲。怎麼怨？

沼澤門是倫敦的地鐵站，艾略特到駿懋銀行上班都坐到這一站。接下來六行的格律和簡練，像極了他從馬蓋特寄給朋友的明信片，第一行是郵戳，蓋在「寫給自己的明信片」[73]上：

馬蓋特的沙。
是我連結著
虛無和虛無。
髒手的裂甲。
卑微的我們指望著
虛無。

不過，在馬蓋特時，艾略特把思緒都連結在一起，不僅突破了寫作瓶頸寫出詩句，也在休養（和寫作）之餘開始懷疑：那位倫敦名醫雖然名滿杏林，但其建議的嚴苛作息是否「適合自己」[74]？他並未如名醫告誡那般陷入深深的低潮，並認為自身的問題「不單單是源自於焦慮和過勞」[75]——他向哥哥解釋道，因此，就算屏除精神刺激，或是將透支的精力存滿，他這身病依然醫不好。艾略特漸漸認清：這些病症不僅是「神經」問題而已，「老把神經掛在嘴邊的人」[76]（好比那位倫敦名醫）將這些症狀視為生理問題，但他認為自己的痛苦「大半來自腦筋打結，把生活的發條擰得死緊，讓自己片刻不得鬆懈」[77]。

問題出在他的頭腦，而非身體，既然是用心的方法出了毛病，便無法依靠調養來醫治，也並非願意就能好起來。這番洞悉帶來了希望和全新的方向，按照醫囑好好吃飯、好好休息對他來說沒有用，他需要的是「心理問題」[78]的專家。

腦筋裡的結使他連結著虛無和虛無。他從沼澤門來到馬蓋特，一切「重新」開始——一如詩中所述，也一如倫敦名醫所說，只不過，這裡的「重新」開始是開始全新的治療方向，這不僅出乎倫敦名醫的意料之外，就連艾略特本人也是始料未及。

—

儘管艾略特的家人不願承認，但亨利對待病痛的傲慢態度或許正是薇薇安的可貴之處——「能談論痛楚本身就是一種慰藉」。艾略特一領悟到自己需要不同的治療方法，便寫信向奧德霖．莫雷爾夫人請教，莫雷爾夫人是他和妻子傾訴病痛的對象，夫人也向他們談論過自身的憂鬱症，一但陷入憂鬱，頓覺「死氣沉沉、內心空虛，既像在冷霧裡，也像在池塘中。」[79]病痛是憐憫的紐帶，聯繫著莫雷爾夫人與艾略特夫婦，跨越了莫雷爾夫人與艾略特接觸時心中浮現的鴻溝——那自覺才智不如的難受。莫雷爾夫人向艾略特推薦瑞士醫生羅傑．維多茲（Roger Vittoz），她曾在一戰之前接受維多茲醫生的治療，還說生物學家朱利安・赫胥黎（Julian Huxley）也是維多茲醫生的病人。艾略特鬆了一口氣，原來不是只能找英國醫生，這些人似乎只會診斷「神經問題或精神失常」[80]，他寫信給赫胥黎，赫胥黎立刻回信幫維多茲醫生背書，艾略特則覆信道：「我這就去找維多茲醫生。」

艾略特去找維多茲醫生，等於是要去要找腦中問題的根源，而去發現腦筋裡的死結，等於是要去釐清近似佛洛伊德所說的精神官能症（neurosis），不過，艾略特向來不贊同佛洛伊德的理論。維多茲醫生的療法雖然與佛洛伊德近似，實則大不相同。維多茲醫生並非精神分析師，因此「對我來說更有效」[81]，艾略特在給倫敦友人的信中解釋道，當時他正在瑞士接受治療。不過，單就維多茲醫生的療程來看，某些層面與佛洛伊德相當類似，例如每天固定的諮商時間都包含了談話治療（talking cure）。

洛桑市「沉悶無趣」[82]，「所在的國家風景美如 carte postale colorée（彩色明信片）」[83]，位於崇山峻嶺之間、日內瓦湖畔旁邊，遠眺阿爾卑斯山勢巍峨，街市靜謐，「只有孩子騎車順著石板路下坡的聲響」，銀行和巧克力店隨處可見。艾略特下榻的聖路斯飯店（Hôtel Ste. Luce），維多茲醫生和莫雷爾夫人都十分推薦，這裡的膳宿極佳，「食物美味可口，服務好，想做什麼都方便——比

方說點牛奶什麼的。」[84]根據飯店所述，他下榻的是莫雷爾夫人的房間，他一入住便把這件事告訴莫雷爾夫人，當時是十一月下旬。

羅傑·維多茲醫生的病患除了莫雷爾夫人和朱利安·赫胥黎，還包括美國心理學家威廉·詹姆士（William James）、英國小說家約瑟夫·康拉德（Joseph Conrad）。一九一一年，維多茲醫生出版了《透過腦部控制修復治療神經衰弱》（*Traitement des psychonévroses par la rééducation du contrôle cérébral*），其英譯本《藉由控制腦部治療神經衰弱》（*Treatment of Neurasthenia by Means of Brain Control*）於一九一三年出版；艾略特擁有的是一九一一年的法文版[85]，但似乎是看診時或回倫敦後取得的。一九一三年，莫雷爾夫人接受維多茲醫生的治療，其療法教導病人「控制心智、定心專注、讓腦袋井井有條」[86]，大大幫助她「穩定、健全」[87]。幾年後，她敦促英國哲學家羅素（Bertrand Russell）也去看維多茲醫生，還說他不用兩個星期便能嫻熟安定心神的維多茲治療法。此外，維多茲醫生收費適中，這讓他的口碑更佳。根據莫雷爾夫人回憶，維多茲醫生是虔誠的基督徒，為人厚道，「沉著穩重，仁心仁術」[88]，一見面就讓艾略特大為佩服，他在給莫雷爾夫人的信中提到：維多茲醫生在初診時就給了他信心，他非常喜歡這位醫生，還說「總之，我確定，比起倫敦那傢伙，他更適合我。」[89]

艾略特描述的腦筋「打結」，恰好呼應維多茲醫生的宏觀論點：「各種形式的神經衰弱都源自於大腦運作異常」[90]，想要治好就必須接受這個觀點，從而揚棄一般的診斷（例如都是意志力的問題，不然就是身體出了毛病，需要透過飲食和休息來醫治，倫敦那位著名的神經專科醫生就是例證）。想解開腦袋中的死結，依靠的是自我控制，而非（艾略特先前以為的）心理治療，病人必須學習新的工具，藉此來讓思維清晰、克服「（大腦）控制的瑕疵」[91]。維多茲醫生這套療法讓人眼睛一亮、心中重燃希望，其理論基礎後來發展為「認知療法」（cognitive therapy），旨在破除自我批判，而非在身心修煉中尋找出路。

根據維多茲醫生的觀點：大腦的二元對立（即其所稱的客觀腦和主觀腦）在正常人身上是隱形的，而「脫韁大腦」[92]的悲劇，便在於失去客觀腦的控制，放任大腦「混亂無主」[93]，病患「受制於衝動、臣服於恐懼、無法推理、無法權衡」[94]，大腦越是失控，症狀越是嚴重，起初只隱約感受到不適，後來漸漸演變「折磨人的混亂……雜亂的想法、失控的念頭在腦中不停打轉。」[95]

維多茲醫生在療程中會按著病患的頭，據信能讀取腦波，並藉此與病患共同改變腦波，這樣的按手之禮在診斷上雖然不知是否有效，但卻是醫生仁心的展現，也是讓病患放鬆的方法，維多茲醫生用雙手鼓勵病患練習調整心態、攫取愉悅的圖像和文字在腦中反覆播放，藉此增強專注力。

艾略特預計接受一個月左右的治療，並計畫在平安夜時離開洛桑市。抵達洛桑不久之後，艾略特寫信給莫雷爾夫人，說維多茲醫生的診斷不錯，但對診斷的內容則隻字未提，至於療程則從最初就必須全心投入，「我似乎沒有時間能用於連續的工作」[96]，他在信中寫道，而全心投入本身就是令人滿意的突破。年初時，他原本希望利用連續的時間來完成長詩創作，而今維多茲醫生的療程填滿了他的行程，讓他沒空忙別的事情，只一心一意學習定心，以便日後創作長詩、完成重要任務。

他在給莫雷爾夫人的信中寫道：從剛開始接受治療，他便不時感到「心情平靜，已經好多年——自從離開童年之後——就不曾這麼平靜過」[97]。他希望這最初的樂觀不會只是空歡喜一場。

艾略特持續平靜，內心越來越安定。他在湖畔賦詩，將日內瓦湖映在眼底，像在馬蓋特時一樣將日常點滴寫進詩裡。他先用鉛筆在紙上打草稿，紙張的背面是用打字機敲出的詩節，新的詩行就覆在上面，描寫著離去的「倫敦企業主管；／走了，沒留下地址，」（如同艾略特）把倫敦拋在腦後，幾乎沒透露自己的去向。

……蕾夢湖水之畔，坐而泣……
泰晤士河，輕輕流，等我唱完了歌，
泰晤士河，輕輕流，待我沉吟幾句。

蕾夢湖（Lac Leman）就是日內瓦湖，法文世界稱蕾夢湖，英文世界稱日內瓦湖。艾略特先從沼澤門到馬蓋特，不久之後則必須從洛桑的蕾夢湖回到倫敦的泰晤士河。原本他計畫在星期六平安夜離開洛桑，但真的到了要動身的那一週，他卻猶豫了：不知是要先到巴黎跟薇薇安碰面，還是先去南法待個幾天。「看來西歐各地都一樣貴，」[98]但再怎麼貴總還是比倫敦便宜。艾略特決定延長療程，再向維多茲醫生諮詢一個星期。

——

艾略特抵達洛桑之前，先和薇薇安在巴黎待了幾天，夫妻倆下榻在加萊海峽飯店（Hôtel Pas de Calais），位於聖佩爾街（Saints-Pères）五十九號，與龐德的寓所只有幾門之隔。待在巴黎那幾天，艾略特得空讓龐德看了看那首不成樣的詩（前陣子好不容易在馬蓋特添了幾句），接著動身前往洛桑，把薇薇安一個人留在巴黎，她跟艾略特一樣，都對巴黎「開銷驚人」[99]感到焦慮。「我住在高樓的小房間，」她在給瑪麗·賀勤森的信中寫道。在整個布倫斯貝里（甚至是在整個倫敦），就只有瑪麗·賀勤森真心對她好。她像高塔上的長髮公主，等待王子前來解救，雖然也有英國友人待在巴黎，但似乎都避著她，比方說羅傑·弗萊吧，跟她在郵局見了，「似乎面露窘色，彷彿不高興見到我，」薇薇安心想，「而且匆匆忙忙就跑走了。」為了省錢，她吃飯都在「飯店打發，討厭死了」，餐廳太貴，吃不起，光是住飯店（雖然只是普通飯店，巴黎又比倫敦便宜）就「貴得離譜，要花好多錢。」

不過，如果真的可以住在巴黎，艾略特又寫得出東西，這裡倒是理想的家園。龐德夫婦住在「十分講究的套房（有兩間房間）」[100]，薇薇安在信中寫道——一年租金只要七十五英鎊，原先龐德夫婦也住在加萊海峽飯店，不久前才搬了家，「如果我能弄到這樣的套房，一定搬進去住，」[101]

薇薇安在信中告訴瑪麗・賀勤森。比起倫敦，薇薇安更喜歡巴黎，而且似乎自認收入養得起夫妻倆，「為了艾略特，我確定了，巴黎！」十月時在倫敦的最後一晚，薇薇安記憶猶新，當時他們正準備前往馬蓋特，與赫胥黎夫婦共進了晚餐，「好個最後的倫敦印象……枯燥無味，整晚都在胡說八道，愚蠢透頂。」[102]

——

艾略特多花一個星期接受治療，等於多了一個星期可以賦詩。他寫信給友人，說自己正在寫詩，「大約八百到一千行……Je ne sais pas si ça tient」[103]，意思是不知道寫不寫得好。等到了巴黎就知道了，屆時他會跟薇薇安會合，並找龐德碰面。

來到洛桑後，他的詩又多了六頁，全是用鉛筆打的草稿，當下振筆直書，彷彿「出了神——恍恍惚惚」[104]，他是這麼告訴吳爾芙的，但對於這樣詩興大發的無意識書寫，艾略特向來抱持懷疑態度。如同在馬蓋特起草的詩句，新寫下的詩行也暗示著艾略特的心境，不同之處在於，在接受維多茲醫生治療期間，艾略特心懷感激、重拾希望，一如以下詩句所影射：

風平浪靜，你的心歡欣回應，
接受呼喚，跳動著，聽命於

克制的手。我走了，少了你，
雙手空握。我坐在岸邊，
垂釣，夕陽在身後荒涼，
王國的秩序要打理了嗎？[105]

新年剛過，艾略特立刻離開洛桑前往巴黎，除了帶著心中的疑惑，也帶著比上回更厚的手稿，準備請龐德指教。

前年十月中旬，薇薇安寫信給斯科菲．瑟爾，信中提到艾略特未完成的作品，「一切都推遲到一月」[106]，而一月轉眼就到，從洛桑坐火車到巴黎要花上半天多一點，乘客挨肩疊背，旅程十足勞頓。

在巴黎，龐德宣告新的曆法開始，「去年十月二十九日午夜、三十日凌晨，基督紀元正式告終，」[107]他在給孟肯（H. L. Mencken）的信中寫道，這封信寫於一九二二年初，基督紀元（意即西元）則隨著喬伊斯的《尤利西斯》完稿而告終，此後的日子和文字，都成了《尤利西斯》的附言，他在給孟肯的信中說：現在是「尤後元年」，而艾略特抵達巴黎的時間，是尤後元年土曜月的月初，在這個新紀元的伊始，艾略特並未在馬蓋特大肆慶祝，他對前景感到迷惘，筆下的長詩即將完稿，並趕在尤後元年結束之前出版。

艾略特從洛桑抵達巴黎，正好碰上紐約出版商何瑞斯・李孚萊（Horace Liveright）「風風火火六日行」[108]，湊巧由龐德幫忙安排接待。根據龐德的說法，李孚萊於一九二一年底「搭船前往歐若芭（YURUP）」[109]，急於簽下歐陸的曠世巨作，預計整個一月都待在海外，會見作家和出版人。自從李孚萊滿腔熱忱出版了龐德的作品，便經常請教龐德該出版什麼書、該出版誰的書，這次李孚萊造訪巴黎，由龐德擔任「導師兼嚮導」[110]，依據喬伊斯的描述，巴黎是「最後一座有人味兒的城市」[111]，不僅大小適中，人與人之間有點黏又不會太黏，而且開銷（如同薇薇安所計算）與收入大致打平。儘管李孚萊從來沒見過龐德，但這位紐約出版商的直覺沒錯——他在給妻子的信中提到：他將與龐德在巴黎共度「最美妙」[112]的時光。

李孚萊是國際紙業（International Paper）老闆的女婿，一九一七年創立「波尼和李孚萊出版社」（Boni & Liveright），這一年雷納德和吳爾芙也開始以霍加斯出版社的名義推出作品。李孚萊打算冒險拓展事業版圖，這趟歐洲採購之旅便是擴張策略之一，新年第一週，李孚萊在龐德的介紹下結識了兩位文壇新秀，要不是李孚萊同時還見了許多作者，這趟歐洲之旅肯定更具歷史意義，說來也是機緣湊巧，龐德邀了艾略特、喬伊斯、李孚萊共進晚餐[113]。儘管《尤利西斯》出版在即，喬伊斯依然諸事拮据。耶誕節時，龐德寫信給父親，信中透露「喬伊斯上週險些被巴士撞死，在巴士和路燈之間動彈不得，所幸完好無傷。」[114]

李孚萊在龐德眼中「比大多數出版人更有人情味」[115]，他「不是走向暗處，而是走向光明」，龐德的父親也很景仰李孚萊：「真高興李孚萊要見你，」[116]他寫信給兒子道：「我去年跟他碰過面，看上去渾身帶勁。」

李孚萊比龐德小兩歲，龐德是文壇萬事通，既寫詩、也寫評論，還會翻譯、編輯、出版，又經常穿針引線、「懂得『捧場』」[117]，不論是李孚萊、還是《日晷》編輯斯科菲·瑟爾，都視龐德為文壇禮賓司，為他們引薦了數十位文人，包括葉慈（W. B. Yeats）、佛洛斯特（Robert Frost）、喬伊斯……等，形形色色，溫德·路易斯戲稱為「龐德馬戲團」[118]，路易斯本人也曾是這班馬戲團的成員，他給這個文學陣營起了個別名，叫做「龐氏童軍營」[119]，龐德在這上頭孜孜不倦，把自己的創作都給耽誤了，因此忿忿不平。「我似乎永遠無法讓你明白，」[120]龐德在給編輯的信中寫道：「我一直在捧別人的場、助別人的陣，像是喬伊斯、路易斯、高迪爾……等（這我不後悔），但我在創作上也盡了棉薄之力，我說過我也想要（但卻從來沒有）被當成詩人的機會，而不是鎮日在文壇周旋，搞得自己像個政客一樣，又像積極經營明日之星的舞臺經理。」

李孚萊風度翩翩，舉手投足都散發著貴族氣息，有別於哈寇（Harcourt）、史安納（Scribner）、哈珀（Harper）等老牌出版人，李孚萊「令人一見難忘：滿頭銀髮，鷹鉤鼻，雙瞳墨黑，眼神銳利，這副面容極富魅力，使其身形相形失色，印象中是瘦瘦高高的個子，」[121]其出版社的年輕員工回憶道，又說李孚萊「總是打扮得像英倫『花美男布蘭茂』（Beau Brummel），活脫脫是紐約街頭的風流貴公子」[122]，而且「相當留心自己花花公子般的外表」[123]。根據其友人回憶：某天下午在布萊恩公園（Bryant Park）散步，撞見李孚萊「穿著合身的長版西裝外套……戴著漂亮的銀灰色紳士帽……外套翻領上別著一朵康乃馨，長杖的手柄鑲著銀……看著像要去參加婚禮，正四處尋找婚宴地點。」[124]

李孚萊的工作習慣不像身上的衣著那般拘謹，據其員工回憶：全辦公室都知道「老闆宿醉」[125]，「辦公室紀律就像當年標榜進步主義的學校風紀——完全格格不入。」[126]某天早上，員工在辦公室附近的生活用品店吃早餐，當時已經接近中午，湊巧碰見同樣晚到的李孚萊，李孚萊帶著「訓練有素的微笑」[127]感嘆道：「這時間要我來上班真是太痛苦了！」[128]

——

李孚萊、喬伊斯、艾略特、龐德共進晚餐，大概是不醉不歸，這四個人吃飯向來要配酒，當年的艾略特獨鍾琴酒（後來品味變了），李孚萊也以貪杯著稱，其紐約出版社的「候客室裡，前來販售私酒的比來賣書稿的還要多，」[129]這話是貝內特．瑟夫（Bennett Cerf）說的，他原本在李孚萊底下做事，後來自己找人合夥開了藍燈書屋（Random House）。龐德也是戀酒之人，當年某位詩人跟他在巴黎吃了頓晚飯，據其回憶：龐德「坐下來就開喝，喝開了就」口若懸河，變得相當固執。喬伊斯則「嗜飲、懂吃，對此毫不掩飾」[130]，本來「人情味就濃，隨和好相處」，一番吃喝之後又更富人情味，不僅妙語如珠，施展魅力更是得心應手。

一九二一年夏天，喬伊斯的贊助人海麗葉·威佛（Harriet Weaver）向溫德·路易斯、羅伯特·麥卡蒙（Robert McAlmon）打聽喬伊斯的近況，麥卡蒙是美國作家，年紀比喬伊斯小，家境優渥、前途看好，但文才不高。海麗葉·威佛滿心期待《尤利西斯》即將完稿，但又擔心喬伊斯的健康和進度。對於贊助人這番關心，喬伊斯回了一封長信，信中字字關切：「關於我的傳說，多到可以編成一部文選……最近大概傳說我是酒鬼，說我嗜酒如命，」[131]下文說他聽到其他傳聞，包括他戰時「替交戰（雙）方做過諜報」、在瑞士發了戰爭財，又說他「古柯鹼成癮」，「在紐約精神崩潰、奄奄一息，再也寫不出東西」。

《尤利西斯》出版前一個月，喬伊斯相對默默無名。一九二二年二月，《尤利西斯》由熹薇雅·畢奇（Sylvia Beach）的莎士比亞書店（Shakespeare and Co.）出版，過了不久，喬伊斯便說有些餐廳去不得了，「都是以前經常光顧的館子，現在一進去，大家都擠上來盯著他瞧」[132]。儘管龐德作東的這場飯局不乏宴飲作樂，但主客之間應該稱不上平起平坐——至少喬伊斯並不這麼認為，他「懶得假意遷就其他作家」[133]，還詢問羅伯特·麥卡蒙：「艾略特或龐德算是哪號人物嗎？」不過，喬伊斯這番自命不凡也有洩氣的時候，面對這句反詰，麥卡蒙繞開話頭，說：「喬伊斯，這問題不該是你來問吧？像這樣事事都懷疑，連自己都懷疑起自己了嗎？」

李孚萊為喬伊斯所傾倒，倒也是意料中事，晚宴席間眾人你來我往、觥籌交錯，不知哪個更讓李孚萊迷醉。至於喬伊斯對艾略特的看法，頂多只能以模稜兩可來形容，在讀過《荒原》之後，喬伊斯下了句評論：「沒想到艾略特竟然會寫詩」[134]，不過，至少在這番領悟之前，喬伊斯已經認定艾略特擅長製造話題，儘管不確定艾略特或龐德「算是哪號人物」，但只要艾略特肯好好寫，其評論文章頗見力道，可以替喬伊斯宣傳報導。一九二一年春天，喬伊斯將《尤利西斯》其中幾章的預印稿寄給艾略特，一來是奉承討好，二來或許是察覺：自個兒孤芳自賞令艾略特受不了，艾略特認為傲慢是種「累贅」[135]，並認定喬伊斯有意客套，否則驕氣必定更盛。「沒錯，他確實彬彬有禮、客套得恰到好處，」艾略特向溫德．路易斯埋怨道：「但其實他盛氣凌人，只不過沒表現出來，所以才做出這副客氣的模樣，如果他不要這麼客套，我還覺得高興一點。」[136]

在龐德眼裡，李孚萊是「美國發行人」[137]中的「明珠」[138]，但根據紐約律師約翰．奎殷（John Quinn）所述：李孚萊專營色情作品，是個猶太人，行事「冒失」，更有其他不當舉止。這位奎殷律師是艾略特和龐德的贊助人，雖然也贊助喬伊斯，但近來對他越來越不滿。不論如何，李孚萊都是「天生反骨」，傳記作家湯姆．達迪斯（Tom Dardis）便是以這四個字作為李孚萊傳的書名。在那場似醉如痴的飯局上，李孚萊拚命簽下了三位作家——一邊喝酒一邊簽合約，這就是李孚萊的生意手段。薛伍德．安德生[139]（Sherwood Anderson）也是李孚萊成功爭取到的作家，根據安德生回憶，某個在紐奧良的夜晚，他在地下酒吧遇見李孚萊，幾杯苦艾酒下肚後，李孚萊向安德生開價：只要安德生願意換東家，從維京出版社（Viking）轉到李孚萊旗下，他每個月付安德生五百元美金，連

續付五年，作為帶薪的預付金。

龐德後來向奎毆報告：李孚萊「提議在美國出版《尤利西斯》，還要給喬喬一千塊美金」[140]，但喬伊斯不肯收，這讓龐德又驚又氣：「他幹嘛不當場敲定，這我還真搞不懂，人家開的條件那麼好，第一刷版稅一千塊耶……不過，喬伊斯也不歸我管，他想幹嘛就幹嘛吧。」[141]

喬伊斯之所以有所顧慮，是因為這並非李孚萊第一次提議要出版《尤利西斯》，對此約翰・奎毆一清二楚，早在一九二一年春天，喬伊斯就和李孚萊談過，在找李孚萊之前，他們先找了班・胡博許（Ben Huebsch），胡博許出版了喬伊斯的《青年藝術家畫像》（*A Portrait of the Artist as a Young Man*）和《都柏林人》（*Dubliners*），雖然也有意出版《尤利西斯》，但前提要喬伊斯肯刪節，否則不宜出版。

在奎毆看來，胡博許要的是一部「半遮半掩的」[142]《尤利西斯》，雙方談了半天談不攏，奎毆便找上李孚萊，並警告他出版《尤利西斯》「勢必會吃上官司，遭人起訴和定罪」[143]，李孚萊起初答應出版，後來則又卻步，依據奎毆報告喬伊斯的說法：「他說他不想被判罪，這事就這樣吹了，李孚萊出局了。」接二連三的失意之後，熹薇雅・畢奇自告奮勇，希望早日出版《尤利西斯》，打算趕在一九二一年底前問世，然而，喬伊斯一延再延，全書十月底已經完稿（完稿日就是龐德新紀元的起始日，值得紀念），但卻足足修稿修了兩個多月，到了校樣階段仍然不斷修訂，一路修訂到一九二二年一月底。

關於龐德捎來李孚萊出價的消息，奎毆回了一封信，口氣跟龐德一樣又驚又氣，但他生氣的是李孚萊「那猶太人的冒失」，堂而皇之端出一份條件優渥的合約，以為是在端甜點嗎？明明之前沒膽出版《尤利西斯》，喝醉了就又敢舊事重提了？到頭來肯定還是一場空，奎殷如此揣測，如今看來，果然不錯。

在那場飯局上，李孚萊也向艾略特開出差不多優渥的條件，席間艾略特提及自己正在寫詩，李孚萊表示有意出版，然而，飯局過後，李孚萊開始擔心龐德和艾略特所提的那首詩太短，出版成單行本過於輕薄，因而隔週從倫敦寫信給龐德，詢問能否再多收錄幾首艾略特的詩，讓整部詩集更有分量？此外，他對克諾夫出版社（Knopf）頗有疑慮，克諾夫幫艾略特發行美國版的《詩集》（一九二〇年）和《聖林》（一九二一年），或許也有權出版艾略特的新作，李孚萊必須確定克諾夫不會跟自己競爭，才會考慮幫艾略特出版這首詩。與此同時，龐德和艾略特則埋首校訂尚未裝訂的詩稿。

一九二二年初，巴黎的冬天比倫敦來得和煦，龐德的套房位在盧森堡公園附近，此處宛如荒漠中的綠洲，不僅是艾略特和龐德的工作室，也是艾略特從精神崩潰中恢復的第三站，龐德夫婦的這間居所位在塞納河畔的山丘，空氣新鮮，環境清幽，跟大街隔著兩座花園，將市聲鼎沸阻隔在外，但附近也不乏小店家，「肉類、蛋糕、麵包……都很容易買，生活非常方便」，比想像中「更像倫

敦的肯辛頓」[144]，龐德給祖母的信雖然是這樣寫，但巴黎和其倫敦故居的相似處僅止於此，比起物價，巴黎便宜許多，在龐德看來，在巴黎改詩稿的艾略特「心曠神怡」[145]，待在倫敦的他從來不曾這麼高興，未來也很難再如此怡悅。

對於龐德而言，艾略特儼然詩仙再臨。龐德向來有先見之明，早於一九一二年的〈緒論〉中預言（或說是召喚了）未來詩壇的創新和走向：

> 至於二十世紀的詩歌，以及未來十年左右的詩歌，我認為不會再廢話連篇，而是轉趨冷硬、以理見長，像修利先生說的「貼近骨感」，最好盡量像花崗岩，以真理作為力量的來源……我的意思是：未來的詩歌不再以喧譁的修辭、紛亂的辭藻取勝，須得少用工筆描繪，以免隔斷詩歌本身的震撼和脈動，至少就我而言，未來的詩歌應該如此——樸實、直白，不見拖泥帶水的情緒繾綣。[146]

兩年後，一九一四年九月，龐德與艾略特相識，艾略特拿《普魯佛洛克的戀歌》讓龐德過目，這位文壇巨匠一看，彷彿找到了佐證預言的門生，也找到了自己預見的詩歌：「《戀歌》……描摹了失敗，儼然是一幅失敗者的肖像」[147]，整首詩毫無振奮人心之處，換作是別人來寫，大概會給個「歡欣鼓舞」的結局，對於這種「虛偽的藝術」[148]，艾略特以《戀歌》做出鮮明的表態和強硬的斥責。龐德對艾略特讚不絕口，直誇說「再也找不到比他還聰明的人……很有看頭」[149]，《普魯佛洛克》則是除了龐德本人之外，「至今讀過所有美國詩人中」[150]寫得最好的。不過，艾略特對《普魯佛洛克》不像龐德那麼有信心，對於自己的信心也遠不如龐德那樣滿溢，他雖然也想跟龐德一起「反對廢話連篇」[151]，但當時（才一九一四年！）他就確信自己在《普魯佛洛克》之後就「寫不出好東西了」[152]，這是他跨不過去的坎[153]，他一直焦慮自己再也（而且仍然）寫不出堪比《普魯佛洛克》的作品，就這樣焦慮了七年，最後去了馬蓋特，接著又去了洛桑。

艾略特離開維多茲醫生的診療時，還不確定那疊比來時厚的詩稿能不能成書，不過，在巴黎與龐德共度的這兩個星期（連續的時間）破除了他的疑慮，轉而確信這是能獨立成冊的長詩，深入詩骨地改稿十分振奮人心，刪去了「冗筆」[154]，替整首詩進行「剖腹手術」[155]，呈現出龐德〈緒論〉預言中「貼近骨感」的詩歌。根據龐德一九一二年的推算：預言中的詩歌將在十年內出世，如今這首詩就在眼前，不多不少，正好十年，在兩人的合作中，艾略特日漸茁長，這樣的切磋琢磨正適合他的藝術家性格。因此，不久之後，他開始考慮寫劇本[156]；也因此，一九三〇年之後，他幾乎全心投入詩劇，而且成果豐碩。一如艾略特與李孚萊在飯局上所討論的：這首長詩越快出版越好，因此，艾略特加緊改稿的腳步，希望趕在一九二二年秋天前付梓。薇薇安並未陪伴艾略特返回倫敦，她去里昂待了一週，又回巴黎住上幾天，因此，艾略特下班後得以獨處，繼續享受改稿的「靜謐時光」[157]，在與龐德共同研討後，他相信這是他登峰造極之作，薇薇安不在身邊，對艾略特寫詩大有助益，這一點薇薇安了然於心，唯有艾略特還能繼續創作，這段婚姻才能繼續維持。

一九二二年一月二十二日，艾略特從巴黎回倫敦滿一週，溫德．路易斯寫信給奧德霖．莫雷爾夫人，信中報告了艾略特的近況：「他寫了一首格外精巧的詩。」[158]看來艾略特開始傳閱新作了。趁著薇薇安還在法國，艾略特抓緊時間，每天晚上都在家裡改稿，一週後，全詩修改完畢，他將新版寄給龐德，同時間路易斯寫信給莫雷爾夫人報告艾略特的好消息。

「好太多了，」龐德在一月二十四日的回信中寫道：「新的版本從四月開始……直到詳諦，一氣呵成，」這裡的四月是指全詩的開頭：「四月是最殘忍的」，「詳諦」則是全詩的結尾：「詳諦，詳諦，詳諦，」這是梵文「शान्तिः」的音譯，意思是「出人意外的平安」，但這樣「拙劣的翻譯傳達不出原文的意思」，艾略特後來寫道，而「詳諦」之所以要重複三次[159]，或許是要在詩末向維多茲醫生致敬，在維多茲醫生的專注練習中，其一是要找出能夠定心的詞，並在心中覆述三遍。「這樣總共十九頁，」[160]龐德計算道：「這是英吉利語中最長的詩……大大恭喜！小賤人！我被七嫉七妒襲擊了。」

原先只是「積攢下這些殘句」，如今終於成詩，接下來就等出版了。一九二一年夏天，約翰．奎殷在巴黎跟龐德碰面，當時奎殷便出言警告：「夠了，差不多了，已經為別人做夠多了」[161]，並且要龐德「做自己該做的，多為自己打算打算，」但龐德沒聽進去，反而去成全艾略特。

第三章 愛德華·摩根·福斯特

艾德華·摩根·福斯特（Edward Morgan Forster，愛德華是父親的名字，摩根是曾外祖母的姓氏）生於一八七九年元旦，雖然是獨子，卻不是第一胎。福斯特的父母於一八七七年一月結婚，婚後不久，母親愛麗絲·克蕾菈·韋威羅（Alice Clara Whichelo）流產。福斯特一家都有綽號，父親綽號艾迪，母親綽號麗麗，福斯特是第二胎，健健康康來到這世上後，大家幫他起了個綽號，叫他摩根。福斯特一家人口單薄，繼第一胎流產後，父親在福斯特一歲時過世，福斯特與母親相依為命，從小便與「一朵朵老太太」[1]同住，直到麗麗一九四五年過世，享年九十歲。

一九二二年歲暮，隔天就是福斯特四十三歲生日，每到年尾，福斯特總要寫日記，一來回顧過去一年種種，二來記錄生日前夕心情，這是他終生遵循的歲末儀式，每年都要寫下幾行生日感言（有時則寫得長一些），一直寫到八十多歲。二十八歲那年，福斯特出版了自傳色彩濃厚的小說《最漫長的旅程》（*The Longest Journey*，一九〇七年），藉由描寫主人翁坦露自己的心聲：「這少年成長在寂寞裡，」[2]童年都在「獨自對話、自問自答」。《最漫長的旅程》出版後不久，福斯特養成了寫日記的習慣，這樣的自言自語雖然始自年少時的衝動，卻早已失去年少時的「刺激」[3]，如今的內省只剩下毫不留情的自我評價，或許正是因為如此，他這日記寫得斷斷續續，跟吳爾芙的日記大不相同，頂多只能算是意興闌珊而已。

一年歲末，一年歲首，福斯特的生日沉甸甸壓在心頭，提醒他生命流逝，也提醒他韶光荏苒，儘管對未來懷抱希望，但他的性情不愛前瞻，只愛佇足回首、反覆咀嚼。「回顧今年、吃顆柳丁、讀本書、上床睡覺，」[4]他在三十歲那年的冬日寫道。第一次世界大戰爆發前夕，福斯特完成了《墨利斯的情人》（*Maurice*），這部小說幻想一段同志之愛，親密而浪漫，長久而完滿，這年福斯特三十四歲，他將此書獻給「更幸福的一年」。福斯特的生日感言年復一年，重複著相同的醒悟和幻滅，更幸福的一年總是遠在天邊，說到底這根本是自相矛盾：他總是展望著更幸福的來年，卻常常不滿意過去一年的成就，他鮮少安於現狀，對幸福的前景缺乏信心。

一九二一年十二月三十一日也是這樣。一如往常，福斯特為過去一年打成績，態度嚴厲而坦白。一如既往，形勢依舊對他不利。過去一年，他幾乎沒寫半個字——真的什麼也沒寫。撇除《墨利斯的情人》不算，過去十年他只寫了新聞報導，一九二一年底更令人詫異：他竟然不在英國，而是身在印度，不僅他自己詫異，家人朋友也詫異。一九一二年至一九一三年間，福斯特完成了第一趟印度之旅，並動筆寫作以印度為主題的小說，斷斷續續寫了幾年後，他開始自欺欺人，懷疑是不是離開印度的風土人情太久，所以下筆遲滯——這是一九一六年的事。

為了讓這部（一戰之前就擱筆的）小說動起來，福斯特回到了印度，身後拖著的十年荒蕪在心頭時隱時現。在印度待了幾個月後，他認清現實：小說依舊沒有進展，或許未來也不會有進展。福斯特心灰意冷，依然走不出一年前的低潮，當時是一九二〇年，他在年底的日記中寫道：「這年太凶險，還是別概述比較好。」[5]

一九二一年底的日記則是這樣：「印度依然不順，小說尚未完成，我連看都不敢看，無法理解，無法記憶，無法整理。」[6]距離上一部小說《此情可問天》（*Howards End*）相隔了十年，小說寫到尾聲時，他在日記中寫道：「正在拼湊出對比金錢與死亡的小說。」[7]當時，一位鄰居問他：「你寫小說時，最花時間的是什麼？下筆？還是構思？」[8]他記下了這則問題（作為讀者蠢問題的例子），卻沒寫下答案（也不曉得他究竟有沒有回答）。《此情可問天》於一九一〇年秋天出版，銷路非常好，隔年春天，福斯特出版了《天國公車》（*The Celestial Omnibus*），共收錄六篇短篇小說，接著，戛然而止，雖然寫了《墨利斯的情人》，但並不打算出版，只在朋友間私下傳閱，這十年的空白算是回答了鄰居的問題，這遲來的答案是：都很花時間。他想的太多，寫的卻太少。

福斯特雖然只比吳爾芙大三歲，但卻彷彿差了一輪（他比艾略特大九歲，兩人身處不同世代），早年福斯特堪稱多產，在文壇頗受推崇，二十六歲發表處女作《天使裹足之處》（*Where Angels Fear to Tread*，一九〇五年），五年內陸續推出三本小說，其中《此情可問天》於一九一〇年十月出版，咸認是當年最佳著作，「這是無庸置疑的，福斯特先生已躋身文豪之列，」[9]《每日電訊報》的書評寫道，此外，各大報章雜誌佳評如潮，《標準報》（*Standard*）上刊出了這樣的溢美之詞：「在我們看來，福斯特先生有了這本大作，已經是功成名就，縱使就此封筆，文壇地位也已穩固。」[10]《此情可問天》極為暢銷，上市兩個月就賣出七千六百二十二本[11]，《潘趣週刊》（*Punch*）因此特別記上一筆，這讓福斯特相當開心，他在日記中寫道：「要我不為外界分神太困難了」[12]，但他自認「不因過譽之作而貪戀浮名」，只想「回到寂寂無名的日子。」不久後，《標準報》上那篇浮誇的書評一語成讖，與其說那是謬讚，還不如說是預言，出版商愛德華·阿諾（Edward Arnold）遲遲等不到新作，等到心灰意懶，福斯特也意興闌珊，一九二一年一月底，他寫信給出版商：「只要再寫出一本小說，我就算對自己和對書迷有所交代了，哪天我真的寫出來了，一定讓您知曉。」[13]數週後，他去了印度。

一九二一年三月，福斯特離開英國，甩脫文思枯竭的包袱，逃離平日與母親一成不變的生活起居，那與母親共度的日常點滴，福斯特既憎恨也珍惜。第一次世界大戰期間，福斯特也曾掙脫家庭的枷鎖，跑到埃及的亞歷山大港當紅十字會志工，當時是一九一五年，他向朋友坦言：「『母親孑然無依，子女不該遠行』，這道理我明白，可是，如果盡孝的補償是一張扶手椅和一日四餐，事情就沒那麼單純了。」[14]原訂三個月的戰時工作，福斯特一做就是三年，期間各種為所欲為，包括在三十七歲時找到自由脫離處男。一九一九年初，福斯特回到英國，這趟返家，母子之間難得表露情感，麗麗非常感動，「她唸了家庭禱文，這出乎我意料之外，自從我長大之後，媽就不曾在我面前祈禱。」[15]這樣的真情流露讓福斯特大感詫異，而且終生難忘，接著，年年月月再次堆疊，福斯特還是一本小說也沒寫。

一九二一年二月，他寫信給文友孚禮斯·里德：「你看，我也沒動靜」[16]，這話如今已成了老套的疊句，里德再次幫福斯特加油打氣，這位北愛爾蘭作家住在首都貝爾法斯特（Belfast），向來筆耕不輟，比福斯特年長幾歲，視福斯特為文壇大師，認為福斯特的文才在自己之上。福斯特回信道：「如你所言，我會來趟精彩的遠行，只不知何時何地。我心裡著實難過，這我之前說過了，多說無益，何必讓一封信讀來傷心。」[17]

何時何地？去哪裡都好，只要能遠離韋步麗區（Weybridge）都好，這裡既醜陋又難看，是「郊區中的郊區」[18]，離倫敦不近也不遠，福斯特與母親生活在這裡，母子倆住在一個屋簷下，是個「小建商蓋的房子」[19]，外觀相當不起眼，畢竟周遭環境也相當一般，屋內「家具齊全得過分」，因為麗麗長居在此，整整守了四十多年的寡，一九二二年一月將滿七十歲，屆時福斯特將無法在家幫母親慶生。雖然這房子小歸小，但至少是永久產權，而且「操持容易」，家裡就兩個女僕，一個叫茹絲（Ruth），一個叫雅妮（Agnes），另有一位貓房客，名叫斐若卡（Verouka），他跟這房子一樣臃腫肥胖、波瀾不驚，有著兩個僕人、兩個主人。「家裡到處四散著手稿，」[20]福斯特在給朋友的信中寫道：「大家都很困擾，就那貓兒例外」，斐若卡從稿紙上跳到椅背上，跳上跳下，跳左跳右，貓掌兒越跳越來勁，「直到家裡都快給拆了，我才不得不在鋼琴上彈個和弦，C和弦就能起到嚇唬作用，斐若卡跳到一半陡然停住，一溜煙鑽到書櫃底下，看不見了。」[21]

看在福斯特眼裡，堆積如山的手稿就是明證，看看自己揮霍得多麼膚淺，真是打從心底鄙夷自己，僅僅從一九一九年到一九二〇年，他就寫了六十八篇文章，這數字令他沮喪，無論是處境還是前景，福斯特都跟艾略特極為類似。「我越忙越快樂，」福斯特在日記中寫道，「多愚昧啊！……老是在工作，根本沒創作。」[22]他自認對褒貶過於在意，擔心自己辜負了自己，落得只當個「隨和的記者，一旦要動腦筋，就什麼也寫不出來，」[23]儘管多產卻碌碌無為、毫無意義，不過是不務正業的消遣，直到事實明擺在眼前：這點消遣已遮掩不住他文思枯竭的事實。

福斯特一九一九年發表的文章中，包含了《夜與日》的書評，這是吳爾芙的第二部小說，書籍出版不久，福斯特到霍加斯宅邸拜訪吳爾芙和雷納德，吳爾芙滿心都是福斯特對《夜與日》謹小慎微的批評，福斯特一方面注意到吳爾芙的才華，一方面也留心著吳爾芙的不安，因此想減輕她的擔憂，他當面讚美她，並解釋那篇書評的內容以褒獎為主，旨在傳達她不容小覷的文學成就。福斯特想鼓勵吳爾芙，他明白作家的自尊心十分脆弱，文才煥發也可能轉瞬即逝。晚飯後，他們沿著泰晤士河散步了一個鐘頭，對話「十分輕鬆」，吳爾芙在日記中寫道，「這證明我倆不介意沉默（至少我是這樣）。」[24]在沉默與沉默之間，福斯特向吳爾芙坦承自己「在寫小說時遇到了困難」，根據吳爾芙的日記，福斯特「摸索琴鍵摸索了半天，卻只彈出幾個不和諧的音符」[25]。

這部小說是他在戰前便動筆的《印度手札》[26]，當時寫了七十五頁，後來就沒了下文。他到霍加斯宅邸作客是一九一九年十一月的事，在此之前幾個月，他寫信給詩人西格弗里德．薩松：「我越是努力想寫，就越是想放聲吼叫，像個瘋子一樣，在這樣的心境下，根本寫不出崇高的作品。」[27]不久後，福斯特連努力都懶了，索性多寫幾篇文章。

一九二一年二月，福斯特寫信給里德之後不久，湊巧收到一通電報，為他身陷扶手椅的日子提供了緩刑，他得到印度德瓦（Dewas）大君召見，大君跟他是老交情，要他「去當六個月的總理，」[28]代理雷思禮上校（Colonel Leslie）的職位。這位雷思禮上校是英國人，在印度擔任大君的幕僚，即將返國休假，這讓里德的預言成真：福斯特果然要展開精彩的遠行，何時何地都清楚了，但究竟去了要做什麼？又為什麼非去不可？卻仍舊是未解的謎團。大公的信熱情洋溢，像個孩子似地期盼兩人重逢，連福斯特都感染了這份熱情，然而，替補人選這麼多，怎麼就選上福斯特呢？這實在跟福斯特竟然會答應一樣離奇，福斯特忐忑不安抓住此生最後的機會，來場偉大（但不明所以）的冒險，他匆匆忙忙「辦了護照和船票」[29]，兩週之內便啟程，當時是三月初。這趟遠行他有要務在身，就跟當年去埃及時一樣，希望能找到友情和目標，這些都是狹隘的居家生活所欠缺的，此外，他也希望透過與外界接觸，找回創作小說的動力。

不過，福斯特那群老朋友可不這麼想，這些人都是劍橋同窗，認識福斯特的時間最長，又都是布倫斯貝里文藝圈的核心成員，在他們看來，四十二歲的福斯特只是逃家罷了。

「福斯特去了印度，想來是不會再回來了，」[30]吳爾芙在日記裡寫下福斯特倉促離去，「他將成為神祕主義者，坐在路邊，忘記歐洲，我想他是有點兒鄙夷歐洲的。」吳爾芙是從鮑伯・崔韋廉（Bob Trevelyan）口中聽說這則驚人的消息，「崔韋」是福斯特當年的旅伴之一，一九一一年至一九一二年間與福斯特同行去了印度。「崔韋」告訴吳爾芙：福斯特將不告而別，再過幾天就要離開英國，吳爾芙認為「崔韋」把事情講得「理所當然、再好不過」，但同時也道出福斯特鄙夷的不是歐洲，而是韋步麗區的生活，「崔韋」說這趟遠行「對他來說正好，終於解脫不用……嗯，他母親也努力過幾次——非常寵福斯特，一心都在他身上，而他……」[31]

這刪節號是吳爾芙打的，她寫日記經常這樣，為的是捕捉說話者的節奏和花裡胡哨的周折，這裡的刪節號代表「崔韋」的話只說了一半，便心照不宣閉上了嘴巴。吳爾芙對流言蜚語鮮少刪減，任何細節都不放過，甚至捕風捉影、加油添醋，無論是私下聽說還是當眾得知，她都不論真假，一點材料也不肯裁減，還不知不覺添了一句：「這是崔韋一貫的說話風格：一側嘴角示意有瑕疵或隱情，另一側嘴角卻讚不絕口。」[32]吳爾芙和「崔韋」心照不宣的默契，福斯特大概心知肚明，身旁的朋友看得一清二楚，他自己心裡更是有數：與母親同住顯得他「太聽話、太順從」[33]，這是福斯特八十歲時自己說的，當時他正在回憶母親以及母親對他人生不凡的影響。麗麗就像福斯特自傳小說《最漫長的旅程》中的母親，「端莊而寡言，動之以情跟多嘴饒舌都令她憎惡，她害怕與人親暱，以免對方傾訴落淚，因此，她終其一生都與兒子保持著距離。」[34]而在現實生活中，則是母子雙方都小心拿捏著分寸，根據福斯特的日記，某天早上他「在早飯時潰堤——真是太輕率了，等於給了我媽掌權的把柄，雖然媽對我好得沒話說，但崩潰被人看見總是有危險。」[35]在《最漫長的旅程》中的那位母親艾略特太太跟麗麗一樣，年紀輕輕就守寡，膝下也有個兒子，福斯特身為作者，早早便將艾略特太太打發，在兒子才十五歲那年香消玉殞[36]；而現實生活中的麗麗命運則大不相同，一直到兒子六十六歲都還住在一塊。

福斯特不能像吳爾芙或崔韋那樣口無遮攔，承認大君的邀請函來得正是時候，讓他能藉故逃離母親的掌控。福斯特早就察覺，「每次我生活中有突發事件，都讓媽感到生活空虛」[37]，這次福斯特擅自離家，是對麗麗無言的責備，在他啟航前幾天，麗麗氣忿不已，為自己被拋棄而「無理取鬧」[38]，破壞了家中向來刻意維持的和氣。

然而，他這趟遠行卻沒那麼稱心，第一趟印度之旅讓他文思泉湧，回國不過幾年的光景，當時的手稿便束之高閣。十年前，印度的遼闊讓他「將郊區的生活拋在腦後」[39]，他希望這次也是一樣，但他這趟去德瓦是去工作的，他不僅毫無準備，而且一到當地就知道自己做不來，原先他故意裝糊塗，以為自己適合行政工作，甚至以為自己什麼都做得來。

大君（人稱「殿下」）對他「十分禮遇」[40]，聘他當私人秘書，這比待在家裡不事筆耕更加赤裸裸提醒他的文思多麼枯窘。他這趟來是想讓小說起死回生，比起待在倫敦，他在印度更有閒暇創作。在他的眾多提議中，其一是每天為殿下朗讀，但實際上他頂多每個月朗讀一次。[41]此外，他成立了文學社團，主題是「歷代和當代鉅著」[42]，固定每週三聚會，但出席人數「少之又少，熱情則比人數更少」[43]。殷勤的殿下對福斯特相當寬容，偶爾心血來潮時召他入宮作伴，宮廷裡到處是下人、小嘍囉（和眼線），比起福斯特，這些宮人更懂得宮裡的神祕規矩。福斯特在印度的居所比在韋步麗區寬敞，擁有一整間套房，「配置全比照歐洲辦理」[44]，包括寢室、客廳、前廳、浴室、陽台，只要他願意動筆，多的是寫作空間，但他卻一天到晚跟母親、阿姨等親朋好友通信，每晚看著那一小疊被他棄置的手稿，只感到「厭煩和絕望」[45]。

在代理雷思禮上校期間，福斯特出於責任感，力圖撥亂反正，這位名滿一時的小說家，如今埋首於拯救德瓦搖搖欲墜的財政、忙著處理平庸的俗務，除了照看宮中的花園和車房，還得管理「發電房」[46]和供電系統。不過，雷思禮上校打算復職，福斯特很快就得決定去留，偏偏他天生只要碰上這種情況，就難以做出明智的抉擇，當初一時衝動答應來德瓦就已經走錯了一步，他畏懼踏出下一步，印度的暑氣和蚊蟲使他昏沉，對於殿下的感情和身為臣子的義務使他綁手綁腳，很快，幾個月就過去了。

「或許是暑氣作祟，我整個人都鈍掉了，簡直成了老頭子，」[47]福斯特向友人吐露心聲道，「心神無法集中，什麼也記不住。」他比以往更加寂寞。「明明有朋友，一時卻想不起來。」說來也沒什麼好吃驚的，這份工作（如你所見）「讓我無法發揮所長」[48]，這是福斯特的原話，但他確實沒有發揮所長，而且是多年來都沒有發揮所長，「我把印度手稿帶在身上，」他給朋友寫信道，「但我不敢打開，我甚至連寫新聞的動力和能力都沒了，讀的書又少，老實說，我想我是式微了。」[49]

原本，他以為重新認識印度有其必要，但重返印度並未讓他的小說起死回生，反而適得其反，來到德瓦後，福斯特發現「印度生活的愚蠢用過大的燒杯裝著，呈到我的眼前來。」[50]他寫的手稿「似乎蔫了、枯了」[51]，彷彿被印度的溽熱糟蹋了，最後，他認定自己「踏上了印度沉悶的那一塊」[52]，這裡的人「大多毫無魅力」，就連性靈之美「也只能在殿下身上找到。」

一九二一年八月某夜，外頭正舉行盛大祭典慶祝黑天神（Lord Krishna）誕辰，在一片嘈雜聲中，福斯特做了個噩夢[53]。由於他想就近看慶典，因此出了套房來到舊宮，這裡視野雖好，但卻有種種不便，其中之一便是禁止穿鞋。在夢裡，福斯特回到韋步麗區，跟愛貓斐若卡窩在家裡。「我想我給他看了機械娃娃，他嚇壞了，當場發瘋，在樓上的房間裡繞著圈子跑，」福斯特在信中寫道。醒來後，福斯特鬆了一口氣，原來夢中的跑步聲其實是蒸汽引擎發出的規律噪音，這引擎還是花了大錢搬來的，供黑天神慶典點燈之用。

那樓上的房間是間閣樓，是福斯特在家時寫作的地方，而嚇壞的其實不是貓，數年來在那閣樓裡繞著圈子跑的，就是福斯特本人。

——

他在一九二一年的生日回顧寫道：「在德瓦門遊真不適合我，大家都笑我沒用，」[54]又被凶險的一年擊潰了，「每寫出一行，對自我表述的渴望就又消退一點，」他內觀自省，既不帶虛榮，也不帶希望，在淒涼中道出了中年疲乏，也道出了落魄小說家對腹稿尚未形諸文字的哀嘆。

在福斯特荒廢已久的碎稿裡，有一段對於某位印度角色的描述，這位印度人一想到英國人就沮喪，「感覺身困在英國人的羅網中」[55]，這位印度角色是「阿吉茲醫生」，他知道自己的人生並非由自我意志所左右，而是由英國人的需求來形塑；福斯特則身陷在家庭的羅網中，因此，他給阿吉茲醫生出了個相同的難題。韋步麗區是麗麗的領地，福斯特生活在母親的勢力中，跟阿吉茲醫生一樣「想掙脫這天羅地網」[56]，對阿吉茲而言，離開英屬印度就等於掙開了束縛，而福斯特雖然離開了韋步麗區，卻仍然逃不出羅網，那七十五頁的印度手稿，就是福斯特的天羅地網。

「日漸遲鈍，益發淡漠，」他在生日感言中寫道，「不能再繼續待下去了。」[57]吳爾芙一廂情願認為他「不會再回來了」，但事實並非如此，他沒有成為神祕主義者，也沒有動筆寫小說，這一次，他要逃回家，一九二二年一月十四日，即將動身返航。

與母親同住在韋步麗區，讓福斯特的劍橋歲月毫無社交生活可言，形同早早放棄獨立、將戀愛擋在門外。福斯特是同性戀，無論滿足性慾還是滿足情感，似乎都難以企求。第一次世界大戰結束後，福斯特回到韋步麗區，再次與外界隔絕，擔心人到中年，「滿腦子都是性幻想和性渴望，虛擲大把時光。」[58]早在還是處男的多產歲月，福斯特便靠著寫作「不雅」[59]小說來「挑逗自己」，當時既找不到對象一夜風流，也找不到對象長期交往，只能寫寫猥褻文字、幻想「種種不雅行為」來點燃慾火。由於寫作猥褻小說是出自無關藝術表現的衝動，福斯特認為這對自己蒸蒸日上的小說家生涯「是種危害」[60]，並因此感到亢奮。福斯特不以寫作猥褻文字為恥，也不以自己的性慾為恥，儘管如此，他依舊害怕這些不見天日的故事曝光，害怕自己的日記被發現，也害怕自己的性向引來輿論，這些都會在家中掀起軒然大波，甚至毀了他的文學事業，不過，只要不鬧成眾所皆知的醜聞，他長年的積鬱也將能藉此釋放，沒想到，真正的危害跟他預想的不同：私密寫作的自由自在，讓他確信為出版而寫的作品注定貧瘠。一九一〇年，福斯特出版了《此情可問天》，並愛上了來英國求學的印度青年席德．羅斯．馬蘇德（Syed Ross Masood），當年他蒙獲推薦，擔任馬蘇德的拉丁文家教，這一年是福斯特人生的轉捩點，他成為家喻戶曉的作家，站上文學生涯的巔峰，並在三十二歲生日前幾天，鼓起勇氣向馬蘇德告白。他們坐在一起聊天，不過是談些瑣事，馬蘇德稱讚福斯特「洞見東方事務」，這讚美聽在福斯特耳裡只覺俗套且空泛，心中頗不耐煩，加上壓抑已久的情感沖昏了他的腦袋，因此脫口而出道，「我忍不住了，他回我說：『我知道。』」[61]福斯特聽到自己沒頭沒腦迸出這麼一句，暗暗詫異，相較之下，馬蘇德的反應顯得平靜許多。

翌日，福斯特傳了一張字條給馬蘇德，到了新年前夕，福斯特在日記裡寫道：「尚無回音，雖然曉得沒事，但突然心口灼痛、渾身不適。」[62]福斯特一邊等待生日的到來，一邊等待馬蘇德的回覆，心口彷彿壓著一塊大石，明知這不祥的沉默所隱含的意味，卻說服自己還有轉機。新年過後不久，馬蘇德回訊了。他對福斯特情深義重，但始終視他為知己。《此情可問天》帶來的名氣，加上馬蘇德的婉拒，開啟了他式微和隱退的紀元，福斯特一路走下坡，並在印度跌到谷底。

或許也是難免吧，《此情可問天》出版後，福斯特感到「厭倦，我能處理和會處理的唯一主題：就是男人愛女人、女人愛男人。」[63]四本小說就把這主題給寫爛了。但困擾福斯特的不僅是文學傳統對寫作主題的侷限，埋得更深的是他對創作的懷疑（和心底的絕望），而起因在於他對性愛一無所知，既不懂「男歡女愛」，也不懂男男相戀，小說都出版四本了，色情小說也寫了好幾篇，但福斯特覺得：不能再寫這種抽象故事了，真正的福斯特不在那四本小說裡，而在那「下流的思想和不雅的舉止」裡，這是他那幾本小說搔不到的癢處，也是他未曾有過的經驗，早年雖也曾跌跌撞撞過幾回，但都以失敗告終。《此情可問天》出版後、在跟馬蘇德告白的十天前，他在日記中寫下：「想要來本書。」[64]這是對性的渴望，只要他對戀愛和性愛的渴望無法滿足，注定就只能這麼餓下去。

色情小說越寫越多了，在類似的衝動下，福斯特寫出了《墨利斯的情人》，希望在小說裡將

「淫蕩的思想與眼神」[65]聯繫到「個人」，這正是他在現實生活中所渴望的，也是他在別人身上看到的。《墨利斯的情人》是福斯特一揮而就之作，靈感來自一九一三年九月拜訪作家愛德華・卡本特（Edward Carpenter），卡本特相信「同志之愛，有時稱同志為天王星人」[66]，當年六十九歲的他公開與喬治・麥瑞爾（George Merrill）同居，麥瑞爾出身工人階級，年紀比卡本特小二十歲，兩人卿卿我我，讓福斯特相當吃驚，同樣吃驚的還有麥瑞爾隨便碰了福斯特的後腰，「輕輕地，再往下就是臀部了，我想他是常常這樣碰的，」[67]福斯特在半世紀後回憶道。那觸碰帶給福斯特異樣且強烈的感受，「心理、生理兼有，似乎直接從後腰灌進腦門，我連思考的時間都沒有。」

然而，不論是親眼所見還是親筆所寫（包括那疊色情小說和肯定會被禁的《墨利斯的情人》），都從未在福斯特身上發生過。

——

去了亞歷山大港之後，一切都不同了。時近一九一五年底，福斯特抵達亞歷山大港，將近一年後（一九一六年十月十五日），他才將消息吐露出來，「我這輩子第一次初嚐男風」[68]，他向芙蓉詩・巴爵（Florence Barger）報告——地點在海灘，對方是士兵，兩人相逢匆匆，留給福斯特「莫名其妙的哀傷」，他心想：如果能在「尋常年紀……邁出這一步」，感受應該大不相同，或許會更加春風吧。

福斯特在亞歷山大港看了許多俊男，變得更懂男性美，他在亞歷山大港的工作是「像照顧小孩那樣照顧阿兵哥」[69]，他們是駐紮在亞歷山大港的英國士兵，成天在福斯特面前走來走去，「這些年輕男神……美到了峰頂浪尖。」[70]福斯特初抵亞歷山大港，便在時常搭乘的電車上注意到一位車掌，這位埃及青年從福斯特身邊經過，福斯特抬頭一看，立刻被迷住，「真好看，」[71]他還記得當時的心聲，「那男的有點非洲黑人混血，」[72]福斯特與友人一致這麼認為。接下來一整年，福斯特都搭乘同一條線，有一搭沒一搭地與車掌攀談，還曾經等上四十五分鐘，就為了等車掌值完班從終點站現身。這青年真是俊美，「正值肉體的巔峰」[73]，因此，福斯特有好一段時間都不願「干擾或多嘴」[74]，只想好好看著這青年，兩人就這樣眉來眼去，終於在一九一七年晚春來到高潮，福斯特自認「走大運——大多數男人在十八、二十歲時就會走這種運」[75]——帥氣車掌終於答應跟福斯特約會了，兩人約在市郊的公共花園碰面，當時彼此都還不知道對方的名字，很快地，福斯特便知道：這位車掌名叫穆罕默德・埃德勒。

起初吸引福斯特的，是兩人在「年紀、種族、階級」[76]上的差異，隨著交往越深，福斯特越發覺在穆罕默德身上「挖到了寶」[77]，包括「雙方都對戀愛懷抱好奇」[78]，兩人最後進入彼此的房間「探險」[79]。然而，在福斯特的情路上，深情注定只是深情，想要親密的總是只有福斯特，慾火焚身的也總是只有福斯特：先是跟馬蘇德的告白無疾而終，這次雖然跟穆罕默德更近一步，但他對於福斯特的挑逗所做的回應，「卻是出自殷勤大方，而非像我是真心想要，」[80]福斯特在給芙蓉詩・巴爵的信中寫道，他記下了穆罕默德的原話：「我那雞巴無論誰來都硬著，不算什麼」[81]，福斯特認為穆罕默德這是在壓制慾火，儘管只能相信這番解釋，但福斯特仍在穆罕默德的欲就還推中卯足了勁，但連月下來都沒有成果。

後來，他發現「突然休兵」比持續進攻更有效，一九一七年十月，福斯特寫信給芙蓉詩：「已經那個了，我好開心，但不是因為肉體的愉悅，而是因為突破了最後一道防線。」[82]福斯特的策略奏效了，穆罕默德再過幾天就要離開亞歷山大港了，他要到開羅從事福斯特牽線介紹的戰時工作，工資是車掌的兩倍，或許，穆罕默德只是覺得欠朋友人情罷了。

福斯特聲稱光靠愛撫就滿足了，像是撥亂彼此的頭髮，像是下完棋後枕著穆罕默德的手臂躺在自己的床上（這在回憶中比兩人的初吻更鮮明），像是穆罕默德出於義務「板著臉拒絕」[83]後解開亞麻內衣「微微後仰」讓福斯特愛撫大腿。不過，兩人有限的肉體關係狠狠傷了福斯特的心，對於穆罕默德「經常冷淡」[84]也只能盡量忽視，趁著穆罕默德到亞歷山大港時，兩人偶爾會碰面。一九一八年秋天，穆罕默德結婚了，過了不久，福斯特也返回韋步麗區，回國後他依然與穆罕默德通信，幫助穆罕默德度過經濟難關，在穆罕默德以莫須有的罪名入獄時介入調停。穆罕默德告訴福斯特：「哪一天信件停了，就表示我死了。」[85]兒子出世後，穆罕默德幫兒子取了個埃及名字，私底下卻叫兒子福斯特。

一九二一年，福斯特準備前往德瓦，便寫信向穆罕默德透露了這趟遠行，希望船過賽德港時兩人能「搶時間碰面。」[86]事實上，福斯特之所以接受大君邀約，走海陸經過埃及可能是一大誘因。時序來到一九二二年初，福斯特計畫返航，內心期待再次與穆罕默德碰面，希望這次可以待得更久一點。

一九二一年，福斯特上任途中經過賽德港，穆罕默德急得跟什麼似的，擠上船來帶福斯特下船，兩人共度了「完美的四個鐘頭」[87]，在空無一人的沙灘上做愛，天氣冷，霧氣籠罩，穆罕默德身穿「大衣，手戴藍色針織手套，他再三握住我的手，說你過得好不好，朋友，你好嗎？」[88]穆罕默德再三的問候在福斯特心頭迴盪了將近一年，這次，四個鐘頭已經不夠，福斯特期待兩人能溫存一個月，為了延長停留時間，他第二段行程不走價錢高、速度快的陸路，反而特地買了船票，他不想那麼快到家，再說，走海路可以省錢（多方便的藉口，可以向母親解釋回程會多耽擱幾天），也可以敞開心胸放縱一下。

生日過後幾天，福斯特寫信給母親，除了祝賀一九二二年新年快樂，還記敘了海德拉巴市那場

盛大的生日宴會。他到孟買搭船返國之前，先繞去海德拉巴市探望了馬蘇德，除了慶祝新年，大家也幫他慶生，舉杯祝他「健康，並將玫瑰露一飲而盡」，但這「心花怒放」的一天還有下文：福斯特在信中告訴麗麗，他的臥房給裝飾得「像新娘房」[89]，簾帷上釘著滿開的枝枒，梳妝臺上擺滿一瓶又一瓶的玫瑰，床鋪四周圍繞著玫瑰葉藤，床上灑著玫瑰花葉，好看是好看，但不切實際，「夜裡像睡在碎屑上似的」[90]。他一如往常，在信中向母親強調自己有多幸福，「走到哪都是玫瑰，」他這麼寫著，並在信末簽上綽號「老爹」。

走到哪裡都是玫瑰，但這並非實情。除了寫信給母親，同一天他還寫信給高爾斯華綏·路威斯·狄金森（Goldsworthy Lowes Dickinson），綽號「高狄」，跟福斯特是劍橋大學國王學院同窗，也是「劍橋使徒社」的成員，福斯特告訴高狄再過兩週就會返國，「讓我們互道一聲新年快樂，」[91]福斯特寫道：「不過，寫這封信是想讓你做好準備，迎接我哀傷又難堪的回歸。」

———

這趟印度探險的最後兩週，跟之前九個月一樣——令人喪氣。福斯特要從內陸的海德拉巴市出發，往西走四百三十五英里到印度西岸，從孟買搭船返航，途中會經過阿旃陀石窟（Ajanta caves），福斯特想去參觀這個石窟群，共計三十個洞窟建鑿在峭壁上，最早開鑿於西元前兩百年至西元前一百年，洞窟裡以精美的壁畫和雕刻演繹佛陀的生平，是印度古典藝術的濫觴，石窟繞著峭壁而建，峭壁底下是大河的支流，福斯特計畫七號造訪、十二號抵達孟買，兩天後正好開船。

但福斯特沒能去參觀石窟，他摔傷了右手腕和左手肘，連吃飯都要人餵，遑論步行，就算搭到最近的火車站，想造訪石窟也得走上二十五英里，原本「精心的安排」只好取消，但取消完他馬上後悔，認為「揚棄計畫很愚蠢」——不論他的決定是大是小，最後總是會出錯。

一九二〇年代末期，吳爾芙準備要評論福斯特的小說，她在筆記裡註記福氏小說有哪些精彩與不足，並從其處女作《天使裹足之處》（一九〇五年）抄了一句話，這原本是福斯特給主角的台詞：「我似乎命中注定路過這世界，不碰撞，不撼動——不死——也不愛，」抄完後補上一句：「福斯特就是這樣，但也有靈光乍現的時候。」[92]

不過，還在準備從印度返國的福斯特，覺得自己很久沒有靈光乍現了，石窟沒看成，路過這世界卻不撼動，只在最後兩天匆匆去了幾個景點，便搭上英國皇家郵輪印度皇帝號（Kaisar-i-Hind）返國。

——

上次見到穆罕默德是十個月前的事了，比起回到韋步麗區，福斯特更想趕快抵達埃及，他一邊規劃住宿，一邊寫信給母親，內容雖然貼心，但卻是虛情假意：過了一月中，收信地址就會是「開羅，煩請轉交庫克先生，感覺離媽咪近多了。」[93]確實是近多了，不過是離穆罕默德近多了。福斯特告訴母親這趟回程要節省開支，但其實是要把錢用來跟穆罕默德在上埃及揮霍[94]。邁入中年的福斯特，活得比過去都寂寞，「啤酒肚漸凸，酒糟鼻漸紅，頭頂日漸稀疏，」[95]這些不久之後便成為福斯特掛在嘴邊的抱怨，還向高狄私下透露，說擔心自己年紀太大，「再也交不到知心朋友」[96]，所幸「在機會之門關上之前，把穆罕默德拉進了心房，」這讓他鬆了一口氣。

他原本就滿心期待兩人碰面，隨著碰面機會日漸渺茫，他對這次重逢更是寄予厚望。自從一八八二年英埃戰爭以來，埃及便進入英治時期，直到一九一四年十一月都處於戒嚴狀態，此後各地造反勢力蠢蠢欲動，到了一九二一年十二月已經是一觸即發，局勢危險，不宜久留，福斯特擔心自己「會在距離目標一百碼處被帶走，」[97]而這裡所謂的「目標」，自然是指穆罕默德。福斯特知道個人的「挫折和悲慘」無法與「一國的苦難」相比，但是，良知是良知，欲求不滿是欲求不滿，兩者難以權衡。一月二十四日，福斯特抵達埃及，所幸情勢已經獲得控制。

然而，政治局勢清明無助於兩人歡喜重逢。福斯特提前一天抵達，原本就擔心穆罕默德無法依約趕來，穆罕默德也果然沒來接船，只派信差捎了封信，信上說自己重病，其住處（尼羅河三角洲曼索拉城）距離福斯特下船處八十英里，路途遙遠，他來不了，必須福斯特親自去找他。

新年才剛過，穆罕默德便肺結核復發，這病是幾年前診斷出來的，福斯特一到曼索拉城，便曉得「再也見不到他生龍活虎的樣子了」[98]，凡是肺結核的嚴重病徵，穆罕默德一概不缺：「痰中帶血、盜汗、疲倦——只怕來日無多，」[99]福斯特在給馬蘇德的信中寫道，「當地醫生簡直是土匪，醫術大概也高明不到哪裡去」[100]，為了多收醫藥費，硬是不肯好好診斷，只一味給穆罕默德打預防針，「往他瘦弱的手臂輸注無用的輸液。」[101]看到福斯特來訪，穆罕默德的症狀略有改善，但還是非常虛弱，走不了幾步路。

穆罕默德一身病，把福斯特嚇壞了，起初還想盡快離開埃及，不能就這樣「枯坐在曼索拉城當看護，」[102]福斯特在信中告訴馬蘇德，還說穆罕默德變得「易怒又彆扭，天天在這待著我也難受。」[103]不過，福斯特明白：不論眼前還是將來，他的錢都派得上用場，因此安排朋友每月代為撥款給穆罕默德開銷。

跟穆罕默德相處兩天後，福斯特又心軟了，優柔寡斷向來是他的短處，這時卻成了優點，肺癆讓穆罕默德「陰鬱而俊美，儘管不像從前那樣敏感，但這事最後再說吧。」[104]臨終已近，如果穆罕默德的病況跟看起來一樣嚴重，那也用不著福斯特看護，只要陪著就行，至於福斯特的私慾，無論如何都只能暫且擱置了。

「我病得太重了，脾氣不好，還請見諒，」[105]某天，穆罕默德悄聲說道。為了福斯特來訪，他做了種種安排，福斯特大受感動，穆罕默德去年的迎接雖然逞了強，但向來是個冷心冷面的，沒想到他竟然跟自己一樣期盼重逢。福斯特事先安排好了要去亞歷山大港訪友，接著回到曼索拉城陪伴穆罕默德，待上一、兩週之後再返回英國。[106]

就這樣，福斯特成了穆罕默德的看護兼門房，他與穆罕默德作伴、照料生活細節，與先前在德瓦的力不從心形成對比，這算是一連串糟心事中的開心事。由於醫生治療不力，加上當地衛生欠佳，導致穆罕默德病情加劇，福斯特出錢讓穆罕默德到開羅就醫，路程總共七十五英里，這對穆罕默德是吃不消的。[107]二月初，他們抵達開羅，果然像福斯特擔心的：「開羅的名醫證實了我最壞的猜測——已經無藥可救，只差在幾週還是幾個月了。」[108]福斯特不想讓穆罕默德回曼索拉城，他自己也不肯再回去，既然都到了開羅，或許還是有機會「揮霍」，福斯特在開羅南邊二十英里的海爾溫市（Helouan）找了間「風濕及肺癆療養村」，一旁是尼羅河，對岸是埃及古都孟非斯（Memphis）遺跡，就這樣舒舒服服住了下來。

最後，福斯特依照計畫，在埃及和穆罕默德溫存了將近一個月。

——

海爾溫市在古埃及叫「艾茵安」（Ain-An），其聖泉具有療效，從法老時代便遠近皆知，福斯特和穆罕默德雖然同住在此，卻並非獨處一室，還包括了穆罕默德的太太、孩子、遠親，穆罕默德的病情一時好轉，「沙漠空氣好，讓他狀況改善，還說自己應該會痊癒。」[109]海爾溫市的物價比福斯特預想中便宜，他們共度了「寧靜的時光，這以當時的狀況來看相當不尋常」[110]，甚至共度了幾個「幸福快樂」的日子。

雖然錢夠花用，但福斯特總是為錢發愁，尤其這陣子版稅收入微乎其微，前年《窗外有藍天》只賣了六十六本、《此情可問天》只賣了三十二本。[111]儘管如此，以埃及的物價和穆罕默德的標準來說，他已經堪稱富到流油了。「錢真是好用，我自言自語時，午間列車剛好停靠進站，」[112]福斯特如此寫道，但不論遠赴埃及還是待在韋步麗區，福斯特滿腦子想的都是省錢，每年家用偶爾還是母親多出一點，這讓他感到有所虧欠。「但願我知道他還剩多少日子，這樣我才好把閒錢分給他，」[113]福斯特在給芙蓉詩的信裡寫著，他自認返回英國後，還能「輕鬆」[114]供養穆罕默德六個月左右。

福斯特替穆罕默德的狀況感到難過，但不能做愛令他大失所望，心情因此五味雜陳。他在德瓦過得相當不順心，難得稱心的就是做愛，但這樣的愉悅並不純粹，大君派了個男寵給他，起初他對這男寵過意不去，儘管大君明白交代了如何處置，還說他千萬不能被動，否則一旦傳開，卡納亞會淪為宮中恥辱，這事在所難免，大君再清楚不過。福斯特後來回憶，當時性慾「異常旺盛」[115]，幾年後再回首，發現不過短短幾年，「性能力便大減」，當時對男寵的情慾之濃，令福斯特既詫異又傷心，有個能任意使喚的男寵，純粹拿來（用福斯特認為殘忍的方式）發洩，並非卡本特那種同志之愛，福斯特心中一直過意不去——他發現跟男寵交合心滿意足，並滿心期待跟穆罕默德做愛，一部分也是想挽回兩人不美滿的性關係，從來沒有好好如願做過一回。

但肺癆顯然令穆罕默德不舉[116]，或者像福斯特說的「自認為不舉」，但無論是哪種情況，結果都一樣。「我已經盼了好幾個月，」[117]他向芙蓉詩坦承，不過，他也沒把心思都放在穆罕默德的冷感上，至少偶爾轉移一下注意力，「到海濱散步半個鐘頭，便能解決難題，」[118]他在給馬蘇德的信中寫道，這讓他鬆了一口氣，穆罕默德也鬆了一口氣，終究還是「找人那個了！」他寫信告訴芙蓉詩，這裡的「那個」卻不是脫離處男的意思，而是每個愉快且值得說嘴的性愛經歷。

不過，他們還是在海爾溫市度過了愜意的時光，穆罕默德病情好轉，兩人一起在沙漠騎驢，「我們在咖啡廳裡閒坐，天氣一天比一天宜人，他也一天比一天更健康快樂。」[119]不過，隨著福斯特返國的日子接近，穆罕默德咳嗽加劇，他體力還行，一路送福斯特到開羅港，儘管「瘦得只剩一把骨頭，」[120]仍然執意要送他一程，福斯特搭的「三角洲號」（SS Delta）二月二十日開船，無法親密接觸的尷尬已經過去，全成了過往雲煙，他們互道珍重，做此生最後一次道別。「我們在火車廂裡並排而坐，他說：『我的愛都給了你，剩下的，就沒什麼可說的了，』這是真話，」[121]福斯特在給芙蓉詩的信中寫道，他那「可憐的親親」，相貌一點也沒變，儘管病了，還是「非常好看」[122]。臨走前，福斯特的眼裡全是穆罕默德的面孔和身影，只見他頭戴黃色天鵝絨帽，身子「像東方人那樣」蜷著，「像衣料做的金字塔，那張聰慧的俊容彷彿就擱在塔頂，」直到最後一刻，穆罕默德才「出於愛」[123]，用手肘輕輕推了福斯特兩下。

兩人分手時，福斯特就知道「隨時會崩潰，」[124]他在給馬蘇德的信中寫道，只希望到時候別再更難受，他該做的都做了。[125]福斯特向芙蓉詩哀嘆道：「哎！但還挺得住，侵蝕靈魂的是內心的背叛，這可輪不到我了。」[126]

他預計在三月三日前抵達英國，跟他同艙的旅客很無趣，是個男的，「在印度度過了平凡無奇

的二十五年，他問也沒問，直接把這印度歲月結的果塞給我，聽著倒也尋常，」[127]男人最後懶得再講，對福斯特的興趣缺缺心生厭倦，「這下他安靜了，顯然無話可說，」[128]而安靜是種解脫。

他給蘿拉（Laura）阿姨的信則是這麼寫的：「船客是一群沉悶的人，或許每個人都有一樁心事，這時候從東方返鄉的人，誰沒有心事呢，」[129]表面上他指的是當時印度和埃及的政局，但也可能隱含了他心底的苦衷：從孟買到埃及的航程中，他想著穆罕默德的守候，心情振奮不已，而隨著船隻駛近英國，和母親的生活又回到腦海，這讓他對未來的希望幾乎泯滅。

「外頭的苦難似乎延伸自我內心的糾結，」[130]他寫信告訴馬蘇德。福斯特擅長在言語中包藏祕密，在船上給蘿拉阿姨寫信時，他說在埃及的一個月「過得非常愉快，雖然是和老朋友共度，但不盡然都是去老地方，」[131]還說最後兩週去了開羅附近的海爾溫市，「同行的朋友生了病，名叫穆罕默德．埃德勒——我非得記著提他的名字不可。」[132]

原因雖然得向阿姨和母親保密，他還是不得不提穆罕默德的名字。

「雙面生活越過越得心應手。」[133]

這是福斯特向芙蓉詩．巴爵的傾訴，當時他正在為房地產所苦，他和母親在韋步麗區長住多年，又從蘿拉阿姨那裡繼承了阿賓傑鍛鐵村（Abinger Hammer）的「西駒林舍」（West

Hackhurst），究竟一九二四年要不要和母親搬過去那裡？即便後來真的搬了，眼下則是兩邊都住，「我獨自在這裡住兩晚，這讓媽很不高興，」福斯特從西駒林舍寫信給芙蓉詩道，「我想體會自己住的滋味，就算一分鐘也好，但只要家是她在管，我就體會不到！」要不要搬家的問題占據了麗麗的心思，根據福斯特這封信，他唯一的慰藉就是想著：「一旦離家，我的心就自由了，不管是哪個家都行，雙面生活越過越得心應手。」[134]

福斯特一直過著雙面生活。二十一歲生日那年，叔叔威利[135]（Willie Forster）就注意到麗麗仍把福斯特「當成孩子」，家中「總是」只有福斯特一個男的，遲早會出問題，「一旦出了問題，肯定跟女人一樣糟，」威利建議福斯特「多呼吸鄉下的空氣，跟三五好友一同玩樂，」不要成天封閉在女人家的世界，「交換謊言、調皮胡鬧，」弄得一點男子氣概也沒有，「他寫午茶寫得可好了，簡直跟珍．奥斯汀（Jane Austin）同個套路。」

《此情可問天》出版不到一年，福斯特便在日記裡寫道：「周遭一切都令人沮喪委靡，我畢生（如果有）事業，就是跟個腦袋空空的人住在一起。」[136]

他大老遠跑去印度，就是想看看能不能再寫出一本小說，結果還是寫不出來，對於無以為繼的文學生涯，他既緬懷又慨嘆，只能回到韋步麗區，繼續他的「畢生事業」。

第四章 獨處的僻境

小時候大家都叫他博特，終其一生，他都是家人口中的博特，大哥喬治、大姊艾蜜莉、二姊艾妲都這麼稱呼他，他們活得比大衛．赫博特．勞倫斯（David Herbert Lawrence）更長，晚了幾十年才離開人世。一九一〇年十二月，母親麗蒂雅命在旦夕，只盼能撐到「我們博特的處女作問世」[1]，他「接二兩三給出版社捎信、發電報」[2]，希望能拿到《白孔雀》（*The White Peacock*）的試印本，這部小說預計一九一一年出版，他希望能讓母親先睹為快。母親臨終前，勞倫斯將《白孔雀》交到她手裡，但又有什麼用？「她看起來根本不曉得那是什麼。」[3]勞倫斯每出版一本小說，都伴隨著類似的失望和困頓，其中還包含了法律上的困境。

博特小時後就展現「發明遊戲的才能，」[4]二姊艾妲回憶道，他討厭踢足球，也不喜歡打板球，大多都在室內玩耍，到戶外就是找「一群女孩子去摘黑莓」[5]，或是跟開滿原野的花朵說話。在東林區（Eastwood），家家戶戶都有庭院，院內鋪著紅磚，紅磚外就是草原，一八八五年九月十一日，勞倫斯出生在東林區，「小家子氣的房子」[6]高高低低，填滿了諾丁漢郡（Nottinghamshire）的山坳。博特的皮膚白似白堊，紅髮紅似火，兩相映襯，更顯得他面色蒼白，隨著年齡漸長，這樣的紅白對比更加鮮明，一九二二年，勞倫斯到新墨西哥州的陶斯泡溫泉，他身穿泳褲，全身「白似豬油，肩胛骨、肋骨處近乎透明，瘦弱的肌理也白得透光。」[7]

邀請勞倫斯到陶斯作客的玫苞．道奇在回憶錄中寫道：看見勞倫斯「紅髮蓬亂，紅鬍拉碴，眼似藍星」[8]，她吃了一驚。兩人一熟稔，便對彼此感到失望，不過，勞倫斯過世後，玫苞盛讚其驚人的形體「傲雪欺霜，具有象牙般經久不衰的意志。」[9]一代人有一代人的風景，在玫苞筆下，勞倫斯在同代人中一枝獨秀，像一件藝術品，也像一則寓言，他是「有血有肉的文字」[10]，為她和世人所不解。

勞倫斯從小就被人誤會，在東林區，大家都叫他「博弟」，他很討厭這個綽號，此外，大家還笑他孩子氣、愛黏人，個性陰柔，聲音尖尖細細，很像「小女生」，也因為朋友都是女孩子，所以小男生老愛圍著他唱「阿弟、阿弟、小阿弟，成天都找阿妹仔玩。」[11]雖然勞倫斯都跟女孩子玩在一起，但「玩伴可不是什麼鄰家女孩」[12]，而是鎮上活潑漂亮的女孩子。

從小勞倫斯只要一激動，聲調就會高上去，長大了也改不掉，某位刻薄的目擊者回憶道：勞倫斯「老是尖著嗓子說啊、喊的，模樣可笑，像個太監。」[13]別人眼中的勞倫斯，不是興高采烈回應這世界的孩子，就是陰晴不定、愛亂發脾氣的幼稚鬼。

勞倫斯全身上下沒有一處不惹人厭。一九二三年，勞倫斯的出版商湯瑪士．瑟爾查（Thomas Seltzer）在紐約為勞倫斯舉辦了一場茶會，席間美國作家艾德蒙．威爾森（Edmund Wilson）見到了勞倫斯，認為勞倫斯「教養不佳、歇斯底里」[14]，還在日記中描述勞倫斯的長相令人心底發毛：身材瘦高，「頭臉過小」，「一看便知出身低劣——從礦坑來的人種，半生不熟，出身比人低，大概得奮鬥一輩子：既然把自己吹捧上了天，當然得擺出志高氣揚的模樣。」[15]威爾森似乎不曉得：勞倫斯大概是早有預感，因此整場茶會都在抗拒，威爾森還在日記裡寫道：只要談話偏離勞倫斯感興趣的主題，他就會「耍小孩子氣，尖著嗓子說：『我不喜歡這個！我們幹嘛坐在這裡喝茶？誰要喝你的茶！我不想喝茶！』」

勞倫斯這一生都在面對傲慢、抗拒著種種不想做的事，有時動作大，有時動作小，其談吐一如其寫作，都在是反抗虛有其表的文溫爾雅，威爾森所奚落的小孩子氣，在勞倫斯看來卻自以為是堂而皇之的抵抗——抵抗別人口中自己和世界應有的模樣，茶會也好、足球也好、板球也好，小時候他沒興趣，長大後也沒興趣，在茶會上，他與來自紐約、倫敦、東林區、諾丁漢郡的威爾森交談，撇除地區大小不同，這些威爾森其實都一個樣，別人若嫌他（或作品）粗俗，他不會放在心上，只要是出自骨子裡、傷他自尊、惹他惱火的奚落（例如威爾森的言行），無論是針對作品還是針對個人，他都不會放在心上。

勞倫斯不喜歡自己周遭的人。從小到大，勞倫斯都寧可擁抱大自然，或是沉浸在自己構築的世界裡。他經常在戶外寫作，在林子裡一待就是一個上午，走到哪裡就寫到哪裡，無論寫詩、寫散文、寫小說，找棵樹，坐下來就寫，讓這棵樹成為獨一無二、不可或缺的保護傘，變成了一棵特定的樹，也因此，他的作品（尤其是詩歌和遊記）大多是對大自然的禮讚，謳歌其渾然天成，也因此，他的小說、詩歌、短篇重新想像了人類以及人造的人際關係，就像兒時發明遊戲那樣，他的想像叛逆而真誠，他的律己甚嚴不能浪費在茶會上，而要留給創作。

「博特終生都在創造，這在所難免，」[16]二姊艾妲在勞倫斯身後回憶道，「當年我們必須自己創造幸福，」她一邊回想童年一邊說：「幸福並非生來就有。」

——

一九二一年九月十一日，博特年滿三十六歲，有人叫他勞倫佐，有人稱他勞倫斯，另有大衛、勞爾等綽號，都是不同朋友幫他取的。九月十九日，他到佛羅倫斯的領事館換發護照[17]，隨之結束的是對他來說異常漫長的安穩歲月，他在西西里島上的陶爾米納住了兩年多，與妻子芙莉妲同住在舊泉庄（Fontana Vecchia），這是兩人結婚後落腳最久的居所。芙莉妲婚前姓「里齊德馮」（Richthofen），一九一二年以韋克利太太的身分與勞倫斯私奔、一九一四年成婚，婚後兩人流離失所多年。面對一九二二年，勞倫斯已經做好了準備，迎接安穩之後的青黃不接和長達十年的顛沛轉徙，直到一九三〇年過世，每一次的遷徙，都是追尋幸福的努力，每一次的落腳，幸福都稍縱即逝。

根據護照上領事官員的字跡描述，勞倫斯是一位「作家」，來自「諾郡」（諾丁漢郡的簡寫）「東林區」，身高一百七十四公分，比起這樣的事實記載，關於其長相的憶述則眾說紛紜，跟他的稱號一樣五花八門，官方記載他有一雙藍灰色的眼睛和淺棕色的頭髮，這樣的描述乏善可陳，多虧了朋友出言挽救，在友人的回憶裡，勞倫斯有雙催人入眠的眼睛，頭髮和鬍子紅豔豔的，燃燒著「其生命熱烈的火焰」[18]，這些勞倫斯身後留下的魅惑，領事官員一點也沒看出來，在「外貌特徵」底下，領事官員只寫了一個字：「無」。對比一九一九年九月倫敦英國外交部簽發的精美護照，勞倫斯當年的職業是「小說家」，上頭對外觀的描述十分詳細，身高、眼珠、髮色跟一九二一年一樣，額頭「正常」、嘴巴「正常」，鼻子「偏短」，臉型「偏長」，膚色「白皙」，下巴「正常」，不過，這是護照上說的，根據其友人回憶，勞倫斯的下巴跟那張瘦削的臉「不成比例」，勞倫斯蓄著一把「漂亮且講究的」鬍子，巧妙遮著自身的缺陷。

護照上的照片並未捕捉到勞倫斯「戲謔的」微笑，他常常這樣笑，笑得既可愛又迷人，此外，照片也沒捕捉到他「令人發噱的格格笑聲」[19]，「尾音微微上揚」[20]，「像輕聲的尖叫。」

對勞倫斯和芙莉妲而言，一九二二年始於勞倫斯一九二一年的幻想：「但願我能找到一艘船，載我到世界各地，載我到西方落腳，也許是新墨西哥州，也許是加利福尼亞州，有一間小房子，養兩頭山羊，在洛磯山脈，在獨處的僻境，」[21]這是勞倫斯寫給出版商湯瑪士．瑟爾查的信。

勞倫斯的地理不太好：洛磯山脈雖然在美國西半部，但距離最西邊的加州尚有一段距離，他的心願一如既往——既自相矛盾又只顧眼前，但這回他確實碰上了危機，他和芙莉妲的護照相繼過期，這令他感到時不我與，第一次世界大戰都過去三年了，他的內心卻依然騷亂。

一九二一年春夏，勞倫斯偕妻子遊歷，先到德國待了三個月，又在義大利玩了一個月，先後去了佛羅倫斯、西耶納（Siena）、羅馬、卡布里島（Capri）。他在德國看望岳母時，忍不住覺得這個國家和其象徵的歐陸「空空蕩蕩——彷彿杳無人煙」[22]，經過無情戰火蹂躪，家家戶戶或許都擠滿了人，一路從煤窖擠到閣樓，但這不是重點，在勞倫斯筆下，這地方感覺空了——「毫無生命力；沒有年輕人。」

他在西西里島陶爾米納的居所位在如詩如畫的山頂上，「窗子開向東邊，面對著大海」[23]，遠離身後滿目瘡痍的戰後歐陸。一九一七年，他與芙莉妲被趕出英國，一來背負著間諜嫌疑，二來被視為寫作淫書的危險人物，兩人自我流放到西西里島，來此追尋勞倫斯口中「赤裸裸的自由精神」[24]——包括書寫的自由和生活的自由，從英國這灘泥沼[25]一路南下，來到歐洲大陸的南方邊境上。

一九二一年六月，勞倫斯第五部小說《戀愛中的女人》（*Women in Love*）在英國出版，在《泰晤士報》領軍下，報章雜誌無不大肆抨擊，銷售十分慘澹。《戀愛中的女人》能在英國出版堪稱奇蹟，其前傳《彩虹》（*The Rainbow*）於一九一五年問世，不久便以〈一八五七猥褻出版品法案〉為名查禁，出版商立刻將《彩虹》回收下架。在《彩虹》之前，勞倫斯便已構思了《戀愛中的女人》，他一意孤行將小說完稿，「你肯定會討厭這部作品，而且還會找不到人出版，話說回來，這不是我們能掌控的事，」[26]勞倫斯寫信給經紀人道。《戀愛中的女人》飽受批評並非意外，勞倫斯憑著創造幸福的傻勁，不顧一切地寫出非寫不可的作品，他沉著自若，越寫越堅強，足以招致並面對書評及個人的敵意，然而，他的天真與樂觀，導致敵意以千變萬化之姿出現時，激怒了他、打擊了他、傷害了他，他那充滿了希望與好奇的赤子之心鬧起了脾氣。

《戀愛中的女人》惹出的麻煩不只是書評不佳，更頭疼的是英國作曲家菲力普・赫塞廷（Philip Heseltine）威脅要提出誹謗，赫塞廷與勞倫斯互相熟識，在勞倫斯筆下，赫塞廷成了甘草人物，但勞倫斯自認已用了掩人耳目的筆法（包括將人物的職業改成畫家），讓讀者不會疑心到赫塞廷身上，勞倫斯認為赫塞廷不過是「愚蠢的笨蛋」[27]，只是想出風頭，建議出版商抵死不讓就能化解危機。

然而，勞倫斯回到陶爾米納時，面對的不只是誹謗訴訟的消息，出版商馬丁・賽克（Martin Secker）除了寄來《戀愛中的女人》（上頭標註了赫塞廷揚言要提告的段落），此外還寄來保守派報紙《英國佬》[28]（*John Bull*），裡頭刊登了一篇書評〈警方應禁之書〉，通篇都在譴責《戀愛中的女人》。

《戀愛中的女人》描述布朗文家（Brangwen）兩姊妹的愛情故事，姊姊叫歐秀拉（Ursula）、妹妹叫古迪蘭（Gudrun），在《英國佬》編輯的眼裡，《戀愛中的女人》算不上小說，而是「精神病患的作品，只是被當成『小說』在書報攤販售……這是一本性變態的分析研究，更令人作嘔的是：作者似乎對此沾沾自喜……醜惡、下流、噁心透頂。」這種毒舌對勞倫斯來說已經司空見慣，他甚至歡迎各界批評指教，不論是《英國佬》的書評還是赫塞廷的起訴要脅，他一概泰然處之。正如《英國佬》的抨擊所提醒的，勞倫斯是「慣犯」，既是背負嫌疑的公民，也是令人生疑的作家。勞倫斯裝出饒富興味的模樣，至少遠遠看著是這樣，因為「反對我……毫無新意。」[29]《英國佬》

的負評對銷量毫無幫助，為了討好赫塞廷的律師，出版商停售《戀愛中的女人》，這讓出版商和勞倫斯都「蒙受可觀的金錢損失」[30]。

然而，勞倫斯對訴訟和惡評的淡漠，掩飾了他那「難得的天真」，曾經，他帶著這樣「純粹的天真」，相信自己的作品總能找到知音。在他看來，《戀愛中的女人》是「我最好的作品」[31]，而文壇的再次否定，讓在德國格格不入的感受更加強烈，他已經「無處停泊」[32]，並換上全新的眼光，看著來自英美的戰後財在陶爾米納橫流，「永不停歇的瘋帽茶會」[33]將這群英美人士吸引過來，每個人的年收入都在五百英鎊以上，「感覺好空虛」，像德國一樣「毫無生命力」[34]，只是這種空虛更新穎而歡愉，或許也更陰險，讓靈魂一點一點死去。「世人去的地方，哪裡不空虛呢？」[35]他納悶道。

勞倫斯多年來一直懷抱著相同的夢想——逃離英國的泥沼到新世界去。第一次世界大戰期間，他憧憬在佛羅里達州安身立命，在當地坐擁農場，建立起「啦吶呢」（Rananim）公社，並自詡為「望見美洲時隱時現的哥倫布」[36]，但考量到現實因素（包括缺乏死忠追隨者），「啦吶呢」公社未能成形。勞倫斯向來缺乏死忠追隨者，根據某位「一同冒險的夥伴」[37]回憶道：每一位追隨者都令他失望，包括她本人在內，為此她深感遺憾，在她看來，勞倫斯需要朋友，「就算被拋下也無所

謂。」[38]最後不離不棄的只有芙莉妲。

勞倫斯集矛盾於一身——一件事正面是真，反面也是真，這是在他身上唯一能確定的事。他對美國既憧憬已久、也恐懼已久。一九一六年，勞倫斯寫信給小說家友人凱薩琳．卡斯威兒（Catherine Carswel）道：「美國比英國更糟、更虛假、更無可救藥，但也比英國更接近自由，」[39]在勞倫斯看來，國運自有其邏輯，但旁人或許難以察覺箇中道理。美國雖新卻朽，對於這位二十世紀的哥倫布既歡迎又敵視，國內因重商又一心向外擴張，故而「已近乾朽，只剩最後一顆新興種子準備萌芽」[40]，正是實現勞倫斯「啦吶呢」公社的沃土。

一九二一年十月，他只清楚自己「真心想走」[41]，倘若果真要離開歐洲（他明知非走不可），美國會不會是合適的下一站？

要去哪裡？多快動身？這些問題都取決於錢。他只有「四十多英鎊的銀行存款」[42]，手頭的英鎊「只剩屑屑」[43]，美國帳戶裡的餘額雖然比英鎊多（他在等美國經紀人羅伯特．蒙希爾結算營收），但蒙希爾寄來的支票不曉得放到哪裡去了[44]，因此就算有美金，一時也無法使用。

他開始查船票，以他的預算，搭不定期貨輪比搭客輪划算，反正目的地不是重點。他的藝術家友人鄂爾．布魯斯特即將偕同妻子迦薩（Achsah）離開卡布里島到錫蘭學佛，並邀請勞倫斯同行，這提議十分誘人，學佛的同儕情誼彷彿讓「啦吶呢」公社成真，但整天冥想似乎更加空虛，跟舊世界一樣迂腐，對他而言「了無新意」[45]，佛陀「已經 vollendet（圓滿）」，勞倫斯寫道。

整個秋天，勞倫斯「脾氣都很壞」[46]，一來英國傳來噩耗，二來銀行帳戶逐漸見底，三來對未來拿不定主意，他既不寫作，也不見客，模樣惹人生厭，在他看來，就連女僕工作起來，「都像有把匕首架在脖子上」。十一月初，他寫信給布魯斯特，說自己又在考慮要不要去錫蘭，「世界是滑溜溜的水銀球，正在消融中」[47]，上頭的人們「沾著臭屎」[48]，錫蘭的人們大概也一樣，去哪裡都好，去錫蘭也很好。

三天後，勞倫斯接到一封陌生來信，對一位聽天由命的作家而言，信中的邀請彷彿天意，勞倫斯當晚便回了信。

路程大約半英里，步行大約二十分鐘，便能從舊泉庄走到陶爾米納島上的郵局，這是勞倫斯收信的地方，（如果）信件寄達，他便去取。義大利什麼都爛，郵政也爛，不過，關於義大利郵務的傳聞，至少還有種桀驁不馴的魅力。一九二一年秋天，勞倫斯致信友人：卡拉布里亞有一輛火車翻覆墜河，所有行李和郵件都找不回來，「當然是被偷了，」[49]各地罷工四起，鐵路陷入癱瘓，墨索里尼領導的法西斯分子上街鬧事。

來信的是一位陌生的美國女士，名叫玫苞．道奇．史特恩，她邀請勞倫斯到新墨西哥州的陶斯作客。她在十月號的《日晷》上讀到勞倫斯即將出版的義大利遊記《大海與薩丁尼亞島》（*Sea and Sardinia*），並從其節選文字中讀出「奇異的筆法」，認為他以獨樹一格的筆調，賦予「各地不同的觸覺、嗅覺、感覺」，她希望勞倫斯秉持同樣的精神和技法寫一寫陶斯。

她為他準備了屋子（一間土胚房），讓他在裡頭寫作，陶斯當地有個印第安部落，「打從大洪水就存在了。」

史特恩女士這封信不像信，倒像是奇怪的公文[50]，「很長，像莎草紙一樣捲著」[51]，她費盡心思讓這封信極富魅力，包括個人魅力和超自然魅力。她在這卷信中放了幾片荻莎薺（desachey）的葉子，「印第安人認為其香味心曠神怡，」此外還放了一點奧沙根（osha）。勞倫斯如她所願，為這封信深深著迷，他在回家的路上讀信，腳下踏過大街（Corso Umberto），手裡忙不迭地將信紙舒卷開來，史特恩女士捎來的「印第安香」令他神魂顛倒，當下決定「彼處才是魅力和魔力所在，而非佛陀。」[52]陶斯位在新墨西哥沙漠海拔六千呎的山上，距離最近的火車站二十五英里，勞倫斯在大街上「豁了豁」奧沙根（味道類似甘草根），魂魄便隨著奧沙根飄到遠方，陶爾米納島的大街頓時成了歐洲的縮影，「只不過是垃圾商店林立的拱廊街。」[53]看來命運引領他去的地方不是錫蘭，而是陶斯。

勞倫斯很少保留信件，這卷莎草紙已經佚失，不過，只要讀一讀玫苞．道奇．史特恩的回憶錄，不難看出其散文魅力無窮，她筆下的陶斯即景充滿魔力，讓勞倫斯無法抗拒，在信中，她想像了自己的願景、勞倫斯的前景、全人類的遠景，她的提議和她筆下的陶斯觸動了勞倫斯，「只要是能吸引他的事，不論再簡單、再奇怪，」她都傾盡筆墨「娓娓道來」[54]，她將陶斯形容成「光陰充裕、悠閒充盈」[55]之所，勞倫斯那間土胚屋以古法新建，與古老大地融為一體，屋裡「家具齊全，由木工當場修造」[56]，空間寬敞，共有五間房，可以讓（她不知道）不存在的孩子居住。

勞倫斯一時衝動又出於好奇，滿懷希望又滿心信任地滿口答應下來。

「我相信妳說的：必須讓人類的兩端連繫起來，一端是白人的細線，一端是白人文明之前的黑繩，我真心相信這兩端必須和解。」[57]他說搬去陶斯可行，只要把瑣事安排好，此外沒有任何阻礙。在《大海與薩丁尼亞島》中，勞倫斯稱芙莉妲為「女王蜂」，在給玫苞的信裡，他以同樣歡快的筆調寫道：「女王蜂與我真心想去陶斯，沒有小蜜蜂隨行。」大老遠繞過半個地球，就憑陌生人一句吩咐，這樣做究竟值不值得，勞倫斯似乎沒有考慮過。

不過，玫苞．道奇．史特恩和勞倫斯，都是表面上一個樣、實際上另一個樣。

勞倫斯行事雖然衝動，私底下卻非常實際[58]，這是個不小的反差。他在信中稱自己和妻子為「女王蜂與我」，還告訴玫苞「女王蜂與我非常實際，什麼都自己來，包括洗衣、做飯、清地板……等。」然而，一九二一年秋天寫信給勞倫斯的玫苞．道奇，認識的並非現實中的勞倫斯，而是《大海與薩丁尼亞島》中的勞倫斯。《日晷》刊出《大海與薩丁尼亞島》的節選後，勞倫斯向經紀人抱怨，說自己的著作「被裁剪得七零八落」[59]，然後又七拼八湊起來，根本看不出是他的手筆。「他們真該死。」《大海與薩丁尼亞島》之所以讓玫苞．道奇．史特恩留下錯誤印象，不僅該責怪《日晷》編輯，勞倫斯自己也難辭其咎，這整本書都非常不「勞倫斯」，筆調既諂媚又夢幻，將自己和芙莉妲化為書中的甘草人物[60]，所有現實生活中「惹人生厭又尷尬」[61]的作為，在書中都被渲染成「活潑可愛或搞笑素材」。玫苞後來以「渾身矛盾與震撼」[62]來形容勞倫斯，但當下她還不曉得（但很快就會知道）：勞倫斯最重要的矛盾在於：比起真實的遊記，虛構小說裡的衝突更能真實反映他和芙莉妲。在第一封回給玫苞的信裡，勞倫斯延續了遊記中的搞笑語氣，這對於彼此了解毫無助益。既然受到召喚的是《大海與薩丁尼亞島》中的勞倫斯，他自然以書中角色的身分回信。

勞倫斯先決定重要的事（「他執迷於隨興，把隨興當成衝動的藉口」[63]），直到認清事實、了解對方的真面目，才懊悔為時已晚，常常不僅他自己後悔，其他人也很後悔。勞倫斯跟玫苞一樣，看世界時都只挑自己想看的。玫苞有的是錢，負擔得起（或說是縱容）這點缺失，兩相對比之下，勞倫斯判斷錯誤付出的代價可就大了，在這一點上，他讓《彩虹》的女主角安娜・布朗文（Anna Brangwen）成為自己的翻版：「她認為那些不熟識的都是好人，那些熟識的似乎都礙手礙腳，撒些小謊來綑住她，氣得她忍無可忍。」[64]對於朋友、家人、妻子、贊助人來說，這種盲目簡直折磨，對當事人來說也是如此。

玫苞心中是有任務要交付的，她希望勞倫斯寫一本陶斯的書，「替這片無言的土地發聲」[65]。然而，她沒考慮到的是：要一位白人作家替印第安土地發聲，或許有些強人所難。陶斯不像義大利，新墨西哥州的印第安人也不像義大利人，勞倫斯難以融入其中。玫苞的戀人東尼・盧函（Tony

Luhan）曾出言制裁白人，玫苞則將自己和勞倫斯排除在這樣的制裁之外，盧菡是印第安人，即將成為玫苞的第四任丈夫，他認為「白人喜歡陶斯，說是當地『風土』的緣故，白人知道什麼是風土？白人知道陶斯的太陽為什麼比較好？白人知道為什麼在陶斯很快樂？」[66]玫苞知道，在她眼裡，「眾人皆醉我獨醒」的勞倫斯也知道。

但勞倫斯根本不知道。玫苞想像中的勞倫斯，只存在於《日晷》那篇七拼八湊的《大海與薩丁尼亞島》節選，她沒搞懂小說裡的勞倫斯，當然，前提是她得先仔細讀過勞倫斯的小說（看來她沒讀過，不過，她曾將《兒子與情人》（*Sons and Lovers*）寄到紐約給前任心理醫生，心理醫生看過後，診斷勞倫斯具有「嚴重同性戀傾向」[67]，並正努力彌補中。）勞倫斯在首封回信裡提出的問題十分平庸且實際，但玫苞似乎並未反感——全都是關於風土的問題。「當地有樹嗎？有水嗎？——溪流？河川？湖泊？」勞倫斯問道，「保暖衣物要帶多少嗎？陶斯有多冷？熱的時候有多熱？」[68]

他想離開歐洲，勞倫斯在信中告訴玫苞。「我想邁出下一步。該不該去陶斯呢？我喜歡這個名字，唸起來跟陶爾米納有一點像。」[69]以陶斯作為下一步是很大的一步，簡直算是飛躍了，若要牽強附會，陶斯和陶爾米納在發音上確實有某種延續，勞倫斯把這樣的延續視為命運的引領。他記得自己聽過陶斯——應該是一九一九年聽李歐．史坦說的，儘管印象已經模糊，但模糊有模糊的魅力，只要聽過就夠了。

不過，還有一個重要的未知數，就算是靠文字為生的作家，也可能因為字詞的音韻和衍生的風景而迷途，尤其說的人又說得那樣誘人。勞倫斯被玫苞的文字和信紙的香氣迷得暈頭轉向，他在信末附筆好奇自己的目的地究竟在哪裡：「妳那邊離帕索（El Paso）或聖塔非（Santa Fe）有多遠？我在地圖上找不到陶斯在哪裡。」[70]

——

勞倫斯的下一步與其說是另一段旅途，不如說是又一次逃離，他永遠都在追尋異地，就像一九一七年寫的那首詩，原題是〈新大陸〉（"Terranova"），出版時改為〈新天地〉（"New Heaven and Earth"），詩中寫道：「我厭倦了這個世界，／我好膩好煩了，／一切都被我玷汙了，／天啊、樹啊、花啊、鳥啊、水啊、／人啊、屋啊、街啊、車輛啊、機械啊、／國家啊、軍隊啊、戰爭啊、和談啊、／工作啊、消遣啊、治理啊、失序啊，／全都被我玷汙了。」[71]

這樣的新天地當然是找不到的，而勞倫斯最令人欽佩（也最令人洩氣）的特質，就是他終其一生來去匆匆，每次來去都懷抱著「深埋心底又傻裡傻氣的希望」，但願有朝一日會湊巧來到伊甸園，這樣的渴望在他的作品中若隱若現，不過，陶斯除了地點是未知數，主人是誰也是個重要的未知數。

接信隔天，他寫信到紐約給經紀人，問了個在答應玫苞之前就應該知道答案的問題，偏偏勞倫斯不夠明智。「我昨天接到玫苞．道奇．史特恩來信——你認識她嗎？她住在新墨西哥州的陶斯，你聽過這個地方嗎？她說可以在陶斯給我們一間房子，需要什麼她都可以幫我們準備。我想陶斯就是我的下一站了。」[72]

儘管玫苞說「眾人皆醉我獨醒」，但她的年收入是一萬四千美元[73]，其中大多來母親給的零花。她和東尼過著慵懶的生活，不需要「賺錢餵飽肚子，我的體力不太好，能不動就不動，」[74]玫苞在信中寫道，在陶斯無所事事很無聊，「不得不無所事事」令她厭倦，所以她才請勞倫斯去作客，在這之前，她已經引誘了其他作家和藝術家進駐新墨西哥州，「問了一輪都稱心如意，這樣的暢快已經沒意思了。」

她能施恩奠基於藝術家的景仰，然而，這份恩惠卻被嫉妒打了折扣，原先只是嫉妒，後來更是想要掌控一切、想要受人矚目，在她的世界裡，她才是女王蜂，作家和藝術家在她身邊周旋，讓她有事可以忙、可以專注，在撰述藝術家事蹟時，她感嘆道：「我嫉妒瑪麗・奧斯汀（Mary Austin），我嫉妒她的野心，也嫉妒她的經濟壓力。」[75]這是富人才有的嫉妒。

玫苞極其富有，同時也樂善好施，總是慷慨解囊，那一卷一卷莎草紙裡的召喚出奇霸道又高高在上，華麗地掩飾了一樁又一樁的金錢交易。她心血來潮尋找新寵，而她的技藝就是她的魅力，在她看來：她發揮她的貴族情操，用不著他盡平民義務，可是，勞倫斯明白金錢的價值，他擁有的錢非常少，先前玫苞形容那間土胚房給他聽：螺旋柱頂著屋頂，閃亮的桁條支撐著天花板，她三番兩次提到那間屋子，勞倫斯立刻會意過來：倘若住進玫苞送的房子，等於成為受她資助的作家。單單從金錢的角度來看，勞倫斯確實需要贊助人，但他太驕傲也太實際，不可能接受贊助。

玫苞在陶斯的房子稱作「大屋」（Big House），勞倫斯夫婦住的稱作「粉紅屋」（Pink House），他要是白吃白住，就等於成了人家的附庸，一切就都毀了。勞倫斯從小就知道貧窮是「可怕的屈辱」，他學會把生活當成工作、把寫作當作生意，不僅認真記錄自己的產出，記帳更是記得比經紀人和出版商都更詳細，誰欠他、他欠誰，全都記得一清二楚。

勞倫斯回應了玫苞那華麗的姿態，這代表了另一種不可言喻的延續。她對他的吸引力延續自早年來自地位崇高女士的吸引力，第一位是芙莉妲，後來還有奧德霖・莫雷爾夫人和馨西痖・愛思葵夫人（Cynthia Asquith），最後才是玫苞。若真要追溯起來，第一位其實是勞倫斯的高中女友婕熹・錢博斯（Jessie Chambers），她就是《兒子與情人》中的母親米麗安（Miriam），而在婕熹之前，勞倫斯母親的風姿被礦工父親的粗暴給玷汙，父親酗酒，不僅糟蹋了自己、也汙穢了母親，這樣的失落之夢籠罩著全家。勞倫斯的戀情總是上演同一套戲碼：互相吸引，彼此失望，通常會和好如初，不久後迎來決裂。勞倫斯不僅談感情如此，交朋友也是如此，正如玫苞（略帶浮誇地）寫道：「他見一個甩一個，這是遲早的事，而且還不只甩一次，常常是復合幾次就甩幾次，每次復合就得再跟他那狂暴又難搞的性子交會一次。」[76] 想跟勞倫斯永遠和解？或許只能等到死後了。

他在信中告訴玫苞：「我想邁出下一步。」這裡的下一步並非只是下一個目的地，而且也是在寫作上開創新局。一九二一年六月初，他完成了小說《亞倫之杖》（*Aaron's Rod*），除此之外，他整個夏天就只寫了兩首詩。《亞倫之杖》的男主角是一位英國音樂家，拋妻棄子來到義大利追尋音樂夢，勞倫斯認為：寫完了這本書，也算是寫到了盡頭了，換個地方寫作，或許能寫出新意、寫出新的手法，他在信中告訴玫苞：「我得先越過邊界」[77]才能寫出新的東西。

正如多年來想在新世界建立啦吶呢公社一樣，對勞倫斯而言，新世界蘊藏了新的體裁。近十年前，他把《兒子與情人》的打字稿寄給編輯愛德華．賈奈（Edward Garnett），胸有成竹保證這部小說很好，這個好是好在「體裁，這部小說的體裁鮮明。」[78]芙莉妲也寫了信給賈奈，在附筆中贊同勞倫斯，並補充道：「新的東西必須先找到新的形狀，找到新的形狀之後才能稱為『藝術』。」

芙莉妲這封信寫於一九一二年，經過了九年，搬到了陶爾米納，這句話依舊適用於勞倫斯，他在找尋新的體式，身為作家，他必須不斷演變，一本書一本書地變，一首詩一首詩地變，一篇故事一篇故事地變，如果有必要，他甚至會從一個大陸變到另一個大陸，一次又一次打破原有的樣貌。

《兒子與情人》出版於一九一三年，那年勞倫斯二十七歲，《兒子與情人》是他第三本小說，同時也是最受好評的小說，一方面為他帶來了文名，二方面形塑了讀者對他的期待，有期待就會有失望，到了最後也就只剩失望。一九二一年跨一九二二年冬天，美國記者亨利．詹姆斯．福爾曼（Henry James Forman）透過朋友引薦，在陶爾米納跟勞倫斯碰面，當面表達他對《兒子與情人》的欽佩，並問道：「您怎麼不多寫幾本類似的作品呢？」[79]

這幾乎是所有人都問過勞倫斯的問題，勞倫斯報以微笑，而那笑容中的不耐煩，這位滿心敬畏的美國記者恐怕察覺不太出來。勞倫斯告訴福爾曼，他不想多寫類似的作品。他每寫一本書都要寫三遍，不是「一邊寫、一邊抄、一邊修，而是真的寫三遍」，先寫初稿，擺著，再寫二稿，也擺著，最後出版三稿，勞倫斯告訴福爾曼，大致來說，《兒子與情人》就像初稿，在勞倫斯眼裡，福爾曼是「無趣的好人」[80]，這位好人建議他：「那好，下一本你寫初稿就好，看看銷量如何。」[81]先前也不是沒有人這樣建議過，勞倫斯「自言自語」，說自己不想致富，「只想完全按照自己的心意行事」[82]。

他想要為所欲為，不想要再寫一本《兒子與情人》，不想在出版商辦的茶會上跟艾德蒙．威爾森聊天，問題是：要怎麼為所欲為？要到哪裡才能隨心所欲？勞倫斯在目的地之間遊歷，在體裁之間穿梭。一九二二年伊始，他又開始為《戀愛中的女人》拋出的問題尋找答案：「人生要上哪裡去尋找？」[83]這個問題從兒時就盤據在他心頭，兒時的玩伴記得他問過：「你認為人生是什麼？」[84]這位玩伴回憶當時的情景，彷彿「他等呀等，等到不能再等了，終於問出這麼一句」。距離最近待的地方越遠，勞倫斯就越高興，而陶斯之所以誘人，正因為最近的火車站在二十五英里之外，這個神奇的距離再三出現在勞倫斯的信裡，他寫信告訴大家他決定去陶斯，提到陶斯的海拔高度時，他有時寫六千呎，有時寫七千呎。重點是與世隔絕。通往舊泉庄的路只有一條，而且很窄，只能騎騾。對封閉的恐懼在他心底陰魂不散，像是擠滿孩子的屋子，像是東林區那樣的小鎮。綜觀勞倫斯這輩子，他總是一下子對別人心生好感，又一下子就掙脫「親熱和親近」[85]的陷阱，彷彿「黏在捕蠅紙上的蒼蠅，跟其他嗡嗡叫的蚊蟲攪和在一起，討厭死了！」人生如果都是「糖蜜般的人之常情」，大多數人也就心滿意足了，唯獨他高興不起來，就連芙莉妲也是隨遇而安，這令他相當氣惱。一反人情的人生才能創造出全新的藝術體裁，問題是，這樣的人生去哪裡找呢？他一如往常，急著想找到答案，或許陶斯能替他解惑。

一九二二年初，勞倫斯下筆寫的第一封信就宣告了未來的協議，那是一封新年賀卡，收信人是勞倫斯的朋友鄂爾・布魯斯特，鄂爾已經抵達錫蘭，並希望勞倫斯夫婦能夠同行。勞倫斯在信中提出新年宣言，說是非去陶斯不可，他告訴鄂爾：東方並非其命運所在，他訴諸了最愛的「命運」，這表示他正在聽從內心的呼喚，每次他的做法惹來非議，他都會搬出「命運」把反對的聲浪壓下去。他的想法跟去年秋天時一樣，當時他們第一次談到錫蘭和佛教，他認為冥想和「向內探索」 86
不適合自己，他追求的是「有所行動、有所奮發、有所受苦、有所受挫、有所掙扎」，雖然陶斯與世隔絕，要怎麼成就這一切還有待釐清，然而，不管安詳也好、人之常情也好，他都嗤之以鼻，在那敬拜太陽的古老土地上，「脫胎換骨」正等待著他，他必須挺身戰鬥，殺出一條屬於他的寫作道途，以此作為他在文學奮鬥上的貢獻。

日常讓勞倫斯煩躁，周遭人事物令他感冒。一九二二年十二月，他染上了流感，病症雖然輕，但遲遲治不好，疫情在全歐洲擴散，吳爾芙和艾略特也因為這波流感而病倒。在勞倫斯看來，得到流感等於取得勝利，他鬆了一口氣，這下可以躺在床上度過耶誕節了。「反正我討厭耶誕節，」[87]他在給朋友的信中說道，這場病是一場淨化儀式，在奮鬥中「透過血液與靈魂」[88]重生，「我不會讓任何人從我身上偷走流感，」他寫道。

可是，因為這場流感，他和芙莉妲錯過了最早的船班，原本希望搭上這班船，在一月十五日前往陶斯，這下走不了，必須再找下一班符合預算的船票，只好繼續在陶爾米納待到二月初，無論是命運還是玫苞．史特恩，都還得再等他一陣子。

若是能搭上最早那班船，勞倫斯的人生或許會輕鬆許多，至少可以讓他一鼓作氣離開歐洲，他早已做好出發的準備，十二月初便把九則短篇小說改好寄出，希望瑟爾查能幫他分成兩冊出版，並寄了備份到倫敦給經紀人柯蒂斯．布朗（Curtis Brown），由經紀人來安排瑟爾查那邊的出版事宜，這些作品動筆於第一次世界大戰期間和戰後，為了能輕裝上路，他藉機將故事收尾，透過標題闡述各自的故事，其中一篇叫〈請亮票〉（"Tickets, Please."），還有一篇改了幾次，最後定名為〈最後一根稻草〉（"The Last Straw"）。在勞倫斯看來，這確實是最後一根稻草。面對一九二二年，勞倫斯已經做好了準備。

到了一月底，勞倫斯又改變了心意。布魯斯特在錫蘭過得很快樂，他因此動了心，認為到了錫蘭就能找到「內在的寧靜與和平」[89]，他要「延遲那絕妙好日」，先去錫蘭再去美國。

他寫信給玫芭說要繞道，「我覺得命運引領我先往東再往西」[90]，他自認只會在錫蘭待一陣子，「大約一年左右」，並力邀玫芭盡快取道舊金山及中國到錫蘭與他會合，兩人再前往陶斯「一同突擊」。

一九一二年，芙莉妲與勞倫斯私奔半年後致信友人：「勞倫斯『殘破不堪』。」[91]一九二三年，勞倫斯改變了原定計畫，但他依舊殘破不堪。

第五章　荒廢才華於書信

一九二二年，艾略特返回倫敦，一月十六日星期一回駿懋銀行上班。幾天前，薇薇安寫信給瑪麗·賀勤森，信中說艾略特好多了，期待見到她和「三五好友」[1]。三個月的假期結束了，艾略特滿心遺憾，遺憾的不只是要回銀行上班，也遺憾要回輝煌門苑跟妻子禁錮在家裡，繼續當溫德·路易斯所痛恨的「妻奴」，艾略特視之為責任，但並不懷念這樣的日常風景。

艾略特在嚴寒的一月回到倫敦。在巴黎與龐德一同修訂詩稿時，他心懷畏懼，在詩首召喚出這座不可愛的城市：

時見時不見的虛幻之城[2]，
在冬天黎明時那鳶色的霧中，
人群湧過了倫敦橋，那麼多，
沒想到死神奪去了那麼多。

在早先的詩稿中，艾略特稱倫敦為「恐怖之城」，他想在此成就文學大業，但卻被俗務所耽擱，心中的畏懼讓這座真實的城市成了「虛幻之城」，倫敦橋上的「人群」包含了早晨的通勤族，艾略特即將重回其行伍，他引用但丁《神曲．地獄篇》的典故，讓返抵駿懋銀行宛如踏入死亡之境。

……一個個盯著腳尖前方，
一個波濤湧入威廉王街，
流經報時的聖瑪麗教堂，
九點的死亡鐘響剛敲過。

這段日常死亡是倫敦早晨「擁擠時段」[3]的典型風景，艾略特到駿懋銀行上班的途中，會從始於倫敦橋北面的威廉王街（King William Street）進城，沿街走到銀行入口，這時鄔爾諾聖瑪麗教堂（Saint Mary Woolnoth）響起報時鐘聲，催促倫敦上班族走進辦公室。不僅通勤如此，倫敦在艾略特的筆下也是死神：「倫敦，你既殺戮也孕育／蜂擁的生命在水泥和天空之間／蜷縮著回應那片刻的需求，／與刻板的命運無意識地共鳴。」[4]龐德刪掉了這幾行，在一旁空白處寫下「胡扯」兩個字。艾略特肩負的絕望不會再更多了，這首詩實現了龐德的預言，證明了艾略特作為詩人的命運；再過不久，龐德便想到辦法，把艾略特從銀行解救出來，不再受困於水泥和天空之間。

流感把艾略特從駿懋銀行解救出來：他病了十多天，成為這波流感的最新傷兵[5]，吳爾芙至今還下不了床，勞倫斯雖然也染疫，但病情沒那麼嚴重。艾略特經歷了在馬蓋特和洛桑市賦詩，又與龐德一同在巴黎修改詩稿，無論精神上得到多少喘息，回到倫敦後都迅速消失，沒多久便陷入「極度低潮」[6]，不過，他告訴龐德，這次低潮跟之前不太一樣，或許是因為練習維多茲醫生教的定心，這波低潮和流感並未影響他修改詩稿，一切仍在火速進行中，回駿懋銀行上班的日子意外推遲，加上薇薇安沒讓他分心，他在洛桑市提升的專注力似乎並未渙散。

在巴黎與李孚萊共進晚餐時，雖然尚未將詩稿寄給斯科菲·瑟爾，但龐德和艾略特似乎理所當然認為《日晷》會刊出這首詩，倘若如此，李孚萊要擔心的就不僅是詩長的問題，如果全詩先在雜誌上發表過，出版單行本就有些多此一舉了，李孚萊從倫敦寫信給龐德，向他討個解釋。一月二十日，艾略特才回倫敦不到幾天，便寫信告訴瑟爾會寄一篇詩稿過去，大約四百五十行，詩長比離開洛桑市時少了一半，希望瑟爾盡快表明《日晷》的刊載意願和「大概的稿酬」[7]。又過了一兩天，艾略特將修改過的詩稿寄到巴黎給龐德。

艾略特告訴瑟爾：這首詩不會刊在其他英國雜誌上，或許是希望《日晷》會因此提高稿酬，至於李孚萊有意出版單行本一事，艾略特隻字未提，或許也是想提高稿費的緣故。艾略特雖然畢恭畢敬，但並非有一句說一句，他告訴瑟爾：「所有出版事宜都會暫候，」[8]等到接到回信再說，此外，為了近一步表示尊重，他讓瑟爾決定出版形式，只要《日晷》願意，「最多」可以分成四期連載，並保證全詩很快就會交稿，而且會取得出版許可。這樣一來，這首詩究竟好不好，就不是只憑艾略特說了算：「屆時這首詩已經由我和龐德去蕪存菁了三次，應該算是定稿了。」[9]然而，這首詩依然在演變中，定稿時，全詩分為五章，而非原本說的四章。

瑟爾如艾略特所願，盡速安排出版事宜，並在艾略特那封信上方空白處計算稿酬。瑟爾將這首四百五十行的長詩分頁，每頁三十五行或四十行，這是《日晷》常見的刊載方式，而瑟爾的原則是所有投稿《日晷》的作家都統一稿費：未出版的詩稿每頁十美金，散文每頁二十美金，而且不用等到出刊，稿件一經採用便支給稿酬，雖然統一稿酬得罪了幾位知名作家，可是，對於需要收入的文壇新秀來說，這卻是公平的做法，不用等到出版就能領取稿費，而且不管是連載還是一次刊完，都不會影響艾略特的稿酬，整首詩刊完應該會跨到第十二頁，瑟爾在艾略特來信的空白處標註：「十二頁，一百二十美元」[10]，他將費率往上調，開了一百五十美金給艾略特，在他看來這是相當慷慨的稿酬。

瑟爾急著出版艾略特的詩作，過去兩年來，艾略特不曾在雜誌上發表詩作。一九二〇年，瑟爾當上《日晷》發行人兼編輯，此後便一直扶植艾略特，還說不論是詩人還是散文家，艾略特都是他最欣賞的作家，「我只恨不能讓你自由發揮。」[11]艾略特從一九二〇年十一月開始供稿給《日晷》，但每次投稿都是散文，儘管再三承諾會寫詩，但卻一直拿不出詩作讓瑟爾刊載。一九二一年二月，瑟爾寫信給艾略特：「怎麼還沒寫詩來？我醜話先說在前面：身為《日晷》編輯，一直問一樣的問題，我想未免有失禮數。」[12]艾略特又何嘗不是一直問自己一樣的問題，問到整個人崩潰為止。

一九二二年一月，艾略特終於寫信給瑟爾，瑟爾已經八個月沒收到艾略特的來信，兩人上一次通信是一九二一年五月，事情不只是失去聯繫這麼簡單，艾略特一直躲著瑟爾，顯然認為與其繼續為自己拖稿找藉口，默不作聲還容易一些。一九二〇年秋天，艾略特答應為「倫敦來函」供稿，預定每兩個月寫一篇，談一談英國文壇，結果第一次截稿就拖稿，他適時為這篇「短文」遲交而致歉（瑟爾則認為這篇「倫敦來函」相當出色。）一九二一年七月，薇薇安替丈夫代筆給瑟爾：「請原諒艾略特寫作拖拖拉拉，」[13]這道歉道得很是周到，既是道歉艾略特遲遲未回覆瑟爾，也是道歉原本答應《日晷》的稿件遲遲未交付，包括「倫敦來函」和瑪麗安．穆爾（Marianne Moore）的詩評。儘管積稿如山，薇薇安在信中說：艾略特很樂意評論喬伊斯的《尤利西斯》，後面還補上一句：「至少這事是確定的，」[14]乾脆爽快就把這邀稿答應下來，彷彿瑟爾一個人幻想還不夠，連薇薇安也一起加入，認為艾略特一揮而就，很快就會把稿子交出來。

艾略特還請薇薇安轉告瑟爾自己生病得請假，無法照常供稿「倫敦來函」，並已經熱心安排瑪麗的丈夫聖約翰．賀勤森代勞。可是，《日晷》主編吉伯特．賽德斯（Gilbert Seldes）和瑟爾都不喜歡賀勤森寫的「倫敦來函」，因此退了稿，導致（艾略特審慎稱之為）「處境尷尬」[15]，雙方鬧了彆扭，這在討論刊載艾略特新詩時化為潛流，雙方不久便陷入僵局。瑟爾自認吃了虧，枉費他多年來的忠誠與寬容，《日晷》在他接任後，不僅在文壇找到立足之地，而且流通甚廣，《小評論》等文學雜誌根本不能比，這都無須贅言。艾略特則自知寫出了生平傑作，他聽信流言，認為瑟爾曾破例給其他作家更豐厚的稿酬，因此要求加價，不相信瑟爾辯駁其指責，直說這事關面子。

儘管如此，艾略特、龐德（還有瑟爾）都曉得：由《日晷》刊載艾略特的新詩再自然不過，不過，《日晷》並非唯一的發表園地。這樣的一首詩——既不曾投稿到其他雜誌，又只有一間出版社出價發行單行本，竟然談了老半天談不攏，還真是一樁罕事，一直要到九月（還要再過八個月），瑟爾和李孚萊才會決定要不要出版、什麼時候出版、稿酬多少。

瑟爾雖然開了價，但他在回信中清楚表明：艾略特竟然有臉要他手腳快一點。瑟爾上一封給艾略特的信寫於一九二一年十二月，信中闡述《日晷》對賀勤森的稿子為何失望，此外也發了點私人牢騷，他在信件開頭寫道：「聽龐德說在巴黎見到你，很高興聽到他說你看起來很不錯，」[16]自從薇薇安來信說艾略特「嚴重崩潰」之後，瑟爾就再也沒聽見艾略特的病況，這下似乎疑心艾略特是裝病了。在信件尾聲，瑟爾送上諂媚的新年祝賀：「不論下一篇『倫敦來函』寫得多麼精妙，收到稿子至少就表示你康復了，這對我來說才是絕佳妙事。」[17]艾略特的詩是寫出來了，但情況似乎沒那麼妙，儘管詩作接近完稿，但「倫敦來函」又得延稿，艾略特在信中解釋：因為得了流感，所以進度落後，「倫敦來函」要等到四月號才能復刊，這樣等於整整停刊了七個月[18]，他知道瑟爾絕對無法容忍。

縱使新詩有了眉目，可是，對於艾略特以若無其事來息事寧人，瑟爾再也藏不住心底的鄙夷。艾略特因為流感而足不出戶，「因此重拾回信的老習慣」，這是瑟爾所樂見的，希望不用等到「下一次染疫」[19]才收到回信，此外，瑟爾請艾略特寄一份詩稿到維也納，但艾略特不知是嘔氣還是愛拖延，既沒有回信給瑟爾，也沒有寄詩稿到維也納。

——

「雙腳在沼澤門，心／在雙腳下」，這是他在馬蓋特寫下的詩句。眼前他一邊改出第三稿讓龐德過目，一邊感受這幾行詩句帶來的全新共鳴：再過不久，他就要每天搭地鐵到沼澤門前往駿懋銀行上班，一早途經鄔爾諾聖瑪麗教堂，耳邊響起九聲報時鐘響。此外，薇薇安也快回來了，艾略特在給龐德的回信中提及妻子的抱怨：「早知道倫敦糟成這樣，她就不回來了，」[20]這話中似乎帶著憾恨，既憾恨返回糟糕的倫敦，也憾恨回歸這段婚姻，或許也抱憾妻子回家吧。

艾略特返家回駿懋銀行上班，最憾恨的要屬龐德，他從艾略特進入銀行界就開始惋惜，當時還在打第一次世界大戰。「休假三個月，他詩就寫好了，」[21]龐德在給瑟爾的信中語帶暗示：艾略特為金錢所奴役是文壇的巨大損失，倘若瑟爾嚴肅看待編輯的角色，那就非刊出這首詩不可。龐德這番長袖善舞、居中牽線，既是為了瑟爾、為了《日晷》、為了艾略特，也是為了文壇，儘管他於一九二一年底卸下《日晷》國外代理人的身分，但仍努力挽回瑟爾對艾略特新作的興趣，藉此將艾略特從駿懋銀行解救出來，可是，對艾略特的「太座」而言，要應付這兩方相當吃力，從一九二一年冬天到一九二二年秋天，薇薇安不斷編造藉口，懇求瑟爾不要理會艾略特那一貫「不懂禮數」的作為。

龐德知道瑟爾的耐心所剩無幾，也知道自己既然替艾略特說話，就必須為艾略特慣性拖稿辯護——每次稿子交不出來他都悔恨交加，即便如此，龐德還是要當救星，大力推動艾略特的詩作出版。二月八日，他寫信給瑟爾，呼應並證實艾略特對這首新詩的熱忱——「足以讓其他人收筆不寫」[22]，寫完又立刻補上一句：「這我還做不到」，接著又順帶一提，告訴瑟爾最新詩作已寄到紐約給《日晷》的編輯。

不過，龐德口中艾略特雅好的「小小拖稿」[23]再次妨礙了龐德，同時也阻擋了艾略特的前程。艾略特雖然自信滿滿，認為自己寫出了最佳作品，還得到龐德的當面附和，並大力推薦給任何有意願的出版人，而且比起寫詩，將詩作交給急於拜讀的出版人相當容易，可是，艾略特似乎連這點小事都做不到，讓瑟爾和李孚萊乾等。在瑟爾看來，艾略特無消無息，等於拒絕了自己好心但盲目的開價，這太過分了。

——

「理智偏離了自然平衡／倫敦！你的子民繫於齒輪！」[24]艾略特才剛進銀行不久便寫下這行詩，如今休完假返回工作崗位，他又被繫在齒輪上。「莊重的笑容是大西洋彼岸的諱莫如深，」溫德·路易斯認為這副是艾略特戴得最久的面具，隨著冬去春來，這副面具再度迅速裂開，薇薇安臥病在床，艾略特身心俱疲、抑鬱消沉，才返回倫敦兩個月，便向路易斯傾吐「日子大抵難過」[25]，艾略特和妻子又回到老樣子，小說家伊莉莎白・鮑文（Elizabeth Bowen）形容他們是「兩個緊張兮兮的人閉門不出、互相磨難」[26]，維多茲醫生教的方法和在洛桑市的時光，似乎都已遭到淡忘。

瑟爾開價一百五十美元（約三十五英鎊），艾略特並不滿意，但這不僅是錢的問題，瑟爾在信中擺高姿態給艾略特看，而艾略特也全都看在眼裡，內心深受冒犯，他向龐德抱怨，說自己「寫了一整年」[27]，這個開價「不夠高」，瑟爾「開這一百五十（美元）」又開得不夠「親切」，令他懷恨在心，要是瑟爾不要擺出一副施恩的嘴臉，他還願意「委曲求全」。可是，瑟爾的確是在施恩，整首詩他都還沒看到半個字，儘管先前告誡無法讓艾略特自由發揮，實際上卻讓艾略特為所欲為。

艾略特根本沒把詩稿寄給瑟爾，也沒寄給克諾夫出版社，後者或許也有權出版這首新作。與李孚萊在巴黎餐會碰面之前，艾略特和克諾夫通過信，討論奎殷一九一九年議定的合約條款，艾略特不曉得克諾夫有權販賣其詩作給其他在英國出版的選集，而且不用知會作者，也不用徵求作者同意，艾略特對此相當惱火，克諾夫在回信中表示：艾略特說他沒規矩，這可把他得罪了；艾略特則在耶誕節從洛桑市回信道歉，說自己離家近三個月，回倫敦後會好好把合約看一遍。既然李孚萊對出版詩作興趣濃厚，又對克諾夫的出版權提出但書，艾略特一月分回到倫敦，理應馬上把合約拿出來看一看，就算他忘記選集的前車之鑑，也不該忘了克諾夫的購買權，可是，艾略特整整拖了三個月，直到三月才寫信給克諾夫，對於合約中將版權賣給選集的詮釋權，艾略特的立場已經轉趨隨和：「我無意干涉貴出版社的安排」[28]，但對新詩依然守口如瓶，李孚萊都已經等了兩個月了，艾略特必須澄清克諾夫的下一步，才有可能繼續跟李孚萊往下談。

這已經不僅是健忘了，而是只說部分實話，而且艾略特的「部分」往往是非常小的一部分。許多人雖然熟悉（甚至喜愛）艾略特，可是卻無法信任他，在別人看來，艾略特的矜持是某種欺騙、某種假面，而非只是不想被人打擾。一九二二年春天，倫敦開始謠傳：羅德米爾夫人原本答應資助艾略特編輯文學雜誌，這下反悔了，在艾略特崩潰之前，事情都還進展得很順利，如今看來是胎死腹中了。真的是這樣嗎？溫德．路易斯決定直接問艾略特。

「我剛剛在電話上問過艾略特了，」路易斯在給薇歐拉．席孚的信中寫道：「他說羅德米爾資助的評論季刊沒有中斷，還在進行中，不過，（我很不願意這樣說艾略特），這大概是謊言。」[29]

——

二月十四日，艾略特找康拉德．艾肯吃午飯，向他抱怨出版詩作障礙重重，艾肯推薦艾略特另一位書商莫里斯．法魯斯奇（Maurice Firuski），位在麻薩諸塞州劍橋市，專門出版限量書籍，利潤豐厚，艾肯還說，法魯斯奇預付一百美元的版稅給其他詩人，艾略特當場擘劃出版事宜，「黃褐色的雙眼閃閃發亮，像黃澄澄的西班牙金幣」[30]。隔天，艾肯便寫信給法魯斯奇。明明預付版稅才一百美元，李孚萊或克諾夫的出價應該會更高，艾略特為什麼會這樣貪著要？原因至今依然不明。艾肯沒讀過艾略特新作好的詩，「不知可不可靠，也不知好不好懂，」但他要法魯斯奇放心，以艾略特的名氣，寫出來長詩肯定會「引人好奇，甚至轟動一時，」這一點瑟爾雖然不情願，但也不得不承認。

可是，艾略特再次拖拖拉拉，讓法魯斯奇等了兩週才接到信，艾略特在信中請法魯斯奇撥冗開條件，「還有其他人出價，不能讓人家懸而未決太久，」[31] 這番實話說得相當有技巧，法魯斯奇回信說艾肯已扼要表明條件，預付金是一百美元沒錯。等待法魯斯奇開條件的同時，艾略特終於回了一通電報給瑟爾，內容把瑟爾氣壞了，讓他簡直看傻了眼：

> 不能低於八百五十六英鎊
>
> 艾略特[32]

這下換瑟爾深感冒犯了，艾略特氣焰囂張、漫天索價，價錢高到荒唐，瑟爾大為震驚，按捺了好幾天才回信，信中屢屢提到電報的內容，酸溜溜地掩飾內心的震怒，還說應該是發電報的人搞錯了——確實是發電報的人搞錯了：艾略特的原話是不能低於五十英鎊（約兩百五十美元），可是，事情演變到這個地步，瑟爾不認為艾略特還會願意配合，也不認為艾略特會依約交稿（包括詩稿和散文稿）。瑟爾在信中重申《日晷》稿費的「通則」，並請教艾略特《日晷》憑什麼要為他破例？那語氣一聽就曉得不可能會破例。為了經營這本文學雜誌，瑟爾與合夥人詹姆斯．奚布利．沃森（James Sibley Watson Jr.）已經自掏腰包，儘管營運虧損，依然維持「投稿人不論名氣大小，稿費一視同仁」，他以為艾略特應該會同情這樣的立場，「我必須通知《日晷》（意即他在紐約的同事），顯然不會收到您的大作了；」[33] 下文瑟爾話中帶刺地收了尾：先不管這首詩的命運如何，「您的〈倫敦來函〉和穆爾女士那篇詩評相信都寄到紐約了吧。」

令作家動搖的往往是稿費，而不是編輯的正直清廉。艾略特一反常態，迅速回信給瑟爾，說這首詩整整寫了一年（這有違事實），又是他迄今「最大的」作品（這倒是事實），稿費才三十（或三十五）英鎊，他覺得太少了，接著又補上一句：反正他本來也不想先在雜誌上刊載（這又有違事實了），但瑟爾肯定記得艾略特說過要把這首詩刊在一月號，還說是獨家供稿，但艾略特沒說的是：他已經和李孚萊談過出單行本了。

———

龐德沒料到談個出版可以談到曠日持久，而且談到雙方交惡，雖然不想居中斡旋，但這首詩能否問世，有賴他親力親為，他努力博取瑟爾的同情，力勸他多多擔待，艾略特「只是又崩潰了」[34]，龐德在信中寫道，這次是意志缺失，「身體無法好好使喚肌肉，沒辦法寫信、沒辦法站起來、沒辦法從房間一端走到另一端。」這解釋了艾略特為什麼還沒把詩作寄給瑟爾。「他還沒把詩稿寄給你？該死！詛咒他全家，」龐德又補了一句，「根本廢物中的廢物，媽媽、哥哥、姊姊，全是廢物。」

龐德身負使命感：當初推銷有多真誠，這番干預就有多必要，本來他還以為：跟李孚萊吃過飯、再跟瑟爾大力推薦，之後就沒他的事了，他大可去忙自己的事。他在信中隱約透露自己跟瑟爾站在同一陣線，他之所以會這樣苦口婆心，全是為了艾略特，「我敢說你跟我比任何人都有理由扭斷他的脖子，要不是他病成這樣，我們肯定（早）就扭下去了，」[35]他一邊寫，一邊拜託瑟爾想一想艾略特舉足輕重，還保證艾略特新作的詩（詩題他跟艾略特都還沒透露）「可以跟《尤利西斯》相提並論、各擅勝場，世間天才少有，曠世巨作也少有，能拿到一部作品，認為『這無論如何都會永垂不朽』、在文壇占有一席之地，是多麼難得的事情。」

龐德示意：吉凶未卜的不只是這首詩，而是整個文學事業。羅伯特．佛羅斯特（Robert Frost）在密西根大學擔任駐校詩人，是個領乾薪的閒職；喬伊斯背後有贊助人，還「生養了兩個後代，我看不出來他要靠什麼來養」。不過，喬伊斯跟龐德一樣，都「比艾略特吃苦耐勞」，龐德補上這一句，似乎是在勸瑟爾盡一盡責任，身為前衛文學雜誌的編輯，不幫艾略特度過難關，那還有什麼搞頭？「休假三個月，他詩就寫好了。天下工作那麼多，他偏偏在銀行上班，真是荒廢才華於書信。」

奎殷在紐約聽說了艾略特的情況，也很替艾略特擔憂，可是，他很生氣龐德不好好專心在自己的詩作上（這是龐德時常掛在嘴邊的抱怨），偏偏要花心力去勸說瑟爾和李孚萊出版艾略特的新作，既然他跟《日晷》的合約已經過期未續，又沒有人付他錢，為什麼還要把時間浪費在《日晷》上？甚至替艾略特說情？「讓《日晷》自作自受吧，」[36]奎殷寫道，他因反猶主義討厭李孚萊，這下連基督徒瑟爾都給牽扯進來。在奎殷的想像中，瑟爾身負各種罪過和羞辱，包括在《日晷》上刊載太多猶太作家的作品，不合奎殷的胃口，至於龐德出面調停，則是對奎殷的個人羞辱，他在信中寫道：「不要當沒拿錢的法律顧問，也不要當沒職權的聯絡官。」

三月五日星期天，出版事宜尚未定案，艾略特去找吳爾芙和雷納德喝茶，上次見到吳氏夫妻將近是半年前的事，時間在九月週末，地點在「修士邸」，見完隔週他就去看了神經專科，醫生要他向駿懋銀行請假休養。

根據作家傑拉德．布雷南（Gerald Brenan）回憶，每當賓客來訪，吳爾芙「總愛引導客人暢所欲言」[37]。布雷南與吳爾芙相識於一九二二年，在他的回憶裡，吳爾芙坐在椅子上，「斜倚著，略顯拘謹，」身子倚向賓客，「用戲謔的語氣」跟賓客交談，「希望賓客也用戲謔的語氣一搭一唱」，她的「語氣略為挖苦」，「帶著鮮明的個人特色，有些嬌柔，甚至可以說是輕佻。」吳爾芙一靠近，艾略特便跳開——他心存戒備，從肢體上便能看出他或許心懷猜忌，這在兩人的交談中顯露無遺。吳爾芙只要別人「稍微鼓動」[38]，就會「懸河瀉水，一字一字都像偉大鋼琴家即興演奏出的音符」，話音活潑，「不掉書袋，談話從容自然，愛用習語，說著一口純正的英式英語」[39]，只要聊天的人對了，談話自然「精心雕琢，充滿自信又帶有力量」[40]，正因如此，她不信任艾略特，只要有他在場，她就自信不起來，每次被他那深邃的眼神一看、被那晦澀的言語一堵，她的舌頭就當場打結。

吳爾芙在交談中喜歡抒發己見，但不會盛氣凌人，反而激勵大家全心投入交談，追求堂皇富麗的談話內容。如果吳爾芙真的是布雷南口中即興演奏的偉大鋼琴家，那麼茶會或晚宴的閒談就不只是獨奏會，而是四手聯彈的演奏，或是六手聯彈、八手聯彈，而演奏的曲子少說也是支協奏曲，尤其以吳爾芙彈奏得最是從容、最是閃亮、最是靈動。

根據吳爾芙記載，艾略特從巴黎返國後，整個人放鬆許多，「沒錯，親切多了、友善多了，還懂得開玩笑，但仍保有一絲權威感，我可不能把大神身上的顏料全都舔掉。」[41]這段文字記錄了艾略特來訪，但一如以往，雙方心底都存有一絲猜忌，看在吳爾芙眼裡，艾略特「變得像鰻魚一樣靈活。」

在吳氏夫妻面前，艾略特把面具戴得牢牢的，擺出靈活的身段賣力演出（或說是逞強），當時的他其實「煩躁而疲憊」[42]，艾略特向朋友傾訴，說自己「搬家搬得累壞了，」就在拜訪吳爾芙前的那兩週，他「把公寓租出去了，租了兩到三個月。」這些勞煩，吳氏夫婦一點兒都沒看出來。

「那我們都聊了些什麼呢？」[43]吳爾芙在日記裡寫道，顯然不是聊馬蓋特或洛桑市，也不是聊精神崩潰接受治療，而是聊艾略特要辦雜誌，也就是後來的《標準》，艾略特還透露了自己的新作，「他寫了一首四十頁的長詩，由我們在秋天付梓，」出版給英國的讀者看，但對於手頭拮据的艾略特來說，英國出版市場賺不了什麼錢，他跟勞倫斯一樣清楚：美國市場無論如何都更有利可圖。

「據他說，這是他最好的作品，他很滿意。我一想到他書桌裡那只保險櫃，就感到精神一振。」[44]吳爾芙替艾略特開心，也為出版艾略特的作品而滿意，儘管過去兩個月來，她的《雅各校閱毫無進展。

不過，艾略特來訪隔天，便是吳爾芙的大日子，原因有二，雷納德記載了其中一項成就：「妻出門散步，」[45]她謹遵醫囑，只走了十分鐘。另一項成就則由吳爾芙記錄，又是記在當天稍晚的日記裡，她都是早上寫作、下午寫日記：「我又回歸了，整整隔了兩個月，就在今天，午茶後，我坐下來寫東西，早上寫了《雅各》，體溫雖然還沒恢復，但我的習慣恢復了，這才是我在乎的。」[46]一想到艾略特書桌保險櫃裡的文稿，吳爾芙似乎好勝心大作，一反年初時與世無爭的想法，期許自己持續散步、持續寫作，她不再「深深信賴」醫生對病勢的看法，自認必須視若無睹，恢復「我的習慣。」

至於艾略特，至少在吳爾芙看來似乎一切都好，他輕輕鬆鬆跟吳氏夫妻談妥詩集出版事宜，半點也沒顯露金錢上的燃眉之急。不過，縱使艾略特（這趟來訪）神態自若，吳爾芙依然察覺到某種作態，並認定他八成就是在擺樣子，她在日記裡寫道：「克萊夫（跟瑪麗）說，艾略特用紫羅蘭花粉，讓自己看上去神色憔悴。」[47]那年春天，作家奧斯博・奚韋爾（Osbert Sitwell）跟吳爾芙興高采烈談論艾略特的八卦，奚韋爾回憶起某次在艾略特的公寓聚會，那情景與吳爾芙驚訝艾略特好用化妝品一致：「我坐在艾略特旁邊……注意到主人看起來很疲憊，我又再仔細端詳，留意到他臉頰上有一抹綠粉，心裡大吃一驚，那確實是綠色，雖然綠得很淡——是催熟的鈴蘭那種綠，我就像見了鬼似的，不願意相信眼前所見是真的。」[48]

那次公寓聚會過後不久，奚韋爾跟吳爾芙碰面喝茶，「她犀利地問我：最近有沒有見到艾略特？我才說『有』，她立刻追問（她很心急，想找人證實或反駁她看到的事情）：沒有有觀察到他臉上的綠粉？這下證據確鑿了！」[49]吳爾芙和奚韋爾認定：「這非比尋常、難以置信的粉飾」表示「這位偉大的詩人想突顯自己面色操勞，渴望別人同情他的不幸。」

艾略特的偽裝越來越多，若情況需要博取同情，寫詩不順、婚姻不幸會不會也是偽裝道具？看來就連裝病，他都會戴上面具。艾略特在臉上塗的粉，吳爾芙想忘也忘不掉，在吳爾芙筆下，艾略特是「身無分文的」朋友，家裡有個「體弱多病的妻子」[50]，不得不「整天待在銀行裡工作」，實在不幸。後來，吳爾芙又在日記裡提到艾略特：「他還是一副小學老師的樣子，但我不確定他有沒有塗口紅。」[51]

艾略特沒寫信告訴克諾夫自己新近作了一首詩，可能是想起奎殷一九一九年曾經保證：合約裡保障克諾夫擁有「優先購買權」的條款毫無意義，「這一點克諾夫也心知肚明」[52]，針對這一點，奎殷解釋道：只要艾略特開出不合理的條件，就能輕易盡到義務讓克諾夫有優先購買權，比方說要求「親愛的出版商」給予百分之三十、四十的版稅，此外，李孚萊一定也看得出來：克諾夫的購買權只是釋出善意的條款，要規避很容易，不過，考量到李孚萊對這首詩的興趣，艾略特更應該盡快向克諾夫提出不合理的條件，這樣一來他就自由了。

奎殷對李孚萊和克諾夫的看法一模一樣，在他眼裡，克諾夫是「以色列」[53]出版商，一戰期間才投入出版業（克諾夫出版社成立於一九一五年），算是後起之秀，缺乏老牌出版社的人脈，不得不起用龐德、喬伊斯等危險作家，這跟胡博許出版《青年藝術家畫像》是一樣的道理。（克諾夫和胡博許可能只是剛好跟奎殷一樣，特別賞識現代文學，但奎殷似乎不這麼想。）一九二二年，克諾夫和李孚萊都表示有意出版《尤利西斯》，當時奎殷就批評過克諾夫，說他比李孚萊還「怕事」，無論是克諾夫、李孚萊、胡博許，都不可能「未經刪剪或淡化」就出版《尤利西斯》，克諾夫也果然不肯，「茲就《尤利西斯》，這三位猶太裔紐約出版商」十分堅持，「顯然酷嗜刪削，對此貪得無厭，而且長年不改，」[54]奎殷都跟他們說過好幾次了：喬伊斯堅持《尤利西斯》必須一字不改直接出版，但他們照樣哄騙不休，這就是猶太人獨特之處，「老是愛被罵個狗血淋頭又跑回來，」[55]奎殷告訴海麗葉．威佛，而這樣鍥而不捨根本沒用，只是在浪費他的時間。

艾略特遲遲沒寫信給克諾夫，這擺明了是在拖延，又或許是在跟自己「對弈」（這正好是《荒原》第二章的標題）。他想要盡快出版這首詩，然而，他越晚讓克諾夫知道這首詩的存在，克諾夫就越無法達成艾略特的條件——在一九二二年秋天出版《荒原》，像這樣先發制人斷了克諾夫的路，艾略特或許就有自由去找李孚萊談，不過，越是拖到春天的尾聲，李孚萊要在秋天出版《荒原》就越難，艾略特也越沒機會知道克諾夫的開價是否更高，也不曉得李孚萊會不會反過來開出比克諾夫更高的價格。

艾略特拖著沒將詩稿寄出。儘管與龐德共同修訂的詩稿就在手邊，瑟爾和李孚萊也都要求看稿，但艾略特遲遲沒再謄一份詩稿，幾個月就這樣過去了，所有表明要出版這首詩的人（包括已經出價的）都沒讀過這首詩。三月分，艾略特寫信給瑟爾，在信末拒絕了一百五十美金的稿酬，並附上一句提醒兼威脅：「您多次要求我：若有新作品，要讓您有優先購買權，這首詩的優先購買權已經給您了。」[56]瑟爾則在信紙空白處註記：「未交稿」。

艾略特將《荒原》的其中一章命名為〈水殤〉，彷彿在駿懋銀行的每一天都像在溺水：人群湧過了倫敦橋，其中許多人跟他一樣，最終都流到了地下安息。艾略特的辦公室在駿懋銀行地下室，他稱之為「我的洞穴」，他的雙腳在沼澤門，心在雙腳下，辦公桌也被踏在腳下，某位訪客還記得那扭曲的景色：辦公室彷彿在水底，上頭是人行道，光從又厚又方的綠色玻璃地磚透進來，「路人的鞋跟在上頭捶打不休」[57]；根據另一位友人回憶，艾略特的座位高過其他職員的辦公桌，彷彿棲在高處，弓著高大的身軀，「像極了頭埋進餵食器裡的黑鳥」。每天十二點到一點之間，是駿懋銀行的午休時間，而且嚴格執行，艾略特只能超時十分鐘，因此都在附近吃午飯，並請人跟他在駿懋銀行碰面，這樣就能邊走邊聊到餐廳。

不論是誰來銀行找他，艾略特都盡量用愉快的語氣描述中午休息時間只有一個鐘頭。奧德霖·莫雷爾夫人也去銀行找過艾略特，她對倫敦心懷恐懼，倫敦在她心中的景象，跟艾略特詩裡描述的一模一樣，但她去拜訪時還沒讀過這首詩。一九二二年某日，莫雷爾夫人和艾略特約好了一起吃中餐，但她遲到了，到銀行時沒看到艾略特，因此直接往餐廳走，他們約在辛普森小酒館，希望能在裡頭碰到他，根據莫雷爾夫人的日記，她「到處找，像鬼魂似地——那地方在我看來根本是地獄——有些人站在一樓的吧台，有些人坐在樓上，又是熱氣、又是威士忌、又是腐爛的人性，實在難以忍受……難怪艾略特看出去的世界淒慘黯淡。」[58]最後，莫雷爾夫人回到駿懋銀行，在樓梯下等了半個鐘頭，倫敦街頭的景象跟辛普森小酒館一樣令人沮喪，她看著路上的行人，沒有半個人身上「有靈魂之美」，她很是灰心，也很擔心「或許是自己疏忽大意了」。恐怖的不僅是外在的景象，也是內心的風景，「我變得毫無愛心——一點小事就能令我心生憎惡。」

艾略特何嘗不是這樣。他看見周遭腐爛的人性，給剝奪到只剩醜陋的靈魂，毀滅他們的不是死亡，而是生活，包括他在內。出版詩作的談判陷入僵局，他陷入更深的憂鬱，馬蓋特的休養、洛桑市的治療、巴黎的完稿，都未如預期帶給他長久的平靜，明白到這一點，他跌進的深淵或許又比去年更深了一些，只要他迄今最大的巨作不出版，他就平靜不下來。

莫雷爾夫人很快就想把艾略特救出銀行，這個忙她非幫不可，她看到艾略特和薇薇安跟自己一樣，在心理和靈魂上都飽受煎熬，因此一肩扛起救援艾略特的任務。見到艾略特夫婦不久後，莫雷爾夫人寫日記說自己「極其」[59]享受那頓晚飯，席間透露著友情中的光明與黑暗，在她眼裡，薇薇安「率真而溫婉」，不過，她與艾略特夫婦的友誼並非建立在這之上，「我們孤獨流浪，在這荒蕪的土地上」，這是莫雷爾夫人一九一九年的日記，當時艾略特的《荒原》還沒個影，對她而言，他們的友誼建立在生命的荒涼上，這是《荒原》的主題，詩題與她當年的日記遙相呼應。

莫雷爾夫人很快便找來吳爾芙一起成立「艾略特獎學金」，不過，第一個想把艾略特從駿懋銀行救出來的不是莫雷爾夫人，龐德也有解救艾略特的計畫，稱之為「才子」（Bel Esprit）計畫。

——

一九一五年六月，艾略特婚禮過後兩天，龐德在艾略特的要求下寫了一封信，寄給艾略特的兄長亨利，「大抵是為了選擇文學這條路而辯護」[60]。縱使艾略特迄今只出版了《普魯佛洛克》，龐德依然堅信其才學卓越，並在信中向亨利強調：艾略特不能如家人所願回美國走學術界，而必須留在倫敦發展文學事業，唯有留在英國深耕，艾略特才能「發光發熱，不然還不如去賣香皂和紳士用品。」[61]儘管這封信寫於艾略特新婚，但龐德對婚事隻字不提，直到信末附筆才寫到了重點——金錢：「至於（足以讓生涯起步的）確切金額，依我拙見，第一年應該需要五百英鎊、第二年需要兩百五十英鎊，剩下的日常開銷自己賺，應該就能有個像樣的起步了。」[62]

七年後，一九二二年冬天，龐德再度為了艾略特的生計四處遊說，艾略特的文學生涯早已起步，這起步不算像樣，至少跟龐德的估算有段差距，那封信寄出不到一年半，艾略特便進駿懋銀行上班，龐德認為這無異於賣身契，從此受人奴役，艾略特必須重獲自由不可，無論誰來解放都行，如果艾略特因此生計全無，就必須資助他日常開銷，就龐德來看，《荒原》完稿應證了他的觀點，他在一九二〇年給奎殷的信中寫道：「讓他每天在那間銀行浪費八小時的生命是在謀害文壇，不能對此視而不見。」[63]他也對瑟爾說過同樣的話，正如他信裡所寫的：休假三個月，他詩就寫好了。然而，對於詩作完稿，艾略特的看法跟龐德恰好相反，他認為駿懋銀行的工作並未妨礙自己在詩藝上登峰造極，他依然實現了龐德多年前的預言。

一九二二年夏天，奎殷寫信給龐德，說「艾略特值得拯救。」[64]可是，奎殷也好、艾略特也好，都認為龐德的方法不對。

一九二二年三月三十日，龐德在《新世紀》（*New Age*）發表了一篇宣言，標題相當拐彎抹角，叫做〈功績與藝術：實際運用〉[65]，龐德在文中寫道：藝術勞動隸屬於經濟系統和政治系統，而文明的失敗就在於——最有才華的作家難免要挨餓，民主「顯然無法供養一流的作家」，這也難怪作家的報酬與作品的優劣成反比，「換言之，最爛的作品往往換得最多的報償。」民主興起意味著「協調的文明」從歐洲消失，貴族贊助「不再名副其實，甚至連個名都沒有」，在龐德看來，舊貴族的寶貴功用就在於評判良莠，相較之下，如今「文盲車主」橫行天下，「無法發揮舊貴族的功用。」

龐德並非第一次大聲疾呼，對於這樣的現狀，龐德早已抨擊多年，這篇譴責實質上與一九一二年的〈緒論〉遙遙相對，當年龐德預見了新的詩歌，如今則預見了新的贊助，文明必須重啟，而才子計畫便是「釋放能量給發明和設計」，依照龐德提出的施行辦法，才子計畫廣徵小額認捐，每人拿出十英鎊，每年資助二十至三十位藝術家，每人每年一百英鎊，「這些藝術家已經證實自己確實有料，而且能夠有所作為，」只要某位藝術家有需求，便可提供終生或短期資助。龐德在宣言中寫道：「創作的閒暇」是才子計畫給藝術家的餽贈，這樣的餽贈「其實就是參與藝術家的創作」，該計畫賦予藝術家自由，「挑戰傳統，絕對」不是慈善機構，並非因為憐憫「獲贊助者」而籌措資金。不過，這整篇宣言修辭重於實質，一直到篇末龐德才點出重點，當時他心繫的並不是二十至三十位藝術家（或作家），也不是急於找到出資的贊助人，文明重啟也可暫候，他只心繫一位作家，也只關心這位作家的前途。

「對也好，錯也罷，總之，我們某些人認為：艾略特在銀行任職是當代文學最大的荒廢，」龐德寫道，下文順道提及大多數人有所不知的事實：「由於身體垮了，前陣子他消失了三個月，期間創作了非常重要的組詩，當代文學可以賦予永恆價值的作品少之又少，這系列組詩便是其中之一。」

這裡龐德用了一個重要的詞。價值。藝術的價值，金錢的價值。在這個沒有商品空間的市場上，龐德提供了全新的價值交換，只不過，他心裡能獲取價值的作家只有一位。

《荒原》當時尚無詩名，艾略特仍稱之為「組詩」，這組詩的完稿「證明了他被迫將時間和精力荒廢在銀行，因而導致產出受限」，艾略特在銀行任職的事實幾乎無異於尖銳的指控，既控訴資本主義經濟體系，也控訴藝術家的貧困潦倒，資本主義機器讓他做不成藝術家，他卻得荒廢精力服務資本主義機器。在這裡，龐德連用了兩次「荒廢」。

讀過這首詩的雖然只有龐德和薇薇安（或許還有極少數的文友），可是，一旦這首詩問世，凡是讀過或聽過才子計畫的都將對其品評一二，從而影響世人對這首詩的反應，早在眾人讀到《荒原》之前，龐德便已保證大家都曉得這番「荒廢」和艾略特的崩潰。

至於艾略特本人的心願，龐德表示「還沒徵詢過。」

那不是事實。三月十四日，龐德寫信給艾略特：「我本來打算隱瞞你這項計畫，等到計畫真的動起來了再告訴你，」[66]信末是才子計畫的詳情，確保艾略特能「完全隨心所欲」。可是，龐德曝光了艾略特崩潰一事，曝光得那麼別有居心又若無其事，一如龐德一九一二年在〈緒論〉中預言的那麼「貼近骨感」，對艾略特來說確實是如此，《荒原》出版毫無進展，私下生活一團亂又被攤在陽光底下，此外，龐德大膽的宣示讓眾人的目光集中在小小的文學圈上，知道艾略特即將推出大作，但出版商是誰？何時推出？都還在未定之天，事實上，各方止步不前，畏怯的比前進的還多。

龐德公開才子計畫惹怒了奎殷，擔心這樣的曝光會傷了艾略特的感情。他願意相信龐德充其量只是天真，並不了解實際情形，也不曉得這樣做會影響到艾略特的聲譽，他在信中寫道：「這些事應該在檯面下進行，不應該曝光在檯面上。」[67]此外，找人認捐還不夠，「如果你是玩真的，」就必須簽訂書面協議，責成對方在一定年限之內捐助具體金額，奎殷覺得龐德只是玩玩而已，自己才是來真的。

過了不久，奎殷得知龐德拉攏李孚萊參與才子計畫，認為這是錯上加錯，「看在上帝的份上，別讓李孚萊加入吧！這人根本是庸俗的化身，肯定會到處宣傳，我寧可把我的擔保金從每年三百元往上加五十元，每年擔負三百五十元，也不要讓李孚萊進來，我這麼做是出於驕傲，也是為了艾略特好。」

第六章　小說既沒寫，也無力寫

福斯特一直很害怕返抵普利茅斯港，這回取道埃及的經歷對他帶來了影響，恐怕是瞞不住母親。先前給芙蓉詩・巴爵寫信時，他提到了穆罕默德病危，「無人知情正是麻煩所在，這令我暴躁如雷──任誰跟我同處一室都令我難以忍受。」[1]這次情況肯定更糟。

這段返航之旅始於六週前的孟買，航程的最後一晚發生了一段插曲，既可說是最後的羞辱，也可說是另一連串災難的大門。他被搶了將近三十英鎊。「這下可好了，」[2]他寫信給馬蘇德道，有人趁他睡著時潛進船艙，「從我的口袋書裡把錢摸走……船上的管事和底下的人也真可惡，要不是有個乘客借了我兩英鎊，我還回不了家哩。」這筆錢相當於他答應要給穆罕默德的兩個月安養費，穆罕默德活得越長，他要騰出這筆錢就越難。

就這樣，愛德華時代（一九〇一──一九一〇年）的知名小說家福斯特，在離家一年後返抵英國。

一九二二年三月七日。兩天前，艾略特剛造訪過霍加斯宅邸，這天輪到福斯特來找吳氏夫妻喝茶，他告訴吳爾芙和雷納德：「又見家鄉多佛海岸的峭壁，我心底毫無半分激動」[3]，吳爾芙在日記裡寫道：「那倒是顯而易見。」[4]差不多一年前的今天，福斯特從倫敦提爾柏立港啟程，日期是一九二一年三月四日，留下吳爾芙滿心「愁緒。我喜歡福斯特，我喜歡福斯特在我身邊，」未來沒有福斯特的日子點醒了吳爾芙：「我跟大家一樣看重福斯特的意見。」[5]

沒想到見了面，愁緒依然不散，剛碰面時是震驚，聊過天後則是氣餒。前年十月，吳爾芙和雷納德拜訪了福斯特的母親麗麗，晚飯時，麗麗拿出福斯特強顏歡笑的來信給吳氏夫妻看，在麗麗讀來，信中沒有絲毫不悅，而今福斯特當面向吳氏夫妻傾吐苦水，「我們問得出來多少，他就講了多少」[6]，但雙方立刻有了默契，彼此之間無須言語，吳氏夫妻認為艾略特「憂鬱到了死氣沉沉的地步」，那天下午，福斯特不帶感情地向他們傾吐了心事，其要旨都摘錄在吳爾芙當週的日記裡：「回到韋步麗區，回到離車站一英里的醜陋屋子，回到挑剔又嚴厲的老母親身邊，從此離開大君，小說既沒寫，也無力寫——都四十三歲了，我想這是很慘的事。」

這正是吳爾芙的「心理突襲，狡詐而鋒利」[7]，每每一語道破，讓好友薇塔・賽克斐兒韋思（Vita Sackville-West）怔忡忐忑，某次接到吳爾芙的來信，薇塔寫下了這樣的感想：「可惡啊，這女人，真是一針見血。」吳爾芙看透了福斯特，看得一清二楚，但她卻感到惶恐。上一次向他傾訴，是在一月二十一日那封信裡，她說自己四十歲了，還在牆上砌磚，一本新作品都沒有完成，也無力完成，眼前寫作習慣才剛恢復，隔天福斯特便登門造訪。

又過了五天，文友兼「最佳文評」的頹喪模樣依然陰魂不散，他「風度翩翩、光明坦率」，信手拈來都是故事：「麻雀在宮裡四處飛，也沒人嫌煩」[8]，談起政治和王權，他的分析鞭辟入裡，不久前，吳爾芙才洩氣道：「對於寫作而言，過去十二個月是怎麼樣的一年啊！」對於福斯特而言，過去十二年又是怎樣的一段歲月啊！在福斯特身上，她看到了自己恐怕也難逃的困境，並將這困境寫進小說《歐蘭多》（*Orlando*）裡：「他竭力搜索文詞，卻寫不出隻字片語。」[9]

那天下午，主客一邊聊著麻雀和印度土邦，吳爾芙一邊注意到另一件事：「男同志的中年不能細想，一細想就嚇人。」[10]她在他身上嗅到一種孤獨——他固有的孤獨。

——

儘管死氣沉沉，福斯特依舊健談，什麼話題都聊，從午茶聊到傍晚，「離開時，他端著沉甸甸的盤子，去普特尼（Putney）找蘿莎莉阿姨（Aunt Rosalie）吃晚飯。」[11]蘿莎莉阿姨姓奧爾福德（Alford），是福斯特最喜歡的姨母，雷納德陪他走到公車站，福斯特要搭公車到普特尼，車程大約四英里，他手中的盤子是只圓形托盤，離開印度時，馬蘇德送了他一套瓶盤組作為贈禮，這只小托盤就是其中一件，他一返國就寫信給馬蘇德：「在英國看到這些小玩意真是幸福，老實說，這是我主要的幸福所在，每一件都讓我想起你。」[12]

吳爾芙察覺出的死氣沉沉並非最近的事。一九一五年二月時，福斯特與勞倫斯初次蹚面，勞倫斯用了同樣的詞形容福斯特，說福斯特的生活「死氣沉沉到了荒謬的地步，這人在死氣沉沉中死去。」[13]

整整七年的死氣沉沉，更多的歲月就這樣死去，這比穆罕默德的死亡還漫長，而且看不到確切的終點。到里奇蒙市拜訪吳氏夫妻後過了兩週，福斯特拜訪了詩人西格弗里德．薩松，兩人約在帕摩爾街（Pall Mall）的革新俱樂部（Reform Club）碰面。

「今天晚上，福斯特來找我吃飯，」薩松在日記裡寫道[14]，日期是三月二十一日星期二，看到福斯特漫無目的，他的情緒更加惡劣，兩股矛盾的情緒因福斯特而起，一是喪氣，二是激昂，他將這感受寫進了日記裡。

福斯特比薩松年長八歲，卓爾不群，「思考獨立」，難得一見，而且「感情細膩深富同情」，薩松此生都在尋求福斯特的認可，可是，坐在眼前的福斯特「神情沮喪，令人看了也沮喪」，儘管「個性有趣、品格出眾」，但看上去就是個疲憊的藝術家。福斯特無庸置疑是大文豪，「在一片暢銷書的荒漠裡，他是少數舉足輕重的作家，」薩松（一輩子）也望塵莫及。薩松搞不懂是怎麼一回事。「總之，一想到他情緒就上來。」

到了革新俱樂部，一切都明白了，不僅薩松懂了，福斯特也懂了，一如薩松所述：「不知是什麼斷了他寫出好作品的念想，他明明就寫得出來的。」然而，式微的不僅是身為小說家的福斯特，他說自己「『記憶力和觀察力都大不如前』」，說得輕描淡寫，不過，他也微微抱怨，說越來越「『不滿意』自己的性格」，薩松眼前的一切，正是勞倫斯和吳爾芙所形容的「死氣沉沉」。

薩松也是男同志，他將「不知是什麼」寫得極粗，大概是明白了福斯特並未明說的事實：如果福斯特擔心自己寫小說的能力式微（或完全萎縮），同樣讓福斯特欲振乏力的則是穆罕默德的大限將至和無法做愛的尷尬。「依我判斷，他太多愁善感，又求歡受挫。（他曾經跟我說過相信禁慾，但他給人的印象卻是性飢渴。）」雖然福斯特（向來）是偉大的藝術家，但似乎缺乏某種「動力」。薩松感到惶恐。「我希望他能對這個世界發威動怒，或是熱烈愛上某個主意。」

但問題是，福斯特在印度盼望與穆罕默德重逢時，穆罕默德在他心中所代表的理想（愛的主意）已在兩人重逢後死去，穆罕默德仍然苟延殘喘，福斯特依然會收到穆罕默德的來信，每一封都向福斯特表達愛意，但每一次示愛都提醒著福斯特：這份愛並非浪漫之愛，穆罕默德召喚的應該是更崇高的理想，但這種理想的愛對福斯特來說並不完整。

事實上，穆罕默德寫給福斯特的信中，有一封寫於三月十日，按正常情況，福斯特與薩松吃飯之前，信應該已經寄到了，這封來自埃及的信讓福斯特確信穆罕默德終將難免一死，信裡頭的消息跟福斯特預料的一樣，具體細節雖然駭人聽聞，但都是雞毛蒜皮的小事，只是讓福斯特更加內疚：自己竟然開始期盼穆罕默德提早離世，這樣對彼此都好。福斯特在返航途中寫了一封信給穆罕默德，過了好幾週終於寄到，看到福斯特的字跡，他「精神抖擻」，「我們會重逢的，就算不在人間，也會在天堂，」[15] 穆罕默德寫道，「我相信你惦記著我，我老是想著你，無時無刻不例外。為了再見你一面，我努力聽話，盼能在埃及或英國遇見」，他請福斯特「代為問候母親」，信末一如既往，寫著「我的愛都給了你，我的愛都給你」，而那潦草的署名[16]「你永遠的朋友．穆罕默德」

則傳達了死亡的訊息。然而，這樣的示愛、承諾著在福斯特不相信的來生再續前緣，只讓福斯特倍感寂寞，並且更怨恨穆罕默德——怨他挑起（又或許玩弄）了自己心中的愛慾，卻未能以愛慾相抵。

與薩松在革新俱樂部共進晚餐的前一晚，福斯特打開讀書筆記寫東西，這還是五年來第一次。這本筆記始於邂逅穆罕默德那年[17]，當時正值第一次世界大戰，福斯特人在亞歷山大港，筆記裡抄錄著無名的詩歌和散文片段，經年累月下來變成一部小小文選，總共分成三輯：輯一是戰爭，輯二是「外在生活：美好、樂趣、難逃一死、老年」，輯三是「希望、恐懼、慾望」。他翻閱著舊筆記，在封面加上註記，日期是「一九二二年三月二十日．韋步麗區」，他求助於這些書摘，對他來說，這些作家筆下的文字曾經意義非凡，希望這些作家能「指引我的思緒」。

輯一中有關戰爭的文字雖已時過境遷，但是，輯二和輯三中涉及死亡、年老、恐懼、慾望的摘錄，卻隨著時間推移越來越具體，在一戰期間的書摘中，福斯特描述了人心普遍的焦慮，總是渴望「換個樣子」（做書摘是福斯特終生的習慣，他後來寫道：「我抄錄是為了填補內心的空虛」[18]），曾經，他自認一輩子都要活在渴求中，永遠得不到滿足，後來，他遇到了穆罕默德，但他對浪漫愛情的嚮往和對創作意圖的渴求，至今仍然得不到滿足，他相信至少有個辦法可以讓他換個樣子——別跟母親待在家裡，去別的地方走走。翌日，他到倫敦透透氣，當晚便和薩松碰面。

在筆記本裡，福斯特希望能找到思緒的指引。韋步麗區的三月底，並未比在印度時好到哪裡去。在埃及返回英國的漫漫海路上，福斯特在最後一段航程中找到了一絲靈感。當時是二月底，輪船在法國馬賽靠岸，他下船買了普魯斯特的《在斯萬家那邊》（*Du côté de chez Swann*），「我在船上沉入普魯斯特的世界，」[19]返家一週後，他給馬蘇德寫信道：「他的寫作功力了得，目前出版的五大卷都是上乘之作，每一卷分為兩冊，中間停頓一次。」（福斯特這段話，不知不覺呼應了龐德私底下的反應。龐德起初擁戴普魯斯特，後來轉為批評，而且是發狂似地痛批。一九二〇年夏天，龐德第一次讀到《追憶似水年華》，他寫信給斯科菲．瑟爾：「這東西寫得真好……全書出完會有五〇〇〇〇〇〇〇〇〇〇〇〇〇頁吧……有些段落無疑相當無趣，但他確實是偉大的作家，我（或許）發現得太慢了，又或許還不算太慢。」[20]）

普魯斯特的《斯萬家》撼動了福斯特，當時他正搭著「三角洲號」，從馬賽駛過大西洋，一路向北返回家鄉，根據三月一日的船上日記，福斯特特別驚訝「普魯斯特竟巧妙運用記憶來闡述心境，」[21]這令福斯特肅然起敬，「《斯萬家》的分量和篇幅都令我印象深刻，有些段落寫進了我的心坎裡，可惜我不懂竅門，沒能鋪開像這樣的刺繡緞帶，但就算我有這樣的本領，應該也不會滿足，光是淺嚐這一小口純粹的創作，便足以將我摧毀。」

吳爾芙在四十歲生日前夕給福斯特寫了一封信，信中提到了普魯斯特：「大家都在讀普魯斯特。我靜靜坐著聽大家說，似乎是絕佳的閱讀體驗，但我卻在邊緣瑟瑟發抖，等著被恐怖的念頭淹沒——沉下去、沉下去，或許再也上不來了。」[22]

「大家」指的大概是克萊夫和弗萊，吳爾芙最先知道普魯斯特，就是一戰時從他們口中聽來的。她害怕自己像福斯特那樣被「摧毀」，就連使用的比喻都一樣，在他們筆下，普魯斯特宛如深潭——吳爾芙被淹沒，福斯特則沉入其中。

兩天後，「三角洲號」駛近英國，從福斯特的日記來看，沉浸於普魯斯特至少一點一點改變了他，或許他並未被摧毀，或許他終究找到了新的自由，「普利茅斯灣：回憶裡全是那些古怪又粗鄙的親戚：從新的高度俯瞰」[23]。

——

《追憶似水年華》不只是一部小說。法國作家紀德（André Gide）對《追憶》有一段評論，普魯斯特讀了特別感動。紀德將一卷接著一卷的閱讀經驗，比喻成「走進一座魔法森林，從第一頁就迷失方向，讀者卻樂於迷途，再往下走便忘記自己從何處來，也忘記下一片空地還有多遠」[24]。閱讀《追憶》可能像紀德迷失在森林，也可能像福斯特滿腦子回憶，從而升到新的高度俯瞰事物。普魯斯特令人迷失，而迷失正是解脫的開始。

《斯萬家》帶給福斯特的震撼，只要讀前十頁，便能讀到普魯斯特「刺繡的緞帶」：小說一開始，敘事者是一位旅人，半夜在陌生的旅館醒過來，努力將錯置的時空帶回到當下，他發現自己離家在外，故而開始回想其他臥室（尤其是童年的臥室），好讓自己定下心來，才剛開始回想，曩昔那座心靈聖殿的細節便在他腦海中浮現，同時也憶起了母親和祖母，更重要的是想起了蕾奧妮姨婆，她給了他那杯茶和那塊著名的瑪德蓮蛋糕，那香氣讓他的記憶甦醒，於是有了《追憶似水年華》。

孤獨的旅人、女版三巨頭，這彷彿精挑細選的細節，呼應了福斯特在「三角洲號」上的孤寂，也呼應了他生命中三位強勢的女性：母親麗麗、阿姨蘿拉、姑婆瑪莉安娜・桑頓（Marianne Thornton），其中姑婆別稱「茉妮」，跟《追憶似水年華》住在貢布雷（Combray）的姨婆蕾奧妮重名，在敘事者對於貢布雷的回憶中，處處都有蕾奧妮姨婆的影子。

從姨婆蕾奧妮手中接過的茶，開啟了整部《追憶似水年華》；從姑婆茉妮手中接過的八千英鎊遺產，開啟了福斯特的自由歲月和寫作生涯。

茉妮姑婆以「嘴尖舌巧」著稱，經常跟兄弟姊妹吵架，當面指出自家手足的人生過得多麼無效又為何無效。福斯特童年回憶裡「朦朧恍惚的老太太們」包括外婆露易莎、姑母、姨母、姑婆、姨婆等遠親（例如茉妮），以及前婚、二婚帶來的遠房姻親，有些是同父異母，有些是同母異父，有些是繼父所出，有些是繼母所出。「我家裡總是有姑字輩、姨字輩的親戚，」[25]福斯特告訴回憶俱樂部（Memoir Club）的成員。回憶俱樂部是布倫斯貝里文友組成的社團，彼此分享坦白（而且經常是私密的）文章，在聚會時朗讀出來大家一起討論。一九二二年春天，福斯特沉入普魯斯特的世界後，第一篇在英國寫作的小品就是這篇回憶散文。《追憶似水年華》開篇第一句「在很長一段時間裡，我都是早早就躺下了」，大可換成「我家裡總是有姑字輩、姨字輩的親戚」，說不定早期的手稿裡就有這個句子。

這些老太太不只是福斯特的童年幽靈，她們大多跟麗麗一樣長壽，占據了福斯特的成年生活。在印度時，福斯特給蘿拉阿姨寫了無數封信，回英國不久，他休假到懷特島上拜訪姑母、姨母。在《此情可問天》中，福斯特筆下的女主角瑪格麗特．施萊格（Margaret Schlegel）說：「我想我們家是陰盛陽衰，也只能接受了。」[26] 她這句話的意思不只是家裡「充滿女人」，而是家中「陰柔，完全陽剛不起來，爸爸還在世時就這樣了。」韋步麗區的福斯特宅邸也是如此。

福斯特對普魯斯特之所以無法招架，跟他剛離開穆罕默德的病榻有關。這位法國小說家除了從眼前的感官印象召喚出昔日，福斯特還立刻看出（艾德蒙．威爾森所述）普魯斯特「最愛的套路……是淒慘的虐戀：一方地位高、一方地位低，或是一方溫柔深情、一方故作殘忍，」[27]《斯萬家》的紳士夏爾（Charles Swann）與名妓奧黛特（Odette de Crécy）的情感糾葛便是這樣；福斯特的戀愛困境也是這樣，事實清清爽爽擺在眼前，福斯特或許不認為穆罕默德故作殘忍，但隨著埃及日益遙遠，他從新的高度俯瞰穆罕默德，實在弄不清楚穆罕默德究竟對他懷抱怎樣的情愫。正如普魯斯特所揭示的：我們不可能得知別人的意圖，這樣的覺悟可能通往自由，也可能通往痛苦的深淵，又或者像福斯特那樣百感交集。在普魯斯特的小說和那年的春天裡，福斯特一下子心底起疑，一下子感傷繾綣，這種全新發現的感受，攪擾得他不知所措。

在船上閱讀普魯斯特不僅喚醒福斯特對過往的回憶，更揪心的是小說在眼前現實中響起的回音，《斯萬家》那令人難忘的開篇，寫的是敘事者那天半夜在回憶中穿過了無數個夏日，回到了等待母親晚安吻的童年，等得很是煎熬，最後，母親輕輕一吻，敘事者的心安靜下來。福斯特再過不久就要回家與母親同住，只是母親的晚安吻也好，早晨的問候也好，日常的談話也好，他都無法歡欣期待。

——

數年後，福斯特評論普魯斯特時，用了「內省、病態、憂鬱、狹隘」[28]來形容，初讀普魯斯特的福斯特也是這番寫照，不過，福斯特認為普魯斯特超越了自身的侷限，這正是他淺嚐到的「純粹的創作」，普魯斯特有著飽滿的生命力。「沒有生命力，他寫不了一百萬字。」

福斯特也曾經生命力飽滿，死氣沉沉是後來的事。普魯斯特的靈感似乎來自於「對明天的想像」，而福斯特卻彷彿很久無法想像明天了。福斯特認為，鋪開刺繡緞帶似乎是普魯斯特天生的本領，相較之下，福斯特必須使用意志才能發揮觀察力，而這樣的意志似乎已經消沉。在福斯特看來，普魯斯特筆下的角色都帶有普魯斯特獨特的生命力，普魯斯特寫的那一百萬字就是證明，其筆下的角色跟作者一樣總是在留意，就算被疾病拖垮、就算偶爾只「睜著半隻眼睛」，也不會放過生命中的「冒險」，福斯特認為這樣的冒險是驚心動魄的救贖，而普魯斯特已經大膽探索過，不過，普魯斯特的冒險並非舞槍弄劍的傳奇歷險，在此他做了個現代的轉折——將冒險移往內心深處，福斯特認為「這場冒險是整個人在幻滅的戰後世界前行，去遭遇（肯定不好的）未知。」

福斯特初讀普魯斯特時，行李箱裡壓著未完成的印度小說散稿，心頭殘存著與穆罕默德共度最後一週的悲傷，帶著這樣的包袱奮力前進，半點也不相信自己會遇上任何好事。

——

回到英國時，距離停戰已經三年多，福斯特看出某種精神已經喪失，彷彿被戰爭扼殺，不過，這只是福斯特從個人及創作失敗中做出的推斷。在給埃及友人的信裡，福斯特形容一九二二年的英國春天是「一個悲傷的人，雙手交疊，佇立等待」[29]，就像等待他將近一年的母親，鄉村的「小器、安靜、灰暗」都讓他沮喪，他的視野彷彿只剩下母親——她開口閉口都在抱怨風濕病惡化，這提醒著他：母親（和自己）已經上了年紀。他在給馬蘇德的信中說自己從「新的高度」俯瞰朋友，堅決不再那麼感情用事，把重要的和不重要的用一條「嚴格的線」[30]劃分開來。芙蓉詩．巴爵[31]來韋步麗區找過他，嘮嘮叨叨、沾沾自喜，令他生厭；另一位友人「微弱但真實的光芒」照亮了兩天，但仍滿足不了他，他覺得朋友的頭腦出奇平庸，太常跟他們接觸恐怕會陷入「退而求其次」的陷阱，那些他能傾訴的對象（包括雷納德、吳爾芙、薩松），都為他的低潮所震驚，這讓他的悲哀更加悲哀了。

——

那年春天，福斯特去了一趟劍橋。週日全家團圓吃午飯時，他將回劍橋當天的閒聊轉述給母親聽：某位多年未見的男士說福斯特「淡出了所有人的視野」[32]，福斯特回說自己「出名到不能再出名了」，又說如果對方不同意，「恐怕是他沒跟大人物往來的緣故」，但對方的態度跟福斯特一樣堅決，兩人一守一攻，男士說「有人看到我的訃聞，而且是他的熟人」，福斯特追問這位熟人叫什麼名字？對方就圓滑地說忘記了。過了不久，西格弗里德．薩松徵求湯瑪士．愛德華．羅倫斯（T. E. Lawrence）的意見，看能不能讓福斯特過目其尚未出版的私人自傳《智慧七柱》（*Seven Pillars of Wisdom*），羅倫斯記得自己很欣賞《此情可問天》，稱讚說「寫得真好」[33]，因此同意了薩松的徵求，不過，他疑心道：「作者不是早就過世了嗎？」

福斯特過的是死後遺生。

三月二十五日星期日，福斯特寫信約雷納德碰面。「我想跟你談一談我的情況，我找不到人諮詢，只要時間方便，我知道你一定肯幫我……週五你會進城嗎？如果會，能不能一起吃午餐？」[34]

根據雷納德的筆記本，三月三十一日星期五的活動如下：「上，工作。午，福斯特，談作。」

雷納德給福斯特兩則建議[35]：第一，放棄新聞報導，第二，重讀「《印度》碎稿，想著要怎麼寫下去。」

第七章　如常的全心全意

三月二十六日星期日，將時鐘撥快一個鐘頭的「夏令時間」[1]開始了。吳爾芙在日記裡寫道：傍晚在天空中流連，但不代表夏天來了，甚至一絲春意也感覺不到。四月底，她算了算夏令時間之後的日子，片刻好天氣也沒享受到，「整整二十七天的淒風、霪雨、狂風驟雨、暴雪、暴雨，日日如此」[2]，冬天彷彿跟她身上的流感一樣沒完沒了。比夏令時間更重要的是：自從艾略特和福斯特來訪後，吳爾芙連續三週每天都如常工作。

為了抹去那荒廢寫作的「十二個月」，她重拾一年前（一九二一年春天）的點子——「我的閱讀集」[3]，靈感來自於不滿別人和自己所寫的文論，感覺那太狹隘了。一年前的她正在寫《雅各的房間》，預計秋天完稿，由於自覺「腦筋迷糊」、思緒散亂，因此無法同時書寫閱讀集。而今，她一邊思考當代英國的閱讀形勢，一邊寫出散文的開篇，不久想像力便馳騁起來，文章開頭就地取材，先從氣象報導說起：她拖著身子去「烤火（一九二二年三月很冷）」[4]，閱讀虛構作家桑德斯（E. K. Sanders）的處女作《青春的火焰》（*The Flame of Youth*），出版社大張旗鼓將這部子虛烏有的作品寄給報社，並拍胸脯保證這部小說將成為「本季話題」，還說裡頭加了許多冗文贅字，「湊齊四百頁，用大字排版印刷」，吳爾芙利用「茶餘飯後」便能快速讀完，隔天早上「或許費點勁，又或許毫不費勁」，就能寫出篇幅符合責任編輯規定的書評，無論是這篇書評、這部小說、還是出版商天花亂墜的吹捧，都是出版機制的一環。

走筆至此，這篇散文的主旨已經揭露出來了。吳爾芙無法完成責任編輯交付的任務，這部小說激發不出半點火花，反而扼殺了「我的書評生涯」，從而實現了她一九二二年的心願：把自己從書評中解放出來、捨棄不必要的分心，這正好也是雷納德對福斯特的規勸。對吳爾芙來說，寫書評變成一件分神的事，而且她讓出的恐怕還不只是時間。一九二一年十二月，《泰晤士報文學副刊》編輯布魯斯・李奇蒙（Bruce Richmond）撥電話給吳爾芙，找她討論亨利・詹姆斯（Henry James）短篇故事選的書評，李奇蒙反對她用「淫穢」[5]二字，認為「這樣形容亨利・詹姆斯的作品相當粗魯」，吳爾芙雖然不同意，但接受將「淫穢」改成「妨害風化」，只是她心意已決，明年不會再讓步，她不要再迎合編輯了，霍加斯出版社蒸蒸日上，她從做出版賺到的錢足以讓她不用再寫書評，藉由這篇無法寫書評的散文，她找到了另闢蹊徑的方法。

她將散文命名為〈拜倫與布里格斯先生〉（Byron and Mr. Briggs），在文中，她想像布里格斯先生對拜倫書信的看法，那年春天，吳爾芙正在閱讀新版的《拜倫書信選》，從布里格斯先生（一七九五——一八五九年）的視角，吳爾芙開始勾勒出自己的思想精髓——文學的命運取決於「絲毫沒被文學偏見腐化的讀者的常識」，這一點與約翰生博士（Samuel Johnson，一七〇九——一七八四年）所述不謀而合。吳爾芙在〈拜倫與布里格斯先生〉中寫道：「米爾頓（John Milton，一六〇八——一六七四年）之所以一九二二年還在世、具備一定的尺寸和形狀，是因為上千位小人物正在捧讀其著作。」[6]她戲謔地給布里格斯先生取名叫「艾略特」，這是她認識的人當中最不普通的讀者，如果，事實就像約翰生博士一百年前提出的：評論家（包括艾略特甚至她自己）對於文學興衰無關緊要，那麼在今天，關於文學為何而流傳？因誰而流傳？這樣的問題要怎麼切入探討？需要哪一種批評的聲音？有可能由她來發聲嗎？

隨著布里格斯先生的故事越寫越多，她對這個問題的解答也跟著演化，她筆下的布里格斯先生是十九世紀的中產階級，認為「濟慈先生的新書是垃圾」[7]，對於不朽的柯立芝（Samuel Taylor Coleridge，一七七二——一八三四年）推崇濟慈一事，布里格斯先生全然不知也毫不在乎，吳爾芙以小說家的自由躍進布里格斯先生心靈，賦予他鮮明的個人意見，從而找到方法讓自己成為作品的主角。停戰後這幾年，吳爾芙寫了數十篇書評[8]，使用第一人稱的只有兩、三篇，而且是不經意帶到，此外，她為《泰晤士報文學副刊》寫了十多年的匿名書評，該刊要求的晦澀行文她已嫻熟掌握，這類書評的寫作慣例規定只能使用「吾輩」（we）、「筆者」（one）、「讀者」（the reader）、「諸君」（you）作為主詞，吳爾芙曾經這樣評論過小說家喬治·梅瑞狄斯（George Meredith，一八二八——一九〇九年）：「如果在某些例子中，作家走出書頁對讀者說話既突兀又煩人，在某些例子中卻格外令人耳目一新。」[9]

在〈拜倫與布里格斯先生〉的初稿中，「吳爾芙」第一次直接對讀者說話，有了這樣的突破，她在短短幾天內就恢復了「如常的全心全意」，第一次寫作寫得這麼高興，這種話我說過幾次？這種快樂會持續嗎？我不記得了，」[10]她在日記裡寫道。在吳爾芙筆下，或許布里格斯先生與拜倫、濟慈同代，但在現實中，吳爾芙是二十世紀女性、在一九二二年寫作；她將特定的日期寫進〈拜倫與布里格斯先生〉，並將《青春的火焰》設定在三月二十六日出版，也就是夏令時間開始的日子，藉此為自己的寫作進展留下紀錄。

「此時的英格蘭，」[11] 吳爾芙寫道：「每年、每週、每天都有新書出版，有時是涓涓細流，有時是滔滔泉湧，永遠川流不息，由各種鹽分、各種滋味的水源匯流而成。」這段話既是以文評家的身分下筆，也是以出版商的身分嘲諷出版界的商業壓力和種種愚痴，此外，吳爾芙還身兼作家，她的《雅各的房間》將由霍加斯出版社付梓，於下半年匯入文學之河，艾略特新作的詩看來也會是支流之一，幾週前他才承諾會將詩作交由霍加斯出版社於秋天問世，今天的布里格斯先生會不會認為艾略特的詩跟濟慈先生的書一樣是垃圾呢？《雅各的房間》會成為本季的話題嗎？果真如此那又怎樣呢？後代還會有人讀她的書嗎？既然她都想寫什麼就寫什麼了，大約會有幾個人看吧？

吳爾芙從布里格斯先生寫到布里格斯先生的曾孫，這些問題一一浮上她的心頭，在她筆下，布里格斯先生的曾孫正是一九二二年的普通讀者，她寫了個場景，讓這群普通讀者以爭論書籍為樂，彼此輕鬆自在各抒己見，最後「聳聳肩，彷彿在說：我是這樣想啦。但我算那根蔥？」

這是吳爾芙身為文評家的疑問，也是她身為讀者、身為作家的疑問，她一邊想著這個疑問的解答，一邊順著思緒回到了小說上，在〈拜倫與布里格斯先生〉的後半，她描述了「一場小聚會，在座都是普通人，圍坐著餐桌談天」[12]，參加這場小聚會的普通人都是她小說中的角色，包括《出航》的泰倫斯・修特（Terence Hewet）和培普先生（Mr. Pepper）、《雅各的房間》的蘿思・蕭爾

（Rose Shaw）和裘麗・賀姬（Julia Hedge），在吳爾芙筆下，他們聚在一起討論米爾頓、莎士比亞、哈代、托爾斯泰……等作家，泰倫斯和蘿思、裘麗出自兩部相隔十年的作品，因吳爾芙的創作而齊聚一堂，聊文學、聊人生、聊八卦：「某某某要跟某某某結婚；首相說了這個那個；拜倫書信讀了嗎？」[13]

而克萊麗莎・達洛維，正是座上賓之一。

克萊麗莎是《出航》中令人念念不忘的小角色，《出航》的女主角是瑞秋・凡瑞斯（Rachel Vinrace），她搭乘父親名下的貨輪麗神星號（Euphrosyne），從英國出航到南美洲，船客都是透過安排上船的，同行的除了瑞秋的姑姑和姑丈，還有形形色色的角色，包括瑞秋的心上人，但不包括克萊麗莎和丈夫理查・達洛維（Richard Dalloway），達洛維夫婦被困在葡萄牙里斯本，因為「達洛維夫人是某某某，達洛維先生又曾經當過這個、那個，而他們希望這樣、那樣」[14]，因此講定請麗神星號前去搭救，讓他們上船搭一小段，把必須走完的旅程走完。克萊麗莎是貴族之女，理查是前國會議員，「因政治生涯風波中的意外而無法在議院中為國服務」[15]，為了「在議院之外報效國家」，他在歐洲四處遊歷，其夫人「高䠷纖細，身穿毛皮，面罩薄紗」[16]，拎著一只百寶盒上船，裡頭大概裝著「鑽石項鍊和銀蓋瓶子」，達洛維夫婦就這樣加入了這齣在海上搬演的客廳喜劇，不

知不覺成為小說中的角色，就像現實中的船客一樣，幾天、幾章之後，麗神星號在達洛維夫婦的目的地靠岸，達洛維夫婦就被拔出小說世界。夫妻倆下船時（理查趁著與瑞秋獨處強行奪走初吻），克萊麗莎送給瑞秋《勸服》（*Persuasion*）留作紀念，並在襯頁留下自己的姓名和地址，證明她相信等瑞秋返回倫敦，兩人便能成為朋友。達洛維夫婦走遠後，某位角色說：「好了，結束了，再也不會見到他們了。」[17] 看到他們下了船，瑞秋的姑姑鬆了一口氣，她認為克萊麗莎「雖然很正派，但腦袋裝頂針」[18]，並勸姪女交朋友要懂得鑑別，「如果跟那些……嗯，比較二流的人當朋友，比方說達洛維夫婦，等到熟了才發現對方的真面目，那就可惜了。」[19]

達洛維夫婦在瑞秋的姑姑看來是二流，但立頓．史崔奇則持不同看法。讀完《出航》後，史崔奇寫信給吳爾芙，信中盛讚這部小說，唯獨批評「達洛維夫婦——哎唷！——」[20]

一九二二年，達洛維夫人再次出現在吳爾芙眼前，這是吳爾芙十年前創造的角色，最近卻頻頻想起。一九二〇年二月，吳爾芙把《出航》重新讀了一遍，對於這部七年前的作品（作於一九一三年夏天），她不知該怎麼評價才好，其日記寫道：「好一齣丑角戲——各色補丁拼拼湊湊——這段樸素正經——這段輕浮膚淺——這段簡直是上帝的真理——這段筆力萬鈞、行雲流水，正是我所冀求的。」[21] 美國版《出航》問世在即，她刪削了一些段落，還把某一章全數刪除，基於版權考量，「改動越多越好」[22]，她寫信給史崔奇，請他「大發慈悲，只要發現印錯、讀不懂、措辭不雅，通通告訴我」。他提出一處小更正，她回信道：「我改過來了。」[23] 該改的地方必定還有上百處，她補上一句：「但實在改不動」。所有提及達洛維夫婦的段落一字未改。一九二〇年九月，史崔奇到修士邸度過週末，在主客閒聊間，史崔奇「主動」[24]稱讚《出航》，吳爾芙之所以在日記中這樣寫，或許是想起了他先前慢了一步的溢美之詞——都出版了一年才聽見他讚許，吳爾芙大概認為他只是出於客套，這回史崔奇告訴吳爾芙：他把《出航》重新讀了一遍，認為寫得「極好，尤其是對達洛維夫婦的諷刺。」

曾經，吳爾芙告訴克萊夫：打從提筆寫小說開始，她就擔心自己「缺乏寫出有趣作品的才華」[25]。《雅各的房間》建立在主角缺席的空間上，雅各的房間空無一人，雅各已死，死於戰場，雷納德稱讚這是她迄今最好的作品，「文筆令人驚艷」，即便如此，雷納德也說「我筆下的人物是傀儡，被命運推來推去，他認為命運不會這樣捉弄人。」[26]

如果她真的缺乏寫出有趣作品的才華，那她僅有的、讓作品變有趣的才華是什麼？又有哪些才華等著她去挖掘？要怎麼做才能取悅普通讀者也取悅自己？她把筆下的傀儡通通召集到〈拜倫與布里格斯先生〉裡，並賦予每個角色各自的故事，傾聽他們彼此交談。泰倫斯．修特在《出航》裡是豪情萬丈的小說家，在〈拜倫與布里格斯先生〉裡則是布里格斯先生的母系後代，布里格斯先生出身自康沃爾郡，腦袋裝頂針的克萊麗莎則與其他角色談天說地，稱讚鄧約翰（John Donne，一五七二——一六三一年）的詩寫得真好，說話的語氣彷彿剛剛將《勸服》題贈給瑞秋．凡瑞斯：「達洛維夫人坦承對鄧約翰的熱愛來自其肖像『和幾首詩，只要一朗讀——哎！我先生現在都沒空讀給我聽了，難是難，但極其動人。』」[27]吳爾芙在寫這段聚會時，彷彿史崔奇就站在她身後，看著她嘲諷達洛維夫婦嘲諷到淋漓盡致。

修特稱讚《戰爭與和平》（*War and Peace*）是「世界上最真摯的作品」[28]，克萊麗莎（一如既往自信滿滿、腦袋中的頂針或許少了一些）認為這書「以日常閱讀來說稍嫌嚴肅」，縱使嘴角的微笑差一點洩露了她的心聲，但她沉默不語，「帶著英國仕女對文學的尊重」，克萊麗莎無意深入文學，碰巧她也無暇思考文學，「十點鐘就得去議院接丈夫，」夫妻倆將共赴克拉拉・達蘭（Clara Durrant）舉辦的晚宴。克拉拉是《雅各的房間》裡那場盛大晚宴的女主人，在雷納德眼裡，這是小說中唯一的「敗筆」，其他部分都「寫得極其優美而且饒富趣味」[29]。理查和克萊麗莎要帶蘿思・蕭爾一起去，達洛維夫人一邊想藉口一邊「坐挺身子」，彷彿從瞌睡中醒過來，說她和蘿思要先離席，「走吧，」[30]克萊麗莎對蘿思說，該去「達太太的宴會」了。

二月時，吳爾芙目睹凱瑟琳・曼殊菲爾走紅——「就算凱瑟琳受報章雜誌吹捧、銷售一飛沖天，那又怎麼樣？」[31]她不承認自己吃醋，而是打算另闢蹊徑，追求「奇詭的性格」[32]，她在日記裡說自己已經下定決心，「不追求受人追捧，因此，漠視也好、詆毀也罷，我打從心底看作是甘於無名的代價，」由此，她得出了堅定的結論：「我要寫我想寫的，他們說他們想說的。」

吳爾芙在這全新心境下寫出的首篇作品，就是〈拜倫與布里格斯先生〉，其打字稿厚達三十八頁，她在上頭塗塗改改，更動處「多如蔓生野草，密密麻麻」[33]，最終棄稿不用，在雷納德幫吳爾芙出版的遺著中，從來沒有收錄過這一篇，一晃眼，遺珠棄璧六十年。

〈拜倫與布里格斯先生〉是重要的里程碑，透過文中的聚會，吳爾芙將自己和筆下角色寫進一場對話中，既談論往昔的作家和名作，也與這些作家及名作對談，鄧約翰之所以能活到一九二二年，靠的是像克萊麗莎．達洛維這樣的女子，她們有的讀過他的詩，有的想起了丈夫在耳邊讀詩的浪漫，不論世人能否（或願意）從知性的角度持續（無情地）探討文人，鄧約翰和托爾斯泰都活在世人的心底。在《出航》中，克萊麗莎把《勸服》送給瑞秋的橋段不僅是諷刺而已，吳爾芙讓筆下的普通讀者在〈拜倫與布里格斯先生〉裡齊聚一堂，便是換個方式揭示這一點，從他們的桌邊談話裡，至少得以一窺後代對於作家的意義。

不久後，吳爾芙不僅全心全意投入寫作，而且（按照每日習慣）在稿紙空白處計算字數，這種混合的起草形式成為她所偏好的文評模式。翌年（一九二三年）她撰文剖析小說人物，新筆法已經純熟，這一回，她腦海中浮現的不是晚宴聚會，而是一節火車車廂，裡頭坐著布朗太太（Mrs. Brown），吳爾芙認為，如果高爾斯華綏（John Galsworthy）、威爾斯（H. G. Wells）、卜涅特（Arnold Bennett）等作家坐在布朗太太對面，肯定都只描述表象，忽略了「實實在在、活生生、有血有肉的布朗太太」[34]。她挑剔男性作家看不透女性並非湊巧，事實上，這是探討現代小說時的重要議題，吳爾芙下文寫的是：唯有看見內在，才能寫活角色。這篇文章的標題〈卜涅特先生與布朗太太〉，脫胎自未出版的〈拜倫與布里格斯先生〉，兩篇散文的角色名字互押頭韻，比起「拜倫」，「卜涅特先生」更貼近當代，在吳爾芙寫作當下，卜涅特仍是多產的小說家兼文評家，透過〈拜倫與布里格斯先生〉，吳爾芙將小說家看待女性的方式突顯為現代的標準，不僅依此評判卜涅特，更重要的是依此評判自己，她點名的男性作家雖然都未能透視女性，但她自己也還做不到這一點，「布朗太太逃不了一世，總有一天，布朗太太會被活逮，」吳爾芙預言道：「文學史的下一章標題，就是〈活捉布朗太太〉」。

〈卜湼特先生與布朗太太〉於一九二三年十一月發表，刊登在《紐約論壇報》上，這時的吳爾芙已經在文學史下一章的路上。〈拜倫與布里格斯先生〉棄稿後，吳爾芙立刻投入小說創作，克萊麗莎・達洛維回鍋成為女主角，她寫得很快，到了四月中便寫信給艾略特，說〈龐德街的達洛維夫人〉雖然再三週（五月初左右）就能完結，但她可能還要六週才能定稿。艾略特先前向吳爾芙邀稿，請她寫一篇短篇小說投稿到即將問世的《標準》雜誌，預計刊載於創刊號，小說篇幅不得超過五千字，〈龐德街的達洛維夫人〉可能太長了，吳爾芙告訴艾略特，等完稿後再寫別的投過去，但要依別人的要求來寫作「很棘手」[35]，「想寫的時候往往寫不出來」，編輯她的稿子時請他務必坦承而嚴格，「我總分不清自己寫得是好還是不好，」吳爾芙在信中寫著，若是能「把我撕碎丟進字紙簍」，她會更加崇敬他。話說那首詩怎麼樣了？吳爾芙在信中問艾略特。什麼時候才能讀到？等她讀完，就能「對你動手動腳了。」

吳爾芙寫〈龐德街的達洛維夫人〉跟寫〈拜倫與布里格斯先生〉一樣，下筆時都只是實驗，但越寫越有信心。不久之前，她還在感嘆：「腦袋裡一堆小傢伙，再不趕快放出來，就都要消失了！」[36]才感嘆完不到一個月，她就寫出〈拜倫與布里格斯先生〉那場聚會，歷經了一年的消沉，她終於找到進一步的方向：把已經存在的小傢伙抓出來重寫一遍，吳爾芙一邊寫克萊麗莎・達洛維的故事一邊修稿，寫到五月都過完了還在寫，一路寫到夏天，等到故事寫完了、到修士邸度過八月了，她還是放不下這個多年前輕鬆打發掉的角色。吳爾芙繼續琢磨著克萊麗莎，想著還能靠這個角色寫點什麼，她要活捉的布朗太太就是達洛維夫人。到了一九二二年秋天，吳爾芙看出〈龐德街的達洛維夫人〉發展成小說的潛力：舉辦盛大宴會的達夫人或許不是克拉拉．達蘭，而是克萊麗莎．達洛維。

——

吳爾芙寫〈龐德街的達洛維夫人〉時，健康狀況時好時壞，醫生的禁足令讓她不得自由，因此，故事一開頭，女主角就實現了吳爾芙的心願：離開家門，高高興興上街買東西：「達洛維夫人說要自己去買絲綢。」吳爾芙習慣手寫初稿，寫完再打字，在〈龐德街的達洛維夫人〉的打字稿中，吳爾芙將「絲綢」改為「手套」，接著故事展開：

> 在大班鐘的聲響裡，她踏出門外上了街。早晨十一點，時間閒置，清新得像孩童在海濱玩沙的歲月，不疾不徐的鐘擺透露著莊嚴，沙沙的腳步聲裡藏著擾攘。[37]

時間讓〈龐德街的達洛維夫人〉有了架構和臨場感，比起〈拜倫與布里格斯先生〉裡特定的日期，把時間寫進小說裡更巧妙也更有效，聲響指揮著日子，大班鐘毫不寬容的威嚴響徹空中，襯托著（克萊麗莎）沙沙的腳步聲，聲響（從聲譜的一端到另一端）匯流，成了嘈雜的市聲。

克萊麗莎十一點鐘出門買手套，悠悠閒閒開始了六月的某一天，「她綽約多姿，神態從容，熱情洋溢，雙頰緋紅，頭髮白得出奇」，比在《出航》出場時老了許多，達洛維夫人沒有理由早起，只要她高興，十一點鐘也好，一天中任何時刻也好，都可以閒置不理，不過，她出門買東西的好心情很快就烏雲密布，才剛踏出家門，克萊麗莎就（彷彿隔著一段距離）感覺到：在這片熱鬧裡，不是所有人都「高高興興要去買東西。」路人注意到克萊麗莎似乎年華早衰，或許她手頭上的事未必都是高興的事，早晨十一點或許「閒置」，但卻也神聖，一如鐘聲裡透露的「莊嚴」，即便是光輝燦爛的六月，十一點的鐘聲在克萊麗莎和其他倫敦人耳裡，都是第一次世界大戰的殘響——停戰協定的生效時間，正好是一九一八年十一月十一日十一點。隔年十一月開始的停戰紀念日，選在十一點鐘舉國默哀兩分鐘，根據《曼徹斯特衛報》[38]（*Manchester Guardian*）報導：十一點鐘聲一響，「就像施了魔法一樣」：

路面電車緩緩停駛，汽車不再噗噗冒煙、完全靜止，健壯的輓馬隆著背、駝著貨，似乎也自動駐足。

有人脫了帽。……到處都能看見老兵不知不覺「立正」站好，老嫗在不遠處拭淚。……所有人站得紋絲不動。……靜上加靜，整座城市都靜了下來，靜到彷彿有了聲響，沉默到令人發疼。……追思之情籠罩著一切。

〈龐德街的達洛維夫人〉收尾時，克萊麗莎正在付錢買手套，女店員找錢找得慢，嘴上閒扯了幾句：「手套這陣子還算值得信賴，戰時可不是這樣，」[39]女店員一說完，克萊麗莎立刻驚醒，責備自己竟然因為女店員慢得像「蝸牛」而不高興，心想：「上千名青年喪命了，而日子還要過下去」。

要寫一則發生在六月的故事——這是吳爾芙一九二〇年的想法，因為「跟其他月分比起來，六月的樂趣最多。」[40]一九二二年，她真的寫了，在索然無趣的日子裡，她派克萊麗莎走過倫敦，這一年來吳爾芙見到的倫敦風景，大多是看醫生途中所見，在寫〈龐德街的達洛維夫人〉時，她大多還是足不出戶，如同她告訴艾略特的，完稿時間比預計多花了幾週，期間難得出門一趟，雷納德便會記下「与妻走」[41]。五月六日，雷納德的記事本寫著：「妻病，发燒三十八度，醫生來過」，同一天，吳爾芙寫信給羅傑．弗萊，說自己得了「全教區最兇猛的感冒。」一週後，五月十三日，吳爾芙做了連月來最久的運動，雷納德在袖珍記事本裡草草記下：「与妻走訪京士屯」，京士屯位於泰晤士河岸，距離吳爾芙私宅四英里，這樣的進步能否延續，這時還不好說。吳爾芙埋首創作〈龐德街的達洛維夫人〉，縱使分享不到春暖花開，久違的春光終於到來，陽光和煦得新奇，盼了那麼久，終於盼到暖陽，《泰晤士報》刊出一篇長文，標題是〈陽光與歡樂〉，描寫連日晴朗帶給倫敦的歡愉，「天氣好，讓人對自由更加嚮往。」[42]撇除吳爾芙的狀況不論，流感季節似乎即將過去，然而，疫情的影響卻日漸彰顯。一九二二年第一季，英格蘭和威爾斯死於流感的人數達一萬六千三百八十八人[43]，但《泰晤士報》警告：這個數字恐有誤導之虞，流感慢性病患的死因往往被誤歸，根據《泰晤士報》報導，就算估計為三萬人「死於這波疫情」也不是不可能，而且致死速度很快，不用三個月，只要五、六週，便能毀掉一個人，相較之下，一九二一年全年死亡人數為三萬六千兩百零四人。

一九二二年的疫情令人想起一九一八年的流感大流行。關於這兩波疫情，《泰晤士報》指出另一項特點：過去十五年來，女性死亡人數只有兩次超過男性，一次是一戰時流感大爆發，再來就一九二二年第一季。吳爾芙的情況很危險（醫生絕不是瞎操心），但她在日記和信件裡總是輕描淡寫，後來雷納德在自傳中回顧時說吳爾芙的病情時好時壞，但事實其實更加嚴重。一九二二年四月到五月間，吳爾芙尚未脫險，她派克萊麗莎．達洛維出門辦事，自己則跟雷納德出門動一動、試一試。五月下旬，病情復發，一連串新症狀隨之而來，既熟悉又痛恨的禁錮尾隨而至，先前雖然走訪了京士屯，但自由轉瞬即逝。五月下旬流感復發，她寫信給姊姊：「我的心臟變得怪怪的」，並為取消拜訪而道歉。除了心臟不好，牙齒也出了問題——「醫生說齒根有病菌，」[44]吳爾芙告訴友人，對此她心存懷疑，牙齒被拔了三顆，「三顆我都不吝惜，」[45]只是燒了又退、退了又燒，看完牙醫過了一週，她終於能在修士邸遛狗，此外什麼也不能做，流感在她身上「滴答走，就像可敬的老爺鐘。」[46]

吳爾芙把自己的經驗寫進克萊麗莎裡。〈龐德街的達洛維夫人〉一開頭，克萊麗莎便期盼著大班鐘響起，突然感到一陣「無法形容的停頓，就懸在那裡（但可能是心臟作祟，他們說這是流感症狀）。」

就像寫〈拜倫與布里格斯先生〉一樣，吳爾芙馳騁想像寫出了〈龐德街的達洛維夫人〉，在她筆下，克萊麗莎刻意走過熟悉的倫敦街頭，諦聽公車和汽車聲響，凝視花草、樹木、路人，在公園裡巧遇熟人，四處逛櫥窗，吳爾芙若是能下床離開里奇蒙市，也會像這樣在倫敦閒逛。

里奇蒙市太靜了，遠離了倫敦，遠離了社會壓力，也遠離了刺激，或許有利於寫作，也有利於心理健康和心靈平靜，這正是雷納德所看重的好處。一九一三年，吳爾芙精神崩潰，十月吞藥自殺；隔年二月，家庭醫生開出醫囑，他們依此搬到霍加斯宅邸。悉尼．亨寧．貝爾弗雷奇（Sydney Henning Belfrage）醫生寫信給雷納德，說「她必須高高興興康復，過上更快樂的生活」，並強調「安排生活務必仔細、周密，養成規律作息非常重要，固定時間休息，固定時間用餐、睡覺，」47根據醫囑，吳爾芙早上必須「安安靜靜地過」，「一天二十四小時，至少十小時」臥床靜養。

規律作息的道理她懂，也很重視，但里奇蒙市步調慢、刺激少，才剛搬來就令人失望，到了一九二二年更是難以忍受，尤其她從冬天臥床到春天，對這樣的生活實在忍無可忍。吳爾芙是一九一五年一月搬的家，當時的第一印象是：「說不上來為什麼，但就是很難看重里奇蒙市」48，如果想要「認真過日子」（這是她常有的念頭），就必須上倫敦尋找，「聽一聽河岸街轟隆隆的聲響，我想只要在里奇蒙市待上一、兩天，就會想念這樣的喧鬧。」距離這則日記七年後，她一邊寫著〈龐德街的達洛維夫人〉，一邊想著喧鬧的車聲，彷彿七年來從未停過：「公車加入汽車，汽車加入貨車，貨車加入計程車，計程車加入汽車——這裡有台無篷汽車，上頭坐著少女，一旁沒人，」[49]吳爾芙寫道。

這樣的震慄只有（認真的）城市生活才有，一九一五年的嚮往，到了一九二二年成了心往神馳。在〈龐德街的達洛維夫人〉中，城市的喧囂甚至闖進寧靜的手套店，在故事的尾聲，震天的爆炸聲響從店外傳進店內，嚇得女店員躲到櫃台後面。這是怎麼回事？沒人曉得，但這聲巨響對應著故事開頭的鐘響，在爆炸聲引發的種種聯想中，其一便是戰爭，這是過肘手套都掩不住的傷痕，但克萊麗莎不害怕，她對另一位顧客投以微笑。

故事開頭第一句，克萊麗莎說要自己去買手套，到了第二句，她已經出門上街，要去買手套了。對於克萊麗莎和吳爾芙而言，這種衝動就是倫敦生活的精髓，慾望一升起便立刻滿足。達洛維夫人的第一個念頭或許是要買手套，但她在小說裡的第一句話卻是巧遇友人時說的：「我好喜歡在倫敦散步，真的比在鄉下散步還要好。」[50]這是克萊麗莎的台詞、還是吳爾芙的心聲？寫作帶給吳爾芙愉悅，她將這種愉悅比喻為「深淵上狹窄的人行道」[51]。兩週後，她在日記裡再次用上這幅意象，說自己「沿著狹窄的人行道往前走了一小段，沒有掉下去」，藉以表示對《雅各的房間》進度提前感到滿意。

這是用新方法看待舊角色的問題，一如後來在〈卜涅特先生與布朗太太〉描述的，吳爾芙試著從內在尋找角色「實實在在、活生生、有血有肉」的面向，同時發展先前在其他小說中使用過的技巧。不過，在拿達洛維夫人做實驗時，吳爾芙還受到了普魯斯特的影響，普魯斯特不在她那份「滋養」心智的閱讀清單上。根據吳爾芙對福斯特的說法，她一直在等待時機，對普魯斯特能避則避。或許，福斯特在馬賽下船買《在斯萬家那邊》時，想到的就是吳爾芙一月時那封信，又或許，福斯特三月拜訪霍加斯宅邸時，便與吳爾芙聊過普魯斯特，不過，可以確定的是，一九二二年春天，吳爾芙開始讀普魯斯特，而且跟福斯特一樣，一讀就難以自拔。在寫作〈龐德街的達洛維夫人〉時，吳爾芙嘗試（福斯特點出的）普魯斯特創舉：運用回憶和經驗來闡述角色心境，在吳爾芙筆下，大班鐘的聲響宣告過去和當下同時存在克萊麗莎心裡，也宣告過去和當下共存在同一書頁——在那短短一段的篇幅裡，甚至在那短短的一句話裡，一如《在斯萬家那邊》，一開頭便召喚出當下與過去。大班鐘莊嚴的十一響，將英國的過往（包括一戰）帶到了當下，而克萊麗莎周遭沙沙的腳步聲是那樣地輕，輕到彷彿能聽見自己腦海中的念頭：早晨十一點，時間「閒置，清新得像孩童在海濱玩沙的歲月」[52]，順著這思緒，克萊麗莎想起了愉快的童年，在這裡，吳爾芙模仿了《在斯萬家那邊》的筆法，讓角色的念頭無縫流動。

在《出航》中，克萊麗莎活在敘事者和其他角色來的形容裡，他們跟立頓．史崔奇一樣，只看見克萊麗莎光鮮亮麗的外表，這樣的寫法適合初開筆的小說家，但吳爾芙擔心這種筆法早已過時，甚至書都出了還是放心不下。〈龐德街的達洛維夫人〉採用實驗筆法，讓讀者透過克萊麗莎的思想來了解這個角色，溫暖的白晝不僅領著克萊麗莎穿過倫敦，也帶著她回到童年，回去當賈斯汀・派瑞（Justin Parry）的女兒；在記憶中，父親「人很和善（在議席上自然怯懦）」[53]，克萊麗莎頓悟「童年無可取代，一片薄荷葉、一只鑲藍邊的茶杯，便能將童年帶回來。」

這也很普魯斯特：蕾奧妮姨婆給敘事者端來一杯茶，在茶杯裡發現了整個貢布雷；對吳爾芙來說也是如此：一只杯子，一片薄荷，帶回的是深埋已久、本該無法挽回的過往，而回音是那樣地響，這或許就是她恐懼的——幾個月前，她在生日前夕寫信給福斯特，信中說生怕淹沒在普魯斯特裡，再也上不來。四個月後，她寫信給羅傑・弗萊，說自己改變心意，不再害怕被普魯斯特淹沒。在五月六日的信裡，她說自己大概得了全教區最嚴重的感冒，還說自己「汗流浹背排出風寒」[54]，但最妙的是她毫不在意，她告訴弗萊，這次不能下床讓她寬慰，或許是因為對普魯斯特的讚美就是從弗萊口中聽來的，因此，她興高采烈告訴弗萊，說自己雖然病著，但「普魯斯特的磚頭書正好派上用場」，非但不害怕滅頂，還渴望把普魯斯特當作絕佳消遣，要「在裡面泡上一整天。」

普魯斯特撩撥著我的表達欲，我心癢得詞不達意，叫喊著：哎，要是我的文筆像他那樣該有多好！他帶出的那種戰慄、那種飽滿、那種張力，令人驚詫，又有些許撩人，我覺得自己也寫得出來，一握筆，卻寫不出來。很少有人能這樣挑逗著我的語言神經，我想逃也逃不了，不回去《斯萬家那邊》不行。

吳爾芙雖然寫不出普魯斯特那樣的文字，但過不了多久，她寫出了吳爾芙的文字。

吳爾芙並未訂閱《日晷》，大概沒讀過龐德在春季號〈巴黎來函〉裡稱讚喬伊斯和《尤利西斯》，如果她讀過，大概會很驚訝：龐德對喬伊斯的看法竟然跟她對普魯斯特的看法一樣：文豪能激發後代作家的「表達欲」，後代作家一握筆，卻什麼都寫不出來。

「任何『筆法』都要先寫到爛了，才能寫得理直氣壯，」[55]龐德寫道：「而膽敢這麼做的或許只有文壇大家」，但從另一層意義上來說，龐德認為不可能寫到爛，喬伊斯、普魯斯特或許都將筆法發揮到極致，「文壇大家在徒子徒孫的作品裡占有一定分量，」龐德寫道：「唯有佳作禁得起延續和推展。」

而吳爾芙已經開始推展了。

讀普魯斯特對吳爾芙的影響有多大，讀《尤利西斯》對吳爾芙的影響就有多小。四月時，她不顧流感尚未痊癒，決定到修士邸住上兩週，順便過復活節，期間她心不甘情不願向書商訂購《尤利西斯》，「我看不讀喬伊斯先生不行了，」她在信中寫道，彷彿整個文壇都在針對她密謀造反，「請把《尤利西斯》寄到上述地址，」[56]也就是修士邸。書是星期日向倫敦訂的，幾天後便寄到了，她利用星期四裁書頁，裁了兩、三個鐘頭，但先讀為快的卻是雷納德。四月十四日星期五，耶

穌受難日，她寫信給艾略特，說：「如果下雨下個不停」，她就會開始讀，並警告艾略特：到時候「你的文評名聲就危險了。」[57]隔天，她寫信給克萊夫，說雷納德已經開始讀了，但她還有其他事要忙，「來吧，喬伊斯先生……我把他擺在桌上……雷納德已經讀了三十頁。我翻了翻，喝口水，打個顫。」[58]

丟給雷納德去讀並不意外，在克萊夫看來根本是意料中事。一九一七年，吳爾芙跟克萊夫討論過喬伊斯，當時她剛讀完《青年藝術家畫像》，坦承自己對這本書「說不出的厭煩」[59]。「我看不懂他在寫什麼……我盡力了。」在這之後，她對喬伊斯的焦慮就像那年春天遲遲不退的低燒：揮之不去，糾纏不休，雖不至於令人無力，但反反覆覆令人擔心。她嫉妒凱瑟琳・曼殊菲爾是很個人的事，她們私下有交情，曾經是知己；相較之下，她對喬伊斯的感覺則抽象許多——喬伊斯受人矚目，又能從她看重的人手裡贏得尊敬，這些都令她感到自不如人。一九二〇年九月，《雅各的房間》開筆不久，艾略特前來拜訪吳氏夫妻，主客聊起了《尤利西斯》。

艾略特向吳爾芙闡述自己對《尤利西斯》的看法：「十六樁事件寫出男子的一生，而且（我想）全都發生在同一天」[60]，吳爾芙在日記中寫道，艾略特認為這相當精彩。不過，讓吳爾芙備感威脅的並非艾略特對《尤利西斯》的讚賞。艾略特讚美喬伊斯（而且看重龐德、路易斯），卻無視她身為「作家的主張」[61]，這兩件事息息相關，讓吳爾芙備感威脅。他跟他們是同一陣營的，不過，他的見解（包括對她的看輕），都混雜著他對自己作品「隱藏的自負和焦慮」，光是看清這一點，她就能不讓艾略特的氣勢高過自己。「思想正就能長久，因為我自己思想也正，所以才會互相吸引、堅持下去，」她在日記裡寫道，試圖釐清自己的感受有多強烈：「而不是因為艾略特欣賞我的作品，可惡！」先前一月時，她寫信給福斯特，解釋自己為什麼避讀普魯斯特，說是怕會沉下去、沉下去，或許再也上不來，用的就是在日記描述艾略特週末來訪、兩人相處時的同樣比喻：感覺「水位上升了一、兩次」，如果自己太溫順，沒守住作家的主張，說不定「就滅頂了，被他和他的見解給顛覆、壓過去。」[62]艾略特告辭後，那股強勢卻沒走，吳爾芙對喬伊斯的畏懼也還在。隔天，艾略特對喬伊斯的滿腔熱忱在她腦海裡揮之不去，她左思右想，只怕自己的努力「被喬伊斯先生追了過去」[63]，一想到他，腦中就浮出勁敵二字：「我開始納悶自己究竟在做什麼？猜想是不是自己（又像之前那樣）沒有計畫清楚，所以才萎靡不振、杞人憂天、優柔寡斷？這表示我失去方向了。」[64]

文壇的讚美，只讓她更感到自不如人。一九二二年四月二十三日，《英國週刊》（*British Weekly*）登文表示：「根據某些優秀文評家的看法」，吳爾芙被譽為「當代最有本事的女性小說家」[65]，她在日記中引用了這句空虛的讚揚——她不是作家，她只是「女性作家」，一如《燈塔行》（*To the Lighthouse*）某個角色所說的：「女性當不成畫家，女性當不成作家。」[66]

一九二二年二月二日，《尤利西斯》在巴黎「出版」，這天是喬伊斯四十歲生日，在這個週四的早晨，印刷廠將兩本剛出廠的《尤利西斯》用火車趕運到巴黎，一本交到喬伊斯手裡，一本送到熹薇雅·畢奇的書店展示，只不知這樣的問世方式，算不算是正式出版？

吳爾芙比喬伊斯早一週滿四十歲，兩人同歲數，他的大作已經問世，用書盒裝著，要價不菲，拿她跟他比，著實令人不悅，她已經兩年半沒有小說問世，一年半前還在擔憂自己尚未出版的小說所做的嘗試，喬伊斯大概也在做，而且還做得比她好。縱使《尤利西斯》尚未完稿，僅以片段、片段的方式問世，卻已經為吳爾芙的文學前景蒙上隱憂，其筆法、主題、名氣（包括罵名）與喬伊斯擁戴者堅定不移的信念，彷彿無時無刻不在訕笑她的目標、她的能耐、她的性別、她的文思、她的才情。儘管她對喬伊斯的《青年藝術家畫像》心懷疑慮，但早在一九一八年，她就看出《尤利西斯》舉足輕重，雖然當時還在連載，吳爾芙便已看出其旨趣，只是對其影響力依然存疑。

一九一八年四月，海麗葉．威佛前來拜訪雷納德和吳爾芙，威佛小姐是文學雜誌《利己主義者》（*The Egoist*）的出版人，該刊當時正在連載《尤利西斯》，故而想問問霍加斯出版社有沒有意願出版單行本，吳爾芙看著眼前拘謹文雅的威佛小姐，再看了看她帶來的《尤利西斯》前四章，兩者反差之大，令她暗暗吃驚，儘管她對某些露骨的段落略表詫異，但真正令她不滿之處，在於她認為書中未經修飾的文字顯然缺乏文采。她在給史崔奇的信中寫道：「先是狗撒尸，接著是人拉尸，即便是這種主題，寫多了也令人乏味，」[67]指的是主角李奧伯．布魯姆（Leopold Bloom）邊上廁所邊看報紙一事。這四章是「有趣的文學實驗，」[68]她寫信告訴羅傑．弗萊：「他拿掉敘事，試圖呈現思路，」但在她看來，喬伊斯沒有「任何有趣的賣點⋯⋯這樣的內容寫三百頁，挺無趣的。」至於要不要出《尤利西斯》的單行本，則是取決於霍加斯出版社能力有限，他們目前出過的書，最厚的還不及《尤利西斯》前四章的一半，而《尤利西斯》還有許多章節尚待續完，因此，吳爾芙寫信給威佛小姐，說出版此書是「難以克服的困難」，就這樣打發掉了出版《尤利西斯》的差事，但卻打發不掉《尤利西斯》在她心頭盤桓。

最後，她把喬伊斯當作笑柄，寫進從〈龐德街的達洛維夫人〉發展成的長篇小說，讓筆下的角色坐在公園裡，思索自從五年前來到倫敦歷經的世事變化：

「依他猜想，過去五年（從一九一八年到一九二三年）挺重大的，人看起來都變了，報紙似乎也變了，比方說吧，有人在正派的週刊上公然描寫如廁一事，這在十年前是不可能的事——竟然在正派的週刊上公然描寫如廁。」[69]

第八章　就算全世界與我為敵，也要英國到了骨子裡

勞倫斯一時興起離開西西里島，一路彎彎繞繞，到了春天，他和芙莉妲來到東林區一萬英里外，一站一站遠離英格蘭、遠離童年的家鄉、遠離附近的諾丁漢市——這是他與芙莉妲邂逅的起點，當年他還年輕，以教書維生。一九二二年這趟錫蘭（及澳洲）之旅的時間抓得剛剛好，恰巧重演兩人十年前戀愛之初那場倉促私奔。一九一二年三月第一週，勞倫斯到諾丁漢大學（University of Nottingham）找語文學教授歐內斯特．威克利（Ernest Weekley），從而邂逅師母芙莉妲，認識不過短短數週，兩人於一九一二年五月私奔法國梅茲（Metz），從此開始了一年多的海外之旅，先後去了德國、奧地利、義大利，最後回英國短暫停留六週，又輾轉在歐洲周遊了一年，一九一四年七月回倫敦完婚，十年後的春天，芙莉妲與「勞爾」再次踏上了旅途。

不管意見有多不合，也不管吵架吵得有多兇，漂泊感是勞倫斯夫婦永恆的默契，尤其芙莉妲一九一二年拋下了三個孩子，選擇與勞倫斯遠走高飛，自結婚以來，兩人總想在別處尋找平靜，這成了他們一生的追尋。起初，他們在英國落腳，一戰爆發後，女大男小的勞倫斯夫婦不僅是別人眼中的古怪夫妻，芙莉妲的德裔背景更讓他們成了危險分子，一戰期間，他們因間諜之嫌被逐出康瓦爾郡（Cornwall）；五年後，內在的漂泊感迫使他們往別處尋找庇護，這次，他們來到錫蘭，果不

其然，當初布魯斯特力邀時，勞倫斯就有失望的預感，後來雖然回心轉意，但結果就如同日後所有的旅遊地：無論出發前想得多完美，落地後都立刻幻滅。

錫蘭蚊蟲多，氣候溽熱，簡直沒法住人，但更根本的原因，恐怕是勞倫斯堅信自己無法在錫蘭寫作[1]，在錫蘭待了六週，勞倫斯證實自己想的一點也不錯。不過，一九二二年初，勞倫斯終於暫時收筆時，心中卻是如釋重負，得以休息「一會兒，謝天謝地。別說看到了，一想到稿子我就想吐。」[2]為了消遣，他接了義大利作家喬瓦尼・魏爾嘉（Giovanni Verga）的翻譯案，魏爾嘉最出名的作品是歌劇劇本《鄉村騎士》（*Cavalleria Rusticana*），勞倫斯一邊翻譯魏爾嘉，船隻一邊自義大利向東行，他快樂地翻譯著，藉機整理思緒。身為作家，這趟休養之旅極為奢侈，搭的是昂貴的二等艙，票價每張一百四十英鎊，夫妻倆一人一張，像在住豪華旅館一樣，比起頭等艙，搭二等艙有個明顯的社交優勢：「二等艙的旅客安靜又單純，不會大聲炫耀」[3]，管事的每天七點來[4]，奉茶、放洗澡水。在船上那幾天，勞倫斯夫婦只要決定兩件事就好：一是洗澡水要多熱，二是三餐要吃什麼。早餐八點吃，菜色極其豐盛，包括燉雪梨、麥片粥、魚、培根、雞蛋、煎香腸、牛排、羊腎、果醬，午餐是下午一點，午茶是四點，晚餐是七點，餐餐都豐盛，「吃也吃不完」。這趟東行之旅途中，船隻在賽德港靠岸，一九二二年，福斯特在此愉快的休憩，與穆罕默德相聚了四個鐘頭；一九二二年，勞倫斯夫婦在此上岸遊歷，飽覽福斯特當年耽溺於穆罕默德時無心參觀的風景：挑水人、捉刀人、誦經人，「英俊的土耳其人、黑人、希臘人、黎凡特人、耕夫、阿拉伯人，還有三個來自沙漠的貝都因人，跟動物似的——太奇妙了」[5]，在《古蘭經》的朗誦聲中，「群眾喧譁而鼓誤」，這趟下船冒險彷彿置身於《天方夜譚》（*Arabian Nights*），就算被當成「討厭的基督徒」遭人吐口水，也只讓這一段小插曲更富異國情調。當天，他們航過全長八十八英里的蘇伊士運河（Suez Canal），總共花了十八個鐘頭，船隻在窄窄的運河上悠悠駛過，時速僅五英里，勞倫斯很享受這樣的步調，感覺不像在乘船，反而像在散步，紅中帶黃的撒哈拉沙漠在他的眼簾流連，岸上的阿拉伯人牽著駱駝在他眼前徘徊，離他好近好近，近到「可以輕易把柳丁扔過去。」

儘管這趟旅程奢華而美好，勞倫斯卻越來越不清楚自己最初來到錫蘭是為了什麼，更不清楚自己休養生息是為了什麼。他從西方「蹊蹺的離去」，帶著希望出發尋找「失去的伊甸園」[6]，但是，他跟過去一樣「如坐荊棘、無法安身」[7]，既不知從何處下筆，也不知在何處落腳，錫蘭[8]太熱太黏，搞得他心浮氣躁，雖然想走，但還不想去美國[9]。說到底，不論他再怎麼說服自己，還是很快就醒悟早就明白的道理：佛法不適合他，不論跟布魯斯特夫婦的交情再深，他還是沒辦法（像在給玫苞的信中說的）在錫蘭住上一年。

布魯斯特夫婦住在山丘上的大平房[10]，四周的森林占地六十英畝，完全與世隔絕，平房的檐廊很寬闊，儘管天氣炎熱、心情焦躁，勞倫斯依然在檐廊上翻譯魏爾嘉，「蜷縮著身子，手裡拿著學童的習字本，振筆疾書」[11]，字很小，很整齊，「清晰一如印刷體」。他一邊忙著翻譯，一邊抱怨天氣，還埋怨自己的小說毫無動靜，不論寫了多少詩歌、多少散文、多少戲劇，小說才是他衡量創造力的尺，根據蘇格蘭作家凱瑟琳．卡斯韋爾（Catherine Carswell）的說法：如果勞倫斯一直抱怨自己什麼也沒寫，通常就表示寫作進度很不錯——但他在錫蘭是真的半個字也沒寫。

身體不適，寫作不順，勞倫斯作為勞倫斯，自然要拿這些事情大作文章，儘管他那套長年的看法放諸四海皆準，但在錫蘭水土不服，讓他這套看法又活了過來。他向來認為：種族的差異根基於血液的構成，依他判斷，血液「影響意識」[12]，這回他從地球一端移植到另一端，適應著截然不同的氣候，便藉機將自身的困境昇華成種族的真理，雖然「長相漂亮、衣不蔽體、黑到發紫的土著」[13]勤奮又美麗，令他大為歎賞，但依照勞倫斯的說法，錫蘭只適合黑人不適合白人，「黑人的血液意識流動與陽光調適得極佳，這裡連陽光都很不一樣。」[14]勞倫斯自己體質如此，未必代表其他白人也是如此，這一點勞倫斯就沒辦法承認了。同樣是白人，來自美國的鄂爾．布魯斯特不就在錫蘭的森林裡活得好好的嗎？這對主客之間的矛盾，勞倫斯巧妙地忽略了。錫蘭對布魯斯特來說就像家一樣，甚至連看起來也像家，他居住的山丘上長滿了奇花異草，各色各樣，在他眼裡「就像新英格蘭的秋日森林，多采又多姿」[15]，他與勞倫斯在羊腸小徑散步，看見樹上躲著猴子，走著走著碰到大象，常常要讓路給黑壓壓的象群，這對布魯斯特來說再自然不過，而勞倫斯卻不喜歡，但一離開錫蘭，他就又懷念起錫蘭的「魅力」，滿心眷戀，寫信跟布魯斯特說捨不得。

勞倫斯旅居錫蘭期間，恰逢威爾斯親王巡訪亞洲，這位親王就是後來的愛德華八世，當時以溫莎公爵的身分出訪，一來展現大英帝國的強盛與泱泱大風，二來默默彌補過往的殖民暴虐，事實上，殖民暴力依舊肆虐，並因親王出巡而不致斷絕。勞倫斯目睹了向親王致敬的佛牙大遊行（perahera），除了出動數十頭大象，地上還鋪了白色布條，讓聖獸的聖足「無須落地」[16]，煙火照亮了夜空，「陌生的」音樂「鼓動」，「惡靈舞者」狂舞，有些還踩著高蹺。

佛牙節慶典讓勞倫斯異常感傷，他看見親王坐在人群中央，「悲傷而落寞」[17]，既是被流放的貴賓，也是被流放的「笑柄，白人笑他，黑人笑他」，或許連大象也笑他，勞倫斯看著大象向親王行禮，以示尊敬（或嘲諷）其皇家地位，親王默默頂著受傷的尊嚴，勞倫斯的同情心油然而生：這麼個孤家寡人，被底下的拱出來作秀，還得惹眾人嫌惡，「就因為他是親王……而他也曉得這一點」，他彷彿跟勞倫斯一樣，都因自身的美德被趕出英國，在溽暑和蒼蠅堆裡活受罪。想到這裡，勞倫斯淚眼矇矓，他想起了英國，不知自己「拋棄」日日思念的故鄉是不是錯了。在親王身上，勞倫斯看見了跟自己處境相同的英國人，他們都是流亡者，親王被孤立在佛牙大遊行的混亂之中，而他呢？他是不是走得太魯莽，一下子就「走入生命的邊境」，先是去了陶爾米納，眼前又來到錫蘭？本來他還想更豪氣，乾脆遠赴美國，果真去了又如何？他靈光一閃：或許「最活生生的生命線索」就在英國的英國人身上，他將近三年沒回去了，要是真回去了，或許會跟英國人團結一心，「實現生命的火花」，他寫小說就是希望實現這件事。他非回去不可嗎？然而，這樣的愛國情操只是靈光一閃，戰爭的經歷、過去五年的生活、《戀愛中的女人》去年夏天飽受譴責所引起的怒火，這些事都難免鬧心，而每每想起，愛國情懷便一掃而空，加上英國謀生困難，他的著作銷售慘澹，前景又比銷售更慘，想到這裡，他認清了自己在英國的生涯和職涯，但出於驕傲和叛逆，「就算與世界為敵、甚至與英國為敵，也要英國到了骨子裡」[18]。

不過，錫蘭終歸待不下去，再待下去也解不開他對人生的疑惑，想離開的衝動再度襲來，他確實想走，但心中依然沒有目的地，比起上一次，這次要決定目的地更加困難，雖然隱隱約約想去美國，但目前只能打消念頭，下一艘離開錫蘭的船將開往澳洲，勞倫斯決定非去澳洲不可，他寫信給友人道：「原因只有天曉得，或許是因為澳洲比較涼爽，而且海面遼闊。」[19]去澳洲要做什麼？他管不了這麼多。「我想芙莉妲的感覺跟我一樣：有些恍惚，有些淡漠——不顧後果。」

從錫蘭到西澳走船要走十天，五月四日，船隻抵達，勞倫斯夫婦出發時有多不顧後果，上岸時就有多茫然若失。雖然勞倫斯可能以為芙莉妲的感覺跟自己一樣，但實際上他幾乎不在乎芙莉妲的感受，無論是該做什麼、該去哪裡、該住哪裡，反正跟著他就對了，畢竟他選目的地選得沒什麼道理，甚至連討論也不討論一下。在西澳，他們受到安娜．詹金斯（Anna Jenkins）的照顧，這位和藹的老婦人在前往錫蘭的船上結識了勞倫斯夫婦，到了西澳便幫他們找民宿，地點距離首都珀斯（Perth）十六英里，「到處都是灌木……奇特、遼闊、空曠……遊蕩著上古前的鬼魂」[20]，勞倫斯心想：「如果想從這個世界退隱，」西澳是個令人忘我的地方。但是，對勞倫斯而言，這裡太過空曠，難以揣摸、無從描繪，令他害怕，縱使他想遠離人群、遠離陶爾米納的瘋帽茶會，可一旦真的與世隔絕，他又不像聲稱的那麼想要離群索居，儘管嘴上說害怕應酬太多，但應酬實際上讓他神采奕奕，哪怕難免與人衝突——有時是跟（對他陰晴不定見怪不怪）的友人口角、有時是跟（對他喜怒無常少見多怪）的生人吵架，但他總是越吵越來勁。在他眼裡，珀斯是矮樹叢裡「未開苞的小孔」[21]，因此，看到愛書人圖書館（Booklovers' Library）販售自己的著作，勞倫斯又驚又喜，高高興興跟芙莉妲一起買下一九一五年初版的《彩虹》，這部小說問世不久便下架，市面上相當罕見，也不知怎麼會流落到西澳來，他不動聲色付了錢，沒被發現自己就是作者[22]。他在西澳隱姓埋名十分安全，據其回憶，當地人大多「未經琢磨」[23]，很少讀小說，只知道寫《智慧七柱》的羅倫斯[24]，不曉得寫《彩虹》的勞倫斯。

——

勞倫斯先是倉促離開錫蘭，不久之後又將倉促離開珀斯。關於澳洲，他曾經問過自己：「為何而來？為何？喔！為何？究竟是來尋找什麼的？」[25]至今他仍答不出來。在珀斯待不到幾天，他便決定非離開不可，「可是——可是——可是，哎，可是完了總是令人掃興。總之，我待不下去了。」[26]兩週後有艘船到雪梨，但兩週對勞倫斯來說太久了，雖然不情願，他也只能耐著性子等下去。

自從離開義大利之後，勞倫斯夫婦待在海上的時間就跟待在陸地的時間一樣多，勞倫斯發現上船後自己就是「地圖外的……異客」[27]，這是搭船獨有的樂趣，但在船上只能暫時擱置有關未來的問題，如果（像勞倫斯這樣）拋出的問題總是無解又自相矛盾，人生的疑惑便永遠解不開，比方說：為了從歐陸西行前往美國，他們一路都往東走，並在路上一再拖延赴美的決定，同時路線越來越往南偏，在勞倫斯的設想中，往南走是為了「退開一步」[28]，可是，一旦退開了，寂寞便鋪天蓋地而來，這又惹得他不高興，他既不想靠近人群、也不想遠離人群。

終於，勞倫斯夫婦再次出海，船隻沿著澳洲南端航經大澳大利亞灣（Great Australian Bight）、墨爾本（Melbourne）、塔斯馬尼亞島（Tasmania），最後北上珊瑚海（Coral Sea）、抵達雪梨港，勞倫斯每到一個新地方，第一眼總是心生敬畏，對於雪梨也不例外，但才在「雪梨城」[29]待了一、兩天，他就立刻幻滅，認為此地不宜久留，物價太高了，他們身上只有五十英鎊，雪梨的物價又跟英國相去不遠，五十英鎊很快就會花完，勞倫斯不由得灰心起來，不過肉倒是「非常便宜」[30]，他在給岳母的信中寫道：「帶骨肉都很大塊，半買半送。」[31]

住得起的房子離城區很遠，為了尋找住所，勞倫斯夫婦搭火車往南走，來到四十英里外的瑟盧（Thirroul），該地在維多利亞女王暮年是雪梨實業家的濱海度假勝地，一九二〇年代已經沒落，一九二一年普查人口為兩千五百八十七人[32]，為了抵擋頹勢，當地於一九一九年開設濱海舞廳「瑟盧樂舞台」[33]，當地報紙雖然盡力宣傳，但仍然無濟於事，勞倫斯夫婦也沒興致在海邊跳舞，倫敦是入春了，但他們落腳瑟盧時，澳洲卻已是秋去冬來。

芙莉妲和勞倫斯繞了大老遠的路，最後卻未如預期般避世離俗，瑟盧遠歸遠、小歸小，卻是伊拉瓦拉礦區第三大城，當地居民多半是礦工和廠工，富人和遊客都走光了，只有少數藝術家和知識分子慕名前來，這兩群人的階級地位判若雲泥，卻共同住在「怪石嶙峋、意境幽遠的海岸山脈下」[34]，勞倫斯一來因為出身、二來因為秉性，跟這兩群人都有交集，他興高采烈寫信給姨姊：「這裡的人大多是礦工，感覺就像回到家鄉！」[35]不過，他對友人的坦言或許更貼近事實：「這裡的人雖然都來自英國，」他在信中寫道：「但感覺非常陌生，當地的生活粗野而熟悉，很像英國中部——我能避就避。」[36]雖說是「避」，但他在當地根本不認識半個人，也沒興趣打進任何圈子，當地工人在他看來「非常不知足，成天嚷著要罷工、要走社會主義路線」[37]；澳洲仕紳[38]則與當地工人恰成對比，名下的大商店一間又一間，開口閉口都是生意，令勞倫斯反感至極；至於藝術家和所謂的知識分子，他當然絲毫不感興趣，無須多費口舌說明。雖然不清楚他和芙莉妲在當地見了多少人，但可以確定他們幾乎沒跟當地人打交道，他天天讀報，對於澳洲人也好、澳洲生活也好、澳洲政治也好，大概都是從報紙上看來的。

瑟盧的房子跟當地居民一樣，「奄奄一息、單調乏味，筆墨難以形容」[39]，不過就是「一堆荒涼的雞舍」，勞倫斯看都看不上眼。恰好，《雪梨晨鋒報》（*Sydney Morning Herald*）的租屋廣告欄有間吉屋出租[40]，是一戶海濱住宅，標榜「高級旅宿」，冬季租金打折，可用便宜價格租用，建築本身是磚造平房，帶三間臥室，一九一〇年建造，最初是建築景點，遠離落寞的濱海度假勝地（當地都是廉價建案），建造者是一位富裕的工程師，將建案委託給當地建築師的兒子，這是澳洲第一間採加州平房風格的「別墅」[41]：紅色屋瓦，磚砌外牆，環顧全瑟盧就屬這間別墅最為醒目，遮蔭的檐廊特別寬闊，草坪從屋前綿延到絕壁，遠眺太平洋。瑟盧的居民都不想住得離海太近，租用海濱別墅看不出來有什麼好處，勞倫斯在給姨姊的信中說：「只有我們處在邊緣」[42]，這裡的邊緣除了地處邊緣，還另有弦外之意。

既然住在偏鄉，勞倫斯索性避不見人，在他最常碰面的瑟盧人中，沒有人知道當地來了一位作家，都是他離開才曉得。比方說理髮師吧，勞倫斯每週都去修鬍子，理髮師記得他「一臉陰鬱」[43]，「跟他閒話家常也不搭理」[44]，唯一與眾不同之處，就是他似乎怪到離奇[45]。（某位澳洲記者後來寫道：「無視理髮師的閒聊是會吃虧的，就算你是勞倫斯也一樣。」[46]）幾個月後，芙莉妲和勞倫斯離開澳洲，負責出租的房仲[47]到海濱別墅巡了一趟，發現有幾本英國雜誌沒帶走，內文缺了幾頁，她看了看索引，發現缺的那幾頁作者都是勞倫斯，這才曉得房客是位作家。

——

連續的旅行至少令勞倫斯得以喘息、不用寫作，只要翻譯魏爾嘉就好。從珀斯到雪梨的船上，勞倫斯寫信給朋友，說自己很滿意讓繆思「——我親愛的小蕩婦——悔過自懺」，甩掉繆思讓他鬆了一口氣：「我告訴她，『汝且入修道院』，天曉得還會不會再見面，看著她面未蒙紗、批頭散髮。」[48]勞倫斯雖然打發了繆思，內心卻渴望再寫一部小說，上一封信裡吐露的真情，到了下一封信又變了心。他一路旅行，走到哪裡都不滿意，既不滿意當地，也不滿意自己的寫作進度。在船上，光是翻譯就夠了；上了岸、到了瑟盧，他必須重拾寫作。

但要寫什麼才好？剛到瑟盧時，他毫無頭緒，這間海濱別墅致命的吸引力，便在於拋出了相同的問題。建造者原先將別墅起名為「閒在這」[49]，後來或許是因為鄰房叫「芒舍盧」，因而改名叫「芒舍畝」，其廣告寫道：「這地方恰如其名，一如舊手套那般恰到好處」，「有了這樣的幽居，得以遠離城市喧囂、靜聽海浪沙沙，還要『芒舍畝』（忙什麼）呢？」[50]對勞倫斯來說，與其問「忙什麼」，「寫什麼」才是更根本的問題，早在離開陶爾米納之前，這個問題便糾纏著他，他才不想閒在這，這裡寬敞又舒適，他和芙莉妲各有各的空間，他可以投入寫作，可是，夫妻倆各有各的心潮起伏，勞倫斯一下子開朗健談、一下子陰陽怪氣，就算只是為了跟芙莉妲唱反調，他也樂在其中。

舉個例子，芙莉妲愛海，勞倫斯也愛海，兩人遠離鬧區、享受清幽，每天下午都光著身子「洗海水浴」，再「淋浴」沖掉「海海的海水」[51]。可是，勞倫斯不承認自己跟芙莉妲一樣愛海，反而說希望來個五十呎高的大浪，把澳洲的海岸捲走。

「你這人脾氣真壞，這世界上這麼多可愛的事物，怎麼不看一看呢？」[52]芙莉妲問。

「我有看啊，」勞倫斯回答，只是他一心都在陰暗的事物上，偶爾看看可愛的事物，不過是「對比對比」。

聽起來兩人為此爭執已久，而且總也爭不出個結果——他殘破不堪，日常惹他生氣，而他從不等情緒過去。

澳洲的冬天，天色陰暗，不遠處海濤「轟轟，拍岸聲震天」[53]（什麼「靜聽海浪沙沙」），勞倫斯根本聽不見），康瓦爾郡的海岸重回腦海，原以為那熟悉的地景是思鄉的出口，沒想到恰好相反，戰時的英國雖然被隔絕在遙遠的時空之外，此時卻被瑟盧的風景拉到了眼前，提醒他們那段黑暗的時光和受迫的歲月。瑟盧不僅有礦坑和礦工（這已在意料之外），一戰時還有德國僑民拘留所，當時雪梨近郊廣設拘留所，後來甚至關押入籍英國的德裔僑民（包括婦女和孩童），戰後這些拘留所依然存在，一九二〇年才全數關閉，其中最晚關閉的距離雪梨二十呎。勞倫斯一到雪梨，立刻感受到殘餘的仇外敵意，第一次跟芙莉妲外出散步，兩人「用英語交談」[54]，但四周的工人一看到他們，便疑心他們「大概是德國佬」。芙莉妲雖然「有身為日耳曼民族的自覺」[55]，對於旁人的猜臆卻似乎不知不覺，就算害怕也不承認，這大概只讓勞倫斯火上加火。她寫信到珀斯給詹金斯太太：「古老沉悶的歐洲感覺被裝進了行李袋、扔進了大海裡」[56]，「四處為家了這些年」，她樂在「居家生活，全心全意投入煮飯，這樣的全心全意，原本應該用在更高尚的追求。」

芙莉妲「當起了家庭主婦」[57]，勞倫斯在給鄂爾．布魯斯特的信中寫道，而他也樂於持家、做些瑣碎的家務，有些是該他做的（例如早上生火），有些則跟芙莉妲一起做，例如烤蛋糕、烤酥塔，「全都自己做、自己吃」[58]，這樣的貪嘴交織著寂寞——寂寞交織著解脫——沒有客人來訪，自然也就沒有人分享。然而，信中的描述並非全部的真相，或者說，這並非唯一的真相。多年後，有位一九二二年在瑟盧送貨的老翁，對於勞倫斯在瑟盧的歲月有著不同的說法，只不知是真是假，根據老翁回憶：他曾經走近芒舍畝的大門，「被裡頭的聲音嚇到」[59]，速速離開。

無論勞倫斯夫婦在芒舍畝過得如何稱心，勞倫斯依然什麼也沒寫，就只寫了一堆信，雖然他親手將繆思打發走，但眼看繆思遲遲不歸，心底也著急。五月底，毫無靈感的勞倫斯心想：不如將別墅裡的聲音（包括自己和芙莉妲的）寫成小說吧。

對於勞倫斯而言，過去十二個月是怎麼樣的一年啊！上次動筆寫小說，差不多是一年前的事。一九二〇年，《迷途少女》（*The Lost Girl*）出版，他緊接著寫了《農恩先生》（*Mr. Noon*），一九二一年一月擱筆，又回頭寫《亞倫之杖》，這是他一九一七年秋天開筆的作品，開筆不久便半途而廢，直到一九二一年到了陶爾米納，才又不抱希望地拾起，寫寫停停、斷斷續續。一九二一年晚春，他去了德國的巴登巴登（Baden-Baden），行李箱裡帶著未完成的手稿，勞倫斯認為，這部場景設在英國中部的小說，「是我繼《彩虹》、《戀愛中的女人》之後，最後一部嚴肅的英國小說，整條故事線在此收尾。」[60]主角亞倫．西森（Aaron Sisson）是工會理事，身兼業餘長笛手，他拋下妻子和兩個孩子，到義大利追尋音樂夢。跟《袋鼠》一樣，《亞倫之杖》是一部自傳色彩濃厚的作品，勞倫斯將自己和妻子的境遇打散重組，變成筆下角色的際遇，包括兩人離開英國、芙莉妲拋家棄子，主角亞倫雖然跟勞倫斯一樣追求藝術，但亞倫的摯友羅登．李萊（Rawdon Lilly）才是勞倫斯的化身，李萊是作家，在亞倫生病期間照顧亞倫。勞倫斯一路寫到第十一章，便暫且打住。

旅居巴登巴登期間，勞倫斯每天早上都到森林裡，在森林「奇異的振奮」[61]下完成了《亞倫之杖》，他發現森林裡的樹像「活生生的同伴，彷彿散發著某種活力、訴說著某些祕密，既非人，而又排斥人。」帶來振奮的不僅是森林本身，勞倫斯告訴友人：唯有特定的樹才有靈感，「尤其是樅樹」。（《查泰萊夫人的情人》的靈感則來自另一種樹，當時是一九二七年，勞倫斯和芙莉妲住在佛羅倫斯近郊的美人妲別墅（Villa Mirenda），《查泰萊夫人的情人》就寫於別墅附近的樹林，樹林裡有一棵義大利石松，根據芙莉妲回憶，勞倫斯坐在石松下，「文風不動，迅速搖著筆桿」[62]，瞧他一動也不動，連蜥蜴都爬上身，鳥兒也異常靠近，偶爾獵人路過，都被這林間人影嚇著。）六月一日，《亞倫之杖》完稿。

寫作《農恩先生》和《亞倫之杖》遇到的瓶頸雖然不尋常，卻也因此留下後遺症。一九二〇年、一九二一年、一九二二年，勞倫斯持續筆耕不輟，這段歲月讓任何作家來回首，都會覺得多產到令人眼紅，勞倫斯既寫了短篇、又寫了散文，「小遊記」[63]《大海與薩丁尼亞島》引來了玫苞·史特恩的興趣，此外還寫了幾首詩、幾篇文章，同時翻譯了幾部作品，出版商湯瑪士·瑟爾查和馬丁·賽克都忙著幫他出書，而著作等身背後的動力則是缺錢，勞倫斯夫婦唯一的收入來源，就是賣書所得的版稅。

勞倫斯缺錢是真的、能寫也是真的，然而，對他來說，寫長篇才是正事，短篇、散文、選集都是他口中的「過渡」[64]，所費的工夫與長篇小說不同，據他解釋：「長篇和詩歌」[65]起源自「純粹的動情」，「在不經意間自筆尖流淌」，過渡的作品則是「餘情的餘波」。長篇和詩歌在不經意間生於心田、捕捉當下，其餘作品則刻意取材自經驗，而經驗轉眼便過，難免成了從前。一九二一年，勞倫斯跟吳爾芙一樣，筆下不停歇，但就是寫不出小說。對他來說，寫小說才要緊，小說的進展決定了勞倫斯對自己的看法，一如《雅各的房間》進度落後的焦慮決定了吳爾芙對自己的看法，他們都遇上了令人洩氣的難題，艾略特也一樣，福斯特則用「老是在工作，根本沒創作」來描述這道難題，而且長年無法甩脫。

換個地方寫作——勞倫斯懷抱這樣的希望前往錫蘭，《戀愛中的女人》命運多舛，讓他對歐洲更感到疲倦。一九二一年六月，《戀愛中的女人》由馬丁・賽克出版，勞倫斯的友人約翰・米德頓・穆瑞不僅寫了一篇刻薄的書評，而且，過了四個月（一九二一年十月），穆瑞評論另一位小說家的作品時，提及勞倫斯名列「尚未登峰造極便早已過氣」[66]的小說家。對於穆瑞的批評，勞倫斯大概嗤之以鼻，但手邊兩部小說先後陷入寫作瓶頸，最終只完成了一部，下一部作品又難產，都讓他（跟文思枯竭的吳爾芙和福斯特一樣）感到時不我與。

—

勞倫斯在瑟盧給自己規定了一項任務：或許他可以像寫「過渡」作品一樣，在一個月內迅速寫完一部長篇小說，有沒有可能動身前往美國時，行李箱內就裝著完稿呢？[67]雖然還沒構思好，但在這樣的實驗中，或許能發現年初時展望的新體裁。唯一想好的只有地點——場景「搭」[68]在澳洲，彷彿搭帳篷似的，如果需要換個地方便能迅速拆下。他一隻眼睛盯著小說，另一隻眼睛盯著雪梨開往美國的船班，七月和八月共有三個班次，要搭哪一班，端看小說進度而定，船班允許，他就繼續寫，船班在催了，他就停筆。

他沒在戶外寫（這次無須樹木帶給他靈感），而是坐在大桌子前，面對著浩瀚的太平洋，記得什麼就寫什麼，都只是幾天前才發生的事，起草之初，與其說這是一部小說，還不如說這是一本日記，裡頭記載著勞倫斯和芙莉妲的一言一行。將熟人寫進小說裡是勞倫斯的慣用技法，有時甚至

（幾乎）不加改動，這從一九二一年赫塞廷提出誹謗便略知端倪。赫塞廷與勞倫斯交情尚淺，相較之下，奧德霖・莫雷爾夫人等勞倫斯的知己，有些因此感到受傷（例如莫雷爾夫人被醜化成《戀愛中的女人》裡的赫敏・羅蒂絲）；有些（至少回顧時）很高興成為勞倫斯筆下的角色（例如芙莉妲）。

六月三日是勞倫斯開筆的日子，距離《亞倫之杖》完稿差不多過了一年。小說伊始，勞倫斯和芙莉妲踏上東行之旅的末段旅程，他們化身成小說裡的兩位角色，一位是作家，一位是作家的妻子，兩人剛到澳洲、初抵雪梨，公園草坪上躺著一群工人，「時值五月末」[69]，恰好是芙莉妲和勞倫斯抵達雪梨之時，草坪上的工人躺在暖陽裡，「悠閒的樣子透著城市主人翁的神氣，那是一種十足的澳洲人神態」，這時的勞倫斯初來乍到，沒見過半個澳洲人，樂得以偏概全、一概而論。作家偕妻子穿過公園去招車，一舉一動都讓工人看了去。

「一個是臉色紅潤的女人，體態成熟，端莊標緻，說不定是個俄國人」[70]，這一段描寫的是哈麗葉・桑默斯（Harriet Somers），她是芙莉妲的化身，如果不是德國人，大概就是俄國人。

「她的男伴卻身材瘦小、臉色蒼白、留著鬍鬚，」這裡寫的是理查德・洛瓦特・桑默斯（Richard Lovat Somers），「想像力豐富，既寫詩、也寫散文」，正是現實中的勞倫斯，身兼詩家、散文家、劇作家、小說家，身高一百七十四公分，唯有站在高大的芙莉妲身邊才顯得瘦小，而芙莉妲在小說中又特別豐滿（「體態成熟」），丈夫則瘦得跟欄杆似的，「是個讓人發笑的傢伙」，在工人眼裡，這個「外國人模樣的陌生男子」跟妻子形成了「一對陌生人」。桑默斯先生跟《亞倫之杖》的羅登．李萊（Rawdon Lilly）一樣，英文名字縮寫都是「R．L」，而且都是勞倫斯的化身，他轉頭看見一位機修工跟自己四目相接，於是打量了一下自己：姿勢「那麼端正，像是要把工人看穿，眼神兒又是那麼漠然。」

這正是勞倫斯著手《袋鼠》時的寫照。他將《農恩先生》封筆壓箱，書中人物猶在、斯事猶新，一看便知是自傳，因而淪為殘篇未能竟稿，不過，他與芙莉妲的生活再次成為創作靈感，《農恩先生》棄稿不久，他「突然再次開筆」[71]，並迅速與芙莉妲摸索出日常規律：早上寫作，芙莉妲則做些針黹等家務，等到「太陽很暖很暖，海邊冷冷清清，只有浪花」[72]，他們便下海游泳，午後，芙莉妲午睡，勞倫斯寫信，他的書信多得嚇人，每天都要寫上好幾封，寫給朋友、寫給美國和英國的經紀人、寫給紐約和倫敦的出版商，再次證明勞倫斯雖然自稱樂在孤獨，但其實天生愛應酬，而且很少失聯，同樣一件事、同樣的觀察，常常要與許多人分享，把寫信當成講電話，一個講完換另一個，從上次碰面或說話之後的事開始講，不管是幾天還是幾週前的事，他總是不厭其煩娓娓道來。如果芙莉妲沒睡午覺，他就把早上寫的信念給她聽，這是他們的習慣。某天，勞倫斯在寫小說，芙莉妲寫下這行文字：「日子如夢般溜走，但是美夢成真的夢，是真實的夢。」[73]

六月九日，《袋鼠》才開筆不久，勞倫斯便告訴經紀人：如果「按照這個速度寫下去」[74]，預計八月就能完稿，「不過，」勞倫斯警告經紀人，「這是一本奇怪的小說，讀起來可能沒什麼意思。」[75]這部小說是兩條線編成的辮子，而且編得惴惴不安，一條線是他和芙莉妲的日常生活，有夫妻之樂，也有夫妻拌嘴，拌嘴的篇幅更多，讀來也更好玩，另一條線則取材自報紙，敘述雪梨的政治動盪，生事的是新興法西斯組織，帶頭的是一名猶太律師，氣宇軒昂，本名班傑明．庫利（Benjamin Cooley），追隨者給他起了個綽號叫「袋鼠」，一看便知是個神話般的人物（但骨子裡卻是個俗人），桑默斯先生（勞倫斯的化身）貌似也是其擁戴者，袋鼠曾慫恿他以筆桿作槍桿（但從戲劇效果來看這番口舌根本白費筆墨），桑默斯先生因而納悶：自己的「命運」（又是個這個詞！）是用文學服務袋鼠的革命，還是加入反袋鼠的左派工會呢？

勞倫斯一開筆，便決定用《袋鼠》作為書名，在給鄂爾．布魯斯特的信中，他以「詭怪奇譎」形容這部小說，其中半部是勞倫斯夫婦的居家記事，內容大抵精確，但小說中桑默斯夫婦迅速與隔壁鄰居結為莫逆，這樣的情節是出於幻想，現實中並不存在這樣的鄰居。在小說裡，勞倫斯嚮往已久卻遲遲無法實現的「啦吶呢」公社，只要穿過花園便能成真，十分便捷，而且沒有人會對他要求東、要求西，這一也是一大便捷；在現實世界中，這些人常常攪局，讓勞倫斯的烏托邦無法實現。不過，《袋鼠》也是一項文學實驗，桑默斯夫婦與考爾科特夫婦的友誼，帶出了小說中另一段幻想情節：考爾科特介紹桑默斯給袋鼠認識，三方會晤後，作家桑默斯在「啦吶呢」公社的引領下走向革命，這是勞倫斯長久以來的夢想。他會成為革命的核心嗎？還是像去美國一樣臨陣脫逃呢？《袋鼠》也是一部政治小說，場景設在宛如社會實驗室的澳洲，這裡是「半夢半醒的奇特國度……有著無垠開展的碎浪，也有永恆交疊的祕密」[76]，大自然「源源不絕的魔力」給了他寫作的動力，宛如一年前巴登巴登樅樹下那泉湧的靈思。

開筆三個星期，預期中的篇幅便完成了一半，芙莉妲寫信到珀斯給詹金斯太太，說勞倫斯「奮筆疾書──不到一個月，一部小說就快寫好了。」[77]勞倫斯則告訴湯瑪士・瑟爾查：「大家會怎麼想這本書？這只有上帝知道。書中沒有愛情，只有革命。」[78]勞倫斯經常向經紀人和出版商保證──下一部小說「沒有性愛，不惹麻煩」，《袋鼠》差不多都兌現了，書中沒有性愛和麻煩的橋段，但是有愛情，R・L・桑默斯拜倒在「袋鼠」銷魂的權勢下，一如《亞倫之杖》的「R・L」（羅登・李萊）拜倒在「亞倫」的影響下。意識形態的吸引力往往出人意表並暗藏性慾，勞倫斯描述道：「桑默斯的手不由自主地被吸過去，去觸摸那男人的身體」[79]，但勞倫斯告訴瑟爾查：《袋鼠》的主題是政治，這一來是為了讓瑟爾查放心，二來是因為勞倫斯知道瑟爾查傾心政治，不僅是社會主義者，還是《群眾》（*Masses*）雜誌的創辦人兼前編輯。

勞倫斯從澳洲的秋天寫到冬天，一路穩紮穩打，每天至少寫三千五百字[80]，如果偷懶了幾天，後面就多寫幾個字補回來，筆記裡的字跡工整一如以往，而且幾乎不見塗改，除了政治之外，《袋鼠》饒富趣味地揭開了勞倫斯和芙莉妲的互動，其中又以妻子戳破丈夫枯燥（且頻繁）的說理最為有趣，某一次，桑默斯又在長篇大論，哈麗葉聽得又煩又氣，當場嘴上不饒人：「你是酒神狄俄尼索斯，是眾神使者荷米斯，更是自以為是大師，」[81]這是勞倫斯在《袋鼠》第九章〈迷惘的婚姻〉（"Harriet and Lovat at Sea in Marriage"）設計給哈麗葉的台詞，她對丈夫桑默斯說：「我想告訴你（……）我既容忍你又支持你，我做的太多了，我受夠了，先生，從我認識你到現在，這麼些年了。現在你該離我而去，不需要過多的母愛了。離了我，你一刻也活不成。」

勞倫斯跟艾略特是半斤八兩：艾略特將妻子乞求關注寫進了《荒原》，現實中卻並未對妻子多加關心；勞倫斯將芙莉妲理直氣壯的謾罵寫進了《袋鼠》等作品，自己卻一句也沒聽進去，而且從不曾改進。（勞倫斯不僅跟艾略特一樣——大大方方寫下自己不上心的罪狀，甚至還鉅細靡遺記錄自己惹怒芙莉妲的長篇大論，在這一點上，勞倫斯可就超越艾略特了。）《袋鼠》裡的桑默斯是個「執拗的傢伙」[82]，誰也阻止不了他，而他也有自知之明，曉得自己「一旦鐵了心，無論天堂地獄還是哈麗葉都動搖不了他。」哈麗葉之所以口出連珠砲，為的就是打住丈夫偏頗的隱喻，但桑默斯（跟勞倫斯一樣剛愎自用，往往也會）不理妻子繼續說個不停，說完後，哈麗葉「一時無言以對，良久，才說：『你瘋了。』說完便離他而去。」

就在這樣的飛快進展後，勞倫斯下筆遲滯起來。六月二十一日，勞倫斯寫進給瑟爾查，說《袋鼠》「進度過半」[83]；相較之下，他對美國經紀人洛博．芒席耶（Robert Mountsier）坦率得多，在六月二十一日的信中，勞倫斯告訴芒席耶：「現在有點卡住」[84]。不過，勞倫斯向瑟爾查暗示了自己心中的憂慮：「我真心希望能寫完，」勞倫斯在信中寫道：「別像《亞倫》那樣難產了兩年，更別像《農恩先生》——從今天往回推，停擺了將近兩年。但我想我有辦法。」[85]勞倫斯沒把話說死，措辭相當迂迴：一下說「我真心希望」，一下又說「我想我有辦法」。六月二十一日，澳洲冬至。剛過去的那個冬天，勞倫斯的小說毫無進展，今年的第二個冬天會不會也一樣慘？

或許，勞倫斯不想讓瑟爾查失望，勞倫斯的紀實作品、短篇小說、劇本，「銷量都令人心寒」[86]，有鑑於此，出版商需要的是長篇小說。某位傳記作家提到勞倫斯其他寫作時期時說過：「問題在於：多產是一回事，賣錢是另一回事。」[87]《袋鼠》的政治故事多為虛構，出自「被打入凡間的思想冒險家」[88]勞倫斯的手筆，故事寫到這裡開始停滯，勞倫斯感到迷惘，不知道該怎麼做才能繼續寫下去，直到自己設定的截稿日期為止，「距離啟程還有七週，」[89]他在信中提醒瑟爾查，順道也提醒自己。

與此同時，瑟爾查在美國出版了《亞倫之杖》，儘管早就敦促勞倫斯不要走偏鋒，但《亞倫之杖》絕非安全之作，瑟爾查一直希望避開查禁的威脅、幫勞倫斯出一本毫無爭議的作品，這樣一來，勞倫斯的才華就能展露無遺。可是，不管瑟爾查敦促勞倫斯下筆謹慎時交代要避開敏感題材，但說到底他更看重的還是潛在銷量，雖然擔心《亞倫之杖》將主角的婚姻寫得太露骨，但在打書時卻並未因此輕描淡寫，反而拿來當作賣點。《亞倫之杖》問世之前，瑟爾查準備了一本小冊子，封面寫著〈D．H．勞倫斯：其人其作〉（D. H. Lawrence: The Man and His Work），內容對勞倫斯多加吹捧、讚美他天才橫溢，勞倫斯只要碰上這種情況，除了尷尬還是尷尬，只好拜託經紀人代為說情，請瑟爾查不要再這麼浮誇：

> 佇立在岸邊，看著巨大的輪船從地平線駛來，你可曾有過這樣的經驗？海天一線的遠方，模模糊糊的邊界上，浮現了一個小點，慢慢地，漸漸地，小點越來越大，輪廓越來越立體，在你眼前越升越高、越高越寬，突然間，一艘巨艦矗立在眼前——一如勞倫斯之崛起。……
>
> 《兒子與情人》奠定了勞倫斯的文壇地位，此巨作之巨，不曾遭人質疑，而勞倫斯出版不

輟，聲望越來越高，技巧越趨精湛，題材更加廣泛，筆調清奇而文采更盛……

D・H・勞倫斯的崇拜者越來越多，英美兩地皆有，有些認為他傲視當今，有些認為他冠絕古今、睥睨中外。[90]

對於即將問世的《亞倫之杖》，瑟爾查的描述十分煽情：「本書涉及夫妻關係——兩性之間的情欲掙扎，正是當今的特點。」

瑟爾查將勞倫斯吹捧為一代巨擘，但他也不笨，懂得暗示聳動的題材來刺激銷量。《亞倫之杖》得到了《布魯克林鷹報》（*Brooklyn Daily Eagle*）的絕佳好評，標題寫的是〈勞倫斯將愛戀完整走過一遍〉[91]，其旨趣與《英國佬》一九二一年的斥責相去不遠，這篇佳評寫得很識趣，先提及勞倫斯的名聲，再盛讚這部新作：「勞倫斯先生沉迷性愛，這一點敝刊當然承認，同時，敝刊也認為勞倫斯先生厭惡性愛、逃避性愛，但無論他往何處逃，總逃不出這個詞。」

紐約入夏了，《亞倫之杖》的銷量攻頂，不料很快就跌了下來，勞倫斯依舊被困在聲名裡——既讓他厭倦，也讓他洩氣。人在澳洲的他，《袋鼠》的進度完全停擺，成為他第三本「卡住」的小說。

第九章 「切莫忘記你永遠的朋友」

福斯特回到英國一個月了，四月八日，他在日記裡寫道：「這下不雅的文章都燒了，那火能燒的都燒了，這不是什麼道德懺悔，只是相信那文章堵住了我的藝術成就。」[1]這些不雅的文章是哪幾篇？內容寫些什麼？皆已無從考證，只知《墨利斯的情人》並未付之一炬，可見此舉並非為了湮滅不容問世的（同性戀）小說，福斯特並不以這些作品為恥，儘管燒掉了一部分，但也保留了「其他不雅文字」[2]，他似乎從這場火祭中重拾自由，從而聽從雷納德的建議——放棄新聞報導、閱讀《印度》碎稿，如今回頭看：那些作品「浪費筆力」，就算只是擺在家裡，也會阻礙未來的創作。

四月最後一個星期五，福斯特聽著貝多芬晚期的弦樂四重奏，儘管樂聲哀戚，但就如同他在日記裡寫的：「很久不像今天這樣開心了」[3]，這份體悟讓他詫異。就在他聆聽貝多芬的同時，友人法蘭克．韋凱瑞（Frank Vicary）的小兒子意外燙傷，當時母親正在幫他洗澡，「法蘭克的寶貝」眼前「住進醫院，恐怕奄奄一息」，跟（福斯特口中的「寶貝」）穆罕默德一樣岌岌可危。在貝多芬告別世間的四重奏裡，福斯特從憂傷中聽見了振奮人心的真理：生機總在不幸後。隔天，星期六，四月二十九日，老友來訪，問了他一句：「像你這樣的大文豪，怎麼會不寫了呢？」[4]先前吳爾芙和薩松來拜訪，離開時心裡也帶著同樣的困惑，福斯特雖然捫心自問了這些年，但在這個春日，他似乎用全新的方式重新看待這個問題，從而領悟到：不論「寶貝」有什麼三長兩短，他——福斯特——都還活著，唯有告別舊愛，福斯特才能重獲新生。

兩天後，五月一日星期一，他在日記裡記錄自己的變化：他「陰沉沉」[5]坐了「整個早上，眼前是我那部印度作品」。或許，這位大文豪尚未封筆，他又開始筆耕，成果比過去幾週、甚至幾年都更豐碩。

—

事後回想起來，「屠殺」[6]筆下的「情色小說」是「耐人尋味的插曲」，他認為先要有一場「火祭……才能寫完《印度之旅》」[7]。從福斯特的餘生來看，焚稿一事莫名其妙、玄之又玄，從此之後，福斯特局面大開。數十年後，他在給克里斯多福·伊薛伍德的信中說：「我把這事跟『上帝』聯繫在一起。」[8]那年春天，激勵福斯特的不只是普魯斯特和焚稿獻祭。

在四月號的《倫敦信使》月刊上，福斯特讀到了J·R·艾克利（J. R. Ackerley）的詩作——〈亡魂〉[9]（Ghosts）。

這首詩光是詩題就足以吸引福斯特：他耽溺於死亡、多情且浪漫，在他心裡，緩緩消亡的穆罕默德是徘徊人間的亡魂——漸行漸遠、悠悠淡去，對於曾經的大文豪福斯特而言，眼前的自己又何嘗不是徘徊人間的亡魂？這首〈亡魂〉共二十四節，開篇點出他心中的疑惑，自從兩個月前離開埃及，這個疑惑就一直盤據在他心頭：

還活著嗎？
能叫喚嗎？
這些年來
死者已死
眼淚仍在
沉思？

曾與我們
同坐之人
珍惜之人
一旦棄世
若遭遺忘
可會悲傷？

〈亡魂〉寫出了福斯特的心聲。他和穆罕默德的羈絆在入土後是否不致湮沒？儘管穆罕默德一再要福斯特相信：這份羈絆會一直存在，但福斯特總是不信。讀完普魯斯特後再讀〈亡魂〉，福斯特發現兩位作家找到了同樣的召魂筆法——這筆法就在他淺嚐普魯斯特的那一小口裡，也在「〈亡魂〉開篇那幾行裡。」10

在〈亡魂〉的詩心，福斯特發現敘事者對告別的回憶，竟跟他對穆罕默德的回憶如此相像：

他的話語
回我唇際
輕手輕腳
逐波踏浪
碎我靈魂
攜回其墳……
「你會忘記……
你會忘記……」

這聲聲抗議呼應了穆罕默德寫給福斯特的遺言，這封臨終書信正好十四行，無意間形成一首十四行詩，並捕捉了穆罕默德垂死的氣息，讓那上氣不接下氣的情景躍然紙上：

我親愛的福斯特
這禎相片給你
我已經來日無多
想對你說的話
也不多
家人都好
請代替我
問候母親
我的愛都給了你
我的愛都給了你
我的愛都給了你
切莫忘記
你永遠的朋友
穆罕默德[11]

穆罕默德的每一封來信，福斯特都保存著，跟相片、友誼紀念品收在一起，包括兩張穆罕默德的名片、紀念兩人初識的電車票，此外還有一本小小的活頁筆記本，其中四頁記載著穆罕默德說過的箴言，標題寫著「彼言」，就這一小包紀念品，福斯特留了一輩子。十載過後，福斯特納悶：「我一直想著他，是想增加自己的分量嗎？好讓天地知道——無論如何，我也曾經熱情過。」[12]

———

「男同志的中年」或許就如吳爾芙（或福斯特）所擔憂的那般孤獨，不過人到中年，總會更明白自己想要什麼，縱使穆罕默德在愛情裡滿足不了他，福斯特也從失望中得到了領悟，比起過去，他更能敏銳衡量自己想從別人身上得到多少同情和理解，也明白別人在現實中帶給了他什麼；英國交友圈那膚淺的宴飲作樂，如今已滿足不了他。焚燒情色故事不僅是為抒發筆力找到新渠道，或許也將自己從紙上抒發性慾中解救出來。對福斯特而言，閱讀艾克利的詩，跟被麥瑞爾輕觸後腰，兩者具有類似的功效。

〈亡魂〉的敘事者忘不了故人，讓福斯特如逢知己。四月二十六日，福斯特寫了一封長信給艾克利，信中對〈亡魂〉讚不絕口，艾克利在詩中並未露面，在現實中與福斯特也無一面之緣，福斯特大著膽子，藉機表露傷悲。「沒錯，寫信給陌生人容易多了，」[13]福斯特曾經告訴湯瑪士・愛德華・羅倫斯，「之所以反對碰面，原因就在這裡，一旦碰了面，就會產生要好的幻覺，反而不好說話了。」

艾克利的全名是喬·蘭道夫（Joe Randolph），福斯特給他寫的那封信，內容半是困窘、半是謙遜，信中寫著：艾克利筆鋒自信，「結合回憶與戲劇」，福斯特讀了大受感動，其對艾克利的讚揚，呼應先前讀完普魯斯特的感想，雖是自剖心境，但寫得十分委婉：「有個傢伙，既不得想、也不得忘，此中異樣，您寫得再透徹不過，」[14] 福斯特並未提到穆罕默德，也未提及自己的創作困境，然而，這是一封意在言外的信，福斯特彷彿相信：既然艾克利的〈亡魂〉寫得如此多愁善感，想必也能讀出信中的弦外之音，他還援引普魯斯特，似乎想藉以影射同志情誼：「我近來讀普魯斯特，普氏也深諳箇中滋味。」[15]

援引普魯斯特有點像援引王爾德（Oscar Wilde），後者是文壇上眾所周知的暗號。福斯特與薩松在革新俱樂部碰面後不久，薩松便與另一群作家閒聊，其中包括卜涅特和威爾斯（H. G. Wells），聊著聊著，眾人聊到福斯特，由於福斯特著作不豐，加上（某些人認為）《此情可問天》「並非一流之作」[16]，因此頗遭人詆毀。福斯特是同性戀一事是公開的祕密，儘管其著作少之又少，關於其未出版小說的傳聞卻甚囂塵上，薩松寫道：「大家似乎都疑心是從史氏那兒傳出來的」。這位史氏也參加了那場作家聚會，其言詞鋒利、伶牙俐齒，令薩松（不甘不願也只能）甘拜下風，說起這位史氏，現今雖默默無名，當年卻是一位多產的小說家，全名法蘭克·史溫納吞（Frank Swinnerton）。「又是那個主題？」卜涅特問。「那個主題已經被人寫爛了，寫爛的那個人就是普魯斯特。」

在給艾克利的信裡，福斯特抄錄了普魯斯特的話，這段話出自《斯萬家》第一卷尾聲，一字一句都跟〈亡魂〉一樣打動了福斯特。一般來說，福斯特抄錄是為了填補內心的空虛，但信中的這段抄錄，卻帶有示好的意味。

福斯特抄錄的文字出自《斯萬家》中令人難忘的段落，下文就是著名的瑪德蓮小蛋糕，從而洋洋灑灑流瀉出整部《追憶似水年華》。事情是這樣的：那個冬日，「我回到家裡，母親見我冷成那樣，便勸我喝點茶暖暖身子。而我平時是不喝茶的，所以我先說不喝，後來不知怎麼又改變了主意。」[17]敘事者掰了一塊瑪德蓮往茶裡蘸，頓時渾身一震，「一種舒坦的快感傳遍全身」，瑪德蓮配茶的五感衝擊蛻變了敘事者，他不再感到「平庸、猥瑣、凡俗」，並納悶：「這股強烈的快感是從哪裡湧出來的？」

相較之下，福斯特與艾克利分享的段落感傷許多，敘事者談起了生死之繫，由於還不曉得通往過去的鑰匙就等在茶杯裡，便從凱爾特人的觀念中尋找還魂的辦法。凱爾特人相信：「我們的親人死去之後，靈魂會被拘禁在一些下等物種的軀殼內，例如一頭野獸，一株草木，」這是我們所愛之人的靈魂歸宿，「我們確實以為他們已死，直到有一天——不少人碰不到這一天——我們趕巧經過某一棵樹，而樹裡偏偏拘禁著他們的靈魂」，或許還讓我們認了出來。

福斯特雖然也想要有這麼一天，但他不確定自己能否像艾克利、普魯斯特（或穆罕默德）那樣堅信不移，認定這是有可能的事情。在給艾克利的信中，福斯特引用了貝多斯（Thomas Beddoes）

的詩句：「『無道途自死境出』，這或許更接近事實。」

在給艾克利的信中，福斯特抄錄的法文原文超過一張信紙，裡頭有個小筆誤，如果不留心還看不出來。在文章裡，普魯斯特期待巧遇這些靈魂，從而解禁亡魂、讓生者與亡者同在：「Delivrées par nous, elles ont vaincu la mort, et reviennent vivre avec nous.」[18]（他們的靈魂得以解脫，他們戰勝了死亡，又回來同我們一起生活）。

可是，福斯特把「Delivrées par nous」（得以解脫）抄成「Delivrées pas nous」（不得解脫）。[19]在福斯特抄錄的版本裡：亡魂和他自己永遠沒有解脫的一天。

福斯特心裡明白：自己在信中將艾克利與普魯斯特、愛倫坡相提並論，這絕對是崇高的讚美，而且由他來說肯定動聽，他以詩人的身分感謝〈亡魂〉一詩帶來的感動，認為其作感人至深，自己的才情或許不及。艾克利很崇拜福斯特，聽到福斯特這樣讚美，艾克利受寵若驚，收信當下的驚喜更是不言而喻。雖是〈亡魂〉一詩促成福斯特來信，但對艾克利而言，信比詩更重要。艾克利臨終前寫道：「〈亡魂〉一催生了一輩子的情誼，這份友誼之珍貴，「這個接生婆恐怕難以匹配。」

艾克利留著福斯特的來信，這還只是第一封，未來還有一千多封，有些是一字千金，有些是雜談瑣聞，兩人一來一往，一晃眼就是四十餘年。接到第一封來信不久，福斯特便將信首稱謂便改成「D·M·J」（我親愛的喬），從此之後，艾克利都是福斯特筆下那「親愛的喬」。

隔週為福斯特帶來了覺醒與生機，一如吳爾芙在〈龐德街的達洛維夫人〉裡狂喜的覺醒，也一如遲遲春日為倫敦捎來的生機。五月七日星期日，福斯特的日記裡灑滿了「陽光與歡樂」，一如隔天《泰晤士報》描寫連日晴朗帶給倫敦的歡愉。從埃及回英國後，天天淒風苦雨，這天終於回暖，福斯特外出走走，在蘿拉阿姨的花園裡享受暖陽，他和麗麗都睡著了（福斯特在日記裡寫道）：「睡到嘴巴開開，正對著太陽。」[20]

除了春回大地，福斯特在日記裡寫下了更重要的復甦：「在普魯斯特的影響下，我的印度小說增添了仔細而枯燥的內容。」[21]前一週，他鐵了心花整個上午與書稿為伍，終於寫出了一點東西，雖然不怎麼感到「高興」[22]（他在日記裡稱之為「愚蠢的字眼」），但估算進度「無論如何」都讓他感到「更能掌握周遭和時間。」春回大地的日子也捎來了穆罕默德的來信，巧的是，兩人正好在同一天寫信，穆罕默德寫給福斯特、福斯特寫給艾克利，都是四月二十六日，穆罕默德說自己日走下坡，不過，他的信再也打動不了福斯特，也再也不能帶給福斯特驚喜。在艾克利的詩中，福斯特讀到敘事者痛心的懺悔：「他死了，我沒哭」，在日記裡，福斯特寫下了類似的懺悔：「我想要他親口告訴我死訊，讓我得以自由想像他的模樣，近日來我對他的愛，大到難以感受他的存在。」[23]

春日不僅是冬天的完結，更是春季的開端。福斯特開始思考：穆罕默德病逝或許不是完結，而是起頭與解脫，這提醒了他先前從貝多芬四重奏中悟出的道理：生機（與藝術）總在不幸後，他可以運用「記憶來闡述心境」，一如普魯斯特在三角洲號上讓他刮目相看的技法，當時他認為自己抓不到竅門，但艾克利的〈亡魂〉也運用了相同的筆法。

春氣和煦的當週週末，福斯特在日記裡寫下：「決定此生應該成功一回。小穆頻頻對我冷淡，我既自欺欺人，也隱瞞旁人」[24]。穆罕默德「偶爾」熱情——他寫道——或許只是出於禮貌、感激或憐憫。

「病情轉壞：快了嗎？小穆來日無多，我卻不再心痛。」[25]

雷納德不只建議福斯特重拾未竟之作、放棄新聞報導，還建議他「再出去走動走動」[26]。在吳爾芙看來，福斯特最可愛的一點，就是對雷納德言聽計從。[27]由於重讀《印度》碎稿的建議確實不錯，福斯特再次聽從雷納德的敦促，不管誰來邀約都答應，他可沒本錢再讓劍橋男、羅倫斯等人疑心自己的死活。

四月時，吳爾芙寫信給奧德霖．莫雷爾夫人，說是許久未見，不知何時能與雷納德到嘉辛頓莊園拜訪？[28]她先提了個日子：五月二十七日，莫雷爾夫人答應了，並邀福斯特一同前往。那週末艾略特也會來，夫人告訴福斯特，如果沒空，那就再下一週？屆時溫德．路易斯也在。

「五月燦爛而溫暖，我們這兒賓客雲集，每到週日，牛津那兒便湧來一堆人，」[29]莫雷爾夫人在日記裡寫道，每逢週末，她都在莊園設宴，邀請年輕的牛津學子與前來作客的作家、藝術家碰面。

福斯特回覆莫雷爾夫人：艾略特和吳爾芙拜訪嘉辛頓莊園那一週，他不巧要去找夫人的表弟立頓・史崔奇：「我的未來是未知的大海，除非遇上了史崔奇的探測系統，」[30]福斯特在信裡寫道，筆調爾雅而詼諧。

福斯特自知跟這幫聰明人生疏了（上次拜訪嘉辛頓莊園是一九二〇年），因此，他寫給莫雷爾夫人的信彷彿想證明自己親切友好，採用的是「慢半拍的普魯斯特讀者」口吻，而且每個句子都寫得很長，長句中又生從句，頑皮地向普魯斯特致敬。

「為什麼要做這種事？為了瞥一眼人生的風景，做什麼都不要緊，」[31]這是吳爾芙四月時寫給姊姊的解釋信。病了一整個冬天後，她跟雷納德接受威爾斯的邀約，要趁復活節去住五天，「打羽毛球、討論小說」[32]。待在嘉辛頓莊園的福斯特也一樣，在雷納德的敦促下，福斯特強迫自己去瞥一眼人生的風景。

不過，說好的週末行程就像織好的布料，很快就脫了線，這讓福斯特很高興。他去找史崔奇的那個週末，吳氏夫妻也來了，這兩位稱得上是驚喜嘉賓，原本他們應該在嘉辛頓莊園、福斯特和艾略特當陪客，後來吳爾芙說自己流感復發、去不了——這倒也不能說是撒謊，她還跟莫雷爾夫人說了：六月底、七月初再訪嘉辛頓莊園，並請夫人遷就、遷就，「三番兩次這樣確實很惱人——但請您千萬別說再也不願意理睬我」[33]。於是，吳爾芙和雷納德跑到史崔奇這邊來了。

福斯特在給母親的信中說：吳氏夫妻這點小把戲差一點被拆穿，莫雷爾夫人發來電報，召喚福斯特和史崔奇去參加花園宴會，這宴會一開就是一整天，不僅那天開，而且天天開，他們不敢拒絕，只能赴宴，但沒帶上吳氏夫妻，「我們沒得選，只能撇下他們，把他們藏好。」[34]

兩人來到花園宴會，眼前光怪陸離，堪比福斯特在長信中描寫的德瓦宮廷：主客泡在池塘裡，池塘中央是「莫雷爾夫人，身穿亮黃緞，頭戴闊邊帽」[35]，「一下歡呼、一下道別」，十分熱鬧。「一旦見過，便永生難忘」[36]，這是莫雷爾夫人給人的印象。昆汀・貝爾是吳爾芙的外甥兼作傳者，據他回憶，鑑賞莫雷爾夫人的絕佳妙法，便是將夫人想像成一幅抽象畫：「欣賞那用色與畫肌，各種形狀錯落有致，色彩鮮豔、構圖大膽，令人驚艷，了不起！真華麗！張力十足，只是有些招架不住。」[37]一九二二年，史崔奇在莫雷爾夫人那兒度過了「略顯沉悶的」[38]週末，對夫人的敬畏大不如前，還縱容自己向吳爾芙描述了一幅怪誕畫：「夫人 dégringolé 得好厲害」。「dégringolé」意指「墮落」，這個字用得極妙，充分顯現夫人在史崔奇心中被降格：「她的膀胱步上才思的後塵——點點滴滴都是憂思；晚飯後，她坐在燈光裡，頰囊鬆垮著，裡頭塞著薄荷糖，一根菸叼在假牙中間，偌大的眼鏡架在化了妝的鼻子上，看了教人十分激動，我好想學愛爾蘭野狼嚎叫，不過，妳的反應或許跟我不同。」吳爾芙私底下雖然也是伶牙俐齒、不遑多讓，但她會視情況撒嬌、甚至諂媚討好，那年春天，她給莫雷爾夫人寫過這樣一封信：「上次拜訪嘉辛頓莊園，已經是好久之前的事了，在我心中，嘉辛頓莊園跟其他蓋在地上的房子不一樣，反而更像露營車、又像空中宮殿。」[39]

在花園宴會上，福斯特與莫雷爾夫人聊起要去作客的那個週末，原來夫人更希望他與艾略特同往，她告訴福斯特：溫德・路易斯「心地不好」[40]，這事她比過去十拿九穩。「為什麼這樣問？」

福斯特對麗麗說出心底的疑惑。就算路易斯（或是史崔奇、吳爾芙）「心地不好」，也沒比莫雷爾夫人不好到哪裡去。有一回，福斯特在夫人的花園宴會上遇到一位詩人，「我很欣賞他，但他有些瘋癲、有些討人厭，而且很自負」[41]，福斯特在日記裡寫道，可是，夫人不喜歡這位詩人，而且還在品頭論足時「插了一句，告訴」福斯特及在座賓客：這位詩人患有梅毒。福斯特雖然喜歡八卦，但不免憂心自己落人口實而不自知。

過了一週，福斯特到嘉辛頓莊園作客，正好趕上週六晚宴，福斯特先是和其他賓客交換「眼神，目光中透著猜疑和敵意」[42]，但過了不久便笑鬧起來，而且跟路易斯相處融洽，這讓人大感意外，福斯特發現路易斯「臉皮厚卻愛緊張，相當奇特，」路易斯還拉福斯特去散步，夫人大失所望，本來還指望兩位作家「各演各的」，在各自的圈子裡當個稱職的裝飾品。

福斯特認為這次作客「大成功」[43]，回到英國後，這是他第一次以「小說家福斯特」的身分挺過週末宴會，而非只是當史崔奇、吳氏夫妻等好友的陪客。然而，儘管路易斯看似掏心挖肺、逢迎討好，到頭來還是心地不好，莫雷爾夫人並非白操心。[44]在自傳裡，路易斯憶述在嘉辛頓莊園碰見福斯特，並給福斯特加上「布倫斯貝里小說家」這個名號，彷彿這是眾所熟知的侮辱，從路易斯的用字遣詞來看，他確實是在羞辱福斯特，稱之為「安靜的小傢伙」，鋒芒內斂、默默無聞，沒人會對他眼紅，難怪——路易斯寫道——福斯特「跟『布倫斯貝里那幫人』處得來，還被任命為男版狼爾芙」，路易斯故意把吳爾芙寫成「狼爾芙」，同樣的錯誤在自傳裡出現過不只一次。福斯特和「狼爾芙」毫無性慼可言，兩人都生不出孩子，只是「『戰後』回巢的公雞，很快就『啼叫到聲嘶力竭』」，福斯特的長年沉寂，實為矛盾的利己作為，「在那棘手的位置上，作品越少越好。」

——

福斯特從嘉辛頓莊園回來後，不過幾天的時間，情勢丕變，起因頗令人錯愕，源自《泰晤士報》一篇略顯負面的書評，評論盧卡斯·瑪雷（Lucas Malet）的誌異小說選《達席瓦的寡婦》（*Da Silva's Widow, and Other Stories*），這位老作家的名氣已大不如前，而從這篇書評看來，東山再起也似乎無望。書評刊於六月六日星期二，篇幅很短，東拉西扯，標題〈蒼白的靈魂〉[45]也沒有要吸引讀者的意思，反而像在跟讀者致歉（或許是真的在道歉），書評一開頭就寫道：「鑑於主題，這部選集裡的每一篇短篇，幾乎都有其他作家的影子」，短短一句話，就把讀者勸離這部選集（和這篇書評），下一句的開頭則援引了亨利·詹姆斯，這位大文豪也是一等一的誌異小說寫手，其餘韻可見於瑪雷的短篇，同一句的結尾則將瑪雷與另一位作家並論，說瑪雷「有一、兩處」更像「寫《天國公車》的福斯特」，這實在「格外不幸」，因為只要被拿來跟福斯特比，讀者只會「好奇」同樣的題材「若是交由福斯特先生來寫，是否會別開生面。」

《天國公車》收錄了福斯特的六篇短篇，筆調怪誕，與其長篇迥異，儘管《此情可問天》銷路極佳，福斯特還是花了好大的工夫才找到人出版《天國公車》，合作已久的出版商愛德華·阿諾不肯，最後由席德威與傑克森（Sidgwick and Jackson）於一九一一年付梓，希望藉此簽下福斯特下一部長篇小說，但下一部長篇小說或其他作品卻持續難產，《天國公車》又叫好不叫座，比起長篇小說，短篇更難圖利，古今皆然。但一經《泰晤士報》的書評提起，《天國公車》意外重生，活躍於接下來十天的讀者投書專欄。

盧卡斯．瑪雷是筆名，本名瑪麗．聖烈治．金司禮（Mary St. Leger Kingsley），一八五二年生，出版過多部長短篇小說，處女作於一八八二年發表，離世前一年（一九三〇年）仍有作品問世，父親是作家查爾斯．金司禮（Charles Kingsley），名著包括《西行記》（*Westward Ho!*）、《水孩兒》（*The Water-Babies*），瑪雷在全盛時期不僅與亨利．詹姆斯是文友，更有當代喬治．艾略特（George Eliot）之美譽，暢銷程度不下吉卜林（Rudyard Kipling），在她看來，〈蒼白的靈魂〉是對她的侮辱，字裡行間還暗指《達席瓦的寡婦》有剽竊之嫌，這讓她感到備受凌辱。

對於這項（既無人提出亦無人暗示的）指控，瑪雷氣憤不過，投書《泰晤士報》說自己根本不曉得《天國公車》或其他福斯特的作品，還說她連福斯特先生是誰都沒聽過。[46]投書於星期四見報後，便輪到法蘭克．席德威（Frank Sidgwick）氣憤了，他是席德威與傑克森的創辦人，看到瑪雷聲稱不知道福斯特，也投書到《泰晤士報》，說自己身為出版人的文學涵養遭受冒犯，但其實是在藉機宣傳。《天國公車》已經問世十一年了，席德威對這部選集一直很沒信心，在籌備出版時，福斯特提了十篇短篇，席德威只選了其中六篇，並附上插圖和彩繪蝴蝶頁，福斯特認為這很蠢，有損全書格調。一九二〇年，席德威再版了《天國公車》平裝本，賣了一年多還沒賣完，趕緊加入這場宣傳戰。

席德威的投書於星期六刊出：「敝出版社讀了盧卡斯・瑪雷在《泰晤士報》的投書，立刻寄了一本《天國公車》過去，未來若有任何英國小說家在貴報的讀者投書做出類似的聲明——說自己沒聽過福斯特先生的名號，或是沒讀過福斯特先生的作品，且經敝社判斷，認定該作家跟盧卡斯・瑪雷一樣傑出，敝社樂意贈閱一本《天國公車》，以上，若貴報願意公告，敝出版社自然高興。」[47]

到了隔週，《泰晤士報》的投書專欄幾乎天天登出讀者對福斯特的欽慕，每封信都對福斯特的作品稱道不已，其中不乏小說家的投書，有一封署名「C・K・S・M」者，正是司各特・蒙克里夫（C. K. Scott Moncrieff）的首字母縮寫，其英譯的普魯斯特《在斯萬家那邊》不久便會問世。這系列讀者投書都以「福斯特著作」為大標題，許多讀者好奇福斯特過去十年的動向，他雖然靜默，但未遭遺忘。

盧卡斯・瑪雷對福斯特的評論有欠明智，再次證明作家回應負面書評絕非好事，飽受委屈的作家只會被越描越黑，引來更多人關注最初那篇可恨的書評；瑪雷的孤陋寡聞則讓福斯特再次受到矚目，福斯特（謹慎地）重拾信心，並跟遠在日本的馬蘇德分享了這則振奮人心的消息。

「我一夕成名了，這真是不可思議的轉變，《泰晤士報》的讀者投書專欄天天都有我，占據了四分之三的版面，有些是出版社的懇求信，有些是不知名仰慕者的投書——簡直沒道理，我什麼也沒做，全都源自《泰晤士報》那微不足道的小插曲。我好高興，對我這種個性而言，這是絕佳的經驗，你哪裡曉得——又或許只有你曉得——自卑常令我吃盡苦頭，像這樣聲名大噪，正好可以推我一把。」[48]

在給西格弗里德·薩松的信中，福斯特說《泰晤士報》的讀者投書讓他「調皮雀躍起來」，他已經很久沒那麼「沉著、能見人了」[49]，這影響到他寫印度小說的心境，過去一個月雖然寫得勤，但說不上滿意還是不滿意，只是一個勁兒往下寫，新添的段落還不算壞，但他還是沒把握能寫完，過往的紀錄給不了他信心，加上他看出這本小說的「根本缺陷」[50]，很擔心自己矯正不過來。在他看來，小說中的人物「不夠有趣」，而且太過強調氛圍，反而犧牲了戲劇張力。

不過，即便是這樣的疑慮也有重大含義，這代表福斯特看事情的視角有別於從前：過去十年來，他一直以為有缺陷的是小說家，現在才明白原來缺陷是出在小說本身，雖然他寫得「慢慢吞吞」[51]，但只要繼續寫，就會像雷納德勸告的那樣——從舊稿中生出新作。

三個月前，福斯特向薩松坦承，說自己的觀察力不行了，這下他不那麼肯定了。六月底，他寫信給薩松，筆調樂觀許多，應該有信心能把小說寫完，只是不確定必須做些什麼：「淡淡地看著遠方？尖叫？該怎麼做才好？還是就活著？」[52]

活著——按照自己的意願活著——或許這就是答案。福斯特就連週末外出訪友，都會寫長信讓母親放心。五月時，他在嘉辛頓莊園寫信給母親，說自己「渴望再見到媽媽，心中時時掛念」[53]，不過，有件事情非改變不可，他告訴麗麗，說自己再也受不了她的批評，「更受不了她的管束」[54]，他一邊羅列對母親的抱怨，一邊升起反抗之心，精神抖擻、不計後果，但最多也就只能這麼叛逆了。他一邊攻、一邊退，還尷尬地使用了第三人稱：「他想拜託媽咪不要干涉這麼多，若想帶著鐘去倫敦就讓他帶……若想把大衣送人就讓他送——手套弄丟就丟了，接受事實吧。」提這些微不足道的小事似乎很荒唐，「但這些小事加在一起，就等於喪失了獨立」，福斯特寫道，如果他想完成印度小說，就必須從母親身邊獨立出來，一如從穆罕默德身邊獨立出來那樣。

信末，他緩了緩，閒聊自己有多忙，說要去見羅傑．弗萊，手錶也拿去修了，還買了哈代的詩集，最後簽上「永遠永遠愛您」，彷彿無可奈何，認了母子關係就是這樣，永遠改變不了。

麗麗過世後，福斯特燒了好幾回的信，幾十年過去了，這封信卻一直留著，麗麗當年讀了有沒有嚇到雖不得而知，但福斯特卻嚇了自己一跳，他在信上留下了晚年顫抖的字跡：

老爹來勁了。55

第十章 「上週日艾略特來吃飯、讀詩」

五月時，艾略特聽說吳爾芙流感復發，提筆寫信給雷納德表示同情：「我們都曉得久病的滋味，我想極少人能夠明白。」[1]那時艾略特寫給吳氏夫妻的信，要屬這封信最稱得上共話衷腸，稍微卸下了（阿道斯・赫胥黎向奧德霖・莫雷爾夫人描述的）鎧甲。久病纏身照護難——這樣的默契，身為丈夫的艾略特和雷納德都曉得，身為病患的艾略特和吳爾芙也都懂得，這是這兩對夫婦彼此連心之處。艾略特（跟去年秋天一樣）沒提自己舊疾復發，比起流感，陷入焦慮和憂鬱更是隱憂重重，病程無法預料，一切彷彿又回到一九二一年的秋天：他既沒去過馬蓋特、也沒去找過維多茲醫生，就連完成長詩的春風得意也煙消雲散，因為自己冥頑不靈又拖泥帶水，搞到連出版都有困難；此外，籌備《標準》壓力重重，更有不少耽擱延誤。出版長詩、創辦文學雜誌、鞏固文學地位——這些是他一九二二年的抱負，如今卻似乎越來越難實現。

「不知道寫不寫得好，」艾略特從洛桑市寫信給友人時寫道，當時他還沒去找龐德推敲詩句、把近千行的長詩刪削減半；如今，他的疑問從「寫不寫得好」變成「出不出得成」，這樣的轉折真是令人始料未及。回想三月第一週，他到霍加斯宅邸拜訪吳氏夫妻，神情看似信心滿滿，吳爾芙在日記裡說他容光煥發，詩稿備妥、擺在書桌保險櫃裡。那時他和瑟爾的爭執已略見端倪，但還能用矜持的外殼和枯槁的妝容遮掩住心底的擔憂，而在他囂張跋扈、漫天要價之後，詩稿的前景看似黯淡了下來。

出版沒了著落，稿債又越積越多（積欠《日晷》的那幾篇甚至尚未動筆），春日漸深，憂鬱更濃，但更勞神傷身的卻是薇薇安惡化的病情，這一切的一切，都讓他漸漸招架不住，腦袋打結再打結，遠非維多茲醫生教的定心和安神技巧所能應付，冬天時還有效的靜心練習，怎麼到了春天就被淡忘、不管用了？從他和薇薇安往往直白的大量通信中，找不出任何解答。[2]

時序來到五月中，他向朋友坦言自己腦力「衰弱，必須鞭策好幾個鐘頭，才能產出微薄的成果」[3]，成果之一是《日晷》的「倫敦來函」，但只有一半出自他的手筆，另一半是薇薇安的功勞。（「他處於崩潰中，」薇薇安寫信給友人道：「病得很厲害，一直問我該寫什麼……我講，他抄，不管內容是什麼……絕望而心死。」[4]）「為了換一換環境」[5]，他跟薇薇安遷居城外，住在肯特郡的皇家唐橋井（Royal Tunbridge Wells），下榻的旅店「離車站只有幾步之遙」，通勤到倫敦相對方便，但還是得每天六點半起床，加上他老是擔心趕不上火車，結果就像他在給友人的信中說的：「住在鄉間對我沒半點好處。」理查德・阿爾丁頓（Richard Aldington）認為：這處境會毀了艾略特。阿爾丁頓是作家，曾經編輯《利己主義者》，並在艾略特的邀請下協助籌備《標準》。五月第一週，阿爾丁頓致信美國詩人艾美・羅威爾（Amy Lowell），信中寫道：「艾略特病得很厲害，如果不好好休息一陣子，恐怕來日無多。」[6]這一週「陽光與歡樂」在倫敦重現，振奮了福斯特和吳爾芙，但卻不見艾略特舒展愁眉。

雖然無法休長假，但薇薇安的父親提供了艾略特喘息的機會，這趟「五天四夜的假期」[7]形同再次赴瑞士療養，跟去年秋天跟駿懋銀行請假時一樣，寬大為懷的上司迅速准假，從五月二十日到六月四日，艾略特夫婦下榻在瑞士盧加諾的布里斯托飯店（Hotel Bristol），旅費全由岳父海伍德先生買單。

這趟旅行滋補了艾略特，將他從崩潰中拯救出來。據他寫道：自己「前所未見的慵懶」[8]，整天就是「划船、游泳、吃飯、睡覺、沿著湖畔散步」[9]，盧加諾湖非常美，「密密實實開滿了紫藤和玫瑰」[10]，旅館櫛比鱗次，到處都是「美國遊客」。他在這裡初識赫曼・赫塞（Hermann Hesse），並成功邀到一篇〈近代德國詩歌〉刊在《標準》創刊號上。這趟旅程也讓他勻出兩天的時間，跟龐德在義大利的維洛納（Verona）碰面[11]。過去兩個月他只替《日晷》寫了「倫敦來函」，而且寫得十分辛苦，這趟瑞士之旅替他騰出空閒，親自與龐德再將《荒原》篩過一遍。

一月別後，艾略特和龐德就沒碰過面。才子計畫公告後，艾略特一方面尷尬，一方面心存疑惑：不曉得這補貼計畫怎麼運作？給的補貼夠不夠大方？因此，艾略特並未制止龐德繼續出力，也並未表態倘若籌措到足夠資金便離開銀行界。如今，催生《荒原》的龐德與生出《荒原》的艾略特在中立地帶碰面，基於不同的理由，兩人都被城市生活壓得喘不過氣，因而遠走他鄉。

龐德與妻子朵蘿希出走巴黎來到義大利，他發現在巴黎寫作越來越困難，這就不得不提一下他替艾略特出力一事：初春時節，龐德私下寫信給許多潛在贊助者，包括詩人威廉・卡洛斯・威廉斯（William Carlos Williams），事後來看，這顯然醞釀了不久後發表於《新世紀》的才子計畫。「我一直在弄這件事，敲機器敲得我累個半死，」[12]龐德寫道。對龐德來說，在《新世紀》發表才子計畫或許能一勞永逸（只是會傷害艾略特的自尊和名聲），從此不必私下寫信向各方籌錢，刊在《新世紀》的宣言只是換個說詞，內容還是他個人的懇求。文章刊出後，龐德離開了巴黎，才子計畫形同落空，短時間內成不了氣候、募不到款項，顯然他也知道才子計畫行不通，縱使應該要有贊助人，但注定只是一場空。

龐德警告朋友自己會消失一陣子，他在給奎殷的信中寫道：「我將離開這世界」[13]，寫給另一位友人的信則更加決絕：「我死了」[14]，下文說這封信是從靈界寫的，「請把消息放出去」[15]，讓大家知道龐德死於耶穌受難日，並轉告他父親，說龐德暫時自殺，「等待恰當的時機復活」[16]，死而復生後會回到巴黎——只是耶穌第三天就復活，他可能需要三個月。

艾略特將威廉王街、馬蓋特、蕾夢湖……等地標入詩，龐德則將與艾略特的會面寫進旅居義大利期間起草的詩作裡，詩名〈馬拉泰斯塔詩章〉[17]（"Malatesta Cantos"），取名自十五世紀的詩人西吉斯蒙多．彭多夫．馬拉泰斯塔（Sigismondo Pandolfo Malatesta），他是贊助藝術家的藝術贊助人，堪稱中世紀的龐德。在詩稿中，龐德與艾略特的化身在維洛納競技場附近的咖啡廳與朋友閒聊，艾略特是龐德筆下的「友達湯瑪士」（Thomas amics）。「湯瑪士」（Thomas）取自艾略特的全名湯瑪士．斯登．艾略特，「友達」（amics）則是普羅旺斯方言，意思是「朋友」或「戀人」，比起競技場內的表演，競技場外生氣蓬勃，場內盡是膩煩的虛飾——「腳燈、小丑、舞者、表演犬」，場外則是艾略特、龐德與友人把酒言歡；不過，龐德下筆作詩時，想的不僅是與艾略特在維洛納喝酒，其中幾行甚至寫出兩人為《荒原》的命運起了爭執，《荒原》是龐德接生的成品，倘若順利出版，將樹立未來詩歌的里程碑。龐德的詩章開頭銜接艾略特《荒原》的結尾，「較勁意味十足，典出」[18]《荒原》倒數第二句：「這些片段我用來支撐我的斷垣殘壁」，由艾略特作於洛桑市，是龐德全詩改動最少之處，保留了艾略特原先的手筆。

龐德的詩章開頭寫道：「這些片段你用來擱置／支撐」，其中一稿還刻意在「你」後面加上艾略特的全名縮寫「T・S・E」[19]，不僅影射艾略特的詩作，更影射艾略特將詩作出版搞砸。「友達湯瑪士」在洛桑市用這些片段支撐著，並與龐德一同篩出珠玉，接著便束之高閣，將那偉麗擱置，不顧龐德也出過力。

一九二三年，龐德將〈馬拉泰斯塔詩章〉投稿到艾略特創辦的《標準》，艾略特要求改動一處：「基於策略考量，我強烈反對全詩第一行，」[20]艾略特寫道，「這樣人家會以為詩是我們一起寫的，或以為你寫我的、我寫你的，如蒙允許，全詩從第二行開始刊。」此時《荒原》已經出版，這句詩句不再只是私下的玩笑，因此，龐德同意刪去，不過，在一九二五年的單行本中，這第一行又補了回去。

——

雷納德和吳爾芙在修士邸待了十天，六月十日星期六回到里奇蒙市。根據吳爾芙的日記：待在修士邸那幾天，天氣一直很好，「完美到成了常態」[21]，但完美的不只是天氣，羅德麥爾村與世隔絕，她能「輕鬆從寫作轉換成閱讀，中間還能抽空去散步」[22]，「腦袋裡」簡單而流暢，這樣的生活讓幸福也成了常態。回到里奇蒙市後，夫妻倆忙著待客，但吳爾芙並未疏於寫作，事實上，她「寫得太勤，說得太多」[23]，還將《雅各的房間》整理過一遍，方便格林小姐謄打。拔了三顆牙齒後，吳爾芙依然時燒時退，對於失去的牙齒，她遺憾歸遺憾，但這也證明：謹遵醫囑弊大於利，未來大可不用理會。一想到讀者對《雅各的房間》的反應（雷納德還沒讀過），她就「直發抖」[24]，但即便是這樣的「預兆」，似乎也未成為她的心理負擔。

對於《雅各的房間》，吳爾芙自知「疑東疑西、起起落落，一如四季遞嬗」[25]，她決意對此築起心理防線。成功寫出〈龐德街的達洛維夫人〉後，她深信對付自我懷疑的最佳解方並非抉擇：是要寫答應艾略特的短篇嗎？還是要重拾閒談閱讀的散文？或是接下吸引人的書評工作？這些工作既不會互相連累，也無損其心中的遠景，她看見自己帶著「巧妙的實驗」[26]，游刃有餘穿梭在其間，看心情「調整枕頭，看要枕在哪一面」。

六月十五日星期四，《泰晤士報》那陣「熱鬧」過後，福斯特跟雷納德約在倫敦碰面，與劍橋幫共進晚餐，散會後，福斯特在霍加斯宅邸留宿。過去三個月的變化十分突出，福斯特重新振作，

一來是因為名氣再起，二來是因為寫作有了進展（雖然他偶爾會嫌這作品太過謹小慎微、枯燥乏味），三來是因為他重回社交圈，在過往的年月，朋友（甚至他自己）都在問：福斯特究竟怎麼了？此刻，他受到眾口稱善，自然意氣風發起來，哪裡還有三月時那死氣沉沉的模樣？眼前的他「非常平靜而安詳，像燒開的水壺，底下是一把隱蔽的火，在韋步麗區燃燒，」[27]吳爾芙在日記中寫道，此刻的吳爾芙樂在寫作，心情格外爽朗開闊，福斯特那挑剔又嚴厲的老母親雖然仍住在韋步麗區，但老爹正來勁，麗麗再怎麼陰晴不定、管東管西，福斯特都不太受影響。他跟吳爾芙、雷納德坐到很晚，一邊坐一邊聊新作，他已經很久沒有新作可以聊了，眼前除了《印度》一書，他還有另一本著作可談，彷彿跟吳爾芙一樣，決意對疑東疑西、起起落落的心情築起防線，因為這麼做是有好處的。他答應霍加斯出版社：將關於埃及的文章集結成冊，預定一九二三年出版。

六月十六日星期五，福斯特回信給愛德華．阿諾。阿諾在《泰晤士報》上看到沉寂已久的福斯特又有了消息，便寫信問他是不是在寫新作品，福斯特含糊其辭，只承諾說：「真的寫出來了您肯定會知道，光是金錢考量就夠誘人了，多虧了盧卡斯．瑪雷即時打開話題，今早大眾對我的興趣就占了四分之三的版面，你說奇怪不奇怪。」[28]

幾天後，六月十九日星期一，他又到倫敦參加回憶俱樂部的聚會，席間他與史崔奇朗讀了各自的文章——又一篇新作完稿。

回憶俱樂部聚會前一晚，艾略特來找雷納德和吳爾芙，六月初從瑞士及維洛納拜訪龐德回來後，他們三人還沒見過面，他上霍加斯宅邸吃晚飯，更重要的是——他帶著三月時提到的詩稿，那時他跟福斯特也是一前一後拜訪了吳氏夫妻，當時兩位作家的際遇判若雲泥：艾略特自信寫出了大作，收在書桌的保險櫃裡，福斯特則抑鬱失志，整個人死氣沉沉；如今，艾略特、福斯特（和吳爾芙）都稱心如意、侃侃而談。

對艾略特來說：比起拜訪洛桑市，到盧加諾渡假更能恢復精力。根據艾略特寫給友人的信：六月十八日星期日傍晚，他見到吳氏夫妻，自覺「健康比上次離開時好很多，更進一步說，比我一月從瑞士回來時更健壯」[29]，這展現在他用餐時的舉止上，也展現在餐後的表演上。

「上週日艾略特來吃飯、讀詩，」[30]吳爾芙在日記中寫道。

「他又是吟、又是唱，打著節拍，文辭力與美兼具，句式整齊，張力飽滿，不知是什麼貫穿了這些詩句，他一路朗讀，後來不得不倉促結束——有幾封關於《倫敦雜誌》的信要寫，論詩的時間因此限縮，但確實留下了濃烈的情感。《荒原》[31]——這首詩的名字。」[32]

沒空論詩——這實在太「艾略特」了，過去多年來的雜務和義務也讓他沒空寫詩，但這番匆匆告辭或許只是方便開脫的說詞，這樣一來他就不用回答跟詩作相關的問題，他向來都是這樣，能避而不談就避而不談。艾略特後來改寫詩劇，成績斐然，在一篇文章中，他說寫（詩劇之外的）「詩是用自己的聲音在寫，朗讀給自己聽就是試驗，詩就是詩人在說話。」[33]就艾略特而言，所謂詩人在說話並非指詩人說出心中的話，而是指詩人說出了節奏、說出了吟詠，詩人表達的是聲音，而讀者要的往往是意義，但這不關詩人的事，「讀者能從詩中讀到什麼——這種交流的問題無關緊要」[34]，只要這首詩「在你看來都對了，那就希望讀者最終能接受吧。至於詩，可以等。」[35]先不管究竟有沒有信要寫，艾略特在週日匆忙告別吳氏夫妻，等於是身體力行自己的論點，也巧妙避開了雙方的交流。

艾略特春風滿面更勝六月天，但薇薇安的病情卻更加嚴重，結腸炎等疾病引發的症狀和疼痛，迫使她採取更極端、更激烈的療法，而醫生五花八門的治療讓她苦不堪言。她聽了奧德霖．莫雷爾夫人的推薦，改看另一位專科醫生，其診斷為「腺體」[36]問題，正是當時的醫界風尚，醫生建議的實驗性療法「十分前衛而且激進」，必須施用動物腺體，並配合「充分的體內消毒」，為此，薇薇安每週得禁食兩天，餓到渾身乏力、才思枯竭，根本無法見人，更別說見吳氏夫妻。薇薇安的「久病」一再次祕而不宣，艾略特又吟又唱的詩句裡夾雜著薇薇安對沉默丈夫的哀求，既演活了薇薇安的病況，也揭露了艾略特的狀況。

隔天晚上，回憶俱樂部的聚會結束後，克萊夫在戈登廣場（Gordon Square）的宅邸辦了晚宴，席間聊到了艾略特的詩——艾略特的詩並沒有等，艾略特的文友也沒有等，事實上，這首詩似乎真的是詩人在說話，但並非像艾略特想的那樣說出節奏。瑪麗．賀勤森告訴在場賓客：她聽過這首詩，依她詮釋，這首詩是「艾略特的自傳——一部鬱悶的自傳。」[37]

吳爾芙很清楚：瑪麗．賀勤森是艾略特夫婦的知己，艾略特夫婦跟她不像跟瑪麗那麼親，吳爾芙偶爾會吃瑪麗的醋，嫉妒瑪麗跟艾略特比較要好，此外，儘管克萊夫和瑪麗是一對，但吳爾芙經常瞧不起瑪麗的魅力（和聰慧，或許還偶爾因此吃醋）。然而，在克萊夫的晚宴上，瑪麗對吳爾芙殷勤又熱切，讓吳爾芙忍不住心軟。「對，瑪麗在樓梯上吻了我，」[38]吳爾芙在日記裡寫道：「瑪麗從房間另一頭走過來，在我耳邊私語。」或許是這番示好，吳爾芙暫把瑪麗對《荒原》的詮釋當作定論，沒再添上其他意見。

——

吳爾芙對艾略特吟唱《荒原》的描述，既捕捉到了艾略特的精髓，也補捉到了「詩是詩人在說話」的論點。艾略特的大姊名叫艾妲（Ada），比艾略特年長十三歲。一九四三年，艾妲七十四歲，臨終前，她寫了最後一封信給艾略特：「那時你還小、還在學說話，咬字都還不清楚，就急著學那句子的節奏——高高低低、抑揚頓挫，我也跟著哼哼哈哈、與你一搭一唱，兩人肩並肩坐在樓梯上，坐在我們洋槐街二六三五號的家。如今你作詩，文詞都還沒想好，節奏倒先有了……真真是我親愛的小弟弟！」[39]

這很像他的寫作習慣：「在小鼓的伴奏下」[40]一字一句打著節拍，這是他給過（至少）一位後輩詩人的建議，同時也是他讀詩的風格——不只吳爾芙形容過，後來他朗讀《荒原》的兩支錄音檔也是如此。根據吳爾芙的描述，她在聽完朗讀後留下了「濃烈的情感」，不過，艾略特藏在這首詩背後的情感卻十分隱晦，這一半是全詩的布局使然，另一半則是艾略特的朗誦使然，他的吟唱不帶感情，聲調平出，毫無抑揚頓挫，雷納德回憶艾略特某次吟誦時說：「自荷馬以降，所有詩人都這樣朗誦詩歌——像在哼一支單調的曲子，很奇特，」[41]所有意涵的暗示都抽掉了，詩人不再是闡述這首詩的權威，讀者、聽者也不是。艾略特是這樣朗誦的：「四月—是最—殘忍—的」，既非「**四月**是最殘忍的」——彷彿有人說某月更（不）殘忍，艾略特則回嘴強調「四月」才最殘忍——也非「四月**是**最殘忍的」——彷彿暗示有人爭辯（或懷疑）四月是不是真的最殘忍——更非「四月是**最**殘忍的」——彷彿四月的殘忍有什麼突出之處——也不是「四月是最**殘忍**的」——彷彿在反駁「四月是最和善的」——更不是「四月是最殘忍**的**」，強調略而未寫的「季節」二字，這三十天的春日有時看似轉瞬即逝，重讀之下卻是沒完沒了。短短一行詩，就有這些讀法，有時這樣讀、有時那樣讀，但艾略特沒有偏好任何一種，也並未暗示這行詩話中有話。

有一次，奎殷向艾略特請教《荒原》中某個詩段[42]，期待艾略特能解釋一下，但艾略特沒有解釋，只將作詩的聲律攤開來談，他在回信中寫道：或許這首詩在奎殷耳裡跟艾略特聽到的不一樣，他告訴奎殷：「詩行本身就是頓點」，每一行都自成聲境，他向來不管標點，每每讀到行尾都會頓一下，就算文意連貫到下一行也一樣，詩行與詩行之間的停頓形成了鼓點，這些鼓點讓全詩句式整齊，在聲律中將全詩吟成了一支曲子，這正是吳爾芙所聽到的。

艾略特讀詩跟講話差不多，小時候在聖路易市洋槐街怎麼說話，長大後在倫敦的會客廳就這麼說話。有一回，艾略特到嘉辛頓莊園作客，期間與女主人奧德霖．莫雷爾夫人攀談，夫人還記得當時氣惱至極，索性改說法語，「拚了命想扯破他那矜持的面紗」[43]、卸下他的心防，沒想到艾略特說法語跟說英語一樣，都是字斟句酌，「緩慢、平板、精準」[44]。艾略特過世後，另一位友人回憶說：艾略特說話的方式令她心醉：「平平的，聲音略響，轟隆轟隆就過去了，沒聽見哪個字重讀，」聲調裡「少了自負」，在她聽來近乎像「琴弓輕輕拉過大提琴弦，因此錯過了真意。他不用言語來挑起情緒。」[45]

艾略特在霍加斯宅邸吃完飯、讀完詩，接下來幾週便將恢復的精力投注在新詩出版上，如果還有機會的話，他希望能爭取入秋後在美國出版。四月中旬，他終於寫信給克諾夫，問克諾夫有沒有興趣在秋季出版《荒原》？並輕輕補上一句，說自己和李孚萊在巴黎見過面，席間李孚萊出了價。五月一日，克諾夫回信，說雖然想多出一些艾略特的詩作，但秋季的出版書目已準備付梓，今年的出版書單無法再增加。克諾夫建議艾略特接受李孚萊的出價，並期待出版艾略特下一部散文作品。而今時序接近七月，艾略特卻尚未接受李孚萊的出價。

與此同時，李孚萊寄來了一份合約，艾略特認為條件很差，比奎殷一九一九年幫他跟克諾夫談的合約還不如，整體對作者更為不利。艾略特已經好一陣子沒跟奎殷聯繫，當年跟克諾夫談完條件後，奎殷建議艾略特找個文學經紀人，比起先前在美國既無名氣、又無著作，眼前艾略特要找文學經紀人並非難事，但他終究沒去找，這下沒辦法，只剩聯絡奎殷一途。六月二十一日星期三，艾略特顧不了費用，硬是發了通越洋電報給奎殷：

> 不滿李孚萊合約，詩的事，能否請您協助？抱歉，艾略特筆。[46]

奎殷馬上回了一通越洋電報：

> 樂意為您的合約提供任何協助。[47]

艾略特回覆電報時答應會寫信交代後續，奎殷等候艾略特通知，還說如果有必要，他願意找李孚萊當面談。

對於作家和藝術家，奎殷不僅推崇，而且還慷慨解囊，但另一方面，奎殷憤世嫉俗，只要李孚萊和克諾夫稍有冒犯之虞，便會出於反猶主義破口大罵，兩相對照，大相徑庭。一九二二年夏天，奎殷處理著艾略特的合約，過程中難以與李孚萊和克諾夫通上電話，奎殷向艾略特抱怨這兩位出版人的工作習慣反覆無常，這是先天的，還說自己最後不得不把兩人「逼上樹」：「猴子之類的才被『逼上樹』，你注意到了吧？這裡用這個動詞，正是衝著那兩位出版人來的。」[48]此外，對於奎殷提出的要求，李孚萊或克諾夫如果沒能爽快回應，奎殷就會開罵，有一次李孚萊回覆遲了，就被奎般說是「猶太人無禮的齷齪行徑，而且是刻意為之，猶太王八蛋，以為這樣子就能讓人印象深刻……這種事我永生難忘，一律照規矩來，怎麼公平怎麼回。」[49]

不過，只要受到奎般喜歡或尊敬，奎般就會十分忠誠，例如艾略特就是。奎般很看重艾略特的作品，而且艾略特從來不曾開口向奎般要求經濟援助（喬伊斯就拜託過），因此，奎般對艾略特照顧有加，還答應龐德要慷慨認捐、參與才子計畫。艾略特與奎般從未見過面，年齡、收入、性情也都大不相同，但同樣過著疲憊不堪的生活。有一次，艾略特寫信給奎般道：「想要的清閒臨到眼前，卻總是海市蜃樓，期盼的假期來到身邊，卻總是被意想（不）到的災難打亂。」[50]奎般的回信也差不多，其建議無關文學也無涉法律：「好啦，抽時間去看牙醫吧，」奎般某次回信給艾略特時寫道：「看牙醫相當重要，比理髮重要多了，忙到沒空看牙、理髮——這我明白，但讓自己被事情追著跑是不對的，」[51]這忠告說來簡單，奎般自己要做到卻也困難。

收到奎般寬慰的越洋電報後，艾略特回了一封信，內容不外乎道歉和辯解，這一年他寫了好多類似的信給瑟爾等人，越寫越嫻熟，什麼怠忽要事、在所難免、懇請原諒，或是自己（或妻子）身體微恙、懇請寬限海涵。

在艾略特看來：李孚萊的合約含糊得毫無必要[52]，「好處都讓出版社占盡了」[53]，包括全球發行權、翻譯版權、雜誌刊登權、文選收錄權，林林總總加在一起，「等於將整首詩賣給對方」，價錢是一百五十美元，外加百分之十五的版稅。這裡的問題倒不是錢（當初在巴黎就跟李孚萊講好了），而是希望條約內容能將版權留在艾略特名下，只將著作權賣給美國和加拿大的出版市場，上一本跟克諾夫簽的合約就是這樣，艾略特希望奎殷能照這樣跟李孚萊談，奎殷滿口答應，並反過來告訴艾略特：就算李孚萊不接受，艾略特也沒有損失，反正還有其他出版人，總而言之，奎殷就是不想跟猶太人沾上邊，巴不得旗下作家都只跟哈珀、史安納等出版人打交道。李孚萊本來就有意出版艾略特的詩作，但卻臨陣退縮，最後由克諾夫於一九二〇出版成《詩集》。眼前換克諾夫不出艾略特的新作，只好回頭找李孚萊，難道奎殷總得替艾略特出面將猶太出版人「逼上樹」嗎？

奎殷對龐德描述的巴黎晚餐記憶猶新，席間李孚萊提議出版《尤利西斯》，這讓奎殷對李孚萊極為不滿：一年前沒勇氣做的事，一九二二年也沒勇氣做，就算開了價也不算數，李孚萊給艾略特的合約雖然兌現了在巴黎的承諾，但卻在條約上背信棄義，比起反悔不出《尤利西斯》的李孚萊，眼前的李孚萊沒有比較值得信賴。奎殷向艾略特保證：要找人做這部詩易如反掌。[54]要不是艾略特趕在年底前出版，奎殷這番保證大概能讓艾略特安心。這封信七月第一週才寄到倫敦，信中對出版一事胸有成竹，一定找得到其他人出，如果出版人不是猶太裔，那就好上加好，而艾略特關心的事就只一樁：盡快出，越快越好。

儘管抱持著秋天出書的希望，艾略特依然委託奎殷全權處理與李孚萊的合約，其中當然也包括拒絕。六月二十五日星期日，拜訪吳氏夫妻後過了一週，艾略特寫信給奎殷，說會將詩稿「盡快寄過去……供您參考」[55]。他打算為整首詩加註，之所以出此計策，一半是為了讓整首詩更具分量，畢竟李孚萊一月時擔心《荒原》篇幅太短，出成書恐怕過於輕薄，此外，艾略特也答應奎殷會把全詩的打字稿寄過去，「可以直接交給出版社的那種」[56]，畢竟李孚萊一直還沒讀到這首詩。先前艾略特朗讀《荒原》給吳氏夫妻聽，應該不是靠背誦，而是有打字稿在手邊，可是，艾略特卻拖了三週，才把答應會盡快寄去的打字稿寄給奎毆，趁早出書的希望因此更加渺茫，甚至可以說是破滅了。

整首詩明明一月就已經接近完稿，中間歷了這麼多個月，為什麼找不出也擠不出時間生打字稿？這實在難以解釋。不論是出成單行本還是刊在雜誌上，出版方都需要乾淨的打字稿才能排版，這是可以預料的現實情況，既然都親自跟龐德將全詩篩過一遍了，怎麼不趁機重新謄稿呢？龐德四月時曾經寫信給紐約的友人[57]，詢問《浮華世界》（*Vanity Fair*）有沒有興趣刊登艾略特的新詩？如果有興趣，願意付多少稿酬？但一直沒有下文。此外，更令人想不透的是：如果艾略特沒時間打字，怎麼不花一點小錢，請專業打字員謄打一份（或多份）詩稿呢？

縱使艾略特已委託奎毆與李孚萊協商，但打字稿一直出不來，他只得繼續道歉。六月十九日，艾略特將暫定稿寄給奎毆，請奎毆交給李孚萊，他很遺憾沒能「好好打出來，但實在不想再拖延」[58]，這份暫定稿足以讓李孚萊「繼續往下走」，如果真的簽約，「我會趕緊交出尾註」[59]。出版《荒原》的過程是一連串的道歉，艾略特知道這是自己最好的作品，在排版上對出版社殷殷敦促——「請勿允許印刷工糟蹋標點和間距，這些都具重要涵義」[60]，他寫信請奎毆提醒李孚萊，但卻遲遲未能提供打字稿讓李孚萊排版——這事他一個月前就答應要做了，像這樣拖拖拉拉，讓他對定版更加擔憂，距離出版沒剩多少時間，沒空按照正常速度排版和校閱，時間太過緊湊，越洋來回勘誤一次就要花上不少時間，勘誤第二次就會來不及出版，答應的尾註也遲遲未動筆，對發行《標準》又擔憂至極，答應作註簡直自找麻煩。

第十一章 《戀愛中的女人》出庭

一九二〇年十一月，一本印刷精美的小冊子公告：勞倫斯《戀愛中的女人》將由新出版社「湯瑪士．瑟爾查」發行，限量一千兩百五十本，公告內容影射其前傳《彩虹》鬧出醜聞，並保證《戀愛中的女人》將帶來同樣的閱讀體驗，盼能藉此吸引讀者，同時避免激怒查禁單位。

> 情慾在勞倫斯筆下盤據重要地位，然而，情慾越熾熱，精神越崇高，對那些喜愛腥羶色的讀者來說，《戀愛中的女人》恐怕不好懂，勞倫斯雖然毫不猶豫擁抱肉慾、甚至頌揚肉慾，卻也迅速發現並稱頌其最神聖的本質。[1]

《戀愛中的女人》的書名頁並未列明出版者（只寫著「先認購後私印」），公告刊出後一年半，全書雖然稱不上大賣，但銷量穩定，同時間，勞倫斯的名聲越來越響，《迷途少女》在英美成功出版後（英國版也由瑟爾查發行），更是替勞倫斯打響了名號，然而，《戀愛中的女人》每本定價十五美元，先認購後印行，只有少數人付得起。一九二二年七月初，某個炎熱的週五午後，瑟爾查的出版社來了個不速之客，名叫約翰．桑奈（John Sumner），來自紐約抑惡協會[2]（New York

Society for the Suppression of Vice）。瑟爾查的出版社位在紐約第五大道附近，對面就是聖派翠克教堂（St. Patrick's Cathedral），辦公室裡多的是勞倫斯小說的庫存，可供紐約抑惡協會沒收。

勞倫斯雖然人在澳洲、艾略特人在倫敦，但在一九二二年七月初，紐約才是左右兩位作家的所在。

——

紐約抑惡協會成立於一八七三年，一九二二年即將邁入第五十個年頭，該組織首創先例，在美國獨一無二——雖然是私人組織[3]，但成立之初便授與執法責任，創辦人安東尼・康斯托克（Anthony Comstock）是該協會的舵手，在嫉惡如仇的富人贊助下，領導抑惡協會四十多年，一九一五年去世後才由桑奈接手。比起康斯托克，桑奈在大眾心中顯得十分渺小。康斯托克的肚子有多壯觀、鬍子有多浮誇，他那洋洋灑灑抨擊「卑鄙小人」[4]的文章就多有看頭，其傳奇永垂不朽，瑪格麗特・安德森的回憶錄就是明證。瑪格麗特・安德森是《小評論》的創辦人，而《小評論》曾節選《尤利西斯》登出，因此在一九一七年遭到查禁，安德森女士在回憶錄說是「被安東尼・康斯托克查禁的」[5]，但一九一七年康斯托克已經過世兩年了。

無論是起訴《小評論》刊登《尤利西斯》節選，還是起訴瑟爾查出版《戀愛中的女人》，幕後推手都是康斯托克的繼任者——桑奈，他出身長島，是一位股票經紀人，嗜好是開車、打高爾夫，跟康斯托克一樣難纏又煩人，監察「市售小惡」[6]毫不留情而且十分成功，包括電影、戲劇、商用攝影及藝術品，卻始終活在康斯托克的影子裡。比起康斯托克，桑奈的點子更多[7]，在未出版的回憶錄中，桑奈自豪地回憶道：起訴小說雜誌（例如《小評論》）是他的創舉，這事前手連想都沒想過。

十九世紀末葉，城鎮興起、移民增加，在抑惡協會看來，這正是道德淪喪的原因，為了對抗道德墮落，抑惡協會在全美各地如雨後春筍般成立，並投入多項進步事業，包括消弭貧窮、立法反對童工、討伐敗德文學，認為傷風敗俗的作品煽動犯罪、荼毒青年。撇除抨擊文學不談，康斯托克其實行善無數，儘管在許多事情上「大出洋相」[8]，但倒也受人景仰[9]（包括幾位敵人在內），只是他抨擊的作品實在太多。

不論桑奈也好、康斯托克也罷，就算大肆抨擊某書的危害，讀者也不會嚇得不敢買，受到攻擊的書籍反而更容易受人矚目，不管是小說還是非小說，哪些原本默默無聞又賣不太動的作品，一旦被大張旗鼓扣上猥褻的帽子，大多便會引來公眾注意。《紐約時報》曾經出過一篇社論，標題是〈替惡書打廣告〉[10]（"Advertising Bad Books"），內容便是在批評桑奈查禁書籍。

抑惡協會找碴的是出版者、發行人、書商，例如《尤利西斯》的被告不是喬伊斯，而是瑪格麗特·安德森和《小評論》的共同創辦人珍音·希普（Jane Heap）；《戀愛中的女人》的被告不是勞倫斯，而是湯瑪士·瑟爾查，作者只是受害者兼無辜旁觀者，雖是利害關係人，但不參與訴訟，只是落得名譽受損罷了。一九一五年，《彩虹》在英國遭禁，出版商梅修音同意全面下架，勞倫斯寫信給馨西痖·愛思葵夫人：「真是氣死人了，某個雞婆多事的跑去找地方推事，說：『我跟你說：這本書不雅，』然後推事說：『哎呀，那怎麼行，』結果這本書就被查禁了。」[11] 對於這該死的裁決，只有出版商和發行人才有權上訴，縱使作品被認為妨礙風化，違法犯紀的畢竟不是作者，因此，「上訴權對作者完全無用」[12]。

「雅正的地方代表」[13] 桑奈嚴肅看待「抑惡協會」這個名號，絕不辜負「抑惡」兩個字，但堅決不用「審查」這個詞，認為這個詞曲解了他的工作，「一般人聽到這個詞都會不舒服」[14]。他認為自己像博物館館長，為了服務更崇高、更純粹的理想，呈現文學、藝術、娛樂、世人應有的樣貌，他必須去蕪存菁。

關於書中的腥羶色，桑奈寫道：「有人說這類文學只是反映世道，大家就是想看聳動的內容。這種說法不對。這種文學或許真的反映了世道，但也只是某一群人、某一部分的世道，聳動內容確實也有某類讀者需要，但麻醉藥物也有人需要啊！還不是被嚴禁販售了。」[15]

「當前對猥褻文學的需求，是否來自新一批的癮君子？」

桑奈認為：倒楣的讀者淪為無賴流氓的俎上肉——既像被騙進賭場的大眾，也像活在萬惡淵藪中的妓女。在一九二二年的年度報告中，桑奈抱怨全新的危害像傳染病般蔓延開來，「第一次世界大戰結束後，道德淪喪退潮的結果浮上檯面，實為不祥之兆」[16]，市場因此越來越包容不雅內容，從電影到明信片，各種引發異議的題材充斥書肆。根據桑奈呈給董事會的詳細月報：周遭道德沉淪得太厲害，他和為數不多的員工簡直忙不過來，在這片四處蔓延的危害中，書籍只占了一部分，電話響個不停，信件紛至沓來，有的來自關切的民眾，有的來自好事的雞婆，任何冒犯道德的事都歸抑惡協會管。明面上，抑惡協會最為人所知的是查禁書籍、審查戲劇，但他們每天、每月花最多時間做的卻是各種「私惡」，包括向董事會和警察局舉報「敗德之徒」[17]——有些潛伏在街角、有些潛伏在中學校園、有些潛伏在地鐵站、有些甚至徘徊在高級社區。拜訪湯瑪士・瑟爾查數週前，桑奈接獲來信，署名「麥克・霍齊克斯」（McK. Hotchkiss），信中告知抑惡協會：「有位叫芬妮・伍茲（Fanny Wood）的黑人女子，利用河濱大道二百三十號從事敗德行為」，這份舉報被轉交給警監，以利後續「調查和行動」。無論惡行再小，都逃不過雞婆鄰居的法眼，也逃不過桑奈呈報給資助者的詳細報告：「匿名女子來電，西二十一街二十二號和一百六十三號的外牆出現不雅圖片和粗鄙文字」，協會「到場調查，兩處管理員都答應將引發異議的內容移除。」此外，桑奈寫信給一百六十三號的房客（某位「姓拉帕波的先生」），建議他「將外牆漆成深色，以防塗鴉客亂塗亂寫。」抑惡協會的位址在西二十二街，隔壁就是西二十一街，無論是匿名女子要舉報，還是桑奈要查訪，都相當方便。

比抑惡協會歷史更悠久的，是左右「淫穢」法律標準的著名判例——一八六八年英國法院的「希克林案」[18]（Regina v. Hicklin），美國直到二十世紀都奉行此案對淫穢出版物的定義：「內容傾向……是否敗壞、玷汙一干易受敗德影響之輩，以及這類出版物落入誰手中。」[19]在這樣的定義下，只要抽出幾段純潔與否惹議的段落，就可以用來譴責一整本書。一九二一年，瑪格麗特・安德森和珍音・希普再度因為節選《尤利西斯》而出庭受審，原告憑藉的就是「希克林案」對淫穢出版品的定義。《尤利西斯》的節選刊於《小評論》一九二〇年的七、八月號，創辦人瑪格麗特・安德森認為，根本的問題在於「這位藝術家文豪與大眾的關係……本人明確聲明：此案只涉及（毫無必要的）為美辯護。」[20]但司法不站在她這邊。雖然被告沒有提出要求，但本案法官允許辯護律師約翰・奎殷（艾略特的贊助人）傳喚三位專家出庭，證明喬伊斯的《尤利西斯》具有文學性——也就是為美辯護，不過，法官雖然承認專家證詞，但並不影響判決結果，被告於一九二一年二月獲罪[21]，為後續胡博許、李孚萊舉棋不定埋下伏筆，讓奎殷十分惱火；事隔一年，龐德告訴奎殷：李孚萊有意出版《尤利西斯》，又讓奎殷氣炸了一回。

瑟爾查發行的《戀愛中的女人》，出版時間在一九二〇年夏天《小評論》刊登《尤利西斯》節選之後、一九二一年審訊結果出爐之前，其版權頁刻意不標註出版者。一九二二年七月，桑奈除了扣查《戀愛中的女人》，還沒收了另外兩部瑟爾查出版的作品：亞瑟・席尼茲勒（Arthur Schnitzler）的《情聖卡薩諾瓦》（*Casanova's Homecoming*）和未署名作者的《少女日記》（*A Young Girl's Diary*），此時又有一案的裁決結果出爐，為這波查禁風波開了先例，瑟爾查或許可以援用。

湯瑪士・瑟爾查曾與編輯天普・司各特（Temple Scott）合資，成立司各特・瑟爾查出版社（Scott & Seltzer），但不久便拆夥，瑟爾查獨立開了一家出版社，首批出版的書籍便包括《戀愛中

的女人》限量版。瑟爾查第一次幫勞倫斯出版的著作，是一九二〇年六月的劇本《一觸即發（三幕劇）》（*Touch and Go: A Play in Three Acts*），接著十一月出版了《戀愛中的女人》，一九二一年春天再出三本，分別是小說《迷途少女》、劇本《孀居的霍爾羅伊德太太》（*The Widowing of Mrs. Holroyd, a play*）、論文《精神分析與無意識》（*Psychoanalysis and the Unconscious*），這時書市大概供過於求，勞倫斯的論文只賣出七百本，從出版史來看，一九二一年還不算慘澹的一年，瑟爾查的妻子艾黛兒（Adele）向家人解釋丈夫的新投資，說丈夫在「經濟恐慌」[22]時創辦出版社，「西區推銷員說：如果再繼續這樣下去，他肯定會餓死，這裡的『他』不僅代表瑟爾查的出版社，也代表其他幾間大型出版社。」

不過，《迷途少女》一九二一年出版後，短短數月便賣出四千本[23]，瑟爾查不得不將勞倫斯六月完稿的《亞倫之杖》延到一九二二年春天再出版，騰出時間繼續推銷《迷途少女》。瑟爾查寫信給勞倫斯的經紀人洛博・芒席耶，說：「生意暗澹，簡直半死不活，」儘管出版業景氣蕭條，但他們卻身處「勞倫斯熱潮」[24]（這是瑟爾查自吹自擂的好聽說法），其實就是指《迷途少女》賣得很好，其他幾本的銷售雖然疲軟，但「隨便翻看文學版面，幾乎沒有不報導的」，瑟爾查向芒席耶保證，自己「為勞倫斯花錢宣傳絕不手軟」，可能就是因為這樣，瑟爾查和妻子雖然是「作者的恩人」[25]，但夫妻倆卻一直「處在破產邊緣」。瑟爾查對勞倫斯的紀實作品有信心，就算是《精神分析與無意識》，只要抓準時機，也還是賣得動，此外，他期盼《大海與薩丁尼亞島》於一九二二年春季大賣（玫苞・道奇讀的便是刊在《日晷》的節選），至於《亞倫之杖》，瑟爾查提議排在《大海與薩丁尼亞島》之後出版。

起初，勞倫斯對於跟瑟爾查的新出版社綁在一起心存戒備，並表明反對「私印出版」《戀愛中的女人》，但最後還是妥協了，並預言《戀愛中的女人》不是「叫好不叫座」，就是「因醜聞而爆紅」，他似乎沒想到，《戀愛中的女人》是先叫好不叫座，後來才因醜聞而爆紅。

「以當時景氣而論」，《戀愛中的女人》銷售穩定[26]，初版半年後，瑟爾查認為很快就需要再追加認購，並推出簽名版。一九二一年六月，瑟爾查寫信給芒席耶，信中說絕版書雖然有利可圖，但出版社把勞倫斯前景的希望寄託在《亞倫之杖》「真的毫無爭議」[27]上，當時《亞倫之杖》才剛完稿，瑟爾查還沒讀過，「毫無爭議」是勞倫斯自己說的，但瑟爾查有信心：在《迷途少女》大賣之後，如果再出一本「無可非議」的小說，「勞倫斯就能在美國立足，用不著擔心來自四面八方的敵意。」瑟爾查預估（事後證明他估錯了）：《戀愛中的女人》限量版將在一九二二年一月前賣完，此外，他相信《亞倫之杖》不惹非議大賣之後，《戀愛中的女人》便能在一九二二年擴大銷售。

但瑟爾查太樂觀了。儘管《迷途少女》賣得很好，勞倫斯的名聲還是一樣糟糕，這一點馬丁·賽克也發現了：一九二一年夏天，《戀愛中的女人》遭到《英國佬》譴責，這類麻煩已經是家常便飯，《亞倫之杖》雖然得到《布魯克林鷹報》好評，但仍然被批評作者「勞倫斯先生沉迷性愛」。瑟爾查嘴巴上說擔心自己和勞倫斯的名聲，但依然拿話柄當賣點，例如一九二二年六月刊在《紐約論壇報》的《亞倫之杖》廣告[28]，既呼應了一九二〇年推銷《戀愛中的女人》的傳單，也呼應了一九二二年春天的宣傳手冊〈D．H．勞倫斯：其人其作〉，其內容宣稱《亞倫之杖》「是文學天才的暢銷作品，描寫勞倫斯眼中的現代愛情與婚姻。」同月，曼哈頓下城區的鄰里劇場（Neighborhood Playhouse）拿勞倫斯的名字開玩笑，以此代指淫穢。事情是這樣的：這間「無禮的小」[29]劇場正在搬演一齣歌舞秀，票房極佳，根據《紐約先驅論壇報》報導，這齣劇搭上一九二二年《齊格菲富麗秀》（*Ziegfeld Follies*）的風潮，一推出便造成轟動，是「給高級傻瓜看的低級表演」，報導使用了引號，表示這是這齣劇的廣告標語。

在其中一個橋段，年輕男子想引起心上人注意，心上人沉醉書香，理都不理，「別打斷我，」心上人說：「我正讀到勞倫斯最香豔刺激的段落。」[30]

瑟爾查將這樁軼事寫進給芒席耶的長信，芒席耶當時出城了，在賓州的鄉間避暑：「他們說每次演到這段，總能博得滿堂彩」。芒席耶經常抱怨勞倫斯的書賣不好[31]，又嫌瑟爾查的合約對作者不利，換一間出版社條件會更好。瑟爾查作為勞倫斯的出版人，自然要向芒席耶報告「勞倫斯」成了俗諺俚語，一來邀功，二來回應芒席耶的抱怨。

不過，這個橋段的笑點，正是約翰．桑奈和抑惡協會最擔心的事：閱讀會毒害少女的心靈。

六月九日，勞倫斯從澳洲寫信給瑟爾查，報告《袋鼠》的寫作進度，還說「到目前為止沒有任何曖昧情節（也不打算寫），也沒有性愛場景」[32]，這時的他對秀場笑話一無所知，還在信中自嘲：「艾美．羅威爾說：越來越多人知道你是色情出版商，還警告我要小心哩，我想我是穩坐色情作家的寶座了（抱歉了，寶貝們），看來還是說話不算數——繼續寫性愛比較好。」[33]

這位色情作家不久就再度陷入寫作瓶頸，除此之外，勞倫斯和他的色情出版商還遇到另一樁麻煩事，這讓《富麗秀》的調侃和勞倫斯的自嘲多了新的笑點。

——

一九二二年七月七日星期五[34]，下午接近傍晚時分，桑奈突襲了西五十街五號的瑟爾查辦公室，勞倫斯《戀愛中的女人》、亞瑟・席尼茲勒《情聖卡薩諾瓦》、（因佛洛伊德寫了前言而出名的）《少女日記》，共計八百餘冊，全被「波麗士大人扣押」[35]。

瑟爾查被指控違反紐約州刑法第一一四一條，根據《泰晤士報》文雅的說法，該法令涉及「淫穢文學之出版及銷售」[36]。桑奈這波掃蕩十分徹底，「在強行打開辦公桌抽屜的威脅下」[37]，瑟爾查同意將上鎖的抽屜打開，從裡頭搜出其他出版社的翻印本，「桑奈先生一聲令下，全數扣查」。

桑奈的目標是《少女日記》，六月時，他收到線人舉報，立刻指派同事代為「拜訪湯瑪士・瑟爾查」[38]，自己則熱心呈報董事會，並向瑟爾查購買《少女日記》，讀完後，桑奈認定該書可起訴，便展開正式行動，「（將書）劃記呈交」[39]給第七區法院提出控告。七月七日，桑奈收到傳票和搜查令[40]，在西區治安法院准尉的陪同下，兩人一起突襲桑奈的辦公室、監督八百餘冊的書籍打包，並將收據交給瑟爾查，讓他決定是要自己出錢雇用卡車司機，還是讓桑奈派警車來載。瑟爾查決定自掏腰包，這是象徵性的舉動，表明他從一開始就拒絕承認自己有罪——出版和發行這些書刊都未犯下任何罪行。收據是以地方檢察官的名義開的，用意在提醒大眾：桑奈是普通市民，經市府許可查締抑惡，至於這張許可證，則是五十年前康斯托克取得的。此外，桑奈也扣押了布倫塔諾書店（Brentano's）架上的《少女日記》，該書店位於第五大道和二十七街轉角，根據《泰晤士報》報導，瑟爾查出版的三本禁書中，布倫塔諾書店只販售《少女日記》。（抑惡協會搜查布倫塔諾書店時，對《亞倫之杖》置之不理，《亞倫之杖》在當時賣得非常好，高居《紐約先驅論壇報》暢銷榜第一名，費茲傑羅（F. Scott Fitzgerald）的《美麗與毀滅》（*The Beautiful and Damned*）排名第五。）此外，蓊芮德（Womrath）流動圖書館的館員瑪麗．馬克斯（Mary Marks）也遭到逮補，因將《少女日記》借給「不同的人」[41]而受到指控。

在扣押《戀愛中的女人》之前，桑奈呈給董事會的月報中沒提過這本書，看來他是先沒收、後閱讀，並在記述七月的活動時淡淡添上一句：「也讀了書：《戀愛中的女人》。」[42]至於《情聖卡薩諾瓦》，桑奈一九二一年就接過舉報，但卻沒有採取行動，相當不尋常。

縱使對內容和作者名聲一無所知，光憑書名《戀愛中的女人》便足以令人浮想聯翩，簡直可說是《少女日記》的續集，記錄了佚名作者後續的性發展，至於《情聖卡薩諾瓦》的書名，則和作者席尼茲勒的外國姓氏一樣討罵。寫《少女日記》的「少女」雖然並未署名，卻隱隱約約透露著異國情調、散發出性感曖昧的氣息，書封印著佛洛伊德的名字，為此書的分量背書。

桑奈與抑惡協會查禁的圖書中，有許多來自猶太出版人，此事絕非巧合，李孚萊、克諾夫、胡博許多年來都是該協會的眼中釘，桑奈雖然大公無私，只要逮到機會，就連哈珀、史安納、立平柯

（Lippincott）也照樣起訴，但他對這些老牌出版人不會像對他痛恨的猶太出版人那樣，認為人家出書是聯手破壞良好的品味、玷汙美國的純潔。從一九二一年至一九二三年間，桑奈討伐淫穢戲劇的力道之猛，勝過對出版人的突襲檢查，他抨擊猶太製作人汙染紐約劇院、敦促美國民眾「將劇院從『外國人』手裡拯救出來。」[43]

瑟爾查一八七五年生於俄國，一八八七年隨家人移民美國，考取獎學金進入賓州大學，一八九七年畢業後從事現代語言研究，除了兒時習得的英語、俄語、意第緒語，還精通波蘭文、德文、法文、義大利文，翻譯過俄國作家高爾基（Maxim Gorky）的作品，當過記者、辦過《群眾》雜誌，是「格林威治村一代巨擘」[44]。在芙莉妲的筆下，瑟爾查比勞倫斯的英國出版人馬丁．賽克更有「才華」[45]。瑟爾查後來自己辦出版，與李孚萊的合夥人雅伯特．波尼（Albert Boni）、查爾斯．波尼（Charles Boni）是遠親，他們在一九一七年合資創辦了「波尼和李孚萊出版社」。

這次查禁對瑟爾查的出版社來說是一場災難，對瑟爾查個人而言也是一起禍事，妻子艾黛兒才剛去加拿大安大略省避暑，瑟爾查原本計劃月底前去與妻子會合。桑奈突襲檢查後，瑟爾查把這樁「戲劇化事件」[46]壓了一個星期，一直拖到消息瞞不住了，這才提筆寫信給妻子：辦公室被突襲檢查，三本書被扣押，而且弄得人盡皆知，氣得他憤恨難平，他在信中告訴艾黛兒：「我身上的重擔當然大得嚇人……起初我還以為自己會崩潰——身邊空無一人，工作堆積如山。」比起瑟爾查，艾黛兒更支持勞倫斯，一九二二年夏天，艾黛兒寫信給朋友，說自己為勞倫斯所「奴役，但他對我的意義不僅於此，勞倫斯是當今最令人悸動的生命力，既有莎士比亞的才氣，也有杜斯妥也夫斯基的穎秀。」[47]

瑟爾查之所以拖了那麼久才下筆，也是想等心中有了盤算再告訴妻子。七月十二日，瑟爾查的律師喬納．戈德斯坦（Jonah Goldstein）宣布不會尋求撤銷指控。瑟爾查告訴艾黛兒：支持信如雪片般飛來，讚揚他出版了那三本遭扣查的著作，這令他備受鼓舞，此外，他跟艾黛兒一樣，都深信勞倫斯是當代最偉大的作家，他不僅要保護自己的投資，也要維護自己的原則。戈德斯坦告訴《泰晤士報》：自己已將三本著作細細讀過，「依愚之見」[48]，確信都是「當代經典」，並聲稱這三本禁書不像桑奈所指控的那樣，反而能夠「提升社會風氣和道德。」

全案「循正規途徑處理中，在我看來有希望勝訴，」[49]瑟爾查要妻子別擔心：「我們對抗的雖然是一幫暴徒，但戈德斯坦似乎曉得如何應戰……報紙都站在我們這一邊，我們正打出漂亮的一仗。」

——

《戀愛中的女人》遭到扣押，「沉迷性愛」的勞倫斯先生一點也不驚訝，他訝異的反倒是——抑惡協會竟然拖了那麼久才過來查！明明前年《英國佬》就抨擊過賽克的英國版了。不過，《戀愛中的女人》遭禁一事，他不是從瑟爾查口中聽來的，也不是洛博．芒席耶告訴他的。[50]從桑奈突襲瑟爾查的辦公室，到勞倫斯八月十一日離開雪梨，中間相隔了整整五個星期。

瑟爾查也好、芒席耶也罷，怎麼都不覺得「這漂亮的一仗」事關重大，有必要發電報告知勞倫斯呢？瑟爾查雖然寫了一封信，但來不及趕在勞倫斯離開澳洲之前寄達，勞倫斯到了美國才拆閱，這時已稱不上新聞了。至於勞倫斯六月二十一日報告《袋鼠》進度過半的那封信，瑟爾查應該在第一次出庭之後就收到了。

當時瑟爾查忙著辯駁桑奈的指控，替勞倫斯出版下一本（不談情說愛的）小說，大概是後來才有的想法。勞倫斯原本擔心：《袋鼠》會跟前兩部「卡住」的小說一樣，一卡就是好幾年，沒想到這次的瓶頸只持續了幾天，這幾天的空白說來也巧，竟讓他從中找到了往下的方向。

《袋鼠》的場景設在澳洲，唯一的例外是勞倫斯復工後寫的那一章，為了交代主人翁理查德．洛瓦特．桑默斯（或說是作者勞倫斯本人）為什麼會在澳洲，他將自己人生中的一章寫進《袋鼠》裡，這段經歷他從未在小說中披露過，寫的是他與芙莉妲在一戰時的遭遇。先前芙莉妲在給詹金斯太太的信中說勞倫斯「奮筆疾書」[51]，前十一章確實是如此，到了第十二章，場景轉至一戰初期的英國，筆下就凝滯了。先前旅居珀斯時，勞倫斯對遼闊的澳洲灌木林感到害怕，其實是源自他深埋在心中的恐懼，他將這樣的恐懼賦予筆下的主人翁，在第十一章結束收筆之前，他安排桑默斯與袋鼠對話，內容令人惴惴不安：桑默斯會效忠袋鼠嗎？會加入袋鼠領導的革命運動嗎？桑默斯不曉得，勞倫斯顯然也不曉得。對話結束後，桑默斯走過雪梨的街頭，那是個週六的夜晚，商家都打烊了，在勞倫斯的筆下，「街上人流如潮，街景兒卻黯淡蕭條。黯淡的街，黯淡中穿行的人流。可怕，在澳大利亞你會感到這種恐懼。」[52]第十一章在此收尾，流淌了三分之二本小說的文思突然乾涸，彷彿在全力衝刺了十一章之後，勞倫斯忽然看不出桑默斯該往何處去。

在第十二章，勞倫斯探索了恐懼的根源。福斯特在最新一篇與回憶俱樂部成員分享的文章裡，提到自己探查了「過往的雜物間」[53]，在裡頭找到「我專屬的有用」事物；勞倫斯也找到了，並用筆尖將主角（和自己）勾到精神分析師的沙發上，桑默斯「安靜但毫不放鬆地躺著」[54]，「仔細地思量著他同當局在戰爭期間的遭遇……在這之前，他一直封存著這段記憶，因為他懼怕回憶。現在，記憶洪流般湧來，如同意識中一場火山爆發。」

《袋鼠》全書共十八章，每章大約十至二十頁，其中以第十二章〈噩夢〉（"The Nightmare"）最長，將近五十頁，篇幅比其他章多出一倍。

從第一次世界大戰伊始，到一九一七年勞倫斯與芙莉妲離開英國，期間種種遭遇，勞倫斯一五一十娓娓道來：「一九一五年，舊世界完結……倫敦不再完好，甚至可說是灰飛煙滅，世界中心的地位不再，整座城市淪為漩渦，迴旋著支離破碎的激情、欲望、希望、憂慮、恐怖……卑劣堂而皇之登臺，《英國佬》是報刊與輿論的卑鄙代表，行使著傲慢的無恥統治。」[55]他震驚自己和芙莉妲竟然被「嚴加監視」[56]，並描述自己被「傳喚」[57]所受到的羞辱——「瘦骨嶙峋的裸體」被醫生打量，體檢結果「不合格」，「可恥地」不被錄用，這令他鬆了一口氣。「讓他們給我貼上不合格的標籤吧……我知道我身子骨兒弱，可話又說回來，我身子也頗為健壯，這可是攜有我之自我的唯一軀體。」

判定他不合格的醫生規勸他「想辦法為自己的國家效力」[58]，桑默斯（和勞倫斯一樣）「考慮了不知多少回，但一到行動關頭，就意識到自己什麼也做不來，找不到任何直接或間接的方式來為戰爭服務」，他「只聽從自己的靈魂行事」，「不能被迫做任何事」、不能違背自己的意願。

最後，軍事當局命令桑默夫婦「在三天期限內」[59]離開康瓦爾郡，無論他們到英國的哪一處，都必須「在十二小時內向當地警察局報到，匯報他們的地址」[60]。離開康瓦爾郡之後，桑默斯夫婦感覺「曾經相信的一切都死了」[61]，「漫長的冒險」就此展開，理查德·索墨斯偕同妻子哈麗葉·索墨斯離開英國，輾轉來到「自由的澳大利亞」[62]，「曾有的恐懼和壓力」再次襲來，他們「又成了嫌疑犯，又成了外地人。」

寫完第十二章之後，勞倫斯從過往回到當下、回到他與芙莉妲所在的澳洲，小說也從一戰的英國回到袋鼠的故事——維安部隊與工會成員爆發衝突，袋鼠在街頭鬥毆中傷亡。雖然勞倫斯偶爾自詡極富遠見，實際上卻沒有那麼高明，無法預見法西斯主義的未來，似乎也不曉得《袋鼠》的結局，故事寫到一半時，他說這是「一本滑稽的小說，明明該有很多劇情，但是卻沒發生什麼事情。」[63]勞倫斯準備離開義大利時，墨索里尼已經在政壇嶄露頭角，他明白像墨索里尼這樣的人物遲早會掌權得勢，也曉得政客一開口就煽惑人心、十分危險，為了在小說中挑明這一點，他讓桑默斯忍不住受到「袋鼠」吸引，並暫時在政治上默許對方，不過，勞倫斯沒再往下細想：這樣的政治魅力，究竟對桑默斯夫婦或大眾會造成什麼影響？為了情節方便，也為了達到預計的進度，勞倫斯賜死了袋鼠，這樣一來，他就能將小說完稿寄出，讓書稿先他一步到達美國。要趕上船班的不是只有勞倫斯和芙莉妲，《袋鼠》也得盡快遠颺。在重拾書稿後，勞倫斯只花了兩週左右的時間，便將

《袋鼠》剩下的三分之一寫完，將書稿寄到美國的那個週末，瑟爾查正要打出那漂亮的一仗。

《袋鼠》這部小說的結局跟「袋鼠」的下場一樣草率：勞倫斯寫著寫著，發現筆記本快寫完了，便讓桑默斯夫婦離開澳洲，自己則和芙莉妲尾隨其後。船班啟航，故事告終，勞倫斯的體裁實驗圓滿成功，只花了六週就寫完了一本小說，全書以男女主角抵達澳洲開頭，並以男女主角離開澳洲收尾。到達美國之後，勞倫斯修訂了《袋鼠》的結局，將自己和芙莉妲待在澳洲那最後三個星期寫進小說裡，增添這段情節之後，故事讀起來好多了。芒席耶建議將〈噩夢〉刪除[64]，認為整章離題，跟故事主線毫無關聯。

勞倫斯考慮了芒席耶的建議。不過，將全書修潤完畢寄出後，他堅決〈噩夢〉不能拿掉。回憶自己和芙莉妲經歷的一切是整本書的關鍵，也是支撐他寫這本書的期望。「一戰那邊留著，」[65]他在給芒席耶的信中寫道：「非留不可，這一版就是全書的定稿。」[66]

不論是到錫蘭、到珀斯、到雪梨、到瑟盧，一路上勞倫斯似乎從來沒有想過：自己正一步一步解開塵封的過往——塵封得如此徹底、如此焦慮。待在芒舍畝那幾個月，勞倫斯跟普魯斯特、福斯特一樣，都找到了利用記憶和印象的方法。桑默斯的恐懼正是勞倫斯的恐懼，藉由書寫，勞倫斯從噩夢中驚醒過來，跟桑默斯一起下定決心：「對他而言，社會的評判無憑無據⋯⋯在靈魂裡，他被斷開了，若要評判，就依著這孤立的靈魂來評判吧。」[67]

勞倫斯寫〈噩夢〉之時，正是吳爾芙寫〈龐德街的達洛維夫人〉之時，兩人的創作手法迥異，反映出兩人的目標不同、風格有別、對戰爭的體驗也大相徑庭，不過，兩人在下筆時都體認到：戰爭依然存在於當下，甚至虛構出相同的場景來挑起筆下角色的回憶：桑默斯在週六的夜晚上了街，在雪梨的街頭散步解悶，只是「運氣不好」[68]，街上的人潮帶給他多年不見的恐懼，一面走，過往一面湧上心頭；達洛維夫人出門買東西，雙腳踏在倫敦的街頭，心裡想著：「戰爭結束了，」但會這樣想，就代表戰爭還沒有結束，不僅盤旋在克萊麗莎的心版，也縈繞在女店員的腦海，成為衡量日常經驗的一把尺，包括手套的品質。大班鐘的十一響是戰爭的提醒，市聲擾人，就算只是汽車回火，聽著卻令人驚慌失措，不論是哪一種爆炸聲響，都不再只是街頭的噪音。

戰爭不只影響了逝去的亡魂。艾略特筆下的敘事者隨著人群湧過了倫敦橋，心想：「沒想到死神奪去了那麼多」——這樣的想法，桑默斯躲不過，克萊麗莎也躲不過。回憶儘管深埋，卻總是陰魂不散，這正是福斯特所指出的——普魯斯特的「冒險」做了個「現代的轉折」，從此之後，藝術可以用前所未見的方式來呈現內在，從〈龐德街的達洛維夫人〉、《袋鼠》到《荒原》，三部作品都描繪出一九二二年的巨大矛盾：戰爭過去了，但尚未結束。

——

湯瑪士．瑟爾查的律師接受《泰晤士報》訪問的那一天，紐約州上訴法院正好裁定了另一起妨害風化案，裁定結果讓瑟爾查那「漂亮的一仗」輕鬆許多，更有立場對付約翰．桑奈和紐約抑惡協會的指控。該起妨害風化案源於一九一七年十一月，紐約抑惡協會逮補了雷蒙．D．海爾賽

（Raymond D. Halsey），案由是海爾賽販售十九世紀法國小說家高堤耶（Théophile Gautier）的《馬斑小姐》（*Mademoiselle de Maupin*），因此，海爾賽跟瑟爾查、瑪麗．馬克斯一樣，都被指控違反紐約州刑法第一一四一條：販售「淫穢、下流、猥褻、齷齪、不雅、噁心」[69]之書籍。海爾賽在特別庭受審，獲判無罪[70]，並反過來指控紐約抑惡協會誣告，陪審團判海爾賽勝訴，紐約抑惡協會提請上訴，法庭支持陪審團之判決，紐約抑惡協會遂向上訴法院提請上訴，雙方爭訟將近五年。一九二二年七月十二日，法院裁定海爾賽勝訴，加上應計利息，總共獲賠兩千五百美元，最重要的是，這次五比二的判決結果首開紐約先例，從此之後，「倘使要依刑法第一一四一條判定書籍淫穢、不雅，須得考量全書，不得僅以粗鄙、不雅段落以偏概全。」[71]

高堤耶的《馬斑小姐》於一八三五年問世，一出版便獲得法國海內外好評，其名聲有多響亮，臭名就有多遠播，美國等地的審查員向來視之為眼中釘。上訴法庭臚列《馬斑小姐》的崇拜者，指出該書儘管不乏批評者，但卻是「過去一百年來法國文學評論必提之著作」[72]，此外，法庭指出高堤耶「文筆精妙」，並舉出書中許多「純潔而美麗的段落」，還引用亨利．詹姆斯的評論[73]：「從某些角度來看，這本書簡直天真到近乎可笑」，同時，法庭也承認[74]該書許多段落「的確粗鄙、不雅」，「但是，唯有拆出來讀才是如此」。

這裡的「但是」是關鍵，根據多數法官提出的主要意見書：這些引發異議的段落倘若單獨印刷，「依法律來看」，可能「屬於刑法一一四一條禁止範疇」，但那又如何？「亞里斯多芬尼（Aristophane）、喬叟（Chaucer）、薄伽丘（Boccaccio）、甚至《聖經》」也有類似的段落，如果刻意挑出來，也一樣觸犯刑法一一四一條。

關於節選段落混淆視聽一事，反對審查制度者已經提過無數次，奎殷在為《小評論》辯論時也提過，但法庭從未採用。一九二〇年十月，《小評論》刊載《尤利西斯》的〈瑙西卡〉遭桑奈查禁，龐德告訴喬伊斯：「要為《尤利西斯》章節開脫，必須援引《尤利西斯》全書」[75] 如今《馬斑小姐》首開先例，讓龐德的話成為判例。

判決出來的時機巧到不能再巧，實在不可思議。就在前一天，桑奈到西區治安法院作證，談論瑟爾查出版的三本著作，對此，《紐約論壇報》下了個近乎諷刺的標題，其副標題寫道：「桑奈讀了兩百五十四頁的《少女日記》，一邊讀一邊臉紅」[76]、「桑奈除惡務盡、告訴庭上：《戀愛中的女人》和《情聖卡薩諾瓦》聳人聽聞，書商則稱其寓教於文」，該報記者對出版細節津津樂道，讓所謂「除惡務盡」的審查力度大打折扣。報導寫道：席尼茲勒的《情聖卡薩諾瓦》和佚名的《少女日記》都賣了八個月了，限量發行的《戀愛中的女人》也上市將近兩年了，荼毒大眾心靈荼毒了那

麼久，也沒見到什麼顯著的影響，看來這三本書帶給社會的危害也沒大到哪裡去吧？

「內容淫穢，」[77]桑奈一面「乾脆地」說，一面闔上出庭時拿在手裡的《少女日記》，根據《紐約論壇報》的報導，桑奈「閱讀」此書「深感震驚」，該篇報導的標題是記者敘述桑奈的證詞：「他從十七頁開始臉紅，一路紅到兩百五十四頁，而且越來越紅、越紅越熱。」當天戈德斯坦也為《少女日記》出庭辯護，但發揮有限，報導寫道：其辯護一如書封所稱——該書「僅供」家長、教育界人士、法律界人士、醫學界人士、「心理學的學生」閱讀，寫到這裡，記者補上一句：「當然，任何人都可能是心理學的學生」，因此，這種書封警語跟桑奈的查禁行動一樣，都無異於替「惡書」打廣告，無法阻止七月底開庭審判，媒體對此大肆報導，報導內容對瑟爾查有利，他寫信給妻子道：「不僅報紙替我們伸冤」[78]，海爾賽的判決結果也讓他鬆了一口氣，「判例這麼多，或許各種情況都有，真是好極了。」除了遭人指控，七月的高溫也壓得瑟爾查喘不過氣，本來還打算到加拿大避暑，如今卻在紐約等開庭，開庭前一週的晚上，他寫信給艾黛兒：「這是我們至今最糟糕的一天」[79]，「我昨晚徹夜失眠」，不過五點下了雨，這似乎跟海爾賽的判決一樣，預示著「水深火熱告一段落」。

《出版者週刊》指出：瑟爾查出庭受審的消息一傳來，很快就成為「尚未開庭便受到廣泛討論

的書籍審查案」[80]，這一來是因為戈德斯坦將傳喚證人，二來則因為海爾賽的判例能否作為參照，此案便是關鍵。七月三十一日星期一，喬治・辛普森（George Simpson）法官聽取證詞，隔天《紐約論壇報》扼要報導了訴訟經過，並下了一連串放肆的標題：「瑟爾查出書遭指淫穢，聽證會上超漏氣／醫生、教授、編輯、媽媽都來作證，就連〈主日學校評論〉都被引用來說服法官：《少女日記》真的超沒『搞頭』」[81]。桑奈作證時說自己讀完了《少女日記》和《情聖卡薩諾瓦》，但《戀愛中的女人》是一個月前才沒收的，沒收後「只讀了幾段」[82]，這句無心的話讓全案顯得站不住腳，換作在海爾賽的判決出來之前，這句話大概足以讓同情此案的法官動搖。專家證詞雖然以《少女日記》為主[83]，但法官也詢問了專家對《戀愛中的女人》和《情聖卡薩諾瓦》的看法，西九十五街的執業律師麥爾森・M・道森（Miles M. Dawson）號稱是「各類寫實文學權威」，曾經做過翻譯，之所以傳喚他出庭，看重的應該是他的政治權威，眾人皆知：道森曾與前紐約州州長查爾斯・伊凡斯・修伊（Charles Evans Hughes）共事，這位前州長隸屬共和黨，曾任最高法院法官，並且是哈丁（Warren G. Harding）總統的國務卿。道森出庭指出：《少女日記》「無傷大雅」，並讚許「勞倫斯」是「偉大的英文作家」。

《日晷》主編吉伯特・賽德斯作證表示：《日晷》曾經刊登勞倫斯和席尼茲勒的作品，這讓戈德斯坦的論點更具分量，足以證明勞倫斯和席尼茲勒都是文學家，必須用不同的標準來衡量。

此外，桑奈及其陣營長年聲稱：書籍「有戕害幼苗之虞」[84]就該禁止，至於是否有其必要，賽德斯也以專家之姿表示：《戀愛中的女人》「引不起兒童的興趣，大人看了如果很興奮，看火車時刻表大概也會很興奮。」[85]

瑟爾查七月時抱怨的「水深火熱」確實告了個段落。九月十二日，辛普森法官裁定桑奈敗訴，並駁回對瑟爾查及蓊芮德流動圖書館館員瑪麗．馬克斯的指控。法官聲稱將三部著作「聚精會神」[86]讀過一遍，稱讚三部作品「對現代文學貢獻卓越」，而且，在《戀愛中的女人》裡，「作者努力發掘生命的動力。」撇除三本書都是佳作不論，更重要的是「斷章取義無法用以評判書籍淫穢與否」，法官的判決意見都這樣寫了，可見上訴法院對海爾賽的判決確實發揮了作用。

對於判決結果，瑟爾查表示：「按法律來看，這起案子是民眾槓上湯瑪士．瑟爾查；從現實來看，則是民眾槓上桑奈先生」[87]，辛普森法官的判決多多少少體現了這一點，而且還為文學辯護：「法律不因書籍未能教化、缺乏實用而查禁」[88]，至於裁定瑟爾查勝訴，則等於是警告桑奈：「據說禁書政策不顧寫作動機、創作目的、出版用途，僅因文字直白、不合當代品味而大肆抨擊，這種做法引人異議，應該加以制止，此言甚是，不失公允。」[89]

對於判決結果，桑奈倒是很豁達：「沒有人能打贏每一場官司。」[90]

桑奈一連吃了兩場敗仗，各大晚報自然大書特書。隔天一早，《紐約時報》的標題寫道：「書籍審查在法庭吃敗仗。」[91]瑟爾查則寫信給妻子道：「大家都很高興，這真的是隨大流了。」[92]

法官還指示桑奈將沒收的上百本書籍全數歸還，過了不久，「三本『淫穢』書籍」[93]的訂單「大量湧入」，艾黛兒在給友人的信中寫著：「你曉得我們有多忙吧？」

還不到九月底，定價十五美元的《戀愛中的女人》簽名限量版便告售罄，「連一本都不剩，」[94]瑟爾查隔週寫信向芒席耶報告，信中概述接下來的出版計畫：迅速加印三千本《戀愛中的女人》普及版，每本定價二點五美元。此外，瑟爾查聲稱要提告桑奈，因其非法拘捕、損害商譽，要求賠償三萬美元（每本書一萬美元）。瑪麗．馬克斯則要求桑奈賠償一萬美元，先前法官駁回桑奈的指控，等於免除了馬克斯小姐的罪。這一切或許實現了瑟爾查的正義，但也展開了新一輪的故事，對於即將推出的《戀愛中的女人》普及版來說，這些故事就是完美的宣傳，十月十八日開賣，轉眼間便銷售一空，十一月初出版第二刷，第三刷緊接在後，一路熱銷到年底，總共賣出一萬五千本[95]。

隔年六月，勞倫斯收到瑟爾查寄來的一九二二年銷售報告：《亞倫之杖》在布倫塔諾書店賣得或許不差，但頂多是曇花一現、小有名氣，要到十一月才與《大海與薩丁尼亞島》、《無意識幻想曲》（*Fantasia of the Unconscious*）、《英格蘭！我的英格蘭》等短篇集搭上銷售熱潮；詩歌與戲劇的銷量則差強人意。「要不是《戀愛中的女人》，我應該窮到響叮噹吧？」[96]勞倫斯在回信中寫道，希望能提振瑟爾查的士氣，比起他自己，勞倫斯更替瑟爾查感到難過。「放心！」他勸慰道，儘管突破了銷售瓶頸，他還是擔心瑟爾查「因為銷路不佳而對我厭煩。」[97]

回想一九二一年底，勞倫斯與玫苞．道奇爭論要不要付房租，當時他在信中寫道：「我希望我不用像以前一樣一直窮困潦倒下去，我那些該死的書！應該要賣得更好才是！」[98]而今至少有一本大賣了，雖然遲了點，但《戀愛中的女人》終於熱銷，他相信其他著作遲早會趕上，至於目前「令人沮喪的銷量」，他寫信給經紀人道：「我們只能逆來順受，還有一波好運在後頭。」[99]

——

玫苞．道奇寄了一張剪報給勞倫斯，內容是瑟爾查與桑奈的爭訟案，收信位址在舊金山，等著勞倫斯與芙莉妲九月四日抵達後拆閱。

「哎唷！」[100]隔天他寫信到紐約給瑟爾查：「我還以為會接到你的消息——沒想到杳無音信……我很樂意聽你說說發生了什麼事，看來我挑了個關鍵時刻來到自由國度。」

九月十一日，勞倫斯抵達「美國．新墨西哥州」[101]，終於讀到瑟爾查先前寄出的信，信中報告七月發生的查禁風波。九月十二日，法官撤銷對瑟爾查的指控，形同為勞倫斯脫罪，他和著作在美國大受歡迎。過了不久，勞倫斯在陶斯認清了一件事：自己並不特別喜歡待在美國。

第十二章 《荒原》在紐約

溫德．路易斯想錯了。先前艾略特說：羅德米爾夫人資助的評論季刊正在籌備中，這是實話，但路易斯卻起了疑心，而且可能將這份疑心與薇歐拉．席孚之外的人分享，此外，這份「假想中的評論」似乎越來越只存在假想之中，為什麼會這樣？感到好奇的可能不只有路易斯而已。

六月底，「評論停辦的傳聞」[1]鬧得沸沸揚揚，艾略特不得不寫信給理查．科布登桑德森（Richard Cobden-Sanderson），說當務之急是盡快發出公告，表明評論並未停辦。科布登桑德森是出版商，也是艾略特與羅德米爾夫人選中的合夥人，這份公告應該能對「倫敦某些群體」[2]產生影響，儘管所費不貲，但也值得了。

這份評論季刊非但沒有要停辦，甚至連名字都想好了，就叫做《標準》，是薇薇安取的，「因為唸起來好聽」[3]，羅德米爾夫人和艾略特也很滿意，至少「標準」兩個字「顯然無害」，況且先前想了好多名字，後來通通都捨棄了。前年羅德米爾夫人口頭答應贊助這份刊物時，薇薇安擔心事情會觸礁，事後回頭看確實也觸礁了，只是觸礁的原因不在雜誌。由於艾略特健康不佳、兩度離開倫敦養病，雜誌籌備進度落後，除此之外進展得相當順利。

艾略特把自己的文壇地位賭在《標準》上，勝過寄託在《荒原》上，這才是令人驚奇的地方。

艾略特想辦一份平衡古今的雜誌，既有談論當代議題的五千字散文，例如創刊號上法國評論家拉禾博（Valery Larbaud）論喬伊斯《尤利西斯》的重要性，此外也有「側重歷史的文章」[4]，例如英國作家慕爾（T. Sturge Moore）談康沃爾騎士崔斯坦（Tristan）與愛爾蘭公主伊索德（Isolde）的中世紀傳奇。

《日晷》的內容儘管跨越國界，撰稿作家也大有來頭，但終究是一份美國雜誌，辦在紐約格林威治村，位址是曼哈頓西十三街，外觀是一棟褐石建築，在英國銷量有限。相較之下，《標準》繼承英國雜誌《藝與文》（*Arts & Letters*）、《利己主義者》的遺志（艾略特曾任《利己主義者》助理編輯），並親自向投稿者解釋：《標準》旨在引介「外國思潮的重要人物給英國文學的菁英讀者……將最深刻的域外思潮輸送到倫敦。」[5]

在艾略特看來，讓《日晷》刊載《荒原》雖然合適（而且有利可圖），但考量到《日晷》內容多元、讀者群為美國知識分子（但未必是菁英），《荒原》很難脫穎而出，這是一大不利。瑟爾原本計畫：等《日晷》上了軌道，就要拓展英國銷路，並希望在一九二一年底與羅德米爾夫人達成協議、提高經銷效率，後來態勢逐漸明朗：羅德米爾夫人與瑟爾合作破局，轉而自行出資辦雜誌，並由艾略特出任主編，瑟爾知道後雖然向艾略特道賀，但卻疑心「雜誌一多」[6]反而對大家都沒有好處。「就是為了避免這種事，我才會蹚渾水反對羅德米爾那幫人，」瑟爾寫信給薇薇安道（那陣子艾略特身體不好，通信都由薇薇安代為捉刀），「文藝雜誌辦得越多，花在印刷、紙張上的錢也越多，給文藝家的錢就越少。」

瑟爾向來要應付艾略特拖稿、稱病，這樣一位看似文弱的作家，如今卻堅決要拚事業、辦雜誌與《日晷》相抗衡，這也難怪艾略特提議要讓《日晷》刊登《荒原》（卻遲遲不讓主編看稿），瑟爾會起疑心。隨著談判陷入僵局，艾略特深感為難，瑟爾卻不願通融，這倒也在情理之中，換作是一年前，瑟爾肯定會破例遷就，如今現實擺在眼前：《日晷》刊載《荒原》是犧牲小我去成全艾略特——這樣一位不思悔改又難以取悅的詩人，居然還要吹捧他的詩作、打響他的名號。為了讓《標準》有稿源，艾略特必須利用自己的聲譽，向《日晷》的海外作者群邀稿，在這群作者中，有的曾在《日晷》發表，有的正打算為《日晷》寫稿，享譽國際的作家就只有這麼一小撮，就算印刷成本翻倍壓低稿酬預算，實際情形也可能跟瑟爾預想的相反：發表的園地越多，文藝家能爭取到的稿酬就越高。換句話說，兩家雜誌跨洋競爭，就越有需要向艾略特開出的那種稿酬低頭。

《日晷》幾乎是虧本經營，一九二二年赤字六萬五千美元，瑟爾和沃森每個月還得拿出兩千七百美元來補貼。[7]一九二一年，龐德在算經營成本時給父親看時寫道：「《日晷》光是印刷費，每本就要四十六美分，瑟爾幹嘛不賣五十美元？這豈不是每個月送一千元給大眾嗎？」[8]

艾略特計畫發行五百本創刊號，到馬蓋特靜養之前曾請科布登桑德森估價，包括發給潛在訂戶的傳單等相關印務，並答應靜養回來後立刻「重新著手規劃」[9]。二月二日，艾略特和科布登桑德森到羅德米爾夫人的府上吃飯。前一天，艾略特提醒科布登桑德森：「羅德米爾夫人八點用餐，」[10]下文還說：「我會穿西裝外套赴宴。」吃飯時，科布登桑德森呈上修訂後的估價單，並拿出紙張和字體樣本，「小開本，紙張很好，字體乾淨，不浮誇、不附庸風雅，」[11]艾略特在給龐德的信中寫道，並表明《標準》不附插圖，還說插圖「利大於弊」，這或許不僅是出於成本考量，還趁機指摘瑟爾辨的《日晷》太做作，充斥著夏卡爾（Marc Chagall）和布朗庫西（Constantin Brancusi）的作品。羅德米爾夫人與艾略特商量好稿費：五千字十英鎊（比起艾略特開給瑟爾的稿酬，《標準》的稿費不算大方），此外，艾略特在給龐德的信中寫道：夫人保證「要用誰的稿子由我來決定。」[12]

眼看創刊號要到秋天才能發行，艾略特索性向歐洲的作家和編輯拉稿、請求指教，藉以「確保前四期都能邀到合適的撰稿人」[13]，其中包括吳氏夫妻，艾略特三月時已親自登門邀稿，儘管他「病痛纏身、憂心如焚，導致諸多不便」[14]，但還是在赴盧加諾度假前，先手抄了一份霍加斯出版社提供的作家名單，包括六百位作家的名字和地址（這時間還不如謄出《荒原》的打字稿給潛在的出版者），並向科布登桑德森保證：會找個恰當的時間打成文字稿，「以供貴社員工過目。」[15]

回到倫敦後，艾略特重拾籌備工作，並告訴奧德霖·莫雷爾夫人，他接下來三個月都準備「全神貫注在這份評論季刊上」[16]，顯然將《荒原》拋諸腦後，「我哪裡也不去，週末也別想做任何打算，」艾略特在信中寫道，藉以婉拒莫雷爾夫人的邀請；但這話絕非實話，就在隔週，他與瑪麗·賀勤森共度了「完美的」[17]夜晚，瑪麗·賀勤森穿針引線，介紹俄國舞蹈家兼編舞者雷歐尼德·馬辛（Léonide Massine）給他認識，此外，他還讓溫德·路易斯畫了肖像、赴了晚宴、去了舞會，他告訴瑪麗·賀勤森：在舞會上，「薇薇安挨了餓」，自己則「玩得很盡興，還結識了阿迦汗三世」。他在吳氏夫妻面前讀完詩告別時，聲稱自己有信要寫，事實上也確實如此，為了籌備《標準》，他忙著跟各方通信，加上無法「放棄靠寫作賺錢」[18]，不論什麼稿子來他都接，因此，他不得不聘請速記打字員[19]，每週來幫忙兩個晚上，他口述信件、她謄稿，正是因為如此，才讓人更加困惑：為什麼到了七月底，他還是拿不出《荒原》的打字稿給李孚萊和《日晷》的編輯呢？

——

艾略特與龐德在維洛納碰面之前，就不再與瑟爾通信，最後一次通信是四月，當時艾略特拒絕瑟爾的開價，不肯「賣詩給《日晷》」[20]，事情就這樣僵持到了夏末，龐德稱之為艾略特「內分泌過剩」[21]的倒楣後果，據其所知，這不僅是買賣不成或文學歧異的問題，而是面子問題，五月時，他從義大利寫信給瑟爾道：「我對這件事情的感想是：『喔，你們這兩個波士頓人。』」，他從藏身的陰間伸出「友誼之手」（Amicitia），對於雙方相持不下似乎也很無奈，不如轉身去忙自己的事，並在信末寫道：「Ora Pro Nobis」（為我們祈禱。）

出發到盧加諾度假之前，艾略特將七月號的「倫敦來函」寄給《日晷》的主編吉伯特·賽德斯，此後就再也沒跟賽德斯或瑟爾聯絡，直到七月二十四日才又寄了九月號的「倫敦來函」給賽德斯，正好趕上截稿日。在給賽德斯的信中，艾略特並未提及《荒原》，此時奎殷已經認真與李孚萊交涉出版單行本，艾略特大概認為未必要在雜誌上發表詩作，又或許在雜誌的稿費不夠豐厚，不想因此危及單行本的銷售。瑟爾曉得賽德斯很欣賞艾略特的作品，自己到頭來也想出版艾略特的詩，但他不相信賽德斯的判斷，而且屢次想換主編都換不成，在賽德斯與艾略特通信期間，瑟爾警告：「維持起碼的禮數跟艾略特通信就好，不假辭色，無須多說，」[22]這大概是先發制人、不讓兩人討論詩作，二來也便於杜絕對瑟爾作為的事後批評。

七月時，瑟爾去了維也納，合夥人沃森也去了歐洲，奎殷口中的「年輕人賽德斯」擔心：《日晷》的存稿所剩不多，雖然身為主編，但瑟爾不滿賽德斯，因此堅決不讓賽德斯決定用稿，從文學角度來看，瑟爾不滿賽德斯實在很莫名其妙，賽德斯不僅替《日晷》等刊物寫稿，題材廣泛、極富洞見，而且也是負責任的文學專家，湯瑪士．瑟爾查的律師在找人為勞倫斯的藝術價值作證時，就曾經拜託過賽德斯。

九月號脫稿在即，此時稿源枯竭、危及更勝八月，賽德斯寫信給沃森道：「什麼時候回來？門口的牛奶都餿了。」[23]下文又說，手邊九月號的「稿件我想還夠」，但十月號看起來很單薄，只有預計要開始連載的安德森（Sherwood Anderson）小說，但連載的篇幅就這麼長，賽德斯警告沃森：「存稿中沒有詩歌、沒有補白、沒有要收尾的文章」[24]，鑑於來稿「不見精妙鴻文」[25]，十月號若想順利出刊，問題在於找到「幾篇堪用的文字」，下文又說：「講真的，我們這裡很快就會一團亂。」賽德斯想刊登葉慈的劇本《演員皇后》（*The Player Queen*），文字確實很好，值得刊載，而且篇幅夠長，大約四十至五十頁。

七月底，沃森在巴黎跟龐德碰面，沃森是真心想出版艾略特的詩作，儘管艾略特與瑟爾的關係長期糾葛，但不影響沃森的熱情，只是他也很實際，曉得《日晷》迫切需要《荒原》的打字稿。龐德「曖昧含糊地暗示」[26]艾略特：沃森對出版《荒原》有興趣，七月二十八日，艾略特答應會盡快寄出《荒原》的打字稿「供祕密使用」[27]，此時他手邊只有兩份打字稿，其中一份寄給了奎殷，以便「合約一簽妥就交給李孚萊」[28]，當時李孚萊正準備要簽字，或許是因為確定李孚萊會出版詩作，又或許是因為艾略特不用再仰賴《日晷》，因此，艾略特告訴龐德：他不反對讓沃森和瑟爾先過目。

「親愛的瑟爾，」[29]沃森寫道，「艾略特似乎想要和解了。」

——

艾略特將打字稿寄到巴黎給龐德，而非寄去維也納給瑟爾，這代表沃森難得可以先睹為快。沃森寫信給瑟爾道：「這首詩還不差」[30]，但在寄出之前，又把這句話改成「比不差再好一些」，儘管稱不上熱情洋溢的背書，但艾略特向來是《日晷》的臺柱，《荒原》又是艾略特投稿到《日晷》的第一首詩，要不是實在稿源枯竭，應該姑且相信其實力就好，但目前《日晷》不能再拘泥禮數，也沒本錢繼續不滿艾略特先前獅子大開口。幾天後，沃森將《荒原》的打字稿轉寄給瑟爾，並附上一封信，信中說這首詩要花點時間來習慣：「乍讀之下很失望，但讀到第三次時，我認為這首詩展現出艾略特一貫的水準——筆法兼備，詞鋒收斂（尤其是形容詞！），情感激昂。」[31]此外，沃森告訴瑟爾：李孚萊將出版《荒原》單行本，不過，「賽德斯可以勸勸李孚萊」[32]，讓《日晷》先刊，只是他們手腳要夠快。

等了好幾個月才讀到這首詩，他們不趕快動起來不行。對於後續幾期的稿源，賽德斯越來越擔心，不過，《日晷》面對的問題不只是缺稿而已，有利可圖的「日晷文學獎」（Dial Prize）也讓沃森掛心，該獎項設立於一九二一年十二月，首位得主是舍伍德·安德森，當時文學獎寥寥無幾，而「日晷文學獎」獎金優渥（美金兩千元），一公布便廣受矚目。普立茲詩歌獎直到一九二二年才設立，首位得主是艾德溫·阿靈頓·羅賓森（Edwin Arlington Robinson），在此之前美國詩歌學會（Poetry Society of Americ）贊助過普立茲頒發三次詩歌獎。第一屆「日晷文學獎」頒發後，瑟爾與沃森就開始物色下一屆得主，兩人都屬意康明思（E. E. Cummings）。

不過，沃森漸漸覺得「越來越不支持」[33]康明思得獎，並向瑟爾提議頒給艾略特：「要不要我用這個獎項勸誘他，讓他用《日晷》的稿費把詩賣給我們？」[34]第二屆「日晷文學獎」雖然還要過幾個月才會公告，但他們能藉此名義要個花招，讓艾略特實際拿到的稿酬更高。沃森表示：就算不考慮《荒原》，他也中意將獎項頒給艾略特。由於才子計畫，眾所皆知艾略特手頭拮据、精神崩潰，「我們難道不該把獎項頒給他、做點不負眾望的事嗎？」[35]沃森和瑟爾大可掏腰包，以示《日晷》不屑英美文學之爭的政治手腕。瑟爾最初對《荒原》的看法雖然沒有留下來，但他總歸是心軟了。至於艾略特是否真的想要和解，並且接受沃森說服瑟爾所開出的條件，那就又是一個問題了。

對於艾略特來說，這份雜誌辦不辦得成，已經成為面子問題（就算不比流通多寡，也得從內容論高下），而且也攸關個人存亡。[36]《標準》只許成功、不許失敗，因為他禁不起失敗，先前才子計畫徵求贊助，讓他成為眾人同情、甚至訕笑的對象，《標準》創刊號若是無法讓人驚艷，他將付出慘痛的代價。籌備雜誌期間，阿爾丁頓成為艾略特有實無名的助理，艾略特在給阿爾丁頓的信中寫道：「我很清楚，或許大半個倫敦文壇見了我就討厭，身邊豺狼環伺，等著啃食我的屍骨。」[37]《標準》若是失敗了，他不僅將「一無所獲」，更要緊的是，他會失去「威望和功用，不得不像龐德那樣退隱或隱居巴黎。」

艾略特透露要隱居，半是玩笑話、半是認真語。在給阿爾丁頓的信中，艾略特寫道：他並非因為「被害妄想症」[38]才認為個人名聲與《標準》成敗密不可分，而是因為他曉得——並從別人的流言蜚語中證實——倫敦文學團體中，許多人（包括文友吳爾芙、溫德·路易斯）都鄙視他、猜忌他、可憐他、嫉妒他，而且各方都將他對《標準》寄予厚望視為「擺架子」[39]，這話是阿爾丁頓在氣頭上說的，當時阿爾丁頓寄文章給艾略特過目，艾略特大大反對，阿爾丁頓立刻不客氣，還轉告艾略特：別人說他「越來越苛刻又憤世嫉俗」，說這話擺明了不是要告誡、而是要傷人，艾略特把這話轉述給龐德聽，他覺得自己跟阿爾丁頓無話不談，對阿爾丁頓的作品大多推崇，沒想到竟然遭此背叛。

一九二二年夏天，艾略特都在奉承、結交、討好文壇大家和知名編輯，他曉得創刊號的目錄和投稿人的陣容就是戰線，必須在此與敵人和對手一較高下。一九二〇年代後期，雷納德參與創辦《政治季刊》（*Political Quarterly*），與記者金司禮・馬汀（Kingsley Martin）共事，期間馬汀曾寫信告訴雷納德一件令人失望的消息：經濟學家凱因斯正在寫書，無暇為創刊號撰稿。馬汀在信中寫道：無論能不能說動他撰稿，凱因斯的名字都「價值獨特，不僅是本身固有價值，也具有『外在政治』價值（這是個絕妙好詞）。」[40]

艾略特跟馬汀一樣，都了解這些邀稿作家本身固有的價值和外在的政治價值，不過，如果《標準》顯然需要知名作家，那這些知名作家又為什麼需要《標準》呢？這就把艾略特難住了，幾乎成天都在想這件事，爭取普魯斯特的出版許可時更是左思右想，其聲望在多數作家之上，從艾略特急於在《標準》刊出普魯斯特的作品，便曉得一九二二年夏天普魯斯特在英國有多炙手可熱。

「前兩期比較急的是其他國別的作家，法國作家沒那麼急，不用找太多，」艾略特在給龐德的信中寫道：「法國出版（在倫敦）太尋常，引不起戰慄，唯一值得出的是普魯斯特，我正在引他上鉤。」[41]

普魯斯特之所以重要，主要還是外在政治因素。艾略特雖然埋首於法國詩歌和法國批評，但卻從來沒有讀過普魯斯特的作品，書信中也不曾提過普魯斯特的名字，一直到一九二二年籌備《標準》創刊號才提到，其友人悉尼·席孚[42]（Sydney Schiff）倒是認識魯斯特，悉尼以筆名史帝芬·哈德森（Stephen Hudson）發表小說，曾希望將《追憶似水年華》翻譯成英文，但被司各特·蒙克里夫搶先，蒙克里夫已將第一卷《在斯萬家那邊》譯畢，不久便會面世。一九二二年六月，艾略特請席孚代為說情向普魯斯特邀稿，至少拗到他答應讓《標準》刊登一篇文章，艾略特希望可以一石二鳥，節選普魯斯特尚未出版的小說譯成英文刊登。一九二〇年十月，《追憶似水年華》第三卷《蓋爾芒特家那邊》已在法國問世，《日晷》刊登其英文節譯，並附上理查德·阿爾丁頓熱烈的賞析。席孚答應代為邀稿，同時也建議艾略特直接寫信邀約普魯斯特。

七月四日，艾略特告訴席孚，他已經按照指示寫信到普魯斯特的「私人地址」[43]，並「急於得到回音」。《標準》的首發傳單預計七月中上稿，艾略特希望可以打上普魯斯特的名字，心裡頭不免有些壓力，等了一個星期，普魯斯特沒有回信。「我每天都在等普魯斯特的消息，但音訊全無，」[44]艾略特在給席孚的信中寫道：「我好失望。」不過，他諂媚地補上一句：就算普魯斯特「不聽別人的勸」，希望也會「聽你的勸」。

席孚放了線卻沒釣到魚，但艾略特有所不知：席孚不僅是替艾略特放線，也是在替自己撈好處——為自己的小說《伊莉諾·科豪斯》（*Elinor Colhouse*）爭取在法國連載的機會，為此，席孚請普魯斯特與其出版商斡旋，包括《新法蘭西評論》（*La Nouvelle Revue française*）的總編輯賈克·里維埃爾（Jacques Rivière）、伽里瑪出版社的老闆加斯東·伽里瑪（Gaston Gallimard）；此外，席孚向普魯斯特稱讚艾略特是「英國最好的評論家之一，更是一流的詩人」[45]，但普魯斯特沒回艾略特的信。七月七日，普魯斯特寫信給他所屬出版社的老闆伽里瑪[46]，建議他跟艾略特商量在《標準》上發表一事，認為更實際的做法是節錄尚未英譯的法文原作，不過，普魯斯特告誡伽里瑪：「艾略特的事」[47]跟席孚的棘手事「全攪和在一起」，伽里瑪又對席孚的作品毫無興趣。

普魯斯特雖然跟艾略特一樣，曉得其出版許可具有國際重要意義，但對於編輯、記者、作家等有求於他的人，不管對方如何逢迎巴結、阿諛奉承，他大多不為所動。七月十八日，普魯斯特寫了一封長信給席孚，終於在信末寫道：「我太累，撐不下去了，艾略特先生的信也還沒回。」[48]信他是永遠不會回了。一九二二年十一月十八日，普魯斯特逝世。那年夏天，他確信自己來日無多，每次談天必談死期將近，反而沒人當回事。一九一九年，友人保羅．莫朗（Paul Morand）的〈普魯斯特頌〉（"Ode to Marcel Proust"）寫道：

我說：

你氣色真好。

你回：

好友，我今天在鬼門關前走了三回。[49]

《標準》刊出普魯斯特的作品，已經是一九二四年七月的事了，摘錄了《追憶似水年華》第六卷《女逃亡者》（*The Death of Albertine*），除了這篇節選之外，艾略特大概沒讀過普魯斯特的其他作品，根據英國作家威廉．燕卜蓀（William Empson）回憶，艾略特曾經在牛津校園告訴學生：「我從來沒讀過普魯斯特」[50]，隔了一週卻「花了一番口舌大大尊崇」司各特．蒙克里夫英譯的《追憶似水年華》，認為「一點都不比原著差」。

艾略特對閱讀普魯斯特興趣缺缺，或許是受到龐德的意見影響。起初，龐德為普魯斯特所打動，但到了一九二一年卻厭倦了，他在《日晷》刊登的文章中說法國又出版了「一坨普魯斯特」[51]，指的是《追憶似水年華》第三冊《蓋爾芒特家那邊》和第四冊《索多姆與戈摩爾》（*Sodome et Gomorrhe*），篇幅「將近兩百頁，排版密密麻麻」，全用來描寫蓋爾芒特公爵夫人舉辦的晚宴，「一頁接著一頁訴說著普魯斯特筆下美麗的厭倦，很好讀，非常好讀，」龐德寫道：「難得至少記下了派皮愚蠢的精微差異」，這是他對外發表的評論。私底下，光是《索多姆與戈摩爾》開篇兩個老頭子的纏綿性愛，就把龐德嚇壞了：「這馬屁精不是在挖苦，他是真的看重那些皮條客、男同志、傻富豪，而不是把人家當成腐爛起士上最後的霉斑。」[52]

七月二十八日星期五，奎殷終於收到艾略特的打字稿[53]，並致電李孚萊收到詩稿一事，還說會請辦公室的速記員「小心重謄一份」，七月三十一星期一便能將稿子寄過去，等到合約簽妥，艾略特會再找時間直接將尾註寄給李孚萊，李孚萊問奎殷對《荒原》的感想，奎殷回說還沒讀，預計

「利用週日讀一遍」。

星期六早晨[54]，奎殷打電話給秘書珍妮・羅柏・福斯特（Jeanne Robert Foster），請她到公寓來一趟，地址是中央公園西路五十八號。根據珍妮回憶，她一到就上樓了，這間公寓位在頂樓，共有十一間房間[55]，每年租金三千兩百美元，用來擺放奎殷收藏的書籍和手稿，總計一萬八千件左右。同樣的書奎殷喜歡買好幾本，例如艾略特的首部詩集就有三十五本[56]，有些買來當禮物送人，有些則作為投資。此外，奎殷也收藏了《尤利西斯》的完整手稿[57]以及康拉德（Joseph Conrad）主要著作的全部手稿，另外還典藏了繪畫與雕塑，儘管這間頂樓公寓的空間很大，但卻無法「好好展示（甚至收藏）他驚人的累積」[58]，他為這些書籍和藝術品投保了三十五萬美元[59]，但卻讓這些藏品堆積在各個房間，看上去「像博物館的儲藏室，一點也不像藝廊」[60]。

福斯特夫人是奎殷的秘書兼情人，她來到這間位在九樓的公寓，依奎殷的要求「朗讀愛略特寄來的東西」（從留存至今的文件來看，福斯特夫人幾乎每次都把艾略特的名字寫錯），而奎殷遞給她的，便是從倫敦寄來的《荒原》。

根據奎殷的傳記作者記述：在辦公室裡，福斯特夫人有些「毫不浪漫的職責」[61]，包括「在他出庭之前朗讀訟案」。奎殷擁有聽過不忘的本領，只要福斯特夫人將訟案朗讀兩遍[62]，奎殷就能幾乎一字不漏地記下來。這一天，福斯特夫人將辦公室的職責帶進了公寓，據她回憶：「那天早晨，我將那首詩朗讀了兩次」，花了大約一個鐘頭。福斯特夫人也寫詩，還跟李孚萊簽約出版詩集，朗讀功力應該十分了得。

就在寄詩、讀詩的同時，奎殷根據艾略特與克諾夫簽署的合約重新口述了一份[63]，謄好後寄給李孚萊簽署，這是七月二十七日星期四的事，儘管條約多所約束，但李孚萊二話不說、一口答應。七月二十九日星期六，李孚萊簽署合約，奎殷則聽著福斯特夫人朗讀《荒原》。七月三十一日星期一，李孚萊將合約寄到奎殷辦公室，奎殷則將詩稿寄給李孚萊（這天也是瑟爾查的案子開庭的日子，吉伯特・賽德斯出庭作了證）。自從李孚萊開價至今，中間相隔了將近七個月，詩雖然還是沒讀到，但至少合約已經簽到了。李孚萊問奎殷詩名，奎殷說不知道，但馬上回想起來：詩名就「藏在」[64]龐德最近寫來的信末附筆裡，那是一封長信，洋洋灑灑七大張，奎殷找出詩名在合約裡補上——《荒原》。

星期一，奎殷告訴艾略特：「那幾首詩」他已經讀了[65]，顯然是將《荒原》的五章詩認成了五首詩，讀詩的時間則是「昨晚十一點五十分至十二點三十分」，準確來說是七月三十日星期日深夜到七月三十一日星期一凌晨。（奎殷跟艾略特說詩已經「讀了」，多少透露出他與福斯特夫人親密無間，也表示他對福斯特夫人十分仰賴，福斯特夫人讀詩就等於他讀詩，就像他跟客戶說相關訟案已經讀了，其實也是相同的意思。）

除了艾略特的知己密友之外，最先讀到《荒原》的就是奎殷和福斯特夫人，他們一下子就進入詩中不滿的情境，福斯特夫人初夏時大病了一場，奎殷認為她跟去年秋天的艾略特一樣「接近精神崩潰的邊緣」[66]，奎殷自己「也工作太拚，既不能半途而廢，但也無以為繼。」[67]

奎殷和福斯特夫人就像紐約版的艾略特和薇薇安，這首《荒原》令奎殷十分動容，他寫信給艾略特道：「《荒原》可說是您最好的作品」[68]，但出色歸出色，他還是擔心「李孚萊會有點失望」，這首詩「一定有讀者，但畢竟是小眾，很挑人讀，讀者零星，都是些有見識的，或者說是優秀的，看你怎麼措辭都行。」

此外，奎殷也很擔心篇幅，認為「出成單行本有些單薄」[69]，他之所以精確計算讀詩的時間，可能也是嫌這首詩太短，跟艾略特的首部詩集相比，顯得《荒原》沒什麼分量，因此，儘管已經預見讀者不多，奎殷仍認為值得再收錄四、五首詩，這樣一來，詩集又得延遲一個月才能出版。「我只是說說我的感想……我的建議就別放在心上。」

——

六月三日，李孚萊發了通電報給艾略特：「展延費率，我方付費。秋季圖書目錄及簡介。」[70]同一天，李孚萊寄了合約給艾略特，促使艾略特發電報請奎殷從中斡旋，其中既沒有提到詩名，也沒有按照要求寄出詩稿。兩個月後，奎殷從龐德的信中翻出詩名，但「波尼和李孚萊出版社」一九二二年秋季的「好書」書目卻沒有遵照奎殷的指示，印這份書目時已有幾分秋意，公告給書商和報刊的詩名寫著——《荒之原》（*The Wasteland*）。艾略特將尾註寄給李孚萊時，應該連內容簡介一併寄出，寫簡介是艾略特的拿手好戲，那天夏天，他為《標準》寫了簡介，後來在費伯與費伯出版社（Faber and Faber）當編輯，每做一本書都會寫一篇精湛如藝術品的簡介。不論這篇「好書」

簡介是艾略特寫的還是李孚萊寫的，總之，內容如下：

> 當代美國詩歌復興時期詩人輩出，其中大多已遭遺忘，艾略特則不然，其名在當代詩人間引領風騷，其詩文采斐然、永垂不朽，在諸多面向代表著美國詩歌對人生的熾熱探問，自龐德進入詩壇以降，這向來是美國詩歌引以為傲的強項。艾略特先生的詩以妙文諷世，依先生所想塑出奇文，全詩獨樹一幟，以斑斕的節奏和色彩，襯托世事的滑稽與荒誕，先生懂得以人入詩，但未必只寫熟人，而多是寫周遭所見所聞。
>
> 《荒之原》是艾略特最長的詩作，也是過去三年來唯一的詩作。艾略特先生從倫敦來函，表示這部詩集是從先前創作實驗出的成果，代表其詩藝更上一層樓。
>
> 無論是現在還是將來，艾略特都值得重視，堪稱當代傑出詩人。
>
> 《荒之原》印刷精美、裝幀精緻，實為敝社出版之上乘之作。
>
> 十月一日出版，每本定價美金兩塊錢。[71]

塵埃似乎都落定了，奎殷準備八月到紐約上州渡假，李孚萊辦公室則為《荒之原》開了帳簿[72]。雖然合約上寫的是《荒原》，但波尼和李孚萊出版社的會計卻將書名打成「荒之原」，七月

三十一日的第一筆月底帳目，就是《荒之原》列入秋季圖書的雜項開支——美金三十七元。

不過，《荒原》並未如「好書」書目所稱於十月一日由李孚萊出版。實際上，出版日期一延再延，一直拖到十二月才問世。

第十三章　我愛與我死去的共處

福斯特已經好一陣子沒接到埃及來的信。六月中，他依然每週寫一次信給穆罕默德——「誰曉得呢，」[1]他在信中告訴芙蓉詩・巴爵，比起跟芙蓉詩碰面傾訴，他更樂意寫信跟她分享心事。此外，他也寫信給馬蘇德，同樣是分享持續濃烈的愛戀，但他不怕馬蘇德的責難。誰曉得呢！每週寫信能加強他的信念，讓他相信穆罕默德還活著，他在給芙蓉詩的信中寫道：「停筆太心痛，一旦停筆，我就曉得他不在了。」

聲名大噪雖然推了福斯特一把，但憂傷依然緊緊將他鉗住。

——

福斯特寫信給馬蘇德，說《泰晤士報》的瑪雷評論讓他「聲名大噪」，這是六月下旬的事，就在同一天[2]，他接到兩封從埃及寄來的信，一封來自穆罕默德的妻子，一封來自穆罕默德的小舅子，信中寫的是他盼了整個春天的消息——穆罕默德過世了。

果然不出所料。這下子消息終於傳來了，他反倒覺得掃興。在這段關係的最後幾個月，福斯特認為「最接近震驚的」[3]，是船在賽德港靠岸，而穆罕默德卻沒來接他。後續種種，在所難免。埃及的來信報告了穆罕默德的遺產——三間房子和六十英鎊的存款——這讓他看糊塗了，分明是經濟無虞啊，福斯特不禁再次懷疑穆罕默德是不是占他便宜？不過，穆罕默德的幽魂稍稍消除了這層煩惱[4]，只見這縷魂魄從簾子後面露臉，「一副需要原諒的模樣」，「看上去比平常還要高大」，福斯特深感寬慰，斷定「這段韻事待我十分溫柔。」[5]先前穆罕默德纏綿病榻，曾經考驗福斯特的耐心，而今回想起來，那是段藉由寫信吐露愛意的時光。福斯特在日記裡寫下穆罕默德最後一封來信的日期——五月八日，他明白這是穆罕默德的絕筆，寫完肯定「差不多直接」[6]斷氣。

那年夏天，老爹來勁了，靠的是四處旅行，但不是像去印度那樣離家出走，而是為了跟母親保持距離，比起直接跟麗麗對峙、大膽要求自由，出門旅行簡單許多，也不至於鬧得難堪。他先到懷特島待了一個月，到島上的布里斯通（Brighstone）拜訪姨母普雷斯頓女士等人，並到當地的丘陵散步，接著去了多徹斯特（Dorchester），七月中與作家哈代（Thomas Hardy）賢伉儷共進下午茶，根據福斯特寫給麗麗的信：「茶點很好，談話瑣屑」[7]，相當沉悶，令人失望。哈代帶福斯特去看寵物的墳墓，墓碑上爬滿常春藤，底下露出寵物的名字。這位老作家雖然隨和可親，但這趟墳墓巡禮的時間過得可真慢，福斯特越聊越覺得「混沌憂傷」，哈代在一旁細數每隻寵物的死因，好幾隻都被火車輾死，像是雪鈴、佩拉、基特金，哈代告訴福斯特：「她斷成兩截——兩截」，說著說著話音漸弱，最後陷入沉默。終於，福斯特問了一句：「哈代先生，怎麼您這麼多隻貓都是被撞死的呢？鐵路就在附近嗎？」哈代回答：鐵路不在附近，接著又說：有好幾隻只是失蹤而已。福斯特在給母親的信中寫道：這簡直是在嘲諷哈代自己的詩歌和小說，「我連板著臉都快板不下去了。」即便出門在外，福斯特心裡還是裝著小說。在出發前，他還在擔心重拾寫作後曝露出的「根本缺陷」——太過強調氛圍，人物刻畫不足。趁著夏天四處旅行，他在記錄對話的同時，想起了每個人都有每個人的聲口，這是旅行帶給他的好處。仲夏時，他返家小住，八月又踏上旅途，先到貝爾法斯特拜訪孚禮斯．里德，接著轉往愛丁堡。

——

福斯特在寫作上雖然有進展，但就像他在給薩松的信中所述：「對作品不會不滿意」[8]不等於「確信作品一定能完成」。他還是沒把握自己能再次成為小說家，從印度返國後，他投了一篇稿子到回憶俱樂部，文中提到他還在努力，他告訴朋友：只要找回信念，一切都好辦——小說也能繼續寫，偏偏他沒有這樣的信念。在回憶俱樂部的文章中，他自述外界曾經給過他這樣的信念，當時他還是大學生，去找導師道別時談了談前景，現在回想起來，導師的話在當下猶如醍醐灌頂，這位納撒尼爾．韋德（Nathaniel Wedd）先生對回憶俱樂部的成員來說並不陌生（成員大半是福斯特的劍橋大學同窗），韋德老師告訴福斯特：「寫是絕對可以寫，雖然不一定有人讀，但那不要緊」，這番話不僅「帶來幫助也帶來快樂。」[9]

韋德老師對福斯特讚許有加，福斯特還記得老師告訴他：「我擁有特殊且罕見的儀器，為哲學、學識、體育所鄙夷，但我有，他們沒有。」[10] 這是一九〇一年的事，當年的問題，到了一九二二年依舊是問題，不過，他在回憶俱樂部朗讀這篇文章時，並沒有明確將這兩個時間點連繫起來（也沒必要連繫起來），在這篇回憶文章中，他自述大學開始寫小說，一旦寫開了，「稿子就斷了……儀器照常運作，沒出毛病，但力道很弱，朦朧而恍惚，因為我沒把握儀器還在。」[11] 根據福斯特的說法，韋德老師的祝福給了他一定的信心，自然而然便在國外旅行時寫出了〈驚慌記〉（"The Story of a Panic"），那次旅行長達十個月，〈驚慌記〉則成為他初試啼聲之作。相隔二十年，他在回憶俱樂部講述這段故事時，底下的成員都曉得：他剛從另一段遠行回來，這段遠行所追尋的——多多少少是身為作家的自己。

福斯特描述這段好久以前在國王學院導師辦公室的場景，拐彎抹角地抹去了現在和過去的分際，回憶著這段與導師的告別，他說：「老師再次幫了我一把，他說我會寫、我能寫，還說我有機會成為作家。」信念或許能從回憶中汲取，但畢竟不容易。福斯特告訴回憶俱樂部的成員，他早年寫作跟現在不一樣，《最漫長的旅程》是他第二部出版的作品，問世於一九〇七年，那是他最後一部「不知不覺寫成的」[12] 作品，接下來的都是逼著自己寫、絞盡腦汁寫。福斯特與俱樂部成員分享這段回憶時，雖然沒有提及手邊正在創作的小說，但他將文章的標題訂為〈著作與我〉，毫不迴避大家心中的疑惑——「會不會有下一本著作？」福斯特的懷疑，艾略特不僅也有，而且還在洛桑市寫信跟友人分享過，福斯特告訴回憶俱樂部的成員：他不曉得手邊這部小說寫不寫得好，有時寫一寫也只能豁出去——「動筆」就對了，原因很簡單：「唯有如此」作家的技藝「（包括最珍貴的本領——杜撰）才能全數發揮。」[13]在印度時，他既無法融入當地，也無法著手寫作，如今回到英國，儘管一心都在穆罕默德身上，痴情到連自己都厭煩，但或許總算能謹慎而枯燥地東添一筆、西增一段，繼續杜撰這部印度之旅。

在回憶俱樂部的成員中，至少吳爾芙和雷納德還曉得：福斯特正在往小說裡加添或許相當乏味的文字，一邊加添一邊往好處想。回憶俱樂部的聚會過後，福斯特給魯道夫（Ludolf）寫了一封信，信中提及小說的進展，並請魯道夫保密，別對兩人在埃及的共同朋友說起這部小說：「默默來對我比較方便。」[14]

——

八月初，福斯特回到家，幽魂吞沒了他——是穆罕默德的幽魂，原本以為穆罕默德一死，他就解脫了，沒想到這解脫來得突然、去得也突然。旅行回來後，他在韋步麗區安頓下來，比起今年春天在《倫敦信使》初讀艾克利的〈亡魂〉，他此時的心境更貼近〈亡魂〉中的敘事者，儘管接到穆罕默德的死訊是六週之前的事，但穆罕默德並未因此被拋在腦後，一如這首〈亡魂〉所預示的：「大多數的夜裡」他都來入夢，夜幕裡浮現他的音容，福斯特果然「delivrées pas」（不得解脫）。

福斯特在八月四日的日記裡寫道：「迷迷糊糊夢見了穆罕默德，接著別人來讓我濕了」[15]——他做了春夢，「這是今年第一次」。可是，這場春夢點醒了他這段求歡屢屢受挫的關係，福斯特並不感傷——「他死了，我一直是知道的。」[16]隔夜，穆罕默德又來入夢，醒來後，福斯特在日記裡寫道：「我的寶貝，我被你壓制了——你死了，哪裡會曉得。我呼喚你的名字，卻只是在跟記憶說話。我不奢望你活過來，只是想認清你過去的模樣——但我做不到，沒有額外的事物幫著我……昨晚我努力靠近你——卻是徒勞。」

福斯特的作為與〈亡魂〉中的敘事者如出一轍：

……我蹣跚
掙脫睡魔桎梏
從椅子起身
走到我那
藏匿幾封
舊信之處。

手秉細燭，
高舉過頭，
大手一揮，
捆捆書信，

標妥，尋找我死去的。

福斯特的捆捆書信包括保存多年的照片和紀念品，但是，夢見穆罕默德有多令人失望，看著這些書信就有多令人喪氣。他在日記裡寫道——「總是這樣澆人冷水又令人煎熬」。

為了「認清你過去的模樣」[17]，福斯特坐下來，找了個新方法去尋找他死去的——他寫了一封信給穆罕默德：「我一心都在你身上，幻想你的心還在傾聽。」[18]這封信寫得很正式，信頭寫上了動筆的日期[19]：一九二二年八月五日——彷彿真的要寄出似的。

然而，這封信不像信，倒像玫苞去年寄給勞倫斯的那卷莎草紙，福斯特沒有用信紙，而是打開新的筆記本，在第一面寫下尋常的提稱語：「親愛的穆罕默德」——以此問候永遠讀不到這封信的收件人，可是，福斯特依然向這位逝去的朋友坦承：自己正在「為了你我」[20]寫一本書。

福斯特本來就在寫印度之旅，這下又要多寫一本著作，他一邊寫，一邊假裝穆罕默德還活著，「但我曉得：曼索拉城墓地那發臭的屍塊就是你的全部」[21]。穆罕默德在世時，福斯特一本書也沒出，如今穆罕默德往生了，倒是特地為穆罕默德寫了一本書——一本不確定會不會讓外人看的書，「身為職業作家，我想以此向你致上最後的敬意」[22]，並告訴穆罕默德，這書是「寫來安慰自己，寫來回憶過去」[23]，這既呼應了他在回憶俱樂部說的話，也呼應了他從普魯斯特身上學到的技巧——運用過去來抒發現在，全書以穆罕默德為主題，以此作為送給穆罕默德最後的禮物。為了向穆罕默德致敬，福斯特在信中加入書的元素，儘管是在假裝，但也盡量讓整封信看起來像一本書。

他以短句書寫獻詞——一來模仿出版品，二來模仿穆罕默德如詩般的絕筆：

獻給穆罕默德・埃德勒：
一九二二年八月五日過後，
因肺癆病逝於曼索拉城，
得年二十有三；
其父、其母、其兄、其子
先他而去；其女
尾隨其後；遺孀據稱
再嫁；謹以此書獻給我的愛。[24]

福斯特還抄錄了幾句郝斯曼（A. E. Housman）的詩，典出一九二二年出版的《最後的詩》（*Last Poems*），這部詩集跟艾克利的〈亡魂〉一樣，都觸動了福斯特的心弦：

晚安，我的親親，沒有永恆，
你我之間也沒有盟約，明天，

我對你的思念會少一點，
心口的痛楚與沉重，
該交由時間去治癒。[25]

福斯特這封信的字跡異常工整，一筆一畫都清清楚楚，迥異於他平常難以解讀的「中世紀」[26]筆跡（福斯特稱之為「劣筆」[27]），這封信半是紀念、半是情書，內容深入得嚇人，卻寫得這樣整齊，倒像是非得要人閱讀不可。

這本為穆罕默德寫的書跟福斯特手邊的印度之旅一樣，暫時還是未竟之作，開頭寫了幾頁便停筆，直到十一月才重拾書稿：「死了六個月了……你都腐爛到嚇人了……不想絮叨完美的愛，只想把你寫活……假裝你還活著。」[28]福斯特斷斷續續寫著這封信，每次停筆都超過半年，常常一間隔幾年就過去了，直到又去了一趟埃及，這封信才劃下句點，距離最初提筆，橫跨了七年的光陰，他在信末落款：「穆罕默德·埃德勒——我的摯愛，一九二九年十二月七日，福斯特親筆」[29]，也算是對過去十年的告別。這封信當時長達十八頁，但隨著歲月流轉，信件也越來越厚，後來又加了七頁穆罕默德的「語錄」，是福斯特一九六〇年從早年的遺物中抄錄的，抄完之後又抄了六十二頁穆罕默德的書信，從兩人交往之初抄到穆罕默德過世，以福斯特之筆、以書信體為體裁，「寫出」穆罕默德的自傳，內容保留了穆罕默德的錯字和語病。抄完最後一封信之後，福斯特學著印刷書的樣子畫了個分隔記號，然後加上附筆（或說是「書」後的跋）——那是穆罕默德死後埃及寄來的兩封信，道出穆罕默德無法寫信道出的結局。最後，福斯特在扉頁貼上藏書票——「本書為福斯特所有。」[30]

動筆寫這本書時，福斯特不確定自己還能不能寫，四十年後，「這本書」厚達九十二頁，他畫龍點睛添上幾筆，完成此生最後的著作。

他抄錄郝斯曼詩句時心中懷抱的希望，終究是沒能實現。自從提筆寫信以來，福斯特對穆罕默德的思念並未減少。他從愛丁堡寫信給馬蘇德，說近來翻閱穆罕默德的書信，翻著翻著，情緒一湧而上，沒料到會這麼洶湧，「越翻閱越覺得淒慘，卻也沒把這段過去多看清楚幾分，」[31]因此起心動念，寫下「親愛的穆罕默德」。

雖然心灰意懶，但印度之旅並未停歇。不久後，福斯特將自己的困境加在主角阿吉茲醫生的身上，這位鰥夫年紀輕輕，總是拿著亡妻的遺照翻來覆去，越看，所見越少：「愛妻自從過世之後就一直逃避他……死亡這個殘酷的事實，會讓心愛的人慢慢消失無蹤，越想念這些已逝的親友，他們就會越離我們遠去。」[32]

整個夏天，福斯特「被人煩不勝煩」[33]，因為「《泰晤士報》那陣熱潮」，他從作古作家變成人氣作家，四處受人追捧，可是，他在給馬蘇德的信中寫道：這波聲名大噪是徒負虛名，「大家都以為我很有意思，卻不知道我很嚇人。」莫雷爾夫人屢屢邀他到嘉辛頓莊園作客，他再次拒絕，並在信中道歉，說此番長夏遠行，家中「雜亂積累」，不處理不行，此外，他寫道：「我身處好些天地，」[34]意指近來周遊了許多地方，其中「最反常的」要屬愛爾蘭，至於當下所處的天地，信中一字未提——穆罕默德的信件就是他的天地，他在裡頭回了一封寄往陰間的長信。

在給芙蓉詩的信裡，福斯特分享了近日的新發現：小說雖然還在寫——「寫得極慢」[35]（他不只對芙蓉詩這樣說，對所有人都是這樣說）——但他擔心筆下的內容在感情上並不連貫，不過，他並未尋思細想。某夜，他「獨自在家」，也沒拿這事大作文章，雖然獨處，卻不寂寞，似乎還從中找到靈感：「我愛與我死去的共處——我的與別人的大不相同，我的有著永恆的青春。」

福斯特寫這封長信時，筆法奇特、今昔交錯，既有「我們同睡一張床的零星夜晚」[36]，也有「我們在開羅的火車上同坐，度過最後的時光」，描寫之細膩，甚至憶起「你出於愛，用右手肘輕輕推了我兩下」，還說穆罕默德是「平生最美妙」[37]，若是消融於虛無，福斯特也會隨之遠去。

穆罕默德留下了捆捆書信，福斯特往那捆捆書信裡頭添上紀念品。十月十日，福斯特在日記裡寫道：「今天收到友人的戒指，是友人的姊姊寄來的」[38]。他只向穆罕默德的家人要了這麼一項遺物——一枚深黃寶石的戒指，穆罕默德生前常戴在手上。那是六月的事，他託芙蓉詩代為寫信到埃及，或許是避免母親趁他長夏出遊擅自拆信，還叮囑戒指要由芙蓉詩代收。雖然沒指望真的會收到，但拆開芙蓉詩寄來的信時，他發現那枚戒指給層層包裹著：「最外層是帆布，打開是睡衣布料，再打開是香煙盒，盒子裡塞著藥棉，藥棉裡是絲綢袋，」[39]袋子打開是戒指，包裝得「小心翼翼，荒謬至極」，令人難以置信，每拆開一層，離穆罕默德的心意卻未更近，無論他的意圖也好、感情也好，始終是個祕密。他把戒指拿到當地的商家鑑定，詢問戒指上鑲的是什麼寶石？福斯特把鑑定的結果告訴芙蓉詩，信中說希爾先生遲疑了一下，「為了不傷到我的感情裝模作樣了一番，」[40]說這寶石「是裝飾傘頂用的，毫不值錢！但價值不重要，這一點我們都同意。」

他寫這段故事給芙蓉詩時，手上正戴著這枚戒指，「就戴在小指頭上」[41]，雖然沒這個喜好，卻還是每天戴一次，「通常是晚上戴」[42]，寫長信給穆罕默德時也會戴，[43]平常就小心收著，但無論是對戒指上的圖騰、還是對自己這份依戀，他倒是不會太過感傷。在給馬蘇德的信中，他寫道：「我很清楚，若是這枚戒指失去了，離他就更近了，因為他也是失去的人了。」[44]

六月分到布里斯通時，福斯特想起了勞倫斯，兩人自從一九一五年之後就沒碰過面，但福斯特仍持續閱讀勞倫斯的著作，還詢問薩松手邊有沒有《戀愛中的女人》[45]或另一本「勞倫斯」的作品，出版時他人在印度，沒能及時拜讀。過了不久，福斯特寫了一封信給勞倫斯，這是兩人多年來第一次通信，信寄到澳洲時，勞倫斯已經離開了，福斯特這封信和瑟爾查的信件轉寄到了陶斯，跟著桑奈事件一起等待勞倫斯拆閱。勞倫斯的回信日期寫著九月二十日，福斯特一直留著這封信，就連到了晚年，其他信都銷毀了，還用蒼老的字跡在信件背面寫下：「一九二二年。」

看來福斯特問了個舉足輕重的問題，勞倫斯在回信中寫道：「對，我想到你——想到你在索塞克斯的丘陵坡頂對我說：『你怎麼知道我沒死？』——你怎麼可能死？這不明擺著是你的字跡嗎？不過，我認為你確實犯了個要命的錯誤——你把《此情可問天》裡的商人寫得太美好。從商一點也不好。」[46]

儘管見到了福斯特的字跡，但福斯特好幾年沒出書，不像勞倫斯著作等身，福斯特一看到勞倫斯的作品，就想起這位年輕一輩的作家。如此推測，福斯特大概在信中提到自己重拾寫作了。「出版了什麼都寄給我，我也會請瑟爾查寄兩本我的著作過去，只有這裡才買得到——有一本才剛問世。」

「陶斯地方很小，到火車站要走三十英里，地勢很高——海拔六千呎——四周全是沙漠，充分感到自己是異客，但我已經習慣了，比起感覺『像家』，我更喜歡感覺在異鄉，畢竟身為異客，到哪裡都好，不像待在家這麼絕望。」這一點福斯特大概能感同身受，過去幾個月他跟勞倫斯一樣，都花了大把時間外出遠行。或許就像福斯特所寫的，「我愛與我死去的共處」，但跟母親共處就沒那麼高興了，因此，入秋後，他又開始旅行。九月時，福斯特拜訪了吳氏夫妻，吳宅還有另一位客人——艾略特也來了。

第十四章　九月週末與吳氏夫妻共度

倫敦搭火車到雷威斯（Lewes）很容易，從維多利亞車站出發，往南大約一個鐘頭的車程，出站後搭乘二輪馬車，一英里後便抵達羅德麥爾村，雷納德和吳爾芙就住在這小村莊的小屋裡，四周高大的樹籬幾乎擋住了屋子，這房子是他們戰後買下的，那時是一九一九年七月，距今已經過了三個寒暑，宅邸的名字古色古香，從十五世紀開始，雷威斯修道院的修士就來此隱居，但在吳爾芙的筆下，修士邸是「樸素的宅邸」[1]，「狹長、低矮，門扉很多」[2]，對兩位二十世紀的作家來說，這裡再適合隱居不過，逃離「嚙咬嚙咬個不停」[3]的倫敦，尋找一方寧靜，除了沙沙作響的筆尖，和敲打不休的打字機。

羅德麥爾村只有一條大街，修士邸就位在大街上，樓高兩層，以磚和燧石建造，吳爾芙告誡友人：比起當初用來交換修士邸的鄉村別墅「白樫菡」（Asheham），這宅子「非常簡陋，毫不浪漫」[4]，遷居之前，吳爾芙在日記裡自忖：「我幹嘛想像修士邸有休憩空間？明明知道是去讀書的……我想，像這樣裝扮未來，應該是幸福的泉源吧。」[5]

修士邸的房間很少，沒有電，沒有暖氣，沒有室內馬桶，但有「老煙囪和聖水龕」[6]（是當年修士要求的，壁爐兩側都有），而且窗外視野遼闊，可以眺望整片丘陵，一路望到烏斯河，這種種魅力，足以與那幾處不便相抵。

儘管廚房「糟糕透頂」[7]，油爐只有一個，用來燒飯兼燒洗澡水，但就是這樣的簡樸環境，才有這幢屹立在自然環抱的索塞克斯宅邸，吳爾芙才看第一眼，「就深深愛上那花園的大小、形狀、豐饒、不羈」[8]——「果樹無垠」、「高麗菜園冒出意想不到的花卉」、「豌豆、朝鮮薊、馬鈴薯各自種成一排，都長得極好」，河流的方位也令她欣喜若狂，「花園的大門正對河邊草地，五分鐘內便能擁抱所有的自然美景。」隔天雷納德來看房，感想跟妻子一樣，吳爾芙寫道：「他沒料到自己會這麼喜歡。說實話，依他那性子，肯定要愛上那園子」。雷納德和吳爾芙結婚沒多久，便考慮要買房子，當時雷納德在信中告訴妻子：英格蘭各地或許不乏「絕佳的」[9]鄉村，有著「史前國王留下的神祕墳塚」，但都缺乏索塞克斯鄉間的鮮明個性和獨特氛圍。

幾年後，立頓．史崔奇要買一間鄉間別墅，賣家一便士、一便士跟他討價還價，他生怕賣價太高，又氣又惱，「我還是建議他要豁出去，我總是說豁出去就對了，」[10]吳爾芙在日記裡寫道。一九一九年，吳氏夫妻遇上修士邸，也是豁出去了。

想一想還真是諷刺，雷納德「大力反對教權」[11]，卻住進了修士的宅邸。對某些人來說，這簡直是駭人聽聞：雷納德「天生文筆好、擅園藝」[12]，又是猶太人，普魯斯特在《索多姆與戈摩爾》中，藉夏呂斯男爵之口表示：「猶太人一旦有錢在鄉下置產，挑的宅邸不是叫修道院、隱修院、座堂，就是叫會所。」[13]

不過，「修士邸」[14]三個字徹頭徹尾是個圈套，這是房地產經紀人起的名字，「相當狡詐」，為了登廣告銷售而啟用。吳氏夫妻正式在那年夏天買下了修士邸，雷納德做生意通常很小心，記帳也記得很仔細，卻在五十年後才發現這個幌子，當時他已經八十歲了，還住在修士邸裡，正在寫第四本自傳，隨著吳爾芙的版稅收入一本一本增加，修士邸歷經了一次又一次的擴建和現代化，吳爾芙過世後，雷納德在修士邸獨居了將近三十年，期間也擴建、翻新了好幾次。一九一九年，雷納德和吳爾芙以七百英鎊買下修士邸，在此之前的兩百多年，這幢樸素的房子從來沒有修士隱居過，只住過一位木匠、一位磨坊主和其親戚，總共三戶人家，其中一戶姓克里爾（Cleer），因此，「修士邸」原名「克里爾之家」。

———

修士邸一面正對著河邊草地，另一面毗連著教堂、學校、墓地，教堂的報時鐘響近在耳側，總是準時捎來挫折，此外，孩童往返教會學校的嘈雜與歌聲也是個干擾，並傳進了《雅各的房間》，這部小說裡有一位畫家，「很喜歡小孩子」[15]，但畫室外頭有個小孩一直呼喚另一個小孩的名字，「那喧鬧惱怒了」畫家，「焦躁地勻著顏料裡那一圈又一圈的黑紋」。吳爾芙和雷納德考慮搬到里奇蒙市的霍加斯宅邸時，也很擔心噪音干擾。霍加斯宅邸位在一幢十八世紀初建造的大宅裡，大宅的左半邊是瑟菲爾宅邸（Suffield House），右半邊是霍加斯宅邸。「今天下午我們去了一趟霍加斯宅邸，看看學童的噪音是不是這房子的缺點，」[16]吳爾芙寫下這段勘查的經過，發現噪音「只影響到瑟菲爾宅邸」，鬆了一口氣。

數十年後，吳爾芙的外甥兼傳記家昆汀．貝爾回憶起修士邸和霍加斯宅邸，說：「布倫斯貝里的成員相聚」在這樣「相當寒酸但非常隨性的環境裡」[17]，「吃吃喝喝、談天說地」，「在我看來，他們不太需要其他消遣。」一九二三年，吳爾芙和雷納德在修士邸接待了許多客人，人數之多，勝過平常，吳爾芙在日記裡寫道：「這是我們有史以來交際應酬最多的夏天」[18]，與一九二一年的冷清形成鮮明又振奮的對比。

七月底，吳氏夫妻結束了倫敦「社交季」，從八月開始了羅德麥爾村的「夏天」，入秋後還繼續，一直到十月第一週才結束。「九月沒道理去倫敦吧？」[19]吳爾芙寫信給一位打算前來拜訪的朋友：「你明明曉得，吳氏夫妻九月不會待在倫敦。待在倫敦幹嘛呢？你還裝呢！假裝期待見到我們。」待在倫敦幹嘛呢？每年這時節，一如雷納德所說：「這裡的九月美不勝收」[20]，他幾乎每天下午都在修士邸的花園度過。

因此，一直到十月，吳氏夫妻都沒有回霍加斯宅邸的道理，而且年年如此，家僕「不得不自個兒去度假。」[21]可是，一到九月底，雷納德某天早晨醒來，感覺「這年的夏天消逝了，秋涼降臨……雲層在山腳徘徊，燃燒枯葉的氣息瀰漫，羅德麥爾村灰濛濛、濕漉漉，入秋了。」[22]他們可以回倫敦了。

戰爭結束後，雷納德口中的「文明」一點一滴滲入索塞克斯，甚至出現往來羅德麥爾村和查斯頓農舍（Charleston Farmhouse）的公車，吳爾芙的姊姊一家就住在查斯頓農舍，比起修士邸，查斯頓農舍更標新立異也更加豪華。

「查斯頓農舍的生活單調至極，比這更單調的，只有這單調所帶來的歡愉，」[23]克萊夫寫信給瑪麗．賀勤森道：「每天盡量在十點之前下樓吃早餐，期待一下有沒有人寄信來，殺一殺黃蜂，抽一抽煙斗，看一看大自然，寫作，吃午飯，讀一讀《泰晤士報》，出門散個步，喝杯茶，讀一讀普魯斯特，刮個鬍子，寫信給波麗」——這是克萊夫幫瑪麗．賀勤森取的小名——「吃晚飯，點壁爐，抽雪茄，翻一翻格倫維爾的回憶錄，抽一抽煙斗，讀一讀普魯斯特，上床睡覺。偶爾會下點雨。」

相較之下，修士邸的單調跟里奇蒙市的單調一樣——例行公事、日復一日。

——

七月二十三日星期日，雷納德讀完了《雅各的房間》，雖然出版日期不得不推遲，但雷納德的反應大大彌補了臥病一季的缺憾，吳爾芙原本擔心延後出版會讓《雅各的房間》讀來只剩「滿紙枯燥的賣弄」，但這樣的擔心顯然多餘了：「他認為這是我最好的作品，只是第一句評論卻是文筆令人驚艷。」[24]雷納德告訴吳爾芙：《雅各的房間》是天才之作，「迥異於其他小說」，至於吳爾芙筆下的人物是不是「傀儡」，夫妻倆各執己見，雷納德認為是，吳爾芙認為不是。不過，雷納德覺得《雅各的房間》「非常有趣、非常美」，而且幾乎「沒有敗筆……總地來說，我很滿意。」雷納德認為：下次吳爾芙應該考慮集中使用（專注內在的）「筆法」，鑽進「一、兩位角色」的內心就好，用不著像《雅各的房間》唱出所有角色的心聲。吳爾芙的〈龐德街的達洛維夫人〉已經收攏了筆法，這是她近來的實驗，而且正在修改中，雷納德的建議十分貼近她的做法，這無異於鼓勵她繼續思考發展達洛維夫人的方法。雷納德從《雅各的房間》認出了她的「筆法」，等於認同了吳爾芙近來萌芽的信念：她處理克萊麗莎．達洛維的方法，其實延伸自前一部作品，從而取得形式上的突破，她必須承認這是她的心血，並將這份突破占為己有。

——

七月底在倫敦那幾日的滋味，吳爾芙至今還能夠回味。他們跟凡妮莎、鄧肯、艾略特、賀蒲．莫理斯（Hope Mirrlees）吃了飯[25]（莫理斯和艾略特都是詩人，詩作都由吳氏夫妻出版；此外，《雅各的房間》終於交到紐約出版人唐納．布雷斯（Donald Brace）手裡，「總地來說，雷與我都成了名人，」[26]吳爾芙在日記裡寫下這番觀察，儘管曉得雷納德肯定會不以為然，但吳爾芙確定自己沒有搞錯，還說這番觀察「其來有自」，克萊夫大概是由來之一——甚至是唯一的由來——吳爾芙從他口中聽到某位熟識的意見，這位「熟識」很想認識吳爾芙，「尼可遜夫人認為我是首屈一指的女作家，還說常常聽人提到我，這話我常常聽她說，已經聽習慣了，但還是聽得很高興。」[27]這位尼可遜夫人不是別人，就是薇塔．賽克斐兒韋思，她是英國外交官哈洛德．尼可遜（Harold

Nicolson）的妻子。

七月三十一日星期一，瑟爾查的案子在紐約開庭、賽德斯出庭作證，吳氏夫妻在斐列茲街（Frith Street）的「商館」（Commercio）吃惜別宴[28]，這是他們時常造訪的餐館，席間還有羅傑．弗萊和克萊夫．貝爾，克萊夫剛從巴黎回來，跟吳爾芙在斐列茲街不期而遇，臨時加入飯局。近來供酒時段恢復，大家趁著這波戰前的自由，品嚐著「尋常的流言蜚語」，吳爾芙在日記裡記錄了姊夫「零星的八卦」，包括羅德麥爾村居民之間的風流韻事，還有從情婦瑪麗那裡聽來的「文學圈及時尚界消息。」[29]艾略特雖然也受邀，但實在忙不過來，克萊夫告訴瑪麗：艾略特整晚都在「口述給打字員聽」，後來才「整整齊齊從打字員那邊過來」，到戈登廣場的克萊夫宅邸參加餐後聚會，當時羅傑．弗萊正在向賓客展示自己的畫作，艾略特順勢向弗萊邀了一幅刊登在《標準》上，但對自己的詩作卻閉口不談，明明奎殷上週六才拍電報來，說跟李孚萊的合約已經簽妥，這可是個大消息，但無論是克萊夫寫給瑪麗的信，還是吳爾芙那篇繪聲繪影的惜別宴日記，都沒提到這件事情。

不過，艾略特那晚還是有幾分柴郡貓的影子，吳爾芙在日記裡說他「冷嘲熱諷、心存戒備、一板一眼、不懷好意，跟平常一模一樣。」[30]

隔天一早，克萊夫和吳氏夫妻一起搭火車到雷威斯，僕役、行李、包裹一大堆，但旅程卻「打

點得妥妥貼貼，大家一路閒聊——聊什麼我不太清楚」[31]，克萊夫在給瑪麗的信中這麼寫道，還說沒想到廚娘哈蘭德太太「很能聊又會陪笑」，似乎很懂「戲劇這一行，什麼劇她都看過（他們會給她票）……而且很尊敬我，以為我跟戲劇圈過從甚密、過著放蕩不羈的生活。」

吳爾芙曾經打趣道：行囊收一收到索塞克斯去——這話說得輕巧，但卻不是實話，因為要收一收的不只是行囊，而是整間霍加斯出版社，「我們在提籃裡擺幾本書在路上讀，」[32]除了這些累贅，同行的還有寵物狗，某年夏天的隊伍裡還有「一隻陸龜，出發前一天在大街上買的，花了兩先令。」[33]從倫敦撤到鄉間這檔事，吳爾芙全權交由雷納德打點，包括照看僕人、牲畜、行李，「這可憐的傢伙處理得乾淨俐落，」[34]吳爾芙在日記裡寫道：「他生為猶太人真是不幸的錯誤，我把生活的一切都交給他、讓他付出代價，這讓我感到人生無常、似真似幻，正合了我的性子，令我無比自在。」

——

彷彿在考驗她似的：年初生了一場大病還不夠，這年夏天，索塞克斯的天氣打亂了吳爾芙的日常作息，八月「又是風、又是雨，還有陰沉堪比倫敦的天空，」[35]好天氣稀稀疏疏，小徑泥濘，不堪行走，修士邸的廚房「不斷有小河流過」[36]，水流汩汩，幾乎成為附近烏斯河的「主要支流」。

換作是從前，這樣的無常可能會要了吳爾芙的命，但這次作息被打亂，吳爾芙似乎輕輕鬆鬆便挺了過去，「夏日的餽贈」[37]早就「說了要給，後來又扣留」，如今結實纍纍的花園就在眼前——蘋果、梨子、豌豆，都在他們啟程回里奇蒙市之前成熟，隨摘隨用。

對吳爾芙而言，這年夏天的餽贈是嶄新的心靈自由，對此，她還有些陌生：「我內心很篤定：我總算（在四十歲時）找到方法，開始用自己的聲音來說些什麼，這很有意思，我想我可以繼續發聲，沒有人讚美也無所謂。」如今《雅各的房間》已經完稿，她又開始想寫談閱讀的散文，同時擴大計畫，看看自己秋天能寫多少小說。儘管擔憂外界對《雅各的房間》的評價，並承認「沒辦法人家一邊讀、自己一邊寫」[38]，但是，不管別人說什麼，都比不上她在修士邸重拾的信心：「我終於喜歡讀我自己寫的東西，比起過去寫的，現在寫的似乎更適合我。」[39]

——

這個交際應酬最多的夏天跟天氣一樣，到頭來總得付出代價。九月六日，吳爾芙在日記裡寫道：「來客讓人支離破碎」[40]，但還是繼續邀人來家裡作客，因為，她在後文寫道：這些客人讓她「對文字的胃口大開。」九月中，立頓．史崔奇要來修士邸小住幾天[41]，在此之前會先去查斯頓農舍拜訪吳爾芙的姊姊和姊夫，克萊夫問能不能調換順序？結果發現沒辦法：「小姨子跟雷納德把一切安排得跟七巧板一樣。」[42]儘管吳爾芙寫信給友人：「我們都不想接待訪客，這些人來自四面八方，鷓鴣一家、莫莉、漢密爾頓、美國人、史崔奇、福斯特、艾略特、桑格——拜託，別來煩我，別來煩我——我都這樣講——我想讓腦袋運作。」[43]

這年春天，福斯特和艾略特在嘉辛頓莊園的週末宴會沒碰到面。九月的第三個週末，他們一起來到修士邸，成為這年夏天最後一批訪客。

—

艾略特週六就到了，一早在駿懋銀行上完班便趕過來，出發前收到奎殷九月七日寫的信，信中概述最終敲定的《荒原》出版時程——十一月號的《日晷》先刊行，再由李孚萊出版單行本。[44]

再過幾週，《荒原》即將面世，預定刊登在十月二十日發行的《日晷》上，稿酬雖然跟瑟爾一月分的出價一樣——每頁十美元，但就像沃森提議的——艾略特將榮獲「日晷文學獎」及獎金兩千美元，以表彰其「對文學事業的貢獻。」李孚萊的單行本將於十二月推出，一出版即支付一百五十美元稿酬，售價定在每本美金兩塊錢，《日晷》會以六折價購買三百五十本，「大力推銷」給《日晷》的訂戶。基本上，這樣的安排保證了李孚萊和《日晷》都不會虧損，賽德斯指出，就算真的虧錢，也不會超過三百五十美元。艾略特寫的尾註限定由李孚萊的單行本收錄，賽德斯對此深感懊惱，他告訴《日晷》的合夥人沃森：艾略特寫的尾註「極為有趣，增加了詩歌的深度……但千萬別對這些尾註感興趣，因為我們拿不到。」[45]

七月底，奎殷與李孚萊簽署單行本合約之後，艾略特就不太在乎《日晷》刊不刊《荒原》，儘管沃森禮數周到，但艾略特對瑟爾還是很氣惱，不過，他在八月三十日寫給龐德的信也說：「我想到頭來吃虧的還是我。」[46]

其實《日晷》也吃虧——一來失去威望，二來沒有補白的文章，賽德斯對此憂心忡忡，整個夏天都焦慮不安，到了八月底，他決定主動出擊、私下找李孚萊談條件，最後由奎殷正式定案。「真是驚險連連，」[47]奎殷寫信寫信向艾略特報告李孚萊和賽德斯在他辦公室會面的經過，雙方對條約「喋喋不休」[48]，「賽德斯翻來覆去要李孚萊保證：不能事先透露《日晷》打算將兩千元獎金頒給你，而且前前後後要李孚萊保證了九次。」可是，李孚萊熱愛宣傳，既知道日晷文學獎舉足輕重，也知道他保密是有價值的。雖然秋季圖書目錄說《荒原》會在十月一日出版，但根據合約條款，李孚萊必須推遲，不過，書都還沒付梓，就預賣了三百五十本，看來遲些出版大有賺頭。

十二月，李孚萊借助《日晷》的宣傳出版了《荒原》，他在書封印上「日晷文學獎得主」七個大字，跟書名和詩題一樣突出。此外，他聽從賽德斯的建議，將第一刷的每一本都標上書號，藉此增添「收藏價值」[49]，印量總計一千本，售價降為每本美金一塊五毛錢。

離開倫敦前往索塞克斯之前，艾略特寫信向奎殷道謝：「謝謝您的來信，謝謝您為我做的一切，謝謝您付出的成果，謝謝您無盡的善良，我感動到不知如何是好，老實說，光是想到世界上有

這麼一個人，竟然願意為了我費盡苦心，就讓我開心無比。」[50]

不過，七月三十一日他在戈登廣場有多冷嘲熱諷、心存戒備，九月的他有多沉默寡言，不論是出於審慎、或是出於謙遜，艾略特在修士邸作客的那個週末，對於《荒原》即將出版一事閉口不談，倒是詳細與兩位主人討論了艾略特獎學金的細節。吳爾芙那個週末的日記寫得很長，一共兩篇，內容一如以往分析了艾略特，此外也記述了兩人對於獎學金的討論，但沒提到《荒原》。

福斯特星期五抵達，比艾略特早了一個晚上，他穿得很邋遢，行李很簡便，只背了個破破爛爛的背包，與穿著正裝的艾略特形成鮮明對比。福斯特的穿著已經淪為笑柄許多年，第一次世界大戰期間，穆罕默德「柔聲」向福斯特發牢騷：「福斯特，雖然我比你窮，但我絕對不會穿這樣的大衣出門」（意指福斯特身上那件襤褸的大衣），「我不是在責怪你——我這是在讚美你——只是我不會穿這樣出門，而且，你的帽子破了個洞，靴子破了個洞，襪子破了個洞。」[51]

福斯特和艾略特怎麼都不該一起留宿過夜的（下不為例！）尤其修士邸的房間距離窄、隱私空間少，福斯特能獨處就盡量獨處，他把自己關在樓上的房間寫文章、找事忙，大半時間都見不到人影，直到星期天艾略特喝完下午茶離開後，他才和吳爾芙、雷納德「相偎依，福斯特又變回老樣子，講了許多趣聞軼事，說話坦率，八卦朋友，哼唱小調，」[52]吳爾芙在日記裡寫道。

吳爾芙之前就發現：福斯特未必跟每位訪客都處得來。過了這個尷尬的週末之後，她認為：「福斯特單獨作客比較好，」[53]而他確實也形同單獨來訪，在艾略特離開之前，福斯特「很容易淹沒在」別人的蓬勃朝氣裡，別人興高采烈，他卻苦苦掙扎，像在《此情可問天》裡某位主角說的：「我不認為有迎合別人談話的必要」[54]，「雖然要看似聊得很投機也不是不行，但就好比錢不像食物，這種閒聊也算不上真正的談話，一點營養也沒有。」

福斯特「常常煩悶又冷淡」[55]，尤其是碰上艾略特之流的賓客，福斯特雖然端出熱忱的面孔，但心中已有定見，「他放不開」[56]，吳爾芙在日記裡寫道，「如果他不喜歡你」，他想藏也藏不太住。儘管吳爾芙有辦法讓福斯特滔滔不絕，但艾略特一出現，水閘立刻放下，艾略特看不到福斯特調皮的那一面，或許就像溫德．路易斯在嘉辛頓莊園時一樣，無緣見到福斯特沉醉在閒聊時，藍眼睛「閃爍」[57]著愉悅和興味，這往往是被逗樂的前奏，「一副忍住噴嚏的模樣，接著是一陣偷笑……像是打了個開心的小噴嚏。」

此外，吳爾芙還注意到：比起福斯特，艾略特的腦袋「很寬，全是骨頭」[58]。第一次這樣近距離觀察兩位作家，彷彿帶給她不少新發現。「以作家來說，」福斯特「有一點太單純，雖然呆呆的，也有神祕的一面，但眼光像個孩子一樣」[59]，吳爾芙認為：福斯特的觀察力和洞察力，都基於這天真的率直，這在艾略特身上幾乎看不到。在吳爾芙面前，艾略特總是太過拘謹，他很認真、一板一眼，扮演好炒熱氣氛的賓客，甚至在閒談間發表玄奧的議論，他把作客當作上台表演，整個週末都是他的舞台。

福斯特與雷納德、吳爾芙獨處時，提到艾略特向他邀稿。福斯特原本就文名顯赫，近來又讓《泰晤士報》吵得更熱，艾略特年紀尚輕，正在為編輯《標準》尋找堅強的作者陣容，這番邀稿，無異於在奉承福斯特。

然而，奉承和恭維「打動不了」[60]福斯特，吳爾芙發現福斯特跟自己很不一樣，「恕我臆測」，福斯特「不在乎別人怎麼說……在我看來，他並不想在知識界大放異彩，時尚圈就更別提了」，這讓她十分讚許，而像艾略特那樣「搶話說、出風頭，恐怕會惹他討厭吧。」

——

那個週末的談話大多圍著《尤利西斯》打轉。已經是兩年前的事了。一九二〇年九月，艾略特對喬伊斯的讚賞，讓吳爾芙自認為短篇小說所做的嘗試，「或許比不上喬伊斯先生」[61]。六個月前，吳爾芙裁開了《尤利西斯》的書頁，就把書丟給雷納德讀去了，自己則開始捧讀普魯斯特。到了夏天，情況卻顛倒過來：她把讀到一半的《在斯萬家那邊》下冊擱在一旁，改去讀《尤利西斯》。六月寫給友人的信中，她說喬伊斯是那些「還在路上的天才，」[62]既無法忽視，「也無法壓下他們的呻吟，就算自己辛苦，也不得不幫他們一把，」令她憤慨不已。事後來看，她這話確實不錯。到了八月，她讀了兩百頁——「還不到三分之一」[63]，認為「前兩、三章（到墓園那邊）讀得很開心、很激動、很陶醉、很有意思，但越讀到後面卻越糊塗、越無聊、越生氣、越失望，感覺像噁心的大學生在摳痘子」，這篇日記將作者和作品混為一談，還說「在我看來既沒學養又沒教養，出自無師自通的工人之手，想也知道有多淒慘、多自負、多硬來、多粗陋、多顯眼，最終總是要惹人生厭。」[64]不過，淒慘、自負、硬來、粗陋、顯眼、最終惹人生厭的，究竟是《尤利西斯》，還是作者本人呢？

大失所望，難以置信，她寫信給克萊夫，說等到艾略特來訪，一定要好好把喬伊斯和《尤利西斯》教訓一頓。吳爾芙認為書如其人、人如其書，找克萊夫談《尤利西斯》再適合不過，早在一九一七年，她就向克萊夫坦承[65]：《青年藝術家畫像》令人生厭。

克萊夫初見喬伊斯是在巴黎[66]，當時是一九二一年五月六日，隔天早上，克萊夫寫信告訴瑪麗這趟巧遇令人永生難忘，但難忘的原因卻十分冤枉。

那天傍晚，克萊夫和友人先在雙叟咖啡館（Deux Magots）閒坐，接著到米修（Michaud）吃晚飯，克萊夫的同伴認出一位熟識跟朋友坐在隔壁包廂，那兩個人克萊夫都不認識，但友人用法文說其中一個是「英文評論家，肯定是美國佬——很糟糕的美國佬——開口閉口都在談自己的書，說自己的書多有價值又多有價值，而且是用法文講，而他講法文像在唱輕歌劇。」「妳想想，這個像美國人的英文評論家是誰？」克萊夫寫信問瑪麗道：

> 那傢伙立刻把一張超大的名片塞到我的眼皮子底下，上頭寫著妳最愛的作家的名字——喬伊斯，他的朋友很幸運，一句法文也不會說，姓麥卡蒙……說是著名美國詩人艾略特的知交，

> 天啊！好一對朋友！喬伊斯看起來不笨，但是自命不凡、沒教養、鄉巴佬，筆墨難以形容——講話還有口音！麥卡蒙是美國人，兩人都自命清高，而且看重龐德、看輕溫德·路易斯。

克萊夫用英文跟「麥先生」閒聊，全名是「羅伯特·麥卡蒙」（Robert McAlmon），身兼詩人和編輯，雖然認識艾略特，但絕對稱不上是知交，正聊到一半，介紹他們認識的「小討厭醉醺醺地插了嘴，打斷喬伊斯滔滔不絕的自吹自擂。」在克萊夫給瑪麗的描述中，喬伊斯「完完全全就是現代才子的樣子」，這話並非讚美。他還說喬伊斯看上去「半是珠光寶氣的美國旅人，半是格拉斯哥社會主義主日學校的教員。」

這次巧遇之後的一年半載裡，克萊夫不可能完全沒把告訴瑪麗的話說給吳爾芙聽，畢竟喬伊斯多年來一直是克萊夫和吳爾芙的談資，比較可能的情況是：克萊夫在某一封信裡提到巧遇喬伊斯一事（只是那封信並未流傳下來），又或者一回倫敦就把這件事告訴了吳爾芙。事實上，吳爾芙在一九二一年十月給羅傑·弗萊的信中談到某次夜聊：「艾略特說喬伊斯的小說是當代最偉大的作品，史崔奇說沒打算要讀，克萊夫說——嗯，克萊夫說瑪麗·賀勤森認識一位裁縫師，可以幫我改頭換面。」[67]過了不久，克萊夫又去了一趟巴黎。某天夜裡，他在回家的路上喝了一杯，並向瑪麗報告說：這個晚上至少有一件事很成功——他成功避開了喬伊斯——「他在雙叟咖啡館衝著我笑。」[68]

在開始認真閱讀《尤利西斯》之後，吳爾芙彷彿幫克萊夫發聲似地，以喬伊斯和其舉止來評價

《尤利西斯》，她在日記裡嘖了一堆形容詞，全是克萊夫說給瑪麗聽的話，例如《尤利西斯》是「沒教養」的作品（跟克萊夫在巴黎遇到的喬伊斯一樣），就連嚇壞克萊夫的鄉巴佬口音，吳爾芙也能從《尤利西斯》中聽見，說作者是「無師自通的工人」，既自負又自命不凡，一見到溫文儒雅的克萊夫，立刻粗魯地將名片塞到人家的眼皮子底下。

某個八月中旬下午，克萊夫拜訪吳爾芙，《尤利西斯》再次成為兩人之間的話題。事後，克萊夫告訴瑪麗：吳爾芙完全瞧不起這部作品，並且問他：「瑪麗真的欣賞這本書嗎？」[69]語氣中的驚訝，跟聽到艾略特讚賞《尤利西斯》時一模一樣。克萊夫回答時支吾其詞，說瑪麗「只是東讀一點、西讀一點」——至少他是這樣轉述給瑪麗聽的，以免吳爾芙奚落瑪麗。不過，那個下午的吳爾芙，倒是跟日記裡的吳爾芙異口同聲，告訴克萊夫說：《尤利西斯》「乾癟無力、詞不達意、內容粗俗，跟預科學校一樣低級。」克萊夫把吳爾芙對《尤利西斯》的苛責講給瑪麗聽，多少有些鬧著玩的意思，不過，他知道瑪麗和吳爾芙的交情時好時壞，這番轉述也是在拿他那固執己見的小姨子取樂。克萊夫認為吳爾芙或許只是挑錯時間讀《尤利西斯》。他告訴瑪麗：「吳爾芙只要月經來就會情緒低落，但腦子還算好使，還有興致刻薄幾句。」

無論是月經來也好、學著克萊夫鄙視人也好，都無法掩蓋喬伊斯和《尤利西斯》讓吳爾芙煩心的事實，其人其書如鬼魅般，在心頭落下幢幢鬼影，一九二〇年時是這樣，隔了兩年還是這樣，吳爾芙只是換了個措辭來表達心中的疑問，她在日記裡寫下：「既能吃熟肉，何必生吃肉？」[70]這是一句反問，也是在聲明志願。《尤利西斯》彷彿一面哈哈鏡，裡頭映照出吳爾芙的筆法和作品，其筆法面目全非、「生的」作品扭曲變形，成了未經潤飾的未竟之作。

吳爾芙在八月的日記中寫下：「或許日後會再修正，目前的判斷先這樣，沒得商量。這裡先打根樁子，停在第兩百頁。」[71] 下一句她談到自己的作品，看來擱置《尤利西斯》不僅是出自厭倦，而是為了深入思考自己的目標，以便繼續發展春天時寫下的〈龐德街的達洛維夫人〉。「至於我呢，我辛辛苦苦往腦海裡撈，看能不能為達洛維夫人撈出點什麼，每次撈上來的水都只有一點點。我不喜歡自己寫得太快。必須密密實實才好。」

一如既往，男作家的寫作總讓她先是自嘆不足、接著又燃起雄心壯志。雖然她說喬伊斯是沒教養的工人，或許還自認高人一等，但事實上她也高不到哪裡去，這裡的高不僅是指階級、也是指學歷——喬伊斯擁有學士學位，無師自通的其實是吳爾芙，她的焦慮、她的憤怒，全都來自內心的疑問：什麼是文學師承？什麼是文壇認可？什麼是女性寫作？

這根扎在背上的芒刺，在經過一番檢查之後，成為鞭策她向前的馬刺。她擔心自己跟克萊夫太容易在批判上立場相同，從而習慣耍小聰明——這由克萊夫來做雖然有趣又迷人，但吳爾芙曉得這其實膚淺又欠周全。在她的日記裡，上一句還在談《尤利西斯》，下一句就轉到了達洛維夫人。眼裡讀著的，讓她看見了手裡寫著的。

時序來到九月。彷彿準備迎接艾略特來訪似的，吳爾芙把《尤利西斯》看完了，她在日記中寫道：讀了「不朽的終章」[72]，「簡直是點不燃的鞭炮」。上一句才說完喬伊斯，下一句她又不安地想起了自己的作品，《尤利西斯》也許是點不燃的鞭炮，但她擔憂《雅各的房間》又何嘗不是？僅僅兩個月前，她才說喜歡讀自己寫的東西，如今修訂《雅各的房間》的校樣，卻覺得「讀起來很單薄、沒頭沒腦，文字很淺，無法力透紙背」[73]，但這番擔憂也激勵她去（妄）想：無論接下來寫什麼，一定會「層次豐富、內容深刻、行雲流水、堅若釘子、亮如鑽石」。

盼望完最終的成果，她轉而分析喬伊斯失敗的細節：「字裡行間雖然天才橫溢，但是水質不佳，」[74]她以「死鹹」來形容，還說《尤利西斯》像「渾水」，不像她的下一部作品——豐富而深刻。從這番措辭來看，讀完《尤利西斯》之後，她似乎鬆了一口氣，並且對未來懷抱著希望，接著，她又重複了克萊夫的話，說《尤利西斯》自命不凡、沒教養，「不僅外人一看就曉得，從文學角度來分析也是如此，」彷彿在深入閱讀並反思之後，區分作者和作品不僅不可能，而且毫無必要，整本小說都是作者在「表演特技」，她認為（喬伊斯不算在內的）一流作家「很尊重寫作，不會玩那麼多把戲」。喬伊斯與吳爾芙同年（兩人生日只差一星期，吳爾芙稍長一些），她從年初就以四十大關來評判自己的寫作成就，眼前她也要以同一把尺來衡量喬伊斯夠不夠成熟：「他讓我想起寄宿學校裡乳臭未乾的小男生……忸怩作態又自命不凡，結果亂了分寸，搞得太鋪張、太做作、太偈促，善良的人看了惋惜，嚴厲的人看了惱火，希望他成熟一點、別再這樣，」但喬伊斯都這把年紀了，要改「似乎不太可能」。

雖然她自認或許「有失公允，對於優點僅草率帶過」[75]，但自信能夠斷定：《尤利西斯》給人的印象是「無數顆小子彈」[76]，儘管四處飛射，但殺傷力太弱，無法「給人迎面痛擊」，就像閱讀托爾斯泰一樣——寫到這裡，她及時打住：「拿他來比托爾斯泰太荒謬了」，這跟艾略特打的比方一樣令她震驚：「艾略特——偉大的艾略特——竟然把這書跟《戰爭與和平》相提並論。」[77]在拚完最後幾章時，吳爾芙不僅是用自己的眼光在讀，也努力從艾略特的視角來理解，但她還是不懂艾略特對《尤利西斯》的盛讚——這「大大刺激了」[78]她，或許是「想惹我生氣吧」。

無數顆小子彈。吳爾芙的《尤利西斯》讀後感跟《荒原》很不一樣，但卻有個相似之處，六月聽完艾略特朗讀後，她心中有個疑問：不知是什麼貫穿了這些詩句？帶著這樣的疑惑，如今她也想問：是什麼將《尤利西斯》無數顆小子彈串在一起？根據吳爾芙的日記，她唯一確定的是：《達洛維夫人》要用壓的，壓得密密實實，這是她的目標。

——

九月七日，她在日記裡寫下《尤利西斯》讀後感的隔天，雷納德給她看了一篇書評，上週才刊登在美國雜誌上，作者是吉伯特．賽德斯[79]，他一邊寫這篇書評，一邊拯救《荒原》免受瑟爾的酷刑，並向無緣閱讀《尤利西斯》的美國讀者宣傳《尤利西斯》（這篇書評刊在《國家》上，其編輯跟瑟爾查的律師一樣，都比瑟爾更相信賽德斯的判斷。）吳爾芙認為賽德斯這篇書評非常有見地，釐清了好些她所不解之處，讓《尤利西斯》「比我判斷的更令人欽佩」[80]，不過，她認為自己的「第一印象仍有幾分道理在」，因此不打算收回判斷，但勢必要重讀某些章節（只不知她重讀了沒有，沒見她提過）[81]。縱使讀了賽德斯的書評，《尤利西斯》還是未能如颶風般將她「偃倒」。她的第一印象仍在。

九月的最後一個週末，艾略特來訪，對於《尤利西斯》，他的態度跟吳爾芙一樣明確，只是一人說好、一人說壞：「這部作品摧毀了整個十九世紀，樹立了新的里程碑。」[82]或許是替吳爾芙（和自己）著想，艾略特又稍微修飾了一下措辭，他指出：喬伊斯寫完《尤利西斯》之後，就「沒有東西可以寫了。一部作品，道盡了所有文體的徒勞。」

艾略特還說：《尤利西斯》的背後並沒有「偉大的構想」，依照他的看法，喬伊斯感興趣的是李奧伯．布魯姆這個角色，他並非想探討人性，而是想知道——布魯姆的心理運作能揭示出哪些人物面向。喬伊斯想做到的都做到了——「無一遺漏」，其「揭露心理的新技法」摧毀了整個十九世紀，至少文學成規都粉碎了。

但吳爾芙不這麼想。在她看來，薩克萊（William Thackeray）《潘丹尼斯》（*Pendennis*）對人物的揭示[83]，比起喬伊斯《尤利西斯》對李奧伯．布魯姆的處理更透徹。這又回到了老問題上：小說角色如何創造？喬伊斯真的找到了新方法嗎？吳爾芙似乎不以為然。「我們對人的了解還太少，」[84]她抱怨道。

艾略特的論點（《尤利西斯》摧毀了整個十九世紀）以及薩克萊的《潘丹尼斯》，都直指角色塑造的問題——這點醒了吳爾芙：「對於舊傳統，我們有多少是不假思索全盤接受？」她在筆記裡寫道：「這傳統非常詭異，竟然讓我們以為：奧斯汀、薩克萊、狄更斯筆下人物的生活、感受、說話方式，就是真正的生活、感受、說話方式。這裡唯一的問題在於：我們已經司空見慣。」[85]

在《雅各的房間》和〈龐德街的達洛維夫人〉裡，吳爾芙也開始用新的筆法來揭示人物心理，但是，如果無法再現人生，這樣的筆法仍然不夠。奧斯汀、薩克萊、狄更斯讓讀者（和吳爾芙）相信：真實人物的生活、感受、說話方式，跟他們筆下的人物一模一樣。喬伊斯不來這一套。此外，至少雷納德認為：《雅各的房間》的筆法不足以再現人生。但吳爾芙納悶：「什麼是人生？這正是問題所在。未必會發展成情節的才是人生。」[86]她必須跟喬伊斯一樣，充分發揮起心動念。她在日記裡寫下：「《雅各》大可再擰緊一點。」[87]

——

福斯特對喬伊斯拿不定主意。在修士邸作客的那個週末，他根本插不上幾句話（或許根本沒有加入談話），就算真的發表了什麼看法，吳爾芙也沒記錄下來。不過，一九一七年，喬伊斯的《青年藝術家畫像》剛出版，福斯特就知道了，而且還留下了深刻的印象——因為穆罕默德向他討了一本[88]，還說是「非常精彩的作品」，福斯特顯然沒有異議，而且一直維持相同的看法——穆罕默德評論這本書的樣子真迷人——這回憶他一直珍藏在心底。幾年過去了，時序來到一九三〇年，福斯特邂逅了警察鮑伯·白金漢（Bob Buckingham），成為他餘生的情感支柱。初識時，兩人談起了書，白金漢告訴福斯特，說最近在讀杜思妥也夫斯基（Fyodor Dostoyevsky）。隔了幾天，兩人再次碰面，地點在福斯特的倫敦寓所，福斯特主動借給白金漢兩本書[89]，一本是《印度之旅》，另一本是喬伊斯的《青年藝術家畫像》。

一九五九年，福斯特八十歲，生日當天，他接受電視訪問，其中一個橋段是他在書桌前寫字，節目播出不久後，普里切特（V. S. Pritchett）問福斯特：攝影機在拍時，他在寫什麼？

福斯特回答：寫一句話，「一寫再寫，寫到他們拍完為止」，「『喬伊斯是個糟糕透頂的作家，』我重複寫著這句話。」[90]

——

吳爾芙把喬伊斯看完了[91]，準備賣掉，能賣多少就賣多少，賣個四英鎊十先令也好——她向大衛·加奈（David Garnett）開玩笑道。這位書商綽號「兔子」，吳爾芙那本《尤利西斯》就是跟他買的。她打算回頭找普魯斯特，之前被《尤利西斯》綁住，「像殉教者被綁在火刑柱上」[92]，跟普魯斯特在一起則「完全不一樣」[93]——她在給羅傑·弗萊的信中寫道，這是今年從修士邸寄出的最後一封信，日期壓在十月，不僅標示著她返回里奇蒙市，也標示著她回到普魯斯特令人愉快的書頁裡，對吳爾芙來說，閱讀普魯斯特已經變成「偉大的冒險」[94]。

弗萊早就催促吳爾芙趕快閱讀普魯斯特，因而順理成章成為吳爾芙告解的對象，聽她欣喜若狂、如吟詩般說自己「獻身給了」[95]普魯斯特，這番感想結合了宗教狂熱與理性，這在吳爾芙身上十分難得，她承認普魯斯特或許有瑕疵——「應該吧」[96]——但她沒看出來，她「處在驚詫之中，彷彿目睹奇蹟發生。」

是怎麼辦到的？那總是溜走的——居然結晶了！而這結晶不僅美麗，而且還永垂不朽，讓人不得不放下書本倒抽一口氣，這股愉悅有形有體——像太陽，像紅酒，像葡萄，寧靜而安詳，透出蓬勃生機。[97]

吳爾芙問道：「再來還有什麼好寫的？」

回到里奇蒙市，不出幾天，她有了答案。她在日記裡寫道：「〈龐德街的達洛維夫人〉開枝散葉，長成了一本書，在這裡，我大致描述一下全書輪廓——是關於瘋狂與自殺的研究，既是神志正常的人看出去的世界，也是神智錯亂的人看出去的世界——類似這樣的作品。」[98]

是什麼貫穿了這些詩句？聽完艾略特朗讀《荒原》之後的疑惑，她從喬伊斯和普魯斯特身上瞥見了不同的答案。秋意已濃，她將再度開展，一如春天。

第十五章 勞倫斯和芙莉妲抵達陶斯

繞過半個地球，距離羅德麥爾村五千英里之外、海拔六千呎的山上，勞倫斯也在思索《尤利西斯》。時序是九月，就在福斯特拜訪修士邸的那個週五，勞倫斯寫信給湯瑪士・瑟爾查：「也可以寄一本喬伊斯的《尤利西斯》給我嗎？我讀到有人說這是小說的盡頭——我最好看一下。」[1]信是從陶斯寄的，他已經抵達十天了。

他和芙莉妲從澳洲走船走了三週，大溪地號（Tahiti）像「巨大的民宿，在海上搖搖晃晃，」[2]頭等艙票價每張六十英鎊，換言之，他們「把錢都花在輪船上了」[3]。芙莉妲在船上打惠斯特牌贏了，音樂室傳出薩克斯風的樂音，有個男的在練習。[4]輪船在大溪地停靠，下船走一走，很是失望——「死氣沉沉，很現代，到處都是法國人和中國人」[5]——整趟船程唯一令人興奮的事，是最後一站「上來了一群電影人」[6]，他們到大溪地拍一部通俗劇，片名叫《失而復得在南太平洋島》（*Lost and Found on a South Sea Island*），劇情講述一名白人女子差一點被迫嫁給當地酋長，最後終於獲救，演員陣容和劇組人員都讓勞倫斯震驚不已，製片是山謬・葛溫（Samuel Goldwyn），導演拉烏爾・華爾許（Raoul Walsh）演過《重見光明》（*Birth of a Nation*），後來則挖掘了約翰・韋恩（John Wayne），其餘成員則毫無特色，女的不過是「發跡的女店員」，男的則是「路人……

在海邊會看到的那一種」[7]，一個個都「平凡到不行」，而且「彼此恨之入骨，其中幾個從頭醉到尾」[8]，他們代表了邪惡的性慾，勞倫斯視之為仇敵，在他看來，男女之間能達到更高層次的感官與精神交流（對於誰值得來往、誰不值得來往，沉迷性愛的勞倫斯先生劃分得很清楚，跟任何教派一樣嚴格。）美洲在前方等著他，他本來就沒什麼信心，遇到這個劇組更無法增加他的信心；相較之下，芙莉妲則悠哉一如往常，對丈夫瑣碎的譴責感到有趣，丈夫文名在外，現實中卻常常自相矛盾，兩者之間的差異也令她玩味。

——

九月四日，勞倫斯與芙莉妲抵達舊金山，「這市鎮很好，但有點頭昏」[9]，他們在海上航行了二十五天，下船後，隔天「依然『暈陸』——地板竟然忽上忽下，房間因引擎而顫動……踏實的地板踩了會痛。」[10]

他們要在舊金山待上五天。某天，天氣晴朗，搭車在市區兜了一圈，回來勞倫斯寫道：「舊金山令人心曠神怡，完全沒有壓迫感，」在這愉快的開場白之後，短短幾個字之內，情況急轉直下，他描述「恐怖的」[11]噪音，「鐵聲響個不停」，電車和纜車在市區縱橫，交織成令人生畏的大都會，黑亮的道路被鐵軌劃出傷痕，宛若「死亡之路的黑緞」，整座城市「像永無止息的冥府」，噪音侵擾，晝夜熱鬧，「我的頭快裂了。」

他們在皇宮酒店（Palace Hotel）住了四個晚上，與世隔絕。「大家都非常好，一切非常舒適，」[12]勞倫斯用德文寫信給岳母里齊德馮男爵夫人，信末結語寫道：「真討厭這種機械的舒適。」而他殘破不堪，一如既往。

這封信是用皇宮酒店的信紙寫的，信紙十分精緻，信中向芙莉妲的母親安娜描述了酒店的奢華。皇宮酒店每晚房價七塊美金，對於下船時口袋只有二十美元的男子而言，這是十分昂貴的價格。勞倫斯到美國的第一句話，就是拍電報給經紀人：「抵美。身無分文。舊金山皇宮酒店電。」[13]而他在美國的首要之務，就是等芒席耶匯美金過來。

接著是為期兩天的行程，先搭火車到新墨西哥州聖塔菲市——「火車時刻表，今天的魔毯」[14]——再用玫苞給的車票搭上大峽谷特快車，從聖塔菲市南行二十英里，於九月十日星期日抵達拉密（Lamy），此地距離陶斯七十英里，詩人陶友白（Witter Bynner）及情人詹森（Walter Willard Johnson）招待了勞倫斯夫婦一晚，隔天開車穿過平坦的沙漠，九月十一日星期一抵達陶斯，正好是勞倫斯三十七歲生日。

十天後，他寫信問瑟爾查有沒有《尤利西斯》？勞倫斯與喬伊斯有個共通點——都是約翰．桑奈查禁風波下的受害者，除此之外，兩人毫無瓜葛。縱使從法律上來看，打贏官司的是瑟爾查，不過，勞倫斯也因為桑奈的打壓而成為贏家，如今，他要來捧讀喬伊斯這本難以捉摸的藍色封皮書。之前鬧上法庭的是《尤利西斯》的節選，完整版的情況尚未可知，李孚萊、胡博許、克諾夫雖然不願意冒險出版，但其實法律並未明文禁售。一九二二年初，奎殷向熹薇雅．畢奇訂購了十四本

《尤利西斯》，並在信中說不想被海關查扣，他在最近一期的《小評論》上看到《尤利西斯》的廣告，因此警告熹薇雅．畢奇：「我知道桑奈在留意《小評論》，先前《尤利西斯》惹了事，所以，桑奈肯定會指示海關沒收《尤利西斯》，無論是用寄的還是怎樣。」[15] 奎殷答應先付款，因此，他告訴熹薇雅．畢奇：「這些書是我個人的財產，要怎麼寄過來，必須先徵詢我的意見。」至於別人的要怎麼寄到美國，奎殷既不曉得、也不在乎，他只在乎一旦付款，那批《尤利西斯》就得先擱在一旁，「小心包妥，依照我的命令行事。」他提議由出訪巴黎的友人幫忙帶回來，或是請熹薇雅．畢奇寄到加拿大，由加拿大的經銷商代收，再用郵寄或帶到紐約給他。事實上，熹薇雅．畢奇那一千本限量版《尤利西斯》，許多都是直接寄到美國給買家，或是請旅人返美時順手帶回，也沒見出什麼事。

在寫給瑟爾查的信中，勞倫斯還索取了其他圖書，包括初級西語讀本、西英雙語字典，以及新出的梅爾維爾（Melville）評論，這些都寄到了，但就是沒有喬伊斯的小說。勞倫斯覺得奇怪：「找不到《尤利西斯》嗎？還是看能不能借我一本？我讀一讀就好。」[16]

即使在澳洲時，勞倫斯也心繫《尤利西斯》，當地報紙刊出莎士比亞書店出版《尤利西斯》的消息。七月時，他寫信給倫敦的友人：「等我到了美國，就能讀到《尤利西斯》這本名作了，我懷疑作者是個騙子。」[17] 勞倫斯雖然沒有妄下定論，但他跟吳爾芙一樣人書不分，而且也忍不住把自己的作品跟《尤利西斯》想在一塊兒，甚至心生敵意，他在信中提到了《袋鼠》：「我在這裡差不多寫完了一本小說——但這樣的小說！就連《尤利西斯》的書迷都要唾罵！」[18] 這番言論與其說是針對喬伊斯，不如說是針對那幫追隨者和評論家（包括龐德），他們讚揚喬伊斯的文才，（相較之下）彷彿勞倫斯的小說傳統而保守——體裁上看不出實驗性，內容上並未因為強調內在世界而晦澀難懂，敘事者也並未從全知轉為角色感知——換言之，勞倫斯的作品尚未與傳統脫離。

那年夏天，勞倫斯的《亞倫之杖》在英國剛問世，便不免被拿來與《尤利西斯》比較，只要是《尤利西斯》之後出版的小說，都逃脫不了這樣的命運，尤其《亞倫之杖》與《尤利西斯》出版的時間十分靠近。對於這樣的比較，勞倫斯比吳爾芙落落大方許多，但兩人都明白：縱使《尤利西斯》只出版節選，此後問世的小說都難逃喬伊斯的陰影——至少評論家肯定是一邊讀一邊比較。

八月時，《國家》刊出了約翰．米德頓．穆瑞的書評，穆瑞宣稱《亞倫之杖》比喬伊斯的小說「重要許多」[19]，原本還擔心《戀愛中的女人》就是勞倫斯的巔峰之作，現在看來是多慮了，《尤利西斯》迷或許會唾罵勞倫斯，勞倫斯或許會樂得受到唾棄，不過，穆瑞擁抱兩者的差異：《尤利西斯》以知性作盔甲，整部小說以上古荷馬史詩為底本，這讓小說讀來「乾枯貧瘠」，相較之下，《亞倫之杖》「生龍活虎」，「喬伊斯先生整個人都在《尤利西斯》裡了，」穆瑞寫道，彷彿《尤利西斯》將喬伊斯榨得一滴不剩，也讓穆瑞讀得筋疲力盡。不過，穆瑞並未將喬伊斯罵得一文不值，他承認《尤利西斯》樹立了文學里程碑，不過，《亞倫之杖》縱使沒有《尤利西斯》的宏大偉構，但這並非勞倫斯先生的全部，只是「勞倫斯先生創造之樹上的果實……所有在世作家中，能讓人敵視到抓狂的只有他，能讓我們心滿意足的也只有他。」

艾略特在修士邸作客時告訴吳爾芙——喬伊斯寫完《尤利西斯》就沒有東西可以寫了，而穆瑞的書評以《尤利西斯》代表「喬伊斯先生整個人」作結，在這一點上，艾略特跟穆瑞的看法相近。考量到文人相輕，再加上穆瑞和艾略特的私人恩怨，艾略特要是知道穆瑞跟自己的觀點類似，肯定會大吃一驚，更別說艾略特認為《尤利西斯》是大獲全勝的作品。艾略特和吳爾芙在修士邸也聊到了勞倫斯，在這一點上，他和穆瑞看法相左。艾略特告訴吳爾芙：讀完《亞倫之杖》之後，他認為勞倫斯雖然「偶有神來之筆」[20]、確實也有「出色的時候」，但整體來說，勞倫斯是「最不配當作家的作家。」

——

過去這大半年，玫苞雖然努力促成勞倫斯到陶斯來，但她心裡很清楚：勞倫斯之所以一延再延，說穿了就是害怕她，「他們想來見見我，看一看，咬一口。不喜歡？那就吐出來，」[21]她後來在回憶錄中寫道。然而，不論勞倫斯是對美國有疑慮，還是對玫苞有所忌憚，至少他都把陶斯當作另一個寫作生涯的起點。先前在澳洲，他依照計畫寫了一部小說，如今，他來到新的地方，修稿之餘，他打算再寫一部，「我為陶斯做了不少準備——包括印第安村，」他從澳洲寫信告訴玫苞：「我要從那裡寫一部美國小說。這是我的心願。」[22]

勞倫斯一到陶斯，立刻愛上當地的風景，他對陶斯的第一印象，應證了一年前玫苞越洋飄送來的奇香與原始芬芳，此外，他立刻對印第安人感到好奇，在他的想像中，印第安人延續了古老的生活方式，完全不受現代世界玷汙，印第安村則象徵了他在西方尋尋覓覓的人性泉源。然而，陶斯的一切都以玫苞為中心，對玫苞來說，這裡與其說是村莊，不如說是由她支配的堡壘，其掌控之深，稱之為「玫苞鎮」[23]也不為過。勞倫斯大老遠跑來，可不是為了在這小地方當個鎮民（或說是信徒），這片古老大地上住著一群現代傻瓜，一個個「附庸風雅」[24]，跟陶爾米納的瘋帽茶會沒什麼兩樣，雖然他逃離了陶爾米納，但他當時就明白：陶斯其實也大同小異——甚至連唸起來都很像——可是，他還是來了。

對於勞倫斯而言，玫苞的戀人東尼．盧函具體而微體現了古老的抹殺，心中大為失望。東尼開著玫苞的凱迪拉克來到火車站接勞倫斯夫婦，在勞倫斯看來，東尼樂得成為汽車和金錢的犧牲品，最終則淪為玫苞「（女性）權力意志」[25]的受害者。在勞倫斯的眼中，東尼不是印第安人，而是印第安人的象徵。

玫苞一邊盼著勞倫斯到來、一邊完成了「東尼屋」，勞倫斯夫婦一到便搬了進去，裡頭跟承諾的一樣寬敞舒適，也一如預料跟玫苞的大屋相隔不遠，大約只有兩百碼，稍嫌太近了些。

安頓下來幾天後，勞倫斯一早到大屋找玫苞，她說要跟勞倫斯「一起工作」[26]，這不太可能出自勞倫斯的保證，頂多只是玫苞自己的幻想。玫苞在回憶錄中重述勞倫斯來訪的那個早晨，她正在臥房外的天臺曬日光浴，他來得太早，她還來不及梳妝，便邀他一起上天臺來，他走過臥房，看見她棉被沒疊，一臉震驚，這是他「討厭的景象」[27]，不知她是真的看到了勞倫斯的表情、還是她自己的想像，下文寫道：勞倫斯環顧臥房，「目光所及，皆成妓院——他就是那麼強大。」

乘著大溪地號的勞倫斯抵達了陶斯，這位玫苞心中的巨人，沒想到這麼鼠肚雞腸，真是失望透頂；而勞倫斯對古老貴族的想像，在看到玫苞那床沒疊的棉被化成「妓院」後，全都進了墳墓裡。

玫苞繼續精進笑裡藏刀的本領，一邊稱頌勞倫斯，一邊詆毀勞倫斯（艾略特在談到勞倫斯時寫道：勞倫斯身邊「圍繞著一群」[28]像《約翰遜傳》作者的傳記家，然而，「對於這位偉人，有些傳記家不像《約翰遜傳》的作者那麼溫柔。」）勞倫斯那天早上如果真的大吃一驚，令他震驚的與其說是那床荒淫的暗示，還不如說是那間臥房的凌亂，勞倫斯是很一絲不苟的，又或許令他震驚的是玫苞的衣著——身披白色喀什米爾斗篷[29]，寬寬鬆鬆，跟她所有的衣服一樣，設計成「流動的線條」[30]，掩著那「成為垂柳的渴望，我老像棵雪松一樣——用來做聖誕樹的那一種」，玫苞在回憶錄中寫道。

勞倫斯寫信給大姨子，說「玫苞非常想要我寫一寫當地。我不知道我究竟會不會寫。」[31]「當地」和「玫苞」本人的分際模糊，這對勞倫斯而言意義重大，但對玫苞來說卻無關緊要，根據玫苞回憶，寫一本有關她的書不僅是她的願望，也是勞倫斯個人的選擇。根據玫苞回憶：「我之所以繞過半個地球召喚他，為的就是這個，」[32]而且還等待他親口宣布寫書的意圖，「他說他想寫一本美國小說，講述美國的生活、美國的精神，他想以我為中心來寫。」[33]

「你寫過她了，」玫苞記得自己這麼對勞倫斯說，這裡的「她」意指芙莉妲，自從勞倫斯與芙莉妲相識以來，芙莉妲便以女主角之姿出現在他所有的小說裡，其中最顯著的例子是《袋鼠》，玫苞還沒讀過，「她幫你生了夠多年的書了，你需要新的生母！」[34]但芙莉妲不准——根據玫苞的說法，這是勞倫斯的答覆：「她不讓其他女人進入我的書。」[35]此外，玫苞要勞倫斯加入她的聖戰[36]，反對國會立法讓印第安人更難求償，她要求勞倫斯以此為題寫一篇文章，勞倫斯心甘情願地寫了，這種合作要求比較容易接受，而且還能推遲寫書一事。

為了寫書，玫苞和芙莉妲展開搶勞倫斯大戰——至少玫苞是這麼認為的，在她看來，芙莉妲「高大豐滿」[37]，標緻得令勞倫斯傾倒，勞倫斯身子瘦，頭顯得笨重，往前垂掛著，身子薄，背又駝，全身上下「都表現出」[38]某種「弱不禁風」，完全不敵芙莉妲那身肉感與強加在他身上的情感，又或許，也不敵玫苞那一身的肉感與情感吧？憑著這份優勢，玫苞以為看到了一絲機會，儘管對勞倫斯的音容感到失望，卻從這份失望中生出理解，從而對勞倫斯的「困境」感到心有戚戚，認為他被平庸的妻子所奴役，她必須從芙莉妲手中解救他，這件事只有她能做，根據她的形容，這股衝動就像「體內的子宮覺醒，想觸及他、接納他」[39]，在她看來，這是無私的心靈救援，勞倫斯和芙莉妲自然不這麼想。

勞倫斯封玫苞為「女主人」（padrona），承認她對自己仁慈慷慨，只是他天生不甘受人恩賜，也不願如玫苞所求讓她狼吞虎嚥、與她融為一體。剛抵達陶斯時，勞倫斯寫信給經紀人，說如果有更多時間跟妻子獨處，應該可以在這裡快活度日。他早就知道東尼屋是玫苞的地盤[40]，無論她是狼吞虎嚥還是慷慨大方，到頭來都沒差，反正他不會任人欺侮，「縱使以仁慈之名」行欺侮之實也不行，人情比金錢更昂貴，比起「被拋棄自尋出路」，欠下人情債更是危機四伏。

勞倫斯對玫苞和東尼拿不定主意（他對大多數的事情都拿不定主意），雖然跟他們相處很自在

（東尼「是個大塊頭，人很好，跟玫苞在一起好幾年了」[41]），但對於玫苞假扮脫離傳統的貴婦，勞倫斯可就嘴裡不饒人了，他寫信給友人道：「玫苞．史特恩有個同居的印第安情人」[42]，「她有過兩任白人丈夫、一任猶太丈夫，這下又來個印第安情人。她可真是有錢。」

玫苞自以為是勞倫斯的繆思，要不是芙莉妲反對，她篤定自己必能成為勞倫斯靈感的泉源。她看錯勞倫斯了，以為他「沒有自己的主見……芙莉妲揮舞著燃燒的劍，擋在勞倫斯和其他人之間。」然而，勞倫斯一心只想還清舊債、不欠新債。他都已經在陶斯安頓下來了，手邊又有美元，包括赫茲傳播公司（Hearst Communications）付給《上尉布娃娃》（*The Captain's Doll*）的版稅一千美元[43]（這是他迄今最賣錢的短篇，後來也沒這個價碼了，而且《上尉布娃娃》最後也不是由赫茲傳播公司出版，這種美式大手筆，勞倫斯應該頗為讚許。）抵達陶斯不久，他便匯了十五英鎊給奧德霖．莫雷爾，感謝一戰「拮据之時」[44]她好心紓困。藉由還款，勞倫斯驅散《彩虹》遭禁揚起的塵埃、揮去康瓦爾郡的艱苦歲月，就像寫《袋鼠》第十二章〈噩夢〉一樣。如今無債一身輕，先前欠朋友的人情也已還完，勞倫斯自然不想將在陶斯寫的作品抵押給玫苞，這一點至少新世界沒有食言──他手裡有的是錢。

話雖如此，勞倫斯依然努力扮好自己的角色。那天早上見過玫苞之後，勞倫斯便將兩人的對話

和自己對陶斯的第一印象開展成小說，只不知這是不是玫苞夢想中的小說，勞倫斯寫信給經紀人芒席耶，說自己正在寫「這地方的小說給史特恩夫人」[45]——他刻意強調是「這地方」，而不是「史特恩夫人」。或許是要安撫玫苞，又或許是只要有靈感就寫——好比他以婕熹・錢博斯寫活了《兒子與情人》、以赫塞廷為《戀愛中的女人》增色、以芙莉妲寫了無數本小說，自然也樂得以玫苞為底本來創作，為此，他放下身段請玫苞回顧人生的十字路口，請她列出十一項抉擇，包括嫁給史特恩、對東尼的情感、來到新墨西哥的生活，或許是因為勞倫斯知道：任務越困難，玫苞越不會去做，所以，他告誡玫苞：「就算不想想起來也得想起來。」[46]此外，或許是為了奉承玫苞，讓她真的「一起」創作，勞倫斯告訴玫苞，她寫的內容（包括嫁給墨里斯・史特恩的故事、寫給東尼的抒情詩）都會收進小說裡，這樣「妳的聲音就能穿插其間」[47]，等到全部寫完再讓她看。

玫苞和勞倫斯的合作據說被芙莉妲叫停，芙莉妲說要合作可以，但有條件。勞倫斯告訴玫苞：他跟芙莉妲「把話說開了」，如果要繼續合作寫小說，就不能在玫苞的家裡寫，而必須改在勞倫斯的住處寫，原本是因為玫苞要求隱私，所以才在玫苞的家裡寫，勞倫斯說，改在自己的住處進行，芙莉妲才能監督。在東尼屋裡，芙莉妲踩來踩去，「大聲掃地、大聲唱歌，存心作對，」[48]竭盡所能讓勞倫斯和玫苞分心，不過，這詭計不像芙莉妲的謀劃，倒像出自勞倫斯的心機。

如果勞倫斯真的要為玫苞寫一則短篇故事或一部長篇小說，他會為了芙莉妲而甘願被攪局嗎？怎麼想都不可能。勞倫斯做事很少為了芙莉妲著想，因此，儘管芙莉妲很想找個地方長住，但還是跟著勞倫斯搬到陶斯來，多年前，她為了勞倫斯拋家棄子，長年忍受（玫苞筆下）「飢餓一般的孤獨」[49]，對此玫苞深感同情。勞倫斯瞧不起那份孤獨，「他不容許任何人跟他競爭，」玫苞寫道。只要提到芙莉妲的孩子，勞倫斯很少不動怒，這可能是因為內疚，也可能是因為自私，不過，芙莉妲曉得，勞倫斯真正的自私，是永遠把工作擺在第一，容不下任何事情來爭，他把寫作擺在妻子之前，孩子或小情小愛帶來的紛擾根本入不了他的眼，對此他沒有絲毫內疚，芙莉妲也不要他內疚，她對丈夫的寫作事業深信不疑，想到當年為了嫁給他而犧牲了這麼多，或許又從中生出幾分堅信。

勞倫斯的陶斯小品文寫到一半就寫不下去了，對於玫苞來說，與其怪罪自己或怪罪勞倫斯，找出勞倫斯半途而廢的巨大心理力量更令她滿意，而憎恨芙莉妲也比自責容易得多，「我從沒看過他寫的章節，大概是她撕了吧，」[50]玫苞日後回憶道，但那與其說是完整的章節，不如說是為了那一章節所做的筆記，而且芙莉妲也沒去撕，她對那一章很滿意，還在信中告訴芒席耶：「開場非常高明，諷刺意味十足！」[51]

——

確實如此。勞倫斯抵達陶斯後寫了一封信給福斯特，信中抱怨福斯特在《此情可問天》裡對威爾柯父子的描寫「美化了那些商人，簡直是致命的錯誤」，或許是這個錯誤持續困擾他，又或許是發洩完不滿後他稍稍想起了最初讀完《此情可問天》的感想——「寫得極為出色，非常值得討論」。總之，在他動筆寫玫苞時，《此情可問天》在他的腦海中盤旋。

以玫苞為藍本的人物叫希碧．蒙德[52]（Sybil Mund），她從父親（漢奈特家族）那邊繼承了「勢力」，從母親（威爾柯家族）那邊繼承了「衝勁」，作為「女兒」，她集兩家族之「大成」，「一觸即發」。《此情可問天》都是十多年前的書了，威爾柯父子的「衝勁」卻依然令勞倫斯生氣，事隔多年想起來，或許他終於恍然大悟，原來福斯特也是在嘲弄商人的「衝勁」，兩人並非處於敵對陣營，而是站在同一陣線。在《此情可問天》裡，福斯特筆下的威爾柯家族「在生活中避談私人想法」[53]，一如施萊格姊妹所領悟到的：「所有威爾柯家的人都這樣，他們似乎不認為私人想法至關重要，又或者像海倫所猜想的：他們知道私人想法很重要，但是害怕。」勞倫斯看得出來玫苞害怕私人想法，金錢將她和世界隔絕開來，她生活中的一切大多來自理論，因此，他對她不感興趣，哪怕只是將她當作樣本來觀察——也許著迷、也許厭惡，他都容忍不下去。他到美國來，不是來跟威爾柯家一觸即發的女兒廝混的。

芙莉妲或許很滿意勞倫斯那諷刺十足的開場，但這並非勞倫斯能長久經營的筆法，他不擅長諷刺，跟玫苞（如他所料是現成的諷刺素材）一見面就合不來，勞倫斯寫信告訴岳母，說玫苞「憎恨白人世界，因此喜歡印第安人」[54]。勞倫斯沒有繼續寫「這地方的小說給史特恩夫人」，倒是把《袋鼠》校訂了一遍，以便一九二三年由瑟爾查出版，〈噩夢〉那一章依照先前在芒席耶的信中說的，確確實實保留了下來。

兩個月的玫苞鎮生活，就是勞倫斯容忍的極限，比他在錫蘭忍受蚊蟲和溽熱的時間還長，他在附近發現一座牧場，海拔更高、入山更深，是個與世隔絕的避風港，跟在澳洲的太平洋畔一樣。而勞倫斯就是勞倫斯，簡簡單單搬個家豈不好？他非要搞成宣言不可，一如年初向鄂爾·布魯斯特預示——一九二二年將「脫胎換骨」，他在十一月第一週的尾聲寫信告訴玫苞自己的決定。在信中，他宣布不願在玫苞·史特恩的地盤上長住，他的身心都無法忍受，此外，信中以十條項目回覆她先前寫信提出的新要求，信雖然已經失傳，但勞倫斯顯然無法接受。

他在信中告訴玫苞，他也會「白紙黑字寫下來」[55]，首先，第一條寫著：「你說妳是『知道的』女人，我才不信。」玫苞或許惹毛了勞倫斯，但勞倫斯這封回信譴責的是現代世界，其中揭露的不是玫苞的為人，而是勞倫斯的想法。

玫苞「恃強欺弱、施虐成性」[56]，對東尼、對勞倫斯、對芙莉妲都是如此，更別提她圈子裡的其他人了，儘管（並因為）她結過三次婚，還跟東尼談戀愛，但是（或所以），她「敵視夫妻的生活關係」[57]。勞倫斯告訴玫苞：「感情和睦時，芙莉妲與我的核心關係是我生命中最美好的事，就我個人而言，甚至可說是人生至美」[58]，這或許是他對芙莉妲寫過或說過最濃烈的話語，而這才只是這封宣言的開頭。

這份指控玫苞的詳情訴狀無論再怎麼正確，在寫完之後，勞倫斯依然認為：「跟玫苞·史特恩鬧翻是不可能的事」[59]——他在給瑟爾查的信中寫道——了解這一點，就又對勞倫斯多了一分理解。

他跟芙莉妲最初要搬去的牧場是玫苞的兒子開的，但要整修的地方太多，沒辦法趕在冬天之前修好，而且，真要認真算起來，這牧場也算是「玫苞．史特恩的領地」[60]。

後來，勞倫斯找到了「山中牧場」（Del Monte），牧場的邊上有三間房子，正好排成三角形，一間是牧場主的，由勞倫斯夫婦租用，另一間比較小，他再次發揮啦呐呢公社的精神，讓兩位旅途中邂逅的丹麥藝術家進駐，作為「男主人」（padrone），他的慷慨與玫苞所秉持的精神不同，顯然是以此來指責玫苞。「勞倫斯鎮」雖然不大，但他很高興能「重回自由的領土」[61]。

山中雪深[62]，牧場門邊，土狼嚎叫，勞倫斯和芙莉妲出門騎馬[63]，兩人彷彿沉醉在自由之中，頭戴牛仔帽、腳穿牛仔靴，十足美國人的樣貌。

不過，勞倫斯有幾分快樂，就必定有幾分不快樂，不這樣就不是勞倫斯了，正如他喜愛在海裡游泳，卻又抱怨海濤聲震天，山中牧場的景色雖然令他欣喜，但他卻不願把話說滿，只肯愛得「片片段段」：空氣純淨、天空清澈、雲朵美麗、日落迷人，這些都是好的，但是，這片廣袤雖是雪白，卻為他蒙上了陰影——無論是牧場上方覆著白雪的群山，還是下方平坦的沙漠高原，都重重壓著他的心頭、沉重著他的靈魂，讓他感到「沉甸甸、空虛虛……非常抑鬱」[64]。

其中一位丹麥藝術家是畫家，名叫克努．默里德（Knud Merrild），據他回憶，勞倫斯將山中牧場想像成隨時會消失的伊甸園，地處微妙，離玫苞鎮非常近，但他的伊甸園裡沒有「眼鏡蛇」。勞倫斯的原話或許不像默里德回憶的那麼詩意又帶有末日感，但默里德捕捉到了勞倫斯當下（和長久以來的）的危機感：世界必須重塑，這世界一起頭就錯了，自從人類誕生開始就出了問題。玫苞是眼鏡蛇女王，身邊圍繞著蛇群，全都「長滿」[65]毒牙，毒牙上「盛著羞辱」，只要稍稍低頭就會被咬。

一年前，一九二一年秋天，他第一次說要離開陶爾米納，比起當時他想逃離的世界，玫苞的圈子才真的是「沾著臭屎」。

勞倫斯喊道：「天啊！不行，不能讓他們咬我，」[66]他告訴默里德：「我必須創造自己的世界」、遠離「那幫禽獸」[67]，像一年前一樣去尋找那尚未找到的「獨處的僻境」。

這裡的山脈、這裡的沙漠，因為是美國的山、美國的沙而遭到玷汙。出了山中牧場，外頭就是貪婪的美國，這國家的物質主義、虛偽的平等主義，都扼殺了勞倫斯想在古老西方尋找的印第安魅力。他在美國的經歷證實了他來時的想法，美國是他所謂「沒有生命內裡、只有外在」[68]的國家。

他想起在陶爾米納某位美國太太的談話，這位美國太太姓艾希禮，勞倫斯聽見她對某位義大利公爵的妹妹說：「在我國，男的都是國王，女的都是女王。」[69]這就是問題了。「天啊！他們是糞堆的君主、金錢的帝王，別的就不必說了。」

——

瑟爾查終於幫勞倫斯弄到了一本《尤利西斯》，十一月六日寄到陶斯，包裹裡還有三本勞倫斯的著作[70]——《無意識幻想曲》、《英格蘭！我的英格蘭》、《戀愛中的女人》平裝版，「都很好，但《戀愛中的女人》封面很可怕，」[71]上頭畫著長髮飄逸的女人頭像，看得他心寒。

瑟爾查那本《尤利西斯》是從熟人那裡弄來的，是位紐約客，姓「鄔本霍斯特」[72]（Wubbenhorst），名字縮寫為「F.」，其餘生平不詳，勞倫斯以為瑟爾查是向鄔本霍斯特先生借的，因此答應會在一週內讀完並歸還，但瑟爾查其實是自掏腰包，買來當作禮物送給勞倫斯，勞倫斯知道（書價超過二十五美元）之後雖然很感激，但態度很堅決，或許是因為他還在玫苞的「地盤」上，所以戒心比平常更強：「我不要你替我出這個錢，請掛在我的帳上，否則我會過意不去。」[73]

勞倫斯本來就不覺得《尤利西斯》能打動自己，這想法果然沒錯。他不是《尤利西斯》迷。十一月十四日，勞倫斯將《尤利西斯》寄還給鄔本霍斯特，雖然很感謝對方借書給他，但他很高興能擺脫這本書：「很抱歉，但《尤利西斯》我讀不下去，讀得片片段段，」[74]這與吳爾芙的感想十分相近，但勞倫斯不像吳爾芙那麼不屈不撓，他只裁開了幾頁書頁，覺得看夠了，就算讀完了。或許是在意穆瑞對《亞倫之杖》的評論吧，他在給鄔本霍斯特先生的信中寫道：「我很高興能看到這本書，歐洲那邊常常一談到他就會提到我——喬伊斯和勞倫斯——所以我想：我應該要知道自己是跟誰一起邁向不朽。」

他以為喬伊斯「會跟我互看不順眼」[75]（其實喬伊斯沒怎麼把勞倫斯擺在心上，也不覺得有必要知道自己是跟誰一起邁向不朽），不過，勞倫斯認為自己跟喬伊斯是難兄難弟，都被桑奈害到，又被《英國佬》的怒火波及，「我們選擇當了保羅和富蘭采絲卡，在地獄的風中飄蕩，」他在給鄔本霍斯特的信中引用了但丁《神曲：地獄篇》的典故，在地獄的第二層，居住著保羅（Paolo）和富蘭采絲卡（Francesc）等受颶風懲罰的偷情罪人，一陣陣襲來的狂風，呼應著保羅和富蘭采絲卡內心的情慾——他倆在生前聽任其擺布，勞倫斯與喬伊斯也以各自的筆法進行描述。

勞倫斯雖然讀了但丁，《尤利西斯》卻不會再讀了，不過，他跟吳爾芙八月時一樣，一直為「要讀還是不讀」找理由，其中以不讀的理由居多，瑟爾查建議將鄔本霍斯特信中的隨筆評論刊出來，但勞倫斯拒絕了，當時他們正在安排瑟爾查夫婦來陶斯過耶誕節，勞倫斯在信中問：「你真的要刊我對喬伊斯的評論嗎？」[76]後文則說：「不行，我認為這對他有失公允。」

一九二二年十月，奎殷寫了一封信海麗葉．威佛（威佛小姐是《利己主義者》的出版人，連載過喬伊斯的《尤利西斯》），這封信如果能讓勞倫斯和吳爾芙讀到，想必會大快人心。奎殷感謝威佛小姐寄來的簡報，還說喬伊斯的小說「精彩出眾、獨一無二，或許會就這麼獨一無二下去。」[77]不過，奎殷認為：正反雙方的反應都太兩極了，評論家為了私人恩怨而唇槍舌戰也未免可笑，「不欣賞《尤利西斯》，不代表這人就是傻子，」奎殷在給威佛小姐的信中寫道，同理，欣賞《尤利西斯》，也不代表這人就是天才，「如果《尤利西斯》廣受好評、每個人都欣賞《尤利西斯》，我反倒要懷疑自己的看法是否有問題——《尤利西斯》真的是傑作嗎？」

「不管是氣惱《尤利西斯》、還是氣惱喬伊斯，兩者都很荒謬；同理，喜歡《尤利西斯》也好、欣賞《尤利西斯》也好，但用不著氣惱那些氣惱《尤利西斯》的人吧？那可就荒謬了。」

勞倫斯在美國跟在其他地方一樣，都覺得自己是流亡中的異鄉人，不過，在美國有個好處——《戀愛中的女人》查禁案帶來了買氣，「他們為什麼讀我的作品？」[78]他在給凱瑟琳・卡斯韋爾的信中談及對美國讀者的好奇，「算了，反正他們讀我的作品就好——人數比英國讀者還多哩。」

瑟爾查出版《戀愛中的女人》平裝版的時機，跟原訂出版短篇小說集《英格蘭！我的英格蘭》的日期同時，勞倫斯將這兩部作品寄到世界各地，作為餽贈友人的耶誕禮物。[79]離開英國是五年前的事了，《英格蘭！我的英格蘭》聽著像對亡鄉失土的輓歌，這時卻成了耶誕的問候、回鄉的預示，這個「就算與世界為敵、甚至與英國為敵，也要英國到了骨子裡」的英國人，希望英國能再次成為他的英格蘭。

——

這年稍早，瑟爾查原本計劃到西岸舊金山替勞倫斯接風，後來《戀愛中的女人》遭到扣查、開審，加上其他工作緊迫，接風之行便化為泡影。如今，為了慶祝「勝訴」和作品終於（空前絕後）大賣，瑟爾查與妻子用《戀愛中的女人》帶來的意外收入，到陶斯與勞倫斯夫婦歡聚。芙莉妲寫信給艾黛兒・瑟爾查時特別告誡：「這裡的生活跟紐約很不一樣——多帶些保暖衣物，如果喜歡騎馬，舊衣服、馬具都帶上，這裡很原始（沒有誇張！），但是森林多、奶油多、雞隻多。」80

去年此時，勞倫斯在陶爾米納得了流感，而且還為此高興。他討厭耶誕節。今年他找到地方安居，日子更幸福美滿，樂得跟瑟爾查夫婦和丹麥藝術家一起過節，大家合力裝飾了一棵戶外耶誕樹，倘若天氣暖和，他大概會在樹下寫作吧。

第十六章 「達洛維夫人開枝散葉，長成了一本書」

「嗯——再來還有什麼好寫的？」吳爾芙在給羅傑．弗萊的信中納悶道。先前她為了讀《尤利西斯》而犧牲了普魯斯特，此時的她則已經回到宏偉的《追憶似水年華》，在返回霍加斯宅邸之後，她逐漸認清到：再來要寫的是她自己的作品。

十月五日星期四，雷納德和吳爾芙回到了天堂路，她準備好迎接秋天，也準備好出版《雅各的房間》。離開羅德麥爾村之前，吳爾芙接到唐納．布雷斯的來信——「首次從公正的人口中聽到證詞」[1]——布雷斯認為《雅各的房間》「不同凡響、極其優美……之類的」，而且還跟雷納德一樣稱讚她的「筆法」，布雷斯這封信讓她感覺「稍稍臭屁起來……有點想要逞強」，準備好遵循春天擬定的計畫——「兩本書並行」[2]，一本小說，一本談閱讀的散文，小說的部分已經完成〈龐德街的達洛維夫人〉，散文的部分已經寫好了喬叟評論，此外，她還讀了《奧德賽》和《尤利西斯》，手邊正在讀普魯斯特，接著要進行野心勃勃的「刻意閱讀」[3]計畫，包括荷馬、柏拉圖《對話錄》、希臘三大悲劇作家埃斯庫羅斯（Aeschylus）、索福克勒斯（Sophocles）、尤瑞皮底斯（Euripides）……等。

一月時，她把「可憐的雅各剩下那幾頁」用來寫日記，當時一部分是為了「儉樸」起見；如今她故技重施，把第三本《雅各的房間》的筆記本拿來作紀錄：「關於新書的想法，書名——《在家．晚宴》，」[4]她看見了整本書的全貌，而且在那當下，她看見了整本書的靈感來自《雅各的房間》尚未完成的角色塑造和體裁挑戰。

她預計以每個月一篇的速度寫出八篇短篇，並決定以〈龐德街的達洛維夫人〉為首，八篇故事「完全獨立」，但又「隱隱交融」，這正是《尤利西斯》和《荒原》所缺少的元素。看見整本書的全貌正是關鍵。讀完唐納．布雷斯的來信，吳爾芙鬆了一口氣，原本以為《雅各的房間》是前後脫節的狂文，沒想到真的可以「合在一起打動」[5]讀者，而「並非只是冰冷的煙花」。她擬出新書的各章標題：第一章是〈龐德街的達洛維夫人〉，第二章是〈首相〉——這是她在羅德麥爾村擬定的，十月六日正式動筆，恰好也是她開始作紀錄的日子，她預計還要再寫六篇，重要細節待修，書名是其一，其二是暫擬的各章標題——但真的會分章節嗎？從寫下紀錄起算，吳爾芙整整寫了兩年，日日磨礪著最初的構想，但從來不曾偏離。

她替這八篇故事勾勒出輪廓——「最後都必須收尾在晚宴」，這個挑戰似乎意在改正雷納德挑出的《雅各》敗筆——書中那場盛大的晚宴。她從春天一路想到秋天——要怎麼透過晚宴讓三教九流齊聚一堂？要怎麼以晚宴為場景，將這些不相干的人物和故事交融在一起？她在〈拜倫與布里格斯先生〉裡寫了一場聚會，結尾收在克萊麗莎．達洛維告知友人：該去克拉拉．達蘭的宴會了，這篇故事衍生出了〈龐德街的達洛維夫人〉，這次，她一定要把晚宴寫好。吳爾芙在筆記封面貼的標籤，承認了這些故事線前後串連，標籤上寫著「《雅各》的餘稿和《時時刻刻》初稿」[6]——《時時刻刻》便是這本〈達洛維夫人〉衍生作品的書名之一。

從十月六日至十一月十九日，這六個星期之間，吳爾芙寫了四大疊筆記，兩疊是十月寫的，兩疊是十一月寫的，同月的筆記之間相隔十天，這樣的停頓彷彿是從衝刺之間騰出時間來安養心神。但她並非真的在安養。這十天的空檔就像她午後的散步——一邊預想全書的樣貌一邊打腹稿，同時又完全投入另一項任務。她不時會在日記裡催促自己——「我必須繼續閱讀……」[7]、「我要好好想一想達洛維夫人」[8]，同時一邊咀嚼《雅各的房間》的書評，一邊心不甘、情不願地處理霍加斯出版社的問題等日常瑣事，但她滿心想的都是《達洛維夫人》。十天後，她把全書的主題和架構付諸文字，一氣呵成，沒有刪改半個字，一寫就是好幾頁，短行、短行地寫，彷若寫詩。

達洛維夫人「迎來了一群人，我漸漸看出來了」[9]，儘管她不確定這些角色是誰，但她的筆記就像望遠鏡之類的工具，讓遠在地平線上的角色面目清晰起來，她必須「栩栩如生」描摹這些尚未明晰的角色，而且要從外在來呈現，而她最大的挑戰，便是將描寫外在的段落與從內在呈現克萊麗莎的段落銜接在一起，〈龐德街的達洛維夫人〉的一大突破，便是從內在描摹角色，或許可以「插入角色思緒或反思，或是加點旁枝末節」，但是，這些段落要怎麼「在邏輯上跟其餘部分串在一起呢？」要怎麼寫才能「緊湊卻不突兀？」她還沒有答案。這些短篇必須串連成一則故事。這些角色必須匯聚在一場晚宴。外在視角塑成的雕像，與克萊麗莎如X光一般的內在視角，兩者必須融合在一起。這種揭發角色內心與過往的筆法，吳爾芙後來稱之為「開鑿」[10]。

這八篇故事最終大多都寫出了草稿，於吳爾芙過世後出版。〈首相〉確實接在〈龐德街的達洛維夫人〉之後，故事從〈達洛維夫人〉的結尾開始，手套店外的聲響在〈首相〉的開頭再次響起，謎團終於解開，街上「那震天的爆炸聲響」[11]原來是汽車回火。〈首相〉草稿中的場景，最終以嶄新的方式「融入」了〈達洛維夫人〉——吳爾芙揚棄了分章的做法，認為分章會打散全書的結構。

——

十月二十七日，《雅各的房間》出版[12]，首刷一千本，書評好壞兩極，事實證明，吳爾芙有辦法一邊寫、一邊任人閱讀，而且寫得很安心。《泰晤士報》的書評「很長，不溫不火」[13]；「《帕摩爾（公報）》對我略而不提」；《每日郵報》說她是「耽溺感官的老人」；朋友的來信則令她滿意，與書評形成鮮明對比，包括福斯特（「我最喜歡這封信」[14]）、莫雷爾夫人、史崔奇。史崔奇「預言《雅各的房間》將如詩歌永垂不朽」，但吳爾芙認為「溢美之詞讀了難以盡興」[15]，她「要麼是文豪、要麼是傻瓜」[16]，比起她所擁有過「最真摯的」[17]私人熱情相挺，缺乏輿論「轟動」根本影響不了她。

「奇怪了，我竟然絲毫不在意，」[18]吳爾芙思考著負面書評時，發現自己沉著以對，心裡十分訝異。這份沉著似乎來自夏天的信念——她總算在四十歲時找到方法，開始用自己的聲音來說些什麼。讀完書評後，她在日記裡肯定了當初的想法：「我終於喜歡讀我自己寫的東西……四十歲的我開始學習大腦的機制——如何從中獲得快樂並產出作品」[19]，她確定自己可以「不畏人言繼續寫」[20]，既不相信克萊夫說《雅各的房間》是傑作，也不為某些評論家的「譏諷」而煩心。至少，《雅各的房間》賣得不錯，首刷一千本，已經賣出六百五十本，足以安排第二刷。[21]

《雅各的房間》出版後，吳爾芙接到文友大衛．加奈的電話，他說「這是上乘之作，是我最好的作品，充滿生氣，舉足輕重。」[22]大衛．加奈是作家兼書商，吳爾芙的《尤利西斯》就是跟他的書店「畢瑞與加奈」（Birrell and Garnett）買的，他在電話上只起了個頭，兩天後在信中向吳爾芙詳述心聲：在他讀過的吳爾芙作品中，《雅各的房間》讀起來最痛快，接著更進一步說——讀起來比任何同代作家的作品都要痛快，信末，加奈作結道：「妳擺脫了不適合妳的包袱——寫實主義作家的文學遺緒。」

加奈保證會在櫥窗裡擺滿《雅各的房間》，能賣幾本就賣幾本。對於這番美言和保證，吳爾芙以問題來回覆：「但不寫實能傳達出角色的幾分呢？這是我的問題——或者說是其中一個問題。」這是《雅各的房間》所探討的問題，《在家．晚宴》還會繼續探索。不像《出航》或《夜與日》，《雅各的房間》沒有場景、沒有傳統的對話來賦予角色聲口，而是透過印象來勾勒角色，讀者透過敘事者之眼、小說家之手來目睹一切。吳爾芙在書寫印象時，努力不讓文字沾染一己之色彩，她原本擔心《雅各的房間》裡的狂文前言不接後語，但加奈卻十分欣賞，這封信讓吳爾芙確信：自己的筆下有大美。她告訴加奈：《夜與日》耗盡了她對寫實主義的興趣，她沒辦法「走」寫實主義的路子，儘管她崇拜寫實主義的作家，下文還稱讚辛克萊．路易斯（Sinclair Lewis）的《巴比特》（*Babbitt*），但她「既然都丟了一些舊衣裳」，為的就是「在下一本書中更進一步」[23]，這封給加奈的回信寫於二十日，一週前，她「更進一步」，〈達洛維夫人〉開枝散葉，長成了一本書，原本，她想讓〈龐德街的達洛維夫人〉銜接到〈首相〉，可是，此時她看出還必須再安排一位人物，「史提姆．史密斯？這名字好嗎？」[24]她自忖道。

十月十六日，她的筆記本標題「本書修稿暫擬」底下寫道：

應該這樣銜接：
神志正常和神智錯亂。
達夫人看見真相，史氏看見錯亂的真相……
兩人必須互相對照……
一方面史氏精神錯亂加劇，
二方面晚宴將至，兩方面一起推動劇情。
全書架構非常複雜……
所有事情都發生在同一天？

如果，就像她對加奈說的：她沒辦法「走」寫實主義的路子，那麼，她也沒辦法像喬伊斯、艾略特等人那樣走現代主義的路子。自從讀完《尤利西斯》、又在修士邸跟艾略特討論了《尤利西斯》，她便對此了然於心。不過，加奈在信中做了個不同的比較[25]：《雅各的房間》比他印象中任何一篇現代散文更加充滿美感。加奈一直是《標準》的讀者，就在寫信前一天，他才讀了《荒原》。

我之所以拿他跟妳比較，只因為我認為他是某種代表，不過，你們之間的差別，在於妳具有美感——妳在妳的世界看見美，妳對美總是很敏銳，在我看來，艾略特先生毫無美感可言，缺乏美感讓他深感無聊，在我眼中，無聊是他作品的發條，也是許多天才的創作發條，艾略特先生是在班上名列前茅的學生，每一科都拿第一名，每一科都令他無聊，為了開開胃口，只好試試看把不同學科組合在一起。

吳爾芙雖然心花怒放，但還是告訴加奈：「我想你對艾略特的詩太嚴格了。」[26]（她也大可提醒加奈：他對艾略特本人太嚴格了。加奈跟克萊夫一樣，將作家和作品混為一談，當然啦，他對吳爾芙也是這樣，但用意不同，結果愉快得多。）吳爾芙在信中告訴加奈：她自己還沒讀過《荒原》，「我耳裡只有他朗讀《荒原》的聲音，還沒跟詩中的意義交過手。但我喜歡《荒原》的聲音。」

不過，她手邊這本新書的意義是什麼？該如何貫穿全書？對此，她還沒有解答。比起前三部作品，她希望「更透徹預見整本書」[27]，以便能「發揮到淋漓盡致」——這可以說是喬伊斯和艾略特新作的不足之處。關於《雅各的房間》的評論，最有趣的一則她雖然沒看過，但如果有機會看到，應該會同意其觀點，這則評論出自《新政治家》（*New Statesman*）的文學編輯麥卡錫（Desmond MacCarthy），麥卡錫和吳爾芙是朋友，他告訴凡妮莎：《雅各的房間》是吳爾芙最好的作品，不過他加了一條但書——「他說整本書像一系列的小品文」[28]，凡妮莎在巴黎時轉告克萊夫：「雖然不曉得是不是什麼要緊事，但我猜他覺得整本書首尾不連貫，不過文筆極佳，每一章都是一篇精彩小說的開頭——這是他的形容，我只讀了第一章，所以無從評論。」

儘管吳爾芙認定：「《雅各》大可再擰緊一點」，但她不得不「自己走出一條路」[29]，而這條路跟她的筆法一樣，完全是她的獨創。

十月六日，吳爾芙動筆寫〈首相〉，「《在家．晚宴》」的筆記也從這天開始記錄，（「書名也可能是《六月十日》，隨我高興」[30]），在寫了十頁之後，她對全書的範疇和架構逐漸有了頭緒。走筆至此，史提姆．史密斯只出場過一次[31]，他和五位朋友每週三固定聚會，時間是下午一點半，地點在萊斯特廣場的餐廳，即使全書還在起草階段，史提姆．史密斯已經莫名引起她的注意，下筆第一句就是——「史提姆．史密斯與眾不同」[32]，「他的牙齒像羊，笑起來非常激動。」接下來七頁，吳爾芙將焦點擺在史提姆．史密斯身上，但他的身世成謎，跟其他與會者的關係也沒有交代，只說他二十七歲，應該是退伍軍人，還說他離開餐會後靈光一閃——想先殺死首相，接著

自殺，不過，他的心思似乎又飄向別處，「所有人生的恩怨情仇、起心動念，於他都只是電光石火。」[33]他點了菸，但忘了抽，一扔，扔到了人行道上。他想起了妻子。他的思緒飄忽。其他角色接續飄了進來。〈首相〉收尾在吳爾芙下一篇故事的開頭——一架飛機從頭頂飛過，一如街上的聲響，將故事與故事、人物與人物融合在一起。這架飛機在空中寫字，吳爾芙寫道：

「達洛維夫人看見路人紛紛抬頭」[34]。到此，故事結束。

十一月九日，吳爾芙認定〈首相〉和〈龐德街的達洛維夫人〉「太瑣碎又太突兀」，「整體風格」不連貫，達不到她的目的，因為這個緣故，她更清楚小說的全貌。

全書的概念應該是：

生與死的對比。

照亮內在感受。

一邊是達夫人的內心，另一邊是史氏的內心。

她深思熟慮，想著要以誰為「底本」來寫「史氏」？其他角色的底本又是誰？她決定以雷納德為底本來寫史氏的妻子「蕾希雅」（Rezia），並在日記中寫道：「就以雷為底本吧？」不過，蕾希雅「個性單純，憑直覺行事，沒生孩子，」跟雷納德判若兩人。至於史氏，她則有些猶豫：「上過戰場嗎？還是要以我為底本？」或許，她可以借用雷夫．帕特里奇（Ralph Partridge）的外表來塑造史氏，這位雷夫是個年輕人，是霍加斯出版社（差強人意）的助理。不過，如果她想抓到這角色的「浮泛」之感——「模糊帶過——呈現其精神錯亂」，那就可以「一半借用雷夫，一半借用我自己。」雖然她是先幫史氏起了名字，才想到要不要以自己為底本來寫，但她很可能從最初就下意識有了「一半借用我自己」的想法。史氏的名字「史提姆」（Septimus）在拉丁文是「七」的意思，而吳爾芙正好排行老七，父母總共有八個孩子，父親萊斯利・史蒂芬爵士（Sir Leslie Stephen）與前妻哈麗葉・薩克萊（Harriet Thackeray）育有一女，母親朱莉雅（Julia）與前夫赫伯特・達沃斯育有兩男一女，雙親於一八七八年成婚，婚後生了兩男兩女，依序為凡妮莎、托比（Toby）、吳爾芙、亞得連（Adrian），弟弟亞得連只比吳爾芙小一歲。

史提姆・史密斯（Septimus Smith）的英文名字縮寫「S.S.」在一九二二年別有涵意，從第一次世界大戰開打之初，「S.S.」就有「彈震症」（shell shock）的意思，這種心理創傷在一九二二年重新得到關注。就在雷納德與吳爾芙回到修士邸十天後，《泰晤士報》刊出戰爭部（War Office）針對「彈震症」的研究報告[35]，這項研究始於一九二〇年四月，距離一戰結束大約一年半的時間，研究進行了兩年多，由南鎮男爵（Lord Southborough）負責主持，當時大眾因退役軍人未獲善待而義憤填膺，這項研究一方面是為了平息眾怒，二方面也想知道聲稱罹患「彈震症」者是真病還是裝病，

為此，研究委員會召開了四十一次會議，第一次是一九二〇年九月，最後一次是一九二二年六月二十二日，總共審問了五十九位證人。《泰晤士報》以〈剖析恐懼〉[36]為題，敦促大眾閱讀這份長達兩百頁的報告，「這份文件很有意思，凡是對人性感興趣的都該好好研讀……報告內容深究朦朧的思維過程，就是這個過程決定了性格和行為」[37]。這篇報導對大眾來說是一張請帖，對小說家來說則是一張戰帖。

這篇研究報告和為期一個月的報紙報導都再次提醒世人：戰爭並未因為停戰而結束。退役軍人或傷或殘，身心刻滿了傷痕，其苦境隨處可見，而照顧退役傷兵對大眾而言是一筆可觀的支出，但是，如果不能確定退役軍人的心理疾病是戰爭造成的創傷，那還值不值得大眾出錢去照護？又或者，這是對持續裝病的縱容？還有，為何罕見病患在接受治療後康復？

研究委員會的結論是：戰場士兵的精神疾病繁多，以「彈震症」一概而論並不妥當，出現症狀的士兵根本沒有真的聽到砲彈的震天聲響。南鎮男爵在九月初《泰晤士報》的另一篇文章總結道：心理疾病錯綜複雜，源自「壕溝戰曠日持久，地處艱苦，心情焦慮，時而進攻、時而敗退，造成種種損耗。」南鎮男爵認為：彈震症「完全」是「誤導人的」說法，可是，「彈震症」三個字深植人心，無法從日常用語中抹去：「『彈震症』一詞既押頭韻，又有抓住大眾想像的戲劇張力，一旦流傳開來便無法擺脫。」

南鎮男爵列舉各種戰鬥狀況導致的「身心病症」，認為更洽當的名稱應該是「戰爭精神官能症」，而戰爭精神官能症的表徵，「實際上與一般醫生在平民生活中接觸到的精神官能症毫無區別。」

因此，「史氏的性格」是要建立在戰場經歷上、還是要建立在吳爾芙的人生經歷上，也就用不著二選一了。「S.S.」（史氏）這個縮寫便暗示他是罹患彈震症的退役傷兵，進而道出其精神錯亂的「病因」。不過，史氏是否上過戰場其實無關緊要，無論戰時還是平時，精神官能症在時間中都是連續的，這對吳爾芙而言並非新鮮事，她之所以要將克萊麗莎和史提姆的故事融為一體，追求的正是這更深一層的心理事實——一邊神志正常、一邊神智錯亂。

一九二二年秋冬，福斯特常在霍加斯宅邸過夜，差不多每個月都來拜訪，順便標記那本印度小說的寫作進程。

九月時，福斯特離開修士邸後，吳爾芙寫日記道：「福斯特（或許是建立在自信上）的謙虛令我印象深刻」[38]，由於他筆耕不輟，從而找回了自信，吳爾芙寫道：「他樂在寫小說，但不願意多談」。

幾天後，福斯特寫信給馬蘇德，自從八月開始給穆罕默德寫長信之後，他對失去摯愛的悲痛緩解了不少，至於小說，他對吳爾芙透露了多少，給馬蘇德的信就透露了多少：「我狀況極佳，印度小說可望完稿，」[39]同時，他也敦促馬蘇德幫忙保密，「一旦消息傳開、眾人七嘴八舌，我就會煩惱，一煩惱就會寫不下去。」他的小說完稿在即，已經可以問馬蘇德願不願意接受獻詞了，「我向來有此意，但醜話先說在前面：你的名字會擺在全書開頭，往後的內容或有舛誤、惡毒、平庸之處。」[40]

馬蘇德與福斯特結識之初，曾敦促福斯特從印度尋找題材，對於這樣一部印度小說的想像，當時的馬蘇德與後來的福斯特看法大不相同，福斯特告誡馬蘇德：「我最初下筆時，是想為東西共鳴搭起小橋，」[41]事隔多年後回首，當初的構想簡直是羅曼史，意在鞏固兩人之間的共鳴之橋，好讓這段友誼開花結果。如今重拾這部印度小說，福斯特體悟到「必須揚棄過去的想法，我對真實的感受不容許我寫得這麼輕鬆。」再訪印度對小說進度雖然毫無幫助，但或許仍有其價值，如今福斯特創作時所本的精神，其精髓得自再訪印度時發現的觀點：「我認為大多數的印度人跟大多數的英國人一樣，都是臭狗屎，彼此是不是相互同情，我沒有半點興趣，或者說——身為作家的我絲毫不感興趣，而身為記者的我則興味盎然。」事實上，福斯特為《國家》寫了一篇文章，讓「身為記者的靈魂」得以傾瀉，有鑑於印度和中東的新問題，某部分的他還是希望「這該死的帝國終結」。新聞與小說並非互不相容，福斯特或許不會犧牲一方、成全另一方，可是，他或許會像吳爾芙一樣，視心情或需要來調整枕頭。他在信中順道透露了重大消息：他又重拾作家身分了。

隔了一個月，福斯特又到霍加斯宅邸作客，從十月二十日星期五待到十月二十二日星期日，期間再次「展現迷人風采」[42]——這是吳爾芙說的，她寫了一封長信給羅傑．弗萊，信中每個字都出自肺腑，她很遺憾沒有八卦可以分享，但是有關於福斯特的消息。星期六時，她和福斯特到里奇蒙公園散步。差不多三年前，一九一九年十一月，他們在霍加斯宅邸晚膳後，一起沿著泰晤士河散步，福斯特向吳爾芙傾訴，說「在寫小說時遇到了困難……摸索琴鍵摸索了半天，卻只彈出幾個不和諧的音符」；三年後，福斯特告訴吳爾芙：這部小說完稿在即，但就像九月時在修士邸一樣，說沒幾句就又「縮了回去」，兩人再次沉浸在「雞毛蒜皮的家庭瑣事裡：聊聊貓咪，聊聊女僕，談談親戚和住在艾許德村的帕特里奇女士。」福斯特告辭回家之前，吳爾芙送了他一本《雅各的房間》。

兩天後，十月二十四日，福斯特已經回到那個有母親、有貓咪、有女僕的家，剛剛看完《雅各的房間》，便提筆寫信給吳爾芙[43]：這部作品是「令人驚豔的傑作」，他滿心都在想：「這部作品的文風和體裁還能怎麼發展」，換句話說，他是以小說家的視角閱讀《雅各的房間》，一邊讀一邊想能怎麼運用，由於還想不出答案，因此「正在重讀一遍」，看看她怎麼發揮這本書的「巨大成就」，而他又能從中學到什麼。儘管主角雅各只存在於其他角色的思緒裡、從頭到尾都從小說中缺席，但吳爾芙仍舊讓讀者（以及福斯特）對雅各充滿興趣。

這番讚美似乎與他在寫的小說有關，也與他努力解決的問題有關，那些在他看來難以克服的困難，吳爾芙都已經「斬除乾淨了」。先前閱讀《夜與日》時，福斯特擔心「那些形形色色人物裡裡外外的生活——包括靈性發展、社經地位、收入高低……等，宛如官方統計的細節」，簡直要「壓過吳爾芙」，大量的資訊雖然替小說篇幅增加了細節，卻並未增添任何生氣。夏天時，福斯特擔心同樣的癖性會壓過自己——太過強調氛圍、人物刻畫不足、五彩繽紛卻毫無深度。在《雅各的房間》裡，吳爾芙從傳統中「完全解脫」，而且似乎也從折衷之道解放出來，「我不曉得妳是怎麼用妳的方法辦到的」，但也正因如此，福斯特正在把《雅各的房間》重讀一遍。

福斯特對「小說形式千篇一律」很不耐煩，下筆屢屢感到挫敗，在這一點上，吳爾芙已經找到答案，《雅各的房間》跳脫窠臼，雖然同樣受到普魯斯特啟發，但福斯特因襲成規，儘管還在搖筆桿子，但離不開既有的脈絡。春天時，他在給高狄的信中寫道：真洩氣，全書侷限以「一位角色的想法去看情節推展，若要談及其他角色的想法，不是用『某某某認為』起頭，就是只能暫時借用其觀點。」[44] 普魯斯特的《追憶似水年華》不落俗套，開頭是第一人稱敘事者，後續以第三人稱全知觀點講述夏爾與奧黛特的故事，講完了一大串，又回到了第一人稱敘事，這樣的觀點轉換並未破壞普魯斯特那條刺繡緞帶的紋理，但福斯特擔心自己手法拙劣，「逼真的幻覺會不見」[45]，他告訴高狄：其他作家就曾經這樣，明明是創作者，卻淪為馬戲團長。五個月後，福斯特在《雅各的房間》裡，看見吳爾芙以獨創的方式重現了普魯斯特的技法，並辦到了他想做的事：「假裝」進入「所有角色」，這正是《雅各的房間》的巨大成就，而且「全書的精華……就是美，書裡充滿了美。」

福斯特戰前寫印度小說時，寫到核心「事件」就寫不下去了，把自己寫進了死胡同，初稿中的角色和最後出版的《印度之旅》大致相同，開頭幾個場景也頗為類似，側重刻畫某些角色，有的是英國人（包括尚卓拉坡城國民住宅區的行政官），有的是印度人。開頭角色包括英國官員朗尼・希斯普洛（Ronny Heaslop）、朗尼的未婚妻愛黛拉（在初稿中曾叫依蒂思和珍妮特，從英國來到印度，確認自己是不是真的要嫁給朗尼），此外，還有朗尼的母親摩爾夫人（Mrs. Moore）、費爾汀老師（Cyril Fielding），印度角色則是阿吉茲醫生。阿吉茲醫生聽說愛黛拉想要看「真正的印度」，因此一時興起，建議到馬拉巴岩洞遊覽，在岩洞裡究竟發生了什麼事？這個問題就是整部小說的疑點：愛黛拉聲稱受到阿吉茲醫生猥褻，阿吉茲醫生遭到逮補，法庭開審，在故事高潮，愛黛拉撤銷告訴，認定阿吉茲醫生並未對自己猥褻，應該是自己胡思亂想罷了。但是，在岩洞裡究竟發生了什麼事？福斯特本人也不曉得，就連高狄來問，福斯特也說不曉得。一九二四年六月，高狄一讀完《印度之旅》，立刻寫信問福斯特為什麼不說出真相？他相信福斯特一定有理由，比起岩洞事件，他對福斯特的理由更加好奇。

「在岩洞裡，要麼是人為，要麼是靈異現象，要麼是幻覺，」[46]福斯特回信道：「要是我知道就好了！我寫到這裡時，腦子裡一片模糊——換言之，我決定保持模糊、繼續含混，我對許多日常的事實也是這樣。」倘若要保持模糊，福斯特就必須無視自己的初稿，跟最終出版的定稿相比，阿吉茲醫生和愛黛拉在戰前的原稿中顯然互相吸引，而這就是他的寫作瓶頸，他寫到這裡就卡住了，進了洞裡但出不來。

在福斯特一九一三年至一九一四年的初稿中[47]，愛黛拉（當時叫珍妮特）「抬頭看著他的臉」[48]，心想：「多英俊啊！妻子肯定也很美，這世界經常是錦上添花。」在岩洞裡，他們「依偎進彼此的懷裡——接著又分開來。」（福斯特在一旁註記：「發現自己愛上他……婚姻無望。人家會說她不守婦道，他則真的會傷風敗俗，怎麼能跟英國女人在一起。」）在初稿中[49]，阿吉茲醫生「握著她的手，迫使她背貼著岩壁，把她的雙手揣在自己的一隻手裡，愛撫她的雙乳。」在小說裡，愛黛拉瘋狂扭動——或許還雙腳懸空；在初稿中，她「掙脫出一隻手」[50]，把阿吉茲的嘴推開：「雖然使不出什麼力，但確實弄痛他了」。無論是初稿還是定稿，愛黛拉都從岩洞跑出來，但只有初稿寫明了愛黛拉為什麼要跑，而在初稿和定稿中，福斯特都以愛黛拉找到人幫忙作結。

初稿寫到這裡就斷了，一九二二年便是從這裡接續往下寫。

比起普魯斯特和《雅各的房間》，福斯特更進一步的地方，或許並非「假裝」輕鬆進入任何角色的內心，他接下來的發展，反而是要拿捏好身為小說家的分寸，不要那麼常進入角色的內心。吳爾芙刪繁就簡，刪去形形色色人物裡裡外外如官方統計般的細節，福斯特也要刪繁就簡，或許在那片模糊含混裡頭，會發現吳爾芙做到的「完全解脫」。先前，他之所以提筆寫信給穆罕默德，起心動念就是為了尋求解脫，如今秋去冬來，他再次重拾小說家身分，在筆耕中尋求完全解脫。

第十七章　「偉大的詩作該有的都有了」

一九二一年十月十三日，薇薇安寫信給斯科菲・瑟爾，說艾略特嚴重崩潰，必須暫停手邊所有工作，離開崗位休息三個月。一年後，《標準》創刊號出現在倫敦街頭，《荒原》也跟著面世。十月十六日星期一，艾略特收到六本《標準》，提筆寫信向印刷商科布登桑德森道謝，說雜誌符合期望：「完全實現了我的心願，堪為表率。」[1]同一天，艾略特收到了第一封給《荒原》的好評，寄信人是悉尼・席孚，這封信雖然並未傳世，但艾略特當天下午便回了信：「承蒙美言，拜讀來信，高興至極，經您這麼一說，拙詩的意旨果真都傳達清楚了。」[2]艾略特跟薇薇安分享了席孚的來信，薇薇安回了一封長信，感謝席孚對《荒原》「真誠且由衷的讚賞」，「看著《荒原》問世，我的心情有多麼五味雜陳，即便是你，或許也很難想像吧？」[3]薇薇安寫道：「最終付梓的那一刻真是說不出的可怕。」

《標準》與《荒原》雙雙問世，證實薇薇安確實沒有看走眼，不過，《荒原》將薇薇安和艾略特的婚姻攤在世人面前，大概令薇薇安深感焦慮。瑪麗・賀勤森說過：《荒原》或許是艾略特鬱悶的自傳，倘若如此，《荒原》也是薇薇安的故事，在給席孚的回信裡，薇薇安說席孚「完全道出」她對這首詩的感想，還說「過去一年來，《荒原》中有我，我中有《荒原》」，藉由這番傾訴，薇薇安彷彿承認了席孚早已明白的事實。席孚不僅讚美《荒原》，還一併揄揚了《標準》，在薇薇安看來，這證明艾略特戰勝了情勢（薇薇安本人也是這情勢的一部分）——艾略特向來只能在晚上寫作，白天要到銀行上班，下班後疲倦不堪，還不得不（薇薇安自嘲道）幫太太倒水，「替病懨懨的妻子」[4]準備病人餐。

隔週，艾略特離開倫敦，利用駿懋銀行剩餘的十天年假到海邊走走[5]，儘管身心跟去年一樣疲憊，但情勢好多了，前景不可同日而語，在安排這趟旅行時，艾略特盡量處處別出心裁，地點選在英國南岸的沃辛（Worthing），跟馬蓋特一東一西，相隔好幾個鐘頭的距離，此外，正如先前婉拒朋友週末邀約的信中所述：由於醫生嚴格規定薇薇安的飲食和作息，因此，她無法「訪友、旅行、住旅館」[6]，這話雖然是託辭，但或許也無意中透露了他想逃脫什麼，所以，他獨自踏上旅程，而且只把飯店地址給了《標準》的合夥人科布登桑德森，以備不時之需。等他回到倫敦，已經十一月一日了。

《標準》大獲好評，其中最重要的是《泰晤士報文學副刊》的正面短評。《雅各的房間》出版時，吳爾芙很擔心「《副刊》」[7]的評論，還在日記裡說這是唯一令她掛心的書評——「並不是說《副刊》的評論最有見地，而是因為《副刊》的評論最多人看，我可受不了當眾被打倒。」艾略特並未被打倒。《泰晤士報文學副刊》說《標準》是「英國雜誌中罕見的純文學評論……品味不遜於國內外任何評論雜誌，」[8]至於《荒原》，該刊認為全詩「充分展現艾略特對現代生活的洞察，文字優美，兼具廣度與深度，偉大的詩作該有的都有了……生活既不像地獄、也不像天堂，倒像煉獄，既然是煉獄，便得以解脫。」

真正打倒艾略特的，是個令人意想不到的報刊——《利物浦日報》[9]（*Liverpool Daily Post and Mercury*），一九二二年十一月十六日，該報的「書與雅士」專欄登了一篇報導，文中提及評論季刊《標準》創刊號登載「艾略特先生的長詩」《荒原》，「相當引人矚目」，但下文卻不論詩，反倒鉅細靡遺描述才子計畫，不僅內容有誤，而且十分煽情，說艾略特的友人「極力保密……但消息還是（經由美國）走漏」，這就奇怪了，龐德那篇宣言，八個月前明明就刊登在英國的週刊上，而且，《利物浦日報》的專欄報導還說：「艾略特一直在倫敦某間銀行上班，直到最近才辭職」，這自然是假消息，艾略特依然是駿懋銀行的員工，報導的下文是一則「趣事」，想必是從「美國」聽來的，說是在才子計畫成形之前，就有「崇拜者為了勸艾略特獻身文學」，因此捐出了八百英鎊，艾略特「平靜接受捐款，說：『感激不盡，我會好好運用這筆款項，但我喜歡駿懋銀行！』」這則捏造的故事據說發生在兩年前，但根據《利物浦日報》的報導，艾略特在銀行「死撐」到去年春天，「由於嚴重精神崩潰，不得不休假三個月」，於是，才子計畫「默默醞釀、偷偷實行，完全沒有徵詢艾略特的意見」——最後這句話直接引用龐德在《新世紀》上的宣言。

儘管《利物浦日報》搞錯了艾略特精神崩潰的時間，但確實有這麼一回事，艾略特十分惱怒，生怕「這些話會害他惹禍上身」[10]，他寫信給理查德．阿爾丁頓和龐德，說這種報導一點也不意外，「我早就疑心會出事」[11]，幾個月前，在籌備《標準》時，他害怕一旦失敗，「身邊豺狼環伺，等著啃食我的屍骨」，弄不好還會威望掃地。而當時的擔心，如今一一成真，只是沒想到，就算《標準》（和《荒原》）大獲好評、艾略特聲名鵲起，身邊的豺狼只會更歹毒、更蜂擁而已。不過，他沒對龐德說的實話是：倘若才子計畫沒有登報，他也不會落得要打官司、提告《利物浦日報》毀謗。

接下來兩週，艾略特忙著跟律師碰面、徵詢法律意見，最後，他寫了一封信給《利物浦日報》，來函於十一月三十日登報，這筆帳就算一筆勾銷，要是鬧上法庭，肯定要應付「漫長又巨大的壓力」[12]。這封艾略特來函寫道：「對於這類不實報導，本人既詫異又氣惱，或許還造成不小的傷害，」[13]捐款和受款之說都是空穴來風，他沒有拿任何人的錢，也沒有辭去銀行的工作。不過，接下來就不全是實話了，艾略特來函說「貴報通訊記者提到的」才子計畫「未經我批准同意，壓根就不存在」，但艾略特知道才子計畫，而且還允許龐德募款（同時，吳爾芙和奧德霖・莫雷爾夫人也在籌備春天提出的「艾略特獎學金」），此外，艾略特還開出受款條件，《利物浦日報》刊出報導前一天，艾略特寫信給龐德，詢問計劃最初的保證能否展期——「直到我去世，或是薇薇安去世」[14]，還說：「捐款人如果連這一點保證都不能給，那還參與這樣的志業做什麼呢。」

《荒原》在紐約的發行時間極為巧妙。十一月號《日晷》出刊前，賽德斯寫信給貝緹麗彩・考夫曼（Beatrice Kaufman），她是劇作家喬治・考夫曼（George S. Kaufman）的妻子，在李孚萊底下

負責公關，賽德斯寫信約她，說：「我想跟妳討論一下艾略特的宣傳事宜，像這樣的大事，我想都是吃頓午餐就能辦妥的，餐費報公帳，找個上午或下午在查爾茲碰面。」[15]

除了艾略特身邊的親友之外，最先讀到《荒原》的似乎是艾德蒙．威爾森，他是賽德斯的朋友，當時在《浮華世界》（*Vanity Fair*）當編輯，受賽德斯之邀為《荒原》寫書評，預計跟「日晷文學獎」公告一起刊在十二月號的《日晷》上。

賽德斯知道威爾森會跟艾略特產生共鳴，也知道威爾森跟艾略特有許多共通之處，一九二二年冬天，威爾森在筆記本裡寫道：「有時候，我腦中的輪胎彷彿洩了氣，思考的輪子在輪輞上劇烈地顛簸，」[16]這跟奧德霖．莫雷爾夫人在日記中描述的景象一樣，一字一句都呼應了《荒原》。威爾森比艾略特小七歲，跟艾略特一樣一文不名，什麼稿子來都接，正如他在龐德才子計畫的宣言裡認清自己的困境，他也在《荒原》裡看見了自己的身影，威爾森並非全職作家，只是個雜誌編輯，跟室友住在萊辛頓大道上的公寓套房[17]，租金便宜，樓下是皮貨商的閣樓，聞起來像濕漉漉的貓。對於艾略特的少作（和才子計畫的宣告），威爾森充滿熱情，故而能從《荒原》中讀出況味，一從賽德斯手上拿到詩集，立刻在公車上翻閱起來，他坐在雙層巴士的上層，窗外是第五大道，他陶醉在詩句裡，一字一句都是「襲擊」[18]，他身處在自己的「虛幻城市」，人群熙攘，市聲喧囂，他在讀詩。

讀完後，威爾森馬上寫信給詩人約翰．皮爾．畢曉普（John Peale Bishop），說《荒原》讓他「非常激動」，「我想你讀了也會起雞皮疙瘩」[19]，他告訴畢曉普：自己雖然只接連讀了兩三遍，讀得也很草率，但看得出來《荒原》是艾略特的傑作，不僅如此，《荒原》還「恰好是最撼動人心的描述，記錄了艾略特精神崩潰前幾年愁苦的心境。」威爾森讀過艾略特的前作，兩人雖然只以作家和《浮華世界》編輯的身分通過信，但威爾森卻跟瑪麗．賀勤森一樣（也跟艾略特所擔心的一樣），將《荒原》讀成了艾略特鬱悶的自傳，並在裡頭讀到了自己的影子。

「這麼一個多愁善感的人，身處在現代社會，被自己討厭的工作拴著，被周遭的庸俗釘死，這樣的受難經歷，《荒原》描寫得歷歷如繪，無人能出其右，」[20]威爾森在給畢曉普的信中寫道：「如果真的有來自深淵的呼喚，肯定是像《荒原》這樣的叫喊——那是在瘋狂邊緣發出的哀嚎。」事實上，威爾森也步入艾略特崩潰的後塵，在一九二〇年代中晚期住進療養院，十二月號《日晷》上那篇書評滿是讚揚，對於艾略特愁苦的心境隻字未提。

《日晷》登出《荒原》之後，《紐約論壇報》的書訊專欄於十一月五日刊載書評[21]，作者是伯頓．拉斯科（Burton Rascoe），他是威爾森和賽德斯的朋友，威爾森時常抱怨拉斯科的書訊專欄太過仰賴他的意見[22]（也常常抱怨拉斯科引錯他的話），而在這篇書評中，拉斯科說《荒原》「堪稱我們這一代最傑出的詩作」，此外還覆述了威爾森私下的評論供大眾閱讀：「第一次世界大戰造成性靈匱乏、經濟蕭條，現代社會人人對牛彈琴、雞同鴨講……過往帶來快樂和滋味的明確目標，如今全面瓦解，這一切的一切，都造成了普世的絕望和無奈——這正是《荒原》的聲音。」在所有書評中，最具影響力的四篇都由了解艾略特境況的文人撰寫：威爾森替《日晷》寫了一篇，拉斯科替《紐約論壇報》寫了一篇，賽德斯寫的登在《國家》上，康拉德．艾肯寫的登在《新共和》上，他們對艾略特的情形一字不提，將艾略特的絕望寫成了世人的絕望。

——

艾略特在一月時，大概料想不到自己十一月、十二月會左右逢源吧？李孚萊原本擔心《荒原》太短、出不成單行本，完全是多慮了；七月時，奎殷告誡艾略特：《荒原》的讀者應該是小眾，很挑人讀，事後證明大錯特錯。真要說讀完之後不滿意的，大概就只有斯科菲．瑟爾了。《標準》創刊號發行後，隔週《日晷》十一月號出版，《荒原》「坐在上座」，是該期的第一篇，這是賽德斯和沃森的決定，從頭到尾都沒有告訴瑟爾，瑟爾在維也納看到後非常生氣，事實上，在所有人當中，瑟爾對《荒原》的評論是最差的。

瑟爾從維也納寫信給賽德斯，一五一十羅列發刊後的檢討，內容既有讚美、也有「令人難堪」[23]的批評，一如既往。在他看來，十一月號的《日晷》令人失望，而其中最令他失望的——就是《荒原》，而且，葉慈的《演員皇后》竟然「沒擺在這期的卷首」[24]，氣得他「簡直說不出話」，他抱怨葉慈的地位大不如前、《演員皇后》的字級太小，整封信長達數頁，一一指出排版誤植之處，後續又把每件事都寫成一封信，就這樣一連寄了好幾封，上一封提過的下一封又重提，賽德斯只好「逐段」[25]回覆替自己辯護，中間還一度說：「我彷彿在兩封信之間折返」，並為此道歉。

對於《荒原》擺在卷首一事，賽德斯解釋道：《日晷》時常刊載葉慈的作品，但卻從來沒登過艾略特的詩作，此外，下一期就要公布日晷文學獎得主了，將艾略特擺在首位，也算是為下一期鋪路，接著，他不經意提了一句：「依我們之見，《荒原》是極佳的詩作，」[26]這話說得十分圓滑，沒說出「我們」是誰。

沃森原先對《荒原》也很失望，重讀之後卻漸漸愛上，但瑟爾讀再多次都沒用，不像威爾森，他在「深淵的呼喊」裡看不到自己的身影，就算看見了，大概也只會更討厭這首詩。不過，既然十二月號要宣布艾略特獲得「日晷文學獎」獎金兩千美元，瑟爾自然要在〈編輯的話〉裡美言幾句，只是，瑟爾私下寫信給《日晷》另一位編輯愛麗思．格萊禮（Alyse Gregory），他一直勸愛麗思接替賽德斯當上主編，並在給愛麗思的信中描述《日晷》的願景——什麼該做、什麼不該做，希望她也贊同：「至於文學篇幅，儘管我也是百般不願意，但今後應該避免出版像龐德那種無聊的詩章、或是像艾略特那令人失望的《荒原》，反而應該多向伊迪絲．沃頓（Edith Wharton）等成名的美國作家邀稿。」[27]

賽德斯以下逆上、讓艾略特的《荒原》「坐在上座」，就算瑟爾再怎麼不高興，看到賽德斯的宣傳活動大獲成功後，也應該轉怒為喜了，原本讓瑟爾失了顏面的，在銷量上為他贏回了面子，綜觀《日晷》刊行史，銷量最好的就是一九二二年的十一月號和十二月號，前者刊載《荒原》，後者公布日晷文學獎得主，這兩期的報攤銷售量比平均高出百分之五十，十一月銷出四千五百本、十二月更創下六千兩百本的佳績，訂戶也在一九二二年底增加來到六千三百戶，一九二三年二月又增加了一千多戶[28]，共計七千四百四十戶，大多（說不定全是）歸功於刊載《荒原》帶來的期待，跟伊迪絲・沃頓一點關係也沒有。

過了不久，《日晷》便向潛在的廣告商吹噓[29]，說是「銷量暴增」，訂戶都是「有錢、有教養的聰明人」，雜誌「印刷精美」，最適合知名品牌刊登廣告。果然，到了一九二三年二月，高露潔牙膏、史坦威鋼琴、美國運通、安德伍德打字機都買下了《日晷》的廣告版面。

李孚萊的單行本跟《日晷》一樣暢銷，首刷一千本迅速售罄，根本來不及加印。一九二二年的平安夜正好是週日，《紐約論壇報》書訊書評專欄首頁出現好大一張艾略特的照片，一旁是拉斯科的年度文壇回顧，照片標題提到了兩千美元的「日晷文學獎」，還說《荒原》「咸認是本年度絕佳詩作」[30]。

李孚萊在《紐約論壇報》幫《荒原》打廣告，說「自從拜倫的《唐璜》以降，大概沒有詩像《荒原》這樣引發熱議」[31]，他引用「傑出英國作家」克萊夫在《新共和》的話，稱艾略特是「最受矚目的英語作家」，但李孚萊（當然）不曉得，克萊夫私下對艾略特可沒好話，尤其說話對象是瑪麗・賀勤森時，說得就更不好聽了。

此外，李孚萊還在《紐約時報書評》刊了一則耶誕廣告[32]，標題是〈悄悄話〉，底下閒聊十來本秋季出版的圖書，關於《荒原》的悄悄話是這樣的：「今年《日晷》將獎金兩千美元頒給了艾略特特，這位美國詩人目前旅居英國，敝社甫出版的《荒原》是艾略特最長也最重要的詩作，當初選在除夕夜簽署合約，龐德、喬伊斯一同見證，眾人和樂融融，出版商也不例外。」

這故事很好，但沒半句實話。

一九二三年一月，李孚萊寄了好幾本《荒原》到倫敦，艾略特收到的那一刻，一九二二年才算過完了。他轉寄了一本給遠在伊斯特本（Eastbourne）的薇薇安，一月十一日，她回信給「最最親愛的小翅膀」[33]，信中說：「我覺得《荒原》單行本非常好」。

同一天，艾略特寫信給艾德蒙·威爾森，感謝他在《日晷》不吝讚美《荒原》，「你非常懂這首詩，或許有一點懂過頭了！本來沒有的都讓你給讀出來了。我很清楚這首詩的根本缺陷，不管我接下來寫什麼，至少都會跟這首詩非常不同，我認為《荒原》只是集過去之大成，並未展開新的篇章，未來要寫出更好的作品，需要勇氣、需要毅力，或許還要花上很長一段時間，但我必須更上一層樓，不因為寫完《荒原》就滿足了。」[34]

威爾森雖然不吝讚美《荒原》，但對龐德卻很苛刻，說龐德「模仿」[35]艾略特，還說比起《荒原》，龐德新出版的詩章「嚴重失焦」，看著像「眼花撩亂的拼磚，缺乏中心情感、建立不了主調。」在給威爾森的信中，艾略特說自己對龐德「多有虧欠」[36]，還說自己很清楚：「在許多方面，龐德無疑都比我更精湛，」這話可不是假意謙虛，艾略特跟吳爾芙相處時，雖然總是擺出一副小學老師的樣子，但他未必對所有人都如此，好比他後來寫給龐德的信：「我一直很羨慕喬伊斯，羨慕他深信自己的作品舉足輕重，就算只是做樣子，我也沒辦法像他這麼有信心，反而對自己多所懷疑。」[37]

或許是寫信給威爾森得到了靈感，一九二三年一月，艾略特在給龐德的《荒原》單行本題詞寫道：「獻給『更精湛的巧匠』龐德」。[38]

後記

福斯特的印度小說一路寫到了一九二三年，將近年尾時，他借用惠特曼（Walt Whitman）的詩〈印度之旅〉作為書名，到了除夕（隔天是他四十五歲生日），他在日記裡再次提起穆罕默德：「再見了，穆罕默德，我想回顧這一年，但卻兩眼昏花，只能道聲『再見了——去年見了你，去年吻了你。』」[1]三週後，一九二四年一月二十一日，他記錄了另一次告別：《印度之旅》完稿了。他在獻詞裡將整部小說獻給馬蘇德，「獻給我們十七年來的友誼」，但在日記裡，他用穆罕默德的鉛筆為小說完稿「留下紀錄」[2]，以此默默致敬，這本日記從一九〇九年寫到一九六七年，厚達數百頁，每一筆紀錄都用墨水寫成[3]，就只有這一筆例外。

福斯特也寫了封信給雷納德，兩年前，在雷納德的敦促下，他重讀「《印度》碎稿，想著要怎麼寫下去。」兩年後，他向吳氏夫妻致敬，並一如既往動人地依賴著雷納德的建議。

「我這會兒剛寫完小說的最後幾個字，這事不先告訴你和吳爾芙，還能告訴誰呢？」[4]後續還要修稿，「當然還要打字……有認識的打字員嗎？不要太貴……如果能撥個兩萬字出去，應該能簡省不少時間。」

吳爾芙讀完福斯特的來信，在日記裡寫道：「他很感動，碰到這種時候，我也總是感動。」[5]

一九二四年六月四日，《印度之旅》由愛德華．阿諾在英國出版，美國版八月發行，出版商是哈考特．布雷斯（Harcourt Brace），距離上一本小說《此情可問天》，中間相隔了十四年。某位評論家坦承自己很擔心「福斯特寫完《此情可問天》就寫不出作品了」[6]，另一位評論家則稱讚福斯特「限制產量」、「這份自制令人佩服」[7]，但也對中間的空白感到惋惜，如今大眾對福斯特的風格有些陌生，不懂得欣賞「其作品獨樹一格，在現代作家中十分罕見。」《印度之旅》可說獲得文壇一致好評，包括雷納德刊在《國家》那篇有些偏心的書評：「前一陣子，我在書評專欄表示：本季我最期待的就是福斯特先生的新著《印度之旅》，如今該書已經問世，我也讀了——啊，能期待在世作家的新作品，讀了之後還發現期待完全沒有落空，還有什麼事情比這更令人激動嗎？」[8]《印度之旅》出版不久，便成為福斯特最賣座的小說，一九二四年在英國賣出一萬七千本[9]，在美國銷量達到五萬四千本。為什麼《印度之旅》在美國賣得這麼好？福斯特自有看法：「前幾年我寫了一本書，談到英國人在印度遭遇的困境，」[10]他在一九二六年某篇文章裡寫道，「美國人不覺得自己會在印度遭遇什麼困難，因此讀得很自在，越讀心情越好，也就給作者開了張大支票。」

《印度之旅》是福斯特最後一部小說，後來陸續出版了多部非虛構著作，他在一九七〇年去世，享年九十一歲。

一九二二年底，勞倫斯不再像從前那麼「窮困潦倒」，這年他的收入是五千四百四十美元，其中七十元是欠美國政府的稅。[11]然而，山中牧場的田園生活只是一時的，耶誕節過後就消失了，他在陶斯沒辦法像在澳洲那樣「抒寫」小說。一九二三年，他先去了墨西哥，接著橫越美國，從德州、紐奧良到首都華府，再去紐約、水牛城、洛杉磯。一九二三年七月、八月，他和芙莉妲在紐澤西州的山中別墅度過大半時光，別墅是瑟爾查夫婦租的，供自己和勞倫斯夫婦居住，並將別墅改名為「伯基谷」[12]，藉以向《戀愛中的女人》的男主角魯伯特·伯基（Rupert Birkin）致敬。「伯基谷」位在山上，俯瞰莫里斯平原，勞倫斯在這裡修訂了《袋鼠》等著作的校樣，包括詩集、喬瓦尼·魏爾嘉的譯稿（去年從義大利搭船到錫蘭時翻譯的），瑟爾查計畫在秋天出版。「伯基谷」地處不便、與世隔絕，一如陶斯的山中牧場、瑟盧的芒舍畝、陶爾米納的舊泉庄：「靜謐、美麗、祥和、孤寂……距離火車站四英里，想來得搭馬車。」[13]瑟爾查夫婦每天早上通勤到紐約、晚上才回來，或許因為再怎麼不便也就這兩個月，事情也就這麼過去了。一九二三年八月初，芙莉妲獨自回到英國，勞倫斯隨後搭船返鄉，原本計畫耶誕節過後到英國中部探望姊姊，但英國「這地方真討厭」[14]，他寫信給玫苞道（這年她跟東尼結婚了）：「到處都是過往的死爪，極其沉重。」他拖著沒去看姊姊，只在諾丁漢郡待了幾天，待到過完新年，就跟芙莉妲到歐洲遊歷，春天才回到陶斯。

在巴登巴登時，他讀了福斯特的散文集《埃及王朝》（*Pharos and Pharillon*），寫的是古代埃及和現代埃及，一九二三年由霍加斯出版社發行，福斯特寄了一本給他，勞倫斯寫信向福斯特道謝，謝函裡說這本散文集「一如既往憂傷」[15]，迷途的靈魂呼喚著已逝的光榮世界。經過多年的漂泊，勞倫斯看出了自己與福斯特之間的情誼，這是過去不曾有過的體悟，不過，他自認比福斯特更渴望迎接未來：「對我來說，你是最後的英國人，」勞倫斯在給福斯特的信中寫道：「而我是你之後的英國人。」

《袋鼠》在英美都贏得了評論家的尊敬，其中幾篇更是讚不絕口，不過，作為一部「關於」澳洲的小說，要是能有「更多可看性的性」，大概會更吸引人，尤其辛普森法官駁回對瑟爾查的指控，並非《戀愛中的女人》在紐約法院的最終判決。一九二三年二月，紐約最高法院大法官約翰．福特（John Ford）開了第一槍[16]，起因是圖書館館員推薦女兒看勞倫斯的「噁心」著作，福特法官因而與約翰．桑奈聯手起訴，報紙傳得沸沸揚揚，跟一九二二年的查禁風波和出庭審判一樣熱鬧。一九二三年七月，瑟爾查再次遭到逮補，並因出版「猥褻」圖書遭而遭大陪審團起訴，但大陪審團對《戀愛中的女人》並無異議，勞倫斯又再次脫罪。《袋鼠》隨後出版，即便利用了勞倫斯的名聲宣傳了一波，也並未像《戀愛中的女人》造成轟動，這倒也在意料之中，勞倫斯的自傳實驗並未獲得評論家賞識，早年他將家庭生活和青春歲月寫進《兒子與情人》裡，而今則將婚姻生活老老實實寫進《袋鼠》裡。

一九三〇年三月，勞倫斯因肺癆於法國病逝，享年四十四歲。過了幾週，福斯特上英國廣播電臺談勞倫斯，對其浩瀚著作侃侃而談，稱其為「二十世紀文學瑰寶之一」[17]，在勞倫斯過世時，大眾對其看法分為兩派，福斯特認為這兩派「都不盡如人意」[18]。一般大眾認為勞倫斯「難登大雅之堂，幾乎不曾讀過其著作」。大眾眼中的勞倫斯，是個著作一本接著一本觸法的作家，從《彩虹》、《戀愛中的女人》到《查泰萊夫人的情人》，尤其《查泰萊夫人的情人》轟動一時，勞倫斯只能私下印行，儘管如此，在英美合法出版《查泰萊夫人的情人》之前，該書便已成為勞倫斯最著名、最賣錢的著作。相較之下，福斯特認為勞倫斯的「小眾讀者」對其解讀太狹隘，簡直走火入魔，至於福斯特所投契的勞倫斯則已遭到淡忘，不論其作品有多少瑕疵，都應該記住勞倫斯在「思路著火」[19]時寫下的「滿紙輝煌」，例如《袋鼠》第十二章〈噩夢〉就非常精彩，福斯特說是「有史以來最揪心的不參戰記述」[20]，這等於是聲言了他早已知道的事實：勞倫斯殘破不堪，終其一生都在為生活而戰、為藝術而戰。

———

〈龐德街的達洛維夫人〉刊在一九二三年七月號的《日晷》上，同期還有大衛．加奈的《雅各的房間》書評，內容與去年十月給吳爾芙的信大致相同，只是少了信中對《荒原》的疑慮。〈達洛維夫人〉的刊登過程很順利，不像艾略特和瑟爾討價還價、困難重重。自從艾略特成為《標準》的編輯後，雷蒙．莫蒂默（Raymond Mortimer）便成為瑟爾在倫敦的地下代理人。莫蒂默年紀很輕，畢業自牛津大學貝利奧爾學院，因奧德霖．莫雷爾夫人引介而認識吳爾芙。一九二三年二月，莫蒂默寫信給瑟爾，說「吳爾芙答應會供稿，是一篇小說」[21]，她說這部短篇「不想在倫敦出版（可能是把哪個熟人寫進去了吧，我猜）」[22]，這樣的臆測或許是吳爾芙俏皮的影射，她說達洛維夫人的底本就是莫雷爾夫人。一九二二年夏天，她給莫雷爾夫人寫了一封信，說「那部嘉辛頓莊園小說已經寫了兩章，妳聽了想必很高興。」[23]這話應該是諂媚多過於事實，不過，吳爾芙的暗示引起了莫蒂默的興趣，幾週後，他收到小說稿，讀完後相當滿意，便寄到維也納給瑟爾，並附上便條：「附件是吳爾芙女士的短篇小說（打字稿跟她說的一樣糟糕）……我認為十分玲瓏剔透，希望你會喜歡。我越來越覺得，她是我們最好的作家。」[24]

瑟爾同意「吳爾芙女士的短篇小說玲瓏剔透」[25]，並轉寄到紐約辦公室請同仁估算稿酬，一共是美金六十元。耶魯大學拜內克古籍善本圖書館的《日晷》收藏中夾雜了一封吳爾芙的手寫回條[26]，日期是一九二三年五月二十一日，上頭寫道：「今日收到《日晷》支票」。

吳爾芙寫《達洛維夫人》寫了兩年多，調整枕頭調整得十分上手，一九二四年耶誕節前夕，吳爾芙「做最後衝刺」[27]，讓雷納德能帶副本去修士邸讀，並讓她有餘力「解決」[28]談閱讀的散文集。一九二五年四月底，霍加斯出版社發行了《普通讀者》（*The Common Reader*），三週後，一九二五年五月十四日，《達洛維夫人》問世。起初，《普通讀者》乏人問津，才出版沒幾天，她就在日記裡寫道：「至今還沒聽到任何評論，無論是私下的或公開的——都沒有。這就好比把石子往池裡扔，石子入水，水面無波」[29]，儘管她看見自己的失望「像舊瓶子漂在身後」[30]，但依然繼續「新的冒險」，希望同樣的事不要發生在《達洛維夫人》身上。果然沒有。

書評一片叫好，吳爾芙雖然心滿意足，但卻在日記裡寫道：「對於達夫人的看法，唯一讓我戰戰兢兢（這措辭或許太強烈了）的，是福斯特的指教。」[31]幾天後，福斯特來訪。「嗯，福斯特很欣賞」，吳爾芙寫道：「心中的大石頭總算落了地」，福斯特「木訥寡言」[32]，只說《達洛維夫人》寫得比《雅各的房間》更好，並吻了一下她的手，離開前又說他「為《達洛維夫人》極度開心、非常高興。」

過了不久，《達洛維夫人》的銷量開始成長，更令吳爾芙訝異的是——《普通讀者》竟然也跟進，在英美都創下佳績（《達洛維夫人》和《普通讀者》的美國版都由哈考特．布雷斯發行）。吳爾芙寫信給朋友道：如果繼續賣下去，「我們就要在修士邸蓋一間廁所和浴室。」[33]

《達洛維夫人》完稿時，吳爾芙又重讀普魯斯特。《達洛維夫人》出版過後幾天，她在日記裡寫道：「真想知道我這次做出成就了嗎？」[34]下文又說：「嗯，比起普魯斯特，這點成就根本不算什麼，我正沉浸在他的文字裡。」普魯斯特之所以與眾不同，在於他「既是最多愁善感，卻是最不屈不撓的，尋尋覓覓著蝴蝶的影子，連一點斑點都不放過，堅韌如羊腸弦、易逝如蝴蝶的綻放」[35]。吳爾芙在概括福斯特的獨特個性時，也曾以蝴蝶作為比喻。此外，她開始構思下一本小說——《燈塔行》：「我想普魯斯特會影響我，讓我對自己的句子發脾氣。」[36]接著，還是那個老問題：再來還有什麼好寫的？《達洛維夫人》是答案，《燈塔行》或許也是答案——「把父親的個性寫進去，還有母親，還有聖艾維斯，還有童年。」[37]一九二七年，《燈塔行》出版，中間那章雖然短、但很重要，吳爾芙下的標題與普魯斯特遙相呼應，就叫作——〈歲月流逝〉。

一九四一年三月二十八日，吳爾芙自殺，享年五十九歲。她在遺書中交代雷納德挑一份手稿送給薇塔．賽克裴兒韋思。一九二二年耶誕節前夕，在克萊夫安排的晚宴上，吳爾芙與薇塔相識，晚宴隔天，吳爾芙在日記裡寫道：薇塔是「可愛又有才華的貴族」[38]，但「我更挑食」，她「花裡胡哨，像隻長尾鸚鵡，長著小鬍子，有貴族的從容，但沒有藝術家的機敏。」薇塔比吳爾芙小十歲，寫作太快，作品太多，出版太勤，從一九〇九年到一九二二年，總共出了五部詩集、三本小說，而且她「誰都認識——但我能懂她嗎？」晚宴過後不久，薇塔請吳爾芙吃晚飯，而她真的能懂她，兩人化浪漫深情為長年友誼，吳爾芙特別留給薇塔的遺物，顯現了她對這段情誼的看重。

薇塔跟雷納德討的手稿，是吳爾芙一九三一年的小說《海浪》（*The Waves*），但雷納德捨不得，反而把《達洛維夫人》給了薇塔[39]，巧的是，當年吳爾芙開筆不久，便與薇塔邂逅。

——

溫德．路易斯沒看走眼，艾略特「活脫脫」就是那優柔寡斷的普魯佛洛克，尤其談到才子計畫和（吳爾芙與莫雷爾夫人成立的）艾略特獎學金，他就更拿不定主意。吳爾芙與莫雷爾夫人各自出力，由查德．阿爾丁頓居中協調，於一九二三年底寄了五十英鎊給「可憐的艾略特」[40]，她擔心艾略特會拒收，但他開了個特別帳戶，將這五十英鎊和日晷文學獎的兩千美元存進去，作為自己和薇薇安的「信託」[41]，後續募款又進行了兩年多，直到一九二五年夏天，傑佛瑞．費伯（Geoffrey Faber）成立出版社來承接《標準》的發行業務，並任命艾略特為董事會成員，艾略特才辭去駿懋銀行的工作。出版社原名費伯與蓋爾[42]（Faber and Gwyer），由費伯與蓋爾夫婦（莫里斯．蓋爾法官與艾馨娜．蓋爾夫人）合資，後來改名費伯與費伯出版社，艾略特過世前都在此任職，一九六五年辭世，享年七十六歲。

艾略特一直很感謝艾德蒙．威爾森不吝讚美《荒原》，就算他看到一九二二年九月威爾森寫給約翰．皮爾．畢曉普的信，或是聽到一九二二年夏天瑪麗．賀勤森向吳爾芙和雷納德傾吐的心聲，應該都不會太訝異。瑪麗．賀勤森說《荒原》是「艾略特的自傳——一部鬱悶的自傳」，恰巧艾略特也有同感。適逢《荒原》出版前夕，艾略特寫了一封信給母親，信中說「把大半人生都寫進了詩裡。」[43]

艾略特寄給母親的信雖然並未保留，但母親一九二三年五月寄的信卻流傳至今，收信人也叫艾略特，是母親的大伯，大伯寫信給艾略特的母親，信裡說看不懂《荒原》在寫什麼，艾略特的母親說自己起初也很困惑，但艾略特曾寫信解釋說：這首詩（一部分）描述了生活中「理想世界」[44]的失落——「當然是指他結婚之後搬到英國居住」[45]，艾略特的母親在信中寫道：「從那之後他就過得很苦」，信中提到艾略特經濟拮据，還說他向駿懋銀行請假三個月到洛桑市療養，那年春天，薇薇安大病小並不斷，加上他自己也病了，實在撐不住，「在這種情況下，不能想像他的理想破碎了幾許。」[46]

一九二二年三月，龐德寫信給孟肯[47]，信中說「基督紀元」終結在一九二一年十月二十九日——喬伊斯《尤利西斯》完稿的夜晚。

儘管喬伊斯的成就無法估量，但對龐德來說，「尤後元年」也很重要，而看見《荒原》付梓，也讓艾略特意識到一九二二年的意義。一九二二年十二月，艾略特寫道：《荒原》「就我而言已是過去，我正在摸索全新的形式和風格」，一件事的了斷必定是另一件事的開始——這是他終生的信念，一九四一年的《小吉丁》（*Little Gidding*）則換了個說法：

去年的文字屬於去年的語言，
來年的文字等待不同的聲音。[48]

一九二二年，吳爾芙讀著普魯斯特，一邊問羅傑・弗萊、一邊自忖，想的也是同樣的問題：「嗯——再來還有什麼好寫的？」

誌謝

若非各方支持、鼓勵、建議，我寫不出《世界一分為二》。

感謝布萊克・韋斯特（Blake West）深愛我、信任我，讓本書得以成形，我深愛著布萊克，在此將本書獻給他。

此外，我也要將本書獻給我的母親瓊安・戈斯坦（Joanne Goldstein），巧的是，我母親出生於一九二二年。在本書第三百七十七至三百七十八頁，我很高興能引用吳爾芙一九二二年十月二十二日星期日寫給弗萊的信，這天正好是我母親的生日。

我感謝我的哥哥路易斯、艾比、阿諾德，也感謝我的嫂嫂蘇珊、克萊爾、瑪莉安，以及我的姪子和姪女，感謝他們對本書的關心和對我的關愛。

我的父親哈登・戈斯坦（Harden Goldstein）於一九六九年逝世，我繼承了父親對書籍和閱讀的熱愛，從小在父親豐富的藏書中成長，讓我感覺到跟父親很親近。這些書籍多年來由我母親忠實地保存著，還跟著她一路從房子搬進了公寓，如今這些書籍全部歸我所有。我父親不僅收藏了同輩作家的作品——索爾・貝婁（Saul Bellow）、諾曼・梅勒（Norman Mailer）、亨利・米勒（Henry Miller）、菲利普・羅斯（Philip Roth）等，也收藏了瑟爾查出版的《戀愛中的女人》平裝本、二戰時期出版的艾略特詩選、福斯特散文集《埃及王朝》的再版，每一本我都非常珍惜。在我成長的歲月裡，我並未察覺家裡沒有吳爾芙，或者說——至少到目前為止都還沒找到，不過，到公寓探望我媽等於是參觀我爸的藏書，書架上滿滿都是書，書後面還有書，我會繼續找下去。

此外，朋友的陪伴讓我堅持寫作不輟，許多（出版界和學術界）朋友的建言讓我獲益良多（他們大概也沒想到吧）。在此感謝蜜麗安・奧修樂（Miriam Altshuler）、鮑比・伯格（Bobby Berg）、珍妮絲・唐諾德（Janis Donnaud）、麗莎・德魯（Lisa Drew）、黛・法特（Deb Futter）、菲利普・格夫特（Philip Gefter）、彼得・蓋澤斯（Peter Gethers）、杰・格洛斯曼（Jay Grossman）、比爾・海斯（Bill Hayes）、丹尼爾・凱瑟（Daniel Kaizer）、韋恩・柯斯騰邦（Wayne Koestenbaum）、尼可拉斯・拉蒂默（Nicholas Latimer）、傑夫・麥斯騰（Jeff Masten）、亞當・莫斯（Adam Moss）、理查・裴瑞斯（Richard Press）、丹・桑托（Dan Santow）、克里斯多福・謝林（Christopher Schelling）、麥克・瑟爾查（Michael Seltzer）、湯姆・斯潘（Tom Spain）、雷夫・塔須克（Ralph Tachuk）、鮑伯・圖西曼（Bob Tuschman）、寶菈・懷曼（Paula Whyman）。羅蘭・香麗（Lorraine Shanley）的肩膀和火眼金睛至關重要，感謝她閱讀了本書的初稿，讓本書更臻完善。

賽菊蔻（Eve Kosofsky Sedgwick）二〇〇九年過世，是我在紐約市立大學研究院的啟蒙老師。一九九八年至一九九九年，我在賽菊蔻的普魯斯特研討課旁聽了一學年，讀著讀著突然一陣好奇：不曉得吳爾芙讀不讀普魯斯特？讀了又有什麼想法？這便是《世界一分為二》的起點。二〇〇〇年，我回紐約市立大學研究院攻讀博士，約瑟夫・維特里希（Joseph Wittreich）帶著我讀米爾頓，並協助我在二〇一〇年完成博士論文，儘管我後來轉而研究二十世紀英美文學，但維特里希一直是我的良師益友，在此感謝他和斯圖爾・柯潤（Stuart Curran）長年的友誼，也感謝兩位設下的學術標竿。

本書大多完成於駐村期間，若干機構慷慨提供我寫作所需的時間、空間、情誼，在此感謝諾曼・梅勒中心暨作家村（Norman Mailer Center and Writers Colony），謝謝葛雷・柯蒂斯（Greg Curtis）在我寫作初期給予忠告；感謝麥道爾藝術村（MacDowell Colony）、穎多社團法人（Corporation of Yaddo）、歐密藝術村（Writers Omi）、維吉尼亞藝術中心（Virginia Center for the Creative Arts）、優克羅斯基金會（Ucross Foundation）、米蕾藝術村（Millay Colony for the Arts），我在每一個駐村點都寫得很過癮、玩得很盡興，而且還認識了許多藝術家，其創意和友誼帶給我源源不絕的靈感，真的很棒。在此特別感謝班哈德・布朗斯（Bernhard Brungs），他的水彩畫吳爾芙美極了，我一直悉心珍藏著。感謝史提夫・梅斯瓦（Steve Meswarb），當時四月暴雪，殺得我們措手不及，史提夫將我們從科羅拉多州丹佛安全載到懷厄明州優克羅斯，在此致謝。

感謝北卡羅來納州三角研究園區（Research Triangle）國家人文科學中心提供研究獎助，讓我得以參加美隆基金會（Andrew W. Mellon Foundation）贊助、克里斯多福・瑞克斯（Christopher Ricks）主持的艾略特文學研究暑期研習班，不勝感激。再則，感謝德州大學奧斯汀分校的哈利・蘭森中心，也感謝菲德烈克・D・溫斯坦紀念獎助（Frederic D. Weinstein Memorial Fellowship）和美隆基金會研究獎助（Andrew W. Mellon Foundation Research Fellowship Endowment），讓我得以在哈利・蘭森中心宏大的館藏中做了兩個月的研究，感謝珍・蒂絲黛爾（Jen Tisdale）等奧斯汀當地的朋友，感謝琴・肯南（Jean Cannon）和佩特・福克斯（Pat Fox）在閱覽室帶來了種種奇蹟，在此也要感謝克萊・史密斯（Clay Smith）款待並招待烤肉。

感謝紐約大學文理學院院長、英文系系主任克里斯多福・肯南（Christopher Cannon）以及紐約大學英文系，感謝他們授予我訪問學者的身分，也感謝友人菲力浦・布萊恩・哈波（Philip Brian Harper）的贊助。此外，感謝資助交換（Funding Exchange）慷慨提供我房子，讓我得以完成本書，在此感激友人理查・伯恩斯（Richard Burns）設想周到、悉心安排，讓整項計畫得以順利運轉。在此之前，我是紐約亞斯特廣場（Astor Place）寫作空間（Writers Room）的會員，我在那兒有一張桌子和滿室的友誼。

我有幸能在多間圖書館研究《世界一分為二》，說來湊巧，紐約公共圖書館典藏了艾略特、福斯特、勞倫斯、吳爾芙的文件，數量之多，無與倫比，在此感謝以撒・格維爾茨（Isaac Gewirtz）、麗貝卡・費奈（Rebecca Filner）、安妮・嘉納（Anne Garner）大力幫忙，讓我在博格文庫（Henry W. and Albert A. Berg Collection of English and American Literature）愉快地工作。再者，感謝博格文庫前任館長羅德尼・菲利普斯（Rodney Philips）數年前將館內的吳爾芙典藏介紹給我，因為這段友誼，我意外走上寫作之途。最後感謝紐約公共圖書館「手稿與檔案部門」的同仁，尤其是泰兒・奈登（Tal Nadan）的協助。

我所造訪的圖書館，館員都殷勤又友善，讓我做起研究更愉快也更有效率。在此感謝大英圖書館、哥倫比亞大學古籍善本圖書館、諾丁漢大學圖書館、薩塞克斯大學圖書館、耶魯大學拜內克古籍善本圖書館，感謝其館員的協助。我造訪劍橋大學國王學院檔案中心時值冬日，期間感謝派翠西雅・麥奎爾（Patricia McGuire）及其同仁熱情接待。感謝潔絲汀・蕭爾（Justine Shaw）代我在薩塞克斯大學做研究，找到對本書至關重要的文獻——數封寫給吳爾芙的信件。此外，格外感激兩位好友——布萊恩・梅爾（Brian Meyer）和已故的阿諾德・馬克里（Arnold Markley），感謝其建議和支持，幫助我達成研究目標。最後感謝羅莉爾・奧莉薇雅（Loriel Olivier），少了她幫忙，本書就少了照片插頁。

我很幸運任職於亨特學院的羅斯福公共政策研究院（Roosevelt House），感謝斐伊・羅森費爾（Fay Rosenfeld）讓我靈活安排時間完成本書，在此也要感謝研究院的主任哈洛・侯則（Harold Holzer）和亨特學院的校長珍妮佛・J・拉布（Jennifer J. Raab）大力支持。在寫作本書期間，感謝《週末今日紐約》（*Weekend Today in New York*）沛特・巴托（Pat Battle）、葛斯・羅森德（Gus Rosendale）、拉斐爾・米蘭達（Raphael Miranda）等夥伴，其友誼對我而言意義重大。

在本書構思階段，感謝桃莉絲・基恩斯・古德溫（Doris Kearns Goodwin）和琳德爾・戈登（Lyndall Gordon）給予鼓勵，讓我醍醐灌頂。此外，感謝喬伊・喬納森（Joy Johannessen）最初給我的寫書建議，越寫到後面越覺得不可或缺。

嬌依・哈里斯（Joy Harris）不僅是我珍惜的朋友，而且也是我的文學經紀人，不管是在專業上還是私底下，我對她都滿懷感激，自從第一次談完《世界一分為二》，嬌依就長伴在我左右，到最近都還與我共事，她讀書時見解高明，指點時眼光獨到，不僅總是給我寶貴的意見，還無私奉獻支持我寫完全書。謝謝妳，嬌依。此外，我也要感謝嬌依的同事亞當・里德（Adam Reed）代替我打點大小事。

吉蓮・布雷克（Gillian Blake）自始至終都是一位了不起的編輯，從最初的改稿到最後的句讀，吉蓮全心全意投入鼓舞著我，她從來不出錯，而且細心、精確、專注，速度常常快到嚇人，從初稿到定稿，她始終以耐心和專業協助我拉出敘事架構，而且字字警惕毫不鬆懈，讓本書的章節、段落、文句更精確而且更明晰，對於細節她細膩而且周到，只要是她給的建議，我無不照單全收，她的指導實在高明，在此感謝她的辛勤和友誼。穆莉葉・喬根森（Muriel Jorgensen）的編審讓整份文稿更加出色，愛蓮娜・安柏瑞（Eleanor Embry）的熱情令人如沐春風，工作起來不由得更有幹勁，讓編務推動起來更加順利。感謝克里斯・歐康諾（Chris O'Connell）的細心，讓成品更上一層樓，感謝梅諾・樂法斐（Meryl Levavi）讓版面美觀大方。瑞克・卜萊契（Rick Pracher）設計的書衣實在太美，美到就算讀者用封面來評判本書，我也心滿意足，在此感謝。我何德何能，竟然能在麥米倫出版公司和亨利霍特出版公司擁有眾多好友與同伴，包括史提夫・魯賓（Steve Rubin）、瑪姬・李察茲（Maggie Richards）、沛特・艾斯曼（Pat Eisemann）、凱洛琳・歐姬芙（Carolyn O'Keefe）、潔西卡・薇娜（Jessica Wiener）、傑森・利布曼（Jason Liebman）、羅伯特・艾蘭（Robert Allen），感謝他們全力支持我和本書。

參考書目

《世界一分為二》盡量著墨在當時書中人物對生活和作品的想法，因此素材主要來自人物（及其友人）的日記和書信，並盡量將這些同代的想法和感想放回時代脈絡裡，認清哪些想法或私底下的文字缺乏遠見、有所誤會、虛偽不實。關於艾略特、福斯特、勞倫斯、吳爾芙，我查閱了許多權威著作，幫助我理解這四位作家和其身處的時代，書中許多條引述都轉引自這些權威著作。此外，我要感謝其他傳記家和評論家的學術成果和真知灼見，也要感謝專門研究一九二〇年代的歷史學家，沒有這些前輩，我寫不出這部作品，底下是幾本關鍵著作：

Barham, Peter. *Forgotten Lunatics of the Great War.* New Haven, CT: Yale University Press, 2004. Beauman, Nicola. *E. M. Forster: A Biography.* New York: Knopf, 1993.

Briggs, Julia. *Virginia Woolf: An Inner Life. Orlando,* FL: Harcourt, 2005.

Bynner, Witter. *Journey with Genius: Recollections and Reflections Concerning the D. H. Lawrences.* New York: John Day, 1951.

Byrne, Janet. *A Genius for Living: The Life of Frieda Lawrence.* New York: Harper Collins, 1995. Carter, William C. *Marcel Proust: A Life.* New Haven, CT: Yale University Press, 2000.

Crawford, Robert. *Young Eliot: From St. Louis to* The Waste Land. New York: Farrar, Straus and Giroux, 2015.

Eliot, T. S. *The Waste Land*, ed. Michael North. New York: W. W. Norton, 2001.

Findlay, Jean. *Chasing Lost Time: The Life of C. K. Scott Moncrieff: Soldier, Spy, and Translator.* New York: Farrar, Straus and Giroux, 2015.

Glendinning, Victoria. *Vita: The Life of V. Sackville-West.* New York: Knopf, 1983.

Gordon, Lyndall. *Virginia Woolf: A Writer's Life.* New York: W. W. Norton, 2001 [1984].

Lawrence, Frieda. *The Memoirs and Correspondence*, ed. E. W. Tedlock Jr. New York: Knopf, 1964. Nicolson, Nigel. *Portrait of a Marriage: Vita Sackville-West and Harold Nicolson.* Chicago: University of Chicago Press, 1998 [1973].

Parker, Peter. *Ackerley: The Life of J. R. Ackerley.* New York: Farrar, Straus and Giroux, 1989. Walkowitz, Judith R. *Nights Out: Life in Cosmopolitan London.* New Haven, CT: Yale University Press, 2012.

Scofield Thayer Papers, Beinecke Rare Book and Manuscript Library, YCAL 34, Series IV, Box 36, Folder 999.

25 "as to the exquisiteness": Scofield Thayer to Raymond Mortimer, April 19, 1923, ibid.

26 Woolf's handwritten note: Dial/Scofield Thayer Papers, Beinecke Rare Book and Manuscript Library, YCAL 34, Series I, Box 8.

27 "putting on a spurt": *VW Diary 2*, 325.

28 "deliver the final blows": Ibid.

29 "so far I have not heard a word": *VW Diary* 3, 12.

30 "floating like an old bottle … fresh adventures": Ibid., 15-16.

31 "The only judgment": Ibid., 22.

32 "sparing of words … awfully pleased": Ibid., 24.

33 "We are going to build": *VW Letters 3*, 187.

34 "I wonder if this time": *VW Diary* 3, 7.

35 "the utmost sensibility … tough as catgut": Ibid.

36 "he will I suppose": Ibid.

37 "to have father's character done complete": Ibid., 18.

38 "lovely gifted aristocrat … Not much to my severer taste … But could I ever know her": *VW Diary 2*, 216-17.

39 sent her the manuscript of Mrs. Dalloway: *LW Letters*, 259-61.

40 "poor Tom": *VW Letters 2*, 593.

41 "as a Trust": *TSE Letters 2* 2009, 6.

42 Faber and Gwyer: Ibid., 823.

43 "he had put so much": Ibid., 124.

44 "an ideal world": Ibid.

45 "Certainly up to the time … Since then he has had": Ibid.

46 "Under these circumstances": Ibid.

47 Ezra Pound wrote to H. L. Mencken: Pound, The Letters of Ezra Pound, 1907-1941, 174.

48 For last year's words: Eliot, *The Poems of T. S. Eliot,* 204.

EMF/12/8, vol. 4/4.

4 "I have this moment": EMF to Leonard Woolf, undated, Leonard Woolf Papers, University of Sussex, SxMs 18II.

5 "He is moved, as I am": *VW Diary 2*, 289.

6 "was to be Forster's end": Gardner, E. M. Forster: *The Critical Heritage*, 211.

7 "admirable self-restraint": Ibid., 214.

8 "A little while ago": Ibid., 204.

9 seventeen thousand copies ⋯ fifty-four thousand: Forster, *The Manuscripts of A Passage to India*, Stallybrass introduction, 19.

10 "A few years ago": Ibid.

11 His income for the year: Harry T. Moore, *The Intelligent Heart: The Story of D. H. Lawrence* (London: Penguin Books, 1960), 386.

12 "Birkendele": Lawrence, *Letters to Thomas and Adele Seltzer*, 189.

13 "very quiet, pretty, peaceful": *DHL Letters 4*, 473.

14 "hateful here ⋯ It's all the dead hand": Ibid., 552.

15 "sad as ever ⋯ To me you are": Ibid., 584.

16 Judge John Ford ⋯ began an attack ⋯ Seltzer was arrested again: Lawrence, *Letters to Thomas and Adele Seltzer,* 189.

17 "one of the glories": E. M. Forster, *The Creator as Critic and Other Writings by E. M. Forster,* ed. Jeffrey M. Heath (Toronto: Dundurn Press, 2008), 222.

18 "neither of them quite satisfactory ⋯ improper and scarcely read him": Ibid.

19 "pages and chapters ⋯ the whole fabric": Ibid., 224.

20 "the most heart-rending account": Ibid., 222.

21 "the promise of a story": Raymond Mortimer to Scofield Thayer, February 22, 1923, Dial/Scofield Thayer Papers, Beinecke Rare Book and Manuscript Library, YCAL 34, Series IV, Box 36, Folder 998.

22 "which she does not want to print here": Raymond Mortimer to Scofield Thayer, February 26, 1923, ibid.

23 "2 chapters of my Garsington novel": *VW Letters 2*, 543.〈龐德街的達洛維夫人〉開枝散葉之後不久，吳爾芙在秋天得知了老友凱蒂．麥克斯（Kitty Maxse）的噩耗，當時兩人已多年不見。凱蒂死於下樓摔傷，這很可能是自殺而非意外。吳爾芙的《達洛維夫人》雖然取材自凱蒂，但〈龐德街的達洛維夫人〉則沒有凱蒂的影子。見 *VW Letters 2*, 573.

24 "I enclose Mrs. Woolf's story": Raymond Mortimer to Scofield Thayer, April 14, 1923, Dial/

23 “drew blood”: Joost, Scofield Thayer and The Dial, 105.

24 “quite beyond words”: Scofield Thayer to Gilbert Seldes, November 28, 1922, Dial/Scofield Thayer Papers, Beinecke Rare Book and Manuscript Library, YCAL 34, Series IV, Box 41, Folder 1157.

25 “paragraph by paragraph”: Gilbert Seldes to Scofield Thayer, November 5, 1921, Dial/Scofield Thayer Papers, Beinecke Rare Book and Manuscript Library, YCAL 34, Series IV, Box 40, Folder 1129.

26 “in our opinion”: Gilbert Seldes to Scofield Thayer, December 14, 1922, Dial/Scofield Thayer Papers, Beinecke Rare Book and Manuscript Library, YCAL 34, Series IV, Box 41, Folder 1158.

27 “as to the literary contents too”: Joost, *Scofield Thayer and The Dial*, 111.

28 by another thousand, to 7,440: Ibid., 41.

29 the Dial soon touted to potential advertisers: Amanda Sigler, “Expanding Woolf’s Gift Economy: Consumer Activity Meets Artistic Production in The Dial,” Tulsa Studies in *Women’s Literature* 30, no. 2 (Fall 2011): 322-23.

30 “generally considered the outstanding poem”: *New-York Tribune*, December 24, 1922, 17.

31 “probably the most discussed”: *New-York Tribune*, January 21, 1923, SM26.

32 ran under the headline “Between Ourselves”: *New York Times Book Review*, December 10, 1922, 57.

33 “Dearest darling Wing”: *TSE Letters 2*, 8-9.

34 “I think you have understood”: Ibid., 11.

35 “imitator … extremely ill-focused”: Ibid., 11n3.

36 “vast indebtedness … there are unquestionably respects”: Ibid., 11.

37 “I always envied James Joyce”: TSE to Ezra Pound, December 28, 1959, Ezra Pound Papers, Beinecke Rare Book and Manuscript Library, YCAL MSS 43, Box 15, Folder 673.

38 the copy he gave to Pound in January 1923: 龐德的《荒原》典藏於德州大學奧斯汀分校的哈利・蘭森中心（Harry Ransom Center，簡稱 HRC）。後來《荒原》再版，艾略特將獻詞改為「獻給龐德／更精湛的巧匠」。

後記

1 “Good bye Mohammed. I meant to review the year”: *Pickering 2*, 73.

2 “mark the fact”: Ibid.

3 All of the entries: Forster’s diary, also known as his “Locked Journal,” is in EMF Papers, KCAC,

7 "the Supt… not that it will be the most intelligent": *VW Diary 2*, 208.

8 "that rare thing among English periodicals": *Times Literary Supplement*, October 26, 1922, Issue 1084, 688.

9 the Liverpool Daily Post and Mercury: *TSE Letters 1* 2009, 789-90n1.

10 "how calamitous these statements": Ibid., 791.

11 "as I have suspected for some time": Ibid., 790. 《艾略特書信集》的編輯指出：艾略特懷疑是阿爾丁頓放風給報社，不過，十一月十八日艾略特寫信給阿爾丁頓時並未把話講明，同日寫給龐德的信也未對阿爾丁頓指名道姓。艾略特給阿爾丁頓的信寫道：「這誹謗是怎麼來的，你跟我應該心知肚明，對於誹謗的來源，你跟我也應該心中有數。我見完律師之後會再寫信給你，在收到我的信之前，請誓言保密，勿將此事告知第三者。」給龐德的信內容幾乎一模一樣，差別只在「誹謗的來源」改成了「誹謗的種種來源」。兩天後，艾略特寫信給「親愛的阿爾丁頓」，信中口氣和善，內容涉及《標準》編務，結語說「我正在跟律師討論，目前無可奉告，只是誹謗一事仍屬機密，務必保密」（*TSE Letters 1* 2009, 791）。比起阿爾丁頓，放風者更有可能是艾略特信中「倫敦某暗敵的惡意攻擊」，也就是溫德・路易斯。一九二一年九月，艾略特向路易斯傾訴，說醫生建議自己向駿懋銀行請假三個月，傾訴完立刻懊悔。

12 "protracted and immense strain": Ibid., 798.

13 "The circulation of untrue stories": *TSE Letters 1* 2009, 794.

14 "for my life or for Vivien's life": Ibid., 789.

15 "I want to talk about publicity": Gilbert Seldes to Beatrice Kaufman, October 5, 1922, Dial/Scofield Thayer Papers, Beinecke Rare Book and Manuscript Library, YCAL MSS 34, Series I, Box 6, Folder 211.

16 "I sometimes feel as if": Wilson, *The Twenties, 109.*

17 a cheap railroad apartment: Ibid., 29.

18 "bowled over": Lewis M. Dabney, Edmund Wilson: *A Life in Literature* (New York: Farrar, Straus and Giroux, 2005), 3.

19 "It will give you a thrill … nothing more or less than": Wilson, *Letters on Literature and Politics,* 1912-1972, 94.

20 "Never have the sufferings": Ibid.

21 reviewed the poem on November 5: T. S. Eliot, *The Annotated Waste Land with Eliot's Contemporary Prose,* ed. Lawrence Rainey (New Haven, CT: Yale University Press, 2005), 34.

22 Wilson often complained that Rascoe: Wilson, Letters on Literature and Politics, 1912-1972, 79 and 97.

September 2, 1922, 13.

38 "I was impressed by … He is happy": *VW Diary 2*, 204.

39 "I am in excellent form": EMF to SRM, 27-9-22, EMF Papers, KCAC, EMF/18/360/1.

40 "I always intended this": Ibid.

41 "When I began the book": Ibid.

42 "very charming … very very minute domestic details": *VW Letters 2*, 573.

43 Morgan wrote to her about the book: *EMF Letters 2*, 32.

44 "the action through the mind of one of the characters": Ibid., 26.

45 "illusion of life may vanish": Ibid.

46 "In the cave it is either a man": EMF to GLD, 26-6-24, EMF Papers, KCAC, EMF/18/158.

47 In Forster's 1913-14 draft:《印度之旅手稿》（London: Edward Arnold, 1978）的編輯奧立佛・史多利布瑞斯認為：比起成品，福斯特一九一三年至一九一四年的初稿「更深入岩洞情節」，而且比起現存的手稿，初稿中敘述岩洞事件的篇幅更多。史多利布瑞寫道：「我會這麼想是基於兩點理由：第一，岩洞事件是全書的核心，而且情節複雜，很可能導致福斯特寫不下去，第二，較之現存手稿中其他章節，岩洞事件的文稿相對乾淨，更動處少之又少」，史多利布瑞斯推測，一九二二年福斯特重拾《印度之旅》時，銷毀了早年凌亂的手稿，詳見史多利布瑞斯的序（頁 xiii-xiv）；至於愛黛拉更名一事，詳見頁 xvi。

48 "looked up in his face": Ibid., 226.

49 Forster wrote some notes to himself: 出自《印度之旅》手稿第 B8v 頁，上頭可見福斯特的校訂，詳見 EMF Collection, HRC, Box 2, Folder 3.

50 "got hold of her other hand … wrenched a hand free": Forster, *The Manuscripts of A Passage to India,* 243.

51 "She could not push hard": Ibid.

第十七章　「偉大的詩作該有的都有了」

1 "all that I could have desired": *TSE Letters 1* 2009, 763.

2 "You could not have used words": Ibid.

3 "Perhaps not even you": Ibid., 765.

4 "his wretchedly unhealthy wife": Ibid.

5 Tom again left London for the seaside: Ibid., 777.

6 "visit, travel, or stop at hotels": Ibid., 762.

209n12.

13 "long, a little tepid"; "Pall Mall [Gazette] passes me over" … "an elderly sensualist": Ibid.

14 "the letter I've liked best of all": Ibid.

15 "too highly for it to give me": Ibid., 207.

16 "a great writer or a nincompoop": Ibid., 209.

17 "splash … most whole hearted": Ibid., 210.

18 "It's odd how little I mind": Ibid.

19 "At last, I like reading … At forty I am beginning": *VW Diary 2*, 205-6.

20 "go on unconcernedly whatever people say": Ibid.

21 a second edition of another thousand: Ibid., 209.

22 "it is superb": Ibid., 209. 加奈的處女作《淑女化狐記》（*Lady into Fox*）於一九二二年出版，大獲好評，榮獲豪森登獎（Hawthornden Prize）和布萊克小說紀念獎（James Tait Black Memorial Prize），勞倫斯的《迷途少女》也在一九二〇年得過布萊克小說紀念獎。

23 "try to get on a step further": *VW Letters 2*, 571.

24 "Septimus Smith?": *VW Diary 2*, 207.

25 But Bunny made another comparison in his letter: David Garnett to VW, October 19, 1922, Monk's House Papers, University of Sussex, SxMs-18/1/D/61/1.

26 "I expect you're rather hard … I only have the sound of it": *VW Letters 2*, 572.

27 "foresee this book better … get the utmost": *VW Diary 2*, 209.

28 "he said it is like a series of vignettes": VB to CB, October 16, 1922, The Charleston Papers, KCAC, CHA/1/59/1/8.

29 "make my path as I went": *VW Diary 2*, 210.

30 "the 10th of June, or whatever I call it": Ibid., 211.

31 Septimus Smith was mentioned: Woolf, *The Complete Shorter Fiction of Virginia Woolf*, 318-19. The details of Woolf's typescript are on p. 316.

32 "Septimus Smith was utterly different": Ibid., 319.

33 "All the enmities": Ibid., 322.

34 "Mrs Dalloway saw people looking up": Ibid., 323.

35 news of a War Office report on shell shock: Ted Bogacz, "War Neurosis and Cultural Change in England, 1914-22: The Work of the War Office Committee of Enquiry into 'Shell-Shock,'" *Journal of Contemporary History* 24, no. 2 (April 1989): 227-56.

36 "The Anatomy of Fear": *Times*, August 10, 1922, 5.

37 "a document of so great interest": Lord Southborough, G. C. B., "Shell-Shock," *Times*,

69 "In my country … we're all Kings and Queens": Ibid.

70 It arrived in Taos on November 6: Ibid., 335.

71 "all very nice, but a terrible wrapper on Women in Love": Ibid., 335n2.

72 "F. Wubbenhorst": Ibid., 340.

73 "I do not want you to pay": Ibid., 345.

74 "I am sorry, but I am one … I am glad I have seen": Ibid., 340.

75 "would look as much askance … We make a choice": Ibid.

76 "Do you really want to publish": Ibid., 355.

77 "great thing, a unique thing … It is no proof that a man … It is absurd for people": John Quinn to Harriet Weaver, October 28, 1922, John Quinn papers, Manuscripts and Archives Division, New York Public Library, Letterbook vol. 26, 305-9.

78 "Why do they read me?": *DHL Letters 4*, 363.

79 Lawrence sent copies of the books … as Christmas presents: Ibid., 355 and 362.

80 "You will find it a different": Frieda Lawrence to Adele Selzer, 12-15-22 [postmark], Frieda Lawrence Collection, HRC, Box 5, Folder 6.

第十六章　「達洛維夫人開枝散葉，長成了一本書」

1 "my first testimony … a little uppish": *VW Diary 2*, 205.

2 "two books running side by side": Ibid.

3 "reading with a purpose": Ibid.

4 "Thoughts upon beginning a book": 吳爾芙一九二二年秋天寫下的筆記（日期是十月六日、十月十六日、十一月九日、十一月十九日），目前已重印再版，詳見 Virginia Woolf, *"The Hours": The British Museum Manuscript of Mrs. Dalloway, ed. Helen M. Wussow* (New York: Pace University Press, 1996), 411-19.

5 "make some impression … cannot be wholly frigid fireworks": *VW Diary 2*, 205.

6 "Book of scraps of J's R.": Woolf, "The Hours," 410.

7 "I must get on with my reading": *VW Diary 2*, 208.

8 "I want to think out Mrs Dalloway": Ibid., 209.

9 "ushers in a host of others": Ibid., 189.

10 "tunnelling" technique: Ibid., 272.

11 "the violent explosion": Woolf, *The Complete Shorter Fiction of Virginia Woolf*, 317.

12 Jacob's Room was published… in an edition of one thousand copies: *VW Diary 2*, 209 and

40 Mabel Sterne's "ground" ··· "even by kindness": *DHL Letters 4*, 330.

41 "a big fellow—nice": Ibid., 311-12.

42 "Mabel Sterne has an Indian lover ··· She is pretty rich": Ibid., 313.

43 $1,000 from Hearst for the rights to "The Captain's Doll": Ibid., 302 and 389.

44 "during the hard days": *DHL Letters 4*, 305.

45 "M. Sterne novel of here": Ibid., 319.

46 "You've got to remember": Ibid., 318.

47 "your own indubitable voice": Ibid.

48 "sweeping noisily, and singing with a loud defiance": Luhan, *Lorenzo in Taos*, 72.

49 "loneliness that was like a terrible hunger ··· He couldn't admit any rivals": Ibid., 104.

50 "I never even saw the chapter": Ibid., 85.

51 "It's very clever at the beginning": *DHL Letters 4*, 319.

52 The character based on Mabel: In D. H. Lawrence, *St. Mawr and Other Stories*, ed. Brian Finney (Cambridge: Cambridge University Press, 1983), 202. 這篇未完稿原先沒有標題，英國學者基思・薩加（Keith Sagar）題上〈任性的女人〉（"The Wilful Woman"），收錄於《公主及其他短篇》（*The Princess, and Other Stories*），一九七一年由企鵝出版社發行。(見 Finney introduction, xxi).

53 "avoided the personal note in life": Forster, *Howards End*, 79.

54 "hates the white world": *DHL Letters 4*, 351.

55 "put it in black and white ··· I don't believe": Ibid., 337.

56 "bullying and Sadish": Ibid.

57 "antagonistic to the living relation of man and wife": Ibid.

58 "I believe that, at its best": Ibid.

59 "Of course there is no breach": Ibid., 345.

60 "Mabel Sterne's territory": Ibid., 343.

61 "on free territory once more": Ibid., 348.

62 In the mountains: Ibid., 360.

63 He and Frieda went riding: Ibid., 353.

64 beauty of the clouds ··· "so heavy and empty": Merrild, *A Poet and Two Painters*, 105.

65 "full and surcharged with insult": Ibid., 65.

66 "God in Heaven, no": Ibid.

67 "beastly humans": Ibid., 239.

68 "no inside to life: all outside": *DHL Letters 4*, 365.

14 "the time-table, that magic carpet of today": Lawrence, *The Lost Girl*, 285.

15 "I know that Sumner is watching··· held subject to my order": John Quinn to Sylvia Beach, February 4, 1922, John Quinn papers, Manuscripts and Archives Division, New York Public Library, Letterbook vol. 25, 256.

16 "Couldn't you find Ulysses?": *DHL Letters 4*, 320.

17 "I shall be able to read this famous Ulysses": Ibid., 275.

18 "I have nearly finished ··· Even the Ulysseans": Ibid.

19 "much more important ··· whole of Mr Joyce": John Middleton Murry,*Reminiscences of D. H. Lawrence* (New York: Henry Holt, 1933), 228, reprinted from the Nation and Athenaeum, August 13, 1922.

20 "came off occasionally ··· had great moments": *VW Diary 2*, 203.

21 "They wanted to see me": Luhan, *Lorenzo in Taos*, 27.

22 "I build quite a lot on Taos": Ibid., 35.

23 "Mabel-town": Maddox, *D. H. Lawrence: The Story of a Marriage*, 345.

24 "sub-arty": *DHL Letters 4*, 111.

25 "terrible will to power—woman power": Ibid., 351.

26 "our work together": Luhan, *Lorenzo in Taos*, 66.

27 "a repulsive sight ··· turned it into a brothel ··· that's how powerful he was": Ibid.

28 "surrounded by a shoal ··· some of them less tender": 詳見艾略特作的序，載於威廉・諦佛頓神父（Father William Tiverton）著《勞倫斯與人類存在》（*D. H. Lawrence and Human Existence*） (London: Rockcliff, 1951), vii.

29 a voluminous white cashmere burnous: Luhan, *Lorenzo in Taos*, 66.

30 "so-called flowing lines" ··· "longing to be like a willow": Ibid., 80.

31 "very much wants me to write": *DHL Letters 4*, 310.

32 "Of course it was for this": *Composite 2*, 180.

33 "He said he wanted to write": Ibid.

34 "You have done her ··· She has mothered your books": Luhan, *Lorenzo in Taos*, 71.

35 "She won't let any other woman": Ibid., 72.

36 Mabel also wanted Lawrence to join her crusade: *DHL Letters 4*, 331-32.

37 "tall and full-fleshed": Luhan, *Lorenzo in Taos*, 44.

38 "whole expression ··· extreme fragility": Ibid., 48. 玫苞插入了長篇對於勞倫斯的描述，文字出於兩人共同的朋友，玫苞似乎認為足以代表自己對勞倫斯的看法。

39 "the womb in me": Ibid., 45.

"Modern Novels (Joyce)," Berg Collection, New York Public Library, m.b. (Woolf), holograph notebook.

85 "a very queer convention": Ibid.

86 "What is life? Thats the question": Ibid.

87 "could have screwed Jacob up tighter": *VW Diary 2*, 210.

88 Mohammed's request: *EMF Letters 1*, 272.

89 to lend him two books: Furbank, E. M. Forster, 2:165-66.

90 "'James Joyce is a very bad writer'": V. S. Pritchett, "Three Cheers for E. M. Forster", New Statesman, June 12, 1970, 846, reprinted in *E. M. Forster: Interviews and Recollections*, 224.

91 Virginia was done with Joyce: *VW Letters 2*, 566.

92 "like a martyr to a stake": Ibid.

93 "far otherwise": Ibid.

94 "great adventure": Ibid., 565.

95 "devoting myself": Ibid., 533.

96 "I suppose … in a state of amazement": Ibid., 566.

97 "How, at last … Well—what remains": Ibid., 565-66.

98 "Mrs Dalloway in Bond Street has branched into a book": *VW Diary 2*, 207.

第十五章　勞倫斯和芙莉妲抵達陶斯

1 "Can you send me also": DLH Letters 4, 306.

2 "a big boarding-house staggering over the sea": Ibid., 284.

3 "shall have blewed [sic]": Ibid., 260.

4 whist … practicing the saxophone: Ibid., 284.

5 "dead, dull, modern, French and Chinese": Ibid., 286.

6 "a Crowd of cinema people": Ibid., 287.

7 "like any sort": Ibid.

8 "hating one another": Ibid., 303.

9 "a fine town but a bit dazing": Ibid., 289.

10 "still landsick": Ibid.

11 "terrible … iron all the while … breaks my head": Ibid., 290.

12 "Everybody is very nice": Ibid., 289.

13 ARRIVED PENNILESS TELEGRAPH DRAFT: Ibid., 287.

67 "Eliot says that Joyce's novel": *VW Letters 2*, 485.

68 "who grinned at me": CB to MH, October 26, 1921, Mary Hutchinson Collection, HRC, Box 6, File 3.

69 "utterly contemptuous … 'Did Mary really admire it?' … feeble, wordy, uneducated stuff … Virginia down with the monthlies": CB to MH, August 18, 1922, Mary Hutchinson Collection, HRC, Box 6, File 3.

70 "When one can have the cooked flesh, why have the raw?": *VW Diary 2*, 193.

71 "I may revise this … For my own part": Ibid., 189.

72 "the last immortal chapter": Ibid., 197.

73 "reads thin & pointless … something rich, & deep": Ibid., 199.

74 "Genius it has I think … not only in the obvious sense … doing stunts … respects writing too much … I'm reminded of some callow": Ibid.

75 "scamped the virtue": Ibid., 200.

76 "myriads of tiny bullets": Ibid.

77 "And Tom, great Tom": Ibid., 189.

78 "over stimulated … my back up on purpose": Ibid., 200.

79 It was by Gilbert Seldes: Ibid. 此文刊於《國家》雜誌。

80 "much more impressive … some lasting truth … bowled over": Ibid.

81 If she ever did so: 吳爾芙沒有重讀《尤利西斯》，她在日記裡寫道：「謝天謝地，用不著我來寫《尤利西斯》書評。」(*VW Diary 2*, 196). 吳爾芙曾經巧妙地在〈現代小說〉（"Modern Novels"）這篇文章裡稱讚過喬伊斯，該文一九一九年四月十日刊在《泰晤士報文學副刊》上，內容指出：「凡是讀過《青年藝術家畫像》，或是讀過《小評論》上連載的、似乎更有意思的《尤利西斯》，都會對喬伊斯先生的用心提出一番見解。」(*VW Essays 3*, 34). 這篇文章收錄於一九二五年的《普通讀者》，當時《尤利西斯》單行本已經出了三年，吳爾芙卻未改動原句。一九二四年七月，吳爾芙的〈小說中的角色〉由《標準》刊載，文中提到了《尤利西斯》：「在我看來，喬伊斯先生在《尤利西斯》裡之所以文詞不雅，其實是鋌而走險而有意不雅、刻意不雅，彷彿不打破窗戶就無法呼吸，偶爾破了窗，下筆就有如神助，但這未免太浪費力氣！」(*VW Essays 3*, 434).

82 "The book would be a landmark" … Tom said that there was no "great conception": *VW Diary 2*, 202-3.

83 Thackeray's Pendennis: Ibid., 203.

84 "We know so little … how far we now accept": 吳爾芙對喬伊斯的評論詳見 Virginia Woolf,

44 first in the November issue of the Dial and then afterward as a book, by Liveright: John Quinn to TSE, September 7, 1922, John Quinn papers, Manuscripts and Archives Division, New York Public Library, Letterbook vol. 26, 220-31. 《日晷》最終以一百三十美元向艾略特買下《荒原》，比瑟爾冬天時開的價碼少了二十美元。(Sutton, *Pound, Thayer, Watson, and the Dial*, 253).

45 "exceedingly interesting and add much": Sutton, *Pound, Thayer, Watson, and the Dial*, 254.

46 "it's my loss, I suppose": *TSE Letters 1* 2009, 736.

47 "It was a close shave": John Quinn to TSE, September 7, 1922, John Quinn papers, Manuscripts and Archives Division, New York Public Library, Letterbook vol. 26, 225.

48 "good deal of chinning": Ibid., 221.

49 "bibliographical value": Sutton, *Pound, Thayer, Watson, and the Dial*, 253.

50 "quite overwhelmed by your letter": *TSE Letters 1* 2009, 748.

51 "You know, Forster": *EMF Letters 1*, 268.

52 "snuggled in": *VW Diary 2*, 204.

53 "Forster would come out better alone": *VW Diary 1*, 294-95.

54 "I don't believe in suiting": Forster, Howards End, 132-33.

55 "often melancholy and low-temperature": *E. M. Forster: Interviews and Recollections,* ed. J. H. Stape (New York: St. Martin's Press, 1993), 230.

56 "He never effused … didn't like you": Ibid., 228.

57 "sparkle … suppressed sneeze … a little sneeze of joy": Ibid., 59.

58 "is all breadth & bone": *VW Diary 2*, 203.

59 "something too simple about him": Ibid., 204.

60 "scarcely touch … very little I should think": Ibid.

61 "probably being better done": Ibid., 69.

62 "these undelivered geniuses … or silence their groans": *VW Letters 2*, 533.

63 "not a third … amused, stimulated, charmed": *VW Diary 2*, 188-89.

64 "An illiterate, underbred book": Ibid.

65 confessed her boredom with A Portrait: *VW Letters 2*, 167.

66 Clive had met Joyce for the first time: 克萊夫一九二一年五月七日給瑪麗・賀勤森的信中描述了這段遭遇， 詳見 Mary Hutchinson Collection, HRC, Box 6, File 2。此外，一九二二年五月，席孚夫婦在巴黎的壯麗酒店舉辦晚宴，克萊夫在晚宴上再次見到喬伊斯，普魯斯特和史特拉文斯基也是座上嘉賓，喬伊斯和普魯斯特只打了照面，兩人毫無火花。詳見 Davenport-Hines, *Proust at the Majestic*, 38-46.

19 "What is the sense of coming": *VW Letters 2*, 549.

20 "Sept. is so magnificent here": *LW Letters*, 222.

21 "have to go on their holidays": Ibid.

22 "the summer dying out of the year": Ibid., 233.

23 "Nothing could exceed the monotony": CB to MH, August 7, 1921, Mary Hutchinson Collection, HRC, Box 6, File 2.

24 "He thinks it my best work": *VW Diary 2*, 186.

25 They had dinner with Vanessa: Leonard Woolf's appointment diary for Thursday, July 27,1922, Leonard Woolf Papers, University of Sussex, SxMs-13/2/R/A/15.

26 "On the whole": *VW Diary 2*, 187.

27 "Mrs Nicolson thinks me": Ibid.

28 farewell dinner at Commercio: Ibid.

29 "literary and fashionable intelligence … dictating to his typist … very neat": CB to MH, August 3 or 4, 1922, Mary Hutchinson Collection, HRC, Box 6, File 3.

30 "sardonic, guarded, precise": *VW Diary 2*, 187.

31 "organized with uncommon skill": CB to MH, August 3 or 4, 1922, Mary Hutchinson Collection, HRC, Box 6, File 3.

32 "We travel with a selection": Virginia Woolf, *A Change of Perspective: The Letters of Virginia Woolf*, ed. *Nigel Nicolson and Joanne Trautmann,* vol. 3, 1923-1928 (London: The Hogarth Press, 1977), 58. Future references will be to *VW Letters 3*.

33 "a tortoise": Ibid.

34 "with considerable mastery … I make him pay": Ibid.

35 "rain, wind, & dark London looking skies": *VW Diary 2*, 204.

36 "almost constant stream … one of the main tributaries": Bell, *Bloomsbury Recalled*, 121.

37 "promised & then withheld": *VW Diary 2*, 204.

38 "I can't write while I'm being read": *VW Diary* 3, 200.

39 "At last, I like reading my own writing": *VW Diary 2*, 205.

40 "Visitors leave one in tatters": Ibid., 198.

41 for the second part of a Sussex visit: CB to MH, August 25, 1922, Mary Hutchinson Collection, HRC, Box 6, File 3.

42 "Woolf & Virginia… Chinese puzzle": CB to MH, August 28, 1922, Mary Hutchinson Collection, HRC, Box 6, File 3.

43 "neither of us wishes for visitors": *VW Diary 2*, 192.

vols. 34/1-2.

40 "after due pretending": Ibid.

41 "just goes on to my little finger": Ibid.

42 generally at night": EMF to SRM, 27-6-23, EMF Papers, KCAC, EMF/18/360/1.

43 He also put it on occasionally: Forster, *Alexandria*, 334.

44 "I know that if I lost it": EMF to SRM, 27-6-23, EMF Papers, KCAC, EMF/18/360/1.

45 a copy of Women in Love: EMF to Siegfried Sassoon, 27-6-22, EMF Papers, KCAC, EMF/18/489/3.

46 "Yes I think of you": *DHL Letters 4*, 301.

第十四章 九月週末與吳氏夫妻共度

1 "unpretending house": *VW Diary 1*, 286.

2 "long & low, a house of many doors": Ibid.

3 "incessant nibble nibble": *VW Letters* 5, 211.

4 "very humble and unromantic": *VW Letters 2*, 390.

5 "but why do I let myself": *VW Diary 1*, 291.

6 "old chimney piece": Ibid., 286.

7 "distinctly bad" kitchen: Ibid.

8 "profound pleasure … an infinity … unexpected flowers … well kept rows … the garden gate admits … He was pleased": Ibid.

9 "very good" country … "mystic mounds & tombs": *LW Letters*, 206.

10 "Still I advised the leap": *VW Diary 2*, 276.

11 "ironical … so savagely anti-clerical": *LW Letters*, 552n2.

12 "a born writer and a born gardener": Ibid., 532n2.

13 "As soon as a Jew": Davenport-Hines, *Proust at the Majestic*, 70.

14 "Monk's House" … a snare … "quite fraudulent": *LW Letters*, 569.

15 "loving children … exasperated": Virginia Woolf, *Jacob's Room,* ed. Kate Flint (Oxford: Oxford University Press, 1999.), 5.

16 "We walked to Hogarth": *VW Diary 1*, 19.

17 "rather shabby, but very easy surroundings": Quentin Bell, *Bloomsbury* (London: Futura, 1974 [1968]), 73.

18 "most sociable summer we've ever had": *VW Diary 2*, 202.

15 "Confused dream": Forster, *Journals and Diaries*, 2:68.

16 "always know that he has died … My boy I am oppressed … always this sober trying": Ibid.

17 "to know exactly what you were like": Ibid.

18 "with my mind on you": Forster, *Alexandria*, 329.

19 dated the letter: Ibid.

20 "for you and me": Ibid.

21 "although I know": Ibid.

22 "I am professionally a writer": Ibid.

23 "I write for my own comfort": Ibid.

24 He wrote out a dedication: Ibid.

25 Morgan also added an epigram: Ibid.

26 "mediaeval" handwriting: K. Natwar-Singh, ed., *E. M. Forster: A Tribute, with Selections from His Writings on India* (New York: Harcourt, Brace & World, 1964), 24.

27 "cacography": John H. Stape, "Editing Forster,"Essays in *Criticism 26,* no. 2 (April 1, 1976): 177-81; 其初稿（「棄而不用」，詳見館藏 EMF Papers, KCAC, EMF/34/1）意指阿賓傑版《此情可問天》，後來出版的定稿刪去「自稱『劣筆』」一詞。

28 "dead six months": Forster, *Alexandria*, 329.

29 "December 27th, 1929": Ibid., 334.

30 "This book belongs to… ninety-two handwritten pages": The notebook is in EMF Papers, KCAC, EMF/11/10, vol. 3/1.

31 "I get so miserable": EMF to SRM, 30-8-22, EMF Papers, KCAC, EMF/18/360/1.

32 "She had eluded him thus … the very fact": Forster, *Passage to India,* 68-69.

33 "absolutely battered at by people … they think I am amusing": EMF to SRM, 30-8-22, EMF Papers, KCAC, EMF/18/360/1.

34 "I am in several other universes": EMF to OM, 28-8-22, Ottoline Morrell Collection, HRC, Box 6, Folder 9.

35 "terribly slowly … quite alone in the house … I like being with my dead": EMF to FB, 19-11-22, EMF Papers, KCAC, EMF/18/38/1, vols. 34/1-2.

36 "the occasional nights … last instants we sat together … you nudged me": Forster, *Alexandria,* 330.

37 "the greatest thing in my life": Ibid., 328.

38 "This day I received": Forster, *Journals and Diaries*, 2:68.

39 "a silk bag inside cotton wool": EMF to FB, 12-10-22, EMF Papers, KCAC, EMF/18/38/1,

Documentary Volume (Detroit: Gale, 2004), 264. 這封奎殷給艾略特的信，查爾斯．艾格斯頓（Charles Egleston）的謄寫稿說奎殷讀《荒原》的時間是晚上十一點三十分至凌晨十二點三十分（頁 267），《艾略特書信集（第一卷）》（*The Letters of T. S. Eliot: Volume 1*，2009）則說是晚上十一點五十分至凌晨十二點三十分（頁 713-14n2）。

71 "Many poets who became prominent": In W. W. Norton and Company records, Columbia University Rare Book and Manuscript Library, Series III (Boni and Liveright, Inc./Horace Liveright, Inc. Records), Box 8.

72 a ledger for the book was created: Ibid., Box 7. "Wasteland" it remained.《荒之原》的帳目總共四頁，包括追加印量的費用和艾略特的版稅（最後一筆是一九二九年十二月三十一日，當時李孚萊早就沒有《荒原》的發行權了），這一筆一筆的帳目將《荒之原》帶到下一頁的表頭。一九二二年十月、十一月、十二月下旬，額外支出細項包括：校樣（$6.50）；印刷裝訂一千〇一十二本，前五百本（$61.50）、餘本（$78.07）；紙張（$31.50）；書衣（$21.62）。

第十三章　我愛與我死去的共處

1 "on the chance… It will be painful stopping": EMF to FB, 17-6-22, EMF Papers, KCAC, EMF/18/38/1, vols. 34/1-2.

2 On the same day in late June: Forster, *Journals and Diaries*, 2:67. 福斯特在六月二十六日給馬蘇德的信中提到這則新聞，詳見 EMF Papers, KCAC, EMF/18/360/1.

3 "nearest approach to a shock": Forster, *Journals and Diaries*, 2:67.

4 a vision he had: Ibid., 68.

5 "The affair has treated me": Ibid., 67.

6 "almost directly": Ibid.

7 "nice food and straggling talk": *EMF Letters 2*, 31.

8 "dissatisfied with what I do… the faintest conviction": EMF to Siegfried Sassoon, 12-6-22, EMF Papers, KCAC, EMF/18/489/3.

9 "Of course I could write": Forster, *Longest Journey*, 361.

10 "I had a special and unusual": Ibid.

11 "the manuscript broke off": Ibid.

12 "come upon me without": Ibid., 366.

13 "including that very valuable faculty": Ibid., 362.

14 secresy [sic] conveniences me": EMF to GHL, 6-13-22, EMF Papers, KCAC, EMF/18/333.

45 "possibly our best critic": Richard Davenport-Hines, *Proust at the Majestic: The Last Days of the Author Whose Book Changed Paris* (New York: Bloomsbury, 2006), 268.

46 his publisher Gallimard, on July 7: Marcel Proust, *Correspondance,* ed. Philip Kolb, vol. 21, 1922 (Paris: Plon, 1993), 345.

47 "cette question Eliot" was "all mixed up with": Ibid.

48 "I'm too tired to go on. I still haven't written to M. Eliot": Ibid., 364.

49 "Ode to Marcel Proust": Proust, Selected Letters, vol. 4, 95n2.

50 "I have not read Proust … very weighty, and rather long … at no point inferior to the original": *TSE Letters 2*, 233n6.

51 "new lump of Proust": Davenport-Hines, *Proust at the Majestic*, 186.

52 "The little lickspittle wasn't satirising": Pound, *The Letters of Ezra Pound*, 1907-1941, 249.

53 Quinn finally received: *TSE Letters 1* 2009, 713-14n2.

54 Early on Saturday morning: Jeanne Foster's recollections are in her typescript "Notes on var. orig. 'Wasteland,'" Jeanne R. Foster-William M. Murphy Collection, b. 3, Manuscripts and Archives Division, New York Public Library.

55 eleven-room apartment: Reid, *The Man from New York*, 402.

56 thirty-five copies of Eliot's first book: Londraville and Londraville, *Dear Yeats, Dear Pound, Dear Ford*, 197.

57 complete manuscript of Ulysses: Reid, *The Man from New York*, 589.

58 "to show adequately": Ibid., 598.

59 insured: Ibid., 565.

60 "resembled not a gallery": Ibid., 598.

61 "unromantic duties … read over": Ibid., 402.

62 Foster would read the brief twice: Ibid., 403.

63 Quinn had dictated a new Liveright contract: *TSE Letters 1* 2009, 713-14n2.

64 "tucked away": Ibid.

65 Quinn had read "the poems": Ibid.

66 "close to a nervous breakdown": Reid, *The Man from New York*, 564.

67 "working too hard to quit": Ibid.

68 "Waste Land is one of the best things … Liveright may be … for the elect": *TSE Letters 1* 2009, 713-14n2.

69 "the book is a little thin … I give you my impression": Ibid.

70 "Cable deferred rate": Charles Egleston, ed., The House of Boni & Liveright, 1917-1933: A

20 “to dispose of the poem”: Sutton, *Pound, Thayer, Watson, and the Dial*, 239.

21 “endocrine boil over … My present impression of the case”: Ezra Pound to Scofield Thayer, May 1922, Dial/Scofield Thayer Papers, Beinecke Rare Book and Manuscript Library, YCAL MSS 34, Series IV, Box 38.

22 “to correspond with Eliot only in the meagerest”: Scofield Thayer to Gilbert Seldes, April 30, 1922, Dial/Scofield Thayer Papers, Beinecke Rare Book and Manuscript Library, YCAL MSS 34, Series IV, Box 40.

23 “When are you coming home?”: Sutton, *Pound, Thayer, Watson, and the Dial*, 243.

24 “there is not a poem nor a filler”: Ibid.

25 “nothing of astounding brilliance … a few things … Seriously, we will be”: Ibid., 244.

26 “coy veiled hint”: Ibid., 245.

27 “for confidential use”: *TSE Letters 1* 2009, 711.

28 “to present to Liveright”: Ibid.

29 “Cher S. T…. Eliot seems”: Sutton, *Pound, Thayer, Watson, and the Dial*, 247.

30 “The poem is not so bad”: Ibid.

31 “I found the poem disappointing”: Ibid., 248.

32 “Gilbert could get around Liveright”: Ibid.

33 “less and less supportable”: Ibid.

34 “Shall I try to persuade him”: Ibid., 247.

35 “I don't see why”: Ibid., 250.

36 “at least from the point of view”: *TSE Letters 1* 2009, 699.

37 “I am quite aware … gained nothing … prestige and usefulness”: Ibid.

38 “persecution mania”: Ibid.

39 “superiority … getting bitter and hypercritical”: Ibid., 708.

40 uniquely valuable intrinsically and ‘publicitically’—(a good word that)”: Kingsley Martin to Leonard Woolf, September 7, 1929, Henry W. and Albert A. Berg Collection of English and American Literature, New York Public Library, Berg Collection, m.b. (Woolf).

41 “I am not anxious”: *TSE Letters 1* 2009, 693.

42 Schiff … C. K. Scott Moncrieff: 席孚對此事一直耿耿於懷。一九三〇年，蒙克里夫過世，席孚完成其未竟之志，將《追憶似水年華》最後一冊《重現的時光》翻譯完畢，以筆名史帝芬・哈德森（Stephen Hudson）出版。

43 “private address … I await consequences”: *TSE Letters 1* 2009, 689.

44 “I have been waiting … I am very disappointed … yield to your persuasion”: Ibid., 697.

94 "We haven't a copy left": Ibid., 243.

95 Sales reached upwards of fifteen thousand copies: Ibid., 244.

96 "I should still be poor sans Women in Love": *DHL Letters 4*, 457.

97 "getting a bit tired of me": Ibid., 277.

98 "I hope I needn't all my life": Ibid., 152.

99 "All we can do is grin and bear it": Ibid., 276.

100 "Pfui": Ibid., 292.

101 "New Mexico, U. S. A.": Ibid., 281.

第十二章 《荒原》在紐約

1 "the current rumours of its having been abandoned": *TSE Letters 1* 2009, 685.

2 "upon certain groups": Ibid.

3 "simply because I liked the sound of the word … apparently harmless": Ibid., 701.

4 "more historical work": Ibid., 688.

5 "an elite readership of English letters": Ibid., 659n2.

6 "the multiplication of magazines… It was to avoid… The more artistic journals": Scofield Thayer to Vivien Eliot, October 20, 1921, Dial/Scofield Thayer Papers, Beinecke Rare Book and Manuscript Library, YCAL MSS 34, Series IV, Box 31, Folder 813.

7 running a deficit for 1922 of $65,000: Nicholas Joost, *Scofield Thayer and The Dial: An Illustrated History* (Carbondale: Southern Illinois University Press, 1964), 40.

8 "Dial costs 46 cents to print": Pound, *Ezra Pound to His Parents*, 481.

9 "the business afresh": *TSE Letters 1* 2009, 584.

10 "Lady Rothermere dines at 8 … I shall wear a dinner jacket myself": Ibid., 633.

11 "a good small format and paper": Ibid., 642.

12 "that the selection of contributions": Ibid.

13 "certain of the right contributors for the first four numbers": Ibid., 656.

14 "handicapped by a good deal of illness and worry": Ibid., 672.

15 "so that your staff can read it": Ibid.

16 "of entire concentration on this one object": Ibid., 678.

17 "perfect" evening … "Vivien starved": Ibid., 680.

18 "drop my attempts": Ibid., 690.

19 shorthand typist: Ibid., 688.

York: Facts on File, 2006), 156.

71 "whether a book is obscene": Halsey v. New York Soc. for Suppression of Vice, 136 N. E. 219 (Court of Appeals of New York, July 12, 1922), reprinted in *National Reporter System: The New York Supplement*, vol. 195, September 11-October 2, 1922 (St. Paul, MN: West Publishing, 1922). Available online at https://books.google.com/books?id=guYKAAAAYAAJ&pg=PA964&dq=raymond+d.+halsey+maupin&hl=en&sa=X&ei=XhVbUa6eB4jD4AOxoIHACw&ved=0CD8Q6AEwAg#v=onepage&q=raymond%20d.%20halsey%20maupin&f=true, 964.

72 "No review of French literature … felicitous style … passages of purity": Ibid., 965.

73 Henry James's remark: Ibid.

74 The court acknowledged: Ibid.

75 "The excuse for parts of Ulysses": Ezra Pound to James Joyce, October 1920, in *Pound/Joyce*, 185.

76 "Blushed Through 254 Pages": *New-York Tribune*, July 12, 1922, 22.

77 "Salacious matter … profoundly shocked": Ibid.

78 "more than pleads the case": Lawrence, *Letters to Thomas and Adele Seltzer*, 235.

79 "Today is the worst day … hot spell is broken": Ibid.

80 "one of the most widely discussed cases": Boyer, *Purity in Print*, 384n31.

81 "Fizz Taken Out of Seltzer's Books": "Fizz Taken Out of Seltzer's Books."

82 "perused only passages": "Critics Find No Evil in 3 Impugned Books," *New York Times*, August 1, 1922.

83 The main focus of the experts' testimony: "Fizz Taken Out of Seltzer's Books."

84 "its putative effect on immature readers": Boyer, *Purity in Print*, 81.

85 "would not interest a child": "Fizz Taken Out of Seltzer's Books."

86 "sedulous care … distinct contribution … Mere extracts": "Book Censorship Beaten in Court," *New York Times*, September 13, 1922, 5. See also "His Books Held Lawful, Seltzer Says He'll Sue," *New-York Tribune*, September 13, 1922, 11.

87 "Technically it was a case": "Censorship Beaten in New York Court," *Publishers Weekly*, 801.

88 "Books will not be banned by law": Ibid.

89 "It has been said with some justice": "His Books Held Lawful, Seltzer Says He'll Sue."

90 "You can't win every case": Boyer, *Purity in Print*, 81.

91 The evening papers: Lawrence, *Letters to Thomas and Adele Seltzer*, 240.

92 "Everybody is happy about it": Ibid., 241.

93 "rushing in for the three 'obscene' books": Ibid.

to *Thomas and Adele Seltzer,* 171-72.

45 Seltzer had more "spark": Lawrence, Letters to Thomas and Adele Seltzer, 108.

46 "dramatic occurrence … Of course the burden": Ibid., 233-34.

47 Lawrence "enslaves me … But he is lots more": Ibid., 237.

48 "in my judgment": "Seltzer to Fight Charges: Publisher's Lawyer Says Alleged Obscene Books Are Classics," *New York Times*, July 13, 1922, 29.

49 "is being conducted properly … We are up against a gang": Lawrence, *Letters to Thomas and Adele Seltzer,* 233-34.

50 Why neither Seltzer nor Mountsier felt: 這封信從美國寄出之後，大約要花一個月才會送到勞倫斯手上。(見 *DHL Letters 4*, 266, letter 2543 to Mabel Dodge Sterne). 瑟爾查這封信跟大多數勞倫斯的通信紀錄一樣，至今已無從考證。

51 "his head off": Frieda Lawrence to Anna Jenkins, University of Nottingham Manuscripts and Special Collections, For L 1/3/4/1.

52 Somers is walking: Lawrence, *Kangaroo*, 211.

53 "the lumber-room of my past … mine and useful": Forster, *Longest Journey*, 366.

54 "lying perfectly still … Till now, he had always": Lawrence, *Kangaroo*, 259.

55 "It was in 1915 … John Bull": Ibid., 216.

56 "very strict watch": Ibid., 218.

57 "called up … thin nakedness … ignominious … Let them label me": Ibid., 221.

58 "find some way … thought about that many times … act from his soul alone": Ibid., 222.

59 "within the space of three days": Ibid., 241.

60 "report themselves": Ibid., 242.

61 "one of his serious deaths in belief": Ibid., 247.

62 "this free Australia … same terror … suspect again": Ibid., 259.

63 "funny sort of novel": *DHL Letters 4*, 271.

64 Mountsier advised: Ibid., 318.

65 "Have kept in the War piece": Ibid., 322.

66 "it must be so": Ibid., 323.

67 "The judgments of society": Lawrence, *Kangaroo*, 259.

68 "by bad luck": Ibid., 211.

69 "obscene, lewd, lascivious": Halsey v. N.Y. Society for Suppression of Vice, 191 App. Div. 245 (N.Y. App. Div. 1920), https://casetext.com/case/halsey-v-ny-society-for-suppression-of-vice.

70 Halsey was tried and acquitted: Dawn B. Sova, *Literature Suppressed on Sexual Grounds* (New

32 "no love interest at all so far—don't intend any—no sex either": *DHL Letters 4*, 258.

33 "Amy Lowell says you are getting a reputation": Ibid.

34 Late in the afternoon of Friday, July 7: "Seize 772 Books in Vice Crusade Raid," *New York Times*, July 12, 1922, 32.

35 "pinched by the PO-lice": 語出龐德一九二〇年十月寫給喬伊斯的信，信中提及桑奈扣押了一九二〇年七、八月號的《小評論》，當期連載了喬伊斯《尤利西斯》的瑙希卡（Nausikaa）章節，詳見 *Pound/Joyce: The Letters of Ezra Pound to James Joyce, with Pound's Essays on Joyce*, ed. Forrest Reid (London: Faber and Faber, 1968), 184.

36 with "the publication and sale": "Seize 772 Books."

37 "taken by Mr. Sumner's command … under threat of having it forced": "Fizz Taken Out of Seltzer's Books at Hearing on Vice Charges," *New-York Tribune*, August 1, 1922, 5.

38 "called on Thomas Seltzer": Sumner's July 1922 report is in John Saxton Sumner Papers, Wisconsin Historical Society, Library-Archives Division, Box 2, Folder 8.

39 "marked [it] for presentation" to the Seventh District Court: Sumner monthly report, June 1922, ibid.

40 Sumner was given a summons and search warrant: "Blushed Through 254 Pages," *New-York Tribune*, July 12, 1922, 22.

41 "divers persons": "Censorship Beaten in New York Court: Magistrate Lets Thomas Seltzer Publish Three Criticized Books," September 16, 1922, *Publishers Weekly* 102 (July-December 1922): 802, https://books.google.com/books?id=rl02AQAAMAAJ&pg=PA801&dq=censorship+beaten+thomas+seltzer+magistrate&hl=en&sa=X&ved=0ahUKEwjEmLuP9tzOAhXD7hoKHT9TBKUQ6AEIHjAA#v=onepage&q=censorship%20beaten%20thomas%20seltzer%20magistrate&f=false. See also "Important Censorship Case," August 5, 1922, *Publishers Weekly* 102 (July-December 1922): 463-64, https://books.google.com/books?id=rl02AQAAMAAJ&pg=PA463&dq=seldes+seltzer+1922&hl=en&sa=X&ved=0ahUKEwiZyYzB-tzOAhWqB8AKHUpSBOcQ6AEIVDAH#v=onepage&q=seldes%20seltzer%201922&f=false.

42 "Also read books": Sumner's July 1922 report is in John Saxton Sumner Papers, Wisconsin Historical Society, Library-Archives Division, Box 2, Folder 8.

43 "to rescue its theatre": John H. Houchin, *Censorship of the American Theatre in the Twentieth Century* (Cambridge: Cambridge University Press, 2003), 86.

44 "giants of the Village": 語出美國文評家葛蘭威・希克斯（Granville Hicks），詳見其著作 *John Reed: The Making of a Revolutionary* (New York: Macmillan, 1936). The details of Seltzer's life are summarized in Levin and Levin, "The Seltzers & D. H. Lawrence," in Lawrence, *Letters*

Box 4.

14 “the word was offensive to people in general”: “Forensics,” p. 4, John Saxton Sumner Papers, Wisconsin Historical Society, Library-Archives Division, Box 1, Folder 7.

15 “We are told that this literature … Does not the demand”: “Literature and the Law,” p. 1, John Saxton Sumner Papers, Wisconsin Historical Society, Library-Archives Division, Box 1, File 8, MS-44. The piece was written in 1931.

16 “ebbtide of moral laxity”: The 1922 annual report is in John Saxton Sumner Papers, Wisconsin Historical Society, Library-Archives Division, Box 2, Folder 8.

17 The society reported: Sumner's monthly reports for 1922 are in ibid.

18 Regina v. Hicklin: de Grazia, Girls Lean Back Everywhere, 12.

19 “the tendency of the matter”: Ibid., 193.

20 “the relation of the artist”: Ibid., 11.

21 the result, which was conviction: Ibid., 10-11.

22 “business panic … The salesman in the West”: Lawrence, *Letters to Thomas and Adele Seltzer*, 174.

23 *The Lost Girl* had, however, sold four thousand: Ibid., 207.

24 “Lawrence boom … hardly a literary page … spending money freely”: Ibid., 211.

25 “benefactors of writers … never very far from insolvency”: Alexandra Lee Levin and Lawrence L. Levin, “The Seltzers & D. H. Lawrence: A Biographical Narrative,” in Lawrence, *Letters to Thomas and Adele Seltzer,* 175.

26 Women in Love sold steadily enough: Lawrence, Letters to Thomas and Adele Seltzer, 207.

27 “really unobjectionable”: Ibid.

28 His June 1922 advertisement: *New-York Tribune*, June 11, 1922, D4.

29 “offish little”: Alexander Woollcott, in a review of Eugene O'Neill's The First Man, *New York Times*, March 16, 1922, 15.

30 “Don't interrupt me … This, they say”: Lawrence, *Letters to Thomas and Adele Seltzer,* 228.

31 Lawrence's generally weak sales: 勞倫斯重量不重質，短時間內出版了大量作品，文類還都不同，但芒席耶和瑟爾查似乎不認為勞倫斯是在自損前程。一九二〇年至一九二五年間，瑟爾查幫勞倫斯出了二十本書（包括一九二四年再版的《彩虹》），其中十七本集中在一九二〇年至一九二三年間問世。勞倫斯的寫作速度向來忽快忽慢，他大概是在盤算：與其花更多時間將素材發展成賣座小說，還不如搶快多出幾本，就算預付款和版稅有限，累積起來還是更有利可圖。(Lawrence, *Letters to Thomas and Adele Seltzer,* 279).

Quinn papers, Manuscripts and Archives Division, New York Public Library, Letterbook vol. 26, 757.

52 The Liveright contract was unnecessarily vague: *TSE Letters 1* 2009, 681.

53 "and gives all the advantage … tantamount to selling": Ibid.

54 Quinn assured Eliot: Ibid., 680n1.

55 "as quickly as possible … merely for your own interest": Ibid., 682.

56 "in the form to be handed to the publisher": Ibid.

57 In April, Pound had written: Eliot, *The Poems of T. S. Eliot, vol. 1, Collected and Uncollected Poems,* 561.

58 "type it out fair, but I did not wish to delay": *TSE Letters 1* 2009, 707.

59 "and I shall rush forward the notes": Ibid.

60 "I only hope the printers": Ibid.

第十一章 《戀愛中的女人》出庭

1 "With Lawrence passion looms large": D. H. Lawrence Collection, HRC, Box 48, File 2.

2 New York Society for the Suppression of Vice: Boyer, *Purity in Print*, 3.

3 a private group: Andrea Friedman, *Prurient Interests: Gender, Democracy, and Obscenity in New York City, 1909-1945* (New York: Columbia University Press, 2000), 133.

4 "lush": Boyer, *Purity in Print*, 2.

5 "suppressed by Anthony Comstock": Ibid., 3.

6 "many subdivisions of commercialized vice": John S. Sumner, "The Truth About 'Literary Lynching,'" *Dial 71* (July 1921): 65.

7 He was also more inventive: "Jurgen and the Censor," 4, in John Saxton Sumner Papers, Wisconsin Historical Society, Library-Archives Division, Box 1, File 8.

8 "conspicuously made an ass of himself": Boyer, *Purity in Print*, 29.

9 having done much good: Ibid.

10 "Advertising Bad Books": *New York Times*, March 15, 1923, 18.

11 "This is most irritating": *DHL Letters 2*, 431.

12 "an entitlement useless to the author": Edward de Grazia, *Girls Lean Back Everywhere: The Law of Obscenity and the Assault on Genius* (New York: Random House, 1992), 59.

13 "Decency's local representative": Newspaper clipping, April 1, 1951, publication name not included, John Saxton Sumner Papers, Wisconsin Historical Society, Library-Archives Division,

xxxvii.

40 “to the accompaniment of a small drum”: TSE to R. Ellsworth Larsson, May 22, 1928, in T. S. Eliot, *The Letters of T. S. Eliot*, ed. Valerie Eliot and John Haffenden, vol. 4, 1928-1929 (New Haven, CT: Yale University Press, 2013), 171. Future references will be to *TSE Letters* 4. 亞當・馬斯瓊斯（Adam Mars-Jones）引用這句話，認為艾略特有意造神，並且以此「徹底嘲弄」詩壇後輩：「艾略特當然有可能在小鼓的伴奏下寫作，就算果真如此，這不也是在造神嗎？再說了，比起在小鼓的伴奏下寫作，艾略特更有可能是一時衝動，忍不住用這話來開無能之輩的玩笑吧。」Adam Mars-Jones, review of *TSE Letters* 4, *Guardian*, January 10, 2013, http://www.theguardian.com/books/2013/jan/10/letters-ts-eliot-1928-1929-review.

41 “that curious monotonous sing-song”: Leonard Woolf, *Downhill All the Way: An Autobiography of the Years 1919 to 1939* (New York: Harcourt Brace Jovanovich, 1975 [1967]), 109.

42 When John Quinn questioned Eliot: *TSE Letters 1* 2009, 557.

43 “desperate attempt to break through … slowly, precisely and flatly”: Miranda Seymour, *Ottoline Morrell: Life on the Grand Scale* (New York: Farrar, Straus and Giroux, 1993), 257. The quotes are Seymour’s summary of Morrell’s journal entries.

44 “slightly booming monotone, without emphasis”: Brigit Patmore, *My Friends When Young: The Memoirs of Brigit Patmore*, ed. Derek Patmore (London: Heinemann, 1968), 84.

45 “bow drawn gently over a ‘cello string”: Draft of “T. S. Eliot: Some early memories,” Brigit Patmore Collection, HRC, Box 3, File 6.

46 DISSATISFIED LIVERIGHTS CONTRACT POEM MAY I ASK YOUR ASSISTANCE APOLOGIES WRITING ELIOT: *TSE Letters 1* 2009, 680.

47 GLAD TO ASSIST EVERYWAY POSSIBLE: Ibid.

48 “You may observe this use of the Simian-verb ‘to tree’ with reference to these two publishers”: John Quinn to TSE, July 28, 1922, John Quinn papers, Manuscripts and Archives Division, New York Public Library, Quinn Microfilm, ZL-355, Reel 10.

49 “a dirty piece of Jew impertinence”: John Quinn to TSE, June 30, 1919, John Quinn papers, Manuscripts and Archives Division, New York Public Library, Quinn Microfilm, ZL-355, Reel 10.

50 “with the leisure that you want”: John Quinn to TSE, May 9, 1921, John Quinn papers, Manuscripts and Archives Division, New York Public Library, Quinn Microfilm, ZL-355, Reel 10.

51 “Now, take off the time and go to your dentist”: John Quinn to TSE, March 27, 1923, John

15 "had it put about": A. D. Moody, "*Bel Esprit* and the Malatesta Cantos: A Post-Waste Land Conjunction of Pound and Eliot," in *Ezra Pound and Europe*, ed. Richard Taylor and Claus Melchior (Amsterdam: Rodolpi, 1993), 80.

16 "I shall rise again at a suitable time": Pound, *Ezra Pound to His Parents*, 498.

17 "Malatesta Cantos"⋯ "Thomas amics"⋯ "the footlights": Moody, "Bel Esprit and the Malatesta Cantos," 81.

18 "combative allusion": Ibid., 79.

19 "T. S. E." after "you" on one draft: Ibid., 80n7.

20 "I object strongly ⋯ With your permission": *TSE Letters 2*, 141.

21 "perfection is such": *VW Diary 2*, 176.

22 "slip easily": Ibid.

23 "working too hard; talking too much": Ibid., 177.

24 "premonitory shivers": Ibid.

25 "my season of doubts & ups & downs": Ibid., 178.

26 "clever experiment ⋯ vary the side of the pillow": Ibid.

27 "very calm, serene": Ibid.

28 "If I ever finish a novel": EMF to Edward Arnold, 16-6-22, EMF Papers, KCAC, EMF/18/169/2.

29 "in very much better health": *TSE Letters 1* 2009, 686.

30 "Eliot dined last Sunday & read his poem": *VW Diary 2*, 178.

31 "The Waste Land, it is called": Ibid. 吳爾芙對《荒原》的反應，呼應了艾略特對鄧約翰的看法，根據艾略特的評論，鄧約翰的天賦在於將「貌似不相干、不要緊的」寫成詩，並以獨樹一格的風格傳達「內心糾結的真情」。摘自 F. O. Matthiessen, *The Achievement of T. S. Eliot: An Essay on the Nature of Poetry* (Boston: Houghton Mifflin, 1935), 13.

32 "He sang it & chanted it rhythmed it": *VW Diary 2*, 178.

33 "one is writing, so to speak": T. S. Eliot, "Poetry and Drama," in *Selected Prose of T. S. Eliot, ed. Frank Kermode* (New York: Harcourt Brace Jovanovich, 1975), 138.

34 "The question of communication": Ibid.

35 "is right to you": Ibid.

36 "glands ⋯ perfectly new and violent ⋯ very strong internal": *TSE Letters 1* 2009, 679.

37 "Tom's autobiography—a melancholy one": *VW Diary 2*, 178.

38 "Yes, Mary kissed me on the stairs": Ibid.

39 "When you were a tiny boy": Ada Eliot Sheffield to TSE, April 13, 1943, in *TSE Letters 1* 2009,

53 "longs to see her again and has often thought of her": *EMF Letters 2*, 29.

54 "and still more the prohibitions … He wants to ask Mummy … Ever love as ever": *EMF Letters 2*, 30.

55 "Poppy kicks": *EMF Letters 2*, 30n1.

第十章 「上週日艾略特來吃飯、讀詩」

1 "We know what constant illness is": *TSE Letters 1* 2009, 667.

2 There is nothing in any of Tom's or Vivien's: 艾略特離開洛桑市之後，似乎再也不曾提起維多茲醫生。一九二四年和一九二五年間，艾略特和薇薇安的精神狀態急轉直下，即便如此，艾略特似乎也沒想過要回去找維多茲醫生治療。一九二三年十二月，艾略特寄贈霍加斯出版社的《荒原》給維多茲醫生作為耶誕禮物，並在贈詞中表示「永遠感激」維多茲醫生，這是兩人保持聯絡的唯一證物。維多茲醫生於一九二五年四月過世。"*The Waste Land,* T. S. Eliot, Presented by Senior Rare Book Specialist Adam Douglas," video, Peter Harrington Rare Books, http://www.peterharrington.co.uk/video/waste-land-t-s-eliot/; and Simon Reichley, "T.S. Eliot's The Waste Land, with Inscription to the Author's Therapist, Goes on Sale," Melville House, February 9, 2016, http://www.mhpbooks.com/t-s-eliots-the-waste-land-with-inscription-to-the-authors-therapist-goes-on-sale/.

3 "run down, so that at present": *TSE Letters 1* 2009, 669.

4 "He was in a state of collapse": Ibid., 701.

5 "for a needed change of air … only one step … I get no benefit": Ibid., 670.

6 "T. S. Eliot is very ill": Ibid., 669n1.

7 "4tnight's holiday": Ibid., 673.

8 "never felt quite so lazy and languid": Ibid., 675.

9 "boating, bathing, eating, sleeping": Ibid., 686.

10 "smothered in roses and wisteria": Ibid., 675.

11 two days with Ezra Pound in Verona: Ibid., 676, 687.

12 "I have been on the job": Pound, *The Letters of Ezra Pound, 1907-1941*, 172.

13 "I shall be dead to the world": *Ezra Pound to John Quinn,* April 12, 1922, in Ezra Pound, *The Selected Letters of Ezra Pound to John Quinn, 1915-1924*, ed. Timothy Materer (Durham, NC: Duke University Press, 1991), 208.

14 "I am dead": Ezra Pound to Jeanne Foster, April 12, 1922, in Londraville and Londraville, *Dear Yeats, Dear Pound, Dear Ford*, 200.

46.

37 "one admired the colours": Quentin Bell, "Ottoline Morrell" in *Bloomsbury Recalled* (New York: Columbia University Press, 1996), 161.

38 "not very stimulating" weekend… "Ott. was dreadfully degringolee": Strachey, *The Letters of Lytton Strachey*, 521-22. The letter is dated September 19, 1922.

39 "It's such an age": *VW Letters 2*, 518.

40 Lewis "isn't nice … Why ask such?": *EMF Letters 2*, 27.

41 "I liked him but thought … managed to inform": Forster, *Journals and Diaries*, 2:59.

42 "Suspicious and hostile glares": *EMF Letters 2*, 29.

43 "a succes fou": EMF to Gerald Brenan, EMF Papers, KCAC, EMF/18/67.

44 Lewis, however confidential and ingratiating he appeared: Lewis, Blasting and Bombardiering, 239. 路易斯在《烈火轟雷》（*Blasting and Bombardiering*）的索引並未將吳爾芙（Woolf）的姓氏拼錯，但正文卻一直拼成「Woolfe」（中譯「狼爾芙」），再版時文稿由其遺孀安·溫德·路易斯（Anne Wyndham Lewis）提供，一九六七年由加州大學出版社付梓，但吳爾芙的姓氏依然拼錯，這或許是一時不慎，又或許是為了保留路易斯的原意。在一九三七年版的第三頁，路易斯寫道：很該「重新審視」第一次世界大戰，還說「『戰後』回巢的公雞，很快就『啼叫到聲嘶力竭』……冰霜的老鷹狼爾芙夫人已經一、兩個月沒氾濫蒼穹……福斯特先生上一次開口已經是好幾年前」（頁 3-4）。路易斯想必不曉得福斯特一九三六年出版了散文集《阿賓傑收成》（Abinger Harvest），也不曉得吳爾芙一九三七年出版了小說《歲月》（*The Years*）。上述引文對「狼爾芙夫人」的評論，一九六七年再版時已刪除，此舉雖然可解讀為對吳爾芙自盡的尊重，但卻也令人更難理解為何不將吳爾芙的姓氏改正過來。

45 "Pale Souls": *Times*, June 6, 1922, 14.

46 she had never even heard: Ibid., June 8, 1922, 14.

47 "Having seen 'Lucas Malet's' letter": Ibid., June 10, 1922, 14.

48 "I am well and suddenly famous": EMF to SRM, 26-6-22, EMF Papers, KCAC, EMF/18/360/1.

49 "so frisky and pleased": EMF to Siegfried Sassoon, 12-6-22, EMF Papers, KCAC, EMF/18/489/3.

50 "fundamental defect… not sufficiently interesting": EMF to GHL, 6-13-22, EMF Papers, KCAC, EMF/18/333.

51 "terribly slowly": Ibid.

52 "By looking blandly ahead? By screaming? How? By Living?": EMF to Siegfried Sassoon, 12-6-22, EMF Papers, KCAC, EMF/18/489/3.

13 "Yes, it is easier to write to strangers": T. E. Lawrence, *Correspondence with E. M. Forster and F. L. Lucas,* ed. Jeremy and Nicole Wilson (Fordingbridge, UK: Castle Hill Press, 2010), 16. The letter is dated February 22, 1924.

14 confessional but oblique: 即便過了兩年，福斯特依然猶豫該不該把話說得太白。一九二四年十月，福斯特在日記裡寫道：「有些話只能跟艾克利說，」引文中的「話」意指福斯特與某有婦之夫無疾而終的婚外情，「這大概會讓他鄙視我吧」。(Forster, *Journals and Diaries*, 2:75).

15 "I have been reading Proust": *EMF Letters 2*, 24.

16 "not really first-rate … everyone seems to suspect … astutely malicious…. The usual subject?": *Siegfried Sassoon Diaries,* 1920-1922, 129.

17 "as I returned home": Marcel Proust, *Swann's Way,* trans. Lydia Davis (New York: Viking, 2003), 45.

18 "Delivered by us": Ibid., 44.

19 "Delivrees pas nous": E. M. Forster Collection, HRC, Box 3, Folder 3.

20 "with our mouths open to the sun": Forster, *Journals and Diaries*, 2:67.

21 "Have made careful & uninspired additions": Ibid.

22 "happy … a silly word … at all events": *EMF Letters 2*, 25-26.

23 "I want him to tell me": Forster, *Journal and Diaries*, 2:67.

24 "Determined my life should contain": Ibid.

25 "Moh. worse again": Ibid.

26 "out & about again": *VW Diary 2*, 178.

27 his most endearing characteristics: Ibid., 33.

28 Virginia wrote in April to Ottoline Morrell: *VW Letters 2*, 524.

29 "The month of May was gorgeous & hot": OM Journal, Lady Ottoline Morrell Papers, British Library, Add. MS 88886/04/012, transcript, 145.

30 "My future is as an uncharted sea": EMF to OM, 5-12-22, Ottoline Morrell Collection, HRC, Box 6, File 9.

31 "Why do we do such things?": *VW Letters 2*, 520.

32 "playing Badminton and discussing fiction": Ibid., 519.

33 "But please don't say": Ibid., 526.

34 "whom we had to leave behind and conceal": *EMF Letters 2*, 27.

35 "Lady O in bright yellow satin": Ibid.

36 "once seen, could not be forgotten": William Plomer, *At Home* (London: Jonathan Cape, 1958),

88 “thought-adventurer, driven to earth”: Lawrence, *Kangaroo*, 212. 羅伯・達洛（Robert Darroch）於《勞倫斯在澳洲》（D. H. Lawrence in Australia）指出：《袋鼠》中的政治情節並非虛構（詳見 *D. H. Lawrence in Australia,* Melbourne, Australia: Macmillan Australia, 1981）。然而， 布魯斯・斯帝兒（Bruce Steele）在劍橋大學出版的《袋鼠》導言中駁斥羅伯・達洛的說法（頁 xiv-xviii）。達洛對此持續鑽研，並將研究成果及勞倫斯在澳洲的生活分享在澳洲勞倫斯研究會的網站上（http://www.dhlawrencesocietyaustralia.com.au/）。

89 “Seven weeks today”: *DHL Letters 4*, 267.

90 “Have you ever stood”: “D. H. Lawrence: The Man and His Work,” Papers associated with D. H. Lawrence collected by W. Forster, University of Nottingham Manuscripts and Special Collections, For L 4/1/1/1.

91 “D. H. Lawrence Completes His Love-Cycle”: *Brooklyn Daily Eagle*, May 6, 1922, 3.

第九章　「切莫忘記你永遠的朋友」

1 “Have this moment burnt”: Forster, *Journals and Diaries*, 2:66.

2 “the indecent writings ⋯ of others”: Ibid.

3 “the happiest day I have passed”: Ibid.

4 “How can a great artist like you”: Ibid.

5 “gloomily before my Indian novel”: Ibid.

6 “holocaust ⋯ sexy stories”: E. M. Forster, *The Life to Come, and Other Stories* (New York: W. W. Norton, 1973 [1972]), xiv. 奧立佛・史多利布瑞斯（Oliver Stallybrass）為福斯特短篇小說遺作集寫了一篇導言，「屠殺」便是出自其手筆。此外，史多利布瑞斯說「情色小說」為佛斯特語，但在文中並未加註引號。

7 “sacrificial burning ⋯ in order that”: *EMF Letters 2*, 129.

8 “I will try to connect it”: EMF to Christopher Isherwood, 10-2-44, EMF Papers, KCAC, EMF/18/271/2.

9 “Ghosts”: London Mercury 5, no. 30 (April 1922): 568-73.

10 “all in the opening lines”: *EMF Letters 2*, 24.

11 “dear Morgan / I am sending you”: EMF Papers, KCAC, EMF/18/11.

12 “my constant thinking of him”: 福斯特這段文字是寫給自己看的，就寫在其抄錄的穆罕默德「彼言」空白處，詳見 EMF Papers, KCAC, EMF/11/10/2/A. 原文「at all events」（無論如何）寫了兩次，寫到第二次時正好寫在第一次下方，因此福斯特以「同上」符號來表示。

Unconscious and Fantasia of the Unconscious, ed. Bruce Steele (Cambridge: Cambridge University Press, 2004), 65.

66 "appear to have passed their prime": John Middleton Murry, quoted in Kinkead-Weekes, *D. H. Lawrence: Triumph in Exile, 1912-1922*, 684.

67 quickly, often in a month or less: *DHL Letters 4*, 28.

68 "pitched": Ibid., 258.

69 "It was winter, the end of May … that air of owning": Lawrence, *Kangaroo*, 7.

70 "One was … Her companion": Ibid.

71 "suddenly writing again": *DHL Letters 4*, 255.

72 "when the sun is very warm": Ibid., 256.

73 "the days slipped by like dreams": Frieda Lawrence, "Not I, But the Wind…" (Santa Fe, NM: Rydal Press, 1934), 119.

74 "keeps on at the rate … rum sort": *DHL Letters 4*, 257.

75 "a weird thing": Ibid., 265.

76 "weird unawakened country": Ibid., 266.

77 "has written his head off": Frieda Lawrence to Anna Jenkins, Papers associated with D. H. Lawrence collected by W. Forster, University of Nottingham Manuscripts and Special Collections, For L 1/3/4/1.

78 "the Lord alone": *DHL Letters 4*, 267.

79 "Richard's hand was almost drawn": Lawrence, *Kangaroo*, 136.

80 At least thirty-five hundred words a day: Ellis, *D. H. Lawrence: Dying Game*, 39.

81 "Mr Dionysos and Mr Hermes": Lawrence, *Kangaroo*, 173.

82 "a determined little devil": Ibid.

83 "done more than half": *DHL Letters 4*, 267.

84 "now slightly stuck": Ibid., 268.

85 "I do hope": Ibid.

86 "depressing accounts of sales": Ibid., 276.

87 "The trouble was": Ellis, *D. H. Lawrence: Dying Game*, 345." 根據艾里斯所述，從一九二六年十月到一九二七年三月，「勞倫斯對於無名無利看開了，而且準備撙節開銷。」艾里斯在傳記裡引用了一九二六年十一月勞倫斯給瑟爾查的回信，瑟爾查「問勞倫斯是否考慮再次合作，勞倫斯回說無法給予確切答覆，此外還提到『艾黛兒說我回去時暢銷書就寫成了，等我寫出《阿拉伯情郎》、《美人愛紳士》，我就發達了。怎麼會有人指望我寫出暢銷書？根本找錯人了。』」

42 "only we are on the brink": *DHL Letters 4*, 263.

43 "morose-looking fellow": Davis, *Lawrence at Thirroul*, 38.

44 "ignored the normal give-and-take": Robert Darroch, "The Town That Doesn't Want to Be Famous," *Australian Magazine*, Christmas 1976, 31-33.

45 preternaturally curious: Davis, *Lawrence at Thirroul*, 38.

46 "It doesn't pay": Ibid.

47 the estate agent: *Composite 2*, 144.

48 muse: *DHL Letters 4*, 243.

49 "Idle Here" … "Wyewurk" … "Wyewurrie": Davis, *Lawrence at Thirroul*, 18.

50 "'Why work'": Ibid., 19.

51 "very seaey water": *DHL Letters 4*, 271.

52 "You are so bad-tempered": Lawrence, *Kangaroo*, 26. 本書關於勞倫斯在澳洲的生活細節，部分擷取自《袋鼠》這本自傳色彩濃厚的小說。勞倫斯的傳記寫手英國學者大衛．艾里斯（David Ellis）指出：「哈麗葉．桑默斯和理查德．桑默斯，根本『就是』芙莉妲和勞倫斯。」見 David Ellis, *D. H. Lawrence: Dying Game, 1922-1930* (Cambridge: Cambridge University Press, 1998), 43.

53 "boomingly crashingly noisy": *DHL Letters 4*, 271.

54 "Fritzies, most likely": Lawrence, *Kangaroo*, 8.

55 "pure Teutonic consciousness": Ibid., 238.

56 "I feel I have packed": Frieda Lawrence to Anna Jenkins, Papers associated with D. H. Lawrence collected by W. Forster, University of Nottingham Manuscripts and Special Collections, For L 1/3/4/1.

57 "housewifes": *DHL Letters 4*, 266.

58 "all ourselves": Ibid.

59 "frightened by the voices within": Margaret Barbalet, Steel Beach (Ringwood, Australia: Penguin Books Australia, 1988), 13. 瑪格麗特．芭芭萊（Margaret Barbalet）小說中關於勞倫斯夫婦在澳洲的生活，係依照其研究結果寫成。

60 "the last of my serious English novels": *DHL Letters 4*, 92.

61 "strange stimulus … living company … Especially fir-trees": Ibid., 25.

62 "almost motionless": Ellis, *D. H. Lawrence: Dying Game*, p. 324.

63 "little travel book": Sagar, *D. H. Lawrence: A Calendar of His Works*, 109.

64 "my interim": *DHL Letters 4*, 25.

65 "The novels and poems": D. H. Lawrence, *Fantasia of the Unconscious, in Psychoanalysis and the*

13 "good-looking": Ibid., 121.

14 "whose flow of blood": Ibid., 118.

15 "colourful" ⋯ monkeys ⋯ elephants: Ibid.

16 "need never tread ⋯ strange, pulsating": Ibid., 127.

17 "sad and forlorn ⋯ the butt ⋯ being a prince ⋯ periphery ⋯ most living clue ⋯ vital spark": Ibid., 121.

18 "English in the teeth of all the world": Ibid., 131.

19 "Heaven knows why ⋯ I think Frieda": Ibid.

20 "bush all around" ⋯ A land to lose oneself: *DHL Letters 4*, 266.

21 "raw hole": *Composite 2*, 131.

22 gave no hint: Ibid., 473-74n31.

23 "unhewn": Ibid., 136.

24 Lawrence of Arabia: Ibid.

25 "Why had he come?": D. H. Lawrence, *Kangaroo*, ed. Bruce Steele (Cambridge: Cambridge University Press, 2002 [1994]), 13.

26 "but—but—BUT": *Composite 2*, 135.

27 "an outsider ⋯ off the map": D. H. Lawrence, *The Lost Girl*, ed. John Worthen (Cambridge: Cambridge University Press, 1981), 117-18.

28 "to be one step removed": Lawrence, *Kangaroo*, 256.

29 "Sydney town": *DHL Letters 4*, 249.

30 Meat "is so cheap": Ibid., 256.

31 "you get huge joints": Ibid., 266.

32 the 1921 census: Joseph Davis, *D. H. Lawrence at Thirroul* (Sydney, Australia: W. Collins, 1989), 38.

33 "Thirroul's Gay Arena": Ibid., 250n74.

34 "under the brooding": Ibid., 24.

35 "the men here are mostly": Ibid., 44.

36 "I feel awfully foreign": *DHL Letters 4*, 253.

37 "very discontented": *Composite 2*, 142.

38 Australian gentry: Ibid.

39 "indescribably weary and dreary ⋯ so many forlorn": Lawrence, *Kangaroo*, 26.

40 The to-let advertisements: Davis, *Lawrence at Thirroul*, 27, 32.

41 The "holiday cottage": Ibid., 18.

55 "No 'method' is justified": Ezra Pound, Paris Letter, *Dial*, March 1922, 403.

56 "I see it is necessary": *VW Letters 2*, 519.

57 "if it goes on raining": Ibid., 521.

58 "Now Mr Joyce": Ibid., 522.

59 "unutterable boredom … I can't see what he's after": *VW Letters 2*, 167.

60 "The life of a man": *VW Diary 2*, 68.

61 "claims to be a writer … concealed vanity": Ibid., 67.

62 "I should have gone under": Ibid.

63 "is probably being better done by Mr Joyce": Ibid., 69.

64 "Then I began to wonder": Ibid.

65 "in the opinion of": Ibid., 115n22.

66 "women can't paint, women can't write": Virginia Woolf, *To the Lighthouse,* ed. Mark Hussey (Orlando, FL: Harcourt, 2005), 51.

67 "First there's a dog": *VW Letters 2*, 234.

68 "interesting as an experiment": Ibid.

69 "These five years": Virginia Woolf, *Mrs. Dalloway*, ed. David Bradshaw (Oxford: Oxford University Press, 1992), 61.

第八章　就算全世界與我為敵，也要英國到了骨子裡

1 would never be able to work there: Keith Sagar, *D. H. Lawrence: A Calendar of His Works* (Austin: University of Texas Press, 1979), 121.

2 "for a bit, thank God": *DHL Letters 4*, 157.

3 "the people are so": Ibid., 103.

4 Their steward came at seven a.m.: Ibid., 205.

5 "yelling crowd … handsome Turks … hateful Christians … one can easily throw": Ibid., 211.

6 "lost Paradise": Ibid.

7 "on thorns, can't settle": Sagar, *D. H. Lawrence: A Calendar of His Works*, 120.

8 Ceylon: *Composite 2*, 117.

9 repulsed by the thought of America: *DHL Letters 4*, 207.

10 large bungalow: *Composite 2*, 118.

11 "curled up": Sagar, *D. H. Lawrence: A Calendar of His Works*, 121.

12 "affected consciousness": *Composite 2*, 118.

31 "So what does it matter": *VW Diary 2*, 170.

32 "some queer individuality … I'm to write": Ibid., 168.

33 "almost impenetrably overgrown": McNeillie note, *VW Essays 3*, 473.

34 "solid, living, flesh-and-blood": *VW Essays 3*, 388.

35 "ticklish … When one wants … I can never tell … tearing me up … have a fling": *VW Letters 2*, 521.

36 "little creatures": *VW Diary 2*, 161.

37 "Mrs. Dalloway in Bond Street": 紐約公共圖書館的博格文庫收藏了〈龐德街的達洛維夫人〉打字稿，上頭可見吳爾芙將「絲綢」改成「手套」，詳見 Berg Collection, m.b. (Woolf) [Mrs. Dalloway Stories], "Mrs. Dalloway in Bond Street," New York Public Library. 完稿後的〈龐德街的達洛維夫人〉收錄於 *The Complete Shorter Fiction of Virginia Woolf*, ed. Susan Dick, 2nd ed. (San Diego, CA: Harcourt Brace Jovanovich, 1989), 152-59.

38 Manchester Guardian: "The Silence in Manchester," *Manchester Guardian*, November 12, 1919, https:// www . theguardian . com / theguardian / 2009 / nov / 12 / remembrance - archive-manchester - 1919.

39 "Gloves have never been quite so reliable": Woolf, *Complete Shorter Fiction*, 158-59.

40 "one has more pleasure": *VW Diary 2*, 45.

41 "walked with V" and other LW entries: LW pocket diaries, Leonard Woolf Papers, University of Sussex.

42 "Sunshine and Happiness": "Sunshine and Happiness," *Times*, May 9, 1922, 7.

43 deaths in England and Wales: "Influenza Epidemic Figures," *Times*, June 16, 1922, 7.

44 "my heart has gone rather queer": *VW Letters 2*, 525.

45 "3 I could ill spare": Ibid., 532.

46 "goes on like": Ibid.

47 "She must rejoice": *LW Letters*, 199.

48 "Somehow, one can't take Richmond": *VW Diary 1*, 29.

49 "Omnibuses joined motor cars": Virginia Woolf, *Complete Shorter Fiction*, 155.

50 "I love walking": Ibid., 153.

51 "a strip of pavement … some way further": *VW Diary 2*, 73.

52 "unused hour fresh": Virginia Woolf, *Complete Shorter Fiction*, 152.

53 "seemed a fine fellow … there is nothing": Ibid.

54 "sweating out streams… Proust's fat volume… to sink myself… Proust so titillates": *VW Letters 2*, 525.

2 “27 days of bitter wind”: Ibid., 175.

3 “my Reading book”: Ibid., 120.

4 “up to the fire… four hundred pages… between tea… perhaps with labour… career”: Virginia Woolf, *The Essays of Virginia Woolf*, ed. Andrew McNeillie, vol. 3, 1919-1924 (San Diego: Harcourt Brace Jovanovich, 1988), 474. Future references will be to *VW Essays 3*.

5 “lewd”: *VW Diary 2*, 151.

6 “Milton is alive”: *VW Essays 3*, 477.

7 “new book by Mr Keats”: Ibid., 479.

8 In the dozens of reviews: The Woolf articles to which I refer are collected in *VW Essays 3*.

9 “But if the sense”: Ibid., 138.

10 “the usual fabulous zest”: *VW Diary 2*, 172.

11 “In England at the present moment”: *VW Essays 3*, 475.

12 “a little party”: Ibid., 494.

13 “who will marry who”: Ibid.

14 “Mrs Dalloway was so-and-so”: Virginia Woolf, *The Voyage Out*, ed. Lorna Sage (Oxford: Oxford University Press, 1992), 38.

15 “for a season”: Ibid., 37.

16 “a tall slight woman”: Ibid., 39.

17 “Well, that’s over”: Ibid., 84.

18 “was quite nice”: Ibid., 88.

19 “It’s a pity to be intimate”: Ibid., 89.

20 “And the Dalloways”: Lytton Strachey, *The Letters of Lytton Strachey*, ed. Paul Levy (New York: Farrar, Straus and Giroux, 2005), 270.

21 “such a harlequinade”: *VW Diary 2*, 17.

22 “the more alterations”: *VW Letters 2*, 401.

23 “I have put it in”: Ibid., 404.

24 “voluntarily … extremely good”: *VW Diary 2*, 65.

25 “so few of the gifts”: *VW Letters* 1, 383.

26 “my people are puppets”: *VW Diary 2*, 186.

27 “on his mother’s side … Mrs Dalloway confessed”: *VW Essays 3*, 494.

28 “most sincere … she had an Englishwoman’s … fetch her husband”: Ibid., 495.

29 “very interesting, & beautiful”: *VW Diary 2*, 186.

30 “Come” … It was time: *VW Essays 3*, 495.

22 “Everyone is reading Proust”: *VW Letters 2*, 499. 這段吳爾芙對普魯斯特的評價，筆者引用的是紐約公共圖書館博格文庫的吳爾芙手稿，保留了吳爾芙獨樹一幟的標點符號，《伍爾芙書信全集》的編輯在謄稿時是這樣謄的：「我卻在邊緣瑟瑟發抖，等著被恐怖的念頭淹沒，以為自己會沉下去、沉下去，或許再也上不來了」。

23 “Plymouth Sound”: Ibid.

24 “entering an enchanted forest”: Marcel Proust, *Marcel Proust: Selected Letters*, ed. Philip Kolb, trans. Ralph Manheim, vol. 4, 1918-1922 (London: HarperCollins, 2000), 215n5.

25 “There have always been aunts”: 引用自福斯特的〈威利叔叔〉，全文為了「回憶俱樂部」而作，目前公認寫於一九二二年福斯特從印度回來之後，載於《最漫長的旅程》附錄B，頁 354。

26 “I suppose that ours is a female house”: E. M. Forster, *Howards End*, ed. David Lodge (New York: Penguin Books, 2000), 37.

27 Proust’s “favorite formulas”: Edmund Wilson, *The Shores of Light: A Literary Chronicle of the Twenties and Thirties* (New York: Vintage Books, 1961 [1952]), 385.

28 “introspective and morbid … a million words … adventure”: E. M. Forster, *Abinger Harvest* (New York: Harcourt, Brace, 1936), 202-3.

29 “a sad person”: EMF to GHL, 27-4-22, EMF Papers, KCAC, EMF/18/333.

30 “hardish line”: EMF to SRM, 15-4-22, EMF Papers, KCAC, EMF/18/360/1.

31 Florence Barger … bored him, “feeble … inferior”: Forster, *Journals and Diaries*, 2:66.

32 “had totally disappeared from every one’s view”: EMF to Alice Clara Foster, undated, EMF Papers, KCAC, EMF/ACF I, 1922-24.

33 “and it was the real thing”: *T. E. Lawrence Correspondence with E. M. Forster and F. L. Lucas*, ed. Jeremy and Nicole Wilson (Fordingbridge, UK: Castle Hill Press, 2010), 179. 福斯特在追憶湯瑪士・愛德華・羅倫斯的文章中記述了這段來歷，詳見 *T. E. Lawrence by His Friends*, ed. A. W. Lawrence (London: Jonathan Cape, 1937), 282-86.

34 “I want to talk over”: EMF to Leonard Woolf, March 25, 1922, Henry W. and Albert Berg Collection of English and American Literature, New York Public Library, Berg Collection, m.b. (Woolf).

35 Leonard offered Morgan two pieces of advice: Forster, *Journals and Diaries*, 2:66.

第七章　如常的全心全意

1 “Summer time”: *VW Diary 2*, 174.

1922, 284-85.

66 "I had not intended … complete liberty": *TSE Letters 1* 2009, 650.

67 "These things should be done privately … For Gawd's sake": John Quinn to Ezra Pound, April 28, 1922, John Quinn papers, Manuscripts and Archives Division, New York Public Library, Microfilm ZL-355, Reel 31.

第六章　小說既沒寫，也無力寫

1 "part of my trouble": EMF to FB, 15-10-19, EMF Papers, KCAC, EMF/18/38/1, vols. 34/1-2.

2 "A nice state of affairs": EMF to SRM, 10-3-22, EMF Papers, KCAC, EMF/18/360/1.

3 "I felt no enthusiasm": *VW Diary 2*, 172.

4 "That was obvious": Ibid.

5 "I suppose I value": *VW Diary 1*, 308.

6 "told us as much … inanition … To come back … having lost your Rajah": *VW Diary 2*, 171.

7 "devilish, shrewd, psychological pounces": Vita Sackville-West to Harold Nicolson, November 20, 1926, quoted in Nigel Nicolson, *Portrait of a Marriage* (Chicago: University of Chicago Press, 1998 [1973]), 212.

8 "sparrows that fly about": *VW Diary 2*, 171.

9 "Ransack the language": Virginia Woolf, *Orlando*, ed. Rachel Bowlby (Oxford: Oxford University Press, 1992), 45.

10 "The middle age of buggers": *VW Diary 2*, 171.

11 "Off he went": Ibid., 172.

12 "It was such a happiness": EMF to SRM, 10-3-22, EMF Papers, KCAC, EMF/18/360/1.

13 "so ridiculously inane": *DHL Letters 2*, 293.

14 Sassoon wrote in diary: *Siegfried Sassoon Diaries, 1920-1922*, ed. Rupert Hart-Davis (London: Faber and Faber, 1981), 126.

15 "I think we shall meet": Forster, *Alexandria*, 345.

16 The scrawl of el Adl's signature: The letter is in EMF Papers, KCAC, EMF/18/11.

17 commonplace book he had begun during the war: EMF Papers, KCAC, EMF 16/13/A.

18 "I have transcribed": Forster, *Journals and Diaries*, 2:75.

19 "I plunged into Proust": EMF to SRM, 10-3-22, EMF Papers, KCAC, EMF/18/360/1.

20 "it's great stuff": Sutton, *Pound, Thayer, Watson, and the Dial*, 74.

21 "how cleverly Proust": *Forster, Journals and Diaries*, 2:65.

40 "preen itself with self-confidence": Ibid., 47.

41 "yes, grown positively familiar": *VW Diary 2*, 170.

42 "irritable and exhausted … overwhelmed … having let my flat": *TSE Letters 1* 2009, 646.

43 "What, then, did we discuss?" … "He has written": *VW Diary 2*, 171.

44 "This is his best work": Ibid.

45 "V. went for short walk": LW pocket diary, Leonard Woolf Papers, University of Sussex, SxMs-13/2/R/A/15.

46 "I am back again": *VW Diary 2*, 170.

47 "Clive, via Mary": Ibid., 171.

48 "I sat next to Tom": James E. Miller, Jr., *T. S. Eliot: The Making of an American Poet, 1888-1922* (University Park: PA: Pennsylvania State University Press, 2005), 380-81.

49 "She asked me, rather pointedly": Ibid.

50 "invalid wife … work all day": *VW Letters 2*, 549.

51 "He still remains": *VW Diary 2*, 204.

52 "Knopf knows … dear publisher": John Quinn to TSE, October 3, 1919, John Quinn papers, Manuscripts and Archives Division, New York Public Library, Microfilm ZL-355, Reel 10.

53 "Israelite": John Quinn to Harriet Weaver, June 22, 1922, John Quinn papers, Manuscripts and Archives Division, New York Public Library, Letterbook vol. 25, 838.

54 "three New York Jewish publishers re: Ulysses": Ibid.

55 "apparently loved": Ibid., 839.

56 "You have asked me several times": *TSE Letters 1* 2009, 652.

57 "hammered all but incessantly": Allen Tate, ed., *T. S. Eliot: The Man and His Work* (New York: Delacorte Press, 1966), 264.

58 "hunted round like a ghost": OM journal, Lady Ottoline Morrell Papers, British Library, Add MS 88886/6/13, transcript, 158.

59 enjoyed herself "enormously … We are all lonely": Ibid., transcript, 25.

60 "sort of apologia": *TSE Letters 1* 2009, 107.

61 "the whole hog": Ibid., 110.

62 "As to the exact sum": Ibid., 112.

63 "No use blinking the fact": *TWL Facsimile*, xviii.

64 "Eliot is worth saving": John Quinn to Ezra Pound, July 12, 1922, John Quinn papers, Manuscripts and Archives Division, New York Public Library, Letterbook vol. 25, 965.

65 Bel Esprit: Ezra Pound, "Credit and the Fine Arts: A Practical Application," *New Age*, March 30,

14 "That at least is definite": Ibid.

15 "embarrassing situation": Ibid., 623.

16 "I was glad to hear": Ibid., 616.

17 "howsoever good your next": Ibid., 617.

18 a gap of seven months: For Eliot's excuse see *Letters 1* 2009, 623, and for Thayer's reply see *Letters 1* 2009, 632.

19 "await another case of influenza": Ibid., 631.

20 "that if she had realised": Ibid., 629.

21 "Three months off … undiplomatic": Ibid., 640.

22 "almost enough to make everyone": Walter Sutton, ed., *Pound, Thayer, Watson, and the Dial* (Gainesville: University Press of Florida, 1994), 227.

23 "incommodious delay": Ibid., 194.

24 "Some minds aberrant": *TWL Facsimile*, 37. For the dating of this passage, see Gordon, *T. S. Eliot: An Imperfect Life*, 541.

25 "life has been horrible generally": *TSE Letters 1* 2009, 652.

26 "two highly nervous people": Kate Zambreno, *Heroines* (Los Angeles, CA: Semiotext[e], 2012), 39.

27 "as good pay for a year's work … graciousness … more yielding": *TSE Letters 1* 2009, 641.

28 "I have no disposition": Ibid., 639.

29 "I have just got through to Eliot": Wyndham Lewis to Violet Schiff, 4-28-1922, British Library, Schiff Papers, BL Add MS 52919.

30 "glowed with a tawny light … it may not be … a real curiosity": *TSE Letters 1* 2009, 638n2.

31 "the other offers for it": Ibid., 638.

32 "CANNOT ACCEPT": Ibid., 639.

33 "I have had to notify … I trust your review": Ibid., 644.

34 "merely gone to pieces again": Ibid., 640.

35 "I dare say… so DAMN little genius… two offspring… tougher than Thomas… Three months off": Ibid.

36 "Let The Dial stew": February 7, 1922, John Quinn papers, Manuscripts and Archives Division, New York Public Library, Letterbook vol. 25.

37 "was much given … leaning sideways … in a bantering tone … flirtatious": Stape, 46.

38 "a little encouragement … throw off a cascade": Ibid., 47.

39 "was ever bookish": Ibid., 46.

90 "I feel it is my destiny": Ibid., 181.

91 "Lawrence is wear and tear": To Edward Garnett, January 1913?, in Frieda Lawrence, *The Memoirs and Correspondence*, ed. E. W. Tedlock, Jr. (New York: Knopf, 1964), 176.

第五章　荒廢才華於書信

1 "not very many others": *TSE Letters 1* 2009, 622.

2 Unreal City: 這段詩句始自《荒原》第六十行，文句中的倫敦如幻似真、以假亂真，導致一九二三年吳爾芙排版、霍加斯出版時，將文句排成「人群湧下了倫敦橋」，艾略特校訂時沒挑出這個錯處，但在贈閱本上劃掉了「下」，在空白處寫上了「過」，而在打字稿上（詳見 *TWL Facsimile*, 9），艾略特用的是現在式的「湧過」（flow），出版時則用了過去式的「湧過了」（flowed）。

3 "crush hour": 一九四七年法文版的《荒原》可見艾略特友人約翰．海渥德（John Hayward）作的註，註釋內容雖然帶有強烈的傳記色彩，但應該徵得了艾略特的許可，畢竟海渥德作註時，正好跟艾略特同住在一個屋簷下。根據海渥德的註釋，「虛幻之城」這幾行詩句不僅與但丁遙相呼應，而且描述了「倫敦早晨『擁擠時段』的日常風景，在城裡工作的人九點要上工，所以詩中才會提到聖瑪麗教堂的鐘響」。此外，海渥德寫道：威廉王街北起倫敦橋，往南「延伸到倫敦市中心」，還說「艾略特曾任職於駿懋銀行的海外部」，詳見 The Papers of the Hayward Bequest of T. S. Eliot Material, KCAC, HB/V.4b, John Hayward's draft notes for his notes on *The Waste Land,* published in the French translation of Eliot's Poemes 1910-1930 (Paris: Seuil, 1947).

4 "London, the swarming life … B—ll—S": *TWL Facsimile*, 31.

5 Eliot's influenza: *TSE Letters 1* 2009, 624.

6 "excessively depressed": Ibid., 629.

7 "approximately what the Dial would offer": Ibid., 623.

8 "postpone all … but not more": Ibid.

9 "It will have been three times": Ibid.

10 "12pp. 120,": Ibid., 623n2.

11 "I only wish": Dial/Scofield Thayer Papers, Beinecke Rare Book and Manuscript Library, YCAL MSS 34, Series IV, Box 31, Folder 809. 耶魯大學拜內克古籍善本圖書館將這封信的日期標為一九二一年，但讀起來卻像是瑟爾回覆艾略特一九二０年二月十四日的來信。

12 "Why no verse?": *TSE Letters 1* 2009, 539n2.

13 "You must excuse": Ibid., 572.

65 "give a voice": Luhan, *Lorenzo in Taos*, 255.

66 "The white people like": Ibid., 23.

67 "severe homosexual fixation": Lois Palken Rudnick, *Mabel Dodge Luhan: New Woman,* New Worlds (Albuquerque: University of New Mexico Press, 1984), 195.

68 "Are there any trees?": *DHL Letters 4*, 111.

69 "I want to take the next step": Ibid.

70 "How far are you": Ibid., 112.

71 "I was so weary": "New Heaven and Earth," in D. H. Lawrence, *The Complete Poems*, eds. Vivian De Sola Pinto and F. Warren Roberts (London: Penguin Books, 1993), 256.

72 "I had a letter yesterday": *DHL Letters 4*, 112.

73 but her income: Brenda Maddox, *D. H. Lawrence: The Story of a Marriage* (New York: Simon and Schuster, 1994), 311.

74 "to earn our bread & meat … A round": *The Suppressed Memoirs of Mabel Dodge Luhan: Sex, Syphilis, and Psychoanalysis in the Making of Modern American Culture*, ed. Lois Palken Rudnick (Albuquerque: University of New Mexico Press, 2012), 102.

75 "I envy Mary Austin": Ibid., 104.

76 "he threw everyone over": Luhan, *Lorenzo in Taos*, 26.

77 "till I have crossed": *DHL Letters 4*, 111.

78 "it has got form": D. H. Lawrence, *The Letters of D. H. Lawrence*, ed. James T. Boulton, vol. 1, 1901-1913 (Cambridge: Cambridge University Press, 1979), 476.

79 "Why don't you write … copying and revising": *Composite 2*, 106.

80 "dull but nice": *DH Letters 4*, 187.

81 "Very well": *Composite 2*, 106.

82 "But I do want": Ibid.

83 "For where was life to be found?": D. H. Lawrence, *Women in Love*, ed. David Farmer, Lindeth Vasey, and John Worthen (New York: Penguin Books, 1995), 193.

84 "What do you think life is?": *Composite 3*, 593.

85 "all this intimacy … common emotion": Knud Merrild, *A Poet and Two Painters: A Memoir of D. H. Lawrence* (New York: Viking Press, 1939), 47.

86 "inner life … action and strenuousness": *DHL Letters 4*, 154.

87 "I hate Christmas": Ibid.

88 "through the blood": Ibid., 174.

89 "rest, peace, inside one": Ibid., 180.

36 "a Columbus who can see": D. H. Lawrence, *Twilight in Italy and Other Essays*, ed. Paul Eggert (Cambridge: Cambridge University Press, 1994), 186.

37 "companion adventurers": *Composite 2*, 71.

38 "if only to leave behind": Ibid.

39 "America, being so much worse": *DHL Letters 3*, 25.

40 "dryrotted": Ibid.

41 "really away": *DHL Letters 4*, 96.

42 "forty-odd pounds": Ibid., 107.

43 "at the last crumbs": Ibid., 113.

44 because he had misplaced: Ibid., 103.

45 "without new possibilities": Ibid., 25.

46 "in a hell of a temper ⋯ dagger": Ibid., 108.

47 "slippery ball": Ibid., 90.

48 "beshitten": Ibid., 109.

49 "stolen": Ibid., 124.

50 Her letter was not a letter: Luhan, *Lorenzo in Taos*, 16-17.

51 "so long that it was rolled": Ibid., 17.

52 "There is glamour": *DHL Letters 4*, 125.

53 "just one long arcade": Ibid., 139.

54 "tell him every single thing": Luhan, *Lorenzo in Taos*, 16.

55 "full of time and ease": Ibid.

56 "carpentered right there in the house": Ibid., 20.

57 "I believe what you say": *DHL Letters 4*, 111.

58 "very practical": Ibid.

59 "very much cut up": Ibid., 107.

60 transforms Frieda and Lawrence into comic characters: Mark Kinkead-Weekes, *D. H. Lawrence: Triumph in Exile*, 1912-1922 (Cambridge: Cambridge University Press, 1996), 622.

61 "annoying and uncomfortable ⋯ vivacity": Ibid., 623.

62 "mass of contradictions and shocks": Luhan, *Lorenzo in Taos*, 15.

63 "he made a fetish": Richard Aldington, *Portrait of a Genius, But…: The Life of D. H. Lawrence, 1885-1930* (London: Heinemann, 1950), 42.

64 "Still she thought": D. H. Lawrence, *The Rainbow*, ed. Mark Kinkead-Weekes (New York: Penguin Classics, 1995), 94.

13 "perpetually squeaked or squealed": Edward Nehls, ed., *D. H. Lawrence: A Composite Biography, vol. 2*, 1919-1925 (Madison: University of Wisconsin Press, 1958), 95. Future references will be to *Composite 2*.

14 "ill-bred and hysterical": Edmund Wilson, *Letters on Literature and Politics, 1912-1972*, ed. Elena Wilson (New York: Farrar, Straus and Giroux, 1977), 662.

15 "One saw … burst out": Edmund Wilson, *The Twenties* (New York: Farrar, Straus and Giroux, 1975), 149-50.

16 "It seemed inevitable": Lawrence and Gelder, *Young Lorenzo*, 40.

17 passport: D. H. Lawrence Collection, HRC, Series V, Miscellaneous.

18 "like flames": *Composite 1*, 59.

19 "funny little cackle": Robert Mountsier, in D. H. Lawrence Collection, HRC, Box 46, File 4.

20 "rising inflection … little scream": *Composite 2*, 106.

21 "I wish I could find a ship": D. H. Lawrence, *The Letters of D. H. Lawrence*, ed. Warren Roberts, James T. Boulton, and Elizabeth Mansfield, vol. 4, 1921-1924 (Cambridge: Cambridge University Press, 1987), 93. Future references will be to *DHL Letters 4*.

22 "so empty … life-empty": D. H. Lawrence, *Letters to Thomas and Adele Seltzer*, ed. Gerald M. Lacy (Santa Barbara, CA: Black Sparrow Press, 1976), 20.

23 "the great window": *DHL Letters 4*, 90.

24 "naked liberty": D. H. Lawrence, *The Letters of D. H. Lawrence*, ed. James T. Boulton and Andrew Robertson, vol. 3, 1916-1921 (Cambridge: Cambridge University Press, 1985), 417. Future references will be to *DHL Letters 3*.

25 "bog": *DHL Letters 4*, 420.

26 "You will hate it": D. H. Lawrence, *The Letters of D. H. Lawrence*, ed. George Zytaruk and James T. Boulton, vol. 2, 1913-1916 (Cambridge: Cambridge University Press, 1982), 669.

27 "a half imbecile fool": *DHL Letters 4*, 89.

28 John Bull: *DHL Letters 4*, 88n2. The text of the denunciation is in *Composite 2*, 89-91.

29 "to disapprove of me": *DHL Letters 4*, 115.

30 "at considerable pecuniary loss": Ibid., 94n1.

31 "the best of my books": Ibid., 40.

32 "come loose": Ibid., 97.

33 "continual Mad-Hatters tea-party": Ibid., 105.

34 "it feels so empty": Ibid., 165.

35 "What isn't empty": Ibid.

127 “the usual 25 years of his life”: EMF to SRM, 23-2-22, EMF Papers, KCAC, EMF/18/360/1.

128 “for now he is silent”: Ibid.

129 “We passengers”: EMF to Laura Forster, 26-2-22, EMF Papers, KCAC, EMF/18/193/1, vol. 6/9.

130 “The public tragedy”: EMF to SRM, 25-1-22, EMF Papers, KCAC, EMF/18/360/1.

131 “passed very pleasantly”: EMF to Laura Forster, 26-2-22, EMF Papers, KCAC, EMF/18/193/1, vol. 6/9.

132 “I must not forget”: Ibid.

133 “The knack of a double life grows”: *EMF Letters 2*, 59.

134 “that as soon as I leave”: Ibid.

135 An uncle of Morgan's, Willie Forster: Furbank, *E. M. Forster*, 1:66.

136 “Depressing & enervating surroundings”: Forster, *Journals and Diaries*, 2:27.

第四章　獨處的僻境

1 “our Bert's first book”: Edward Nehls, ed., *D. H. Lawrence: A Composite Biography, vol. 1*, 1885-1919 (Madison: University of Wisconsin Press, 1957), 72. Future references will be to *Composite 1*.

2 “message after message”: Edward Nehls, ed., *D. H. Lawrence: A Composite Biography, vol. 3*, 1925-1930 (Madison: University of Wisconsin Press, 1959), 505. Future references will be to *Composite 3*.

3 “no sign was given”: *Composite 1*, 72.

4 “a genius for inventing games”: Ibid., 13.

5 “the girls together to go blackberrying”: Ibid., 17.

6 “hundreds of niggardly houses”: Ada Lawrence and Stuart Gelder, *Young Lorenzo: Early Life of D. H. Lawrence* (London: Martin Secker, 1931), 13.

7 “was as white as lard”: Mabel Dodge Luhan, *Lorenzo in Taos* (London: Martin Secker, 1933), 169-70.

8 “tousled head and red beard”: Ibid., 170.

9 “indomitable, with a will to endure”: Ibid.

10 “a fleshly Word”: Ibid.

11 “Dicky Dicky Denches”: *Composite 1*, 30.

12 “he had not much use”: Ibid., 25.

102 "sit attempting to nurse": EMF to SRM, 25-1-22, EMF Papers, KCAC, EMF/18/360/1.

103 "irritable and hard": Ibid.

104 "sombre and beautiful": EMF to SRM, 28-1-22, EMF Papers, KCAC, EMF/18/360/1.

105 "I am very ill": Ibid.

106 would return to Mansourah for another week or two: EMF to SRM, 8-2-22, EMF Papers, KCAC, EMF/18/360/1 and EMF to FB, 8-2-22, EMF Papers, KCAC, EMF/18/38/1, vols. 34/1-2.

107 Morgan was able to pay for a visit: EMF to SRM, 8-2-22, EMF Papers, KCAC, EMF/18/360/1.

108 "The leading doctor": Ibid.

109 "perked up by this good desert air": EMF to FB, 8-2-22, EMF Papers, KCAC, EMF/18/38/1, vols. 34/1-2.

110 "oddly tranquil considering the circumstances": EMF to FB, 8-2-22, EMF Papers, KCAC, EMF/18/38/1, vols. 34/1-2.

111 Only sixty-six copies: 一九二三年二月，福斯特向愛德華・阿諾詢問書籍銷量，阿諾的回答詳見 EMF Papers, KCAC, EMF/18/169.

112 "How wonderful money is": *EMF Letters 2*, 22.

113 "I wish I knew how long": EMF to FB, 8-2-22, EMF Papers, KCAC, EMF/18/38/1, vols. 34/1-2.

114 "without difficulty": EMF to SRM, 8-2-22, EMF Papers, KCAC, EMF/18/360/1.

115 "very violent" sexual desire … "great loss of sexual power": Forster, *Journals and Diaries*, 2:76.

116 left Mohammed impotent: EMF to FB, 8-2-22, EMF Papers, KCAC, EMF/18/38/1, vols. 34/1-2.

117 "I had been looking forward": Ibid.

118 "half hour's stroll": EMF to SRM, 8-2-22, EMF Papers, KCAC, EMF/18/360/1.

119 "and we sit about at cafes": EMF to SRM, 18-2-22, EMF Papers, KCAC, EMF/18/360/1.

120 "little more than bones now": EMF to GLD, 25-2-22, EMF Papers, KCAC, EMF/18/158.

121 "He sat by me in the Railway carriage": EMF to FB, 25-2-22, EMF Papers, KCAC, EMF/18/38/1, vols. 34/1-2.

122 "a very nice one": Ibid.

123 "out of love": Forster, *Alexandria*, 330.

124 "collapse may come any minute": EMF to SRM, 23-2-22, EMF Papers, KCAC, EMF/18/360/1.

125 Morgan had done all he could: Ibid.

126 "Ah me": *EMF Letters 2*, 22.

76 "age, race, rank": Ibid.

77 "hit on things of objective worth": Ibid.

78 "romantic curiosity … on both sides": Ibid.

79 "adventures": Ibid.

80 "a gracious generosity": *EMF Letters 1*, 258.

81 "my damned prick": Forster, *Alexandria*, 332.

82 "I am so happy": *EMF Letters 1*, 274.

83 "gruff demur … lean back": Forster, *Alexandria*, 333.

84 "frequent coldness": Forster, *Journals and Diaries*, 2:67.

85 "If the letters cease": *EMF Letters 1*, 300.

86 "snatch a meeting": Furbank, *E. M. Forster*, 2:67.

87 "four perfect hours together": *EMF Letters 2*, 2.

88 "great coat and blue knitted gloves": Wendy Moffatt, *A Great Unrecorded History: A New Life of E. M. Forster* (New York: Farrar, Straus and Giroux, 2010), 180.

89 "flowery day": EMF to Alice Clara Forster, 3-1-22, EMF Papers, KCAC, EMF/ACF I, 1922-24. Future references to Alice Clara Forster will be abbreviated as ACF.

90 "feeling rather like crumbs in the night": Ibid.

91 "Let us wish one another a Happy New Year": EMF to GLD, 1-1-22, EMF Papers, KCAC, EMF/18/158.

92 "True of M.": 吳爾芙這段註記出自其閱讀筆記手稿第十五冊，館藏於紐約公共圖書館的博格文庫（Berg Collection）。亦可參考 Brenda R. Silver, Virginia Woolf's Reading Notebooks (Princeton: Princeton University Press, 1983), 89-90.

93 "C/o Messrs T. Cook": EMF to ACF, 1-12-21, EMF Papers, KCAC, KCC EMF/ACF, August-December 1921.

94 "for a splash in Upper Egypt": EMF to SRM, 8-2-22, EMF Papers, KCAC, EMF/18/360/1.

95 "inclined to a pot belly": Forster, *Journals and Diaries*, 2:61.

96 "make another great friend": EMF to GLD, 31-5-21, EMF Papers, KCAC, EMF/18/158.

97 "I shall be carried past … misery…": EMF to GLD, 1-1-22, EMF Papers, KCAC, EMF/18/158.

98 "not see him alive again": EMF to SRM, 25-1-22, EMF Papers, KCAC, EMF/18/360/1.

99 "haemorrage, night-sweats, exhaustion": EMF to SRM, 28-1-22, EMF Papers, KCAC, EMF/18/360/1.

100 "a robber and probably a quack": EMF to SRM, 25-1-22, EMF Papers, KCAC, EMF/18/360/1.

101 "tubes of useless stuff": *EMF Letters 2*, 21.

48 "does not use in me": EMF to GLD, 31-5-21, EMF Papers, KCAC, EMF/18/158.

49 "My Indian M.S. is with me": Ibid.

50 "silliness of Indian life": *EMF Letters 2*, 10.

51 "seemed to wilt and go dead": Forster, *Hill of Devi,* 99.

52 "dull piece ··· unattractive for the most part ··· mainly confined": EMF to FB, 13-10-21, EMF Papers, KCAC, EMF/18/38/1, vols. 34/1-2.

53 Morgan had a bad dream: Letter of August 24, 1921, quoted in Rama Kandu, *E. M. Forster's A Passage to India* (New Delhi: Atlantic Publishers and Distributors, 2007), 265-66.

54 "how unsuitable were my wanderings": Forster, *Journals and Diaries*, 2:64.

55 "felt caught in their meshes": E. M. Forster, *A Passage to India*, ed. Oliver Stallybrass (London: Penguin Books, 1983), 36.

56 "to escape from the net": Ibid., 37.

57 "Slowness and apathy increase": Forster, *Journals and Diaries*, 2:64.

58 "My mind is now obsessed": Ibid., 61.

59 "indecent" stories: Ibid., 66.

60 "something positively dangerous": Ibid.

61 "I could bear no more": Ibid., 19.

62 "Non respondit": Ibid.

63 "weariness of the only subject": Ibid., 27.

64 "Desire for a book": Ibid., 18.

65 "lustful thoughts ··· personal": Ibid., 46.

66 "a believer in the Love of Comrades": E. M. Forster, "Terminal Note," in *Maurice* (New York: W. W. Norton, 1971), 249.

67 "It seemed to go straight through": Ibid.

68 "for the first time in my life": *EMF Letters 1*, 243.

69 "do the motherly": Ibid., 237.

70 "all these young gods": Ibid.

71 "Nice": E. M. Forster, *Alexandria: A History and a Guide and Pharos and Pharillon: The Abinger Edition of E. M. Forster*, ed. Miriam Farris Allott (London: Andre Deutsch, 2004), 329.

72 "African-Negro blood": Ibid.

73 "in the prime of ··· physical glory": Ibid., 331.

74 "intervene or speak": Ibid.

75 "one great piece of good luck": *EMF Letters 1*, 253.

23 "just the aimiable [sic]": Ibid.

24 "the proof being": *VW Diary 1*, 310-11.

25 "fingering the keys": Ibid.

26 "Indian M.S.": EMF to Goldsworthy Lowes Dickinson, 31-5-21, EMF Papers, KCAC, EMF/18/158. Future references to Goldsworthy Lowes Dickinson will be abbreviated as GLD.

27 "While trying to write": *EMF Letters 1*, 302.

28 "go for six months": Furbank, *E. M. Forster,* 2:67.

29 "get a passport and passage": EMF to Forrest Reid, 17-2-21, EMF Papers, KCAC, EMF/18/457.

30 "Morgan goes to India": *VW Diary 2*, 96.

31 "just the thing": Ibid.

32 "usual Bob style": Ibid.

33 "too submissive and deferential": Forster, *Journals and Diaries*, 3:143.

34 "was dignified and reticent": Forster, *Longest Journey*, 24.

35 "broke down at breakfast": Forster, *Journals and Diaries*, 2:57.

36 an early death: Forster, *Longest Journey*, 26.

37 "the sudden business of my life": Forster, *Journals and Diaries*, 2:18.

38 "naughtiness": EMF to Florence Barger, 5-20-21, EMF Papers, KCAC, EMF/18/38/1, vols. 34/1-2. Future references to Florence Barger will be abbreviated as FB.

39 "careless of this suburban life": Forster, *Journals and Diaries*, 2:45.

40 "treated with great kindness": E. M. Forster, *Selected Letters of E. M. Forster*, ed. Mary Lago and P. N. Furbank, vol. 2, 1921-1970 (Cambridge, MA: Harvard University Press, 1985), 8. Future references will be to *EMF Letters 2*.

41 One of his proposed tasks: Ibid.

42 "noble writings of the past": Ibid., 9n7.

43 "slight and the enthusiasm slighter": Ibid., 8.

44 "decently furnished": EMF to FB, undated fragment [October 1921], EMF Papers, KCAC, EMF/18/38/1, vols. 34/1-2.

45 "only distaste and despair": E. M. Forster, *The Hill of Devi: The Abinger Edition of E. M. Forster*, ed. Elizabeth Heine (London: Edward Arnold, 1983), 99.

46 "electric house": *EMF Letters 2*, 1.

47 "Perhaps it is the heat": EMF to Syed Ross Masood, 25-5-21, EMF Papers, KCAC, EMF/18/360/1. Future references to Syed Ross Masood will be abbreviated as SRM.

第三章 愛德華・摩根・福斯特

1 "haze of elderly ladies": P. N. Furbank, *E. M. Forster: A Life*, 2 vols. (New York: Harcourt Brace Jovanovich, 1978), 1:28.

2 "The boy grew up": Forster, *Longest Journey*, 24.

3 "exciting game": Ibid.

4 "Will review the year": E. M. Forster, *The Journals and Diaries of E. M. Forster, ed. Philip Gardner*, 3 vols. (London: Pickering and Chatto, 2011), 2:3.

5 "I may shrink": Ibid., 62.

6 "India not yet a success": Ibid., 63.

7 "Am grinding out my novel": Ibid., 6.

8 "In your novels": Ibid., 5.

9 "There is no doubt": Philip Gardner, ed., *E. M. Forster: The Critical Heritage* (London: Routledge and Kegan Paul, 1973), 130.

10 "With this book, Mr. Forster": Ibid., 129.

11 7,662 copies: EMF to Edward Arnold, 27-2-23, The Papers of E. M. Forster, EMF/18/169, King's College Archive Centre, Cambridge. Future references will be to EMF Papers, KCAC.

12 "Let me not be distracted": Forster, *Journals and Diaries*, 2:17.

13 "I should satisfy myself": EMF to Edward Arnold, EMF Papers, KCAC, EMF/18/169.

14 "One 'oughtn't to leave one's mother'": E. M. Forster, *Selected Letters of E. M. Forster*, ed. Mary Lago and P. N. Furbank, vol. 1, 1879-1920 (Cambridge, MA: Harvard University Press, 1983), 228. Future references will be to *EMF Letters 1*.

15 "she unexpectedly read family prayers": "Memorandum on Mother," EMF Papers, KCAC, EMF/11/11/a.

16 "You see, I too have no news": EMF to Forrest Reid, 4-2-21, EMF Papers, KCAC, EMF/18/457.

17 "As you say, I shall go": EMF to Forrest Reid, 4-2-21, EMF Papers, KCAC, EMF/18/457.

18 "sububurban": Forster, *Longest Journey*, 32.

19 "a little builder's house": Forster, *Journals and Diaries*, 3:178.

20 "The house is littered with manuscripts": EMF to G. H. Ludolf, 6-3-20, EMF Papers, KCAC, EMF/18/333. Future references to G. H. Ludolf will be abbreviated as GHL.

21 "until its destructions": Ibid.

22 "How fatuous!": Forster, *Journals and Diaries*, 2:57. 福斯特原本寫的是「根本沒成就」，後來把「成就」兩個字槓掉，改成「創作」。

138 "pearl": Dardis, Firebrand, 86.

139 Sherwood Anderson: Dardis, *Firebrand*, 180.

140 "offered to bring out Ulysses": Ibid., 90.

141 "Why the hell he didn't nail it": Ibid.

142 "slightly draped": B. L. Reid, *The Man from New York: John Quinn and His Friends* (New York: Oxford University Press, 1968), 484.

143 "the certainty of prosecution … He said he did not want": Ibid., 485.

144 "meat, cake, breads": Pound, *Ezra Pound to His Parents*, 490.

145 "so mountany gay ": *TSE Letters 1* 2009, 631.

146 "As to Twentieth century poetry": Ezra Pound, "Prolegomena," in *Literary Essays of Ezra Pound*, ed. T. S. Eliot (New York: New Directions, 1968), 12.

147 "a portrait of failure": *TSE Letters 1* 2009, 63n2.

148 "false art": Ibid.

149 "last intelligent man": Ezra Pound to H. L. Mencken, October 3, 1914, quoted in T. S. Eliot, *The Poems of T. S. Eliot*, ed. Christopher Ricks and Jim McCue, vol. 1, *Collected and Uncollected Poems* (Baltimore: Johns Hopkins University Press, 2015), 400.

150 "I have yet had or seen": Ezra Pound to Harriet Monroe, September 30, 1914, Ibid., 365.

151 "move against poppy-cock": Pound, "Prolegomena."

152 "nothing good": *TSE Letters 1* 2009, 63.

153 "devil of it": Ibid.

154 "superfluities": Ibid., 625.

155 "caesarean operation": Ibid., 629.

156 and was why, very soon: 一九二四年六月，艾略特向英國作家卜涅特（Arnold Bennett）請益，根據卜涅特的日記，艾略特「一心都在劇本上」，而且「想以現代生活為題寫作劇本……體裁則有律而無韻」見 *TSE Letters 2*, 465 and 465n3.

157 "period of tranquility": *TSE Letters 1* 2009, 502.

158 "He has written a particularly fine poem": Wyndham Lewis to OM, Ottoline Morrell Collection, HRC, Box 13, Folder 4.

159 "MUCH improved": *TSE Letters 1* 2009, 625.

160 the repetition of the word: Gold, "The Expert Hand and the Obedient Heart," 531.

161 "That is nineteen pages": *TSE Letters 1* 2009, 626.

162 "he had done enough": John Quinn to Homer L. Pound, November 29, 1921, John Quinn papers, Manuscripts and Archives Division, New York Public Library, Letterbook vol. 25, p. 117.

115 "much more of a man": Richard Londraville and Janis Londraville, *Dear Yeats, Dear Pound, Dear Ford: Jeanne Robert Foster and Her Circle of Friends* (Syracuse: Syracuse University Press, 2001), 200.

116 "Glad Liveright is to see you": Homer Pound to Ezra Pound, January 13, 1922, Ezra Pound Papers, Beinecke Rare Book and Manuscript Library, YCAL MSS 43, Series II, Box 60, Folder 2684.

117 "a great 'fan'": Lewis, *Blasting and Bombardiering* (1937), 285.

118 "Pound circus": Ibid., 269.

119 "Ezra's boyscoutery": Ibid., 254.

120 "Point I can never seem": Pound, *Pound/The Little Review*, 266.

121 "had an unforgettable look": Louis Kronenberger, "Gambler in Publishing," *Atlantic Monthly*, January 1965. Galley proofs in Manuel Komroff Papers, Rare Book and Manuscript Library, Columbia University, Box 2, item 10066F, galley 3.

122 "always dressed": Ibid.

123 "quite aware": Ibid.

124 "in a well-fitted Chesterfield": Manuel Komroff, "The Liveright Story," 48, unpublished manuscript, in Manuel Komroff Papers, Rare Book and Manuscript Library, Columbia University, Box 24.

125 "Horace's hangovers": Kronenberger, "Gambler in Publishing."

126 "discipline was about as out of place": Ibid.

127 "with a well-trained smile": Ibid.

128 "This is a hell of a time": Ibid.

129 "Authors in the waiting room": Paul S. Boyer, *Purity in Print: Book Censorship in America from the Gilded Age to the Computer Age*, rev. ed. (Madison: University of Wisconsin Press, 2002), 82.

130 "his unaffected love of alcohol": Komroff, "The Liveright Story," 48.

131 "A nice collection": Ellmann, *James Joyce*, 510.

132 "he was in the habit of frequenting": Ibid., 532.

133 "made no pretense": Ibid., 514.

134 "I had never realized": Ibid., 495.

135 "burdensome ··· Oh yes. He is polite": Ibid.

136 "But he is exceedingly arrogant": Ibid.

137 "U.S. publicators": Ezra Pound, *The Letters of Ezra Pound, 1907-1941*, ed. D. D. Paige (New York: Harcourt, Brace, 1950), 186.

90 "every form of neurasthenia": Rogert Vittoz, *Treatment of Neurasthenia by Means of Brain Control*, trans. H. B. Brooke (London: Longmans, Green, 1921), vii.

91 "imperfections of that [brain] control": Ibid., viii.

92 "uncurbed brain": Ibid. 5.

93 "state of anarchy": Ibid.

94 "prey to every impulse": Ibid.

95 "painful confusion": Ibid., 7.

96 "I seem to have no time": *TSE Letters 1* 2009, 608.

97 "more calm than I have for many years": Ibid., 609.

98 "Apparently all of Western Europe": Ibid., 617.

99 "awful expense … little room … did not seem … en pension … too incredibly dear": Ibid., 618.

100 "most exquisite": Ibid.

101 "Now if I could secure … For Tom, I am convinced": Ibid.

102 "What a last impression": Ibid.

103 "about 800 or 1000 lines": Ibid., 617.

104 "in a trance—unconsciously": *VW Diary* 4, 288.

105 The sea was calm: 這是艾略特在洛桑市寫下的詩句，中段的文句「我走了，少了你，／雙手空握」，寥寥數語，承載了艾略特離開維多茲醫生治療時的情緒，後來出版時則刪去，或許並非只是偶然。*TWL Facsimile*, 79.

106 "Everything is now postponed": *TSE Letters 1* 2009, 571.

107 "The Christian Era ended": Quoted in ibid., 625n1.

108 "furiously busy six days": Tom Dardis, *Firebrand: The Life of Horace Liveright* (New York: Random House, 1995), 86.

109 "sailed for YURUP": Ezra Pound, *Ezra Pound to His Parents: Letters 1895-1929*, ed. Mary de Rachewitz, A. David Moody, and Joanna Moody (New York: Oxford University Press, 2010), 492.

110 "guide and mentor": Dardis, *Firebrand*, 86.

111 "the last of the human cities": Richard Ellmann, *James Joyce*, rev. ed. (New York: Oxford University Press, 1982), 508.

112 "best of all": Dardis, *Firebrand*, 87.

113 Pound took advantage of serendipity and brought Liveright and Eliot and Joyce together for dinner: Ibid., 90.

114 "Joyce nearly killed": Pound, *Ezra Pound to His Parents*, 492.

63 "enforced rest and solitude": Ibid.

64 "strict rules": Ibid., 586.

65 "not exert [his] mind": Ibid.

66 Tom's release from the pressure and tension: Ibid., 585.

67 "to think of the future": Ibid., 586.

68 "fortunate opportunity": Ibid., 585.

69 "I have not described": Ibid.

70 "quite alone and away": Ibid., 586.

71 Standard treatment: T. J. Jackson Lears, *No Place of Grace: Anti-Modernism and the Transformation of American Culture* (New York: Pantheon, 1981), 52, quoted in Matthew K. Gold, "The Expert Hand and the Obedient Heart: Dr. Vittoz, T. S. Eliot, and the Therapeutic Possibilities of *The Waste Land*," *Journal of Modern Literature* 23, nos. 3-4 (Summer 2000): 522.

72 "getting on amazingly": *TSE Letters 1* 2009, 593.

73 "postcard to himself": David Seabrook, *All the Devils Are Here* (London: Granta Books, 2003), 8.

74 "quite the best man": *TSE Letters 1* 2009, 594.

75 "not solely due": *T. S. Eliot, The Letters of T. S. Eliot, ed. Valerie Eliot and Hugh Haughton*, vol. 2, 1923-1925 (New Haven, CT: Yale University Press, 2011), 5. Future references will be to *TSE Letters 2*.

76 "nerve man: *TSE Letters 1* 2009, 594.

77 "largely due to the kink in my brain": *TSE Letters 2*, 5.

78 "psychological troubles": *TSE Letters 1* 2009, 594.

79 "utterly dead & empty": OM journal, September 3, 1921, Lady Ottoline Morrell Papers, British Library, Add. MS 88886/4/12.

80 "nerves or insanity!": *TSE Letters 1* 2009, 598.

81 "more useful for my purpose": Ibid., 617.

82 "a dull place": Ibid.

83 "carte postale coloree country": Ibid.

84 "the food is excellent": Ibid., 608.

85 a 1921 French edition of which Eliot owned: Ibid., 594n1.

86 "system of mental control": Ibid., 835.

87 "steadying and developing": Ibid.

88 "extraordinary poise and goodness": Ibid.

89 "in short he is": Ibid., 608.

38 "much less inspired": Ibid.

39 "to me he seemed": Ibid.

40 "always must be an American": Ibid., 613.

41 "keyed up, alert": *TSE Letters 1* 2009, xix.

42 "still-trailing Bostonian voice": Wyndham Lewis, *Blasting and Bombardiering* (London: Eyre and Spottiswoode, 1937), 275.

43 "recognizably English": Anthony Powell, *To Keep the Ball Rolling* (Chicago: University of Chicago Press, 1983), 309.

44 "the general run of Americans": Ibid.

45 "further exasperated": *TSE Letters 1* 2009, 592.

46 "some prominent person": Ibid., 593.

47 "He only really expressed himself": Ottoline Morrell journal, Lady Ottoline Morrell Papers, British Library, Add. MS 88886/6/13, transcript, p. 29.

48 "Good-bye Henry": *TSE Letters 1* 2009, 576.

49 Lady Rothermere, Mary Lilian Harmsworth, the wife of the publisher Harold Harmsworth, agreed: Ibid., 577.

50 "Hypothetical Review": Ibid., 580.

51 "Therefore I am immersed": Ibid., 579.

52 "It is going to be": Ibid., 576.

53 Even his typewriter: Ibid., 585.

54 "Look at my position": Ibid., 592.

55 He had left New York: James Dempsey, *The Tortured Life of Scofield Thayer* (Gainesville: University Press of Florida, 2014), 97. 根據鄧普西記述，瑟爾「（一）直處在理智的邊緣」（頁 120）。瑟爾接受佛洛伊德的心理分析治療只接受到一九二三年春天，後來繼續待在歐洲處理《日晷》編務，一九二六年六月辭職。瑟爾經常進出精神病院，一九三七年依法認定為精神病患，一九八二年過世。

56 "the Professor himself": Ibid., 102.

57 His divorce from his wife: Ibid., 100.

58 "the most celebrated specialist in London": *TSE Letters 1* 2009, 584.

59 "thoroughly … greatly overdrawn": Ibid.

60 "feel quite different after … As nobody": Ibid., 583.

61 "great name": TSE to Julian Huxley, October 26, 1921, Ibid., 593.

62 "without any difficulty at all": Ibid., 584.

Critic, 1919-1926, eds. Anthony Cuda and Ronald Schuchard (Baltimore: Johns Hopkins University Press and Faber and Faber, 2014), v-vii; https://muse.jhu.edu/book/32768.

14 "a moment's breathing space": *TSE Letters 1* 2009, 556.

15 "private worries": Ibid., 583.

16 "her migraines and malaises": *TSE Letters 1* 2009, 597.

17 "another anxiety as well as a joy": Ibid., 557.

18 "These new and yet old relationships": Ibid., 568.

19 "So I shall not rest": Ibid.

20 "emancipated Londoners … charmingly sophisticated": Ibid., 105.

21 "sleek, tall, attractive … sort of Gioconda smile": Ibid., 104n2.

22 "Vivien's smell peculiarly feline": Dial/Scofield Thayer Papers, Beinecke Rare Book and Manuscript Library, YCAL 34, Series VII, Box 80, Folder 2078.

23 "one sees it in the way": Peter Ackroyd, *T. S. Eliot: A Life* (New York: Simon and Schuster, 1984), 63.

24 "the author of Prufrock": *TSE Letters 1* 2009, 104n2.

25 "a handsome young United States President": Wyndham Lewis, *Blasting and Bombardiering* (Berkeley: University of California Press, 1967 [1937]), 270.

26 "be fully conscious of": TSE to Philip Mairet, October 31, 1956, T. S. Eliot Collection, HRC, Box 5, File 4.

27 "Our marriage was hastened": *TSE Letters 1* 2009, 117.

28 "The only really surprising thing": Ibid., 113.

29 "a maddening feeling": Craig R. Whitney, "2 More T. S. Eliot Poems Found amid Hundreds of His Letters," *New York Times*, November 2, 1991, 13.

30 "flirtation or mild affair": *TSE Letters 1* 2009, xix.

31 "too shy and unpractised": Ibid.

32 "very immature for my age": Ibid.

33 "because I wanted to burn my boats": Ibid.

34 "bolted up to the stage": Ackroyd, T. S. Eliot: A Life, 294.

35 "My nerves are bad" and Pound's and Vivien's notes: T. S. Eliot, *The Waste Land: A Facsimile and Transcript of the Original Drafts Including the Annotations of Ezra Pound*, ed. Valerie Eliot (London: Faber and Faber, 1971), 11. Future references will be to *TWL Facsimile*.

36 "To her the marriage brought": *TSE Letters 1* 2009, xix.

37 "has deteriorated": Ibid., 613.

93 “the fire dying out”: *VW Diary 2*, 167.

94 “both very much liked your book”: *LW Letters*, 262.

95 “Peace is rapidly dissolving … Instead of feeling”: *VW Diary 1*, 217.

96 “There's practically no one”: *VW Letters 2*, 293.

97 “interrupted somewhere on this page”: *VW Diary 1*, 218.

98 “We literary people”: *VW Letters 2*, 297.

99 “His sentences take”: Ibid., 295-96.

100 “beneath the surface”: 218.

101 “To go on with Eliot”: *VW Diary 2*, 67.

102 “What happens with friendships”: Ibid., 100.

103 “our damned self conscious susceptibility”: Ibid., 104.

104 “on the strength of one visit”: *VW Diary 1*, 235.

105 “I plunge more than he does”: *VW Diary 2*, 104.

第二章　艾略特在一月

1 “I suppose you wdn't come for the 24th?”: *VW Letters 2*, 483.

2 “passed off successfully”: *VW Diary 2*, 140.

3 “why it is cheaper to buy steel bars”: *TSE Letters 1* 2009, 357.

4 “Have you ever been”: Ibid., 546.

5 “hoard of fragments”: Lyndall Gordon, *T. S. Eliot: An Imperfect Life* (New York: W. W. Norton, 1999), 539.

6 “the freedom of mind”: *TSE Letters 1* 2009, 549.

7 “prey to habitual worry and dread of the future”: Ibid., 617.

8 “lived through material for a score”: Gordon, *T. S. Eliot: An Imperfect Life,* 540.

9 “engaged in some obscure & intricate task”: Lewis to Violet Schiff, February 6, 1921, British Library, Schiff Papers, Add MS 52919.

10 “Eliot can not be depended on”: Ezra Pound, *Pound/The Little Review: The Letters of Ezra Pound to Margaret Anderson:* The Little Review *Correspondence,* eds. Thomas L. Scott and *Melvin J. Friedman* (New York: New Directions, 1988), 64.

11 “chief drawback to my present mode of life”: *TSE Letters 1* 2009, 557.

12 “invalid food for his wretchedly unhealthy wife”: Ibid., 765.

13 Eliot published: See T. S. Eliot, *The Complete Prose of T. S. Eliot: The Critical Edition: The Perfect*

66 "speech became the deadliest weapon": Vanessa Bell, in Stape, 3.

67 "her living presence": Gerald Brenan, in ibid., 45.

68 "I see she is very beautiful": Lady Ottoline Morrell Papers, British Library, Add. MS 88886/4/13, transcript, 51-52, entry for June 19, 1923. Future references to Lady Ottoline Morrell will be abbreviated as OM.

69 "O Philosophress of Garsington": Sassoon to OM, September 3, 1922, Ottoline Morrell Collection, HRC, Box 28, File 4.

70 "Yellow Cockatoo": *VW Letters 2*, 341.

71 "Yellow Bird of Bloomsbury": Ibid., 348.

72 "orchestral concerts": Gerald Brenan, in Stape, 89.

73 "From this distance": Sassoon to OM, April 6, 1920, OM Papers, HRC, Box 28, File 4.

74 "The London intellect": E. M. Forster, *The Longest Journey* (New York: Penguin Books, 2006), 246.

75 "Tenuousness and purity": *LW Letters*, 259n3.

76 "But the odd thing is": *VW Diary 2*, 116.

77 "I have made up my mind": Ibid., 168.

78 "I was stricken with the influenza": *VW Letters 2*, 498-500.

79 "evanescent, piping, elusive": *VW Diary* 4, 321.

80 "timid, touching, infinitely charming": *VW Diary* 3, 193.

81 "whimsical & vagulous": *VW Diary 1*, 291.

82 "vaguely rambling butterfly": Ibid., 295.

83 "the peculiar invalid's acuteness of emotion": Conrad to Ada Galsworthy, February 9, 1922, *Joseph Conrad: Life and Letters*, 2 vols. (New York: Doubleday, Page, 1927), 2:265.

84 "naturally abnormal": *VW Diary 2*, 161.

85 "I have taken it into my head": Ibid., 167-68.

86 lethargy of an alligator: *VW Letters 2*, 503.

87 "furious, speechless, beyond words indignant": Ibid., 504.

88 "going to make him let me out": Ibid., 504.

89 "a little air, seeing the buses": *VW Diary 2*, 169.

90 "The cat lets this mouse run": Ibid., 170.

91 "an occasional bite ··· like dead leaves ··· what a 12 months": Ibid., 161.

92 "exquisitely on a bed": CB to Vanessa Bell, March 1, 1922, The Charleston Papers, CHA/1/50/4/8, KCAC. Future references to Vanessa Bell abbreviated as VB.

48 "best advice": "The Influenza Epidemic," *Times*, January 12, 1922, 11.

49 "at a time when many": Virginia Woolf, *The Second Common Reader: Annotated Edition*, ed. Andrew McNeillie (Harcourt, 1986), 70.

50 "Nearing the end of the year": *VW Diary 2*, 78.

51 "K. M. bursts upon the world": Ibid., 161.

52 "in two days [sic] time": Ibid., 141.

53 "it will appear to me sterile acrobatics": Ibid., 161.

54 "We had thought that this world": Hermione Lee, *Virginia Woolf* (London: Chatto & Windus, 1996), 386. Future references will be to *Lee*.

55 the novel was "a lie in the soul": Ibid., 395.

56 "a kind of glittering village": J. H. Stape, ed., *Virginia Woof: Interviews and Recollections* (Iowa City: University of Iowa Press, 1995), 20. Future references will be to *Stape*.

57 "the cultured attitude": Fry to VW, September 4-5, 1921, in S. P. Rosenbaum, ed., *The Bloomsbury Group: A Collection of Memoirs and Commentary*, rev. ed. (Toronto: University of Toronto Press, 1995), 37.

58 "central heating": 說這話的是英國小說家兼劇作家克蕾曼絲・戴恩（Clemence Dane），引自 *LW Letters*, 543.

59 "Bloomsburial": TSE, "The Post-Georgians," Athenaeum, April 11, 1919, 171.

60 "La belle Virginia": CB to MH, September 11, 1924, Mary Hutchinson Papers, HRC, Box 6, File 6.

61 "suddenly felt the quintessence": Noel Carrington, *Carrington: Paintings, Drawings, and Decorations* (Oxford: Oxford Polytechnic Press, 1978), 32.

62 T. S. Eliot and his wife, Vivien: 艾略特的妻子出生時父母取名為「Vivienne」，二十歲到三十歲之間改為「Vivien」（本書涵蓋的年代其署名皆為 Vivien），後來又改回「Vivienne」。見 *Carole Seymour-Jones, Painted Shadow: The Life of Vivienne Eliot, First Wife of T. S. Eliot, and the Long-Suppressed Truth About Her Influence on His Genius* (New York: Nan A. Talese/Doubleday, 2002), 598.

63 "backwards and forwards to each other": Ibid.

64 Bloomsbury standards: TSE to John Hayward, July 7, 1941, The Papers of the Hayward Bequest of T. S. Eliot Material, King's College Archive Centre, Cambridge, HB/L/12/1/18. Future references to King's College Archive Centre, Cambridge, will be abbreviated as KCAC.

65 "We are at the tea table": Stephen Miller, *Conversation: A History of a Declining Art* (New Haven, CT: Yale University Press, 2007), 183.

24 "I have seen all the cleverest people": *VW Diary 2*, 159.

25 "only sixpence a year": Ibid.

26 "Dearest Dolphin": *VW Letters 2*, 504.

27 "donkey that I am": *VW Diary 2*, 159.

28 "the sacred morning hours ··· Phrase tossing": Virginia Woolf, *The Diary of Virginia Woolf, ed.* Anne Olivier Bell, vol. 3, 1925-1930 (London: The Hogarth Press, 1980), 206. Future references will be to *VW Diary* 3.

29 "the habit of writing thus for my own eye": *VW Diary 1*, 266.

30 "consists of how many months?": *VW Diary 2*, 158.

31 "The machinery for seeing friends": Ibid., 157.

32 Talland House "untidy and overrun": Quentin Bell, *Virginia Woolf: A Biography* (New York: Harcourt Brace Jovanovich, 1972), 32.

33 "I feel time racing like a film at the Cinema.": *VW Diary 2*, 158.

34 the *Times* reported: *Times,* January 5, 1922.

35 "Winter sickness": *Times,* December 3, 1921, 7.

36 "V went concert[.] Could not sleep.": Leonard Woolf Papers, University of Sussex, SxMs-13/2/R/A/14.

37 "plagues": *VW Letters 2*, 478.

38 "days spent in wearisome headache": *VW Diary 2*, 125.

39 "What a gap!": *VW Diary 2*, 125.

40 "Oh what a damned bore!": *VW Letters 2*, 494.

41 "scribbling away": Ibid.

42 Among the particular symptoms: "New Influenza Outbreak," *Times*, January 9, 1922, 10.

43 Leonard monitored: Leonard Woolf's account books are at the University of Sussex, SxMs-13/2/R/A/65.

44 "the inexorable Jew": Clive Bell to Mary Hutchinson, September 15, 1924, Mary Hutchinson Papers, Harry Ransom Humanities Research Center, Box 6, File 6. Future references to the Harry Ransom Center will be abbreviated as HRC. Future references to Clive Bell will be abbreviated as CB, and future references to Mary Hutchinson as MH.

45 "an interval in which": Willa Cather, *Not Under Forty* (New York: Knopf, 1936), 139.

46 "continual nagging": Victoria Glendinning, *Leonard Woolf: A Biography* (New York: Free Press, 2006), 250.

47 "pronounced my eccentric pulse": *VW Diary 2*, 160.

3 "Oh its [sic] so lovely on the downs now": Virginia Woolf, *The Sickle Side of the Moon: The Letters of Virginia Woolf*, ed. Nigel Nicolson and Joanne Trautmann, vol. 5, 1932-1935 (London: The Hogarth Press, 1982), 141. Future references will be to *VW Letters* 5.

4 "parsimony ··· odd leaves at the end of Poor Jacob": *VW Diary 2*, 155.

5 "quite truthfully, the Hogarth Press": Ibid., 144.

6 Paradise Road basement for a print shop: *VW Letters 2*, 487.

7 "I shall think of another novel, I daresay": *VW Diary 2*, 142.

8 "Will my fingers stand so much scribbling?": Ibid.

9 "I was shivering over the fire": Ibid., 156.

10 "Winter is upon us; fog, frost, every horror": *VW Letters 2*, 492.

11 "We go to bed under": *VW Diary 2*, 143.

12 "a north east wind sweeping": Leonard Woolf, *The Letters of Leonard Woolf*, ed. Frederic Spotts (New York: Harcourt Brace Jovanovich, 1989), 537. Future references will be to *LW Letters*.

13 "one creeps about the house": *VW Letters 2*, 492.

14 loping her own "delicate" way "a little unevenly": Diana Gardner, *Rodmell Papers: Reminiscences … by a Sussex Neighbor,* Bloomsbury Heritage Series #52 (London: Cecil Woolf, 2008), 18.

15 "I keep thinking of different ways to manage my scenes": Virginia Woolf, *The Diary of Virginia Woolf*, ed. Anne Olivier Bell, vol. 1, 1915-1919 (New York: Harcourt Brace Jovanovich, 1977), 214. Future references will be to *VW Diary 1*.

16 "Tomorrow my reading begins!": *VW Diary 2*, 156.

17 "Work morn Walk w V aftn": Leonard Woolf's pocket diaries are arranged chronologically in Leonard Woolf Papers, SxMs-13/2/R/A, University of Sussex Monk's House Papers, including SxMs-13/2/R/A/5 (1913); SxMs-13/2/R/A/7 (1915); SxMs-13/2/R/A/14 (1921); and SxMs-13/2/R/A/15 (1922).

18 "We should have felt it to be": Leonard Woolf, *Downhill All the Way: An Autobiography of the Years 1919 to 1939* (New York: Harcourt, Brace & World, 1967), 156.

19 "Its [sic] foul": VW to Elizabeth Bowen, May 20, 1934, Elizabeth Bowen Collection, HRC, Box 12, Folder 4.

20 "V came down for tea" and "Vanessa came dinner": Leonard Woolf pocket diary, 1922, SxMs-13/2/R/A/15 (1922).

21 "settled & unadventurous": *VW Diary 2*, 159.

22 "less normal": Ibid.

23 "binding": Ibid.

註釋

前言

1 "How these writers live in their works": Virginia Woolf, *The Diary of Virginia Woolf*, ed. Anne Olivier Bell, vol. 2, 1920-1924 (London: The Hogarth Press, 1978), 163. Future references will be to *VW Diary 2*.

2 "It is after all": T. S. Eliot, *The Letters of T. S. Eliot, ed. Valerie Eliot and Hugh Haughton*, rev. ed., vol. 1, 1898-1922 (London: Faber and Faber, 2009), 628. Future references will be to *TSE Letters 1* 2009.

3 "apparently the favourite breeding ground": Virginia Woolf, *The Letters of Virginia Woolf*, ed. Nigel Nicolson and Joanne Trautman, vol. 2, 1912-1922 (New York: Harcourt Brace Jovanovich, 1976), 504. Future references will be to *VW Letters 2*.

4 "frosty morning": D. H. Lawrence, *Lady Chatterley's Lover*, ed. Michael Squires (New York: Penguin Classics, 2006), 41.

5 "'One must preserve…": Ibid., 43.

6 "Poppy Day": "Lord Haig's New Scheme for Ex-Service Men," *Times*, October 6, 1921, 7.

7 "November 11 shall be a real Remembrance Day," Ibid.

8 Eight million sold: "The Poppies of Flanders," *Times*, November 12, 1921, 6.

9 "licensing hours": "London Licensing Hours," *Times*, October 3, 1921, 7; and "Licensing Meeting To-Day," *Times*, October, 1921, 7.

10 prewar "liberties": "New Drink Hours To-Day," *Times*, September 1, 1921, 10.

第一章　吳爾芙年屆四十

1 "Oh but the cold was too great at Rodmell": Virginia Woolf, *The Diary of Virginia Woolf*, ed. Anne Olivier Bell, vol. 4, 1931-1935 (London: The Hogarth Press, 1982), 4. Future references will be to *VW Diary 4*.

2 Even "a few staggering sentences": Ibid.

世界一分為二

吳爾芙、T.S.艾略特、E.M.福斯特、D.H.勞倫斯，以及他們的一九二二年

THE WORLD BROKE IN TWO: Virginia Woolf, T. S. Eliot, D. H. Lawrence, E. M. Forster, and the Year That Changed Literature

作者	比爾・戈斯坦 Bill Goldstein
譯者	張綺容
社長	陳蕙慧
總編輯	戴偉傑
責任編輯	涂東寧
行銷企畫	陳雅雯、汪佳穎
封面設計	莊謹銘
內頁排版	宸遠彩藝

讀書共和國集團社長	郭重興
發行人兼出版總監	曾大福
出版	木馬文化事業股份有限公司
發行	遠足文化事業股份有限公司
地址	231 新北市新店區民權路 108 之 3 號 8 樓
電話	02-2218-1417
傳真	02-2218-0727
Email	service@bookrep.com.tw
郵撥帳號	19588272 木馬文化事業股份有限公司
客服專線	0800-221-029
法律顧問	華洋國際專利商標事務所　蘇文生律師
印刷	呈靖彩藝有限公司

初版一刷	2022 年 10 月
定價	560 元

ISBN	9786263142749（紙本） 9786263142879（EPUB） 9786263142862（PDF）

歡迎團體訂購，另有優惠，洽：業務部 (02)2218-1417 分機 1124

特別聲明：有關本書中的言論內容，不代表本公司／出版集團之立場與意見，文責由作者自行承擔

國家圖書館出版品預行編目

世界一分為二：吳爾芙、T.S. 艾略特、E.M. 福斯特、D.H. 勞倫斯，以及他們的一九二二年 / 比爾．戈斯坦 (Bill Goldstein) 著；張綺容譯．-- 初版．-- 新北市：木馬文化事業股份有限公司出版：遠足文化事業股份有限公司發行，2022.10
480 面；14.8×21 公分
譯自：The world broke in two : Virginia Woolf, T. S. Eliot, D. H. Lawrence, E. M. Forster and the year that changed literature
ISBN 978-626-314-274-9（平裝）

1. 吳爾芙 (Woolf, Virginia, 1882-1941)
2. 艾略特 (Eliot, T. S.(Thomas Stearns), 1888-1965)
3. 勞倫斯 (Lawrence, D. H.(David Herbert), 1885-1930)
4. 福斯特 (Forster, E. M.(Edward Morgan), 1879-1970)
5. 西洋文學
6. 文學評論

870.2　　111014277